Helsinki, in den bewegten 68ern. Jouni, Ariel und Adriana könnten unterschiedlicher nicht sein und sind doch Freunde. Für eine Weile leben sie eine ménage a trois wie im Film »Jules et Jim«. Aber dann trennen sich ihre Wege. Jouni geht in die Politik, Adriana wird zunehmend von Ängsten geplagt, und Ariel versinkt in seiner Drogensucht und geht nach Stockholm, wo er spurlos verschwindet. Zwanzig Jahre später beginnt ein Mann namens Frank Loman zu recherchieren, was mit den drei Freunden geschehen ist …

Kjell Westö ist einer der bekanntesten finnlandschwedischen Autoren der jüngeren Generation, geboren 1961 in Helsinki, wo er heute noch lebt. Seit seinem literarischen Debüt 1986 hat er drei Gedichtsammlungen, mehrere Bände mit Erzählungen und vier Romane veröffentlicht. Kjell Westö ist vielfach preisgekrönt, u.a. mit dem Finnischen Literaturpreis für »Wo wir einst gingen« – seinem letzten Roman.

Kjell Westö

Geh nicht einsam in die Nacht

Roman

Aus dem Finnlandschwedischen von Paul Berf

btb

Die schwedische Originalausgabe erschien 2009
unter dem Titel »Gå inte ensam ut i natten« bei
Albert Bonniers, Stockholm.

Die Übersetzung wurde gefördert von Fili, Finnish Literature
Exchange, Helsinki.
Der Verlag bedankt sich dafür!

FILI
FINNISH LITERATURE EXCHANGE

MIX
Papier aus verantwortungsvollen Quellen
FSC® C083411
FSC
www.fsc.org

Verlagsgruppe Random House FSC® N001967
Das für dieses Buch verwendete FSC®-zertifizierte
Papier *Lux Cream* liefert Stora Enso, Finnland.

1. Auflage
Genehmigte Taschenbuchausgabe Oktober 2014

Umschlaggestaltung: semper smile, München
Umschlagmotive: © Getty Images / Andrew Holt,
© Getty Images / Seb Oliver
Druck und Einband: CPI – Clausen & Bosse, Leck
SL · Herstellung: sc
Printed in Germany
ISBN 978-3-442-74834-1

www.btb-verlag.de
www.facebook.com/btbverlag
Besuchen Sie auch unseren LiteraturBlog www.transatlantik.de

Wild men who caught and sang the sun in flight,
And learn, too late, they grieved it on its way,
Do not go gentle into that good night

Dylan Thomas

Geh nicht einsam in die Nacht
du weißt nie, was dir begegnet
du weißt nie, wessen Beute du wirst

DER ANFANG

Was wir wissen und was wir nicht wissen.
Was wir sehen und was wir nicht sehen.

Manchen Menschen steht auf ihrem Lebensweg die Unzulänglichkeit ins Gesicht und in die Bewegungen geschrieben. Sie strahlen Furcht aus und bekommen weniger Chancen, als sie verdient hätten, und irgendwann fressen ihre Misserfolge sie innerlich auf. Ich nehme an, dass die Person, die ich Ariel nenne, von Anfang an ein solcher Mensch gewesen ist.

Andererseits gibt es Menschen, denen alles leichtzufallen scheint, so leicht, dass ihr Können und ihre Furchtlosigkeit im Laufe der Jahre zur undurchdringlichen Maske werden. Trotzdem geht eine undefinierbare Bedrohung von ihnen aus. Es ist, als flüsterte jemand, vielleicht ein Raubtier, unter ihrer Maske: Leg dich bloß nicht mit mir an, es wird dir schlecht bekommen. Jouni Manner ist ein solcher Mensch.

Und ich, wie bin ich? Ich weiß es nicht. Ich habe mich so lange und so gut vor den anderen versteckt, dass ich mich selbst verlor.

Ich bin die Stimme, die von Ariel und Jouni, die von Adriana Mansnerus und ihrer kleinen Schwester Eva, von Pete Everi im Stationsvägen 12 in Tallinge und vielen, vielen anderen erzählen wird. Doch wer erzählt, sucht immer auch nach sich selbst.

Es gibt Geschichten, die geradeheraus und schlicht erzählt werden müssen. Sie sollen klingen, als wären sie niemals von Menschenhand berührt worden, als wären sie vom Himmel gefallen oder in einer Wolke aus Feuer und Schwefel aus der Unterwelt aufgestiegen.

Und es gibt andere Geschichten, in denen sich der Erzähler zu erkennen geben muss, damit die Zusammenhänge sichtbar werden.

Diese hier gehört zur letztgenannten Art, das weiß ich schon jetzt, da ich ein weiteres Mal Adriana Mansnerus' Tagebücher heraussuche und in ihnen blättere, da ich zum ersten Mal seit vielen Jahren die missratene Biographie über Jouni Manner aus dem Bücherregal ziehe und zu verstehen versuche, was für ein Mensch zwischen den Zeilen aufscheint.

Nun, ich bereite mich darauf vor, anzufangen.

* * *

Ariel Wahl wurde mitten im Krieg geboren, zu einer Zeit, in der sich alle – Männer, Jungen, Frauen, Mädchen – verhärten mussten. Dennoch beschloss seine Mutter Lydia, ihn ausgerechnet Ariel taufen zu lassen. Es gab keinen Vater, jedenfalls keinen, der geblieben wäre, und Mutter und Sohn zogen häufig um, allerdings immer an ähnliche Orte: Ariel wuchs in den härtesten Vierteln von Helsingfors auf, in Vallgård, Rödbergen und Berghäll.

Als Ariel zum ersten Mal Jouni Manner begegnete, bezog er eine Tracht Prügel. Es geschah im Spätsommer auf einer Brachfläche an der Ecke Tavastvägen und Fjärde linjen, es war Abend und der Sonnenuntergang kalt und schneidend, und in Hunderten Fenstern brannte bereits Licht. Jouni Manner war damals erst vierzehn, aber groß und hart wie Feuerstein und längst einer der gefürchtetsten Raufbolde in den unteren Teilen des Arbeiterbezirks Berghäll. Selbst Ariel, ein verträumter und weltabgewandter Jüngling, hatte schon von ihm gehört. Dagegen wusste Manner außer dem Namen fast nichts über Ariel, er wusste beispielsweise nicht, dass Ariel sich nicht prügeln konnte, und ebenso wenig, dass er stotterte, wenn er sich bedroht fühlte. Außerdem war Manner zu jung, um die Weichherzigkeit wahrzunehmen, die Ariel ins Gesicht geschrieben stand. Manner war kein Sadist, er verlangte nach ebenbürtigen Gegnern, in Ariel sah er lediglich einen älteren Jungen, einen potentiellen Rivalen, und als solcher musste er bezwungen werden. Deshalb versperrte er Ariel den Weg und erklärte, sowohl Ariel als auch Wahl seien Schwulennamen, und wer so einen schwulen Namen habe, dem werde die Fresse poliert, und da er zwei habe, bekomme er erst recht was in die Fresse. Ariel versuchte, darauf mit einer witzigen Bemerkung zu reagieren, begann vor Angst jedoch zu stottern: Er war siebzehn, aber Leuten wie Manner, der noch dazu von zwei Adjutanten unterstützt wurde, die bei Bedarf eingreifen würden, hatte er nie und würde er auch nie etwas entgegensetzen können. Als Ariel zum dritten Mal zu Boden ging, weigerte er sich, sich wieder aufzurappeln. Seine Nase blutete, und er wollte nicht mehr geschlagen werden. »Steh auf«, sagte Jouni Manner, »hau ab!« Ariel sah Jouni an und sagte: »I-ich hab w-wirklich nicht vor, a-a-aufzustehen. Wenn du mich n-noch mal schlagen w-willst, m-musst du dich b-b-bücken.«

Eine Woche nach dieser einseitigen Prügelei kam Ariel in die riesige Aleksis-Kivi-Schule am Braheplan. Jouni Manner besuchte dieselbe Schule, und trotz des Altersunterschieds und ihrer brutalen ersten Begegnung sollten die beiden Freunde werden.

* * *

Ich möchte eine andere und weiter zurückliegende Geschichte erzählen.

Es ist Frühling in Europa. Adolf Hitler hat in seinem Bunker Selbstmord begangen und das Deutsche Reich kapituliert. Die Rote Armee kontrolliert Berlin, und die Berlinerinnen schließen sich in ihren Wohnungen und Kellern ein, um nicht vergewaltigt zu werden. Josef Stalin behält seine talentierten Marschalle

Schukow und Konew wachsam im Auge, während er gleichzeitig geheim zu halten versucht, dass er alle deutschen Atomphysiker finden und nach Moskau schaffen möchte, und zwar möglichst schnell, denn in Los Alamos in New Mexico wird schon seit langem am Projekt Manhattan gearbeitet: Es sind nur noch zwei Monate, bis die Testbombe Trinity in der Wüste detonieren wird. Auch in diesen Wochen kommt es täglich und in allen Himmelsrichtungen zu Grausamkeiten, aber es ist dennoch eine Art Atempause, ein Augenblick, in dem viele der unfassbarsten Gräuel noch hinter der nächsten Ecke der Zeit versteckt stehen. Die Filme aus Auschwitz, in denen Bagger Leichen schaufeln und befreite Gefangene mit erloschenem Blick in die Kamera starren, sind noch nicht verbreitet worden. Und die Besatzung der Enola Gay hat Little Boy noch nicht abgeworfen, und Little Boy hat keine Menschen aus Fleisch und Blut in verbrannte Wandabdrücke von Wesen verwandelt, die eine Sekunde zuvor um ihr Leben rannten.

In Helsingfors ist zartester Mai, und auf dem Järnvägstorget spielt man Friedensjazz. Die Combo, eigentlich The Stomping Indiana Boys, aber zur Feier des Tages in Peace Messengers umgetauft, befindet sich in der Nähe der nordwestlichen Ecke des Platzes, die Ladefläche eines LKW bildet ihre Bühne. Der Wagen steht in einer Linie mit der Centralgatan, und die Musiker sitzen so, dass ihre Gesichter dem Restaurant Fennia im Osten zugewandt sind. Einer von ihnen, der zweite Trompeter, heißt Lennart Wahl und hat einen knapp zweijährigen Sohn namens Ariel, den er bald verlassen wird, denn Lennarts Nerven sind zerrüttet und er ist dem Alkohol verfallen, und nach einer Operation, bei der sein linker, von Granatsplittern zerfetzter Fuß, fast hätte amputiert werden müssen, ist er morphiumsüchtig.

In derselben Ecke des Platzes steht eine junge Frau namens

Elina Savander. Als der Winterkrieg ausbrach, war sie erst siebzehn Jahre alt, vor ein paar Tagen hat sie ihren dreiundzwanzigsten Geburtstag gefeiert. Sie ist blond und trägt einen schwarzen Rock und einen dunkelgrünen Mantel in einem Schnitt, der vor dem Krieg modern war: Sie hat ihn von ihrer Tante Hilkka bekommen, die an Krebs erkrankt ist und den Sommer wohl nicht überleben wird. Auch ihr Hut ist aus der Mode, und die Pumps, die ihre Mutter Kerttu ihr im Sommer 1940 schenkte, sind verfärbt und abgetreten.

In der Nähe des Orchesterpodiums herrscht ein fürchterliches Gedränge, an Tanzen ist nicht zu denken. Aber das stört keinen, niemand lässt sich davon die gute Laune verderben, denn trotz der leichten Wolkenbank, die von Porkala im Südwesten heranzieht, ist es ein Tag des Lichts, ein Tag des Erwachens: Ein sechs Jahre währender Alptraum soll ausgelöscht werden. Nur Elina Savander fällt es schwer, sich mit den anderen zu freuen. Sie ist von vierzigtausend Menschen umgeben, zu denen ihr Verlobter, ihr Bruder und ihre beste Freundin gehören, aber während einiger Minuten zu Beginn des Konzerts sieht Elina nur das, was niemand sonst sehen will. Sie betrachtet nicht den Jubel und die Ausgelassenheit, sondern blickt unverwandt in die Gesichter der Menschen und sieht, wie zerfurcht, wie tief in Freudlosigkeit erstarrt, wie verbittert und gezeichnet sie sind. Sie sieht die Körper, die versuchen, sich im Rhythmus von *All Of Me* zu drängen und zu knuffen, ihren frisch erwachten Eifer dagegen nicht: Sie sieht nur die hagere, nahezu ausgemergelte Schlaksigkeit so vieler dieser Körper. Sie sieht die Spuren des Kriegs, wie sich die vergangenen sechs Jahre in den Überlebenden abgelagert haben, und um diesem Bild auszuweichen, hebt sie den Blick und richtet ihn auf das große, aber helle Skoha-Haus an der Ecke Brunnsgatan und Centralgatan. Sie schaut weiter die Centralgatan hinunter bis zum Schwedischen Theater, und als ihre Augen zur grauweißen, fast milchigen Wolkendecke hinaufschweifen, wird sie von den Kriegsjahren eingeholt. Plötzlich brechen sie über Elina herein wie eine Herde schwarzer, nach Morast stinkender Untiere, wie eine schlammige, erstickende Erinnerung, die einen niemals in Frieden lassen wird, in der man unwiderruflich ertrinkt, bereits ertrunken ist, und die hämmernde Frage beim Untergehen lautet: Wie kann ein Alptraum nur so lange dauern, dass er, wenn du endlich aus ihm erwachst, deine eigene Jugend und die deiner liebsten Freunde verbraucht hat?

Elina Savander ist kurz davor, von Trauer übermannt zu werden, aber im selben Moment endet »All Of Me«, und der Applaus und die Bravorufe für den Vokalisten holen sie in die Gegenwart zurück. Der Sänger, ein junger Mann mit schwarzem, zurückgekämmtem Haar, bedankt sich für den Applaus und setzt sich hinter der Band auf einen Stuhl, während die Peace Messengers die ersten Takte einer kubanischen Conga spielen. *Otra Vez Me Has Robado Mi Viejo Corazón* heißt diese Conga, aber das weiß Elina nicht, und sie merkt auch nicht, dass ihre rechte Hand – eine schmale, blasse Winterhand, die um die Fingerknöchel ein wenig rau und rot ist – anfängt, den Takt auf der Außenseite des Oberschenkels zu schlagen, als hätte diese Hand einen eigenen Willen. Allmählich geht es besser, ja, sie fühlt sich schon etwas besser, es sind ja nicht nur die Kriegsjahre, die den Körper steif und die Seele kalt und pessimistisch gemacht haben, es ist genauso die aufreibende Gegenwart, Tante Hilkkas Krankheit, die vergangene kühle und verregnete Maiwoche und das lange, ewig lange Tanzverbot. Das Tanzverbot ist noch nicht aufgehoben worden, die Behörden haben für den Friedenstanz lediglich eine Ausnahmegenehmigung erteilt, und Elina ist unsicher, denn sie möchte nichts Unpassendes tun. Körper und Seele sind gleichsam aus der Übung, man weiß nicht, ob man endlich wieder man selbst werden darf oder weiter ein anderer sein muss, zum Beispiel eine Heldin der Heimatfront, die still und duldsam ihre Opfer bringt. In ihrem Inneren ist alles noch träge und kalt, unbeweglich und stumm, winterlich: Es braucht seine Zeit aufzutauen, und so hat nicht nur Elina es empfunden, so ist es für alle gewesen, für die vierzigtausend auf dem Platz, für die Hunderttausenden, die in dieser Stadt wohnen, für die Millionen, die das Land bevölkern. Aber jetzt bahnt es sich an, die Conga mit ihren karibischen Rhythmen macht es möglich, es taut, das Eis schmilzt, in Mensch auf Mensch erwacht etwas zum Leben, und nachdem Elina sich nun aus ihrer Schwermut losgerissen hat, sieht sie auch anderes als die bedrückenden Erinnerungen in den geläuterten Gesichtern, sie sieht Freude, sie sieht Erwartung, sie sieht, wie es in Augenwinkeln aufblitzt, und hier und da erblickt sie sogar aufkeimende Verliebtheit, in das Leben oder den geschätzten Menschen neben einem. Und diese Freude beginnt zu wachsen, das Aufblitzen pflanzt sich fort: sachte, ganz sachte, arbeitet sich die Lebenslust in verfrorene und kriegsmüde Arme, Magengruben, Hüften und Beine vor, und genauso ergeht es auch Elina Savander. Sie beginnt, sich zur Conga zu bewegen, schwingt vorsichtig die Hüften und versucht sogar ein paar kurze Tanzschritte, eingeklemmt zwischen dem großen und breitschultrigen Mann rechts neben ihr und dem blonden und schlaksigen im Rollstuhl links von ihr. Und während sie sich weiter zur Musik bewegt, wendet sie sich dem Großgewachsenen zu und sagt: »Sulo, ich habe Durst, könntest du bitte die Thermoskanne nehmen und im Bahnhof schauen, ob sie im Kiosk etwas Erfrischendes haben, Saft oder Dünnbier oder etwas anderes?«

Er, der Große neben ihr, ist ihr Verlobter. Punkt. So sieht Elina Savander die Sache in diesem Frühjahr. Sie ist dazu erzogen worden, demütig zu sein und zurückzustehen, und wenn sie heute noch lebte und diese Charakterisierung läse, würde sie mit Sicherheit protestieren. Aber was hier steht, ist wahr. Es sind karge, grausame Jahre gewesen: Alle lechzen nach Liebe, und Elina, die sich nicht als Schönheit betrachtet, ist so über alle Maßen froh, weil Sulo überlebt hat und sie noch immer haben will, dass sie sehr häufig daran denkt, dass sie Verlobte sind und er ihr V-e-r-l-o-b-t-e-r ist, und wesentlich weniger daran, wer er wirklich ist, ein Individuum, ein Unikat, das bei seiner Taufe den Namen Sulo Uolevi Manner bekommen hat.

Sulo Manner ist Setzer von Beruf und kürzlich sechsundzwanzig geworden. Er hat noch nicht wieder angefangen zu arbeiten: Zwei Wochen ist es erst her, dass die letzten deutschen Soldaten Nordfinnland verlassen haben, und erst danach hat Sulo seine Uniform zurückgegeben und ist aus der finnischen Armee entlassen worden. Jetzt ist er wie Elina kurz zuvor in Gedanken versunken und zuckt deshalb zusammen, als sie ihn anspricht. »Sicher, dann gehe ich mal«, sagt er, nimmt Elina die leere Thermoskanne aus der Hand und macht auf dem Absatz kehrt, um sich einen Weg durch die Menschenmenge zu bahnen. Dann bleibt er jedoch stehen, dreht den Kopf, nickt dem hageren Jungen im Rollstuhl und einer kleinen, braunhaarigen, jungen Frau zu, die dicht daneben steht, und fragt: »Kari und Lahja, wollt ihr auch etwas?« Der Mann im Rollstuhl schüttelt den Kopf, sein Blick ist auf die Bühne gerichtet, wo sich ein Saxofonist mit einem schwarzen, breitkrempigen Hut in ein Solo wirft, das *Mi Viejo Corazón* in eine laue und warme Abendbrise verwandelt. Sulo Manner sieht fragend die kleine Lahja mit ihren kastanienfarbenen Haaren an. »Nein, danke, ich brauche nichts«, sagt sie. »Soll ich Limonade nehmen, wenn sie welche haben?«, fragt Sulo noch Elina Savander. »Das kannst du vergessen«, antwortet sie. »Die haben bestimmt noch das Kriegssortiment.« Sulo lächelt sie an, aber es ist ein etwas bemühtes Lächeln, und er spürt selbst, dass es zu schnell erlischt: Erneut macht er auf dem Absatz kehrt und pflügt sich entschlossen durch das Gedränge bis zum Bahnhofsgebäude und dessen Treppe.

Während er sich durchboxt, wandeln seine Gedanken auf den gleichen Pfaden wie zuvor. Elenden Wegen: zunächst matschigen, dann verschneiten, danach hartgefrorenen, anschließend in Schmelzwasser ertränkten und danach wieder matschigen. Der Waffenstillstand im September. Die sowjetischen Forderungen. Der Krieg in Lappland: gegen die Deutschen, die früheren Verbündeten. Ein kleiner Zaubertrick, binnen weniger Tage verwandelte sich Freund in Feind und Feind in Freund. Die Kämpfe im Herbst. Kemi, Rovaniemi, Muonio, die Städtchen und Dörfer, die in Schutt und Asche lagen, die Häuser waren verschwunden, nur rußige Schornsteine und halb eingestürzte Kamine zurückgeblieben. *Nachklappkrieg* und *Hurenkind* waren Sulo Manners eigene Bezeichnungen für diesen letzten Krieg, den er von Anfang an verabscheut und bei dem er auf der Stelle bereut hatte, in ihm zu kämpfen. »Hurenkind« war ein Wort, das er täglich in der Druckerei gehört hatte, in der er während des zwischenzeitlichen Friedens gearbeitet hatte und in die er nun zurückkehren würde: In der Setzerei war das »Hurenkind« eine einzelne Zeile, die zuoberst auf einer Seite, von ihrem Zusammenhang getrennt, landete. Sulo hasste den Krieg in Lappland nicht, weil er genauso grausam war wie die vorhergegangenen, denn so war es gar nicht gewesen: Er war nur so sinnlos gewesen. Eine Armee, die finnische, die gerade einen Krieg verloren hatte und mit knapper Not der Vernichtung entgangen war, jagte ein anderes erschöpftes und dem Untergang geweihtes Heer durch eine evakuierte und verwüstete Landschaft, eine Landschaft des Verlusts, in der die fliehenden Deutschen jede Brücke und jeden Fähranleger sprengten, alle Schienenstränge und Straßen verminten und jedes einzelne Dorf niederbrannten, das sie hinter sich ließen. Als eine Art Ausdruck für das Schweigen der Götter und die äußerste Sinnlosigkeit: Als genösse es der Mensch, ein letztes Mal zu zerstören und zu vernichten, bevor er selber unterging.

Dabei war ihm noch im September alles ganz logisch und vernünftig erschienen, als Leutnant Kaarela dafür sorgte, dass Sulo vom Sergeant zum Fähnrich befördert wurde. Es war die Idee des Leutnants gewesen, dass Sulo im Dienst bleiben sollte. »Die Russen verlangen diesen Krieg von uns«, hatte Kaarela erklärt, »er bleibt uns nicht erspart. Stalin will, dass wir die Deutschen in ein paar Wochen aus dem Land werfen, aber ich kenne die Krauts und weiß, dass das nicht funktionieren wird. Zweihunderttausend Mann stehen da oben, ein Großteil von ihnen gehört zur SS, das kann den ganzen Winter dauern. Und in den Friedensbedingungen steht, dass wir unsere Kriegsarmee auflösen sollen. Wenn sich die Sache in die Länge zieht, werden wir folglich Wehrpflichtige einsetzen müssen. Wir brauchen tüchtige Offiziere, Männer, die noch im Vollbesitz ihrer Kräfte sind.« »Eine Kinderarmee, Herr Leutnant?«, hatte Sulo ungläubig gefragt. »Na ja, so alt war der Jahrgang des Fähnrichs nun auch wieder nicht, als er in den Krieg zog«, hatte Kaarela daraufhin ruhig und gelassen erwidert.

Leutnant Kaarelas Bemerkung über den »Vollbesitz der Kräfte« bezog sich darauf, dass Sulo Manner sowohl den Winter- als auch den Fortsetzungskrieg mit nur unbedeutenden Blessuren überstanden hatte: ein verstauchter Knöchel, eine überwundene Mumpserkrankung, ein Granatsplitter, der seine Hand gestreift und eine oberflächliche Fleischwunde aufgerissen hatte. Und das, obwohl er sich bei Taipale und Ihantala an den schlimmsten Frontabschnitten aufgehalten hatte. Auch seine Nerven ließen ihn nicht im Stich. Die Woche nach Mittsommer im Vorjahr … großer Gott, fast ein Jahr war seither vergangen, und immer noch detonierten Nacht für Nacht die Bomben und explodierten die Granaten in seinen Gehörgängen, es zischte und pfiff, und abgerissene Körperteile flogen durch die Luft, in der schwer der Rauch hing, und es roch nach Pulver und Eisen und verbranntem Fleisch, und seine Augen wurden von einer Flüssigkeit geblendet, die, wie er wusste, das Blut eines Kameraden war. Jede Nacht. Jede verdammte, höllische Nacht. Und in den zwei Wochen im Zivilleben war es nur noch schlimmer geworden: Als hätte das einförmige Leben im Feld geholfen, die Alpträume in Schach zu halten, und jetzt, da er wieder Zeit hatte zu denken und sich zu erinnern, brach die Hölle los. Jede verdammte, höllische Nacht. Denn so war es nun einmal: So wie bei allen anderen, die äußerlich unverletzt blieben, war stattdessen Sulos Inneres verletzt worden, er wusste es selbst, seine Träume beharrten darauf, es ihm zu erzählen, sie plapperten und plapperten, obwohl er möglichst lange daran festzuhalten versuchte, dass Träume Schall und Rauch waren und die Traumdeutung etwas war, womit sich nur Homophile beschäftigten. Sulo hatte getötet, meist aus der Distanz, aber manchmal auch Auge in Auge, und er hatte gesehen, wie Kameraden verstümmelt und buchstäblich in Stücke gerissen wurden. Er hatte einen seiner Männer, ein ehemaliges Mitglied eines Spähtrupps und Jugendfreund aus der Volksschule, gehäutet und an einen Baumstamm genagelt gefunden. Er hatte enthauptete Leichen gesehen – eigene Leute und Feinde –, entstellt und in einer Weise ihrer Menschlichkeit beraubt, die sich in seine Netzhaut eingebrannt hatte, obwohl er es nicht wollte. Sulo interessierte sich für Kunst und war selbst ein guter Zeichner: Es gab Momente, in denen er sich wünschte, er wäre Hieronymus Bosch, denn dann hätte er sich vielleicht malend von all dem befreien können.

Das meiste sah er auf der Karelischen Landenge: im Winter 1940, während des Vormarschs im Sommer 1941, in den

Jahren des Stellungskriegs, im Verlauf des letzten, furchtbaren Sommers. Trotzdem ging ihm dieser schäbige und pathetische Lapplandkrieg nicht mehr aus dem Kopf. Die Evakuierung der Bewohner im Herbst, eine Evakuierung bei Regen und in trostlosem Grau. Frauen, Greise, Milchkühe und Pferde, die sich widerstrebend ins Exil treiben ließen. Schlecht gekleidete, hohläugige Kinder, die ihre plump geschnitzten Spielzeugautos über die nassen und schlammigen Landstraßen zogen. Nach den Kindern folgte mit hängenden Köpfen das Vieh, die Tiere muhten und bockten, während die Frauen und Alten hinter ihnen hergingen und mit der Peitsche schlugen und sie weiterhetzten. Und dann der Krieg selbst. Die halbwüchsigen Jünglinge, die nervöse Jungenarmee, die von versoffenen und gründlich kriegsmüden Offizieren angeführt wurde. Der fliehende Feind, die gesprengten Brücken, die verminten Fähranleger und Eisenbahnschienen. Die Ortschaften, die sie im Laufe des Herbstes einnahmen, die gespenstische Leere, die einsamen Schornsteine: wie auf den Fotos, die er von Tammerfors im Kriegsfrühling 1918 gesehen hatte. Ein lichter Wald aus rußigen Obelisken, den Totempfählen des Todes. Denkmäler über den lodernden Wahnwitz des Kriegs.

Den völligen Wahnwitz *jedes* Krieges.

Das Schlimmste an Lappland waren die Springminen, von denen es Zehntausende und mehr gab und die von Minenräumern entschärft werden sollten, die oft genauso jung und frisch ausgebildet waren wie Sulo, als die Reihe der Kriege begann. Junge, schlaksige Burschen wie Kari Savander, der jüngere Bruder seiner Verlobten Elina, der während der russischen Bombenangriffe im Februar vor gut einem Jahr ins wehrpflichtige Alter gekommen war. Kari, der unbedingt die Ausbildung zum Minenräumer absolvieren wollte und danach auf Veranlassung Sulos nach Lappland mitgekommen war. Sulo hatte den Gedanken in ihm geweckt, dass sie in diesem letzten Krieg Seite an Seite würden kämpfen können, immerhin würden sie Schwäger werden, und deshalb hatte er dafür gesorgt, dass sie in dieselbe Brigade, jedoch nicht in dieselbe Kompanie kamen: Die Minenräumer hatten ihre eigenen Offiziere.

An einem regnerischen Oktobertag vor den Toren Rovaniemis hatten die Minenräumer den Auftrag erhalten, eine Lokomotive unschädlich zu machen, die von den Deutschen schräg auf die Schienen gekippt und anschließend vermint worden war. Auch der Boden rund um die Schienen war vermint. Kari Savander hatte schräg dahinter gestanden und versucht, einem anderen Minenräumer Anweisungen zu geben, einem gewissen Ala-Kuoppala, der noch jünger war und noch weniger Erfahrung hatte als er selbst. Ala-Kuoppala hatte nicht aufgepasst; als er eine Mine freigelegt hatte und sie entschärfen wollte, war er auf eine andere getreten, die ihn in Stücke gerissen hatte. Sulo war zusammen mit vielen anderen Offizieren zum Unglücksort geeilt und hatte das Erstaunen in Ala-Kuoppalas Augen gesehen, als der Junge schon nicht mehr schrie, sondern nur noch stumm und kraftlos im strömenden Regen lag und in einem Feldzug starb, den er bis zu diesem Nachmittag eher als einen Jungenstreich empfunden hatte, eine ungefährliche und recht spaßige Schnitzeljagd. Kari Savander, der sich im Moment der Explosion fünf Meter hinter ihm befunden hatte, konnte sich noch zu Boden werfen und war mit einem amputierten Bein und oberflächlichen Wunden am Oberkörper davongekommen. Karis Unterkörper war seither jedoch gelähmt, und die Ärzte glaubten auch nicht, dass er jemals wieder etwas fühlen oder sich bewegen können würde.

Sulo versuchte sich einzureden, dass ihn daran keine Schuld traf, jedoch vergeblich. Wenn er den an den Rollstuhl gefesselten Kari sah – was oft der Fall war, sie würden ja Schwäger werden –, spürte er ein schauderhaftes Gewicht in seiner Brust, das ihn beinahe umbrachte, und er bekam Lust, einfach loszurennen, aus Helsingfors hinaus, auf die Landstraßen, Kilometer für Kilometer, zu einer Stadt oder zu einem Dorf, das weit weg vom unglücklichen Kari lag, weit weg von Familie Savander. Aber dafür liebte er Elina zu sehr. Es grenzte an ein Wunder, aber Sulos schlechtes Gewissen wegen Karis Schicksal erstickte seine Liebe zu Elina nicht, es verstärkte sie sogar noch. Sulo sah nicht, dass Elinas geerbter Mantel ärmlich und fadenscheinig war oder dass ihre braunen Pumps verfärbt und hässlich aussahen. Sulo maß Elinas abgetragenen Kleidern keine Bedeutung zu, es interessierte ihn nicht, dass ihre Hände vom täglichen Umgang mit Seifenlauge und eiskaltem Spülwasser rau geworden waren, er scherte sich nicht darum, dass sie bereits erste Krampfadern hatte und von der Sonne schnell Pickel im Gesicht bekam. Es störte ihn nicht, dass ihr Gesicht so blass, ernst und verschlossen war, und er merkte auch nicht, dass ihre Augen vor lauter Müdigkeit und wegen all der Sorgen, die sie sich lange Jahre gemacht hatte, immer noch rot unterlaufen waren. Für Sulo war Elina Schönheit, sie bildete den hellen Kontrast zu allem Schlimmen, was er durchgemacht hatte, sie war das Dasein als Zivilist und dessen Hoffnungen und Verheißungen, sie war die Zukunft und die Liebe und das Glück, ja, sie war mehr als das: Sie war das Leben selbst.

Sulo kehrte erst nach einer guten halben Stunde zurück. Inzwischen war der Sänger wieder ans Mikrofon getreten. Die Peace Messengers spielten *Night And Day*, und das Gedränge nahe der Ladefläche war sogar noch schlimmer als zuvor. Laufend strömten mehr Menschen zum Järnvägstorget, sie stießen und drängten sich rund um Kari Savander und seinen Rollstuhl, und Kari konnte nichts mehr sehen. Der Kiosk hatte einen Saft von äußerst suspektem Aussehen und Geschmack verkauft, aber Sulo hatte nur mit den Schultern gezuckt und die Verkäuferin gebeten, Elinas Thermoskanne damit zu füllen. Jetzt gab er sie Elina und bat sie, die Emaillebecher herauszuholen, die sie in einem Einkaufsnetz verwahrte. Anschließend beugte er sich über den Rollstuhl und flüsterte in Karis Ohr: »Ich habe einen Flachmann in der Tasche. Wir können ein bisschen Schnaps in den Saft mischen.« Lahja warf einen misstrauischen Blick in ihre Richtung, aber Kari schaute zu ihm hoch, lächelte dankbar und fragte: »Wer organisiert dieses Spektakel eigentlich?« »Ich glaube, der Demokratische Verbund für das finnische Volk«, antwortete Sulo. »So, so, und was sind das für Leute?«, wollte Kari wissen. »Die Kommunisten, wenn ich mich nicht täusche«, antwortete Sulo. »*Ympäri käydään ja yhteen tullaan,* man rennt und rennt, und dann trifft man sich wieder«, sagte Kari. »Ja, so läuft das im Leben«, meinte Sulo kurz, sah Kari an und fuhr fort: »Du siehst nichts mehr, was?« »Nee, aber das macht nichts«, antwortete Kari, »ich höre ja, was sie spielen.« »Unsinn, natürlich sollst du etwas sehen!«, schnitt Sulo ihm das Wort ab, bückte sich, packte den Rollstuhl und hob das Gefährt mit Kari darin hoch. Er bedeutete Elina und Lahja, ihm zu folgen, und bahnte sich erneut einen Weg zur Bahnhofstreppe. Diesmal machten ihm die Menschen gehorsam Platz, denn sie sahen ja, dass der hochaufgeschossene und kräftige Mann einen an den Rollstuhl gefesselten und sehr jungen Kriegsinvaliden schleppte. Als sie die Treppe hinaufgestiegen waren und Kari einen Platz am vorderen Rand des Absatzes bekommen hatte, drückte Elina dankbar Sulos Arm, und selbst Lahja schenkte ihm ein kurzes Lächeln.

Das Konzert dauerte lange, als die Dämmerung einsetzte, spielten die Peace Messengers immer noch. Die milchige Wolkendecke riss auf, die Luft wurde schneidend kalt, Sonnenstrahlen fielen auf den Järnvägstorget, sie waren bereits rot und schräg. Eine der letzten Nummern war *Kerenskij*, ein Couplet aus dem Revolutionsjahr 1917. Die Peace Messengers spielten die alte Revuenummer im Congatakt, verführerisch und drängend, und das Publikum – Sulo Manner war nicht der einzige Zuhörer mit einem Flachmann in der Tasche – war ausgelassen: Vierzigtausend Menschen sangen mit, so dass die Worte zwischen den Wänden des Bahnhofsgebäudes, des Fennia, des Ateneums und des Nationaltheaters hin und her geworfen wurden.

Kerenskij knetete 'nen riesgen Teig,
in den wollt er das kleine Finnland kneten.
Aber oh je, oh je, oh je, Kerenskij,
Finnland gehört dem Russen nicht mehr.

Als das Konzert vorbei war, verabschiedeten sich Sulo und Elina von Kari und Lahja. Trotz der wärmenden Schlucke aus Sulos Flachmann fror Kari mittlerweile in seinem Rollstuhl, und Lahja würde ihn nach Hause bringen.

Sulo und Elina hatten keine Lust, den Abend zu beenden. Das Konzert hatte sie aufgeheitert, und sie waren aufgekratzt, weil in Europa Frieden herrschte. Außerdem waren sie verliebt: Während der letzten Nummer des Konzerts, einer Ballade, die keiner von ihnen kannte, hatte Elina sich fest an ihren Verlobten gepresst. Sie waren sechsundzwanzig und dreiundzwanzig Jahre alt, konnten aber nirgendwohin. Es gab keine freien Wohnungen in Helsingfors, die vorhandenen Zimmer wurden für die Vertriebenen aus Karelien gebraucht, es herrschte Mangel, Mangel, Mangel. In Sulos Elternhaus befanden sich seine Mutter und sein gichtkranker und ständig wütender Vater Ilmari sowie Sulos ältere Schwester Anneli und deren kleine Tochter Irja. Sulo selbst schlief auf einem Feldbett an der Wohnungstür.

Und in zwei kleinen Zimmern in der Borgågatan hausten Elinas Mutter Kerttu und ihr Bruder Kari und die Halbschwester Taru. Außerdem hielt sich dort Elinas Stiefvater Honkanen auf, dem Sulo ein Dorn im Auge war.

Sie flanierten in der Innenstadt auf und ab, und sanftes Dämmerungslicht senkte sich langsam herab, aber im Nordwesten, über dem Stadtteil Tölö, blieb der Himmel türkis. Zwischendurch saßen sie eine Weile auf einer Parkbank und unterhielten und küssten sich. Es wurde mehr geküsst als geredet, und hinterher erinnerte sich Elina, dass ihr mehrmals flüchtig der Gedanke gekommen war, dass es vieles gab, was sie über Sulo und alles, was er während der Kriege durchgemacht hatte, nicht wusste. Aber Sulo war niemand, der viele Worte machte, er wollte Dinge *tun*, so war er während ihrer gesamten Verlobungszeit gewesen, ja, in den ganzen drei Jahren, die sie sich kannten, und Elina wusste genau, was er jetzt tun wollte. Sie hatte es schon gespürt, als sie sich auf dem Platz berührt hatten, sie hatte es gespürt, als sie sich im Park der Alten Kirche den ersten Kuss gegeben hatten: Sulo war hungrig, ungeduldig. Elina zögerte. Es war nicht so, dass sie sich aus Prinzip zurückhielt, sie hatten es schon getan, wenn sie sich ein Zimmer besorgen und sicher sein konnten, nicht ertappt zu werden. Das erste Mal hatten sie sich in der Schrebergartenlaube von Elinas Onkel geliebt, während eines Heimaturlaubs im Sommer 1943, und in dem Häuschen im Stadtteil Hertonäs hatten sie es auch später getan, aber nun wusste Elina nicht, wohin sie gehen sollten, denn es war ein kühler Abend, und sie saßen auf einer Parkbank im Stadtteil Kajsaniemi, und ihr Kuss war lang und intensiv, und Sulo umarmte sie immer fester, und seine Hände wurden immer hitziger, immer aufdringlicher, und sie fragte ihn: »Liebling, kannst du nicht warten?« Sulos Hände wurden ruhiger, aber er atmete weiterhin schwer, und es kam keine Antwort, man hörte nur diese schweren Atemzüge, und Elina war eigentlich auch nicht besonders abweisend, nicht wirklich, denn als sie von der Bank aufstanden, ging sie weiter ganz, ganz dicht neben ihm, und sein Arm lag um ihre Taille geschlungen, und seine Hand spreizte sich aufwärts, und sie spürte, dass sie zu ihrer Brust wollte. Und sicher, sie war ja selbst ungeduldig und weigerte sich, sich deshalb zu schämen. Manchmal waren Ort und Zeitpunkt falsch, aber ihr Schoß sehnte sich trotzdem, und während sie langsam durch Kajsaniemi schlenderten, hallten die fremden Lieder in ihrem Kopf wider, all diese Lieder, die sie am Tag gehört hatte, und irgendwer in ihrem Inneren summte die unverständlichen Worte – oolomii … naaitendeeii … –, und der Rhythmus und die Wärme in der Musik lebten in ihr weiter, und sie ahnte, dass es Sulo genauso ging. Sie waren aufgetaut, ja, die ganzen vierzigtausend auf dem Platz waren in der Wärme der Musik geschmolzen: Es gab keinen ewigen Winter und keine ewige Dunkelheit mehr, es war Frühling, und bald würde es Sommer werden, und dieser ganze Tag hatte nach Jahren der Trauer und des Todes vom *Leben* gehandelt, und als sie das dachte, gingen sie am Sportplatz vorbei, und parallel zu ihm lagen hohe Holzstapel aufgereiht, und die beiden sahen, dass es zwischen zwei der Stapel einen schmalen Gang gab, der in eine anonyme und einladende Dunkelheit hineinführte. Sulo zog sie dorthin, zog sie ins Dunkel und küsste sie und dann noch einmal und schnappte ein bisschen nach ihrer Lippe, und ihr schoss noch ein kurzer abwehrender Gedanke durch den Kopf, wie kalt es doch war und dass sie sich erkälten könnte, aber dann gab sie nach und ließ zu, dass er sie tiefer in den Gang hineinzog, und als er sie hochhob, war sie schon bereit.

Das Kind wurde am 4. Februar 1946 geboren. Es war ein Junge, und sie tauften ihn Jouni.

* * *

Ich möchte euch zu einem seltsam lauen Januarabend 1961, fünfzehn Jahre später, mitnehmen.

Es ist Samstag, und die achtunddreißigjährige Elina Manner, Wäscherin und Teilzeitnäherin und seit drei Jahren Witwe, sitzt in ihrer Wohnung in einem Holzhaus in der Castrénsgatan und wartet darauf, dass Jouni, der ältere ihrer beiden Söhne, nach Haus kommt. Der zwölfjährige Oskari schläft bereits auf seiner Bettcouch. Elina hat gesagt, dass Jouni bis zehn zu Hause sein soll, aber mittlerweile ist es schon elf. Elina glaubt – oder hofft zumindest –, dass er im Kerho ist, dem Jugendcafé am Hagnäs torg. Jouni ist im Herbst jeden Samstagabend zu spät heimgekommen und manchmal auch unter der Woche, er ist noch keine fünfzehn, aber sie hat ihn nicht mehr im Griff, niemand hat den Jungen jemals im Griff gehabt, nicht einmal Sulo.

Es ist ein Januar ohne Schnee in Helsingfors, in späteren Zeiten wird das nichts Besonderes mehr sein, damals jedoch war es eine Ausnahme. In den letzten Tagen hat sich kein Lüftchen geregt, Straßen und Höfe sind vollkommen frei, und es gibt auch keine Eisdecke, nur dünne, einsame Schollen, die auf der reglosen Wasserfläche der Tölöviken und in der Djurgårdsviken und draußen auf der Kronbergfjärden treiben: Der Himmel ist undurchdringlich grau und das Ganze fast schon gespenstisch.

Elina hat unterhalb der Woche keine Zeit zum Lesen gehabt, nun aber die abgegriffenen und saucenfleckigen Donnerstags- und Freitagsausgaben der Tageszeitung Helsingin Sanomat aus dem Restaurant Tuulo mitgenommen und schlägt sie nacheinander auf. Sie liest langsam und akribisch, ihre Gedanken schweifen ab. Der Wettermann verspricht für die nächste Woche, dass es nicht schneien wird, die ungewöhnliche Wärme hält sich, sagt er. »Atomwinter«, schreibt ein Redakteur in einem Artikel. *Was immer sie damit meinen.* Sie liest über das Flugzeugunglück in Ostbottnien vor einigen Wochen: Inzwischen ist die

Beerdigung gewesen, und der Pfarrer hat schöne Worte über die Vergänglichkeit des Lebens und die dunklen Abgründe in der Seele des Menschen gesprochen, aber an einer anderen Stelle steht, dass der Flugkapitän und sein erster Offizier die ganze Nacht gesoffen hatten und mit dem Taxi zur Arbeit gefahren waren, ohne auch nur eine Minute geschlafen zu haben. *So viele Tote und das nur, weil sie die Finger nicht vom Schnaps lassen konnten. So war es bei Sulo und Konkanen auch gewesen. Aber da waren es nur zwei, die zu Grunde gerichtet wurden. Tja, und wir, die nächsten Angehörigen natürlich. Vielleicht waren diese Flieger ja auch Kriegsveteranen. Einfach zum Teufel mit allem, mit allen Träumen von Glück und Liebe und ich weiß nicht was.* Elina schüttelt sich missgelaunt und blättert zu den Kinoanzeigen weiter. Sie sieht, dass im Tuulensuu mal wieder »Vom Winde verweht« läuft. Aber den hat sie schon, noch dazu mehrmals, gesehen. *Diesen Monat kann ich sowieso nicht ausgehen, alles Geld ist für Jounis neue Schuhe draufgegangen, eigentlich sollten sie ja sein Geschenk zum Fünfzehnten sein, aber er kann ja nie warten.* Sie hat keine Lust mehr zu lesen, greift stattdessen zu einer Illustrierten und versucht, ein Kreuzworträtsel zu lösen, kann sich aber nicht konzentrieren. Sie wirft einen Blick auf die Wanduhr und sieht, dass es zu spät ist, um noch Radio zu hören: Die Nationalhymne ist bereits gespielt worden, es ist Sendeschluss. *Aber wo um Himmels willen treibt sich jetzt eigentlich der Junge herum?* Sie legt das Rätsel weg, steht auf, geht zur Bettcouch. Oskari hat im Schlaf die Decke fortgestrampelt, und sie deckt ihn wieder zu. Jounis Stahlbett an der anderen Wand steht leer, das Bett ist schlampig gemacht worden, aber Elina ist zu müde, um daran etwas zu ändern. Sie geht zum Herd und kocht sich noch eine Tasse Tee, ihre dritte, und weiß, dass es mit dem Schlaf nichts werden wird. *Aber es ist Sonntag, wenn er endlich heimkommt, kann ich bis Viertel vor acht schlafen, dann fängt das Ra-*

dioprogramm an. Aber seit es das Frühstückscafé nicht mehr gibt, läuft ja eh nichts mehr, was man hören will. Der Tarva ist jetzt beim Fernsehen, aber so einen Apparat können sich kleine Leute wie ich doch nicht leisten.

Sie greift nach ihrer Teetasse, setzt sich wieder an den Esstisch und schaut auf die leere Straße hinaus. Ihr Blick fällt auf das Schild des Restaurants Tuulo an der Ecke, und unmerklich verlässt sie die Gegenwart und beginnt, sich an das Leben zu erinnern, wie es sich seit der Geburt ihrer Kinder entwickelt hat. Sie entsinnt sich der ersten furchtsamen Jahre nach dem Krieg, als Shdanow und seine Männer im Hotel Torni hockten und die Einwohner der Stadt das Hotel mieden, als behauptet wurde, es gäbe überall vergrabene Waffen, als manche Menschen nach Amerika flohen, während andere mit einem neu gewonnenen Glauben an sich und ihre Sache herumliefen. Sulo hätte zu ihnen gehören können, wenn er gewollt hätte. Immerhin war sein Vater im Sommer 1918 hingerichtet worden, und dieser Kullervo Manner, der die Regierung der Roten führte, war ein entfernter Verwandter von ihm. Aber Sulo interessierte sich nicht für Politik, er war zu sensibel, im Grunde seines Herzens war er ein Künstler, obwohl er nur Schriftsetzer war, das sah man an seinen Bleistiftzeichnungen: Auf ihnen war es ihm sogar gelungen, sie, Elina, zu einer Schönheit zu machen, sie, die doch so unscheinbar und hässlich aussah. Sulo sprach nie über Politik; wenn andere anfingen zu agitieren und sich zu streiten, zog er sich zurück und schwieg. Elina sagte er, die Jahre im Kinderheim der siegreichen bürgerlichen Seite hätten ihn gelehrt, das Maul zu halten und sich um seinen eigenen Kram zu kümmern. Das sagte er ihr an einem Winterabend, als die Jungen klein waren und Sulo und sie noch miteinander sprachen. Damals waren sie endlich in eine eigene Bleibe am hinteren Ende des Mannerheimvägen, eine kleine Mietwohnung im achten Stock eines Neubaus gezogen. Dort, über den Baumwipfeln, wohnten sie auch, als Mannerheim zu Grabe getragen wurde: Sie erinnerte sich noch gut an den Tag der Beisetzung im Jahre 1951, es war ein kalter Tag, ein ganz anderer Wintertag gewesen als der gerade vergangene, es hatte sehr viel Schnee gelegen, und wenn man ausatmete, strömte dicker, weißer Rauch aus dem Mund. Elina hatte sich nicht für die Beerdigung interessiert, stattdessen hatte sie den Karren mit Oskari durch den tiefen Schnee geschoben, und neben dem Karren war im Laufschritt ein wütender und verbissener Jouni gegangen: Sie wollten zu Heikkiläs Schneiderei, um nach Arbeit zu fragen. In jenem Winter trank Sulo schon ziemlich viel, hatte aber noch seinen Job bei Vilkki, seine Arbeitskollegen deckten ihn. Wenn der Faktor wissen wollte, warum Sulo nicht da war, hatten die anderen immer eine Erklärung zur Hand. Der Sommer der Olympischen Spiele war ihr als eine glückliche Zeit in Erinnerung geblieben, Sulo trank damals nicht, er hatte sich am Riemen gerissen und Geld gespart, und eines Tages waren sie alle, Jouni, Oskari, Sulo und sie, gemeinsam zu den Leichtathletikwettkämpfen gegangen: Sie erinnerte sich an einen brasilianischen Dreispringer, einen Neger, der so lange Beine hatte, dass sie gar nicht mehr aufhören wollten. Sie erinnerte sich auch an anderes: an die zahlreichen Zeitungsartikel über den beliebten Läufer Zatopek und seine Frau Dana und an das Malheur des zerstreuten Fahrers, der sich blamierte, als er mit seinem Coca-Cola-Laster gegen einen Baum fuhr, so dass alle Flaschen zu Bruch gingen.

Danach wurden die Bilder düsterer: Im folgenden Winter bekam ihr kleiner Bruder Kari eine Lungenentzündung und starb, es geschah, nachdem Lahja es leid war und ihn verlassen hatte, aber nach den vielen Jahren im Rollstuhl war er ohnehin geschwächt. Karis Tod war ein schwerer Schlag für Sulo, er hatte immer sehr an seinem Schwager gehangen, die beiden blickten ja auf eine lange gemeinsame Geschichte zurück, sie hatten in Lappland gegen die Deutschen gekämpft und so weiter. Nach Karis Tod ging es mit Sulo bergab, manchmal blieb er tagelang verschwunden, und die anderen Setzer konnten ihn nicht mehr schützen. Er wurde gefeuert und trank danach nicht mehr nur mit alten Freunden, sondern auch mit Elinas unberechenbarem Stiefvater Honkanen und dessen Kumpanen, was keine gute Idee war, denn Honkanen hatte genau wie seine Handlanger eine Strafakte, außerdem hassten Honkanen und Sulo sich. Nach Sulos Tod hatte Elina sich manchmal Vorwürfe gemacht, weil ihr die Kraft gefehlt hatte, weil sie so desinteressiert gewesen war, weil sie immer mehr die Augen davor verschlossen hatte, wie die Dinge lagen. Aber im Grunde wusste sie ja so furchtbar wenig über ihn, sie hatte doch keine Ahnung, was er an der Front durchgemacht hatte. Und sie sollte es auch nie erfahren: Sulo hatte seine Geheimnisse mit ins Grab genommen. Mit der Zeit hatte sie trotz allem aufgehört, sich Vorwürfe zu machen. Sie war immer mit dem Alltag beschäftigt gewesen, mit Jouni und Oskari und der Aufgabe, mit wenig Geld über die Runden zu kommen. Und seit ihrer Kindheit wusste sie, dass der Alkohol ein schrecklicher Herrscher war: Manchmal kam es ihr vor, als würde er die finnischen Männer mit noch mörderischer Präzision niederstrecken, als es den Bomben und Granaten der Russen jemals gelungen war. Jetzt, hinterher, hoffte sie lediglich, dass die Jungen nicht allzu großen Schaden genommen hatten, denn in ihrem letzten gemeinsamen Jahr hatte Sulo sie roh und hart behandelt, obwohl er sie so sehr liebte. Vor allem Jouni hatte er grausam behandelt, und manchmal dachte Elina, dass Sulo zu seinem Erstgeborenen besonders gemein gewesen war, weil er ahnte, dass Jouni aus härterem Holz geschnitzt war als er, der bereits untergegangen war. Oder er hatte sich einfach geschämt, weil ihn die Jungen so erbärmlich und schwach sahen, wie er war, wenn er heimkehrte, nachdem er wieder einmal verschwunden war. Jouni war damals nicht einmal zehn gewesen, er war vorlaut und ungehorsam, aber letzten Endes doch nur ein Kind, das seine Grenzen austestete. Sulo hätte ihn nicht mit dem Gürtel schlagen sollen, ihm nicht diese furchtbaren Dinge an den Kopf werfen sollen. Aber Sulo war in solchen Momenten nicht er selbst, er war sturzbetrunken, launisch und zügellos, nicht einmal Elina war vor ihm sicher. In ihrer Erinnerung war dieses Jahr wie der Geschmack von Metall, eine lange Wanderung in bleigrauem Nebel, und sie hatte ihre ganze Kraft darauf verwandt, Jouni, Oskari und sich zu schützen. Sicher, sie hatte getan, was in ihrer Macht stand, um Sulo zu retten, aber er wollte nicht, er war zerbrochen, sie sah es in seinen Augen, wenn er nüchtern war, dann hatte er Angst, kauerte sich zusammen, sah weg und schämte sich, bis er wieder zu Honkanen und seiner Bande floh, und sie soffen nicht nur zusammen, sie trieben auch anderes, Schnapsschmuggel, Einbrüche und Hehlerei, und am Ende wurde Sulo geschnappt, es passierte kurz vor dem Generalstreik, denn sie erinnerte sich, dass er währenddessen seine Strafe absaß. Bei den langen Aufmärschen der Streikenden auf dem Tavastvägen waren die Straßen schwarz vor Menschen, aber ihr Mann saß im Knast, und als er aus dem Gefängnis kam, lebte er nur noch zwei Jahre, dann war es vorbei. Im letzten Jahr, als sie und die Jungen draußen in Hertonäs wohnten, hatte sie Sulo verboten, zu ihnen zu kommen und die Kinder zu besuchen. Ohne ihr Wissen hatte er daraufhin – ausgerechnet zusammen mit Honkanen! – einen letzten Versuch unternommen, sich zu bessern. Honkanen und Sulo hatten im Sommer ´58 eine Stelle beim Straßenbau bekommen, sie malochten irgendwo südlich von Tammerfors in einer Arbeitskolonne und wohnten in Baracken, und in ihrer Baracke war das Versprechen, abstinent zu bleiben, zur Makulatur geworden, und daraufhin hatten sie ihre Messer gezogen, und nun saß Honkanen wegen Totschlags im Gefängnis. Neun Jahre Zuchthaus hatte er bekommen, aber was nützte das: Es wuchs Klee auf Sulo genau wie auf dem armen Kari, ihre Jungen hatten ihren Vater und Onkel verloren.

tttttr
r
r
r

Das abrupte, rasselnde Geräusch am Fenster riss Elina aus ihren Gedanken. Für einen flüchtigen Moment war sie unsicher, wo und in welcher Phase ihres Lebens sie sich befand, fast hätte sie sich umgedreht und Sulo zugerufen, dass jemand mitten in der Nacht vor ihrem Küchenfenster stand. Dann fing sie sich wieder, lehnte sich vor, blickte auf die Straße hinunter und sah, dass es, Gott sei Dank, Jouni war. Aber er war nicht allein. Hinter ihm stand ein hagerer Junge mit hellen, lockigen Haaren, der merkwürdig und ein bisschen mädchenhaft aussah. Elina bedeutete Jouni zu warten, wich zwei Schritte zurück und warf einen Blick auf ihren Wecker. Zwanzig vor eins. Sie kehrte zum Fenster zurück, öffnete es und fauchte: »Zwei Stunden und vierzig Minuten zu spät! Was soll ich nur mit dir machen, du wirst ja immer schlimmer! Und warum wirfst du Steine gegen das Fenster, hast du etwa wieder deinen Schlüssel vergessen?«

»Ja. Aber das waren Kiesel, keine Steine.«

»Und wer ist der Junge da? Sag ihm, er soll nach Hause gehen!«

»Das ist Ariel. Er ist mein Freund. Kann er bei uns schlafen? Er hat… er sagt, dass er zu Hause ein bisschen Probleme hat.«

Der mädchenhafte Junge sah Elina ernst an, schluckte und

wirkte ein wenig ängstlich, brachte dann aber dennoch einen Gruß heraus: »G-g-guten Abend, Frau Manner.«

Elina schüttelte den Kopf und setzte ihre strengste Miene auf. »Ehrlich gesagt ist es schon Nacht. Und das hier ist kein Kinderheim für Verirrte.«

Der Junge namens Ariel sah daraufhin noch unglücklicher aus als zuvor. Er zog sich zurück und schien hinter einem braunen Wartburg verschwinden zu wollen, der schlampig geparkt unterhalb des Mannerschen Fensters stand. Jouni schaltete sich ein und sagte flehend: »Mama, bitte. Ariel geht in meine Schule. Er ist siebzehn und einer von den liebsten in der ganzen … ich beschütze ihn. Und er hat wirklich … also wenn er sagt, dass er nicht nach Hause gehen kann, dann stimmt das auch, Ariel erzählt einem keine Märchen.«

»Wir haben keinen Platz für Übernachtungsgäste, das weißt du.« Elina wusste insgeheim, warum sie den fremden Jungen nicht hereinlassen wollte. Sie schämte sich. Es ging nicht darum, dass sie beengt wohnten, das taten viele. Es ging um das Haus: Es war eines der letzten verbliebenen Holzhäuser des Viertels, es gab nicht einmal fließendes Wasser. Sie holten ihr Wasser aus dem städtischen Hahn auf der Straße, und auf dem Hinterhof gab es sowohl eine Reihe von Plumpsklos als auch eine Sickergrube, in die man die Nachttöpfe entleerte und das Schmutzwasser goss. »Und was ist das überhaupt für ein Unsinn, dass du ihn beschützt, er ist doch ein paar Jahre älter als du!«, fauchte Elina, damit man ihr nicht ansah, dass ihr das eigene Zuhause peinlich war.

»Ariel kann sich nicht schlagen«, sagte Jouni, als würde dies alle Mysterien der Welt und noch ein paar mehr erklären. »Er könnte auf dem Fußboden schlafen. Auf dem Teppich im Flur, überall.«

»E-es ist mir egal, F-Frau Manner«, versicherte Ariel, trat vorsichtig aus seinem Versteck heraus und machte einen plumpen Versuch, sich zu verneigen.

»Bei uns wird nicht auf dem Fußboden geschlafen«, zischte Elina mit Nachdruck. »Was ist eigentlich los mit euch, habt ihr getrunken? Du kommst jetzt rein, Jouni, sonst wachen noch die Nachbarn auf, und ich muss mich für dich schämen.« Sie warf einen Blick auf den eigenartigen Ariel. »Und du musst nach Hause gehen, so schlimm kann es ja wohl nicht sein!« Als sie diese letzten Worte aussprach, sah sie plötzlich Bilder von Nächten vor sich, in denen Sulo wild und irre gewesen war und sich auf Jouni und sie gestürzt hatte, dunkel und lodernd flirrten die Bilder vorbei, und auf einmal schämte sie sich ihrer Worte. In Wahrheit konnte sie das doch gar nicht wissen.

Aber die Jungen gaben auf. Jouni wandte sich an Ariel und sagte: »Du musst woanders hingehen, wenn sie so ist, gibt sie nicht nach.«

Ariel drehte sich um und ging. Elina sah ihm nach, schwieg jedoch und warf Jouni die Schlüssel zu. Als ihr Sohn hereingekommen war, setzte er sich an den Esstisch, saß bloß da und schaute zu Tuulos Restaurant schräg gegenüber hinunter. Elina sah, dass in einem Hosenbein ein großer Riss war. Schmutzig war die Hose auch. Und seine Schuhe, die neuen teuren Schuhe aus Wildleder, klafften vorne auseinander: Die Sohle hatte sich gelöst.

»Ich habe gefragt, ob ihr Alkohol getrunken habt. Könnte ich bitte eine Antwort bekommen?«

»Nein. Ich meine, wir haben nicht getrunken.«

»Hast du dich geprügelt?«

»Nein.«

Er sah sie nicht an, als er ihr antwortete, fixierte stattdessen genau wie Elina zuvor das Restaurantschild. Sie sah ihn wieder an. Er war groß für sein Alter, nicht schlaksig und spinnenhaft, wie Jungen es normalerweise wurden, wenn sie früh in die Höhe schossen, sondern breitschultrig und kräftig: Er hatte die Statur seines Vaters. In einem Bautrupp oder im Hafen würde er gut zurechtkommen, obwohl er noch so jung war. Elina wollte nicht so denken, aber Gedanken dieser Art drängten sich ihr in letzter Zeit immer öfter auf: Jouni war zwar vom Schulgeld befreit, aber es war trotzdem teuer, ihn in die Schule gehen zu lassen. Sie hatte Probleme, mit ihrem Lohn auszukommen, und konnte es sich einfach nicht verkneifen, an das Geld zu denken, das der Junge nach Hause bringen würde, wenn er arbeiten ginge, statt weiter die Schule zu besuchen. Selbst die Berufsschule wäre einträglicher, denn dort bekam man schon bald eine Praktikantenstelle, ganz gleich, welche Richtung man einschlug. Aber Jouni hatte in der Volksschule eine Klasse übersprungen und brachte immer noch Bestnoten nach Hause, obwohl er durch die Straßen zog und auf Hinterhöfen herumhing, und Elina hatte er gesagt, dass er das Abitur machen wolle und schon noch pauken werde, »wenn es später schwerer wird«.

»Oh je, die Schuhe ...«, sagte Elina, vor allem, um das Schweigen zu brechen. »Ganz neu, warum musst du sie auch bei so einem Wetter anziehen?«

»Ich hab keine anderen«, antwortete Jouni, »die alten sind hin.«

»Du hast doch noch deine Skischuhe«, versuchte Elina einzuwenden.

»Die sind zu klein. Und ins Kerho gehe ich nicht in Skischuhen«, sagte Jouni, drehte den Fuß und blickte zerstreut auf den klaffenden Wildlederschuh hinab. »Das ist halb so wild, Mama. Es ist nur die Sohle.«

»Schlecht geleimt«, meinte Elina. »Du hättest finnische statt der tschechoslowakischen kaufen sollen.«

»Das kann man flicken«, erklärte Jouni ruhig. Als er weitersprach, sah er sie immer noch nicht an: »Ich weiß, dass wir kein Geld haben, aber in ein paar Wochen habe ich einen Job. Ahokainen im Sokos-Lager hat es mir versprochen. Drei Abende in der Woche und zwei Mal morgens vor der Schule.«

»Gütiger Himmel!«, platzte Elina heraus. »Wann hast du das denn organisiert?«

»Ich bin letzte Woche hingegangen. Sie brauchen Leute. Ich werde packen. Lieferungen zusammenstellen. Glaube ich zumindest. Mal sehen«, sagte Jouni, ohne eine Miene zu verziehen.

Mit einem Schlag fühlte Elina sich beruhigt. Das passierte ihr nicht zum ersten Mal. Immer wenn sie vor Sorgen wegen Jouni oder der ganzen Familie nicht mehr ein noch aus wusste, tat Jouni etwas, was wenigstens für eine Weile wieder alles ins Lot brachte. *Der junge Jouni ist trotz allem der Sohn eines Mannes, der fünfeinhalb Jahre für die Freiheit des Vaterlandes gekämpft hat, diese Ehre kann ihm keiner nehmen, und die gleiche Ehre gebührt auch Ihnen, Frau Manner*, hatte Rektor Kivimaa in dem Brief geschrieben, in dem er ihr mitgeteilt hatte, dass Jouni einen Platz als Freischüler bekommen würde. Später, während eines Schuljahres, in dem Jouni sich fast täglich prügelte, hatte ein aufgebrachtes Mitglied des Direktoriums ihm den Status eines Freischülers aberkennen wollen, aber Rektor Kivimaa hatte Jouni verteidigt und es geschafft, das Direktorium davon zu überzeugen, dass der Schüler und seine Mutter Buße und Besserung gelobt hatten. Und in der Regel gelang Jouni das tatsächlich. Mit der Buße war es bei ihm sicher nicht weit her, aber er schien einen sechsten Sinn dafür zu besitzen, wann seine Umgebung allmählich die Geduld mit ihm verlor: Gewöhnlich hörte er im richtigen Moment auf, Streit zu suchen, und begann stattdessen, guten Willen zu zeigen.

»Soll ich den Riss da flicken?«, fragte Elina mit freundlicher Stimme.

»Welchen Riss?«, erkundigte sich Jouni.

»Den in deinem linken Hosenbein.«

Jouni zuckte mit den Schultern. »Wenn du willst.«

»Leg die Hose über den Stuhl, wenn du ins Bett gehst, dann flicke ich sie dir morgen.«

Jouni nickte, sagte aber nichts mehr. Elina blieb stehen und beobachtete ihn schräg von der Seite. Zusammengebissene Kiefer, Augen, die in die Nacht schauten. Es gab etwas Hartes in diesem Blick, etwas Schmales, Blindes und Unnachgiebiges. *Obwohl er noch keine fünfzehn ist, hat er die Augen eines Soldaten,* dachte Elina. *Sie sind alle kleine Krieger, sie sind ihre Väter.*

»Ich gehe jetzt ins Bett«, sagte sie und zog sich hinter die Draperie zurück. Jouni entgegnete nichts.

* * *

Jouni und Ariel waren kurz zuvor, an einem regnerischen Sonntag im Oktober, Freunde geworden. Zwei Monate waren seit ihrer gewalttätigen Begegnung auf der Brache am Tavastvägen vergangen. Während der Schultage in der Aleksis-Kivi-Schule, einem riesigen und abweisenden Gebäudekomplex aus den dreißiger Jahren, der auf einem Hügel oberhalb des Braheplans stand, hatten sie keinerlei Kontakt gehabt, weder in den Schulfluren noch auf dem Sportplatz, wo Schüler unterschiedlichen Alters nach Schulschluss Sport trieben oder bloß herumlungerten. Wenn sich Jounis und Ariels Wege kreuzten, senkte der beschämte Ariel rasch den Blick oder sah weg, während Jouni so tat, als wäre Ariel Luft: So pflegte er besiegte Feinde zu behandeln. Doch nun war es Sonntagnachmittag, der dichte Regen des Morgens war zu einem leichten Nieselregen geschrumpft, und Jouni Manner schlenderte mit so viel Fett in seinen sorgfältig gekämmten Haaren die Straße hinab, dass jeder Regentropfen davon abperlte. Richtung Porthansgatan abwärts gehend, gleich hinter den neuen neunstöckigen Häusern, meinte er Musik zu hören: Jemand spielte hart und rhythmisch und bei offenem Fenster Gitarre, und es klang ziemlich gut. Im Erdgeschoss von Hausnummer 11 stand ein Fenster offen, von dort schien die Musik zu kommen. Da Jouni sich als Herrscher über diese Häuserblocks betrachtete, hievte er sich umstandslos auf das Fensterblech hoch und hing auf seine Ellbogen gestützt in der Fensteröffnung. Als er sich an das Zwielicht im Zimmer gewöhnt hatte, konnte er den Gitarristen identifizieren: Es war Ariel Wahl, der ältere Junge, den er vermöbelt hatte und der wie ein verängstigtes Gespenst durch die Schule schlich.

Ariel spielte nicht mehr, er war von dem abgewetzten grünen Stuhl aufgesprungen, auf dem er gesessen hatte, und stand an die Wand gepresst, seine Augen flackerten.

»Ich hab dich schrammeln gehört«, sagte Jouni, als gäbe ihm dies das unbestreitbare Recht, den Platz einzunehmen, den er nun innehatte.

»W-was willst du?«, fragte Ariel, und seine Stimme war dünn und zittrig. »Hier g-gibt's keine K-K-Knete, i-i-ich …«

»Mach dich nicht lächerlich. Ich wollte nur hören, wer hier schrammelt«, unterbrach Jouni ihn.

»Das war ich«, erwiderte Ariel, und es gelang ihm, seine Stimme tonlos zu machen. »K-kannst du jetzt bitte abhauen?«

»Du wohnst hier bestimmt nicht allein, oder?«, fragte Jouni.

»W-was denkst du denn? Ich wohne hier mit meiner Mutter.« Er versuchte, Jounis Blick zu begegnen, traute sich aber nicht, sondern schaute zu Boden. Dann blickte er wieder auf. »Sie ist p-putzen, aber wenn du da im Fenster hängst, wenn sie k-k-kommt, setzt es Schläge, sie ist eine ganz H-Harte, sie ist echt taff.«

»Das bin ich auch«, entgegnete Jouni fast heiter.

»Ein taffer Typ, der sich mit Müttern prügelt?«

»Nee, ich schlage mich nicht mit Müttern«, erklärte Jouni mit Nachdruck. »Aber jetzt bitte mich schon herein, dann brauche ich hier auch nicht so herumzuhängen.«

»Ich d-denke gar nicht daran, dich hereinzubitten«, erwiderte Ariel, »ich bin doch kein K-K-Kamikaze.«

»Was ist das für eine Klampfe?«, wechselte Jouni das Thema.

Ariel beruhigte sich, seine Miene erhellte sich fast.

»Eine Levin«, antwortete er, »eine sch-schwedische Gitarre.«

»Sie sieht gut aus, also muss sie teuer sein«, meinte Jouni. »Was hast du gespielt, als ich vorbeigegangen bin?«

»Samertaim blues«, sagte Ariel. »K-k-kokkran. Es ist ein altes Lied.«

»Klang gut«, sagte Jouni versöhnlich.

»Es ist ein g-gutes Stück, auch wenn es schon alt ist.«

»Spiel's nochmal«, sagte Jouni in einem Ton, der verriet, dass er Gehorsam gewöhnt war. Ariel schlug erneut die Akkorde an: *ta-da-da-damm, ti-di-di-damm.* Jounis Kopf hüpfte in der Fensteröffnung auf und ab. Er fand es seltsam, dass dieser dürre und ängstliche Ariel so kraftvoll spielen konnte. Nach einer Weile war Ariel es leid und spielte stattdessen eine Melodie. Auch das klang gut.

»Was war das letzte?«, fragte Jouni.

»Woolkdontrann«, antwortete Ariel. »H-hast du das noch nie gehört?«

Jouni schüttelte den Kopf.

»Ich weiß nicht, ob die Gitarre teuer ist oder nicht«, sagte Ariel und stotterte plötzlich nicht mehr. In den folgenden Jahren sollte Jouni lernen, dass dies typisch für Ariel war: Manchmal ließ er eine Frage unbeantwortet, um später auf sie zurückzukommen, wenn man am wenigsten damit rechnete. Und sein Stottern konnte ebenso schnell verschwinden, wie es auftauchte, wenn er Angst bekam.

»Die habe ich schon immer gehabt«, fuhr Ariel fort. »Sie hat meinem V-Vater gehört, jedenfalls behauptet das meine Mutter. Es ist das Einzige, was er mir hinterlassen hat.«

»Du hast keinen Alten?«, sagte Jouni nachdenklich.

»Nee. Er ist nach Sch-Schweden gefahren, als ich klein war, und dann bei einem Verkehrsunfall gestorben. Eigentlich war er Trompeter, die Gitarre hatte er nur zum Sp-spass.«

»Deshalb hat er sie hier gelassen«, sagte Jouni. Er verstummte, schien zu zögern, sagte dann jedoch schnell: »Ich hab auch keinen. Meiner ist vor drei Jahren gestorben. Er hat im Knast gesessen. Mamas Alter hat ihn erstochen. Also nicht ihr richtiger, sondern ihr Stiefvater. Honkanen. Er ist Anführer einer Bande.«

Ariel entgegnete nichts. Er wirkte ermattet, als hätte er soeben mehr Informationen bekommen, als er verarbeiten konnte.

»Du hast ja auch Platten«, sagte Jouni und zeigte mit einem schmutzigen Finger auf einen kleinen Ständer aus schwarzem Plastik, in dem einige Schallplatten ohne Hülle standen.

»Die gehören meiner M-Mutter. Aber ihr Plattenspieler ist kaputt, und wir können es uns nicht leisten, ihn r-reparieren zu lassen.« Ariel sah grübelnd Jouni an, der inzwischen angestrengt wirkte: Sein Gesicht war rot angelaufen, und seine Arme zitterten ein wenig, mittlerweile hing er seit vielen Minuten in dem Fenster. »Warum hast du mich geschlagen?«, fragte Ariel. Sein Ton war nüchtern und sachlich, als wäre es das Natürlichste auf der Welt, ausgerechnet diese Frage zu stellen.

Jouni schwieg überrumpelt. Das hatte ihn bisher keines seiner Opfer gefragt. »Ich weiß es nicht«, antwortete er nach langem Schweigen. Er war verlegen, und um Ariels Aufmerksamkeit abzulenken, zeigte er erneut in das Zimmer, auf das Foto eines jungen Mädchens in einer adretten Bluse: Das gerahmte Bild stand auf einem Büfett zwischen einer bauchigen blauen Blumenvase und einem Weihnachtsmann, den jemand aus einer Toilettenpapierrolle und Watte gebastelt hatte, und das Mädchen hatte dunkle Haare und war schön, sah auf der Aufnahme jedoch ernst, fast schon wütend aus.

»Ist das deine Braut?«, erkundigte er sich.

Ariel schüttelte den Kopf. »Nee, das ist Adriana. Sie ist meine … na ja, wir sind irgendwie über zwei oder drei Ecken verwandt. In meiner früheren Schule ging sie in die K-K-Klasse unter mir.«

»Wo war das?«

»In B-Broban. Eine schwedischsprachige Schule. Wir haben in Rödbergen gewohnt.«

»Du bist Schwede?«, fragte Jouni.

»Ich weiß nicht. Ich denke, ich bin sowohl als auch. Mein Alter ist wohl einer gewesen. Und meine Mutter, Lydia … die ist ein bisschen von allem.« Er verstummte und sah Jouni unverwandt an. »Du f-fragst viel«, ergänzte er dann.

»Ich hab schon in einer Menge Gegenden gewohnt«, sagte Jouni. »In Hertsika zum Beispiel. Und als mein Alter noch bei uns wohnte, am hinteren Ende der Mannerheim.«

»Wir ziehen auch oft um«, gestand Ariel.

»Sie sieht aus wie ein Filmstar, deine die da … was immer sie ist«, sagte Jouni.

»Eine V-verwandte d-dritten Grades, denke ich«, erwiderte Ariel. »Zumindest sagt das meine Mutter. Das ist von ihrer K-K-Konfirmation, ich war da. Sie war im September, das Bild ist vorgestern gekommen. Sie trugen alle, du weißt schon, dieses w-weiße Kleid, aber als Fotos gemacht werden sollten, hat Adriana sich geweigert. Sie hat das weiße ausgezogen und auf eine Kirchenbank gelegt, und ihre Alten sind ganz blass geworden.«

»Sie hat es ausgezogen? Und was hatte sie darunter an?«

»Eine Hose. Eine Jeans. Und eine Bluse.«

»Seht ihr euch oft?«

»Geht so. Aber sie ist wirklich hübsch. Und sie ist auch sonst in Ordnung.«

Er verstummte, suchte nach Argumenten und meinte schließlich: »Sie kann singen.«

»Ich habe Fluppen«, sagte Jouni. »Vier Stück. Willst du eine?«

Ariel zögerte kurz, dann sagte er: »K-Kommst du da rein oder springst du runter und kommst durch die Tür?« Aber Jouni war schon verschwunden. Ariel ging zum Fenster, lehnte sich hinaus und sah Jouni gerade noch im Treppenhaus verschwinden. Der Nieselregen war erneut zu dichtem Regen angeschwollen, tote braune Blätter klebten auf dem Asphalt, und kein Mensch war zu sehen. Wenige Sekunden später klingelte es an der Tür.

Das war der Beginn ihrer Freundschaft, einer Freundschaft, der Ariel anfangs skeptisch gegenüberstand. Er war ein ziemlich feinfühliger Jüngling, so dass ihn jähe Stimmungsumschwünge misstrauisch machten. Und einen jäheren Umschwung als diesen – vom Prügelknaben zum Vertrauten – konnte er sich schwerlich vorstellen. Außerdem hatte Jouni so viel Beunruhigendes, nicht nur, dass er für sein Alter so groß war und erwachsen aussah. Das Frühreife und Widerspenstige an ihm drückte sich auch in seiner Art zu reden und darin aus, dass er über ein so erstaunlich breites Wissen verfügte. Er war Herrscher über ganze Straßenzüge, vernachlässigte aber trotzdem nicht die Schule, wie die meisten anderen Mitglieder von Gangs dies taten. In allen Fächern hatte er gute Noten und in manchen sogar die besten. Nur seine Noten waren in Ordnung, Aufmerksamkeit und Betragen waren schlecht, was Ariel nicht wunderte: Es war der Versuch der Lehrer, ihre Ohnmacht zu leugnen, eine Ohnmacht, die damit zusammenhing, was an Jouni so beängstigend war. In seinem Inneren gab es etwas Unberechenbares, Maßloses, das keine Grenzen kannte. Jeder spürte es, auch die

Erwachsenen: Jouni war kein angeberischer Straßenjunge, den man mit Rüffeln bändigen konnte.

Im November kam es zu einem Zwischenfall, der Ariel erkennen ließ, dass ihre Freundschaft ernst gemeint war. Jounis alte Mitstreiter, seine Adjutanten, die den ungleichen Faustkampf auf der Brache überwacht hatten, hießen Kasurinen und Paldanius. Sie waren brutale Fünftklässler, und zwei Jahre zuvor, kurz nachdem die Habe Elinas und ihrer zwei Söhne aus dem Stadtteil Hertonäs eingetroffen war, hatten sie Jouni aufgesucht, um ihm zu zeigen, wer in diesen Häuserblocks das Sagen hatte. Jouni hatte Kasurinen und Paldanius im Park hinter der Bibliothek von Berghäll niedergeschlagen: Paldanius hatte er dabei so übel getroffen, dass seine Nase brach. Danach waren Kasurinen und Paldanius – vor allem Letzterer – Jouni treu ergeben, aber in ihre Treue mischte sich auch ein eifersüchtiger Besitzanspruch, und in seiner Eifersucht verärgerte es Paldanius, dass Jouni sich mit diesem unbrauchbaren Wahl verbündet hatte (von Paldanius nur »der Schwule« genannt), der nicht einmal mit einem Moped umgehen, geschweige denn sich prügeln konnte. Paldanius beschloss, aktiv zu werden, und überfiel Ariel, als dieser mit seiner Levin-Gitarre in der Stofftasche durch Hamppardalen ging. Es war ein schneidend kalter und finsterer Novemberabend, und zu Paldanius' Plan gehörte, nicht nur Ariel zu misshandeln, sondern auch seine Gitarre zu zerbrechen. Er wusste allerdings nicht, dass Ariel in Begleitung Jounis war, der hinter einem Haus Halt gemacht hatte, um gegen den Zaun der Villa zu pinkeln. Als Jouni schlendernd näher kam und sah, was vorging, hatte Paldanius Ariel bereits einige Schläge in den Bauch und gegen den Brustkorb versetzt, und ein härterer Schlag hatte das Gesicht getroffen, so dass Ariels Oberlippe blutete. Ariel lag schon auf dem Rücken, aber als Paldanius den Arm hob und zu einem zweiten Fausthieb in das blutende Gesicht ausholte, schoss Jouni blitzschnell heran, stürzte sich auf Paldanius, wälzte ihn von Ariel herunter und warf ihn zu Boden. Binnen weniger Sekunden beförderte er Paldanius auf den Bauch und zog seinen rechten Arm anschließend hinter dem Rücken hoch. Paldanius konnte sich nicht mehr bewegen, denn Jouni brauchte nur ein paar Grad höher zu ziehen, um großen Schaden anzurichten. Paldanius' Arm war bereits so weit den Rücken hochgepresst, wie es nur ging, ohne dass seine Schulter ausgekugelt wurde. Er lag mit dem Gesicht im kalten, braunen Gras und versuchte, sich freizuwinden, aber das tat weh, und kurz darauf blieb er reglos liegen. Jouni sagte: »Willst du wirklich, dass ich dir noch einmal die Nase breche? Willst du das? WILLST DU? DAS KANNST DU HABEN!« Paldanius zischte etwas Unverständliches und versuchte noch einmal mit aller Kraft, sich frei zu machen. Daraufhin legte Jouni seinen freien linken Arm auf seinen Nacken und drückte mit seinem ganzen Körpergewicht zu. Paldanius drehte das Gesicht zur Seite, um Luft zu bekommen, aber daraufhin nahm Jouni den Arm aus dem Nacken und presste stattdessen zwei Finger in Paldanius' Augen und zwang ihn so, das Gesicht zurückzudrehen: Nase und Mund lagen wieder gegen das gefrorene Herbstgras gepresst. Jouni drückte erneut mit dem Unterarm zu und sagte ruhig: »Du bist wirklich schwer von Begriff, Repe. Ich bringe dich um, wenn du mir nicht gehorchst. So einfach ist das. Ist das denn wirklich so schwer zu kapieren?« Ariel stand ein wenig abseits und sah Paldanius' Gesicht krebsrot anlaufen und dass es auf dem gefrorenen Erdboden blutig geschürft wurde. »J-Jouni …«, sagte Ariel behutsam, aber Jouni schien ihn nicht zu hören: Plötzlich zog er blitzschnell mit der rechten Hand, und Ariel hörte es knacken, als Paldanius' Schulter ausgekugelt wurde. Vielleicht war sogar noch Schlimmeres passiert: Er wusste es nicht. Jedenfalls war es vorbei. Jouni richtete sich auf, und Paldanius blieb mit zerschundenem Gesicht und hängendem rechten Arm auf der kalten Erde sitzen und weinte.

Sie überließen Paldanius sich selbst und gingen schweigend zu Ariels Haus. Als sie schon davorstanden, sagte Ariel: »Das L-letzte … musstest du das tun? Du hattest doch schon gewonnen.« Jouni sah Ariel erstaunt an: Statt ihm auf nackten Knien zu danken, unterstand sich dieser Feigling doch tatsächlich, ihn zu kritisieren. »Jetzt sei nicht so ein verdammter Jesus!«, fauchte er, schüttelte gereizt den Kopf und meinte: »Repe ist jemand, der kleingehalten werden muss. Sonst wird er gefährlich. Und an diese Lektion wird er sich zumindest erinnern.« »E-Es ist nicht so, dass ich u-u-undankbar bin«, stammelte Ariel, »ich f-fand nur, dass …« Seine Stimme erstarb in einer Art Hilflosigkeit. »Du kommst hier nicht klar, Ariel«, sagte Jouni hart. »Ich weiß nicht, was mit dir los ist, aber irgendein Maschinenteil fehlt bei dir. Es ist mir ein Rätsel, wie du in Rödbergen überlebt hast. Aber du brauchst keine Angst zu haben. Ich werde dich beschützen. Ich sorge dafür, dass man dich in Ruhe lässt.«

Ich werde dich beschützen. Das war eine Aussage, an die Jouni sich mit glasklarer Schärfe erinnern sollte, als sie erwachsene Männer waren, die mit Problemen zu kämpfen hatten, die sich nicht mal eben durch eine Prügelei in einem Park lösen ließen. Aber an jenem Novemberabend, im trüben Schein der Straßenlaterne, wurde seiner Bemerkung kaum Beachtung geschenkt. Ariel sah Jouni nur scheu an und fragte: »W-warum tust du das?« »Ich weiß es ehrlich gesagt nicht«, erwiderte Jouni wahrheitsgemäß, fuhr jedoch fort: »Es gibt da etwas … es ist eine Sache, einen Typen Prügel beziehen zu sehen, der sich schlagen kann. Das gehört irgendwie dazu. Aber einer wie du, einer, der nicht einmal die Hand hebt … ich halte es einfach nicht aus, das zu sehen.« »Und w-was willst du … wie kann ich mich revanchieren?«, fragte Ariel. »Das kannst du nicht«, antwortete Jouni sachlich. »Du hast nichts, was ich haben will.« Er zeigte auf die Hülle mit der Levin-Gitarre: »Aber du könntest mir beibringen, wie man auf dem Ding da spielt.«

Nach dieser Schlägerei wussten alle, dass Ariel Wahl unter dem Schutz des verrückten Jouni Manner stand. Reijo Paldanius' Arm war gebrochen, und Ariel wurde von den anderen nicht länger verhöhnt. Das tat ihm gut. Seine Unsicherheit schwand mit der Zeit. Das Verängstigte und Flatterhafte an ihm, was ihn so für die Opferrolle prädestiniert hatte, verflüchtigte sich und wurde von einer eher akzeptierten Rolle als Sonderling ersetzt: Er wurde *der seltsame Junge mit der Gitarre.* Er stotterte nicht mehr so stark, nur wenn er sich fürchtete oder aufregte, bereitete ihm sein Sprachfehler noch Probleme. Seine Stimme wurde mit der Zeit dunkler, aber das Elfenhafte an ihm – oder ein Rest davon – sollte sich noch bis in die spätere Hälfte des Jahrzehnts halten: Dann ließ er in zeittypischer Manier seine Haare wachsen und sich Koteletten und einen hellen und zotteligen Bart stehen.

Jouni Manner sah in seinen ersten Pubertätsjahren dagegen regelrecht abstoßend aus, als hätten sich seine Gesichtszüge dem Lebensstil angepasst, den er gewählt hatte, der Härte, den Schlägereien. Sein Gesicht war grobschlächtig und wirkte aufgedunsen, und dieser Eindruck wurde noch dadurch verstärkt, dass er darauf beharrte, Pomade zu benutzen und seine dichten, dunklen Haare zu fettigen Elvisfrisuren zu kämmen, vorne üppig und im Nacken borstenkurz. Später sollte sich das ändern. Als Jouni seinen Babyspeck verloren hatte und aufhörte, das Dasein als Krieg zu begreifen – oder zumindest gelernt hatte zu verbergen, dass er es so sah –, bekam er ein scharf geschnittenes Gesicht, das ihn im Zusammenspiel mit seinen schwarzen Haaren fast südeuropäisch aussehen ließ. Während Jounis' kurzer Zeit beim Fernsehen würde ihn eine Frauenzeitschrift zum drittattraktivsten Mann Finnlands wählen, aber Anfang der sechziger Jahre war es bis dahin noch ein weiter Weg: Fürs Erste war er bloß das hässliche Entlein, der Junge der Wäscherin, der auf Berghälls steilen Straßen Angst und Schrecken verbreitete.

Adriana Mansnerus spielte bereits früh eine Rolle, schon zu Beginn von Jounis und Ariels Freundschaft. Das steht fest, aber ansonsten gehört ihr Auftauchen zu den Ereignissen, für die ich keine wirklichen Belege finden konnte. Adrianas Tagebuchaufzeichnungen sind in der Zeitspanne 1960–61 knapp und einigermaßen uninteressant: Das könnte natürlich auch bedeuten, dass sie gerade zu jener Zeit ein ereignisreiches Leben führte. Der sonst so präzise Jouni konnte sich jedenfalls nur vage daran erinnern, wie Adriana Einzug in sein Leben gehalten hatte, und Ariel … tja, der war nun wirklich niemand, der Tagebuch führte. Außerdem hatte er zu der Zeit ganz andere Sorgen.

Jouni meinte sich immerhin entsinnen zu können, dass er Adriana zum ersten Mal in Fazers Café in der Glogatan begegnet war, und zwar im Februar, als es endlich geschneit hatte, und hinterher waren Ariel und er mit Adriana zum Kaufhaus Pukeva gegangen, wo sie sich einen schwarzen Ulster gekauft hatte. Jouni erinnerte sich, dass Adriana in diesem Ulster wie eine richtige Dame ausgesehen hatte, eher wie eine erwachsene Frau als wie ein Mädchen von sechzehn Jahren. »Aber«, fügte er hinzu, »ich bin mir nicht sicher, dass das in dem Winter passiert ist. Diese Jahre gehen nahtlos ineinander über. Es war sicher eher so, dass Adriana auf einmal da war, und dann kam es mir mit der Zeit so vor, als wäre sie schon immer ein Teil meines Lebens gewesen. Ich denke, Ariel empfand es genauso, obwohl er sich immer hinter dieser Familienkiste versteckte, dass sie Verwandte zweiten oder dritten Grades oder so seien.«

Meiner eigenen Vermutung nach hing Adrianas Auftauchen damit zusammen, dass Ariel sich nach wie vor mit einigen Freunden aus seinen Jahren in Rödbergen traf, wodurch Ariel sich sowohl dort als auch in der Innenstadt bewegte, und man kann sich gut vorstellen, dass er sich auch mit Adriana traf und sie schließlich dazu verlockte, die Långa-Brücke zu Jounis – und seinem eigenen – Revier zu überqueren.

Möglicherweise spielte auch Adrianas kurze Beziehung zu einem gewissen Raimo Hurme eine Rolle. Hurme, der »Raikka« oder schlicht »Hullu-Hurme«, also der »irre Hurme« genannt wurde, war einer von Rödbergens gefährlichsten Rowdys. Sein Revier lag dort, im südlichen Teil der Stadt, aber Hullu-Hurme hatte auch in den Stadtteilen Berghäll und Sörnäs Freunde und Verwandte, insbesondere in der berüchtigten Vasagatan, und wo immer er auftauchte, wurde er mit dem größten Respekt behandelt. Sogar Jouni Manner bewunderte während dieser Jahre, in denen er noch die Kunst des Faustkampfs bejahte und gelegentlich auf der falschen Seite des klapprigen Zauns landete, der Gesetzestreue und Gesetzlose trennte, den fünf Jahre älteren Hullu-Hurme und benahm sich wie ein devoter Jünger, wenn Hurme sich in den nördlichen Stadtteilen zeigte.

Adriana Mansnerus wohnte in der vornehmen Havsgatan. Sie lebte mit ihrem strengen und ständig Überstunden machenden Vater Göran und ihrer kettenrauchenden und zu Tränen neigenden Mutter Catherine und ihrer dreizehn Jahre jüngeren Schwester Eva zusammen und stand nicht nur mit Kommmunionskleidern auf dem Kriegsfuß: Sie hatte es gründlich satt, nachmittags auf Eva aufzupassen, außerdem ekelten Göran Mansnerus' Nylonhemden und der Aqua-Vera-Duft und seine ach so wichtigen Geschäfte sie an, und noch mehr ekelte Catherine sie an, die jeden Nachmittag sentimental und schwammig wurde, je weiter die Sonne über dem Meer Richtung Drumsö wanderte und der Pegel der Cinzano-Flasche in der Vorratskammer sank.

Deshalb begann Adriana, einen Abstecher über Rödbergen zu machen, wenn sie von der Brobergschen Schule nach Hause ging. Sie begab sich alleine oder mit einer Freundin namens Regina Hertell, die fast so abenteuerlustig war wie sie selbst, nach Rödbergen. Die beiden trugen Blusen und Jumper, die ihre Mütter viel zu eng fanden, und schon bald saßen sie an mehreren Nachmittagen in der Woche in einer der weniger seriösen Bars am unteren Ende der Båtmans- und Sjömansgatan. Diese Bars behaupteten von sich, Speisegaststätten zu sein, und offiziell wurden dort keine anderen Getränke als Bier, Himbeerlimonade und Kaffee serviert. Jeder wusste jedoch, dass man in ihnen einen Schuss aus seiner eigenen Flasche hinzugeben durfte, ohne dass jemand eingriff, und in den Hinterzimmern wechselten Diebesgut und Schmuggelware die Besitzer.

Adriana und Regina tranken keinen Schnaps, nicht einmal, wenn man sie dazu drängte, aber die beiden faszinierte die Aura von Gefahr, die diese schäbigen jungen Männer umwehte, die in den verrauchten Spelunken, dem Napoli und Capri und wie sie alle hießen, saßen. Die meisten dieser Männer – oder Jungen, denn viele von ihnen waren fast genauso jung wie Adriana und Regina – beteiligten sich am illegalen Schnapshandel an den Straßenecken, und manche hatten Einbrüche oder mehr oder weniger schwere Gewaltverbrechen auf dem Kerbholz. Regina Hertell zog sich mit der Zeit zurück, aber Adriana tat das Gegenteil, sie ging eine Art Beziehung mit Hullu-Hurme ein, der gerade seinen Führerschein gemacht hatte. Hurme, der ein Schnapsdealer, Dieb und Raufbold war, lieh sich häufiger einen verbeulten Peugeot 403 von einem Gemischtwarenhändler, der Zigeuner-Eki genannt wurde, obwohl er gar kein Zigeuner war, und während einiger Novemberwochen verbrachten Hullu-Hurme und Adriana Mansnerus ihre Abende damit, in dem eiskalten Peugeot durch die Gegend zu fahren. Dann beschloss

Adriana, dass Hurme für sie letztlich doch ein bisschen zu gefährlich war, als er ihre vogelhaft flüchtigen Küsse leid war und anfing, seine Zunge in ihren Mund zu stecken und ihre Hand zu nehmen und mal hierhin und mal dorthin, meistens aber dorthin zu führen.

Nach dem Abenteuer mit Hurme sah man Adriana wieder in den Cafés im Stadtzentrum. Vielleicht sorgte ihr Selbsterhaltungstrieb dafür, dass sie Rödbergen mied. Hurme war nicht gerade erfreut darüber gewesen, dass sie ihn abserviert hatte, und obwohl er Adriana in ihren gemeinsamen Wochen gut behandelt hatte, trug er seinen Spitznamen doch aus gutem Grund, seine Unberechenbarkeit war berüchtigt.

Außer an die erste Begegnung im Fazer erinnerte sich Jouni noch, dass Adriana, Ariel und er an einem Frühlingsnachmittag im Eiscafé des Glaspalasts gesessen hatten, er meinte sich zu entsinnen, dass sie über Gagarins Raumfahrt gesprochen und sich gefragt hatten, wie lange der Mensch eingeklemmt in einer Rakete sitzen konnte, ohne durchzudrehen. Später in jenem Frühjahr begann Adriana, im Jugendcafé Kerho aufzutauchen. Sie kam nur sporadisch und die ersten Male immer in Begleitung Ariels und erregte ausnahmslos großes Aufsehen. Sie war ein hübsches Mädchen, und auch wenn sie sich – Jouni zufolge – immer »bewusst schlicht kleidete«, wenn sie ins Kerho ging, gab es dennoch etwas in ihrer Art, ihrem Aussehen und den Accessoires, was enthüllte, dass sie nicht dorthin gehörte, dass sie einem völlig anderen Milieu entstammte.

Inzwischen hatte Jouni jegliches Interesse daran verloren, mit Kasurinen und Paldanius im Schlepptau herumzulungern und über die Häuserblocks zu herrschen. Viel lieber begleitete er Ariel, wenn der sich in die Innenstadt begab, um sich mit Adriana zu treffen. Bald darauf gingen sie gemeinsam, als ein Trio, ins Kerho. Jouni sollte sich später noch erinnern, dass weder er noch Ariel Adriana jemals zu sich nach Hause eingeladen hatten: Beide wohnten in der Nähe des Kerho, aber sie schämten sich zu sehr. Jouni schämte sich für das Haus, in dem er wohnte, für das Plumpsklo draußen und das Brennholz, das man holen musste, und alles andere, und er schämte sich für Elinas faltiges Gesicht und ihre abgearbeiteten, schwieligen Hände. Und Ariel hatte sicher ganz ähnliche Gründe. Das Wahlsche Zuhause sah noch recht proper aus – der Niedergang begann erst im folgenden Winter –, und Ariels Mutter war nach wie vor eine attraktive Frau. Aber da war die Sache mit Lydias Männern. In diesen Jahren wohnte ein Mann nach dem anderen für eine gewisse Zeit bei ihr, und es war natürlich klar, dass sie in der Zeit, in der sie das Bett mit ihr teilten, auch einen Beitrag zur Haushaltskasse leisteten. Außerdem war die Miete ziemlich hoch, und Lydia hatte nun einmal keine andere Arbeit als das Putzen: Manchmal verkaufte sie aushilfsweise Schuhe in Vanonens Geschäft, aber nicht oft. Lydia Wahl war nicht nur attraktiv, sie war auch pragmatisch und hatte ein dickes Fell. Und es verhielt sich wohl so, sollte Jouni Manner viele Jahre später zugeben, dass Lydias Beziehungen zu jenen Männern, die kamen und gingen, ausgesprochen pragmatisch waren. Alles basierte auf einem Fundament gegenseitigen Nutzens, und Ariel, der nicht auf den Kopf gefallen war, muss sich das seine dazu gedacht haben.

Adriana Mansnerus riss sich also sowohl von den Bars in Rödbergen als auch ihrem Elternhaus in der Havsgatan los und trieb sich möglichst oft in Berghäll und der Innenstadt herum. Anfangs ging es nicht nur um Jouni, Ariel und sie, die drei bildeten vielmehr den Mittelpunkt einer losen Gruppe, deren Größe von Abend zu Abend variierte. Paldanius hatte sich zurückgezogen, aber Kasurinen wollte den bewunderten Jouni nicht einfach ziehen lassen und akzeptierte deshalb widerstrebend, dass ihr Kontakt nun aus Cafégesprächen bestand, statt durch die Straßen zu ziehen und nach geeigneten Opfern Ausschau zu halten, die man vermöbeln konnte. Einer von Ariels Kindheitsfreunden, ein hagerer, aber scharfzüngiger Junge namens Wacklin, zog in ein Mietshaus hinter der Kirche von Berghäll und stieß zu ihnen. Zwei Mädchen aus der Terrassgatan, Meeri und Kaarina, waren wie verhext von Adriana, wurden eine Zeit lang ihre gehorsamen Zofen und bildeten eine Art weibliche Entsprechung zu Kasurinen und Paldanius. In den ersten Monaten war Adriana besonders eng mit Meeri befreundet, deren Familie von einem kleinen Skandal erschüttert wurde: Meeris neunzehn Jahre alte, größere Schwester Leeni war jahrelang von einem neun Jahre älteren Kontoristen, der Henry Loman hieß und die Handelshochschule besucht hatte, hofiert worden, und nun hatte Loman Leeni geschwängert, und die beiden mussten heiraten und eine Familie gründen.

Die Gruppe um Jouni, Adriana und Ariel bildete sich im Winter und Frühjahr 1961, aber es fragt sich, ob Ariel überhaupt dazugehörte. Er schien damals unübersehbar große Probleme mit sich selbst zu haben und war leicht reizbar und menschenscheu geworden. Manchmal sprach er davon, ins Ausland zu gehen, nach Schweden, aber die meiste Zeit hockte er – insbesondere wenn Lydia und ihr Mann des Monats arbeiten waren oder in irgendeiner Kneipe saßen – zu Hause und schrieb traurige Lieder, die er anschließend mit seiner hellen Stimme sich selbst auf der Levin-Gitarre begleitend sang. Dann riss er sich jedoch zusammen, und ein Jahr später war er der erste aus der Gruppe, der Abitur machte.

Am Tag des Examens konnte es sich die gerührte Lydia nicht verkneifen, all die Opfer zu erwähnen, die sie dafür hatte bringen müssen, dass ihr einziger Sohn seine weiße Abiturientenmütze bekam. »Ja ja, fang jetzt bloß nicht an zu flennen«, sagte

Ariel, der wusste, dass sie mehrfach Geld von Göran und Catherine Mansnerus bekommen hatte, um seine Schullaufbahn zu finanzieren. Sie waren zwar nur entfernt mit Familie Mansnerus verwandt und hielten auch nur sporadisch Kontakt, aber wenn es um Ariels Schullaufbahn ging, hatte es nicht am guten Willen gefehlt. Davon wusste Jouni Manner allerdings nichts und regte sich darüber auf, dass die Familien Mansnerus und Wahl verwandt waren, aber dennoch in völlig getrennten Welten zu leben schienen. Wenn er so reich gewesen wäre wie Familie Mansnerus und arme Verwandte gehabt hätte, argumentierte Jouni, dann hätte er sie an seinem Überfluss teilhaben lassen, um den Verwandten ein besseres Leben zu ermöglichen.

Jouni würde selbst ins Gymnasium kommen und begriff allmählich, was es bedeutete, ein Freischüler zu sein, und welche Erwartungen Elina an ihn und seinen Bruder Oskari knüpfte. Er wurde ein noch besserer Schüler als früher und schlug sich nur noch, wenn er von anderen dazu genötigt wurde: Sogar in Ordnung und Betragen hatte er sich verbessert. Gitarre zu spielen lernte er dagegen nie. Ariel hatte sein Versprechen von jenem Novemberabend, an dem Jouni ihn vor Paldanius gerettet hatte, gehalten und Jouni ein ganzes Jahr lang unterrichtet, aber der hatte das Instrument nie in den Griff bekommen. Trotzdem waren die Lektionen nicht vergeblich gewesen, denn sie fanden heraus, dass Jouni eine schöne Singstimme hatte, die bis tief ins Baritonregister hinabreichte.

Ohne dass sie es wirklich merkten, vergingen die Monate und Jahre schneller. Im Herbst nach dem Abitur trat Ariel seinen Wehrdienst an. Er diente in Sandhamn, und das Kasernenleben ließ sein Stottern mit Macht zurückkehren: Wenn er Urlaub hatte, war er nervös und schreckhaft, und Jouni fand, dass er wieder so schlimm stotterte wie in jenem Herbst, in dem sie sich kennen gelernt hatten. Aber es war nur ein kurzer Rückfall, denn nach einer Weile im Zivilleben ließ sich mit seinem Stottern wieder leben.

In der Zwischenzeit hatte sich herausgestellt, dass ihre Clique nur für kurze Zeit Bestand hatte. Kasurinen, der scharfzüngige Wacklin, Meeri und Kaarina aus der Terrassgatan, sie alle waren zu anderen Kreisen und Abenteuern weitergezogen, so dass die Konstellation entstand, die viele Jahre halten sollte: Jouni, Ariel und Adriana.

* * *

Was wir sehen, und was wir nicht sehen.
Was wir hören, und was wir nicht hören.
Die Lieder, die alle Welt kennt, und die anderen,
die kein Mensch kennt.

Im Sommer 1966 begannen die Redakteure des beliebten Radioprogramms *Sommerhausgrammophon* die bereits ein Jahr alte Single *Die Botschaft des Abendwinds* des finnischen Männerchors *Die erwachsenen Männer* zu spielen, und schon bald entwickelte sich das Stück zu einer regelrechten Landplage.

Im selben Jahr veröffentlichten die Beatles *Yellow Submarine* und *Eleanor Rigby*. Die Rolling Stones konkurrierten mit *Under My Thumb* und *Lady Jane*, die Beach Boys mit *God Only Knows* und die Kinks mit *Sunny Afternoon*.

Der Protestsänger Irwin Goodman, der eigentlich Antti Hammarberg hieß und auf Anraten seines Managers begonnen hatte, nasal zu singen, weil Bob Dylan dies tat, wurde mit *Ein Schnäpschen in Ehren* und *Mit dem Auto auf die Kanarischen Inseln* landesweit beliebt. In den ländlichen Regionen Finnlands hielt man sich an vertraute Lieblinge wie den berühmten Tango *Satumaa*, Märchenland, und *Die Telefondrähte singen*.

Einer der größten Sommerhits in jenem Jahr war Lovin'

Spoonfuls *Summer In The City*. Anfang August nahm der Sänger Danny in einem Studio im Helsingforser Vorort Sockenbacka eine finnische Version davon auf.

Im selben Augustmonat präsentierte Bob Dylan das Doppelalbum *Blonde On Blonde*, und in Studentenbuden in der ganzen Welt spielten junge Männer mit schmutzigen Stirnlocken und langen Nackenhaaren immer wieder diese Platte und suchten in den Texten von *Sad-Eyed Lady Of The Lowlands*, *Visions Of Johanna* und *Absolutely Sweet Marie* nach verborgenen Botschaften. In Büros arbeitende Väter wie Göran Mansnerus und Henry Loman bevorzugten dagegen Herb Alpert & the Tijuana Brass und Frank Sinatras *Strangers In The Night*, die sie auf ihren frisch erworbenen Stereoanlagen mit Boxen aus schickem, dunkel schimmerndem Edelholz abspielten.

U-Musik. E-Musik. So unterschied man damals, und manche tun dies sicher noch heute. Für mich sind solche Unterscheidungen allerdings nur leere Worte.

Jede Musik, die mit ehrlicher Absicht geschrieben und gespielt wird, mit möglichst wenig Berechnung und Seitenblicken, kann Nähe und Einsichten vermitteln, sogar Trost spenden.

Eine volkstümliche Melodie, ein Streichquartett, ein Jazzstück, ein Popsong: Sie alle können die Schwielen und Verhärtungen der Seele durchstoßen und tief in die Nischen dringen, in denen wir ohne Verstellung, ohne Masken und Finten existieren.

Ein ehrliches Lied hat stets die Kraft, das Leben des Zuhörers von Grund auf zu verändern.

Lieder, die groß werden und viele erreichen, verändern auch das Leben ihrer Autoren. Zumindest schenken sie ihnen Geld und Ehre.

Und dann gibt es auch noch Lieder, die im Lärm untergehen, die keiner hört.

Zu den schnell vergessenen Plattenveröffentlichungen des Sommers 1966 gehörte die Single *Älä käy yähön yksin/Hiljaisuuden äänet* der Gesangsgruppe Joni, Ariel & Adriana. Joni war natürlich Jouni Manner ohne u.

Die B-Seite der Single war eine biedere Coverversion von Simon & Garfunkels *The Sound Of Silence*. Die A-Seite, *Älä käy yöhön yksin*, war eine Originalkomposition, geschrieben von Ariel.

Älä käy yähön yksin, also *Geh nicht einsam in die Nacht*, wurde in jenem Sommer ungefähr zehn Mal im Radio gespielt. *Hlijaisuuden äänet* lief etwas öfter, vermutlich, weil die Originalversion so bekannt war. Die Single erschien beim Label Sonovox, und es wurden gut 900 Stück davon verkauft. Bei Sonovox war man damit nicht zufrieden, so dass keine weiteren Platten folgten.

Ich besitze zwei Exemplare dieser Single. Die eine bekam ich in den achtziger Jahren von Eva Mansnerus geschenkt, die zweite habe ich Anfang der neunziger Jahre auf einem Trödelmarkt gekauft. Ich habe die beiden Stücke auf die Festplatte des Computers und meinen iPod kopiert.

Vorgestern Nacht habe ich *Geh nicht einsam in die Nacht* bei You Tube hochgeladen, der Song ist 2,58 Minuten lang. Ich habe das Lied zudem mit Hilfe von PR-Bildern, die im April 1966 im Brunnsparken aufgenommen wurden, bebildert. Es existiert kein Filmmaterial der Auftritte von Joni, Ariel & Adriana.

Auf den PR-Bildern sehen Jouni, Ariel und Adriana sehr jung aus. Außerdem wirken sie fast schon komisch zeittypisch, als wären sie aus Antonionis »Blow-Up« oder einem ähnlichen Film herausgeschnitten worden. Das ist Adrianas Verdienst: Einige der Sachen, die sie tragen, kommen aus London, wohin sie Anfang April zu einem Kurztrip gereist war. Adriana hatte Freunde in Chelsea und Notting Hill, dorthin gezogene Jugendfreunde, die wussten, was gerade in Mode war, und zwei Kleidungsstücke – Adrianas Samtjacke und Ariels orangefarbenes Hemd mit Puffärmeln – stammen aus dem legendären Granny Takes A Trip, der Laden in der Kings Road hatte damals gerade eröffnet.

Ich höre mir die Lieder manchmal an, vor allem *Geh nicht einsam in die Nacht*. Beide Aufnahmen sind sanfter Folkrock im Stil der Zeit. Joni, Ariel & Adriana haben ein komplettes Studioorchester hinter sich, und obwohl das Streicherarrangement in *Geh nicht einsam in die Nacht* für meinen Geschmack eine Spur zu luftig klingt, ist es keine üble Platte. Die Musiker sind keine Jazzer, die wegen des Geldes ins Studio gekommen sind, sondern echte Popmusiker, und man hört, dass die ungelenke Lehrzeit der finnischen Popmusiker vorüber ist: Die Band hat die Lieder gut im Griff. In einer späteren CD-Ausgabe steht, das kurze – acht Takte –, aber schöne Gitarrensolo werde von dem legendären Musiker Jugi Eskelinen gespielt, aber es ist Ariels Solo: Weniger als zwei Monate hat er gebraucht, um auf seiner neuen Hagström Impala richtig spielen zu können. Die Stimmen der Sänger harmonieren schön, zwischendurch begegnen sich die Melodielinien, und die drei Stimmen verflechten sich zu Akkorden, die so hell und flüchtig sind wie Sommerwolken. Es gibt ein kristallklares und glaubensstarkes Timbre in diesen beiden Liedern, Adriana klingt ein wenig wie Joan Baez, und Ariels Stimme hat etwas von Donovan, und die Stimmung wird vom zeittypischen Studioecho noch verstärkt.

Außerdem ist *Geh nicht einsam in die Nacht* ein schöner Song in A-Dur, der mit Paul Simons D-Moll-Klassiker auf der Rückseite sehr gut mithalten kann. In den Strophen gelingt es Ariel zwar nicht, den abgedroschenen Wechsel vom Grundakkord zu Fis-Moll zu vermeiden, aber dieser Wechsel wird von einer Gitarrenbegleitung gerettet, die einen an Curtis Mayfield und

Steve Cropper erinnert, und danach revanchiert sich Ariel mit einer denkwürdigen Melodiephrase unmittelbar vor dem Refrain: der erste Akkord ist Cis, gefolgt von E und H. Im Refrain gibt es zunächst eine subtile Überleitung über ein rätselhaftes A+, und wenn Ariel kurz darauf zum Quintakkord geht, benutzt er dafür elegant E11, will sagen einen *E*-Akkord, der sowohl die Sexte, als auch die Septime und die None enthält. Ariel geht über Fis-Moll und H-Moll zu E11, und wenn man ganz genau hinhört, merkt man, dass Adrianas Hauptmelodie über den wechselnden Harmonien praktisch in einer Tonlage bleibt: Einige Jahre später wird James Taylor den gleichen Kniff in seinem Lied *Fire And Rain* nutzen. Aber damit endet es noch nicht, denn Ariel erzeugt noch eine weitere Steigerung durch eine zarte Melodie, die von Cis-Moll über ein reines E zum Grundakkord A aufsteigt: Im allerletzten Refrain wird die Phrase mehrmals wiederholt und schwillt zu einem mächtigen Crescendo an, bevor das Lied verklingt.

Zu allem Überfluss enthält *Geh nicht einsam in die Nacht* auch noch eine hübsche Bridge in H-Moll mit einer so spröden Melodie, dass selbst abgebrühte Zuhörer eine Gänsehaut bekommen. Es ist, im Großen und Ganzen, ein ergreifendes Stück Musik, ein Gesellenstück, das Schönheit und Tiefe besitzt, und es ist schade, dass so wenige Menschen den Song kennen. Er ist derart unbekannt, dass er nicht einmal in den umfangreicheren Samplern zu den Sechzigern enthalten ist. Ein einziges Mal hat das Lied Gnade gefunden, und zwar in der sehr ambitionierten 12-CD-Ausgabe mit dem Titel »Se Kauan Soiva Blues – Finnish Pop Gems From The Sixties«. Aber nicht einmal dort wurde es von irgendeinem Trendnerd entdeckt, nicht einmal dort bekam es einen Knuff in die Welt, in der ultracoole Kids des 21. Jahrhunderts ständig auf der Suche nach vergessenen Perlen sind, denen man Kultstatus verleihen kann.

Was wäre geschehen, wenn das Lied ein Evergreen geworden wäre, ein Klassiker wie *Satumaa*, *Summer In The City* oder *Strangers In The Night*? Es gibt Beispiele für einzelne Songs, die ganze Familienclans ernährt haben.

Oder wenn der Song zumindest ein *kleiner* Erfolg gewesen wäre? Dann hätten Joni, Ariel & Adriana neue Singles, vielleicht sogar ein Album einspielen dürfen. Und dann hätten sie als Gruppe weitergemacht, eine gemeinsame Karriere begonnen und sich vielleicht gegenseitig ein wenig besser schützen und behüten können.

Anfangs waren meine Fragen ganz simpel.

Stand Ariels Schicksal von Anfang an in ihm geschrieben? Ließ sich in Adriana eine Zerbrechlichkeit erahnen, obwohl sie so hinreißend schön war und auf jedem der Fotos aus diesem Frühling einen so selbstsicheren Eindruck machte? Sahen sie einander, verstand der eine, wer der andere und der dritte war? Sahen sie das Fragile hinter all den spöttischen Gesten, all den ironischen Bemerkungen, all den kettengerauchten Zigaretten, die so lässig im Mundwinkel wippten?

Oder sahen sie nichts? Wurde alles hinter der Attitüde, hinter der Extravaganz, hinter den Kleidern versteckt, die sie vor der Fotosession von Adrianas reichen Freunden kauften oder liehen? Wurde alles hinter der Samtjacke und dem Wildlederjackett verborgen, hinter dem bunten Hemd mit der Krause auf der Brust und hinter den lustigen Hüten?

Es wird Zeit, diese Geschichte eine Weile alleine wandern zu lassen, ohne dass ich mich zu Wort melde und störe.

Jouni, Ariel und Adriana

Man kann sich nicht vorstellen, wie es ist, einsam durch die Nacht zu gehen.
Wenn man dann dort ist, kann man sich nichts anderes mehr vorstellen.

1

(1964)

In den ersten Sommern hatten Jouni, Ariel und Adriana zwei Treffpunkte, den Park an der Alten Kirche im Stadtzentrum und den Heilsarmee-Felsen nördlich der Långa-Brücke. Die Heilsarmisten hatten den Felsen oberhalb des Wassers der Djurgårdsviken als Standort genutzt, seit sie siebzig Jahre zuvor in Finnland eingetroffen waren. Mittlerweile hatte die Stadt jedoch den Felsen für sich beansprucht. Man baute ein neues großes Behördengebäude, und der Hügel war bereits in Stücke gesprengt und das Fundament gelegt worden, das Haus erhob sich allmählich aus der Baugrube. Die Heilsarmisten hatten weichen müssen, und für alle anderen galt das Gleiche: Jouni, Ariel und Adriana hatten sich unterhalb der Baustelle, am Ufer der Djurgårdsviken verabredet.

Es war einer der letzten Julitage. Ariel und Adriana kamen praktisch gleichzeitig zum Treffpunkt. Sie ließen sich unter einem Baum nieder, und Ariel löste augenblicklich den Knoten seiner Krawatte, zog sich den verhassten Stofffetzen mit einem entschlossenen Ruck über den Kopf und stopfte ihn in die Tasche seines Jacketts. Anschließend zog er das Jackett aus und bot es Adriana als Sitzunterlage an. Adriana hatte die Schuhe ausgezogen und rollte ihren rechten Strumpf herunter, blickte auf, lächelte und schüttelte ablehnend den Kopf. Ariel liebte es, wenn Adriana lächelte. Er öffnete die beiden obersten Knöpfe seines Hemds und schlug die Ärmel hoch. Adriana musterte verstohlen seine hageren Arme und seinen weißen, mageren Brustkorb, der unter dem aufgeknöpften Nylonhemd zu sehen war: Ariel war wenige Tage zuvor einundzwanzig und somit ein erwachsener Mann geworden, war jedoch schlaksig wie ein halbwüchsiger Junge. Sie erkannte das Hemd: Es war ein Modell, das ihr Vater Göran vor ein paar Jahren getragen hatte, und sie nahm an, dass er Lydia Wahl zur Weiterleitung an Ariel eine Auswahl fadenscheiniger und verblichener Sachen übergeben hatte. Plötzlich schaute Ariel auf und sah ihr direkt in die Augen, und sein Blick war intensiv, fast stechend. Adriana wandte sich ertappt ab und blickte nach Westen, Richtung Hamppardalen und zu den ersten Häusern Djurgårdens. Der Nachmittag ging allmählich in den Abend über. Das Wasser der Djurgårdsviken lag spiegelglatt, das Gewerkschaftshaus war verwaist und still, von den Wäscheleinen der Häuser in Hamppardalen wehte der Duft sauberer Laken heran, und im Norden, hinter der bereits abendlich stillen Baustelle, führte der steile Anstieg der Broholmsgatan zur Kirche von Berghäll hinauf. Adriana wandte ihr Gesicht der Sonne zu, schloss die Augen und merkte nicht, dass Ariel sie beobachtete. Ariel musterte ihre sonnengebräunten Füße und Beine, die unter dem purpurfarbenen Rock herauslugten. Es war ungewöhnlich, Adriana in einem solchen Rock zu sehen, überlegte er, er sah teuer aus, wahrscheinlich musste sie ihn bei der Arbeit tragen und hatte keine Zeit mehr gehabt, sich zu Hause umzuziehen. Sie darf im Freien arbeiten, schoss ihm durch den Kopf, aber er verscheuchte seinen Neid. Adriana arbeitete in diesem Sommer als Fremdenführerin, sie stand in Sightseeing-Bussen und -Booten und erzählte auf Englisch und Deutsch von

Helsingfors und belegte darüber hinaus Sommerkurse an der Universität. Ariel arbeitete dagegen als Verkäufer in Westerlunds Musikgeschäft an der Norra Esplanaden, was für jemanden, der Musiker werden wollte, eigentlich ein Traumjob war. Es grämte ihn nur, dass er den ganzen Tag drinnen bleiben und eine Krawatte tragen musste.

Die Heilsarmee war zur Stelle. Drei Frauen, dunkelblaue Uniformen, hoch gerundete Hüte mit roter Krempe, einer von ihnen hatte eine Kokarde. Eine Frau spielte Gitarre, die beiden anderen sangen bloß. Sie gaben ein Lied über die Perlenpforte zum Besten, das eine schier endlose Zahl von Strophen zu haben schien.

Am Ufer hatte sich die übliche Klientel versammelt. Penner, versoffene Kriegsveteranen. Jugendliche Halbstarke in kleinen, aber lautstarken Gruppen. Junge Liebespaare. Vereinzelte ältere Paare, die sich hinausgewagt hatten. Alle ließen die Heilsarmisten gewähren, keiner regte sich auf. Außer Jouni.

Er kam fast eine Stunde zu spät, sein Hemd war aufgeknöpft, und die Haare waren zerzaust, und er trug eine schwarze Ledertasche in der Hand, die er auf der Erde abstellte, ehe er sich zwischen Ariel und Adriana fallen ließ. Er wirkte überdreht und rastlos, schaute sich ständig um, schüttelte den drei Heilsarmisten zugewandt ungeduldig den Kopf, öffnete anschließend zwei weitere Hemdknöpfe und zog wie seine Freunde Schuhe und Strümpfe aus.

»Du kommst spät«, sagte Adriana in einem neutralen Ton.

»Verdammt, das weiß ich auch!«, fauchte Jouni, atmete tief durch und fuhr ruhiger fort: »Wir mussten arbeiten, bis wir mit dem Job fertig waren. Und danach war ich so verflucht dreckig, dass ich in die Sauna gegangen bin, um mich zu waschen.«

Das erklärt aber nicht, warum du schon angetrunken bist, dachten Adriana und Ariel. Man sah, dass Jouni getrunken hatte, außerdem roch sein Atem nach Fusel. Aber keiner von ihnen sagte etwas. So war das mit Jouni, manchmal unterließ man es einfach, ihn auf gewisse Dinge anzusprechen, auch wenn es sicher gute Gründe gegeben hätte.

»Das Skoha-Haus ist jetzt weg«, meinte Jouni, »den Kehraus haben wir gestern und heute erledigt. Die Baufirma kommt schon nächste Woche, sie wollen direkt sprengen.«

»Und was soll da stattdessen gebaut werden?«, erkundigte sich Ariel schläfrig.

»Keine Ahnung«, erwiderte Jouni. »Irgendein Riesenklotz.«

»Wie viele Häuser hast du mittlerweile abgerissen?«, fragte Adriana.

»Eine Menge«, gab Jouni zu.

»Ist das nicht a-anstregend?« Das war wieder Ariel.

»Nee, wieso«, sagte Jouni. »Es wird gut bezahlt. Und es erfordert nichts als Muskeln, mit den Gedanken kann man ganz woanders sein. Aber jetzt schaut mal, was ich hier habe!«

Er begann, in seiner bauchigen Ledertasche zu wühlen, zog eine halbvolle Flasche Weinbrand der Marke Jaloviina heraus, wühlte weiter und holte ein Transistorradio heraus. Es hatte einen Ledergriff und war in rot lackiertes Holz eingefasst, oben und an den Seiten war das Holz kompakt, an der Vorderseite dagegen in dünne Sprossen gesägt.

Ariel hievte sich auf den Ellbogen, aber Adriana blieb mit geschlossenen Augen zur Sonne gewandt sitzen und wirkte desinteressiert.

»Wo hast du das her?«, fragte Ariel, streckte sich nach der Weinbrandflasche, vergewisserte sich, dass keiner sie beobachtete, hob die Flasche an die Lippen und nahm rasch einen Schluck.

»Den Weinbrand? Den hab ich einem Typen in der Vasagatan abgekauft«, sagte Jouni.

»Oh Scheiße«, meinte Ariel und verzog das Gesicht, »ich dachte, der wäre aus dem Alkoholladen. Bist du s-sicher, dass das Originalstoff ist? Außerdem habe ich das Radio gemeint und nicht die Flasche.«

»Das Radio habe ich Kasurinen abgekauft«, sagte Jouni und schraubte an den Knöpfen, um einen Sender zu finden. Als ihm das nicht gelang, schaute er auf und fügte hinzu: »Er hatte es gerade geklaut.«

»Und wo?«, wollte Ariel wissen. Jetzt hatte auch Adriana die Augen geöffnet.

»Im Funk und Fernsehen, Antikainens Geschäft«, sagte Jouni.

»Du bist echt bescheuert, Jouni«, sagte Adriana. »Jetzt hast du dich zum Hehler gemacht.«

»Von Gesetzen hast du wirklich keine Ahnung«, konterte Jouni ruhig. »Hehlerei liegt vor, wenn man Diebesgut versteckt und verkauft, und nicht, wenn man es kauft. Ich kann immer sagen, dass ich im guten Glauben gehandelt habe.«

»Hoffentlich weiß die Polizei nicht, dass Kasurinen und du einmal zur selben Gang gehört habt«, entgegnete Adriana. »Ich kapiere nicht, warum du es ihm abkaufen musstest, kannst du es dir wirklich nicht leisten, dir ein Radio zu kaufen?« Sie wandte sich Ariel zu, der hinter der Ledertasche hockte und einen weiteren Schluck aus der Schnapsflasche nahm, und fauchte ihn an: »Und musst du immer so verdammt saufen!«

»Natürlich kann ich mir es leisten«, antwortete Jouni lässig, »ich hatte eben einfach Lust auf ein gestohlenes.« Er lächelte Adriana neckisch an, die ihm die Zunge herausstreckte und sein Lächeln erwiderte. Jouni schaltete das Radio ein und sagte:

»Die Popparade fängt gleich an, ich werde mal sehen, ob ich den zweiten Sender hereinbekommen kann.«

Er drehte an den Knöpfen, aber aus dem Radio drang weiterhin nur Rauschen. »Verdammt, ich hab doch neue Batterien eingelegt und alles!«

»Die Popparade kann man sich eh nicht anhören, da läuft doch nur M-Mist«, sagte Ariel. Er legte sich wieder rücklings ins Gras, wandte das Gesicht der Sonne zu und seufzte zufrieden. Jouni verlor dagegen die Geduld mit dem widerspenstigen Radio und ließ seine Wut an den Damen der Heilsarmee aus, die immer wieder ihr Lied von der Perlenpforte sangen: Sie waren jetzt erneut bei dem Vers vom Himmel der tröstet und erquicket angekommen, den sie bereits bei Jounis Ankunft gesungen hatten.

»Könnt ihr jetzt bitte mal das Maul halten!«, grölte er. Er stand auf, machte ein paar Schritte auf die Heilsarmisten zu und rief noch lauter: »Wenn der Himmel genauso langweilig ist wie euer Lied, werden sich die Leute lieber für das andere Hotel entscheiden!«

Die Frau mit der Gitarre hörte auf zu spielen und sah Jouni ernst an. Sie trat ein paar Schritte vor und sagte laut, aber freundlich:

»Gott wird sich Ihrer Seele erbarmen, junger Mann!«

»Bilden Sie sich bloß nichts ein«, entgegnete Jouni. »Diese Seele bekommt er nicht! Die will nur Hitze und keine Erquickung haben!«

Die Frau schaute traurig und schüttelte bedauernd den Kopf. Sie gab den beiden anderen ein Zeichen, schlug mit dem Daumen ein D-Dur-Arpeggio an, und schon ging das Lied weiter: Sie sangen die unterbrochene Strophe über Trost und Erquickung noch einmal von vorn. Da packte Jouni die Wut. Er eilte mit schnellen Schritten zu dem singenden Trio, entriss der Anführerin die Gitarre, zog das Schulterband unsanft über ihren Kopf, lief vor den Augen einer verblüfften Allgemeinheit mit der Gitarre davon – selbst die umnebeltsten Säufer rissen erstaunt die Augen auf –, gab sie Ariel und sagte: »Hier, geh zu ihnen und zeig den Hühnern mal, wie man richtig spielt!«

Ariel und Adriana sahen Jouni ungläubig an.

»Was ist denn heute mit dir los?«, erkundigte sich Adriana. Ringsum murmelten die Menschen leise, und viele schüttelten den Kopf, aber niemand wagte einzuschreiten. Einige Meter entfernt standen die Heilsarmisten und blickten ängstlich in ihre Richtung. Eine der Sängerinnen packte zwei Bibeln und eine Menge dünnerer Schriften in einen Sperrholzkoffer, aber es war eindeutig erkennbar, dass sie ohne die Gitarre nicht aufbrechen wollten.

»Du bist doch nicht mehr ganz bei Trost«, sagte Ariel, »den Betschwestern eine Gitarre zu klauen! W-Was kommt als Nächstes, willst du in ein K-K-Kloster fahren und eine Nonne entführen?« Er stand auf und ging zu den Heilsarmisten. Die Gitarre hielt er so zärtlich im Arm, wie man ein Kind hält.

»Hier«, sagte er und hielt ihnen das Instrument hin. Als die Frau ihre Gitarre nahm, verschwand die Sorge aus ihren Augen, und auf ihr Gesicht legte sich ein sanftmütiger Ausdruck. »Entschuldigen Sie bitte meinen K-Kumpel«, sagte Ariel. »Er ist eigentlich nicht s-so, ich weiß nicht, was heute in ihn gefahren ist.«

»Sie haben ein gutes Herz«, sagte die Frau.

Ariel blieb stehen und verlagerte das Körpergewicht nervös vom einen Fuß auf den anderen. »Sie ist ein bisschen verstimmt«, sagte er dann und zeigte auf die Gitarre. »Die H- und die D-Saite stimmen nicht ganz, m-möchten Sie, dass ich …?«

Die Frau reichte ihm die Gitarre, und er stimmte im Handumdrehen die schief klingenden Saiten. Dann gab er die Gitarre ein weiteres Mal zurück. Die Frau nickte ihm freundlich zu, und er glaubte zu sehen, dass ihr eine Träne über die Wange lief. Ariel machte auf dem Absatz kehrt und ging zu den anderen zurück. Er warf sich ins Gras und tastete nach der Ledertasche.

»Bis die Heilsarmee weg ist, lässt du die Finger von der Flasche!«, fauchte Adriana streng.

Ariel zog die Hand zurück.

»Zum Teufel, endlich!«, meldete sich Jouni zu Wort. »Hört mal!«

Sie hörten den Radiosprecher sagen, dass nun die wöchentliche Ausgabe der Popparade folge. Wie auf ein Kommando legten sie sich auf den Rücken, schlossen die Augen und warteten. Nach der Titelmelodie präsentierte der Moderator zunächst die Jury in Helsingfors und anschließend die Gastjury, die diesmal in Uleåborg saß.

»Was soll's, G-Girls landet doch sowieso wieder auf dem ersten Platz«, sagte Ariel, »wie schon den ganzen Sommer.«

»Das ist doch ein guter Song«, meinte Adriana. »Der Typ, der ihn geschrieben hat, ging in dieselbe Klasse wie Gina Hertells Schwester.«

»Still!«, zischte Jouni. Der Moderator hatte den ersten Herausforderer der Woche angekündigt und die Musik bereits eingesetzt. Ein abgehackter Rhythmus, fast ein Stakkato. Schlagzeug, Bass und zwei Gitarren. Und dann ertönte aggressiv, ja sogar sarkastisch die Stimme:

Well, baby used to stay out all night long
She made me cry, she done me wrong
She hurt my eyes open …

»AAAARRRRGGGGHHH!«, schrie Ariel schon beim ersten Refrain. »Endlich! Das ist ja so verdammt gut!«

»Das ist es wirklich«, gab Adriana zu. »Wer ist das?«

»Das sind die Rolling Stones«, antwortete Jouni.

Sie lauschten weiter. Ariel fiel es schwer, still zu bleiben. Als der letzte Refrain begann, konnte er sich nicht mehr bremsen:

»Das ist so simpel und trotzdem so gut! Hört euch das an … Cee … B-Beebee … Eff. Es liegt daran, *w-wie* sie es machen! Das ist besser als die Beatles!«

»Also, das ist es nun nicht«, widersprach Adriana. Das Lied war vorbei, und sie rollte auf den Bauch und fragte:

»Was wollen wir nach der Sendung machen? Im Expo tanzen gehen?«

»Nee!«, sagte Ariel. »Da spielen immer eine Menge J-Jazzsnobbs aus dem Mayränkolo. Oder sie haben Tangoabend!«

»Wir könnten zum M-Klubi gehen«, sagte Jouni schleppend. Er war jetzt besser gelaunt, der Song hatte ihn beruhigt, in seinem Inneren hatte sich etwas entspannt. Er ergänzte: »Um ins Marski zu kommen, brauchen wir bloß gefälschte Papiere und jemanden, der den Titel eines Bergrats führt. Wie sieht es mit deinem Vater aus, Adriana, ist er mittlerweile auf dieser Stufe?«

»Ach, sei still!«, sagte Adriana und versuchte eine vernichtende Antwort zu formulieren, aber ihr fiel nichts ein. Stattdessen beschloss sie, ernst zu werden:

»Was war denn eben los mit dir, du bist ja völlig durchgedreht?«

Jouni antwortete nicht sofort. Er sah Adriana in die Augen, schaute dann von ihr zu Ariel und wieder zurück, als würde er sorgsam abwägen, ob er sich auf die beiden verlassen konnte, blickte aufs Wasser hinaus und sagte mit neutraler Stimme:

»Es geht um meine Mutter. Sie hat schon seit längerem Bauchschmerzen. Jetzt soll sie zu Untersuchungen ins Krankenhaus.« Sein Blick blieb in die Ferne gerichtet. »Oskari ist doch erst sechzehn, ich will nicht, dass ihr etwas passiert.«

»Sie hat bestimmt nichts«, tröstete Adriana ihn, »du wirst sehen, das liegt nur an zu viel Kaffee.«

»D-Du hättest ja mal was sagen können«, meinte Ariel, »statt es an der Heilsarmee auszulassen.«

»Ja, verdammt…«, sagte Jouni und spuckte ins Gras. »Vielleicht ist es ja auch nichts.«

Sie schwiegen und blinzelten in die untergehende Sonne. Dann fragte Ariel: »Was habt ihr im H-Herbst vor?« Er sah Jouni an und fuhr fort: »Denn du hast ja wohl nicht die Absicht, auf dem Bau zu bleiben, du bist doch so ein Wunderkind.«

»Jouni beabsichtigt, sich Diebesgut zu widmen«, erklärte Adriana und bekam endlich ihre Revanche für die spitze Bemerkung über ihren Vater.

Jouni lächelte nicht, sondern erwiderte ernst:

»Erst muss ich zum Kommiss. Aber danach will ich an die Uni. Eines Tages bin ich dann ein verdammter Doktor, und dann vergeht euch das Lachen.«

»Wir lachen auch jetzt nicht, Jouni.« Adriana war plötzlich ernst geworden. Sie hatte wie Jouni ihr Abitur vorzeitig gemacht, aber bereits ein Jahr vor ihm: Sie wusste, was es hieß, alles aus sich herauszuholen. »Geh du ruhig auf die Universität«, sagte sie versöhnlich. »Komm zu uns und rette die Seminare in Kunstgeschichte. In denen sitzen nur vornehme Fräuleins, die ihre Hausarbeiten über Schlossgärten und Urnen schreiben wollen.«

»Wenn es da Fräuleins gibt, wie du sagst…«, erwiderte Jouni und lächelte endlich. »Aber Kunst… ich möchte Wirtschaftswissenschaften studieren. Und Politik.«

»Adriana ist kein vornehmes Fräulein«, sagte Ariel. »Sie ist Hullu-Hurmes Exbraut. Und Hullu-Hurme sitzt im Knast.«

»Das ist jetzt fast vier Jahre her«, sagte Adriana. »Und ich bin nie seine Braut gewesen. Nicht auf die Art. Ich habe ihn nichts machen lassen. Wirklich gar nichts.«

Sie lehnte sich vor und stach einen Finger in die Seite ihres entfernten Verwandten: Der Finger traf exakt eine schmale und harte Rippe.

»Und was ist mit dir, Ari?«, erkundigte sie sich. »Was hast du vor? Bist du nie auf die Idee gekommen, dich um einen Studienplatz zu bewerben?«

Ariel wirkte zunächst verlegen, zuckte dann jedoch mit den Schultern.

»Ich bin nicht wie ihr«, meinte er schließlich. »Es hat keinen Sinn, sein ganzes Leben zu planen. Es kann doch alles Mögliche passieren, p-plötzlich hat einem einer das Gehirn weggepustet wie K-K-Kennedy.«

Er warf Adriana einen kurzen Blick zu und fuhr fort:

»Obwohl die Uni … s-stimmt schon. Aber am liebsten würde ich Musik machen. Wenn ich genug Knete zusammen habe, kaufe ich mir eine E-Gitarre.«

»Warum baust du dir nicht einfach eine?«, fragte Jouni. »Die Elektronik kann man separat kaufen. Ich habe einen Verwandten in Tammerfors, der hat das gemacht und ist echt zufrieden. Ich könnte ihn bitten, dir eine zu bauen.«

»Ich weiß nicht …«, widersprach Ariel, »ich möchte mir lieber eine kaufen. Ich will eine Hagström.«

»Diese dämlichen Glitzergitarren!«, schnaubte Jouni. »Was soll denn an denen so toll sein?«

»Die stellen keine G-Glitzergitarren mehr her«, protestierte Ariel. »Hagström hat neue Modelle, es gibt sie in Schwarz und Sunburst, genau wie Gibson und Fender.«

»Hallo, ihr zwei«, sagte Adriana, »könnte ihr mal aufhören mit dem langweiligen Gelaber. Seid ihr eigentlich nie auf die Idee gekommen, dass wir zusammen singen könnten?«

Ariel und Jouni wandten sich um und sahen sie an. Adriana hatte die Abendsonne im Rücken. Sie sahen sie im Gegenlicht, ihr Gesicht war schemenhaft, die Augen lagen im Schatten, sie sahen nur die Konturen von Kinn, Mund und Nase und natürlich die ungekämmten braunen Wuschelhaare, die rot und gold changierten, wenn die Sonnenstrahlen durch sie rieselten.

2

Wie sich herausstellte, fehlte Elina Manner tatsächlich nichts. Adriana hatte Recht gehabt, der Grund für ihre Magenprobleme war eine Kombination aus zu vielen Tassen pechschwarzem Kaffee und Zukunftssorgen gewesen.

Da war die Sache mit dem Geld. Nach der Währungsreform im Vorjahr war ihr Lohn so erschreckend niedrig geworden. Es kamen einfach keine Summen zusammen, die sie auf der Bank einzahlen oder in ihre Blechdose hätte legen können, in der sie die Haushaltskasse verwahrte. Jouni und Oskari erklärten Elina geduldig, dass ihre Gedanken unausgegoren waren, da diese Veränderung ja für alles galt. Jetzt kostete doch auch alles nur noch ein Hundertstel von dem, was es früher gekostet hatte, das galt nicht nur für Elinas Arbeit, sondern auch für die Miete, die Lebensmittel, Bekleidung, eben alles, was man sich nur denken konnte. Bekam sie im Tuulos jetzt etwa nicht einen Teller Rindfleischsuppe für achtzig Pfennig, der dort früher über 70 Mark gekostet hatte? War ihr nicht aufgefallen, dass man fertige Mäntel für weniger als 20 Mark bekam, während die billigsten Mäntel früher immerhin einiges mehr als 1 500 gekostet hatten? Und die Miete: Auch die betrug nur noch ein gutes Hundertstel im Vergleich zu früher, die Preise mochten zwar ein klein wenig gestiegen sein, aber das ließ sich verschmerzen.

Wenn Elina Jouni und Oskari zuhörte, ließ sie sich beruhigen, und wenn sie zum Elanto-Geschäft ging und Lebensmittel für Summen wie 20 und 50 Pfennig kaufte, war das ein gutes Gefühl. Doch wenn das Krankenhaus ihr den nächsten Lohn auszahlte – seit dem Frühjahr 1962 war sie Angestellte in der Wäscherei des Aurora-Krankenhauses – oder sie für eine Näharbeit bezahlt wurde, regte sich erneut die Angst in ihr: Sie öffnete ihr Sparbuch und fühlte, wie sich eine kalte Hand um ihr

Herz schloss, wenn sie sah, dass sich ihr kleines Sparguthaben in praktisch nichts verwandelt hatte. Und als Nächstes kehrten die Magenschmerzen zurück.

Als Elina es endlich gewagt hatte, sich einen Termin im Krankenhaus geben und sich röntgen und untersuchen zu lassen, sah Doktor Schroeder die Sache ausgesprochen gelassen. Schroeder las ihre Krankenakte, brummte gutmütig und erklärte: »Tja, Frau Manner, möglicherweise ein kleines Magengeschwür, verursacht durch schweres Essen und Alltagssorgen.« Daraufhin verschrieb er ihr eine zähflüssige Tinktur, die Elina in einer Arzneiflasche größeren Modells in der Apotheke abholte. Elina war angewiesen worden, die Tinktur morgens und abends einzunehmen, und der bloße Anblick der schweren braunen Flasche vermittelte ihr ein Gefühl von Sicherheit, sie fühlte sich gleich viel besser.

Ihre Söhne boten ihr zu der Zeit keinen Grund zur Sorge. Jouni hatte ihr immer Kopfzerbrechen bereitet, während Oskari der stille und folgsame von beiden gewesen war. Oskari hatte sich nie geprügelt und trieb sich auch nicht gerne auf der Straße herum. Er hatte sich auf Sportplätzen aufgehalten – im Hochsprung schaffte er 1,80 und beim Weitsprung fast sieben Meter – oder zu Hause gesessen und gelesen. Nun aber, da er fast erwachsen war, hatte er plötzlich beschlossen, Polizist werden zu wollen. Das amüsierte Elina ein wenig, denn Oskaris großer Bruder hatte jahrelang unter besonderer Beobachtung des lokalen Polizeidistrikts gestanden.

Aber Jouni hatte sich verändert, war ruhig und zielstrebig geworden. Er war zu Hause ausgezogen und wohnte bei einer entfernten Verwandten in der Åsgatan zur Untermiete. Die greise Witwe Toropainen war über mehrere Ecken mit Elinas Mutter verwandt, hatte eine nach hinten gelegene, geräumige Zweizimmerwohnung, wurde allmählich jedoch ein wenig gebrechlich und benötigte bei den schwereren Haushaltsarbeiten Hilfe: Jouni durfte gegen eine billige Miete in einem der Zimmer wohnen, und als Gegenleistung putzte er, brachte den Müll weg und ging einkaufen. Jouni hatte das Gefühl gehabt, zu Hause im Weg zu sein, und in den Monaten vor seinem Militärdienst hatte er zwei Jobs, bei der Abrissfirma und als Aushilfshausmeister im Stadtteil Alphyddan. Er zahlte nicht nur Miete bei Frau Toropainen, sondern gab auch Elina jeden Monat eine festgelegte Summe. »Ich komme doch so oft zum Essen nach Hause«, entgegnete er, als Elina protestierte, »außerdem weiß ich, dass du das Geld gut gebrauchen kannst.« Elina konnte es einfach nicht ablehnen, so freute sie sich darüber, wie sich Jounis Leben entwickelte: Er schien sich auch vor dem Alkohol zu hüten.

* * *

Jouni ärgerte sich lange über sein Verhalten an jenem Abend am Ufer der Djurgårdsviken. Nach diesem Vorfall ließ er Ariel und Adriana nie wieder Spuren jenes Jouni Manner sehen, den sie einst kennengelernt hatten: den Straßenjungen, den Raufbold, den Rowdy. Was ihnen in der Stadt zu Ohren kam, war etwas anderes, aber mit eigenen Augen würden sie ausnahmslos Selbstbeherrschung sehen. Außerdem sagte er sich, dass er niemals Schwäche zeigen, sich niemals anderen anvertrauen würde, denn das konnte sich später rächen.

Seinen Militärdienst absolvierte er in Sandhamn und hütete sich, positiv aufzufallen, da er keine Ausbildung zum Offizier durchlaufen, sondern ins Zivilleben zurückkehren wollte. In seinen Heimaturlauben lag er die meiste Zeit auf dem Bett und las Bücher, er hatte Geld gespart, um Frau Toropainen auch während seines Wehrdiensts Miete zahlen zu können. Als Jouni sich im September 1965 an der Staatswissenschaftlichen Fakultät der Universität Helsingfors einschrieb, hatte er unter den angenommenen Studenten die viertbesten Noten vorzuweisen. Er war seit langem sein eigener Herr, er lebte wie ein *Mann*, sagte er sich, während Ariel und Adriana noch zu Hause wohnten, obwohl sie älter waren als er. Bei Adriana geschah dies aus reiner Bequemlichkeit, in Ariels Fall lagen die Dinge komplizierter. Eines Abends, als Jouni und er nach einer Gesangsprobe nach Hause spazierten, gestand Ariel ihm, dass er es nicht wagte, Lydia allein zu lassen, weil seine Mutter eine stürmische Affäre mit einem Fernfahrer namens Björk hatte und Ariel Björk im Verdacht hatte, sie zu schlagen.

Sie hatten den Vorschlag in die Tat umgesetzt, den Adriana gemacht hatte: Seit dem Winter sangen und spielten sie zusammen. Allerdings waren sie, vor allem wegen Jounis Militärdienst, aber auch, weil sie Probleme hatten, einen Proberaum zu finden, nur schleppend in Gang gekommen. Adriana hatte sogar vorgeschlagen, bei ihr daheim zu proben, in ihrem Mädchenzimmer, bei sorgsam verschlossener Tür, damit weder ihre kleine Schwester Eva noch ihre gefühlsduselige Mutter Catherine hereinplatzen konnte. Diesen Vorschlag hatten Jouni und Ariel allerdings entsetzt abgelehnt. Das Schlafzimmer eines Mädchens aus dem Bürgertum war etwas, wovon sie geträumt hatten, als sie auf Klappbetten und Bettcouchen und Armeepritschen lagen und so leise zu wichsen versuchten, dass es niemand hörte, aber so sollte sich die Eroberung ganz bestimmt nicht abspielen.

Schließlich hatte Adriana von einem unbenutzten Kellerraum gehört, einem ehemaligen Vereinslokal in der Skeppsredargatan, nur einen Häuserblock von ihrem Elternhaus entfernt. Sie hatten vorsichtig begonnen, waren sich einig gewesen, dass zwei Proben im Monat reichen mussten. Sie waren sehr unsicher und wenig diszipliniert gewesen. Ihre ersten Treffen in dem Kellerraum waren geprägt von intensivem Rauchen und einem frustrierten und ziellosen Herumfingern auf diversen mitgebrachten Instrumenten. Schon bald erkannten sie jedoch, dass sie alle musikalisch waren und ihre Stimmen gut miteinander harmonierten. Außerdem entdeckten Adriana und Jouni, dass Ariel noch besser Gitarre spielen konnte, als sie geglaubt hatten, er beherrschte viele unterschiedliche Musikstile, und wenn er in Hochform war, klang seine alte Levin-Gitarre wie ein kleines Orchester. Dass auch Adriana Gitarrenakkorde anschlagen und darüber hinaus Klavier und ein wenig Geige spielen konnte, war auch nicht zu verachten, und je länger der Herbst fortschritt, desto konkreter wurden ihre Pläne, Mutter Catherines Klavier in den Proberaum zu verfrachten. Sie spiele ja doch nie darauf, beschäftige sich immer nur mit ihrem verdammten Cinzano Blues, erklärte Adriana verächtlich.

Ihr Repertoire wuchs schnell, kühn oder originell wurde es dagegen nie. Anfangs schreckten sie nicht einmal vor naiven Liedermachernummern wie *Tom Dooley* und *Sag mir, wo die Blumen sind* zurück. Letzteres wollte Adriana auf Deutsch vortragen und musste es alleine singen, da weder Jouni noch Ariel die Sprache beherrschten und sich weigerten, das Lied phonetisch zu singen. Das Trio sang ansonsten auf Schwedisch und auf Finnisch, in den ersten Monaten hatten sie sowohl *Päivänsäde ja menninkäinen*, also *Sonnenstrahl und Kobold*, als auch das schwedischsprachige *Wer kann denn ohne Wind segeln?* im Repertoire. Sie versuchten sich an Gospels und sangen *Swing Low Sweet Chariot* und *So ist das Leben* im gleichen bluesigen Stil wie Anita Lindblom. Adriana hatte eine recht tiefe Stimme, die bis in den Alt hinabreichte, aber die untersten Gospeltöne sang immer Jouni, denn so tief kam nur er.

Relativ schnell fanden sie, dass ihr Repertoire zu harmlos war. »Das ist hier ja wie auf dem Frühlingsfest in der Schule«, meinte Jouni, »wir brauchen andere Lieder.« Sie waren fast immer unterschiedlicher Meinung, aber diesmal stimmten Ariel und Adriana ihm zu. »Aber«, ermahnte Ariel sie, »wir können nicht irgendwelche Beatles-Songs nehmen, wir sind keine Popgruppe.« Sie begannen, nach Liedern mit Anspruch zu suchen, deren Texte durchaus eine Botschaft haben durften. Es zeigte sich schnell, dass es nicht schwierig war, gute Lieder zu finden. Das Problem bestand eher darin, dass ihr Geschmack so unterschiedlich war.

Adriana wollte Joan Baez singen und schlug *What Have They Done To The Rain* vor, das hatte ja nun wirklich eine Botschaft, meinte sie. Aber Jouni und Ariel fanden *Babe I'm Gonna Leave You* besser.

Ariel redete sich den Mund fusselig, bis die anderen einverstanden waren, etwas von Dylan zu machen. Aber Ariel wollte die tiefgründigen Songs, *The Ballad Of Hollis Brown* und *Desolation Row*, während Jouni und Adriana Dylans lange Lieder monoton und langweilig fanden. Sie schlugen leichtgewichtigere Varianten vor, Stücke wie *It's All Over Now, Baby Blue* und *Boots Of Spanish Leather*. Der Kompromiss lautete *Girl From The North Country*, das konnten sie als eine Serenade der Männer an Adriana singen, eine Serenade, auf die sie antwortete, indem sie sich selbst definierte: Sie sang *I once was a true love of yours* statt *she once was a true love of mine.*

So arbeiteten sie sich vor. Als Ariel *Universal Soldier* spielen wollte, legten die anderen ihr Veto ein, sie fanden das Lied rührselig. Als Adriana den schwedischen Liedermacher Cornelis Vreeswijk entdeckt und den *Kleiner Lasse-Blues* singen wollte, erklärte Jouni, er könne auf Schwedisch nicht so schnell singen und im Grunde wolle er am liebsten überhaupt nicht auf Schwedisch singen. Daraufhin einigten sie sich auf die *Ballade auf einer Müllhalde* und kompensierten Jouni, indem sie *Suuret setelit*, die finnische Version von *Greenback Dollar,* sangen, das weder

Ariel noch Adriana gefiel. Als France Gall den Grand Prix gewann, schlugen Jouni und Ariel nicht ganz ohne Ironie vor, dass Adriana den Siegertitel als Solonummer singen solle.

»Das will ich nicht«, sagte Adriana, »ich bin nämlich keine Puppe.«

Einer der wenigen Songs, auf den sich alle drei einigen konnten, war Paul Simons *The Sound Of Silence*. Im Laufe des Herbstes gingen sie nach den Proben des Öfteren zum Colombia in der Alexandergatan oder zur Expressobar in Brunnsgården, und schon während sie mit hochgeschlagenen Mantelkragen zum Schutz gegen den rauen und feuchten Wind durch die Straßen gingen, sprachen sie über die Platte, von deren Aufnahme sie träumten. Und dann redeten sie auch über *The Sound Of Silence*: Sie hatten bereits beschlossen, dass der Song die B-Seite ihrer Single werden sollte, das Lied auf der A-Seite fehlte ihnen allerdings noch. Adriana bedeutete das Stück besonders viel; wenn sie in ihrem Mädchenzimmer stand und auf den herbstlich leeren Hafen und das graumelierte Meer hinaussah, legte sie es immer wieder auf. Sie liebte das Verträumte und Hallende des Lieds, sie fand, dass es schaukelte und schwankte wie ein Boot bei leichtem Seegang, und ganz besonders gefiel ihr der Text der letzten Strophe, er bezauberte und erschreckte sie so, dass sie eine Gänsehaut auf den Armen bekam und winzig kleine Tiere ihr Rückgrat hochkrabbelten:

And the people bowed and prayed
to the neon God they'd made.
And the sign flashed out its warning
in the words that it was forming.
And the sign said:
»The words of the prophets
are written on the subway walls

and tenement halls
and whisper'd
in the sound
of silence.«

Auch Ariel hatte begonnen, Lieder mit Texten zu schreiben, die etwas zu sagen versuchten, und teilte Adrianas Liebe zu *The Sound Of Silence*. Aber im Unterschied zu ihr – und zu Jouni, dessen Englisch sehr gut war – hatte er sich in der Bibliothek von Berghäll heimlich ein Englisch-Schwedisch-Wörterbuch ausleihen und einiges nachschlagen müssen, bis er den Text verstand; Worte wie *cobblestone*, *halo*, *bowed* und *tenement* sagten ihm nichts. Als er ihn schließlich verstand, lief auch durch seinen Körper ein Schauer.

Manchmal beschlich Ariel das Gefühl, auf dem besten Weg zu sein, überall im Mittelmaß stecken zu bleiben. Sein Englisch war schlechter als Jounis und Adrianas, er konnte weder Deutsch noch Französisch wie Adriana, und sein Kopf arbeitete nicht so schnell wie Jounis, sein Abiturzeugnis war deutlich schlechter ausgefallen als die seiner Freunde. Seine Gesangsstimme war nicht so rein wie die der anderen, und manchmal wurde er bei den Proben von grauenvollen schwarzen Momenten übermannt, Momenten, in denen er sich plump, hässlich und unbegabt fand. In solchen Augenblicken gab seine Gitarre ihm Sicherheit und war sein einziger Trost: Er wusste, dass er gut spielte, und eines Tages, dachte er, würde er diese E-Gitarre besitzen und auch dieses Instrument beherrschen. Wenn er Lieder schreiben wollte, tauchte jedoch die Unsicherheit wieder auf, das Gefühl von Mangel, Leere, Mittelmaß. Akkorde auszuwählen und spielerisch eine Melodie zu suchen, gelang ihm im Allgemeinen gut, aber wenn er sich dem Text zuwenden wollte, bekam er Probleme. Er wusste nicht, ob er es auf Schwedisch oder Finnisch versuchen sollte, und fand, dass nur Halbgares herauskam, ganz gleich, wie er sich entschied. Meistens schrieb er trotz allem auf Finnisch. Er hörte die Sprache auf der Straße und in Geschäften, und sie ertönte aus den überall laufenden Radios: Die finnischen Wörter fand er leicht, obwohl Lydia und er zu Hause meistens Schwedisch sprachen.

Ariel hatte damals noch nicht viele fertige Lieder. Aber ein paar gab es schon, und *Geh nicht einsam in die Nacht* gehörte zu ihnen, den Song hatte er bereits in dem Winter geschrieben, als er siebzehn war. Ein anderer war eine kleine Bagatelle auf Schwedisch mit dem Titel *Ein Uhr nachts am Ufer von Hagnäs*. Es sollten niemals viele werden, ein gutes Dutzend nur, und die meisten von ihnen schrieb er in den folgenden turbulenten Jahren.

* * *

Es gab keinen kühlen Beobachter in Jounis, Ariels und Adrianas Kreisen in jenen Jahren. Alles war Flucht, Hunger und Durst: Flucht vor dem Alten, Hunger auf das Neue, Durst auf Schönheit, auf Augenblicke eines gesteigerten Lebens.

Doch wenn jemand fähig gewesen wäre, sich zurückzuziehen und zu beobachten, hätte er oder sie gesehen, wie Adriana zwischen Jouni und Ariel oszillierte, wie sie sich mal zu dem einen, mal zu dem anderen hingezogen fühlte. Am Ufer der Djurgårdsviken im Sommer 1964 hatte sie mit Jouni geflirtet und sich über ihn geärgert, über seinen mangelnden Ehrgeiz und seine Neigung, zur Flasche zu greifen. Knapp anderthalb Jahre später, im Herbst, als Mitglied eines schön singenden Folktrios, dem noch ein Name fehlte, fühlte sie sich von Ariel angezogen, von seiner Sanftmut, seiner Fähigkeit, Lieder zu schreiben, und seiner Art, Frauen zu betrachten, als wären sie wunderschöne, nie zuvor gesehene Wesen, die gerade erst in einer fliegenden Untertasse von der Venus gelandet waren.

Und Jouni? Ihn mochte sie zu der Zeit nicht. Ihr missfiel seine Schroffheit. Ihr missfielen seine Sarkasmen. Seine Härte und sein Wille, zu siegen und niederzuschlagen, die sich inzwischen als Traum von einer Karriere im Dienste der Musik oder der Gesellschaft maskierten, schüchterten sie ein. Außerdem verdutzte es sie, wie wenig er sich für philosophische und religiöse Fragen interessierte, obwohl er so viel über Philosophie und Religion wusste. Jouni war gebildet, schien jedoch von den großen Lebensfragen manchmal völlig abgeschnitten zu sein. Dann wurde er zynisch und boshaft: Fast hatte man das Gefühl, als lugte der alte Jouni, der Gewalttäter und Nihilist, hervor.

Jahrelang hatte Adriana sich so verhalten. Wenn sie sich von Jouni angezogen fühlte, ärgerte sie sich über Ariel, und ein paar Monate später war es umgekehrt. Aber sie war mit keinem von beiden zusammen. Ihre Liebesaffären hatte sie woanders, und weder Ariel noch Jouni wussten davon.

Das Alte, vor dem Adriana floh, war nicht das Gleiche wie das, was Ariel zur Flasche greifen und sich fortträumen und Jouni beharrlich vorwärtsstreben ließ.

Wenn sie probten und eine Pause machten und Ariel sich eine Zigarette anzündete und die Augen schloss und sich entspannte, lag er manchmal plötzlich in seinem schmalen Bett neben der Kochnische in der Rödbergsgatan, in jener Wohnung, in der Lydia und er früher gewohnt hatten. Es war Nacht, und es zog vom Küchenfenster her, und dann kam Lydia nach Hause und mit ihr der Mann, der vielleicht Björk hieß oder auch Näätänen oder Lindström oder Savikko, der manchmal nicht einmal zu einem Namen wurde. Stattdessen streckte Ariel den Hals in seinem Bett und warf einen kurzen Blick auf den kalten Mond, um danach die Augen zuzukneifen und die Finger in die Ohren zu pressen und zu versuchen, nicht zu hören, was hinter dem Wandschirm im Zimmer vor sich ging.

Jouni Manner hielt niemals inne. Das war sein charakteristischster Zug: Seine Rastlosigkeit schien in ihm eingraviert zu sein. An einem Tag im Spätherbst saßen er und Ariel im Tuulos und aßen jeder ein Brot mit Ei und Anchovis und tranken bitteren Kaffee dazu. Jouni hatte die letzte Nummer der Wochenzeitschrift Suomen Kuvalehti, Finnlands Illustrierte, gelesen und etwas gelernt. »Ich bin wie ein Hai«, sagte er zu Ariel. »Ich muss immer schwimmen, sonst sinke ich nach unten und sterbe.« Aber manchmal wurde dieser Hai im Schlaf überrumpelt. Dann saß er mit Elina alleine am Küchentisch und sah plötzlich nur noch ihre Hände, ihre hässlichen, wunden, schwieligen Hände. Bei anderen Gelegenheiten war der Traum viel undeutlicher. Es war dunkel und Nacht und still, aber dann passierte plötzlich etwas, es war immer noch dunkel, aber um ihn herum bewegten sich Menschen, sie bewegten sich heftig in der Dunkelheit und schrien und krakeelten, eine Stimme war schrill und eine andere grob, und Jouni setzte sich im Bett auf, und die grobe Stimme schrie ihn an, und plötzlich brannte es auf der Haut, seine Wange glühte, und er hätte am liebsten geweint, aber stattdessen hielt er ein Messer in der Hand und stach dorthin, wo er die grobe Stimme vermutete, und traf und stach noch einmal zu, er stach in alle Richtungen, und überall sank das Messer in Fleisch ein, und es wurde still, mucksmäuschenstill, schrill oder grob, sie waren alle tot und er der Schuldige, er kniete mit dem tropfenden Messer in der Hand auf dem dunklen, harten Fußboden und wartete darauf, dass die Polizei ihn und die Leichen fortschaffen würde.

Bei Adriana war es anders, säuberlich geordnet. Gut gekleidet und sorgsam manikürt. Still und ordentlich. Sichtbar wurde es höchstens als sinkender Pegel in einer Flasche in der Vorratskammer, hörbar war es nur als leiser, jammernder Ton, existierte es als eine verschwommene Melancholie. Trotzdem: schmerzhaft. Es tat so weh, dass sie in ihrem Zimmer am Fenster stehen und aufs Meer schauen und acht Mal *The Sound of Silence* hören musste, ehe der Schmerz nachließ. *People without speaking.* Catherine Mansnerus, geborene Boehm, und ihre Augen, die sagten, dass sie nicht standesgemäß geheiratet hatte und sie im Leben nur Göran und seinen knallharten Entschluss hatte, wenn es keine Liebe gab, dann sollte wenigstens genügend Geld und alles andere da sein. *People hearing without listening.* Görans ernstes Gesicht, wie ein Porträt der Angst, zu fallen und seine Töchter zu enttäuschen. *People writing songs that voices never share.* Und Ehrfurcht. Wie sie diese ganze Ehrfurcht hasste! *And no one dared.* Am Morgen des Heiligabend an den Heldengräbern, Silvester an den Heldengräbern, Ostern an den Heldengräbern. *Disturb the sound.* An den Gräbern am Tag des Abiturs, an den Gräbern an den Geburtstagen der Toten, Großmutter Margits zittrige Stimme, die am Nationalfeiertag mit bebender Stimme die Nationalhymne sang. *Of Silence.* Görans jüngerer Bruder 1944 an der Front. Catherines Schwester bei den Bombenangriffen im Februar desselben Jahres. Eine ganze Kindheit an Gräbern. Der unerschütterliche Lauf der Sonne über dem Meer. Die Cinzanoflasche aus der Vorratskammer und wieder hinein. *Fools said I.* Im Radio läuten die Glocken das Wochenende ein. Catherines schwammiges Gesicht und Görans hartes. Nachrichten der Finnischen Nachrichtenagentur. *You do not know.* Und jetzt hat jemand eine nochnochnochgrößere Bombe gebaut, sie heißt Trinity-Monster Mir-Boy. *Silence like a cancer grows.* Und nach ihr wird alles still sein, so verbrannt und stumm und still. *Hear my words.*

Manchmal fanden Jouni und Ariel, jeder für sich, dass sie in Adriana etwas irgendwie Schiefes erblickten. Aber sie sprachen so gut wie nie darüber. Ein einziges Mal ließ Ariel Jouni gegenüber eine Bemerkung fallen: »Addi ist seltsam. Wenn man ihr etwas Trauriges erzählt, fängt sie manchmal an zu kichern. Und wenn ich ihr Witze erzählt habe, hat sie ein paar Mal angefangen zu weinen. Am nächsten Tag ist sie dann wieder völlig normal.« Jouni erwiderte darauf nichts. Über solche Dinge zu sprechen war schwierig.

* * *

Sie übten immer öfter, probten schon mehrmals wöchentlich. Das brachte sie voran, sie wurden immer besser. Ihr Repertoire war moderner geworden, und sie bekamen ihre ersten Auftritte. Den allerersten hatten sie im Schwedischen Lyzeum, wo sich jeden vierten Donnerstag eine Gruppe von Folk-Enthusiasten im Schulkeller traf. Dieselben Enthusiasten versammelten sich zudem in einem Jugendzentrum im Vorort Munkshöjden: Dort traten Jouni, Ariel und Adriana Ende November auf. Außerdem sangen sie jeden zweiten Dienstag in einem abends geöffneten Café in der Elisabetsgatan, Anfang Dezember sangen sie in der Finnischen Handelshochschule und in der Neuen Schwedischen Lehranstalt, und kurz vor Weihnachten nahmen sie an einem Galabend im Alten Studentenhaus teil. Dagegen lehnten sie das Angebot ab, im Kerho zu singen. »Zum Teufel, die bringen uns doch um!«, sagte Jouni, womit er sicher nicht ganz Unrecht hatte. Das Kerho zog kurz geschorene und gewaltbereite Burschen aus den Berufsschulen und Fabriken an, und Jouni und Ariel hatten bereits eine Beatlestolle, ja, mehr als das: Sie bekamen allmählich richtig lange Haare und trugen farbige, gestreifte Hemden. Adriana hatte sich noch stärker verändert, ihre braune Haarpracht ringelte sich immer weiter den Rücken hinunter, und sie kleidete sich immer kühner, in ungewöhnlichen Kombinationen, mit langen Hosen, Hüten, Halstüchern und

Blusen und leuchtenden Farben. Diese Blusen schmiegten sich an Adrianas schlanken Oberkörper, und im Hochsommer hatten Jouni und Ariel durch den Stoff hindurch ihre Brustwarzen gesehen: Sie hatte in der Hitze den BH weggelassen.

Die Veränderungen betrafen allerdings nicht nur Aussehen und Kleidung. Ariel hatte seine Gitarre, seine Lieder und sein verträumtes Wesen, Adriana und Jouni dagegen wurden immer ungeduldiger. Sie sprachen oft und laut darüber, dass Helsingfors abseits von allem lag, als wäre die Stadt ein kleiner und vergessener Planet in einem Science-Fiction-Roman, und sie erzählten sich Anekdoten, die sie über das moderne Leben in Städten wie London, New York und Paris gelesen hatten. Auch Stockholm war ein Vorbild, denn dort demonstrierte man gegen Vietnam, und erfolgreiche Sänger marschierten mit ihren Gitarren an vorderster Front, und die Mods hatten den faschistischen Bullen getrotzt und mit Steinen geworfen und in den Häuserblocks der Innenstadt Schaufenster zertrümmert.

Sie bekamen in jenem Herbst einen Manager namens Sten-Erik Waenerberg. Er sah sie bei der Weihnachtsgala *Girl From The North Country*, *The Sound Of Silence* und *Geh nicht einsam in die Nacht* singen und suchte sie hinterher auf. Ariel und Adriana erkannten ihn. Waenerberg hatte zu den Stammgästen und Organisatoren in dem inzwischen eingegangenen Jazzclub Old House gehört, den Ariel und Adriana in seinem letzten Jahr mehrfach besucht hatten, bevor das alte Holzhaus zum Abriss freigegeben wurde und das Old House schließen musste.

Sten-Erik Waenerberg wurden von allen nur Stenka genannt. Er schien ganz Helsingfors zu kennen, zumindest kannte er alle, auf die es ankam. Er war Ende zwanzig und besaß einen kleinen Plattenladen: Das Geschäft war auf Jazz spezialisiert, aber Stenka importierte daneben auch Blues, Folk und Pop. Stenka kleidete sich wie ein Jazzbohemien. Ein wenig altmodisch, weißes Hemd, Jackett, manchmal trug er sogar eine Krawatte. Aber er hatte sich Koteletten zugelegt, und seine lockigen Haare waren im Nacken lang: Zwei Jahre zuvor hatte er die Haare noch kurz geschoren getragen, glaubte Ariel sich zu erinnern.

Stenka Waenerberg war energisch, furchtlos und schlagfertig, und als Jouni, Ariel und Adriana sein Angebot annahmen, waren sie zunächst sehr erleichtert, vor allem Jouni. Er mochte Stenka zwar nicht, überhaupt nicht, war aber froh, dass ihm von nun an die Schacherei ums Geld erspart blieb. Es war nämlich Jounis Aufgabe gewesen, mit den Veranstaltern zu verhandeln, was er leider nicht besonders gut konnte. Er hasste es, über Geld zu sprechen, und so hart er einst an den Straßenecken gewesen war, wo man die Fäuste sprechen ließ, so unbeholfen stellte er sich an, wenn er sich mit Festorganisatoren und ihren flinken Mundwerken herumschlagen musste. Es hatte ihn gequält, Ariels und Adrianas enttäuschte Mienen zu sehen, wenn er ihre Dienste wieder einmal für ein paar lumpige Zehner pro Person und Abend verhökert hatte.

Nachdem Stenka sie im neuen Jahr übernommen hatte, traten sie immer öfter auf und bekamen höhere Gagen. Die Musik beanspruchte so viel Zeit, dass Jounis Studium darunter litt. Ihm selbst war das egal, da er bereits ahnte, dass er zu rastlos war, um jahrelang zu büffeln und Prüfungen abzulegen, aber seine Mutter sprach ihn häufig auf das Thema an. Adriana schien ihr Studium der Kunstgeschichte und Literatur auf die leichte Schulter zu nehmen – die kann sich das ja auch leisten, dachte Jouni sarkastisch –, und für Ariel schien die Musik zum einzigen und alles andere überragenden Interesse geworden zu sein. Jouni, der immer noch nebenher als Hausmeister und auf verschiedenen Baustellen jobbte, fragte sich manchmal, woher Ariel eigentlich sein Geld bezog: Er hatte erstaunlich viel davon.

Trotz Waenerbergs Effektivität waren Jouni und Ariel ausgesprochen misstrauisch. »Unser eigener Eppie« nannte Ariel ihn nach Brian Epstein, dem Manager der Beatles, und sein Ton war dabei wenig schmeichelhaft. Einmal äußerte Jouni beiläufig den Verdacht, dass Stenka sich ihrer nur angenommen hatte, um eines Tages in Adrianas Bett schlüpfen zu dürfen. »Das ist echt so ein verdammtes Scheißgelaber!«, fauchte Adriana wütend und zog heftig an ihrer Zigarette. »Das Old House gibt es nicht mehr, und deshalb braucht Stenka ein neues Betätigungsfeld. In seinem Plattenladen kauft kein Schwein ein, ist doch klar, dass er was Neues probieren will! Außerdem hat er auch noch andere Künstler unter Vertrag, wie erklärst du dir das dann bitte schön, meinst du, er will auch noch mit allen von Instinct und von den Namedroppers schlafen?«

Der Winter 1966 entwickelte sich zum schneereichsten seit Menschengedenken. So würde er ihnen später in Erinnerung bleiben: ein endloses Stapfen und Stiefeln durch Schneemassen und über Schneewälle, lange Fußmärsche mit steifgefrorenen Zehen und Atemluft, die wie ein Federbusch vor dem Mund stand, von daheim zur Universität oder zur Arbeit, von dort zum Probenraum und von dort zum Colombia und Expresso und den anderen Cafés in der Innenstadt.

Wenn sie einen Auftritt hatten, kutschierte Stenka Waenerberg sie in seinem eigens importierten Ford Mercury, Modell -55. Stenka wohnte in der Fredriksgatan und holte als Erstes Adriana ab, dann fuhr er nach Berghäll, wo Jouni und Ariel vor dem neuen Behördengebäude warteten. In der Regel hatte Stenka seinen Assistenten dabei, einen ehemaligen Jazzpianisten namens Nuortamo, der in den Jahren im Old House dem Suff verfallen war. Ariels und Adrianas Gitarren lagen bei jeder Kälte im Kofferraum des Mercury, und wenn sie ihr Ziel erreichten, wollten die Instrumente die Stimmung nicht halten. Wenn sie nach den Auftritten heimfuhren, war es bereits mitten in der Nacht, auf beiden Seiten der Straße türmten sich hohe Schneewälle auf, und der Mercury geriet in den ungestreuten Kurven ins Schleudern. Nuortamo saß auf dem Beifahrersitz und spielte auf seiner Mundharmonika, und Adriana schlief unweigerlich ein. Vielleicht wiegte Nuortamos Spiel sie in den Schlaf, vielleicht auch das dumpfe Brummen des Motors: Jedenfalls schlummerte sie ein und schlief so tief und fest, dass weder holprige Landstraßen noch Stenkas fahrlässiger Fahrstil sie weckten. Und auf der Rückbank bevorzugte sie ausnahmsweise keinen, wenn sie in der einen Samstagnacht den Kopf auf Ariels Schulter legte, war es beim nächsten Mal stets Jounis Schulter.

Sie feierten selten große Erfolge, aber es gab auch keine Katastrophen. Ein einziges Mal wäre die Sache beinahe schiefgegangen. Waenerberg hatte ihnen einen Auftritt im fernen Orimattila besorgt, und das betrunkene Freitagabendpublikum verlangte Tanzmusik. Sie waren kurz davor, gelyncht zu werden, und Stenka hatte Nuortamo schon auf den Hinterhof geschickt, um für den Fall, dass sie Hals über Kopf aufbrechen müssen würden, schon einmal den Motor des Mercury anzulassen. Doch Ariel rette sie mit seiner Vielseitigkeit. Er brach *Geh nicht einsam in die Nacht* bereits nach zwei Strophen ab und spielte stattdessen das Intro zum Tango *Satumaa.* Anschließend hämmerte er die Akkorde und sang mit seiner hellen und leicht unsicheren Stimme *aavan meren tuolla puolen, jossakin on maa*, Jenseits des weiten Meeres, irgendwo ist dort ein Land. Adriana und Jouni stimmten ein, und Adriana hatte einen Geistesblitz und begann, auf ihrer Gitarre mit der flachen Hand den Takt zu schlagen, statt zu Ariel hinüberzuschielen und zu versuchen, die Akkorde zu spielen. Als sie *Satumaa* beendeten und unverzüglich mit einem weiteren Tango weitermachten, bekamen sie bereits spärlichen Applaus, und Nuortamo konnte den Motor ausstellen, in den Festsaal zurückkehren und sich aufwärmen.

Während des langen Winters schlug Adriana sich weiter bevorzugt auf Ariels Seite. Manchmal sprach sie plötzlich Schwedisch mit Ariel, und manchmal tat sie das Gleiche, wenn Stenka Waenerberg dabei war. Die anderen wussten, dass sie die Sprache wechselte, um Jouni zu ärgern. Doch Jouni amüsierte das bloß. Sein Schwedisch war zwar nicht besonders gut, aber es machte ihm Spaß, die Sprache zu sprechen. Als Jouni klein war und Sulo noch bei ihnen wohnte, hatte er seinen Vater zu Elina sagen hören, die Schweden in Finnland seien ein Herrenvolk und wer aus der Arbeiterklasse stamme, solle sich davor hüten, etwas mit ihnen zu tun zu haben. Aber während seiner Jahre im Stadtteil Hertonäs war Jouni oft in östliche Richtung gedriftet oder geradelt und hatte mit schwedischen Milchbauern gesprochen, die Karlsson und Johansson oder so ähnlich hießen, Bauern, die langsam verdrängt wurden, als die Stadt im Osten wuchs. Diese Landwirte waren keine strengen Herren, sondern lustige Burschen gewesen, und einer von ihnen hatte Jouni seine Lieblingsphrase auf Schwedisch beigebracht: *Wo ist denn meine große buschige Möse?* Von ihm aus durfte Adriana Mansnerus sich mit solchen Albernheiten abgeben, wenn ihr der Sinn danach stand, Jouni Manner war niemand, der sich von so etwas aus der Fassung bringen ließ: Wenn nötig, konnte er sowohl Schwedisch als auch Englisch sprechen, und an der Universität hatte er sogar einen Anfängerkurs in Französisch belegt. Allerdings hütete er sich, in Adrianas Gegenwart seine schwedische Lieblingsphrase fallen zu lassen, Ariel quälte er hingegen damit, sie in einem schlecht nachgeahmten ländlichen Dialekt zum Besten zu geben.

Als sich der Frühling ankündigte, stritten sie sich immer noch über das Repertoire. Die Beatles hatten eine neue Platte herausgebracht, in die Adriana sich verliebt hatte, sie wollte *Michelle* und *Norwegian Wood* singen. Jouni schüttelte den Kopf und schlug *Girl* vor, der Song konnte ihre neue Serenade für Adriana werden, *Girl From The North Country* sangen sie mittlerweile schon so lange. »Niemals!«, rief Adriana. »Das Mädchen in *Girl* ist doch ganz furchtbar!« Ariel schlug sich auf Adrianas Seite. »*Girl* ist wirklich bescheuert, *Norwegian Wood* ist ein viel besserer Song«, erklärte er. »Okay, aber wenn wir *Norwegian Wood* machen, will ich *I Am A Rock* singen«, entgegnete Jouni daraufhin, »das Stück könnt ihr einfach nicht bescheuert finden.«

Sie schafften es nicht einmal, sich auf einen Namen für ihre Gruppe zu einigen. Seit ihrem Debüt im Keller des Lyzeums waren sie unter dem fantasielosen »Jouni, Ariel & Adriana« aufgetreten, aber keinem von ihnen gefiel das sonderlich, man dachte immer nur an »Peter, Paul & Mary«, die Jouni und Ariel verachteten. Als sie im März Richtung Stadt gingen, meinte Adriana, wenn Ariel seinen Nachnamen zu Mahl änderte, könnten sie sich M & M & M's nennen. Adrianas Onkel Hans-Peter arbeitete in New York und schenkte ihr und Eva immer M & M's zu Weihnachten, aber für Ariel und Jouni blieb der Witz unverständlich: Keiner der beiden verzog eine Miene.

Es blieb Stenka Waenerberg überlassen, den gordischen Knoten zu durchschlagen. An einem Abend im März saßen sie im Restaurant Bulevardia und berieten sich – Stenka hatte dem Türsteher einen Geldschein zugesteckt, als dieser Jouni, Ariel und Adriana forschend angesehen und sich erkundigt hatte, ob auch alle volljährig seien –, und Stenka erklärte, seiner Meinung nach könnten sie ruhig *I Am A Rock* singen, sollten sich vor den Beatles jedoch hüten. Ihr Künstlername sei eigentlich auch in Ordnung, aber wie war es, konnte Jouni sich eventuell vorstellen, auf sein *u* zu verzichten?

Jouni kostete den neuen Namen – Joni, Jonni, Jonny, Johnny und wieder Joni – und nickte anschließend.

»Schön«, sagte Stenka Waenerberg, »ich habe übrigens eine Neuigkeit für euch. Ihr werdet eine Platte aufnehmen. Für Sonovox.«

Es wurde still am Tisch. Ariel und Adriana bekamen den Mund nicht mehr zu, während sich auf Jounis Gesicht ein breites Grinsen legte.

»So«, sagte Stenka Waenerberg und zog seine Schachtel Winston heraus, schüttelte eine neue Zigarette heraus, zündete sie an, nahm einen tiefen Zug und blies eine dicke Rauchwolke aus. »Addi und Ariel, macht den Mund zu, es zieht, jetzt reden wir über Strategie. Ich finde, ihr solltet euer eigenes Lied nehmen. Das hast du doch geschrieben, Ariel? Dann könnt ihr als B-Seite *The Sound Of Silence* aufnehmen. Aber singt den Song auf Finnisch. Es gibt schon einen Text, ein Freund von mir hat ihn übersetzt.«

3

Der Tag nach dem Treffen im Bulevardia war ein Samstag. Ariel, der gewohnt war, die Tür zu seinem kleinen Zimmer abzuschließen – es gab zwei Schlüssel, und er hatte beide an sich genommen – und lange zu schlafen, war schon um acht auf den Beinen. Auch Lydia war aufgestanden, um halb neun musste sie putzen gehen. Zu Ariels Verblüffung hatte sie Kaffee gekocht und sogar versucht, Brote zu streichen. Er nahm die dampfende Kaffeetasse an, die sie ihm reichte, schüttelte jedoch den Kopf, als sie ihm das Brot anbot. Sie hatte versucht, einen harten Butterklumpen auf einer Scheibe trockenen Weißbrots zu verstreichen, aber aufgegeben und den Klumpen als eine Erhebung auf der halb zerkrümelten Brotscheibe zurückgelassen. Anschließend hatte sie versucht, ihr Missgeschick mit einer mindestens zwei Zentimeter dicken Scheibe Wurst zu verbergen. *Die arme Lydia, es gibt so vieles, was sie nicht kann, und alles, was mit Essen zusammenhängt, gehört dazu.* Ariel wusste genau, warum sie sich so ins Zeug legte: Aus ihr sprach das schlechte Gewissen. Sie hatten kein Wort miteinander gewechselt, sich nicht einmal einen »Guten Morgen« gewünscht, und sahen sogar weg, damit sich ihre Blicke nicht begegneten, aber Ariel erkannte natürlich trotzdem, dass Lydia benebelt und verlebt aussah. *Sie haben gestern wieder seit dem frühen Nachmittag bis zur Sperrstunde im Oiva gesessen.* Lydia und er standen in der Küche dicht nebeneinander, und Ariel hörte schwere Atemzüge und von Zeit zu Zeit ein lautes Schnarchen aus dem großen Zimmer, wo ein Wandschirm Lydias Schlafzimmerhälfte von einem gemeinsamen Teil mit Esstisch, Stühlen, einem Büfett und auf dem Büfett einem Radio und einem billigen transportablen Plattenspieler, der unbrauchbar war, solange Ariel sich erinnern konnte, abtrennte. Das Schnarchen kam von Björk. Er hing noch immer bei ihnen herum, mittlerweile schon seit acht Monaten, mit einer Art regelmäßiger Unregelmäßigkeit tauchte er bei ihnen auf. Dabei war Björk ein Säufer und Schläger, der sich sogar noch schlimmer benahm als Näätänen und Lindström und Savikko und wie sie alle hießen, und Ariel begriff nicht, was Lydia in ihm sah. Vielleicht war es nur das simple Detail, dass Björk zufällig den Restaurantleiter im Oiva kannte, wodurch Lydia und er dort den ganzen Abend sitzen und trinken konnten: Falls Inspekteure vorbeikamen, eilte augenblicklich ein Kellner mit Tellern und Besteck zu ihrem Tisch und versicherte mit diskretem Augenzwinkern, dass die Zwiebelsteaks der Herrschaften jeden Moment kommen würden. Und wenn Björk und Lydia dann den kurzen Weg nach Hause taumelten und Björk bei ihnen übernachtete, entstand eine Art Gleichgewicht des Schreckens, das auch Ariel zugutekam: Wenn alle drei in der Wohnung miteinander auskommen sollten, durfte Björk es nicht wagen, Lydia zu schlagen, und Ariel fragte Lydia im Gegenzug nie, wann sie beabsichtige, Björk hinauszuwerfen, und Lydia wollte ihrerseits nicht von Ariel wissen, wann er vorhabe, sich einen richtigen Job zu suchen.

Kurz nach neun überquerte Ariel die Långa-Brücke in Richtung Stadtzentrum. Es war ein rauer und feuchter Tag, die Schneedecke schrumpfte mittlerweile schnell, und an vielen Stellen floss das Schmelzwasser in kleinen Bächen die Straßen hinunter. Er hatte sein Lieblingshemd angezogen, das gelbbraune, breit gestreifte, und versuchte den Wind zu ignorieren, der den Weg unter seine kurze Lederjacke und das Hemd fand, er war eindeutig zu dünn angezogen. Er ging zum Järnvägstorget, nahm anschließend die Mikaelsgatan und versuchte, an angenehmere Dinge als Wind und Nässe zu denken.

Stenka Waenerberg hatte ihnen im Bulevardia keinen Aufnahmetermin genannt. Er hatte nicht einmal sagen können, in welcher Woche es so weit sein würde, nur so viel, dass die Chefs von Sonovox ihm Studiozeit im Mai versprochen hatten und die Single rechtzeitig zum Sommer erscheinen würde. Ariel hatte seit längerem Geld gespart und sich jede Nacht vor dem Einschlafen Wachträumen über das Ziel seines Sparens hingegeben: eine Hagström-Gitarre, eines der neueren Modelle, eine Kent oder Impala oder Corvette. Es war der 19. März, und Ariel fand, dass es an der Zeit war, zuzuschlagen. Es blieben ihm noch mindestens anderthalb, vielleicht sogar zwei Monate, bis sie ins Studio gingen, und er war überzeugt, dass er bis dahin lernen würde, die elektrische Gitarre zu beherrschen. Im Laufe der

Jahre hatte er unzählige E-Gitarren probegespielt, in einschlägigen Geschäften und bei den wenigen Musikern, die er kannte, und meistens war es leicht gewesen, auf ihnen zu spielen. Seine Levin hatte ein dickes und breites Griffbrett, sie war schwer zu spielen, und die Jahre mit dem widerspenstigen Instrument hatten Ariel eine Technik beschert, die unorthodox, aber überraschend sicher war.

Eine gute Stunde später war Ariel Besitzer einer schwarzen Hagström Impala und eines kleinen Verstärkers der unbekannten Marke Morris. Der Kauf wurde in keinem der großen Musikgeschäfte getätigt, sondern in einem der weniger seriösen An- und Verkaufläden am oberen Ende der Stora Robertsgatan, wo die Straße einer Felswand auswich und zur Stenhuggaregatan wurde.

Die Impala konnte man sich nicht im Geschäft anschauen. Sie wurde im Hinterzimmer in einem Schrank verwahrt, sie hatte schon lange unter der Hand zum Verkauf gestanden, und Ariel kannte den Grund: Die Gitarre war der schwedischen Gruppe Tommie & The Rollercoasters nach einem Auftritt in einem Beatclub in Åbo aus dem VW-Bus gestohlen worden. Das war im September gewesen, und Ariel und der Ladenbesitzer, ein routinierter Hehler namens Stenman, waren sich einig, dass die Gitarre keine heiße Ware mehr war. »Aber das Ding ist wahrscheinlich eine Spezialanfertigung«, sagte Stenman, »die haben meistens eine braune Schattierung.« »Du hast da draußen noch eine andere Hagström, eine K-Kent«, sagte Ariel. Er wollte zwar eigentlich die Impala kaufen, aber auch keinen Ärger bekommen, denn der Gitarrenkauf war für seine Verhältnisse eine riesige Investition. »Die Kent ist legal«, erwiderte Stenman. »Alex Karjagin von Instinct ist letzte Woche mit ihr vorbeigekommen, er war mit drei Monatsmieten im Rückstand.« Stenman kratzte sich den graumelierten Bart und zögerte kurz: »Ich würde sie dir schon verscherbeln, aber ehrlich gesagt möchte ich sie noch ein paar Tage behalten. Alex war sehr unglücklich, ich hoffe, er treibt irgendwo die Kohle auf, um sie sich zurückzuholen.« Ariel traf seine Entscheidung. »Ich n-nehme die Impala«, sagte er und fand sich edelmütig. Er hatte soeben einem Schicksalsgenossen, einem Musikerkollegen, die Chance gegeben, sein geliebtes Instrument zurückzukaufen.

Stenka Waenerbergs Northern Light Records lag auf der anderen Seite des Häuserblocks, und Ariel wollte seine Neuerwerbung präsentieren, bevor er nach Hause gehen und üben würde. Der Laden hatte geöffnet, aber als Ariel eintrat, saß Stenka mutterseelenallein darin und rauchte. Erdiger Chicago-Blues schallte aus den Boxen, und der Manager grinste anerkennend, als Ariel die Gitarre aus dem Futteral hob. »Das Ding macht sich bestimmt gut auf Fotos!«, meinte Stenka, warf Ariel einen amüsierten Blick zu und ergänzte: »Die ist nicht zufällig über Åbo in die Stadt gekommen?« Ariel überhörte die Bemerkung und erkundigte sich stattdessen, ob Adriana schon vorbeigekommen sei: Sie hing fast täglich im Northern Light herum. »Nee, seit wir letzte Nacht aus dem Bulevardia gekommen sind, hab ich sie nicht mehr gesehen«, erwiderte Stenka. Ariel war enttäuscht. Er brannte darauf, seine Gitarre auch Addi und Jouni zu zeigen, aber ihre nächste Probe würde erst wieder am Dienstag sein.

Als er an den folgenden Tagen in seinem Zimmer saß und auf der Impala spielte, gestand Ariel sich ein, dass eine gewisse Logik darin bestand, wenn er sich eine Gitarre kaufte, die Diebesgut war. Er wusste ja, wie er sein Geld verdient hatte. Er hatte an der Ecke Albertsgatan und Rödbergsgatan Schnaps vertickt und für Hullu-Hurme und die anderen Gangster des Viertels kleinere Aufträge, meistens Warenlieferungen, übernommen.

Den bestbezahlten Auftrag hatte er kurz nach Hurmes Freilassung aus dem Gefängnis bekommen. Ariel hatte in seinem Zimmer für ein paar Tage einen großen, aber nicht sonderlich schweren Pappkarton versteckt und ihn anschließend zu einem Verwandten Hurmes gebracht. Hurme hatte ihm genaue Anweisungen gegeben. Ariel sollte den Karton in sein Zimmer bringen und wieder fortschaffen, ohne dass Lydia und Björk ihn sahen, die Zimmertür sollte während dieser Zeit immer abgeschlossen sein, weder Lydia noch Björk noch sonst jemand durfte in seine Nähe kommen, und wenn Ariel den Karton öffnete – er war mit Klebeband versiegelt –, würde Hurme ihn umbringen. Ariel konnte der Versuchung trotzdem nicht widerstehen. Als er an einem Vormittag alleine zu Hause war, öffnete er den Karton mit Hilfe eines Brotmessers. Er war mit reichlich Zeitungspapier gefüllt, aber zwischen dem Papier befand sich auch eine große Zahl von Schachteln mit Pectus-Halspastillen, bestimmt zweihundert Stück. Die Schachteln waren nicht unangetastet geblieben, sondern zunächst geöffnet und anschließend mit gewöhnlichem Tesafilm zugeklebt worden. Ariel öffnete eine der versiegelten Schachteln. Die richtigen Pastillen waren rosa und rund, diese hier waren platt und weiß. Er entnahm der Schachtel vier Stück, wickelte sie in ein Taschentuch und versteckte das Päckchen im Kleiderschrank unter einem Stapel Unterhosen. Anschließend ging er zu einem Eisenwarengeschäft und kaufte Packband und Tesa, kehrte zurück, klebte die Schachtel zu, legte sie in den Karton, verschloss ihn, so gut es ging, und zog anschließend mehrere Runden Packband um das Ganze. Am nächsten Tag bekam er von Hurme das Startzeichen, rief ein Taxi und brachte die Kiste zu einem Haus in der Svalbogatan.

Von diesen Aufträgen und Einkünften erzählte Ariel niemandem etwas. Er verbarg sie natürlich vor Lydia, aber auch vor Adriana und sogar vor Jouni. Er wusste, dass Adriana kein Verständnis dafür haben würde, und vertraute auch Jouni nicht mehr, denn der war als Student der Politikwissenschaften und so weiter so vornehm geworden. Deshalb log Ariel und erklärte sein relativ gutes Einkommen – die anderen sahen ihn ja niemals arbeiten – mit Aushilfsjobs in verschiedenen Lagerhäusern. In Wahrheit schämte er sich. Er war zweiundzwanzig und seit seiner frühen Jugend bei dieser Art des Geldverdienens hängen geblieben. Er war nur ein kleiner Fisch, was er tat, war meilenweit von allen gut geplanten Millionencoups entfernt, es war die schmierige Kehrseite der großen Eisenbahnüberfälle und raffinierten Diamantendiebstähle. Dennoch, trotz des fehlenden Glamours war er ein Krimineller, ein missratener Kollege der Zuggangster und Diamantendiebe und aller anderen, die nach geglückten Coups steinreich geworden waren. Und er wusste genau, wie es anfing. Man hatte kein Geld und übernahm deshalb kleine Gefälligkeiten, man lockte jemanden, der zusammengeschlagen werden sollte, in eine Seitenstraße oder ein Wäldchen, wo die Rächer bereits warteten, man vertickte Fusel an Straßenecken, man transportierte Lieferungen von Punkt A zu Punkt B, ohne Fragen zu stellen, und wurde mit der Zeit ein Gefangener des Gedankens, dass es gefährliche Gestalten gab, die etwas gegen einen in der Hand hatten, und man deshalb nicht mehr Nein sagen konnte. Außerdem war es leichtverdientes Geld im Vergleich zur Maloche im Hafen oder auf Baustellen. Das Geld zog einen magisch an, ein bisschen auch die Gefahr – denn die komme einem bis zu dem Moment, in dem einem klar werde, dass man erwischt worden sei, immer ein bisschen unwirklich vor, hatte Hullu-Hurmes Handlanger Suhonen einmal zu Ariel gesagt –, und eines Tages begriff man dann, dass man festsaß und auf dem besten Weg war, ein Gesetzloser zu werden. Aber damit sollte nun endlich Schluss sein, jetzt hatte er genug von Halbseidenem und der Gefahr, denn fortan würde Ariel von dem leben, was er am besten konnte und mehr liebte als alles andere: von der Musik.

* * *

Ariels schwarze Hagström Impala sollte schon bald ganz konkret die Aufnahme von *Geh nicht einsam in die Nacht* beeinflussen, vor allem durch ein acht Takte und gut dreizehn Sekunden langes, prägnantes Solo. Doch was Jouni Manner in der Nacht vom Samstag, den 19. März, auf den Sonntag trieb, hätte für das Trio Joni, Ariel & Adriana bereits das vorzeitige Aus bedeuten können. Dass es nicht so kam, bildete vielleicht einen letzten Mosaikstein, einen letzten Pinselstrich zu dem Muster, das Jounis früheres Leben auf den Straßen und Hinterhöfen geprägt hatte. Er verstieß immer gegen die Regeln, er ging immer zu weit, und trotzdem stand ihm das Schicksal jedes Mal bei, und er kam mit Dingen davon, die schwerwiegende Konsequenzen haben konnten und vielleicht auch haben sollten.

Jouni hatte eine zwei Jahre ältere Kusine, an der er sehr hing, eine dunkelhaarige und hübsche junge Frau namens Irja, die von vielen jungen Männern umworben wurde. Irja wohnte in einer Wohnung draußen in Smedjebacka, auch sie stammte aus einfachen Verhältnissen. Sie hatte die Höhere Handelsschule besucht, ihren Abschluss mit guten Noten gemacht und arbeitete seither bei einer Versicherung. Während ihrer Jahre an der Handelsschule hatte sie sich mit einem Schulkameraden verlobt, aber die Verbindung war nach einem halben Jahr gelöst worden.

Jouni und Irja waren die großen Hoffnungsträger der Familie, man erwartete von ihnen, dass sie es weit bringen würden. Keiner, auch Jouni nicht, wusste jedoch, dass Irja sich zu gewalttätigen Männern hingezogen fühlte. Ihr Wesen war von inneren Widersprüchen geprägt. In größeren Gesellschaften wirkte sie ein wenig zerstreut und ausgesprochen unschuldig, aber die

Männer, die hinter ihre Fassade vordrangen, entdeckten schnell, dass sie offen und mutig war. Hinzu kam, dass sie sexuell recht erfahren war, ihre Männer waren wie besessen von ihr, sie konnten nicht mehr arbeiten und dachten Tag und Nacht nur noch daran, mit ihr zu schlafen. Irja hatte die Verlobung gelöst, weil ihr Verlobter sie schlug und so eifersüchtig war, dass er sie nicht mit anderen Männern reden ließ, nicht einmal ihre männlichen Verwandten hatte sie treffen dürfen. Der Verlobung folgte eine neue Liebesaffäre, und als sie ähnlich endete, fürchtete sich Irja eine Weile vor allen Männern. Doch dann wurde es Sommer, und sie fiel einem Kunden der Versicherung, einem reichen Erben namens Mikko Ervander, ins Auge, als sie über ihre Schreibmaschine gebeugt saß. Irjas frisch gewaschene Haare glänzten schwarz wie Lakritz, die Beine hatte sie sittsam unter den Bürostuhl gezogen, und ihre wohlgeformten Waden zogen den Blick des jungen Ervanders magisch an. Unverzüglich fing er an, ihr den Hof zu machen, und am Neujahrstag verlobte sich Irja zum zweiten Mal.

Mikko Ervander stammte aus einer Industriellenfamilie, die seit vielen Generationen reich war. Er war westlich der Stadt in einer riesigen, steinernen Villa aufgewachsen, auf einem Grundstück mit kunstvoll geschmiedeten Eisentoren, einer Fichtenhecke, minutiös geharkten Kieswegen und zwei Steinlöwen, die die sechzehn steinernen Treppenstufen zum Haupteingang mit dem massiven Anklopfer bewachten. Er verfügte nicht unbedingt über die besten Voraussetzungen, ein Mädchen aus der Arbeiterklasse als seinesgleichen wahrzunehmen, und war ohnehin sehr unausgeglichen. Am Anfang war er einfach nur hoffnungslos verliebt in Irja, aber schon bald verwirrte und beunruhigte ihn ihre Mischung aus zerstreuter Scheu, Offenherzigkeit und sexuellen Extravaganzen. Er begann, Hand an sie zu legen, und nach einigen Monaten wurden seine Ohrfeigen und Stöße von immer gröberen Misshandlungen ersetzt. Die Situation spitzte sich rasch zu, und Irjas Eltern witterten Unheil, obwohl sie hartnäckig zu allem log, zu dem Veilchen am linken Auge und zu dem Grund dafür, dass sie, ein junger Mensch, sich bewegte, als täte ihr alles weh. »Bin gestolpert und habe mich an einer Schranktür gestoßen« oder Ähnliches erklärte sie beharrlich, es lief genau wie in ihren früheren Beziehungen, aber mittlerweile glaubten ihr die Eltern nicht mehr. An einem Montagabend im März kam es dann zur Katastrophe. Ervander schlug Irja so auf den Mund, dass sie zwei Zähne verlor, und als sie sich zu wehren versuchte, wurde er noch wütender und schlug noch einmal zu. Diesmal brach er ihr eine Rippe, und Irja fiel aufs Bett, woraufhin Ervander sie vergewaltigen wollte, was ihm jedoch nicht gelang. Während er sie schlug, warf Ervander Irja alles Mögliche an den Kopf, wobei »Hure« noch zu den harmloseren Titulierungen gehörte. »Du und die anderen Arbeiterweiber, ihr seid doch alle nur billige Zehnmark-Flittchen, das ist das Einzige, wozu ihr taugt!«, schrie er.

Als Jouni, Ariel, Adriana und Stenka am Freitag im Bulevardia saßen und über die Zukunft des Gesangstrios sprachen, wusste Jouni bereits seit zwei Tagen von der Misshandlung. Er kochte innerlich immer noch vor Wut, ließ sich jedoch nichts anmerken. Er war ruhig und gefasst, sogar freundlich, und warf im Laufe des Abends höchstens ein paar forschende Blicke auf Ariel, der davon jedoch nichts merkte. Tatsächlich hatte Jouni bereits Hullu-Hurme angerufen und ihn gefragt, ob er und Suhonen am Samstagabend Zeit für einen kleinen Job hätten. Jouni überlegte, ob er Ariel in seine Pläne einweihen sollte, weil er nicht wusste, ob das, was getan werden musste, sich durchführen lassen würde, ohne dass Ariel davon erfuhr. Am Ende beschloss er zu schweigen. Wegen Adriana machte er sich keine Sorgen, sie hatte keinen Kontakt mehr zur Klientel in den Bars von Rödbergen, wo die Gerüchte der Unterwelt die Runde machten.

Am späten Samstagabend bremste ein Wagen mit quietschenden Reifen vor Mikko Ervander, als dieser den Sandvikens torg überquerte. Ervander hatte den Abend im Poli verbracht und war betrunken und torkelte so heftig, dass es ein Kinderspiel war, ihn in Zigeuner-Ekis alten Peugeot zu zerren und loszufahren, aber nicht mit einem Kavalierstart, sondern ruhig, mit erlaubter Geschwindigkeit, damit das Interesse der Polizei nicht geweckt wurde.

Sie brachten Ervander zu einem entlegenen Winkel auf der äußersten Landspitze der Halbinsel Gräsviken. Ervander war schnell nüchtern geworden, hatte im Auto versucht, sich aus Jounis und Suhonens Griff zu befreien, und geschrien, dafür würden sie hinter Gittern landen. Suhonen hatte Ervanders Mund unsanft mit einem großen Stück Klebeband geschlossen, und nun leuchtete in den Augen des Millionenerben Angst. Sie schleiften Ervander aus dem Auto, fesselten seine Hände auf dem Rücken und setzten ihn auf einen Stapel ungehobelter Bretter neben einem rostigen Eisenzaun. Dort an der Südspitze blies ein scharfer Wind, er heulte und pfiff, aber ansonsten war alles dunkel und still. Ervander saß aufrecht, und Jouni ging zu ihm hin und riss den provisorischen Knebel ab.

»Hier kannst du schreien und krakeelen, so viel du willst, hier gibt es weit und breit keinen Polizisten oder Wachmann.«

»Wie viel wollt ihr haben, wie viel Lösegeld verlangt ihr?«, fragte Ervander mit heiserer Stimme.

Jouni sah Hurme und Suhonen an. Alle drei lächelten.

»Er glaubt, dass er entführt worden ist«, stellte Jouni fest.

»Sieht ganz so aus«, erwiderte Hurme, und seine Augen funkelten wild.

Jouni ließ sich neben Ervander nieder und legte kameradschaftlich einen Arm um seine Schultern.

»Ist es gut, Menschen über einen Kamm zu scheren?«, fragte er mit sanfter Stimme: »Ich bin immer der Meinung gewesen, dass es verdammt dumm ist. Was sagst du, Mikko, du bist doch ein gebildeter Mann, nicht?«

»Seit wann duzen wir zwei uns?«, fragte Ervander dumpf. Er hatte Angst, blieb jedoch arrogant, aber möglicherweise trübte auch der Rausch sein Urteilsvermögen und ließ ihn die Augen vor der Lage verschließen, in der er sich befand. Vieleicht war er auch einfach so.

»Aha«, sagte Jouni und wandte sich Hurme und Suhonen zu, und seine Stimme blieb weiter höflich und sanft. »Mikko scheint nicht zu finden, dass ich es wert bin, mit ihm per Du zu sein. Er findet vielleicht, dass ich ein Arbeiter … ja, was? Vielleicht eine Arbeiterhure bin? Wie sagst du noch immer, Mikko … ein Zehnmark-Flittchen?« Er hatte den freien Arm zurückgezogen und beim Sprechen die Faust geballt und sah noch das Grauen des Wiedererkennens und der plötzlichen Erkenntnis in Ervanders Augen, bevor der Fausthieb ihn traf. Er war nicht besonders hart, aber da Jounis andere Hand eine Sekunde zuvor Ervanders Nacken gepackt und seinen Kopf auf die näher kommende Faust zubewegt hatte, war die Wirkung immens: Ervander blutete gewaltig aus der Nase, und Jouni nahm an, dass sie gebrochen war, so hatte es jedenfalls geklungen. Er stand von seinem Platz auf, nickte Hurme und Suhonen zu und sagte: »Wenn du so schlau wärst, wie du es den Leuten einzureden versuchst, Mikko, dann würdest du nicht so viel generalisieren. Und du würdest keine Frauen schlagen. Und genau das wirst du auch nicht mehr tun, du wirst nie wieder eine Frau schlagen.«

Zwanzig Minuten später warfen sie den halb bewusstlosen Ervander mitten im menschenleeren Stadtteil Ulrikasborg aus dem Wagen und fuhren schnell davon. Es war kurz nach Mitternacht, und sie hatten die Fesseln um seine Handgelenke gelöst. Sie waren sich nicht sicher, ob er in der Lage wäre, eigenständig nach Hause zu gehen, weshalb sie ihn in einem Straßenzug zurückließen, in dem auch spätabends noch Kneipengänger, Hundebesitzer und andere Nachtschwärmer unterwegs waren. »Wir haben doch hoffentlich nicht zu fest zugelangt?«, fragte sich Hurme, als er den Peugeot am Olympiakai und Südhafen vorbeifuhr. »Ich meine, der Typ sah ganz schön fertig aus.«

Jouni saß auf der Rückbank und war enttäuscht, weil er sich keinen Deut besser fühlte, obwohl der Gerechtigkeit Genüge getan worden war. »Er wird es überleben«, antwortete er kurz angebunden, »fahr mich zum Kanuuna, ich brauche ein Bier.«

»Sicher, Manner«, erwiderte Hurme im gleichen lakonischen Ton. »Ach übrigens, könntest du deinem Kumpel Wahl etwas von mir ausrichten?«

»Was denn?«, fragte Jouni.

»Wenn er das nächste Mal ein Geschenk aufmacht, das ihm nicht gehört, kralle ich ihn mir. Und dann wird von seinem glatten Schwulengesicht nicht mal ein Augenlid übrig bleiben. Er wird solche Schmerzen haben, dass er sich wünschen würde, mit dem Typen von heute Abend tauschen zu dürfen.«

»Ich richte es ihm aus«, sagte Jouni ruhig.

Schon bei der Probe am Dienstag merkte Jouni, dass Ariel Bescheid wusste. Ariel präsentierte stolz seine neue Gitarre, und Jouni und Adriana waren beeindruckt, wie gut er schon nach wenigen Tagen mit ihr zurechtkam: Sie verbreiterte und vertiefte ihren Sound, das einzige Haar in der Suppe war, dass der Morris-Verstärker Ärger machte, Lautstärke- und Bassregler funktionierten nicht, wie sie sollten. Jouni sah jedoch, dass Ariel aufgebracht wirkte und dies nicht am Verstärker, sondern an etwas anderem lag. Er rauchte mehr als sonst und benahm sich eigenartig, als wollte er Jouni etwas sagen, damit aber warten, bis sie alleine waren. Er bekam seine Chance, als sich herausstellte, dass Adriana für eine Klausur lernen musste und die beiden deshalb hinterher nicht in die Stadt begleiten konnte.

»Verdammt Jouni … ich hatte keine Ahnung, dass du immer noch … mit H-Hurme zu tun hast. Ich hab gedacht, du wärst dir längst … zu fein für Typen wie ihn und S-Suhonen!«, keuchte Ariel, als sie die Kuppe der Högbergsgatan erreichten.

»Du solltest nicht so viele Kippen rauchen, Ari«, erwiderte Jouni freundlich, »du bist ja schon fertig, wenn du nur einen Hügel hochläufst.« Dann fragte er verbissen: »Was hast du gehört?«

»Man erzählt sich, dass ihr am Samstag irgendeinen Millionärssohn gefoltert und halbtot im K-K-Kaptensparken liegen gelassen habt«, sagte Ariel.

»Davon weiß ich nichts.«

»Es heißt, er habe euch Geld geschuldet. Aber keiner weiß genau, für was«, fuhr Ariel fort, während sie die Södra Esplanaden hinabgingen.

»Du bist falsch informiert«, sagte Jouni, »das sind nur aus der Luft gegriffene Gerüchte.«

Ariel ließ sich nicht beirren. Er wirkte immer noch nervös, hielt sich ein paar Meter vor Jouni, ging mit schnellen und ruckhaften Schritten und fuhr unverdrossen fort: »Stenman sagt, er hat gehört, dass es um H-Hasch geht. Und um P-P-Preludin.«

Jouni packte die Wut. Er machte einen Riesensatz, bekam Ariels Mantelärmel zu fassen, stoppte ihn und presste ihn gegen eine Hauswand.

»Mit so einer Scheiße habe ich nichts zu tun! Ich bin in keine kriminellen Machenschaften verwickelt. Es ging um die Ehre einer Frau. Dieser Ervander ist ein Arschloch und hat verdient, was er bekommen hat. Und jetzt will ich nichts mehr davon hören.«

Er bereute seinen Wutausbruch sofort, ließ Ariels Mantelkragen los und machte eine unbeholfene entschuldigende Bewegung: als wollte er etwas vom Kragen seines Freundes abbürsten.

»Was zum T-Teufel ist eigentlich los mit dir!«, fauchte Ariel. »Warum fängst du mit so was an, wenn wir gerade eine Platte aufnehmen? Ausgerechnet du, du hast doch einen Platz an der Uni und alles. Willst du das wirklich alles wegwerfen?«

»Wie meinst du das?«, fragte Jouni kleinlaut.

»Ich meine, dass dieser T-T-Typ und seine Familie b-bestimmt eine Armee von Juristen hat. Stenman hat das Gerücht gehört, dass er weiß, wer ihr seid, und dass er euch anzeigen will. Wenn du im Bau landest, k-können wir die Charts und alles andere vergessen, wovon wir geträumt haben.«

»Als ob der zur Polizei gehen würde«, sagte Jouni. »Der Bursche schlägt Frauen, das will er bestimmt nicht in einem Polizeibericht nachlesen können.«

Jouni stand kurz davor, erneut aufzubrausen, und wusste genau, warum: Er war wütend auf sich selbst. Was er getan hatte, war unüberlegt gewesen, ja, mehr als das, es war idiotisch gewesen. Ariel hatte Recht, einen Betrunkenen zu kidnappen und in einer Samstagnacht im Hafen einen gefesselten Mann zu misshandeln, hieß alles Gute zu riskieren, was für ihn zum Greifen nahe war. Es ließ sich nicht mit seinem Universitätsstudium vereinbaren, es passte nicht zu seinen guten Klausurnoten und zu seinem Zusatzkurs in Französisch, es passte nicht zu den friedlichen Botschaften in so vielen Liedern, die sie sangen, es passte nicht zu Ariels schönem Song, den sie bald aufnehmen würden. Außerdem war Jouni kürzlich von einem Redaktionsleiter beim Rundfunk angerufen worden. Dort hatte jemand seinen Namen erwähnt und gesagt, er sei ein pfiffiger Student, aufgeweckt und sprachgewandt, und nun wolle man sich erkundigen, ob er Lust habe, ab und zu als Nachrichtenreporter einzuspringen, zwar nicht jetzt, im Frühjahr, aber vielleicht im Sommer, »probehalber«, hatte der Redaktionsleiter noch hinzugefügt. Ja, so war es. Sie waren jung, und einige Dinge liefen gerade richtig gut bei ihnen, bei Ariel, Adriana und ihm, für jeden Einzelnen, aber auch für sie gemeinsam. Und er wäre nicht ganz bei Trost, wenn er all das riskieren würde, nur weil jemand eine Untat begangen hatte, die sein Blut in Wallung brachte. Er musste die schwere Kunst der Selbstbeherrschung lernen, er musste lernen, auf eine ganz andere Art Gerechtigkeit zu fordern und durchzusetzen.

Aber Moment mal, bremste er sich jäh. Hatte nicht jede Münze zwei Seiten? Wie war das eigentlich, war Ariel Wahl wirklich der Richtige, um aus dem Glashaus mit Steinen zu werfen? Hatte Hullu-Hurme nicht ausgerechnet über Ariel einen kryptischen Kommentar fallen lassen, als sie in jener Nacht unterwegs waren?

»Übrigens soll ich dir etwas von Hurme ausrichten«, sagte Jouni, als sie gerade das Colombia erreichten, die Tür aufrissen und sich aus dem schneidenden Wind hineinschoben.

Er sah es sofort: Ariel erblasste, obwohl der Gruß noch gar nicht ausgesprochen worden war.

Das Gerücht von der Anzeige und den Ermittlungen machte eine gute Woche lang die Runde. Jouni blieb genügend Zeit, sich ernsthaft Sorgen zu machen, und er stand schon in den Startlöchern, um nach Hamburg zu fliehen und sich dort zu verstecken, bis Mikko Ervander und seine Familie sich beruhigt hatten. Er hatte seine spärlichen Ersparnisse abgehoben und stand ständig unter Strom: Jeden Tag konnten uniformierte Schutzpolizisten bei Frau Toropainen klingeln und nach ihm fragen, bei jeder beliebigen Vorlesung konnten in der obersten Reihe plötzlich zwei ungewöhnlich alte Zuhörer sitzen und nicht den Professor oder Dozenten vorne, sondern ihn aufmerksam beobachten. Er ließ über Ariel anfragen: Waren die Bullen bei Hurme oder Suhonen aufgetaucht? Die Antwort kam vierundzwanzig Stunden später und lautete Nein, aber Jounis Sorge wollte nicht weichen. Nach der nächsten Dienstagsprobe, als Adriana erneut ihrem Mädchenzimmer und den Lehrbüchern den Vorzug vor dem Colombia gab, erzählte er Ariel von seinem Fluchtplan und fragte: »Kommst du mit?«

»Nach Hamburg? Mit welcher Knete denn? Außerdem k-kann keiner von uns Deutsch, da müssten wir schon Addi mitnehmen«, antwortete Ariel.

»Na, dann frag sie doch«, erwiderte Jouni.

»Vergiss es«, sagte Ariel, »sie sagt sowieso, dass sie Prüfungen hat. Außerdem können wir gar nicht wegfahren. Wir müssen proben, damit die Platte gut wird.«

»Wenn die Bullen hinter mir her sind, haue ich ab«, sagte Jouni. »Wegen so einem Drecksack wie Ervander gehe ich nicht in den Bau.«

»Brauchst du nicht Elinas Unterschrift auf einem F-formular, um abhauen zu können?«, erkundigte sich Ariel. »Du bist doch noch keine einundzwanzig.«

»Die habe ich«, antwortete Jouni.

»Hast du ihr etwa gesagt, worum es geht? Sie muss ja völlig fertig sein!«

»Natürlich nicht. Ich habe ihr gesagt, dass ich verreisen würde, um Material für eine Arbeit in Sozialpolitik zu sammeln, und dass dieses Material später die Basis für meine Examensarbeit bilden soll.«

»Nett.«

»Fand ich auch. Aber meine Mutter hat trotzdem die Hände gewrungen und geweint und gejammert. Als sie ins Bett gegangen ist, hat sie wahrscheinlich ein Ferngespräch mit Gott bestellt.«

* * *

Die Sache wurde nie zu einem Fall für die Polizei. Stattdessen bekam Jounis Kusine Irja einen Brief von Mikko Ervander. Er war auf dem offiziellen Briefpapier des Ervanderschen Industriekonzerns verfasst worden, und Ervander schrieb darin, dass die Verlobung natürlich gelöst werden müsse, er jedoch für seine vielen »Verfehlungen und unbedachten Worte« um Verzeihung bitten wolle. Ervander verpflichtete sich darüber hinaus, für sämtliche Kosten der zahnärztlichen und sonstigen medizinischen Behandlungen aufzukommen, die Irja bis Ende Mai durchlaufen werde, und legte die Adresse einer Anwaltskanzlei bei, an die sie die Rechnungen schicken sollte.

Als Jouni von dem Brief an Irja erfuhr, war er zunächst sehr erleichtert, aber seine Erleichterung wich schon bald gemischten Gefühlen. Er schämte sich für seine Rolle bei dem Ganzen und schwor sich, nie wieder seine Faust zum Schlag zu erheben. Danach vergaß er das Ganze jedoch nach und nach, denn es wurde Frühling, und sie hatten immer mehr Auftritte und probten gleichzeitig immer intensiver, je näher der Aufnahmetermin rückte, das Studio war für den 15. Mai gebucht worden. Außerdem war es ein Frühjahr voller großer Umbrüche. Bei den Parlamentswahlen hatten die Linken einen erdrutschartigen Sieg errungen, im Alten Studentenhaus wurde von linken Studenten die radikale Lappo-Oper uraufgeführt, die frisch erwachte Aufmüpfigkeit und Unruhe der Jugend tauchte sogar in den Spalten der konservativen Zeitungen auf, es lag nicht nur ein Hauch von Frühling, sondern auch von unwiderruflichen Veränderungen in der Luft. Jouni und Adriana vernachlässigten in diesem Frühjahr ihr Studium, und keiner von ihnen sollte jemals an die

Universität zurückkehren, jedenfalls nicht von ganzem Herzen: Adriana unternahm in den folgenden Jahren einige allerdings immer erfolglosere Versuche, ihr Studium wieder aufzunehmen. *Es gibt so vieles, für das es so viel schneller zu spät ist, als man glaubt.* Adriana hatte diesen Satz zwar noch nicht gehört, aber eines Tages, eines Tages in einer nicht sonderlich fernen Zukunft, würde sie verstehen, wie wahr er war.

Der Fototermin, der die Bilder für das Plattencover und diverse PR-Aktionen liefern sollte, fand an einem der letzten Tage im April statt. Die Bilder wurden an verschiedenen Stellen im Brunnspark aufgenommen; vor dem Restaurant Brunnshuset, an der so genannten Selbständigkeitsfichte, oben auf den Wällen, unten am Ufer mit der Insel Stora Räntan im Hintergrund. Die Bilder schoss der junge Fotograf Sam Karnow, der bereits in aller Munde war. Karnow war ein Mann mit kurz geschorenen Haaren, einem eleganten, schwarzen Terylene-Anzug und einem Ziegenbärtchen: Außerdem war er ein guter Freund Stenka Waenerbergs und vom Manager für diesen Job persönlich ausgewählt worden.

Bis dahin war es ein kaltes und graues Frühjahr gewesen, das Leben kauerte in Decken gehüllt. Adriana ließ sich von der Tristesse jedoch nicht herunterziehen. Jouni sollte ihre Laune an diesem Apriltag nie vergessen: Sie war überbordend fröhlich, einfallsreich und flirtete, vor allem mit Waenerberg und seinem Fotografen Karnow. Sie war gerade erst von einer einwöchigen Reise nach London zurückgekehrt und sprach in einem fort über alle Besonderheiten, die sie gesehen, und alle spannenden Menschen, die sie kennengelernt hatte. Sie war offen und charmant und eventuell auch ein bisschen zu dominant, denn Jouni sah, dass sich Waenerberg und Karnow vielsagende Blicke zuwarfen, als Adriana besonders viel plapperte. In Jounis Augen war sie dagegen perfekt, sie leuchtete von innen heraus, sie leuchtete so intensiv, dass er viele Jahre die Auffassung vertreten sollte, dass Karnow die Bilder manipuliert hatte und der graue und trübe Tag in Wahrheit sonnig gewesen war.

Adriana hatte Jouni einen originellen Mantel mitgebracht, ein Geschenk aus London. Er war türkis und knielang und musste einmal zu einer Paradeuniform gehört haben, denn er hatte einen steifen Kragen und eine kunstvolle Schnürung und schöne, mit Goldfäden gestickte Details. Jouni weigerte sich, das Kleidungsstück auf den Fotos zu tragen, da half nicht einmal Adrianas beharrliches Flehen. Mit dem Wildlederjackett, den Hüten und allem anderen, was Adriana sich geliehen hatte, war er einverstanden, aber ein Mantel in einer Frauenfarbe, der seltsam roch und ihn, den seinerzeit so gefürchteten Jouni Manner, aussehen ließ wie einen vagen militärischen Homophilen, das ging zu weit. Jouni mochte bezaubert gewesen sein, aber er war nicht bereit, sich zu verlieren, so verliebt wollte er trotz allem nicht sein.

Ariel hatte Adriana ein oranges Hemd mit Puffärmeln und einer kleinen Halskrause mitgebracht. Ariel liebte es. Ehe ihn jemand bremsen konnte, zog er mitten auf dem Weg seine Jacke und das gelbbraun gestreifte Hemd aus und streifte sich das neue über, ihre Maskenbildnerin und eine vorbeiflanierende Dame mit einem Windhund an der Leine rissen die Augen auf, als sie sahen, wie hager Ariels kreideweißer Oberkörper war, selbst ihr Windhund sah dagegen mollig aus, als er Ariel anbellte. Jouni fand Ariels neues Hemd furchtbar, noch schlimmer als den Uniformmantel, und als Adriana geschminkt wurde, versuchte er, seinen Freund zu überreden, zu dem gestreiften zurückzuwechseln. Aber Ariel konnte genauso stur sein wie Jouni. Er behielt das Hemd aus London an und trug es auf jedem Bild des Fototermins.

Die Aufnahmen bekamen eine eigenartige Atmosphäre, stellten sie fest, als sie einige Tage später in Sam Karnows Studio gerufen wurden, um sie sich anzuschauen. Die schrillen Klamotten und die strahlende Adriana bildeten einen jähen Kontrast zu dem kahlen und stillen Park, der fast winterlich wirkte. Die Bilder vermittelten das Gefühl, dass der Frost noch im Erdreich steckte, dass die Stadt rund um die drei Sänger noch nicht aufgetaut war, obwohl vor allem Adriana, aber auch Ariel strahlten, sosehr sie nur konnten. Jouni brach allerdings mit dem Muster. Er strahlte keine Freude, sondern Überdruss und Zweifel aus, vor allem auf den abschließenden Schnappschüssen, die Karnow nach vielen Stunden des Posierens am Marktplatz geknipst hatte: Auf diesen letzten Bildern sah Jouni fast so frostig aus wie die ihn umgebende Stadt.

Als sie sich ausgiebig über die Bilder gestritten und sich darauf geeinigt hatten, welche benutzt werden sollten, verbrachten sie den restlichen Nachmittag damit, Stenka Waenerbergs Möbel und Kisten voller Jazzplatten auf die Straße hinunterzutragen und in den Umzugswagen des Unternehmens Viktor Ek zu hieven. Der Laster fuhr von der Fredriksgatan in die Rådmansgatan, und im Dunkeln zwischen den Möbeln und Plattenkisten hockten Ariel und Jouni. Adriana, die nach dem Fototermin immer noch überdreht war, saß zusammen mit Stenka und dem Fahrer vorne. Jouni hatte einen dieser Tage, an denen er Stenka nicht ausstehen konnte, und murrte:

»Du hast doch sicher gelesen, dass ein Oberst Bokassa in der Zentralafrikanischen Republik die Macht übernommen hat.«

»Nein, habe ich nicht. W-Warum erzählst du mir das?« Ariels Stimme klang gebrochen und zittrig, was ausnahmsweise jedoch nicht an seinem Stottern lag: Der Wagen fuhr über Kopfsteinpflaster, und es war unmöglich, die Erschütterungen zu parieren.

»Oberst Bokassa hat die örtliche Bourgeoisie abgeschafft und eine neue Ära der Gleichberechtigung zwischen allen Einwohnern proklamiert. Und hier sitzen wir und arbeiten umsonst für Stenka, obwohl er stattdessen Männer von Victor Ek hätte anheuern können. Ich glaube, wir könnten hier einen eigenen Bokassa gebrauchen.«

»Beruhige dich, Jouni«, sagte Ariel. »Wenn wir fertig sind mit Tragen, lädt Eppie uns bestimmt zu einem Bier und was zu futtern ins Bulevardia ein.«

Als sie die Rådmansgatan erreichten, schleppten sie brav Waenerbergs Habe in den sechsten Stock, glücklicherweise hatte das Haus einen Aufzug. Die letzte Fuhre mussten sie alleine übernehmen: Stenka blieb in der geräumigen Wohnung und begann, den Plattenspieler, den Verstärker und die Boxen anzuschließen. Auch Adriana blieb oben. Als Jouni und Ariel mit den letzten Kisten zurückkehrten, lief bereits Musik, Billie Holiday sang *Lover Man*. Stenka saß im größten Zimmer auf der Fensterbank. Adriana stand mit dem Plattenumschlag in der Hand im Raum, einige unbändige Locken fielen von ihrer Schläfe auf die linke Wange herab, und Jouni fand, dass sie glücklich aussah, bezaubernd glücklich.

»Es bringt Glück, eine Dame das erste Lied in einer neuen Wohnung aussuchen zu lassen«, erklärte Stenka fröhlich. »Ach übrigens, herzlich willkommen zur Einzugsparty, sie findet an dem Abend nach den Plattenaufnahmen statt.«

4

Geh nicht einsam in die Nacht.
Du weißt nie, was dir begegnet.
Du weißt nie, wessen Beute du wirst.
Bleib bei mir.
Sei mein Durst, sei mein Trank.
Geh niemals einsam in die Nacht.
(A. Wahl)

Am Aufnahmetag herrschte eine ganz andere Stimmung. Jouni traf als Erster ein, und als er Adriana ins Studio kommen sah, merkte er sofort, dass etwas nicht stimmte. Adriana kam zwar gerade noch pünktlich, war aber blass und angespannt, und wenn Jouni oder einer der Studiomusiker sie ansprach, sah sie weg. Jouni hatte keine Ahnung, was ihr fehlte, und Adriana gab keine Erklärung ab, in den ersten Stunden sagte sie kaum ein Wort, nicht einmal zu Stenka Waenerberg, der genauso ratlos wirkte wie Jouni.

Ariel kam nicht einmal pünktlich. Er traf mehr als eine halbe Stunde verspätet ein, um zwanzig vor zwölf statt um elf, und als er auftauchte, leuchtete er orange – er hatte das Hemd mit den Puffärmeln das ganze Frühjahr über praktisch ununterbrochen getragen – und war noch verwirrter als Adriana. Sowohl Stenka Waenerberg als auch der einzige Anwesende aus der Chefetage von Sonovox, ein Mann in den Dreißigern, der einen teuer aussehenden grauen Anzug trug, gingen zu ihm.

»Verdammt, Ariel, weißt du eigentlich, was Studiozeit kostet!«, fauchte Stenka.

»Man wundert sich schon darüber, dass Sie keinen größeren Wert auf die großartige Chance zu legen scheinen, die Ihnen hier geboten wird«, sekundierte der Sonovoxchef kühl.

Ariel holte währenddessen seine Hagström aus ihrem Koffer. Der Studiogitarrist Jugi Eskelinen, ein schlaksiger junger Mann mit blonden Haaren und einem Schnurrbart, hatte sich hinter Ariels Rücken geschlichen, um zu sehen, welche Gitarre der Neuankömmling spielte. Ariel sah Stenka Waenerberg und den Sonovoxdirektor mit einem seltsamen, trüben Blick an, als wäre er sich nicht ganz sicher, wer die beiden waren und was sie dort zu suchen hatten, und sang dann leise in holprigem und grammatisch fehlerhaftem Englisch:

»Green is my colour and so will stay.«

Der Manager und der Chef der Plattenfirma sahen erst Ariel und dann einander an und wirkten verständnislos.

»Eine Impala«, stellte Jugi Eskelinen fest und schien beeindruckt.

Ariel nickte zerstreut und murmelte: »Gestohlen.« Dann sang er wieder: »And painted, black.«

Für die grüne Farbe und die Tatsache, dass Ariel sich die Herkunft der Gitarre betreffend verplapperte, gab es eine Erklärung. Als Ariel am Morgen aufwachte, war er mindestens genauso nervös gewesen wie Adriana. Lydia war nicht zu Hause, Björk folglich auch nicht, und Ariel hatte sich Kaffee und Weißbrot gespart und war stattdessen mit Hilfe einiger Schlucke billigen Weins aus der Flasche, die er in seinem Zimmer im Wandschrank versteckte, vor seiner inneren Unruhe geflohen. Anschließend war ihm eine Idee gekommen, und er hatte die Schranktür geöffnet und in den Kleidern gewühlt. Er suchte das Taschentuch mit den Tabletten heraus und schluckte zwei von ihnen, die er mit noch mehr Wein hinunterspülte. Er wusste nicht, wozu diese Pillen eigentlich gut waren, aber wenn sie Hullu-Hurme wichtig gewesen waren, hieß dies, dass sie sich profitabel verkaufen ließen, was wiederum bedeutete, dass sie irgendeine Form von Wirkung haben mussten, die seine Kunden angenehm und erstrebenswert fanden. In der Tat. Eine knappe Stunde später saß Ariel in einem Bus, der gemächlich in nordwestliche Richtung kurvte. Auf dem Nachbarsitz standen der Gitarrenkoffer und der Morris-Verstärker, und vor dem Fenster breitete sich eine zartgrüne Frühlingslandschaft aus, eine sprießende Welt ausschlagender Bäume, die er seltsam schimmernd und gleichsam schwerelos fand. Er sah die Welt da draußen mit neuen Augen, sie war in einen Nebel gehüllt, einen milchigen Dunst. Dennoch schimmerte sie so schön und sah aus wie eine Illustration zu einem sanften und freundlichen Märchen. Auch der Bus erschien ihm schwerelos, zeitlos, Ariel hatte keine Ahnung, wie lange die Fahrt nach Sockenbacka hinaus dauerte, es hätten Stunden, ein paar Minuten, es hätte ein Tag sein können. Der Bus und Ariel *flossen* förmlich durch die Märchenlandschaft da draußen, und es gab keinen Fahrer und keine übel riechenden und gereizten Städter in dem Gefährt, es fuhr von selbst, und in ihm befand sich allein der schläfrige Ariel und all die Töne in seinem Kopf und die grünen Farben, die ihn umgaben, und er floss weiter: Als er die wenigen Häuserblocks bis zu dem Haus im Gjuterivägen ging, hatte er sogar das Gefühl zu schweben, und als er ins Zwielicht des Studios trat, schwebte er noch immer.

Jouni Manner musste in die Bresche springen und den Produzenten Untamo Tuomi und den skeptischen Direktor besänftigen und ihnen erklären, obwohl seine Sangeskollegen fast unnahbar und unzurechnungsfähig wirkten, würden sie sich, noch bevor die Glocken im Dom von Åbo zwölf geschlagen hätten, ihrer Aufgabe gewachsen zeigen. So seien Ari und Addi nun einmal, erläuterte Jouni, sie seien ein bisschen seltsam, aber wenn es darauf ankomme, würden sie sich zusammenreißen. So lauteten Jounis Worte, und äußerlich war ihm nicht das Geringste anzumerken, seine Stimme war ruhig, die Fassade untadelig. Insgeheim dachte er jedoch, und es war das erste Mal, dass er sich dabei ertappte, so von Ariel und Adriana zu denken: *Sie sind schwach. Ich habe mich mit schwachen Menschen umgeben. Das ist ein Fehler gewesen. Solche Fehler darf ich nicht machen.*

Das Studio von Sonovox war geräumig und hochmodern. An der einen Längswand befanden sich zwei isolierte Boxen, eine für Schlagzeug oder E-Gitarre und eine für die Sänger, und unter dem Studio lag ein großzügig bemessener Hallraum. Ihnen standen zwei vierspurige Aufnahmegeräte zur Verfügung, und die Mikrofone und das Mischpult waren von bester Qualität. Die meisten Studiomusiker waren jung. Einige von ihnen, wie Jugi Eskelinen, der Schlagzeuger Santtu Wuori und der Pianist Aslak Österholm, sollten später zu mythischen Gestalten werden, aber in jenem Frühjahr waren sie noch nicht ganz trocken hinter den Ohren. Sie erkoren Ariel zur Zielscheibe ihres Spotts, und in den ersten Stunden der Aufnahmesession machten sie sich hinter seinem Rücken über ihn lustig. Sie nannten ihn »Der Schatten« und »Der schwule Troll«, weil er die Studiowände entlangschlich wie ein klapperdürres oranges Gespenst und die hellen und wirren Haare sein länglich schmales Gnomgesicht wie eine dünne Wolke umschlossen. Als Ariel in dem Glauben, ihn bei der Studioarbeit benutzen zu dürfen, den kleinen Morris herausholte, wurden sie noch höhnischer. Jugi Eskelinen und der Tontechniker Tapsa erkannten sofort, dass es ein Verstärker Marke Eigenbau war und die Metallbuchstaben mit dem Namen Morris eingeschweißt worden waren, um irgendeinen armen Schlucker zu verleiten, zu viel für ihn zu bezahlen. »Der Verstärker da ist eine Fälschung«, sagte Eskelinen hochnäsig, »noch dazu eine schlechte. Wo hast du den gekauft?« »Bei S-Stenman«, antwortete Ariel und ergänzte dümmlich: »Ich verstehe nichts von Technik.« »Bei Stenman!«, jubelte Eskelinen, während Santtu Wuori und Tapsa im Hintergrund wieherten. »Dieser geldgierige Schurke! Der hat die

Buchstaben doch mit Sicherheit selbst eingeschweißt. Morris ist doch verdammt noch mal eine Automarke!«

Einer der Anwesenden war auch damals schon eine mythische Gestalt: der Produzent Untamo Tuomi. Tuomi war ein Brille tragender Mann Ende fünfzig mit strengen Augen und einer schmucken Fliege, die unter seinem anormal großen Adamsapfel wippte. Er war der ältere Bruder des allseits verehrten Tangosängers Kullervo Tuomi und ein erbitterter Feind der damaligen Jugendkultur. Seit den großen Erfolgen von Cliff Richards und The Shadows Anfang des Jahrzehnts hatte Untamo der Wochenzeitung *Suomen Kuvalehti* wütende Artikel über die minderwertige »Stahldrahtmusik« und ihre Gefahren geschickt, und wenn Sonovox ihn zwang, ein solches »Stahldrahtensemble« zu produzieren, benahm er sich, als hätte er gerade ein Kilo Zitronen verdrückt. Seine künstlerische Seite – die er hatte, denn er hatte zu mehreren berühmten Schlagern der Nachkriegszeit rührselige Texte geschrieben und trank Abend für Abend kübelweise Branntwein, was er kaschierte, indem er eine halbe Flasche Aqua Vera über sich ausgoss und einen großen Schluck Mundwasser nahm, bevor er vormittags zur Arbeit ging – verriet er nur durch seine Haare, die im Nacken lang und fettig waren.

Untamo Tuomi war eine respekteinflößende Persönlichkeit, sogar der normalerweise so vorlaute Stenka Waenerberg gab sich demütig und zurückhaltend, wenn er ihn ansprach. Jouni brauchte nicht lange, um zu merken, dass ausgerechnet der Produzent für Adriana der größte Stein des Anstoßes war. Tuomi besaß ein absolutes Gehör und stürzte sich auf jede kleinste Unsauberkeit in Gesang oder Begleitung. Leider führte Adrianas Nervosität dazu, dass sie in den ersten Stunden schlecht sang. Tuomi meckerte pausenlos an ihr herum. *Isin tyttö*, Papas Mädchen, gehörte noch zu den freundlicheren Bezeichnungen: Offenbar wusste er, dass Adriana aus einer vermögenden Familie des Bürgertums stammte. Adriana reagierte panisch, ihr Gesicht wurde immer blasser, und sie verhielt sich immer flatterhafter und unsicherer, und während einer Zigarettenpause flüsterte sie Jouni zu: »Er ist widerlich. Außerdem riecht er genauso wie mein Vater.«

Als sie nach dem Mittagessen die Arbeit an der finnischen Version von *The Sound Of Silence* wieder aufnahmen – *Geh nicht einsam in die Nacht* hatten sie nicht einmal probehalber gesungen –, phrasierte Adriana immer noch falsch. Tuomi fragte sie, ob sie wisse, was ein Taktstrich sei, und Adriana stürzte heulend aus dem Studio. Jouni lief ihr ins Treppenhaus hinterher. Eine Etage tiefer lagen der Hallraum, ein Lagerraum und eine Toilette, aus der Geräusche an sein Ohr drangen: Jemand übergab sich. Er lief die Treppe hinunter und sagte durch die Toilettentür: »Bitte Addi, hör nicht auf ihn, du weißt, dass du singen kannst.« Das Würgen hörte auf, er hörte sie spucken und dann, dass sie aufstand und sich den Mund ausspülte. »Schickst du bitte Stenka zu mir«, sagte Adriana mit kraftloser und verschüchterter Stimme, »ich muss mit ihm sprechen.«

Stenka und Adriana standen lange auf der Treppe und unterhielten sich. Jouni und Ariel öffneten die Studiotür einen Spaltbreit und hörten ihre Stimmen gegen die Betonwände prallen, aber das kräftige Echo führte dazu, dass ihre Worte unverständlich blieben. Untamo Tuomi hatte die Arme vor der Brust verschränkt und wartete, die Musiker saßen auf ihren Plätzen. Dann ging die Tür auf, und Adriana kam herein, gefolgt von Stenka, der sich ruhig eine weitere Zigarette anzündete, mit Sicherheit schon seine zwanzigste. Adriana ging in die Gesangbox und zu ihrem Mikrofon, als wäre nichts passiert, und von da an sang sie immer besser, je länger der Nachmittag fortschritt. Ein einziges Mal verpasste sie einen Einsatz, was ihr eine Schelte Untamo Tuomis eintrug, und Jouni sah, wie sich Adriana auf die Unterlippe biss und erneut flattrig und fahrig wurde: Die Unruhe war in ihrem Inneren wie ein dunkler Schmetterling, ein Trauermantel, der nicht hinausfand. Dann ging Stenka Waenerberg zu ihr hin. Adriana hatte sich auf ihren Hocker geschoben, saß zusammengesunken darauf und sah aus, als würde sie jeden Moment in Stücke gehen. Stenka umfasste ihre Schultern, sah ihr in die Augen, beugte sich vor und flüsterte ihr etwas ins Ohr. Adriana blickte zu Stenka auf, und der gequälte und in sich gekehrte Ausdruck in ihrem Blick verschwand. Langsam legte sich ein Lächeln auf ihr Gesicht, und daraufhin war es, als hätte jemand eine besonders helle Lampe eingeschaltet: Sie war die einzige Frau unter einem Dutzend Männern, und außer Untamo Tuomi sahen sie in diesem Moment alle an.

Doch sobald ein Problem gelöst war, tauchte auch schon das nächste auf. In der nächsten Pause kam der Tontechniker Tapsa, ein drahtiger Mann, dessen Nase von zu viel Schnaps rot und schwammig geworden war, zu Jouni und stellte sich ihm vor. »Paldanius. Sagt dir der Name was, Manner?« Jouni sah ihn an und wusste sofort Bescheid, ließ sich aber nichts anmerken: »Nein. Sollte er?« »Wenn ich sage, dass du mal einen Kumpel namens Repe hattest?«, sagte Tapsa Paldanius mit ruhiger Stimme. Gleichzeitig musterte er Jouni von Kopf bis Fuß mit der Miene eines Raubtiers, das bereit ist, in der nächsten Sekunde anzugreifen. Jouni sah, dass Paldanius eine Tätowierung auf dem muskulösen Unterarm hatte, eine Seejungfrau, und schätzte, dass mit diesem Mann nicht gut Kirschen essen war. Im Studio würde Tapsa Paldanius ihn nicht angehen, immerhin waren sie bei der Arbeit. Aber hinterher. Man wusste nie, Gewalt war immer eine naheliegende Möglichkeit; wo Männer zusammenkamen, lauerte sie überall unter der Oberfläche. Trotzdem machte Jouni sich keine Sorgen. Er ging davon aus, dass er auch diesen Burschen würde niederringen können. Wie alle anderen. Falls nötig. Aber er hoffte, dass es dazu nicht kommen würde. »Das ist lange her«, sagte er im gleichen kühlen Tonfall wie Paldanius. »Repe ist ein feiner kleiner Bruder«, sagte Tapsa in den Raum hinein. »Und ein treuer Kamerad. Der sich den Arm so schlimm verletzt hat, dass es ihm bis heute schwerfällt, einen Ball zu werfen.« »Repe hat es nicht anders gewollt«, entgegnete Jouni, »aber wenn du kämpfen willst, können wir sofort auf die Straße gehen.« »Ich will mich nicht mit dir prügeln, Manner«, erklärte Paldanius. »Ich möchte nur, dass du eines weißt: Du bist ein Drecksack und ein Schwein. Da kannst du an noch so vielen Universitäten sein, wie du willst, und in diesem Studio so viele schmalzige Lieder aufnehmen, wie du willst, du bist und bleibst trotzdem nichts als ein Schwein aus der Gosse.« Jouni sah ihm unverwandt in die Augen und lächelte kühl. »Danke für die Aufklärung. Beim Abmischen wirst du meine Stimme natürlich untergehen lassen?« Paldanius verzog nicht einmal den Mund, er sagte nur: »Ich bin stolz auf meinen Beruf. Diesen Stolz opfere ich nicht wegen eines Miststücks wie dir.«

Es war eine Session wie aus Dantes Inferno. Adrianas schlechte Tagesform und ihre panische Angst vor Untamo Tuomi, Ariels somnambules Auftreten und seine unfreiwillige Rolle als schwuler Troll, Jounis Scharmützel mit Tapsa Paldanius: es lief nicht gut für sie, und um vier hatte man zwar die B-Seite der Single eingespielt, aber mehr auch nicht. Stenka Waenerberg warf einen ängstlichen Blick auf seine Armbanduhr, denn ein paar Stunden später wollte er in der Rådmansgatan seine Einzugsparty feiern. Untamo Tuomi warf einen Blick auf die Uhr an der hinteren Wand des Kontrollraums und schüttelte gereizt den Kopf. Stenka sah die ungeduldige Geste, ging zu ihm und sagte etwas. Tuomi warf ihm einen kalten Blick zu, zuckte mit den Schultern, stand von seinem Stuhl auf, verließ den Kontrollraum und stellte sich mitten in den Aufnahmeraum. Er sah von Jouni zu Adriana und zu Ariel und sagte: »Uns rennt die Zeit davon, aber wir versuchen es. Wenn ich es richtig verstanden habe, ist die A-Seite eine Eigenkomposition von euch. Und, wer von euch hat das Lied geschrieben?« Er sprach die Worte »Eigenkomposition« und »wer« mit unverhohlener Verachtung aus. Ariel schluckte. Er trat einen Schritt vor und umklammerte seine schwarze Impala, als wäre sie ein Rettungsring. »Ich«, sagte er. »Du?«, entgegnete Tuomi ungläubig. Aus der Ecke, in der Jugi Eskelinen und Santtu Wuori saßen, hörte man ersticktes Lachen. »Ja, ich«, erwiderte Ariel schlicht. »Dann lasst mal hören«, sagte Tuomi müde, machte auf dem Absatz kehrt und ging in den Kontrollraum zurück, wo Tapsa Paldanius mit vor der Brust verschränkten Armen saß und durch die Glasscheibe Jouni anstierte. Ariel warf Jouni und Adriana einen scheuen Blick zu, nickte unmerklich und begann, das Intro zu *Geh nicht einsam in die Nacht* zu zupfen.

Als das Stück anfing, saßen Jugi Eskelinen, Santtu Wuori und Aslak Österholm zusammen und warfen sich überlegene, vielsagende Blicke zu. Ariel hatte eine unsaubere Spieltechnik, und Jugi Eskelinen hatte einen Großteil des Tages damit verbracht, über seine Fingersätze den Kopf zu schütteln und ironisch zu grinsen. Nun grimassierte Jugi wüster denn je. Im Kontrollraum, hinter dem gewaltigen Mischpult, saß Untamo Tuomi und wirkte gelangweilt: Als Jounis, Ariels und Adrianas Gesang einsetzte, gähnte er ausgiebig, und seine an diesem Tag kleinkariert gemusterte Fliege wippte. Aber schon als sie zum Ende der ersten Strophe kamen – *und schaust zurück, kehrst aber nicht zurück zu mir* –, geschah etwas. Jugi Eskelinen warf Santtu Wuori einen hastigen Seitenblick zu, lehnte sich anschließend vor, stützte die Ellbogen auf die Oberschenkel und lauschte: Seine ganze Gestalt drückte Konzentration aus. Aslak Österholm wirkte verblüfft, und kurz darauf nickte auch Santtu Wuori anerkennend. Als die drei Sänger die zweite Hälfte des Refrains erreichten – *bleib bei mir, sei mein Durst, sei mein Trank* –, sangen sie ihre Stimmen tadellos. Alles gelang, sie trafen ihre Töne perfekt und phrasierten geschmeidig, und die einfache, aber dramatische Melodie stieg frei und unbändig zur Decke, während Ariel von Cis-Moll zu E und anschließend zu A wechselte. Nun erwachte auch Untamo Tuomi zum Leben. Der zerknitterte und übellaunige Ausdruck verschwand aus seinem Gesicht und wurde von zwei gehobenen Augenbrauen und einer Miene ersetzt, die nichts anderes als »nicht schlecht« bedeuten konnte. Einzig Tapsa Paldanius hatte weiter die Arme vor der Brust verschränkt und sah genauso abweisend aus wie zuvor.

Als sie den ganzen Song gesungen hatten, wurde es vollkommen still im Studio. Jugi Eskelinen brach das Schweigen: »Das hast du geschrieben?«, sagte er halb fragend, halb konstatierend, und zum ersten Mal an diesem Tag klang seine Stimme ernst. »Ja«, antwortete Ariel und sah Jugi unverwandt in die Augen: »Es gibt dazu auch noch ein kurzes Gitarrensolo, das ich gerade weggelassen habe. Darf ich es dir zeigen?« Sein Stottern war verschwunden, es existierte kein Hauch von Unsicherheit in ihm, er wusste, dass er etwas von Musik verstand, er wusste, dass er die Gitarre zum Klingen bringen konnte, obwohl er die Finger falsch setzte, und er wusste, dass er ein gutes Lied geschrieben hatte. Ungewöhnlich, unsauber, und gerade deshalb gut. »Eine ausgezeichnete Idee«, meldete sich Untamo Tuomi zu Wort, »du gehst mit Jugi das Solo durch, und Aslak und ich machen uns in der Zwischenzeit Gedanken über das Arrangement.«

In den folgenden zehn Minuten saßen Ariel mit seiner Hagström und Jugi Eskelinen mit seiner Rickenbacker in einer Studioecke und spielten abwechselnd Melodiephrasen. Ariel spielte seine auf eine sehr spezielle Art, er schlug mit dem Daumen der rechten Hand einen einfachen Basslauf, markierte die Akkorde gleichzeitig mit Mittel- und Ringfinger und brachte mit dem Zeigefinger eine rudimentäre Melodie zustande: Es hörte sich an, als würde er auf mindestens zwei Instrumenten gleichzeitig spielen. Im Kontrollraum saßen Tuomi, Paldanius und der Pianist Österholm und zerbrachen sich den Kopf über das Arrangement. Stenka Waenerberg ging in die Gesangbox und setzte sich auf Ariels leeren Schemel neben Adriana, die beiden plauderten. Jouni machte es wie Santtu Wuori, der Bassist Rivo Paananen und einige andere: Er zündete sich eine Zigarette an, rauchte sie, zündete sich noch eine an, rauchte, wartete. Nach fast vier Stunden Arbeit waren alle Aschenbecher voll und die Studioluft vom Zigarettenrauch giftblau, eine dicke Tabakwolke hing wie ein aromatisches Tiefdruckgebiet über den Anwesenden. Als zehn Minuten vergangen waren, schenkte Jugi Eskelinen Ariel ein schiefes Lächeln und sagte: »Du bist ein seltsamer Typ, Wahl. Den ganzen Tag habe ich gedacht, du bist ein schlechter Witz und dass du nicht spielen kannst, und dann kommst du hiermit an. Ich kann das Solo übernehmen, wenn du willst, aber warum sollte ich? Es sind nur acht Takte, und bei dir klingt es von Anfang bis Ende super. Spiel es selbst.«

Sie begannen mit der Arbeit, und bei einer der Aufnahmen – es waren bei weitem nicht so viele nötig wie beim ersten Lied – passierte etwas mit Jouni: Er wurde von der *Schönheit* überwältigt.

Später sollte er erkennen, dass das Erlebnis sicher lange im Verborgenen gelegen und auf seinen Einsatz gewartet hatte, dass er es in manchen Augenblicken gespürt hatte und es in seinem Inneren lag und ihn wie ein ungeduldiger Fötus trat: An einem Frühlingstag, an dem Adriana, Ariel und er in der Skeppsredaregatan geprobt hatten und ein dünner Sonnenstrahl den Weg durch das schmutzige Kellerfenster gefunden hatte; an einem Dezemberabend, als sie von ihrem Probenraum durch einen wirbelnden Schneesturm zur Expressobar gegangen waren; wenn er in einem der hohen und stillen Räume der Universitätsbibliothek gelernt und gefühlt hatte, wie sich ihm die Rätsel der Geschichte und Politik erschlossen; die Abende, an denen er in seinem Mietzimmer bei Frau Toropainen auf dem Bett gelegen und abwechselnd aktuelle Zeitschriften und Romanklassiker gelesen und vor dem offenen Fenster den Regen herabprasseln gehört hatte; die Winternachmittage, an denen er bei Elina gesessen und Kaffee getrunken und den sogenannten Rundfunkgrafen Creutz oder Kaisu Puuska-Joki landesweit ausgestrahlte politische Vorträge und Kammerkonzerte ansagen gehört hatte, wie ihm plötzlich bewusst geworden war, dass er das alles kannte, dass er mit all diesen herrlichen Dingen vertraut war; er wusste genau, worüber die Ansager sprachen und was ihn selbst, Elina und die anderen Zuhörer erwartete.

An diesem Maitag im Studio war Jouni nicht vollends bereit. Er sah die Bilder vor sich – Bilder von stiller Freundschaft, Bilder von wachsendem Wissen –, konnte sie jedoch nicht deuten: Er ahnte, dass es einen Zusammenhang gab, war sich aber nicht sicher. Dass die Augenblicke der Freundschaft und die Momente, in denen er Wissen aufsog, zusammenwirkten, dass sie ihm einen Blickwinkel auf das brutale Leben eröffneten, das er gelebt hatte, und Türen öffneten, die in die Welt hinaus und weiter in ihn selbst hinein führten, das alles war schwer zu begreifen, wenn man erst zwanzig Jahre alt war und vor einem Mikrofon der Marke Telefunken stand und einen Popsong aufnahm, den ein Freund geschrieben hatte. Aber später, als Jouni dies alles verstanden hatte, sollte er daran zurückdenken, wie er dort gestanden und gesungen und gefühlt hatte, dass er *etwas anderes*, etwas Versöhnlicheres als diesen unaufhörlichen Kampf ums

Überleben und Besiegen wollte, als dieses fortwährende *entweder du oder ich.* Dass diese plötzliche Erfahrung von Schönheit so intensiv wurde, lag nicht nur an dem Lied, das sie in ihrer engen Box sangen, nicht nur daran, dass neben ihm Ariel stand und aussah wie ein Alien mit Kopfhörer von einem sehr mageren Planeten, nicht nur daran, dass Adriana so schön war, als sie hinter ihrem Mikrofon glasklar und wohltönend phrasierte, ohne jede Spur ihrer Niederlage am Vormittag. Nein, Jouni tastete nach der Schönheit, weil er die Gewalt und das Hässliche und die Scham so gut kannte, diese Bilder existierten weiter, auch diese Bilder waren intensiv: Singend entsann er sich des Ekels, der ihn gepackt hatte, als er mit Hurme und Suhonen Mikko Ervander zusammengeschlagen hatten, er dachte daran zurück, wie er sich vor vielen Jahren gezwungen hatte, Repe Paldanius' bereits zerkratztes Gesicht in das gefrorene und harte Gras zu pressen, und wie schonungslos er Ariel niedergestreckt hatte, als sie sich das erste Mal begegnet waren. Und dies geschah während einer der letzten Gesangsaufnahmen des Nachmittags, als Ariels kurzes und melodisches Solo vom Band ertönte. Während des Gitarrensolos sah Jouni all die alten Bilder, gute und schlechte, und als das Solo endete und sie zum Refrain zurückkehren wollten, öffnete er die Augen, und dabei fiel sein Blick zufällig auf das kleine Fenster zum Hof, das einzige im ganzen Studio. Es war rechteckig und stand hochkant, und einige Meter vom Haus entfernt wuchs eine alte Birke, und es waren Wolken aufgezogen, und es wehte ein scharfer Wind, Regen lag in der Luft, aber es war dennoch hell, so unbarmherzig hell, wie dies nur im Mai möglich ist, und die alte Birke stand dort mit ihrem knorrigen Stamm und ihrem zarten Laub, und Jouni sah, dass ihre Krone im Wind geschüttelt wurde, und er erkannte, wie alt sie war, aber gleichzeitig auch jung, weil sie in einem weiteren Frühjahr zu neuem Leben geboren wurde, und er dankte und verfluchte Ariels Lied, das all diese Gedanken und Bilder in ihm heraufbeschwor, und aus dem einen Augenwinkel sah er Adriana aus vollem Hals singen, den Mund dicht an das Mikrofon gelegt, und aus dem anderen Augenwinkel sah er Ariel beim Singen erdige Luftgitarrenakkorde schlagen, wie er es immer tat, wenn er singen musste, ohne sich begleiten zu dürfen. Das helfe ihm, im Rhythmus zu bleiben, hatte er erklärt, und inzwischen waren sie zum letzten Crescendo gekommen, und das Arrangement war unglaublich schön, fast wie von Phil Spector, obwohl Untamo Tuomi kaum wissen dürfte, wer Spector war, die Gesangsstimmen waren glaubensstark und kraftvoll, und Aslak Österholms Klavier und Ariels und Jugi Eskelinens Gitarren schufen gemeinsam einen mächtigen Klang, und Jouni schielte abwechselnd zu Ariel und Adriana hinüber und dachte, sicher, sie waren schwach, das ließ sich nicht leugnen, seine Freunde waren zerbrechlich, und jeder kleinste, kalte Windstoß traf sie bis ins Mark und ließ sie frieren, und er, Jouni, würde sich immer Sorgen darum machen, was ihnen zustoßen könnte. Aber sie waren auch so schön! Ariel war innerlich schön, und Adriana war innerlich und äußerlich schön, und Jouni wollte beide beschützen, er liebte sie, er liebte Ariel, weil er so wunderbare Lieder schrieb und Ariels Stottern immer verschwand, wenn er vergaß, Angst zu haben, und er liebte Adriana, denn ein verängstigter Schmetterling schlug gegen ihre Wände, aber wenn es darauf ankam, wie jetzt, bekam sie ihn unter Kontrolle. Und plötzlich wusste er: Alles stand am Anfang, Adriana, Ariel und er waren jung und frei, in dieser Zeit lebten sie am intensivsten, mehr als je zuvor, und vielleicht auch mehr und voller, als sie später leben würden. Sie waren nicht wie diese Birke, deren dicker, verdrehter Stamm von Flechten und Pilzen bedeckt war, sie mussten sich nicht besorgt fragen, ob sie die Kraft finden würden, noch einmal im Frühjahrskleid zu stehen, noch lange,

lange nicht. Jouni sah Stenka Waenerberg im Kontrollraum stehen und sie anstarren, vor allem Adriana, und er sah Jugi Eskelinen und Aslak Österholm über das Mischpult gebeugt stehen, an dem Untamo Tuomi und Tapsa Paldanius saßen, und in diesem Moment, als sie die letzten Worte sangen – *geh niemals einsam in die Nacht, geh nie, niemals einsam in die Nacht* –, spürte er, dass er sie alle liebte, jede Kanaille liebte, die im Studio war, und für einige Sekunden versuchte er, Tapsa Paldanius' Blick zu begegnen, um ihm zu zeigen, dass der Jouni, der hier sang, ein ganz anderer und viel besserer Jouni Manner war als der Junge, der seinem kleinen Bruder Repe den Arm gebrochen hatte. Aber Paldanius ging auf sein Werben nicht ein: Stattdessen hob der Tontechniker seine geballte rechte Faust zu einer triumphierenden Geste und nickte Ariel und Adriana anerkennend zu.

* * *

Für Ariel war diese letzte Stunde in den Räumen von Sonovox sicher einer der größten Momente in seinem Leben. Er befand sich in einem berühmten Tonstudio, man spielte sein Lied ein, die Aufnahme gelang vortrefflich, bekannte oder zumindest respektierte Profis wie Untamo Tuomi, Jugi Eskelinen und Aslak Österholm feierten die Musik, die er geschrieben hatte: Tuomi zwar nur indirekt, indem er von seinem Privileg, mürrisch und unfreundlich zu sein, keinen Gebrauch mehr machte, aber dennoch.

Allerdings blieb es ein kurzer Moment. Als die Musiker das Studio verlassen hatten – auch Ariel hatte seine Impala in ihren schwarzen Koffer gepackt –, kam Untamo Tuomi zu ihnen und sagte, dass er *Geh nicht einsam in die Nacht* am Donnerstag mit Streichern unterlegen werde. Untamo hatte das Gefühl, dass es dem Lied guttun würde, und Aslak Österholm, seine rechte Hand unter den Musikern, war der gleichen Ansicht. Jouni und

Adriana sahen, dass Ariels Unterlippe sofort anfing zu zittern, er wandte sich ab, beugte sich über den Gitarrenkoffer und tat, als würde eines der Schlösser klemmen. Tuomi schien völlig ungerührt, nickte Jouni und Adriana kurz zu und begab sich zu seinem Büro in der oberen Etage, sie hörten seine schweren Schritte auf der Treppe hallen.

Ariel blickte zu Jouni und Adriana auf. Er war kreidebleich. »J-Jahrelang habe ich an diesem Lied herumgef-feilt, es darf j-jetzt nicht durch so ein v-verdammtes Gef-fiedel kaputtgemacht werden«, sagte er. Jouni glaubte, eine Träne in Ariels linkem Augenwinkel zu sehen, und wusste nicht, was er sagen sollte. Adriana hatte zwei Meter entfernt gestanden und sich umständlich ihre Jacke angezogen, unter der sie einen dünnen, schwarzen Polojumper trug, sie sah gleichzeitig jungenhaft und sehr weiblich aus, jetzt ging sie zu Ariel, legte einen Arm um seine Schultern und drückte vorsichtig ihre Wange an seine. Ariel und Jouni zuckten bei dieser intimen Geste zusammen, fingen sich aber beide. »Diesen Song kann man nicht kaputtmachen«, sagte Adriana, »da können sie Mantovani oder Nelson Riddle engagieren und ihn völlig zukleistern, und er wird trotzdem fantastisch sein.« »Außerdem hat Tuomi nichts von The Tijuana Brass gesagt, die bleiben dir also erspart«, fügte Jouni hinzu und warf Adriana einen dankbaren Blick zu. »Da sei dir mal nicht so s-sicher«, erwiderte Ariel, lächelte aber schon wieder. »Untamo schaltet schnell. Vielleicht landet H-Herb Alpert schon morgen in der Stadt.«

Sie nahmen den Bus in die Stadt und zu Stenka Waenerbergs Party. Es war fast acht, Stenka hatte sich schon vor der letzten Aufnahme von *Geh nicht einsam in die Nacht* in seinen Ford Mercury gesetzt und war gefahren. Der Bus war praktisch leer, nur ein älterer Herr mit Offiziershaltung, zwei junge Frauen in engen Röcken und mit stark geschminkten Augen und die frischgebackenen Schallplattenkünstler Joni, Ariel & Adriana saßen darin. Auf der Fahrt in die Stadt fiel die Anspannung von ihnen ab. Ariel holte eine Flasche Likörwein aus seiner Umhängetasche und bückte sich beim Trinken hinter den Sitz, damit der Fahrer ihn nicht im Spiegel sah. Er bot den anderen die Flasche an. Jouni nahm einen kleinen Schluck, Adriana einen etwas größeren, dann ließen sie Ariel gewähren. Jouni war erleichtert, denn als sie zur Bushaltestelle gegangen waren, hatte er sich immer wieder suchend umgedreht und ständig erwartet, an irgendeiner Straßenecke oder hinter einem Zaun Tapsa Paldanius auftauchen zu sehen, um sich mit ihm zu schlagen. Aber es war nichts passiert, und nun schaute Adriana zum Busfenster hinaus und murmelte widerstrebend: »Entschuldigt bitte, dass ich heute erst so schlecht gesungen habe, ich weiß auch nicht, was mit mir los war.« »Das macht doch nichts«, sagte Jouni wohlwollend, »am Nachmittag warst du ja gut.« Sein Wohlwollen war gespielt: Nach ihrem Tag im Studio war er erschöpft davon, so viele Fäden in der Hand halten zu müssen. Der Moment erhabenen, fast jubelnden Lebensgefühls bei der späten Aufnahme des Songs war vergangen, nun war er wieder sein wachsames und skeptisches Ich, so wie er es in den ersten vier Stunden im Studio hatte sein müssen, als die beiden anderen dem Druck nicht standgehalten hatten. Er war negativ überrascht worden, und es war Adriana, die ihn enttäuscht hatte. Bei Ariel musste man mit allem Möglichen rechnen, aber Adriana hatte alle Auftritte perfekt absolviert, weshalb er nicht erwartet hatte, dass sie dazu beitragen würde, den Tag so kompliziert zu machen.

* * *

Als sie in die Rådmansgatan kamen, war die Party bereits in vollem Gange. Die Wolkendecke war wieder aufgerissen, und der Wind hatte sich gelegt, es war ein schöner Frühlingsabend. Stenkas Wohnung war größer, als Jouni sie in Erinnerung hatte, sie ging quer durch das Haus, von den Fenstern nach Westen hinaus blickte man auf das Häusermeer des Stadtteils Ulrikasborg, von den Fenstern im Osten aus sah man ein Stück der Parkgatan, den Brunnspark und einen Zipfel Meer. Rötliches Licht flutete durch die westlichen Fenster herein und tauchte das Fest in eine traumartige Atmosphäre, alle Konturen wurden weich und die Gesichter im Gegenlicht ausradiert, auf den Wänden bewegten sich langgezogene Schatten. Die Stimmung wurde noch dadurch verstärkt, dass Stenka Musik laufen ließ, die von seinen Künstlern und nicht von ihm selbst ausgewählt worden zu sein schien: aus den Boxen ertönten The Kinks und The Who und anderes, aber kein Jazz.

Joni, Ariel & Adriana waren nicht die einzigen von Stenkas Musikern, die sich eingefunden hatten, im Gewimmel sah man auch die komplette Band Morning Crowd und fast alle von den Namedroppers und den Gitarristen und Sänger Alex Karjagin von Instinct. Die Party war wie eine Karte über alle, die im jungen Helsingfors wichtig waren, sahen Jouni und Adriana, sobald sie über die Türschwelle und in den Lärm traten. Ariel war dagegen schon betrunken und schien keinen der Prominenten zu erkennen, die in ausgeklügelt lässigen Kreationen durch die Zimmer glitten, die Revolte, aber auch gute Finanzen signalisieren sollten.

Day Trippers: Da waren Geschäftsleute und junge, aufstrebende Politiker, einer der Letztgenannten war der frisch gewählte Generalsekretär seiner Partei. Da waren angehende Diplomaten, und da stand so mancher Jüngling, dessen größtes Verdienst darin bestand, der Sohn eines Herrn Direktor oder sogar Konzernchefs zu sein. Da waren Stewardessen und Mannequins, eins hübscher und langbeiniger als das andere. Da waren zwei Modeschöpferinnen, da waren erfolgreiche Schauspielerinnen, da waren Schulmädchen, die jüngere Schwestern irgendwelcher männlichen Gäste waren, und da war die Sängerin Marica, die Kult war und in neun verschiedenen Sprachen sang. Da waren junge Zeitungsmacher, die für Erneuerung und Offenheit standen, da waren einige der Männer, die die Lappo-Oper aufgeführt hatten, und sogar ein bärtiger Schriftsteller, der kürzlich bei Präsident Kekkonen in die Sauna gegangen war, ein Ereignis, das der Autor nicht für sich behielt. In einem der Zimmer saß eine Clique von Jazzmusikern und stritt sich über John Coltrane, in einem anderen Zimmer stolzierte eine Traube von Teenagerinnen vor einigen Popredakteuren der Magazine *Stump* und *Suosikki*, und in einer Ecke der Küche stand der Fotograf Sam Karnow, hielt Hof und trug denselben straffen schwarzen Teryleneanzug wie zuletzt.

»Ich gehe Stenka suchen«, sagte Adriana und war im nächsten Moment verschwunden. Jouni und Ariel blieben in der Zimmerecke stehen, in der sie sich verschanzt hatten. Beide waren eingeschüchtert. Ariel konnte seine Unsicherheit nicht verbergen, sein Elfengesicht war völlig offen und drückte Sorge, sogar Angst aus. Jouni verbarg seine Gefühle desto besser. Er verschränkte die Arme auf dem Rücken und lehnte sich nonchalant gegen das Fensterbrett, an dem er stand: Er war einer der größten Männer in der ganzen Wohnung, und das wusste er.

»Hast du gesehen, dass Karjagin von Instinct hier ist?«, sagte er zu Ariel und fuhr aus dem Mundwinkel fort: »Bescheuerte Koteletten hat er sich wachsen lassen. Es sieht aus, als hätte er auf jeder Wange eine Möse. Und als Sänger macht er auch nicht viel her.«

»K-Karjagin ist nicht schlecht«, widersprach Ariel, »als Bluessänger ist er echt gut.« Er sah Jouni an und ergänzte: »Ich habe auch schon über Koteletten nachgedacht.«

»Warum, zum Teufel?«, fragte Jouni. »Das macht einen doch hässlich wie die Nacht.«

»Und vielleicht einen größeren Bart«, murmelte Ariel. Jounis Kommentar schien er nicht gehört zu haben. »Ich habe es satt, dass die Leute mich hinter meinem Rücken sch-schwul und Troll nennen.«

Jouni blieb für Sekunden die Sprache weg, dann sagte er: »Mir war nicht klar, dass du das weißt.«

Ariel zuckte mit den Schultern und lächelte schief. »Natürlich weiß ich das«, sagte er traurig. »Ich bin ja nicht blöd.«

Ihr Gespräch wurde von Adriana unterbrochen, die ohne Begleitung zurückkehrte.

»Hast du Stenka nicht gefunden?«, erkundigte sich Jouni.

»Doch«, antwortete Adriana. »Aber er unterhielt sich gerade mit Jörn Donner und Lenita, da wollte ich nicht stören.«

Ariel sah Adriana an und schien verwirrt. »Welcher Donner? Welche Lenita?«, erkundigte er sich.

»Macht er Witze?« Adriana sah Jouni an.

»Nee, macht er nicht«, antwortete Jouni. »Er weiß nicht, wer die sind, jedenfalls im Moment nicht.«

»Mein armer kleiner Ari«, sagte Adriana bekümmert, »für dich zählen nur Musiker.« Dann fiel ihr Sam Karnow ins Auge, der seinen Hofstaat verlassen hatte, in der Küchentür stand und den Blick über den Raum schweifen ließ. »Seht mal, da ist ja Sam!«, rief sie, hob die Arme und winkte eifrig. »Sam! SAM!« Als Karnow Adriana sah, verzog sich sein Gesicht zu einem gutmütigen Lächeln. Adriana erwiderte sein Lächeln mit einer Kusshand. Jouni sah, dass sie ganz in ihrem Element war. Adriana war verrückt nach Partys, sie liebte es, unter Menschen zu sein. Je größer die Fete, desto glücklicher war sie. Und je informeller und chaotischer die Stimmung wurde, desto geschmeidiger bewegte sie sich von Raum zu Raum, von Gruppe zu

Gruppe, sie bewegte sich in einer Art Gleitflug durch alles, weltgewandt und sicher wie ein schöner Vogel in einem nächtlichen, allein für sie erschaffenen Zauberwald. Gleichzeitig: all das Unschuldige in Adriana, die Zärtlichkeit, das Vertrauen, die direkten Worte. Und die Unsicherheit, die aufflackerte, der dunkle Schmetterling, der in ihr flatterte, ihre Augen dann: schwarz, gequält. Adriana war verletzlich, sie sah in allen nur das Gute, und Jouni befürchtete, dass sie einer scharfen Persönlichkeit begegnen könnte, an der sie sich schneiden würde, jemandem wie ihm. Er hätte ihr gerne gesagt, dass die Menschen so waren: gefährlich und scharf. Er hätte ihr gerne davon erzählt, wie er zu lernen versuchte, seine eigene Schärfe zu neutralisieren, sie hinter einer höflichen, wohlwollenden Hülle zu verbergen. Aber über solche Dinge zu sprechen war schwierig.

Adriana war bereits durch den Raum geeilt und hatte sich zu Karnow gesellt. Jouni sah die beiden in einem angrenzenden Zimmer verschwinden, er sah Adriana eifrig reden. Er selbst fühlte sich bleischwer und blieb mit Ariel, der sich sein drittes Glas Likörwein einschenkte, in der Zimmerecke stehen: Es wurde immer schwieriger, sich mit ihm zu unterhalten. Plötzlich – Jouni verstand nicht wieso – kehrte sein grüblerischer Gemütszustand vom Nachmittag wieder zurück. Vielleicht lag es am Dämmerungslicht in Stenkas Wohnung, vielleicht an *Nowhere Man*, das aus den Boxen strömte, vielleicht an einem anderen, unbekannten Faktor: Jedenfalls sah er erneut Bilder, gute und böse, genau wie im Studio, und eine strenge Hand packte sein Herz, und er wandte sich Ariel zu und sagte:

»Ich habe es ja auch getan, das weiß ich.«

Ariel hörte auf, Wein zu schlürfen, blickte auf und sah Jouni unter seiner Tolle an.

»Wassen getan?«, lallte er. Sein Kopf hüpfte beim Sprechen bedenklich auf und ab.

»Dich einen Troll und schwul genannt«, antwortete Jouni. »Hast du heute eigentlich schon irgendetwas zu dir genommen? Außer diesen Pillen, meine ich?«

Ariel machte ein Gesicht, das vermutlich listig wirken sollte, ihn aber eher irre aussehen ließ. »Was denn für Pillen? Was laberst du denn da für einen Sch-Sch-Scheiß?«, murmelte er undeutlich.

»Vergiss es«, sagte Jouni ungeduldig. »Ich weiß, dass du heute Morgen etwas genommen hast, du warst doch total weggetreten, als du ins Studio gekommen bist. Also, wie sieht es aus, hast du nun was gemampft oder nicht?«

»*Soromnoo!*«, rief Ariel plötzlich in den Raum hinein, »das interessiert mich einen Scheißdreck!«

»Verdammt, du gehst einem wirklich auf die Nerven«, sagte Jouni. Er zuckte mit den Schultern. »Ich wollte nur sagen, dass ich dir nie gesagt habe, wie leid es mir tut, dass ich dich damals verprügelt habe, als wir uns noch nicht kannten. Aber das tue ich jetzt. Du bist ein guter Mensch und hast ein verdammt gutes Lied geschrieben, und ich war damals ein Idiot, als ich dir eine geknallt habe. Also, Entschuldigung.«

Ariel blickte erneut auf. Für einen kurzen Moment schien er nüchtern geworden zu sein, als wären die Worte tatsächlich zu ihm vorgedrungen. »*Soromnoo*«, versuchte er es noch einmal, aber diesmal lag keine Überzeugung in dem Wort, er brachte nur ein Flüstern heraus. Umständlich erhob er sich von der Couch, auf der er gesessen hatte, und umfasste Jounis Schulter. »Stell dir vor, Jouni«, sagte er, »hättest du gedacht, dass wir eines Tages in derselben Band s-singen würden?« Er taumelte, fing sich wieder und fuhr fort: »Hast du gesehen, was Addi getan hat?«

»Wann getan hat?«, fragte Jouni und sah sich instinktiv nach Adriana um.

»Als Untamo Tuomi meinte, dass er mein Lied mit Streichern unterlegen will«, sagte Ariel und lallte jetzt wieder. »Sie hat mich genommen und g-geküsst, hast du das gesehen?«

»Das hat sie nicht«, entgegnete Jouni, »sie hat nur ihre Wange an deine gelegt.«

»*Soromnoo!*«, krakeelte er wieder. »Das spielt keine Rolle. Addi ist meine Königin! Als sie mich geküsst hat, ist mein Puls auf mindestens zweihundert hoch. Entschuldige, ich muss …«

Ariel verstummte mitten im Satz, stieß Jouni zur Seite und torkelte quer durchs Zimmer zum Flur, wo eine der beiden Toiletten lag. Als er davontaumelte, hielt er sich die Hand vor den Mund, und Jouni hoffte, dass er es noch rechtzeitig in die Toilette schaffen würde. Mehr konnte er nicht denken, denn im selben Moment spürte er ein aufforderndes Klopfen auf seiner Schulter. Er wandte sich um und stand Auge in Auge mit einem schwarzbärtigen Mann, der fast genauso groß war wie er selbst. Der Schwarzbärtige war älter als Jouni, vielleicht fünfunddreißig oder auch vierzig, trug einen maßgeschneiderten, hellen Anzug, hatte jedoch seine Krawatte ausgezogen und den obersten Hemdknopf geöffnet und sagte:

»Sie sind Jouni Manner, nicht wahr? Ich habe darauf gewartet, mit Ihnen sprechen zu dürfen, wollte aber nicht stören. Ich habe Sie Ende des Winters angerufen. Ich bin von der Nachrichtenredaktion im Rundfunk. Keijo Kantola, erinnern Sie sich?«

* * *

Jouni ließ Ariel im Stich, benutzte den Rundfunkmann Kantola als Entschuldigung, um seinen Freund auf Gedeih und Verderb zu verlassen. Er spürte, dass er es einfach tun musste: Er ertrug Ariel nicht mehr, nicht an diesem Abend. Lange stand er mit Kantola zusammen und unterhielt sich mit ihm, mindestens eine Stunde, vielleicht auch länger. Sie sprachen über die neue

Regierung und über die Rassenbeziehungen in den USA und die Lage in Lateinamerika, und irgendwann sah Jouni aus dem Augenwinkel, wie ein leichenblasser Ariel von der Toilette zurückkehrte, sich auf die flache Couch fallen ließ und mehr Wein einschenkte. Jouni sah seinen Freund mit einem Blick nach Gesellschaft Ausschau halten, der trübe, aber auch flackernd und furchtsam war. Er wusste, dass Ariel niemanden finden würde, nachdem er und Adriana anderweitig beschäftigt waren. Jouni war dabei, ein neues Leben zu beginnen, Ariel dagegen steckte in seinem alten fest. Er bewegte sich unter verkrachten Existenzen und wusste nicht, wie und worüber man sich in feinerer Gesellschaft unterhielt. Jouni beschloss, seinen Freund auf der Couch zu ignorieren. Er wandte den Blick ab, bevor Ariel Kantola und ihn sah, und vertiefte sich mit noch größerem Eifer in die politischen Argumentationen als zuvor.

In den frühen Morgenstunden kam ein Moment, in dem Jouni sich nach Adriana sehnte. Sein Gespräch mit Keijo Kantola hatte er da längst beendet. Mehrmals hatte er mit einer großen und schlanken Blondine getanzt, die behauptete, eine Rolle in der Lappo-Oper zu haben. Danach hatte er sich mit Alex Karjagin auf eine lange und leidenschaftliche Diskussion über Plattenaufnahmen eingelassen, bei der Karjagin ihm großzügige Schlucke aus seiner Schnapsflasche aufdrängte. Karjagin war voll wie eine Haubitze, aber glücklich, denn zehn Stunden zuvor hatte er bei Hehler Stenman seine Gitarre zurückgekauft.

Plötzlich war die große Wohnung fast leer. Draußen wich das Zwielicht nach und nach der Frühlingsnacht. Jouni stand lange an einem offenen Fenster und dachte, dass sich in den südlichen Stadtteilen sogar die Luft anders anfühlte, dass sie nicht so stickig und dunkel und vermischt mit Schornsteinrauch und den Gerüchen von Wurst und geröstetem Kaffee und Ölresten und

Bier und Pisse war wie an den steilen Anstiegen Berghälls, nein, hier war die Luft durchsichtig und klar, so klar, dass sie beinahe schimmerte, sie vertraute einem etwas über das offene Meer und die Möglichkeit an, zu wachsen und fortzugehen, sie war dem Horizont und den Weiten zugewandt. Adriana. Das war die Luft, die sie atmete, das war die Luft, die sie ihr Leben lang eingesogen hatte, trotzdem wirkte sie nicht glücklich. Jedenfalls nicht ganz und gar. Manchmal, wie am gestrigen Tag, wirkte sie alles andere als glücklich. Jouni beschloss nachzusehen, ob sie noch da war. Denn jetzt wusste er, was er von ihr wollte. Er wollte ihr sagen, dass er sie gern hatte, sehr gern, und es ihm egal war, dass sie aus dem verdammten Bürgertum stammte und Schwedisch sprach, er mochte sie trotzdem, und er wollte ihr auch sagen, dass sie sich wegen ihrer Niederlage im Studio nicht grämen sollte, Untamo Tuomi hatte ganze Generationen von Schlagersängern zu Tode erschreckt, und selbst der Beste konnte einmal einen schlechten Tag haben. All das wollte Jouni Adriana sagen und ging durch die Wohnung. Mittlerweile wurde es rasch heller, es schien ein stiller, bewölkter Tag zu werden. Es waren nur noch wenige Partygäste übrig. Keijo Kantola war gegangen, seine Tanzpartnerin war gegangen, Alex Karjagin war gegangen, die Musiker von Morning Crowd und den Namedroppers waren gegangen, die Politiker, Geschäftsleute, Stewardessen, sie alle waren fort. Ariel lag auf der Couch, auf der Jouni ihn verlassen hatte, er war eingenickt und schlief mit offenem Mund, seine Lippen waren aufgesprungen und vom Rotwein schwarz. Einige Jazzbohemiens waren noch da, spielten halblaut Platten und stritten sich mit heiseren Stimmen über Musik, aber Ariel wachte nicht auf. Jouni öffnete die Tür zu einem angrenzenden Raum. Einige Männer und Frauen saßen in einer kleinen Traube auf dem Fußboden und unterhielten sich leise. Jouni erkannte die Männer, sie waren junge, umworbene Dichter, aber er hatte ihre Namen vergessen. Einer der Lyriker sah ihn vorwurfsvoll an: Jouni hob entschuldigend die Hand, wich schnell zurück und zog die Tür hinter sich zu. Er ging weiter den Flur hinab, während die Musik lauter wurde, die Jazzfreaks hatten eine neue Scheibe aufgelegt und bei der Gelegenheit offenbar lauter gedreht. Jouni öffnete eine weitere Tür, diesmal jedoch vorsichtig.

Am anderen Ende des Zimmers gab es ein großes, relativ hoch gelegenes Fenster. Es stand offen, aber die Stadt dahinter schlief noch, entfernte Möwenschreie und sprödes Vogelgezwitscher waren die einzigen Geräusche. Mildes, graues Licht strömte ins Zimmer. Unter dem Fenster stand ein breites Bett, auf der Bettkante saß Adriana. Auf dem Fußboden lagen ein schwarzer Polojumper, eine helle Jeans und ein Unterhemd, das sie wohl unter dem Jumper getragen hatte. Vor ihr kniete Stenka Waenerberg. Er war angezogen, aber barfuß, und die Art, wie sein Hemd flatterte, verriet, dass es aufgeknöpft war. Adrianas Oberkörper war nackt, und Jouni sah auf einmal, wie dünn sie war, wie ein Vogel, ihre Schlüsselbeine zeichneten sich deutlich ab. Ihre Brüste waren spitz und klein, aber er sah immer nur eine, denn wo ihre Brüste waren, dort befand sich auch Stenka Waenerbergs Hinterkopf. Stenka küsste Adrianas Hals und danach ihre Brüste, er tat es langsam, systematisch und sehr konzentriert, und seine dunkel gelockte, aber schon leicht ergraute Haarpracht und seine Schultern und der Rücken versperrten die Sicht. Nichts jedoch versperrte den Blick auf Adrianas Gesicht. Ihre Augen waren geschlossen gewesen, öffneten sich nun aber und sahen direkt in Jounis. Er erschrak. Ihr Blick war leer, hohl, abwesend. Das war nicht die alltägliche Adriana und ebenso wenig die Adriana, die Wein und Sekt trank, ausgelassen wurde und flirtete. Und Jouni wusste: Sie hatte etwas genommen. Oder vielmehr: Der Drecksack Stenka hatte ihr etwas untergejubelt. Jouni spürte den Willen wachsen, den Willen und den Zwang, dieser Situation ein Ende zu machen, ins Zimmer zu stürzen, Stenkas Haare zu packen und seine Managerlippen von Adrianas weißer Haut fortzuzwingen. Aufs Maul. Ihm aufs Maul zu schlagen. Zwei Fausthiebe nur, damit er sie in Ruhe ließ. In die Rippen, nicht in die Visage, immerhin war er ihr Manager und Mädchen für alles.

Adriana schien in Jounis Augen gesehen zu haben, dass er sich vor dem Sprung zusammenkauerte. Sie suchte seinen Blick mit ihrem und schüttelte fast unmerklich den Kopf. Stenka verließ ihre Brüste und küsste stattdessen ihr Schlüsselbein. Adriana hielt Jounis Blick fest und schüttelte nochmals den Kopf, sah anschließend die Türklinke und danach wieder ihn an, um ihm zu signalisieren, dass er gehen solle. Dann schloss sie die Augen und schob gleichzeitig ihre Hände in Stenkas Haare, als wollte sie ihn dort halten, wo er war. Jounis Augen konnten sich nicht von ihrem Gesicht lösen. Es war schräg nach oben gerichtet, ihre Züge waren markanter als sonst, und ihre Haare sahen im schwachen Morgenlicht eher schwarz als kastanienbraun aus. Ihr Gesicht hatte einen intensiven Ausdruck, der ihn an ein Gemälde erinnerte, dessen Abbildung er in einem Buch gesehen hatte: Es ließ sich nicht entscheiden, ob Adriana litt oder genoss.

Jouni wich ebenso langsam aus dem Zimmer, wie er es betreten hatte, und zog, unendlich vorsichtig, die Tür hinter sich zu. Er ging durch den Flur, durchs Wohnzimmer und in die Küche. Er nahm sich ein Glas, füllte es mit Wasser und trank mit großen, hastigen Schlucken. Er füllte sein Glas ein zweites Mal und trank erneut. Fotograf Karnow saß allein am Küchentisch und starrte Jouni kühl und abweisend an, als wollte er signalisieren, dass er, Karnow, in der Wohnung noch etwas zu erledigen hatte, Jouni dagegen nicht. Als er die Wohnung verließ, nickte Jouni kurz den pathologisch betrunkenen Jazzfans zu. Sie bemerkten ihn nicht. Er ging ins Treppenhaus, lief sechs Treppen hinunter, stieß die Tür auf und trat auf die Straße hinaus.

Morgen.

Luft.

Licht.

Freiheit.

5

Im Juni und in den ersten zehn Tagen im Juli hatten sie Auftritte. Alles in allem sechzehn Stück, alle von Stenka Waenerberg gebucht, alle im südlichen Finnland und dem bewährten Konzept folgend: Stenkas Ford Mercury, Abholen von Jouni und Ariel in Berghäll, die kollektive Nervosität, wenn sie sich dem Jugendzentrum oder Tanzlokal näherten, die Rückfahrt durch die Nacht mit Nuortamos leisem Mundharmonikaspiel und Adriana schlafend auf der Rückbank.

Musikalisch hatte sich wenig verändert. In den Jugendzentren ernteten sie Applaus, und in einigen der kleineren Ortschaften bildeten sie sogar die Hauptattraktion des Abends. In Lappträsk vor den Toren Lovisas betrachteten sie lange das Plakat. JONI, ARIEL & ADRIANA stand ganz oben in fett gedruckten roten Großbuchstaben, und sie wussten, diese Ehre hatten sie der Tatsache zu verdanken, dass sie aus Helsingfors kamen und eine Single für eine große Plattenfirma aufgenommen hatten. In den Tanzlokalen lief es allerdings weiterhin eher schlecht. Dort sollten sie die Stimmung anheizen, und es gab immer eine sichere Karte, eine beliebte Popband wie die Islanders oder ein volkstümliches Urgestein wie Dallapé, von der das tanzhungrige und schnapsdurstige Samstagspublikum durch den restlichen Abend gelotst werden würde. Aber das Publikum wollte nicht warten:

Es hatte keine Geduld mit Joni, Ariel & Adriana, weder mit ihren akustischen Gitarren noch mit ihrem schönen, mehrstimmigen Gesang. Das Ganze endete ausnahmslos mit einer Mischung aus verstreutem Applaus und einzelnen Buhrufen, und dann sah Jouni, wie sich Adrianas Trauermantel meldete: Es passierte jedes Mal.

Ariel schien das alles nicht mehr zu interessieren, Applaus und Buhrufe waren ihm offenbar völlig egal. Mittlerweile war er auf dem besten Weg, ein richtiger Langhaariger zu werden, und hatte außerdem seinen Plan in die Tat umgesetzt und sich einen langen, filzigen Bart und Koteletten stehen lassen, die Alex Karjagins in Üppigkeit Konkurrenz gemacht hätten, wenn sie nicht so unregelmäßig und hell gewesen wären. Ariel lebte in diesem Sommer in seiner eigenen Welt, er war zerstreut und unnahbar und schien von den Einkünften aus ihren Auftritten zu leben: Hullu-Hurme und Stenman hatten Jouni gesagt, dass niemand es mehr wage, Ariel als Schnapsverkäufer oder Kurier einzusetzen, er gelte als unzuverlässig, außerdem errege sein immer aparteres Aussehen die Aufmerksamkeit der Polizei.

Eines Nachts fuhren sie nach einem missglückten Auftritt in Lojo auf der Autobahn Richtung Helsingfors. Ariel hatte verlangt, seine Gitarre mit ins Auto nehmen zu dürfen, aber es war eng auf der Rückbank, und die Stimmwirbel hatten an Jounis Hinterkopf bereits eine kleine Wunde aufgekratzt. Dennoch bestand Ariel darauf, weil er an einem neuen Song schrieb. Die ganze Fahrt über saß er da, summte und schlug Akkorde an, und als sie sich der Stadt näherten – sie fuhren gerade durch Kilo –, platzte er mit den Worten *das ist keine Straße, das ist eine blutende Wunde* heraus: Melodie und Phrasierung erinnerten an Bob Dylan. »Nein, verdammt«, fauchte Jouni gereizt, »jetzt hältst du verdammt noch mal den Mund!« Ariel verstummte und schmollte für den Rest der Fahrt.

Seit dem Winter hatten sich einige Dinge verändert. Die Nächte zum Beispiel: das magische Licht, das Grün, der Duft der Schotterpisten nach Regen, die Nebelschwaden an den Wiesenrändern, die Elche, die auf die Äcker hinaus glotzten, das hysterische Vogelgezwitscher bei Sonnenaufgang. Das war so anders, als durch die kompakte Dunkelheit des Januars mit ihren hohen Schneewällen in jeder Kurve zu schlittern.

So anders auch dies: Adriana schlief nicht mehr mit dem Kopf auf Jounis oder Ariels Schulter gelehnt, sie saß auf der Rückbank aufrecht zwischen ihnen, und wenn sie einnickte, ließ sie ihren Kopf weder nach links noch nach rechts fallen. Und Stenka Waenerberg war entspannter und schlagfertiger als je zuvor, er war so lässig und wortgewandt, dass es schon wieder angespannt, sogar gekünstelt wirkte. Stenkas Haltung Adriana gegenüber war ambivalent, als könnte er sich nicht entscheiden, ob er sie anbeten oder abweisen sollte, weil sie so jung und zerbrechlich war. Ariel schien nicht zu begreifen, was vorging, und ließ keine giftigen Kommentare über Stenka mehr fallen und kommentierte auch sonst nichts, er schien an fast allem das Interesse verloren zu haben. Jouni begriff dagegen nur zu gut, was Stenka tat: Er versuchte zu vertuschen, dass er mit Adriana schlief. Allerdings wusste Jouni nicht, ob Adriana Stenka erzählt hatte, dass Jouni in der Tür zum Schlafzimmer gestanden und gesehen hatte, wie er Brüste, Hals und Schlüsselbein geküsst hatte. Adriana und Jouni sprachen kaum noch miteinander. Sie gingen unbeholfen und förmlich miteinander um, selbst auf der Bühne merkte man, dass sie sich mit Scheu begegneten. So war er, dieser Sommer: im Ford Mercury, im Probenraum, überall herrschte eine ungemütliche Stimmung. Die alte Ungezwungenheit kehrte nur zurück, wenn Ariel aus seiner Lethargie erwachte und wieder ganz der Alte war. Dann leitete er die Spannung zwischen Jouni und Adriana ab, dann konnten sie scherzen, wie sie es immer getan hatten, rau, aber dennoch zärtlich. Plötzlich waren sie wieder ein Trio, drei eingespielte Freunde, und die Kommentare flogen fröhlich und respektlos und ohne Scheu vor Frechem oder Absurdem hin und her. Doch diese ungezwungenen Momente blieben kurz, und schon bald waren sie wieder im Alltag: Nortamo blies sachte in seine Mundharmonika, Adriana saß aufrecht auf der Rückbank und wirkte abweisend, Ariel spielte auf seiner Gitarre, Jouni schaute aus dem Fenster und grübelte darüber nach, ob er den Job annehmen sollte, den Keijo Kantola ihm angeboten hatte, und Stenka Waenerberg fuhr den Wagen und betrachtete im Rückspiegel verstohlen Adrianas Gesicht, wenn sie eingeschlafen war.

Seit Stenka Waenerberg ihr Manager war, hatten sie den südlichsten Streifen des Landes recht gut kennengelernt. Sie hatten ihn kreuz und quer durchfahren, von Åbo im Westen bis nach Fredrikshamn im Osten. Nördlicher als Tammerfors waren sie allerdings nie gekommen.

Finnland war ein seltsames Land voller seltsamer Menschen. An der Oberfläche war der Lebensstil streng und formell, darunter war das Leben brutal. Eine Machermentalität, die Fähigkeit zu improvisieren, war aus den Kriegen haften geblieben, aber gleichzeitig verfolgten die Menschen ehrliche Absichten und waren leicht zu täuschen. Gerissenen ausländischen Besuchern fiel an den Finnen eine fast jungfräuliche Qualität auf, einen an Einfalt grenzenden Glauben an das Gute und Zuverlässige im Menschen.

Diese Gutgläubigkeit florierte auch im Süden, obwohl dort die größten Städte lagen. Es war ein Land, in dem sieben von acht Mitgliedern der spanischen Tanzkapelle Carlos Romer & Los Hidalgos nach einem nur einmonatigen Frühlingsengagement im Restaurant Fiskartorpet in Helsingfors eine Vaterschaftsklage am Hals hatten. Der Einzige, der ungestört das Land verlassen konnte, war Carlos Romero selbst, der sich in Grund und Boden schämte, als er sich an Bord der Fähre Bore III nach Stockholm schlich: Seine Virilität und seine sexuellen Vorlieben wurden plötzlich stark in Frage gestellt.

Es war ein Land, in dem gastierende amerikanische Jazzgrößen bei den Jamsessions ihre Soloeinsätze verpassten, weil ihre Mitmusiker immer »Take your hug, Steve!« riefen, ohne zu begreifen, dass sich die Bedeutung des lokalen Slangausdrucks *hugi* niemandem erschloss, der in Manhattan auf der 127th Street aufgewachsen war. Es war ein Land, dessen Hauptstadt soeben eine Touristenbroschüre herausgegeben hatte, in der Gästen aus fernen Ländern mitgeteilt wurde, Männer könnten mittags ohne Krawatte essen gehen, sofern ihr Hemd unifarben und adrett sei, nach achtzehn Uhr verlangten die Restaurants jedoch ausnahmslos eine Krawatte und einen unifarbenen Anzug in gedeckten Farben, während die Damen ein Kleid tragen sollten, nur in Ausnahmefällen könne ein diskretes Kostüm toleriert werden.

Es war, kurzum, ein Land, für das ein sprachkundiges Folktrio mit einem modernen und internationalen Repertoire von großem Nutzen hätte sein können. Und genau darauf warteten Ariel, Adriana, Jouni und Stenka, wenn sie im Mercury saßen und sich durch die Juni- und Julinächte schwiegen: dass ihr Lied ein Erfolg werden würde, ein großer Erfolg.

Aber es passierte nichts. Nach dem 12. Juli waren keine weiteren Auftritte gebucht – Adriana wollte mit einer Freundin nach Stockholm und Kopenhagen reisen –, und bis dahin war ihre Platte wenige Male im Radio gespielt und ein paar hundert Mal verkauft worden. Der letzte Auftritt war in Hangö, und auf dem Heimweg versuchte Stenka Waenerberg, ihnen Mut zu machen, er sagte, *Geh nicht einsam in die Nacht* werde es bestimmt noch schaffen, es sei ein so schöner Song, dass er einfach Erfolg haben müsse. Aber im tiefsten Inneren wusste Stenka genau wie die anderen: Die Sache war gelaufen, Ariels Meisterwerk war es nicht gelungen, das Interesse der Welt zu wecken.

* * *

Am letzten Samstag im Juli fand eine große Party statt. Adriana war eben erst von ihrer Reise zurückgekehrt, und wegen ihr waren auch Jouni und Ariel eingeladen worden, da waren sich die beiden sicher: Die Fete fand bei Sam Karnow auf der Insel Drumsö statt, und der selbstsichere Fotograf hatte sie nie auch nur andeutungsweise freundlich oder mit Interesse behandelt, im Gegenteil, er hatte sich den beiden gegenüber ausgesprochen arrogant gegeben.

Jouni und Ariel trafen sich ein paar Stunden vor Beginn der Party in ihrem Probenraum. Es war Ariels Idee gewesen, und sie hatten darüber gesprochen, ein bisschen zu spielen und zu singen, ihr Repertoire aufzufrischen. Stillschweigend beabsichtigten sie jedoch, ihre Nervosität vor dieser Party mit Alkohol zu bekämpfen, von der sie ahnten, dass sie in besseren Kreisen stattfinden würde. Beide hatten Flaschen dabei, Ariel sowohl Wodka als auch Branntwein, Jouni zwei Flaschen algerischen Rotwein. Jouni nahm an, dass Ariel auch noch anderes dabeihatte, und hatte sich geschworen, falls Ariel etwas herausholen sollte, würde er ihm gehörig die Meinung sagen und seinen Freund bitten, sofort mit diesem Mist aufzuhören. Adriana hatte nicht kommen können, sie müsse noch etwas erledigen, hatte sie gesagt, aber Jouni ging davon aus, dass sie mit Stenka Waenerberg zusammen war, wahrscheinlich lag sie in seinem Bett. Es waren zwei märchenhafte Sommerwochen gewesen, und die Hitzewelle wollte nicht enden. Obwohl das Sonnenlicht nur als Widerspiegelung von den Fenstern auf der anderen Straßenseite in den kleinen Kellerraum hinabreichte, war es darin stickig und heiß. Jouni und Ariel spielten und sangen ein bisschen halbherzig – zunächst *House of the rising sun*, dann auf Finnisch *Jo riitää*, die finnische Version von *The last time* und danach *I am a rock* –, während sie Schlucke aus ihren Flaschen nahmen. Ihre Zigaretten schwelten die meiste Zeit im Aschenbecher, aber Ariel zog nichts anderes heraus, traute sich vielleicht nicht. Von Zeit zu Zeit warf er schiefe, scheue Blicke auf Jouni, die diesem nicht entgingen, es waren Blicke, die zu sagen schienen: *Ich warte, bis du mich nicht siehst.*

Sie probten *Geh nicht einsam in die Nacht*, stellten jedoch fest, dass es ohne Adriana dünn und seelenlos klang. Ariel sang ein neugeschriebenes Lied, und sie verbrachten einige Zeit damit, eine zweite Stimme dafür zu suchen, aber dann meinte Ariel, der Song sei noch nicht fertig. Jouni hatte das Mittelstück wiedererkannt, es war die Melodie, die Ariel auf ihrer nächtlichen Heimfahrt nach dem schlechten Auftritt in Lojo gesummt hatte.

»Mann, ist das heiß«, sagte Jouni, trank einen Schluck Wein, riss ein Streichholz an und zündete sich eine weitere Zigarette an. Wegen der Hitze hatte er sein T-Shirt ausgezogen, und Ariel war seinem Beispiel gefolgt, er hatte sein oranges Hemd ausgezogen, und Jouni verblüffte es wieder einmal, wie furchtbar mager sein Freund war. Und wie üblich bleich, so bleich wie ein Gespenst. Wahrscheinlich hatte er den ganzen Sommer über in seiner Bude gesessen und Gitarre gespielt. Jouni fragte sich mal wieder, wie Ariel an Geld kam, seit die Gangster in Rödbergen ihm keine kleinen Aufträge mehr gaben.

»Mhm … heiß. Sicher.« Ariel klang um Anwesenheit bemüht, aber dennoch wolkig zerstreut. So klang er immer, wenn er allmählich betrunken wurde, und Jouni versuchte, für etwas bessere Stimmung zu sorgen.

»Wird es nicht langsam Zeit, das Ding da mal zu waschen?«,

fragte er und zeigte auf das orangene Hemd, das in einem unförmigen Haufen auf dem schmutzigen Fußboden lag.

»Ich *habe* es gewaschen«, murrte Ariel. »Besser gesagt, Addi, zwei Mal«, berichtigte er sich.

Ariels Blick war schon getrübt, und Jouni beschloss, den Stier bei den Hörnern zu packen und zu reden, ehe es dafür zu spät sein würde.

»Ich glaube, wir müssen den Tatsachen ins Auge sehen, Ari«, sagte er. »Es ist nicht so gut gelaufen mit unserer Single.«

Ariel blickte auf. Jouni sah, dass er schluckte, sein Adamsapfel hüpfte.

»Ich habe neue L-Lieder«, sagte Ariel leise. »Viele.«

»Das ist gut«, beeilte Jouni sich zu sagen, »mir ist nicht entgangen, dass du deine schöpferische Ader gefunden hast. Aber …«

»M-Manche von ihnen sind b-besser als *Geh nicht*«, unterbrach Ariel ihn, und sein Gesicht verzerrte sich, als er gegen das Stottern ankämpfte, das ihm in die Quere kam. »Beim n-nächsten Mal …«

»Ari«, sagte Jouni, »ich bin mir nicht so sicher, dass es ein nächstes Mal geben wird. Zumindest nicht für mich. Ich habe mir überlegt … ich glaube, ich will auf etwas anderes setzen. Das Studium … im Frühjahr bin ich an der Uni zu nichts gekommen. Außerdem habe ich einen guten Job angeboten bekommen und …«

»W-Wo denn?«, erkundigte sich Ariel. Jouni war sofort verstummt, als er merkte, dass sein Freund ihm ins Wort zu fallen versuchte.

»Beim Radio«, sagte Jouni. »Nachrichten und Aktuelles.«

»Bist du s-s-sicher?«, sagte Ariel. »Wir haben h-h-hart gearbeitet, um so gut zu werden, wie wir sind. Und was d-denkst du, was Addi dazu sagt?«

»Ich bin mir sicher«, erwiderte Jouni. »Und ich möchte, dass du und ich Freunde bleiben. Aber ich bin weder Sänger noch Musiker. Ich möchte andere Dinge machen. Und Addi kann sagen, was sie will. Mir geht es um dich. Was *du* meinst.«

Ariel erwiderte nichts. Er beugte sich über seine Gitarre, drehte den Kopf weg und begann, Phrasen und Akkordfolgen aus verschiedenen Songs zu spielen. Auch Jouni blieb stumm. Er nahm an, dass Ariels Stimme bei dem Versuch zu sprechen gezittert hätte. Und mit jedem neuen Satz wäre sein Stottern nur noch schlimmer geworden. Er wollte Ariel nicht noch mehr wehtun. Ein schräger Sonnenstrahl fiel durch das kleine Fenster, er wurde von einem Haus auf der anderen Straßenseite reflektiert. Jouni warf einen Blick auf seine neue Armbanduhr: kurz nach sieben. Sie schwiegen eine Weile, tranken und rauchten, Ariel spielte auf seiner Gitarre. Dann packten sie ihre Sachen zusammen, schlossen ab und gingen zum Bus nach Drumsö. Im Bus sagte Ariel immer noch nichts, starrte nur aus dem Fenster und kraulte von Zeit zu Zeit nervös seinen zotteligen Bart.

Sam Karnow wohnte in der Nähe des Meerufers in einem neu gebauten, zweistöckigen, roten Backsteinhaus. Es gab nur vier Wohnungen darin, und jede verfügte über einen elektrischen Türöffner und eine eigene Garage mit einem lackierten Tor aus hellem Holz. Karnows Wohnung lag in der oberen Etage. Sie war groß, aber asketisch möbliert, es gab viel freie Fläche, und das Gefühl von Geräumigkeit wurde von den wenigen, scheinbar wahllos verteilten Möbeln ultramodernen Zuschnitts und den abstrakten Gemälden und vergrößerten Fotos – Karnows eigenen – an den weißen Steinwänden noch unterstrichen. Ein langgestreckter Balkon verlief parallel zu dem Teil der Wohnung, der nach Norden und zum bewaldeten Ufer hin lag, und auf diesem Balkon verbrachten Jouni und Ariel die erste Stunde nach ihrer Ankunft.

Gekommen waren ungefähr dieselben Gäste wie zu Stenka Waenerbergs Einzugsparty gut zwei Monate zuvor. Es gab vielleicht nicht ganz so viele Prominente, dafür aber mehr unbekannte, aber blendend schöne junge Frauen und Männer als bei Stenka, der natürlich auch da war und eine helle Hose und einen eleganten Anzug mit Pepitamuster trug. Anfangs wich Adriana nicht von seiner Seite und hatte sich bei ihm eingehakt. Sie trug hochhackige Sandalen, einen braunen Wildlederrock und eine lila Bluse. Ihre Beine waren braungebrannt und schlank und passten gut zu dem kurzen Rock, und als sie zusammen mit Stenka auf den Balkon hinaustrat, musste Jouni auf den Hof hinunterschauen, damit sein Herz aufhörte, wild zu pochen.

Der Manager und sein Trio standen eine Weile auf dem Balkon zusammen und machten Konversation. Adriana, Stenka und Jouni redeten, Ariel sagte kein Wort. Es ging vor allem um Adrianas Reise und ihre Erlebnisse. Ihre Freundin und sie waren nie bis Kopenhagen gekommen, sondern nur durch Schweden gereist. Adriana hatte in Göteborg ein Konzert des Liedermachers Cornelis Vreeswijk besucht und war in Stockholm in Nachtclubs gegangen, die Bobbadilla und Manzanilla und so weiter hießen. Während sie erzählte, hatte sie den Arm um Stenkas schwarzweiß karierten Anzugärmel gelegt und warf ihm gelegentlich kurze, glückliche Blicke zu.

Als Adriana ihren Bericht beendet hatte, machte Stenka Vorschläge für den Herbst: Er schlug Auftritte in Helsingfors und Umgebung vor und meinte, dass sie Geduld haben sollten, man wisse nie, noch sei es nicht zu spät für *Geh nicht einsam in die Nacht*, sie sollten nur an *Die Botschaft des Abendwinds* denken, sagte er, immerhin habe es ein ganzes Jahr gedauert, bis die Aufnahme des Chors »Die erwachsenen Männer« Erfolg hatte. Als sich das Gespräch dem Thema Musik zuwandte, erwachte auch Ariel zum Leben, und Jouni befürchtete, er könnte etwas ausplaudern. Jouni hatte weder Adriana noch Stenka erzählt, dass er aussteigen wollte. Es war ihm wichtig gewesen, dass Ariel es als Erster erfuhr, und er spürte, er würde es nicht ertragen, jetzt noch jemanden einzuweihen. Ariels stumme Vorwürfe hatten ihm gereicht, er würde sich Adrianas ironischen Spitzen und Stenkas Überredungslitaneien an einem anderen Tag stellen müssen, morgen vielleicht. Ariel schien jedoch nicht die Absicht zu haben, Jouni bloßzustellen, er sagte nur: »Ein Album … wir sollten ein Album aufnehmen.« Stenka wand sich, und sein Blick flackerte rastlos, als er antwortete: »Eine LP? Das … ich habe schon lange nicht mehr mit Untamo geredet. Und mit den anderen Jungs von Sonovox auch nicht, ehrlich gesagt. Aber die nächsten Wochen ist noch Urlaubszeit, dann sehen wir weiter.« Er entdeckte einige Mitglieder von Morning Crowd, die am anderen Ende des langen Balkons durch die Tür traten. Sie waren in Gesellschaft von Jugi Eskelinen und zwei blonden Mädchen in Jeans und ärmellosen Blusen. Stenka winkte ihnen eifrig zu. »Entschuldigt mich, ich will nur … wir reden später weiter«, sagte er schnell und zog mit Adriana ab.

Diesmal legte sich Jounis Schüchternheit wesentlich schneller als bei der Party im Mai. Vielleicht wollte er auch nur nicht Gefahr laufen, auf noch einer Fete bei einem benebelten Ariel hängen zu bleiben: Jedenfalls verschwand Jouni Uolevi Manner nun mit einem Eifer und einer gewinnenden Art im Getümmel, die ihn selbst erstaunte. Ariel blieb in seiner Balkonecke, in der er noch Gitarre spielte, als Jugi Eskelinen eine gute halbe Stunde später zu ihm stieß. Ariel versuchte, die Akkorde und die Melodie zu finden, die ihm noch für den Song fehlten, den er Jouni versuchsweise vorgesungen hatte, und war nicht sonderlich gesprächig: Seine Wodkaflasche war schon leer, und die Branntweinpulle nur noch halb voll. Jugi Eskelinen hatte den Sommer über Musiker für ein Bandprojekt gesucht. Er hatte bereits einen Sänger, einen Bassisten und einen Schlagzeuger, aber ihm fehlten noch ein Organist und ein zweiter Gitarrist. Jugi wollte, dass die neue Gruppe mit dem vorläufigen Namen The Bukka Men sowohl Blues als auch Pop spielen sollte, aber auf eine erdigere und bissigere Art, als sie bisher jemand gespielt hatte, auf eine Art, die man am ganzen Körper spürte. Er hatte mit Alex Karjagin gesprochen und versucht, ihm auf den Zahn zu fühlen, ob Alex sich möglicherweise vorstellen könne, Instinct zugunsten eines neuen und ehrgeizigen Projekts zu verlassen? Jugi hatte erkennen müssen, dass Alex ein loyaler Mensch war, der seine Popband fast so sah wie ein Soldat im Krieg seine Einheit. Danach hatte Jugi mit Willehard Halén von Morning Crowd gesprochen, aber bei ihm war es das Gleiche: *kaveria ei jätetä*, einen Kameraden lässt man nicht im Stich. Daraufhin war ihm Ariel Wahl eingefallen, mit dem man nur schwer ins Gespräch kam und der zudem schwer einzuschätzen war, sich bei den Plattenaufnahmen im Mai jedoch als ein guter Musiker erwiesen hatte.

Ariel stand nicht einmal auf, um ihn zu begrüßen, und blieb während ihres gesamten Gesprächs an die Balkonwand gelehnt sitzen und spielte ununterbrochen Gitarre.

Jugi versuchte, an ihre gemeinsame Leidenschaft zu appellieren. »Das ist eine Levin«, sagte er. »Wo hast du die her?«

»Mein Alter hat sie mir da gelassen«, antwortete Ariel kurz angebunden und spielte weiter.

»Dein Alter war Gitarrist?«, versuchte Jugi es weiter.

»Weiß der Teufel«, murmelte Ariel. »Meine Mutter behauptet, dass er Trompete gespielt hat.«

»Wie bitte?«, fragte Jugi höflich.

»Trompete. Er war Trompeter«, murmelte Ariel nur unwesentlich lauter. »Er ist bei einem Autounfall gestorben. In Schweden.«

»Und warum dann die Gitarre?«, hakte Jugi nach.

»Was weiß ich. V-Vielleicht war er ja hochbegabt«, meinte Ariel und lächelte schief und in sich gekehrt. Jugi beschloss, Ariels seltsames Verhalten zu ignorieren, und erzählte ihm energisch von The Bukka Men. Ariel schien eher zerstreut zuzuhören, aber seine Antwort war überraschend klar.

»Ich weiß, wie gut du bist«, sagte er Jugi. »Und ich weiß, dass deine Band groß herauskommen wird. Aber ich will nur meine eigenen Lieder s-spielen. Für eine Band bin ich nicht geschaffen.«

Als Ariel Jugi Eskelinens Angebot ablehnte, stieß Jouni in einem anderen Winkel der Wohnung auf Adriana. Ihre sonnige Laune war wie weggeblasen. Der Absatz ihrer rechten Sandale war abgebrochen, sie humpelte und schaute sich ununterbrochen um.

»Irgendwo Waenerberg gesehen?«, fragte sie beiläufig aus dem Mundwinkel, als sie Jouni sah, der den Kopf schüttelte und in ihre braunen Augen schaute. Adriana nannte Stenka in letzter Zeit »Waenerberg«, wenn er nicht dabei war, sie hatte im Frühjahr damit angefangen und versuchte so wahrscheinlich zu verhindern, sich zu verlieben. Es war ihr nicht gelungen, denn Jouni sah, dass der Trauermantel erneut in ihrem Inneren flatterte: Er schlug gegen die Wände, er schlug immer wieder gegen sie, und seine dünnen Flügel bekamen Kratzer und wurden wund.

»Mach dir keine Sorgen, du wirst ihn schon finden«, antwortete Jouni und hörte, dass seine Worte falsch und banal klangen. »Hier gibt es viele Zimmer, in denen er sein könnte«, fügte er hinzu, aber das klang auch nicht besser.

Adriana begegnete seinem Blick, der Schmetterling war kurz zur Ruhe gekommen.

»Du bist lieb, Jone«, sagte sie und senkte verlegen den Blick.

Dann schaute sie auf und fuhr fort: »Es gibt da etwas, ich wollte …« Sie wusste nicht weiter, versuchte es aber noch einmal: »Ich wollte dich fragen … Meine Eltern haben ein paar Bekannte, furchtbar reiche Leute, sie heißen Ervander, und ihr Sohn Mikko ist im Frühjahr übel zugerichtet worden. Und ich habe … nun ja, ich habe Gerüchte gehört, die sagen, das hättest du getan.«

Sie sah ihm in die Augen, zwar scheu, aber fest entschlossen, die Wahrheit zu erfahren. Jouni begegnete ihrem Blick, blieb aber stumm, er wartete. Adrianas Augen begannen zu flackern.

»Na ja, das ist natürlich nur ein Gerücht … nur Klatsch.«

»Und *wer* verbreitet solche Gerüchte?«, fragte Jouni ruhig.

»Ich weiß es ehrlich gesagt nicht«, antwortete Adriana nervös. Sie machte eine ausladende und schwer zu deutende Handbewegung und ergänzte: »Du weißt ja, in meinem Viertel …«

»Glaubst du wirklich, dass ich zu so etwas imstande sein könnte?«, fragte Jouni und klang bedrückt.

»Nein, natürlich nicht«, entgegnete Adriana schnell. »Aber ich weiß, dass du dich oft geprügelt hast, als du jünger warst. Und dass du Raikka Hurme kennst und so …«

»Und warum sollte ich … wie hieß dieser Typ, Nervander?«

»Ervander.«

»Ja … warum sollte ich diesen armen Ervander misshandeln wollen, den ich nicht einmal kenne?«

Adriana lehnte sich vor und strich ihm hastig über die Wange.

»Entschuldige, Jone«, sagte sie. »Ich bin ein Idiot.«

Der gequälte Ausdruck tauchte wieder in ihren Augen auf, und Jouni beeilte sich, die Rolle zu wechseln.

»Das macht doch nichts, Addi«, sagte er sanft und berührte leicht ihre Schulter. »Ich weiß, dass die Leute sich über mich das Maul zerreißen. Und daran bin ich selber schuld. Ich habe früher eine Menge Dummheiten angestellt.«

Adriana lächelte, aber das Lächeln erreichte ihre Augen nicht. Sie blieben ernst, und ihre Stimme war nachdrücklich, als sie sagte: »Hast du jemals daran gedacht, dass du schon in mir bist?«

Jouni zuckte zusammen und errötete gegen seinen Willen heftig, er spürte, wie sein Gesicht glühend heiß und verschwitzt wurde.

»Wie … wie meinst du das?«, fragte er, und seine Stimme klang belegt.

»Nimm aus meinem Nachnamen das *us* und ein *s* weg«, sagte Adriana. »Was bekommst du dann?«

Jouni überlegte und begriff. Er hatte nie daran gedacht. Sein Herz schlug wie ein Schmiedehammer, aber er hoffte, dass man es weder hörte noch ihm ansah.

Während der Sonnenuntergang näherrückte, wurde die Party immer chaotischer. Karnow ließ laute Popmusik laufen, und es gab viel freie Fläche. Die Leute tanzten, und je weiter der Abend fortschritt, desto wilder und hemmungsloser tanzten sie. Eine kleinere Gruppe hatte sich in eines der Schlafzimmer zurückgezogen, aus dem man lautstarkes Lachen hörte, und wenn man sich der Tür näherte, stieg einem ein süßlicher Geruch in die Nase. Jouni wusste, dass dieser Geruch nicht von gewöhnlichen Zigaretten stammte, und fragte sich, ob Ariel in dem Raum war. Aber die Tür war abgeschlossen, es ließ sich nicht feststellen. Mitten im allgemeinen Getümmel klingelte das Telefon, es war ein Ferngespräch aus London. Karnow ließ die Musik kurz abstellen, und die Gäste hörten einen befreundeten britischen Fotografen so laut Superlative in den Hörer brüllen, dass die Umstehenden jedes Wort verstanden. Der desinteressierte Karnow antwortete in einem trockenen und gemessenen Oberklasseenglisch: »No, I'm afraid we haven't watched the game at all. I'm not even sure it's aired ... Sorry? ... Horst who? I'm not familiar with anybody named ... Oh? ... No, not Hurst either.«

Kurze Zeit später stand Jouni auf dem langen Balkon. Er hatte sich zu einer größeren Gruppe gesellt, die meisten anderen waren Frauen, und er fand sie alle schön. Er schaute sich nach Ariel um, doch der hatte den Balkon verlassen, was Jouni in dem Verdacht bestärkte, dass sich sein Freund in dem Zimmer mit dem süßlichen Geruch aufhielt. Er machte sich innerlich eine Notiz, später nach Ariel zu suchen. Vielleicht auch nach Adriana. Sie hatte ihn genauso plötzlich verlassen, wie sie aufgetaucht war, sie werde weiter nach dem verschwundenen Stenka suchen, hatte sie gesagt und Jouni mit hochrotem Kopf stehen gelassen. Jouni beschloss, Adriana zu vergessen. Er war jünger als sie, aber alt genug, um zu verstehen, dass sie Ärger bedeutete. Außerdem hatte er manchmal das Gefühl, dass sie mit ihm spielte. Darüber hinaus wusste er, dass er Charme hatte, es fiel ihm nicht weiter schwer, Frauen zu bekommen, er brauchte sich nicht mit den Launen eines seltsamen Mädchens aus der Oberschicht herumzuschlagen. Er entschied sich für eine der jungen Frauen auf dem Balkon, eine dunkelhaarige Musikstudentin, mit der er bereits ein paar Worte gewechselt hatte: Sie hieß Terhi, war neunzehn und spielte Querflöte und Klavier.

Eine Viertelstunde verging, eine halbe Stunde, Jouni blieb, wo er war. Die Sonne stand mittlerweile knapp über den Inseln Lövö und Granö, bald würde die Dämmerung einsetzen. Aber es war immer noch heiß, und eine der jungen Frauen auf dem Balkon, eine sommersprossige Blondine, zog ihre Bluse aus und rief, sie wolle schwimmen gehen. Jouni und Terhi gehörten zu der kleinen Gruppe, die ihr zum Wasser folgte. Dort zogen sie sich zurück, setzten sich auf einen umgestürzten Baumstamm und betrachteten die Stadt. Jouni hatte Helsingfors noch nie aus dieser Richtung gesehen, er hatte die Stadt aus der Ferne von

Stenudden und Sveaborg aus gesehen, doch nun fiel sein Blick auf einen neuen und fremden Ort. Ganz oben im Nordwesten stand das neue Krankenhaus im Stadtteil Mejlans, Scherzbolde hatte das riesige Gebäude »Hilton« getauft, und jetzt war es fertig und schimmerte blau und golden auf seinem Felsen. Hinter dem Hilton sah man die Kinderklinik, den Stadionturm, das Riesenrad des Vergnügungsparks Borgbacken, zwei Kirchtürme, die Jouni nicht identifizieren konnten, und das Hotel Torni, aber dort schien die Stadt zu enden: die neue Lappviks-Brücke und die Industriegebäude auf Sundholmen verdeckten den Dom und die Uspenski-Kathedrale und alles andere, was im Osten lag. »Hübsch, was?«, fragte Jouni und grübelte gleichzeitig darüber nach, ob er es schon wagen sollte, sie zu küssen. »Ja«, antwortete Terhi und sah ihn ernst an, »das ist schön«, und dann waren sich ihre Lippen bereits so nahe, dass sie sich fast berührten, und sie mussten es nur geschehen lassen. Zwischen den Küssen registrierte Jouni, dass die Sonne hinter dem Waldrand versunken war und in der Stadt die Lichter angingen. Er sah, dass die anderen Zweige und Äste gesammelt und am Ufer ein Lagerfeuer angezündet hatten, obwohl dies verboten war, er sah, dass die Blondine es geschafft hatte, auch die anderen zum Schwimmen zu bewegen, denn es plantschten und lärmten mindestens zehn Leute im seichten Wasser, von denen einige nackt waren, während andere in Unterhose und Hemd schwammen, und vom Haus schallte ein intensives Stimmengewirr herunter, aber noch lauter ertönte *Lady Jane*, die wehmütige Melodie hallte durch die laue und trockene Luft bis zum Ufer, wo sich die Dunkelheit allmählich vertiefte und die Haut nach und nach die Wärme abgab, die sie während dieses langen heißen Tages gespeichert hatte. Terhis Haut brannte fast, aber ihre Lippen waren seltsam kühl und ihr Mund feucht, und Jouni schob eine Hand unter ihre Bluse, und sie wehrte sich nicht, und er ahnte, dass es in dieser Nacht klappen könnte, es erschien ihm möglich, dass sie am Ende bei ihr oder bei ihm landeten, welch ein Glück, dass er endlich eine eigene Wohnung hatte, statt bei Frau Toropainen zu wohnen, bei der er sich wie ein Dieb ins Haus hatte schleichen müssen, wenn er in Gesellschaft gewesen war. Seine Wohnung lag natürlich weit draußen in den Vorstädten, und nachts fuhren keine Busse dort hinaus, aber man konnte natürlich ein Taxi nehmen, was ein kleines Vermögen kostete, aber Terhi zuliebe würde er sich das gönnen können, das war sie ihm wert. Und dort am Ufer dachte Jouni, was seit der Aufnahme von *Geh nicht einsam in die Nacht* in ihm gekeimt hatte und nun die Form all dessen annahm, was in dieser Nacht zusammenwirkte, Terhi, ihre Haut, ihr Mund, ihre Brustwarze, die steif wurde, wenn er sie berührte, aber auch der Feuerschein und Rauchgeruch des Lagerfeuers am Ufer, die plantschenden und johlenden Menschen im flachen Wasser, die Lichter, die im Norden in der Stadt angingen, Mick Jagger, der von Lady Jane sang, das alles kristallisierte sich in Jouni zu sieben distinkten Worten: *Besser als jetzt wird es nie mehr.*

Jouni und Terhi waren die Letzten, die das Ufer verließen. Sie gingen eng umschlungen durch das kleine Wäldchen und hörten es in dem frisch gelöschten Feuer hinter ihnen zischen, und im selben Moment ertönte der Schrei. Er kam vom Haus, es war ein kurzer, aber lauter Schrei wie von einem verwundeten Tier, er übertönte die Musik und die Stimmen. Als der Schrei verstummte, lief die Musik weiter wie zuvor, auch das Stimmengewirr verstummte nicht, klang aber gedämpft, da viele Gäste bereits heimgefahren waren, während der letzten Stunde hatte sich auf der Straße ein gleichmäßiger Strom von Taxis in beide Richtungen bewegt.

Jouni wollte nur schnell nach seinem Jackett suchen, das er

irgendwo abgelegt hatte. Als er im Haus umherging, nahm er jedoch ein Geräusch wahr, das wie ein schiefer Ton, eine Dissonanz unter dem Partylärm lag. Irgendwo weinte jemand, wahrscheinlich in einem der Schlafzimmer. Jouni nahm an, dass es dieselbe Person war, die auch geschrien hatte, und er wusste nicht, warum, aber er war sich sofort sicher, dass es Adriana war. Er fragte sich, wo Ariel steckte, war er vielleicht gar nicht mehr auf der Party? Jouni war hin- und hergerissen zwischen seiner Lust auf Terhi, die deutlich zeigte, dass sie mit ihm fahren wollte, und der Fürsorge, mit der sie sich so lange umeinander gekümmert hatten, Addi, Ari und er. Er bat Terhi, kurz zu warten, und ging in die Richtung, aus der das Schluchzen kam. Sein Weg führte an der Küche vorbei, in der Karnow im Kreise einiger Gäste saß.

»Was ist passiert?«, fragte Jouni und zeigte mit dem Daumen in die Richtung, aus der das Geräusch kam. »Wer ist das?«

»Musst du das wirklich noch fragen?«, entgegnete Karnow. Die Frau neben ihm, eine stark geschminkte Brünette, lachte auf. »Es ist deine Freundin Addi, wer sonst«, ergänzte Karnow hart.

»Ja, aber was ist passiert?«, erkundigte sich Jouni und spürte, wie das Tier in ihm zum Sprung ansetzte.

»Sie hat getrunken«, sagte Karnow und nippte an dem Whisky, der vor ihm stand, die Eiswürfel klirrten im Glas. »Wenn du mich fragst, viel zu viel. Sie ist zu mir gekommen und wollte wissen, wann und warum Stenka gegangen ist. Und ich bin es leid, ihm ständig den Rücken freizuhalten.« Er schwieg einige Sekunden, zuckte dann mit den Schultern und ergänzte: »Ich habe ihr nur gesagt, was los ist.«

»Und was ist los?«, fragte Jouni drohend.

»Stenka hat eine andere«, antwortete Karnow ruhig. »Als Addi in Schweden war, hat er eine Braut kennengelernt. Sie ist heute Abend hier gewesen, und die beiden sind zusammen abgehauen. Stenka wollte keinen Streit, deshalb haben sie sich diskret aus dem Staub gemacht. End of story.«

Jouni stand regungslos im Türrahmen und versuchte, seine rasende Wut zu bändigen. *Sich beherrschen. Auf andere Art für Gerechtigkeit sorgen.* Aber wie, wenn man mit Leuten wie Sam Karnow und Stenka Waenerberg zu tun hatte, arroganten Schweinen, die einfach taten, was sie wollten. Und seine eigene Rolle: In Türrahmen stehen und Dinge sehen und hören, die er nicht sehen, nicht hören wollte. Das war eine Rolle, die Jouni nicht haben wollte, es war eine Rolle, die ihn wütend machte.

»Wer ist sie?«, fragte er, um ein wenig Zeit zu gewinnen und die Fassung wiederzugewinnen.

»Das sage ich dir doch nicht, Manner«, antwortete Karnow verächtlich. »Aber du kannst Addi ausrichten, dass sie eine dumme kleine Kuh ist, wenn sie glaubt, dass Stenka ihr gehört, nur weil er sie bumst. Die Zeiten haben sich geändert, man sollte diese Dinge nicht so ernst nehmen.«

Jouni blieb im Türrahmen stehen, als wäre er zu Eis erstarrt. »Wenn du Addi etwas zu sagen hast, kannst du das selbst tun«, sagte er. »Und merk dir eins, Karnow. Wenn du schlau bist, wechselst du die Straßenseite, wenn du mich das nächste Mal siehst.«

»Geh nach Hause, Manner«, entgegnete Karnow ungerührt. »Die Party ist vorbei, hier sind nur noch meine Freunde.«

Jouni verließ die Küche mit glühenden Wangen. Er sah Terhi im Flur warten, sie machte eine ungeduldige Geste mit dem Zeigefinger, als hätte sie in schneller Folge eine Nummer mit der Wählscheibe gewählt. Jouni hatte Angst, sie zu verlieren, gestikulierte aber dennoch »Warte! Nur noch eine Minute!«. Terhi legte gereizt den Kopf schief, blieb aber, fürs Erste zumindest.

Jouni ging zu dem Zimmer, in dem Adriana war, klopfte an und drückte gleichzeitig die Türklinke herunter. Die Tür war abgeschlossen. Adriana weinte nicht mehr, aber er konnte sie hören, ihre Atemzüge wurden von leisen Schluchzern begleitet. »Addi«, versuchte er es. Keine Antwort. »Addi!«, sagte er etwas lauter. »Ich bin's, Jone.« »Geh weg!«, drang aus dem Zimmer. »Ich will mit niemandem reden!« »Ich will doch nur wissen, ob du okay bist, Addi«, erwiderte er. »Dieses verdammte Miststück!«, sagte sie hinter der Tür. Jouni dachte an Stenkas selbstbewusste und lässige Art und bekam Lust, *das habe ich doch die ganze Zeit gewusst* zu sagen, schluckte die Worte jedoch hinunter. Stattdessen sagte er: »Tja, Karnow hat mir gesagt, was passiert ist… ich mache mich jetzt auf den Heimweg und wollte mich nur vergewissern, dass du zurechtkommst.« Als er die Worte aussprach, wusste er genau, was er wegließ: kein Wort über Terhi und keine Frage, ob die unglückliche Adriana sich mit ihm ein Taxi in die Stadt teilen wollte. »Fahr zur Hölle, Jouni!«, fauchte Adriana wieder. »Lass mich in Ruhe!« Sie benutzte seinen richtigen Namen statt des intimeren Jone, und er fühlte sich abgespeist. Den ganzen Frühling und Sommer hatte er sich in Adrianas Gesellschaft unwohl gefühlt, vielleicht sogar noch länger, und mit jeder neuen Woche wuchs seine Verwirrung. Er begehrte sie auch in diesem Moment, begehrte sie, obwohl sie verschmäht und gedemütigt und wahrscheinlich auch sturzbetrunken war. Aber es ging nicht nur um Verlangen, es ging auch darum, dass Adriana etwas anderes in ihm hervorlockte, etwas, was er nie zuvor empfunden hatte. Er wollte sich um sie kümmern. Er wollte, dass es ihr gut ging. Er wollte, dass sie glücklich war. Solche Gefühle war Jouni nicht gewöhnt, und er war bei weitem nicht so erfahren, wie er sich zu geben versuchte. Er hatte bisher nur mit drei Mädchen geschlafen, von denen zwei dafür bekannt waren, nicht besonders wählerisch zu sein, und die dritte war so verliebt in ihn gewesen, dass es ihn angewidert hatte. Was er für Adriana empfand, all das *Zärtliche*, verwirrte ihn. Und jetzt stand zudem Terhi im Flur, Terhi, deren Mund feucht war und deren Brustwarze steif geworden war, als er sie nur leicht berührt hatte. Er kannte sie noch nicht, spürte aber, dass er sie haben wollte. Eine glasklare und kühle Einsicht erreichte ihn, sie schnitt sich quer durch den Rausch: Er war verletzt, weil Adriana ihn angeschnauzt hatte, er *wollte* verletzt sein, weil Adriana ihn angeschnauzt hatte, denn das machte es ihm leichter. Wenn er abserviert und verletzt wurde, brauchte er sich keine Gedanken mehr zu machen, konnte ein Taxi rufen und mit Terhi wegfahren. »Wie du willst«, sagte er durch die Tür, »dann fahre ich jetzt, pass auf dich auf.« Er ging los, machte aber plötzlich auf dem Absatz kehrt und ging zurück. »Addi«, sagte er mit leiser Stimme. »HABE ICH DIR NICHT GESAGT, DASS DU ZUR HÖLLE FAHREN SOLLST!«, schrie sie durch die Tür. »Mache ich«, sagte Jouni, »mache ich. Aber hüte dich vor Karnow, lass ihn nicht an dich ran. Mit dem Typen stimmt was nicht.« »Jone«, sagte Adriana, sie stand jetzt dicht hinter der Tür, öffnete sie jedoch nicht. »Ja?«, sagte Jouni. »Ist Ariel noch da?«, fragte sie. »Keine Ahnung«, antwortete Jouni, »ich habe ihn schon seit Stunden nicht mehr gesehen. Willst du nicht rauskommen?« »Nee, noch nicht«, antwortete sie. »Jetzt hau schon ab, ich weiß, dass du nicht allein bist. Ich hab keine Angst vor Karnow, mit dem werde ich schon fertig.«

An dieser Stelle könnten wir uns entschließen, uns in das Taxi zu setzen, das Jouni und Terhi zu dem erst kürzlich entstandenen Vorort Tallinge weit draußen in der nordwestlichen Ecke von Helsingfors bringt. Wir könnten Jouni so lange begleiten, dass wir ihn am Sonntagmorgen gegen neun aufwachen sähen, wir würden ihn einen schnellen Blick auf die schlafende Terhi werfen sehen, wir würden sehen, wie er aufsteht und auf den kleinen Balkon in der achten Etage des Hauses Nybogtan 3 hinausgeht, wir würden sehen, dass er Unterhose und Unterhemd trägt und der Balkon ein Eisengeländer und eine Verkleidung aus blaugrauem Wellblech hat. Wir würden ihn beobachten, wie er sich eine Zigarette anzündet, sich über das Geländer lehnt und den Blick über die Umgebung schweifen lässt, die ins Morgenlicht getaucht ist, wir würden sehen, wie sein Blick über das felsige Tallinge gleitet, wo die nagelneuen, fast unwirklich weißen, zwölfstöckigen Häuser zwischen den Bäumen verstreut stehen, deren Wipfel bloß bis zum sechsten Stock reichen. Wir würden Jouni lange unter die Lupe nehmen, wir würden ihn so geduldig beobachten, dass wir am Ende sehen würden, was er dachte: Wir würden sehen, dass er, gegen das Geländer gelehnt und rauchend, denkt, dass die Dinge vor ihm, das Bahnhofsgelände in Tallinge, genauso zum Neuesten vom Neuen gehört wie Sam Karnows schicke Wohnung am Nordufer von Drumsö, aber trotzdem haben diese beiden Orte keine Ahnung voneinander, es ist, als lägen sie in zwei verschiedenen Städten, obwohl sich beide innerhalb der Stadtgrenzen von Helsingfors befinden.

Aber wir fahren nicht nach Tallinge, noch nicht. Wir bleiben in dem Haus auf der Insel Drumsö. Wir befinden uns auf dem Balkon, es ist früher Morgen, und im Laufe der Nacht hat sich aus Südwesten eine große Wolkenbank herangeschoben. Das abgelegene Tallinge wird sie erst am späten Vormittag erreichen, aber hier ist der Himmel bereits grau, und es weht ein frischer Wind: Auf der Bucht rollen giftige Wellen, und die Hitzewelle lebt nur noch in der Erinnerung. Irgendwo, in einem der Schlafzimmer, hat Ariel eine Decke gefunden, in die er sich auf dem Balkon gehüllt hat, sein Kopf liegt auf einem Kissen, und bis zu diesem Moment hat er den bleischweren Schlaf des Weggetretenen geschlafen. Vor anderthalb Stunden, als die letzte größere

Gruppe gehen wollte, hat Sam Karnow ihn ziemlich unsanft mit dem Fuß angestoßen und an seine Freunde gewandt, die dabei standen und auf ihre Taxis wartend rauchten, eine höhnische Bemerkung über »Gesindel« gemacht. Ariel hat nicht reagiert, sondern weitergeschlafen, aber jetzt, im grauen Morgenlicht, ist er bereits halb erwacht. Er friert und hat sich wie ein Fötus zusammengekauert, zittert aber trotzdem, und als er die müde, aber ungeduldige Stimme »Ari! Ari! Wach auf! Ich will hier weg!« sagen hört, ist er sofort hellwach. Er sieht eine kastanienfarbene, zerzauste Haarmähne, dann schaut er in Adrianas braune Augen, und ihre Augäpfel sind rot unterlaufen und die Lider geschwollen, als hätte sie geweint. Als Ariel die Augen aufschlägt, bekommt Adrianas Blick etwas Erschrockenes. »Großer Gott, du siehst ja auch nicht besser aus!«, sagt sie, legt dann aber einen Finger auf seine Lippen und flüstert: »Schnapp dir deine Gitarre, dann hauen wir ab, ich habe genug Geld für ein Taxi. Es ist kaum noch jemand da, Karnow ist mit ein paar anderen in der Küche, ich will ihm nicht begegnen.«

Sie schlichen durch die Wohnung. Aus der Küche drangen leise Stimmen, aber ansonsten war es schon der Tag danach; die Luft war verraucht, überall standen überquellende Aschenbecher, klebrige Gläser und leere Flaschen herum, Platten und Plattenhüllen lagen kunterbunt durcheinander auf dem Fußboden. Sie schlüpften ungesehen hinaus, mussten jedoch unter der Autobahn hindurch zu den älteren bebauten Teilen von Drumsö gehen, bis sie eine Telefonzelle fanden. Als ihr Taxi kam, fuhren sie in Familie Mansnerus' sommerlich leere Wohnung in der Havsgatan. Sie lag im sechsten Stock, und vom Fenster in Adrianas Zimmer aus hatte man Aussicht auf den Hafen und die kleinen Inseln Ugnsholmen und Skifferholmen und das offene Meer dahinter. Einige Segelboote und ein Fischkutter waren früh ausgelaufen und durchpflügten die graugrünen Wellen, die stetig höher zu werden schienen. Ariel verließ sich darauf, dass Adriana wusste, was sie tat, er erinnerte sich, dass die Familie ihrer Mutter in den Schären vor Borgå eine kleine Insel besaß: Er nahm an, dass sich die Eltern und Adrianas Schwester Eva dort aufhielten. Er ließ sich im Wohnzimmer auf die Couch fallen. Hinterher sollte er sich noch lange daran erinnern, wie hell das Zimmer gewesen war, die Möbel waren beige, weiß und zitronengelb, die Wände weiß, die Bilder an den Wänden weiß und in Pastellfarben. »Hast du noch was?«, fragte Adriana. Ariel nickte, beugte sich über das Futteral der Levin-Gitarre, zog den Reißverschluss auf, nestelte einen Moment mit der Hand darin und zog ein kleines Papierpäckchen und eine anspruchslose Pfeife heraus. Als er das Papier auseinanderfaltete, sah der winzig kleine, braune Brocken vor lauter Helligkeit im Raum schwarz aus.

Während sie rauchten, schlug die Wanduhr im Wohnzimmer sieben. Danach landeten sie in Adrianas Bett. Adriana wollte, dass jemand sie umarmte, und Ariel sah natürlich, dass sie traurig war, und dann schliefen sie miteinander, obwohl im Grunde keiner von ihnen geglaubt hatte, dass es dazu kommen würde. Es war das erste Mal, dass Adriana mit jemandem schlief, seit sie die Pille nahm. Sie hatte Hausarzt Brewster kurz vor ihrer Reise überredet, sie ihr zu verschreiben, sie hatte Menstruationsbeschwerden vorgeschoben, und Doktor Brewster hatte genickt und als einen zusätzlichen Grund »leichten Hirsutimus« angegeben, obwohl Adriana überhaupt nicht behaart war: Sie war stolz auf ihre glatten Beine, die sie nur sehr selten rasieren musste. Doktor Brewster hatte ihr gestanden, er wolle sich den Rücken freihalten, denn die Pille sei umstritten und man wisse nie, was alles passieren könne, vielleicht gebe es Nebenwirkungen und dann werde der Arzt *durchleuchtet*, wie er sich ausdrückte.

Adriana hatte sich das erste Mal mit Pille als ein heiliges Geschenk für Stenka Waenerberg und sie selbst vorgestellt. Die Pille würde ihren Genuss steigern und ihre Liebe wachsen lassen, durch sie würde Stenka wie verhext von ihr sein und erkennen, dass sie die Einzige war, die er jemals hatte haben wollen, weil sie ihm alles gab. Daraus war nichts geworden, denn in den Tagen nach ihrer Heimkehr war Stenka seltsam korrekt, fast distanziert gewesen, und sie waren sich nur in der Stadt begegnet, unter Menschen, und nun begriff sie natürlich, wieso. Stattdessen kam es jetzt so. Der wolkenverhangene Morgen, ihre Lethargie, die von den vielen Tränen und dem Joint herrührte, der Wind, der draußen immer stärker pfiff und durch den Drogenrausch so anders klang. Und Ariel, der sich leise und behutsam, ja fast höflich auf ihr bewegte, als dürfte er das eigentlich gar nicht tun oder als hätte er es vorher kaum jemals getan (und vielleicht hatte er das ja auch nicht, was wusste sie schon?). Adriana spreizte die Beine noch etwas mehr, und ein seltsamer Gedanke schoss ihr durch den Kopf: Diese Beine, die sich spreizten, um Männern Zugang zu gewähren, waren dieselben Beine, die sonnengebräunt und kraftvoll über die Wege und Felsen auf Aspholm gelaufen waren, vom Haus der Familie zu den Großeltern und zur Sauna am Ufer und wieder zurück. Sie wurde aus ihren Gedanken gerissen, als Ariel ihrem Blick begegnete. Wenn er das tat, lächelte er dämlich und bemühte sich, beruhigend auszusehen: Er schien zu glauben, dass alles so war, wie es sein sollte, wenn Adriana vollkommen still lag, wenn sie sich nicht bewegte und keinen Mucks von sich gab, nur ein bisschen schwerer atmete als sonst. (Wenn Adriana mit Stenka schlief, schrie sie manchmal auf, schrie sie so, dass es durch die ganze Wohnung hallte, und hinterher musste sie dann immer an die Nachbarn denken und schämte sich.) Dabei war an Ariels Ausstattung nichts auszusetzen: sein steifer Penis war schmal, aber lang, fast schon absurd lang, sie hatte einen flüchtigen Blick auf ihn geworfen, bevor er die Decke über sie zog. Als Ariel kam, stieß er noch ein, zwei, drei Mal krampfhaft zu, aber auch dabei blieb er vollkommen still, sein Elfengesicht verzerrte sich zu einer Grimasse, seine Unterlippe zitterte – für ein paar Sekunden fand Adriana, dass er aussah wie ein Pferd –, und seine zerzausten blonden Haare standen in alle Richtungen ab, standen noch mehr ab als sonst. Unmittelbar darauf glitt er aus ihr heraus, zog sich an, nahm seine Gitarre und ging. Adriana war erleichtert, dass er nicht versuchte, sie zu küssen oder zu umarmen. Nur ein leises »Tschüss« an der Tür, und er war fort. Sie hörte die Wohnungstür hinter ihm ins Schloss fallen, wartete aber trotzdem einige Minuten. Dann stand sie auf, zog ihren Bademantel an, legte die alte *Sounds of Silence*-Platte auf, stellte sich ans Fenster, lauschte und blickte aufs Meer hinaus, wo jetzt hohe Wellen schlugen. Sie spürte, dass ihre Beine klebrig wurden, aber das war ihr in diesem Moment egal, duschen würde sie später.

* * *

Eine gute Woche später, an einem Mittwochnachmittag, nahm Jouni ein Taxi nach Nordsjö an der östlichen Stadtgrenze. Dort sollte ein Richtfest gefeiert werden, aber es handelte sich nicht um ein einzelnes Haus, sondern um ein größeres Bauvorhaben: sieben glänzende Hochhäuser, die fast genauso aussahen wie die Häuser in Tallinge, wo er wohnte. Die Gebäude in Nordsjö hatten etwas weniger Stockwerke, das war der einzige Unterschied.

Man läuft überall herum und landet am Ende doch wieder hier, dachte Jouni. Er hatte hier draußen als Bauarbeiter malocht. Einen guten Monat, vor einem knappen Jahr, als er Heimaturlaub von der Armee hatte und noch nicht für die Prüfungen pauken musste. Heute trug er ein schweres Nagra-Tonband über der Schulter, machte mit erhobenem Mikrofon die Runde und interviewte Würdenträger, und in seinem Portemonnaie hatte er Geld fürs Taxi und einen Lichtbildausweis, der ihm bescheinigte, dass er für den Rundfunk arbeitete. Es war sein dritter Auftrag: Begonnen hatte er mit einer anspruchslosen Geschichte über Helsingfors als Touristenstadt, der ein gewichtigerer Beitrag über den Unfalltod auf finnischen Landstraßen folgte. In diesem Jahr arbeitete sein kleiner Bruder Oskari auf dem Bau – ironischerweise draußen in Tallinge –, während er auf den Wehrdienst und danach auf die Aufnahmeprüfung zur Polizeiakademie wartete.

Nur einen Katzensprung hinter den neuen Häusern hingen einige knochentrockene Heuhaufen auf rissigen Holzstangen. Etwas weiter entfernt weideten drei Kühe, zwei braune und eine schwarzweiße. Die Felder und Wiesen waren noch da, aber für wie lange noch? Und wohin sollten die Bauern dann? Sollten sie noch weiter nach Osten abwandern? Jouni ging näher heran, um zu hören, was Oberbürgermeister Aho in seiner Festrede sagte: das übliche Wischiwaschi. Es gab Gerüchte, nach denen die bürgerlichen und sozialdemokratischen Gründerfirmen die gesamte Hauptstadtregion unter sich aufgeteilt hatten, aber dafür ließen sich unmöglich Beweise finden, das spielte sich alles in einem inneren Zirkel ab, dessen Mitglieder einander treu und loyal verbunden waren. Jouni sah etwas abseits, fast am Feldrand, als würden sie sich schämen, einige Bauern stehen. Sie waren schlecht gekleidet, vielleicht war das der Grund. Einer von ihnen, ein älterer Mann in einem knittrigen braunen Jackett und mit einer karierten Schirmmütze auf dem Kopf, kam ihm bekannt vor. War er vielleicht einer der Alten, mit denen er ein paar Worte gewechselt hatte, als er zehn war und seine Kameraden und er hier hinausgeradelt waren? *Wo ist denn meine große, buschige Möse?* Die Worte tauchten unvermittelt in Jounis Gehirn auf, sie drängten sich ihm auf. Er lächelte über die Erinnerung, musste dann aber an Terhi denken und schämte sich, aber nur kurz.

Als er ins Stadtzentrum zurückkehrte, stand der Verkehr auf dem Hagnäs torg und der Långa-Brücke, und er geriet in Zeitnot. Er parkte den Wagen in der Nähe des Observatoriumparks, eilte im Laufschritt zum Kaserntorget und nahm die Treppen mit Riesensätzen. In der Redaktion warf er Tonbandgerät, Mikrofon und Notizbuch auf seinen Schreibtisch: Der Beitrag musste erst am Wochenende fertig sein. Anschließend ging er auf die Toilette und zog das Nylonhemd und den gebrauchten Anzug an, den Elina geändert hatte, damit er ihm passte. Nervös wühlte er in der Manteltasche und zog die Krawatte heraus, die er in der Mittagspause bei Kuusinen gekauft hatte, ein Kollege hatte sie für ihn im Voraus gebunden.

Als Jouni die Norra Magasingatan hinunterlief, war es schon zehn nach sechs. Ein Bus aus den Vorstädten spuckte seine Ladung aus, und die Menschen verteilten sich in alle Richtungen. Am Finnish Design Center stand eine Frau mit Hut und wartete auf jemanden, vor der Nylands-Studentenvereinigung standen einige Studenten, unterhielten sich und rauchten. Als Jouni weiter Richtung Esplanade ging, meinte er zu hören, dass jemand seinen Namen rief. Er drehte sich um, konnte aber niemanden entdecken, den er kannte.

An der Skulptur der drei Schmiede sprang er in die Straßenbahn. Der Wagen war überfüllt, er stand gegen die Kabine der Schaffnerin gepresst und schielte im Vorbeifahren auf den Brunnsgården hinaus: Auf dem kleinen Platz trieben sich immer mehr Langhaarige herum, auch an diesem Abend lehnten sie an den Häuserwänden. Auch Jouni hatte relativ lange Haare, aber er war von einem anderen Schlag, sagte er sich selbst, er war jemand, der ernsthaft kämpfte, diese Mods suchte dagegen nur den Weg des geringsten Widerstands.

An der Messehalle stieg er aus. Mittlerweile nieselte es, und als er an der von einem Feuer beschädigten Halle vorüberging und auf die Ruinen der Zuckerfabrik zuging, hatte er das Gefühl, durch eine erst kürzlich vom Krieg verwüstete Stadt zu gehen. Die Messehalle hatte im Juni gebrannt, aber ihre Sanierung hatte nicht einmal begonnen: Eine Gruppe wettergegerbter Männer war dabei, Gerüste zu bauen, obwohl es schon Abend war.

Wie Jouni befürchtet hatte, saß Keijo Kantola bereits im Restaurant Tölöstrand, war aber nicht verärgert. Vor ihm stand ein blassgrüner Drink, und er blickte nachdenklich auf das graue Wasser der Tölöviken hinaus, auf die es nieselte.

»Nehmen Sie einen Aperitif, wenn ich mir noch einen gönne?«, fragte Kantola, als sie sich die Hand gegeben und Jouni sich gesetzt hatte. »Nur um zu feiern, dass Sie genauso vielversprechend begonnen haben, wie ich es gehofft hatte.«

Kantola trug einen tailliert geschnittenen Anzug von der Art, die auch Sam Karnow immer trug. Das weiße Hemd hatte diskrete blaue Streifen und einen ziemlich flachen Kragen, und es gelang ihm, zugleich locker und exklusiv auszusehen. Jouni spürte das Nylon an seinem verschwitzten Rücken kleben, es juckte, und er dachte: Eines Tages kaufe ich mir auch so ein Hemd.

»Was trinken Sie?«, erkundigte er sich höflich.

»Einen Dry Martini«, antwortete Kantola. »Den haben Sie doch sicher schon einmal getrunken, nicht? Shaked, but not stirn.«

»Nein, aber ich habe die Filme gesehen«, erwiderte Jouni und unterdrückte den Impuls, den Sprachfehler zu berichtigen.

»Also einen Dry Martini. Angesichts Ihrer Verspätung habe ich mir übrigens die Freiheit genommen, für uns beide Essen zu bestellen«, erklärte Kantola und schnippte gleichzeitig der nächststehenden Kellnerin zugewandt mit den Fingern. »Ich hoffe, ich habe nichts bestellt, was Sie beleidigt. Die Pfifferlingsuppe hier ist wirklich vorzüglich. Und mit dem Kalbsschnitzel liegt man eigentlich immer richtig. Dazu nehmen wir Wein. Mit dem Dessert werden wir uns später beschäftigen, genau wie mit dem Cognac und so weiter.« Kantola legte eine Kunstpause ein und erhob dann sein Glas: »Ich muss mich dafür loben, sehr vorausschauend gewesen zu sein, als ich dafür sorgte, Sie probehalber einzustellen, Manner. Unser Unternehmen wächst, und wir haben einen großen Bedarf an neuen und hellwachen Leuten, die aus einer Welt im Umbruch berichten können. Prost!«

* * *

Geh nicht einsam in die Nacht. Du weißt nie, was dir begegnet. Es waren nur wenige Monate vergangen, seit sie Schulter an Schulter im Studio gestanden, gesungen und gefühlt hatten, dass sie für immer zusammengehörten. Jetzt war es fast Herbst, und Jouni hatte den anderen mitgeteilt, dass er aussteigen wollte. Und aus einer Laune des Schicksals heraus wäre er beinahe sowohl Adriana als auch Ariel begegnet, als er zu seinem Essen hastete. Ihr vor dem Finnish Design Center, denn die Frau mit dem Hut war Adriana gewesen: Sie hatte sich umgedreht und Jouni hinterhergerufen. Sie hatte auf niemanden gewartet, nur dort gestanden und die Fenster betrachtet, die zu Sam Karnows Studio gehörten, und überlegt, ob sie hineingehen sollte oder nicht. Ariel wiederum hatte den ganzen Nachmittag auf der Terrasse des Kestikartanos hinter dem Kunstmuseum Ateneum herumgehangen. Er hatte Bier und Drinks getrunken und war langsam betrunken geworden, während er die Bauarbeiter anglotzte, die am halb fertigen City-Centre arbeiteten. Er hatte mit niemandem gesprochen, und als zwei Mädchen aus den Vororten mit weiß lackierten Nägeln ihm diverse Gefälligkeiten versprachen, wenn er ihnen Glückspillen besorgen würde, hatte er sie bloß fortgewedelt. Gegen sechs war er zum Brunnsgården gegangen. Als die Straßenbahn vorbeifuhr, stand er so tief im Treppenaufgang des Kinos Bio-Bio, dass Jouni ihn nicht sehen konnte. Zwei Minuten später kaufte Ariel einige Gramm Hasch, obwohl er eigentlich beschlossen hatte, damit aufzuhören.

6

Stenka Waenerberg kündigte den Probenraum in der Skeppsredaregatan zum 1. Oktober. Die Miete wurde von *Ab Stenkaw Management Oy* bezahlt, und er fand, dass es sich nicht lohnte, weiter Geld für den Raum auszugeben, wenn es keine Zukunftspläne gab.

Sie wollten sich ein letztes Mal treffen und gemeinsam singen, aber daraus wurde nichts. Adriana fand heraus, dass Ariel bereits auf Sam Karnows Party von Jounis Entschluss gewusst hatte, und war außer sich vor Wut. Sie fühlte sich von beiden hintergangen, warf ihnen vor, zu intrigieren, und weigerte sich, mit ihnen zu singen. Natürlich hatte auch Stenka sie hintergangen, aber bei ihm lagen die Dinge komplizierter: Sie kam nicht los von ihm, sie kam nicht einmal so weit, es zu versuchen.

Statt zu singen, trafen sie sich auf eine Tasse Kaffee und eine Quarkpiroge im Colombia. Es war ein Abend im September, Jouni kam direkt von der Arbeit und Adriana von der Universität, sie gab sich immer noch distanziert. Ariel tauchte zwanzig Minuten zu spät auf, und sie hatten keine Ahnung, woher er kam, und er war nicht nüchtern. Er trug nicht mehr das orangene Hemd und hatte seine Levin-Gitarre dabei: Ihre grüne Hülle hatte er gegen einen harten, schwarzen Lederkoffer ausgetauscht, ähnlich dem, in dem er die Impala trug. Als Jouni ihn jedoch fragte, ob er sich einer Popband angeschlossen habe, schüttelte Ariel nur stumm den Kopf. Adriana merkte, dass es Ariel schwerfiel, ihr in die Augen zu sehen, aber sie wusste nicht, ob er sich schämte, weil sie miteinander geschlafen hatten oder weil sie zu ihm gekommen und ihm die Leviten gelesen hatte, als sie von Jounis Abtrünnigkeit erfahren hatte.

Jetzt, nachdem alles vorbei war und sie keinen gemeinsamen Traum mehr zu verlieren hatten, fiel es ihnen etwas leichter, sich zu unterhalten. Allerdings nur bis zu einem gewissen Punkt. Adriana fragte die anderen, ob Stenka mit ihnen darüber gesprochen habe, wie es weitergehen solle, denn das habe er mit ihr getan. Jouni schüttelte den Kopf: »Ich höre endgültig auf zu singen. Das ist so, und Stenka weiß das.« Ariel murmelte, Stenka habe ihn gebeten, ein Angebot anzunehmen, das Jugi Eskelinen ihm schon im Sommer gemacht habe, es gehe um eine neue Band, aber er habe kein Interesse. Adriana erzählte, dass Stenka ihre Vielseitigkeit und ihr Stimmvolumen gepriesen und ihr eine Solokarriere ausgemalt habe, eine Karriere, die Stenka zufolge mindestens ebenso glänzend werden würde wie die der Nummereins-Hits singenden Marica. »Aber bis jetzt redet er vor allem darüber«, meinte sie, »viel Konkretes ist nicht passiert.« Jouni fragte sie ohne Umschweife, ob sie Stenka weiterhin privat treffe. »Das geht dich nichts an«, antwortete Adriana eiskalt. »Ich erinnere mich an jemanden, der neulich auf einer Party Rotz und Wasser geheult hat«, erwiderte Jouni ebenso kühl. Ariel sah die beiden mit einem Blick an, der vermittelnd, aber auch trübe war, und sagte: »Jetzt lasst das doch, ihr b-braucht jetzt nicht mehr so w-weitermachen.« Aber Jouni ließ nicht locker. Er wandte sich an Adriana und sagte schneidend: »Erst steht man daneben und sieht zu, wie du dir wehtust, und dann soll man dir helfen, wenn du flennst! Kapierst du nicht, dass er mit dir spielt, wie Ariel auf seiner Gi …« »Halt's Maul, Jone!«, fauchte Adriana wutentbrannt. Ihr standen Tränen in den Augen, und Jouni gab nach:

Er blickte in seine Kaffeetasse, nahm ungelenk seine Quarkpiroge in die Hand, führte sie zum Mund und biss zu.

Sie trennten sich im Esplanadenpark, in der Nähe der Statue von Eino Leino. Es war ein tastender Abschied. »Entschuldige bitte«, sagte Jouni, »das hätte ich eben nicht sagen …« »Das macht nichts«, fiel Adriana ihm hastig ins Wort, »ich weiß doch, du wolltest mich nicht … ach was.« Sie wusste nicht mehr weiter und sah zu Boden. Ariel blickte mit einer eigenartigen, durchtriebenen Miene von ihr zu Jouni und wieder zu ihr, seine Augen waren hinter der verfilzten Tolle kaum zu sehen, und er sagte: »When we m-meet next time I play a new s-song for you.« »Dein Englisch ist besser geworden, Ari«, sagte Adriana, und für einen kurzen Moment sah es so aus, als wollte sie sich vorbeugen und beide umarmen. Stattdessen wich sie einen Schritt zurück, hob die Hand und sagte: »Wir bleiben in Kontakt.« Und damit war sie fort.

Wir bleiben in Kontakt. Aber daraus wurde nichts, monatelang nicht. Es dauerte, bis Adriana ihnen verzieh, es war schon Dezember, als sie wieder von sich hören ließ. Und da meldete sie sich nicht bei Jouni, sondern bei Ariel.

Ariel hatte den ganzen Herbst untätig verbracht. Wenn er nicht in seinem beengten Zimmer saß und Lieder schrieb und auf der Impala oder der Levin übte, hing er bei Stenman, in der Capribar im selben Häuserblock, in Stenka Waenerbergs Northern Light Records oder einem der anderen Plattenläden im Zentrum herum. Bei Musik-Fazer und Westerlund hatte man ihn bei Ladendiebstählen erwischt, aber Stenka wusste, dass er es niemals wagen würde, im Northern Light zu klauen.

Adriana hing nicht mehr im Northern Light herum: Sie war Stenkas Geliebte, sie war jetzt etwas Besseres und niemand, der sich dort einfach so herumtrieb. Stenka erwähnte sie Ariel gegenüber auch nicht. Stenka hatte Ariel satt, er wunderte sich, dass sein früherer Adept so ohne jeden Ehrgeiz und Willen war, er war enttäuscht, weil Ariel keinerlei Interesse daran hatte, sein Talent zu versilbern. Außerdem kam Ariel gelegentlich in einem Mischrausch ins Northern Light, und dann verstand Stenka kaum, was er sagte. Er betrachtete Ariel mittlerweile als Abschaum und ertrug es nur mit Mühe, ihn überhaupt im Geschäft zu sehen. Als er Ariel an einem Dienstag einige Wochen vor Weihnachten ansprach, war sein Ton deshalb kalt und überheblich:

»Addi hat vor ein paar Tagen nach dir gefragt. Habt ihr immer noch kein Telefon?«

Ariels Miene hellte sich auf, und er legte die Spencer-Davis-Platte fort, auf der er getrommelt hatte. Addi hatte ihm gefehlt.

»Nee, aber wir haben ein neues bekommen. Björk hat es besorgt.«

»Schön, gib mir die Nummer, dann gebe ich sie an Addi weiter. Oder du rufst mich heute Abend an. Sie meinte, sie wolle dich um einen Gefallen bitten.«

»Worum g-geht's?«, erkundigte sich Ariel.

»Ich habe keinen Schimmer. Du wirst sie schon selbst fragen müssen.«

Als Adriana anrief, hatte sie ein seltsames Anliegen. Sie erzählte Ariel, dass ihr Studium nicht besonders gut laufe und sie den ganzen Herbst als Mannequin gearbeitet habe. Nun habe sie einen Fototermin bei Karnow – viele Aufträge seien von ihm gekommen, erläuterte sie –, und sie wolle, dass Ariel sie in sein Studio begleite. Anschließend könnten sie dann ins Kino gehen, sich etwas Spannendes ansehen, »Cul-de-Sac« zum Beispiel, der sei gerade im Corona angelaufen.

»Warum willst du mich dabeihaben?«, fragte Ariel.

»Weil ich dich schon so lange nicht mehr gesehen habe«, antwortete Adriana flehentlich. »Und Ari … Es tut mir leid, dass ich so sauer gewesen bin.«

»Ich mag K-Karnow nicht«, sagte Ariel, »ich kann ihn nicht ausstehen.«

»Du sollst dich ja auch nicht mit Karnow treffen«, erwiderte Adriana sanft. »Sondern mit mir.«

In Ariels Gehirn blitzte ein Bild auf. Graues Morgenlicht, die aufgewühlte Bucht, der Wind, der vor dem Fenster pfiff, Adriana unter ihm ganz ruhig und ernst, und er bewegte sich immer schneller und hörte sie sagen, »ja, ja, komm, komm einfach«, und dann konnte er sich nicht mehr beherrschen.

»Na, dann komme ich wohl mal«, hörte er sich ins Telefon sagen: Eine Sekunde später erkannte er, dass er Gegenwart und Vergangenheit miteinander vermischt hatte.

Ariel war nur einmal zuvor in Karnows Studio gewesen, im Frühling, als man sie dorthin bestellt hatte, um sich die Werbefotos anzusehen. Das Studio war größer, als er es in Erinnerung hatte, kahler, nackter, mit höherer Decke. Und nackt war auch Adriana, zumindest fast, zumindest auf manchen Bildern. Karnow trieb sie härter an, als Ariel sich das jemals hätte vorstellen können, es gab keine Ruhepausen, sie ging nur in die kleine Kabine und zog die nächsten Kleidungsstücke an und kam wieder heraus, und Karnow spornte sie laufend an, ein bisschen kühner, ein bisschen provozierender zu werden, etwas mehr Haut zu zeigen. Dabei ging es nicht einmal um Fotos von Bikinis oder Dessous: Es ging um einheimische Mode, eine Frühjahrskollektion, nicht Marimekko oder Vuoko oder eine der anderen großen Firmen, sondern um junge, aufstrebende Talente.

»Ariel, komm her!«, rief Adriana plötzlich. Sie trug ein weißes, mit unregelmäßigen roten Figuren verziertes Kleid, das kurz und eng war, und wo das Rot nicht verhüllte, war der Stoff dünn und durchsichtig, und Adrianas Konturen waren deutlich zu erkennen, auch Po und Brüste. Karnow hatte sie angewiesen, auf einem schwarzen Samtdiwan auf der Seite zu liegen. Sie stützte sich auf den Ellbogen und posierte und spitzte, eifrig angefeuert vom Fotografen, die Lippen. »Spöttisch!«, hatte Karnow gerade ausgerufen, »ich will, dass du spöttisch und rebellisch bist, ein junger Mensch, der sich nimmt, was er haben will.« Er war zu Adriana gegangen und hatte ihren freien Arm in einen anderen und besseren Winkel gelegt und gleichzeitig seine Hand über ihren Rücken gleiten lassen und um ihre Taille gelegt.

»Sam«, sagte Adriana, »Ariel könnte es doch auch mal probieren, nicht? Er sieht gut aus, sein Gesicht muss nur richtig beleuchtet werden, kann ich nicht auf ein paar Bildern einen Partner bekommen?«

Karnow ließ Adrianas Taille los und richtete sich auf. Schon als er die Studiotür geöffnet und gesehen hatte, dass sie Ariel im Schlepptau hatte, war es ihm sichtlich schwergefallen, seine Enttäuschung zu verbergen. Er hatte steif und distanziert gegrüßt, und sobald er Ariel ansah, legte sich unweigerlich eine zugeknöpfte Miene auf sein Gesicht. Jetzt schaute er bedauernd.

»Darauf bin ich nicht vorbereitet. Ich glaube nicht, dass ich passende Kleider dahabe.«

»Ach, Quatsch«, sagte Adriana gespielt beiläufig, »irgendetwas wirst du schon haben. Oder Ari trägt seine eigenen Kleider. Komm, Ari, komm her, wir probieren es aus.«

Komm, Ari, komm. Ariel sah erneut die Bilder in seiner Erinnerung vor sich und spürte ein Kribbeln im Magen und ein Zucken in seinem Schwanz in der schmutzigen Jeans. Er ging zu Adriana und setzte sich auf die äußerste Kante des Diwans, seine Hände ruhten unbeholfen im Schoß.

»Zieh den Pullover aus«, sagte Adriana. Ariel trug einen dunkelblauen Wollpullover mit V-Ausschnitt und Mottenlöchern an Bauch und Rücken. Die Mottenlöcher waren groß, und unter ihnen leuchtete Ariels Lieblingshemd, das gelbbraun gestreifte, dessen formloser Kragen aus dem Halsausschnitt lugte.

»Großer Gott«, sagte Karnow, als er das gelbbraune Kleidungsstück in all seiner verblichenen Pracht erblickte, »ich schaue mal nach, ob ich nicht doch was dahabe.«

Er ging in ein Nebenzimmer und wühlte in einer Abstellkammer. Ariel versuchte Adrianas Blick einzufangen, was jedoch nicht einfach war, sie hatte eine Hand zum Mund gehoben, kaute auf dem Zeigefingernagel herum und sagte:

»Hör mal, Ari, wo ist eigentlich das orangene Hemd? Das hast du schon lange nicht mehr angehabt.«

Ariel schwieg einen Moment und sagte dann:

»Ich hab es v-verkauft.«

Adriana hörte, dass in seiner Stimme Scham mitschwang. »Und wem?«, fragte sie schneidend. »Und warum? Um Geld für Stoff zu haben?«

»An Alex Karjagin«, murmelte Ariel. »Er mochte es.«

»Tja, dann hoffe ich, dass du einen guten Preis dafür bekommen hast«, sagte Adriana und legte den Kopf ein wenig schief. »Ich hoffe, das war es wert.«

Karnow kehrte mit einem ockerfarbenen Hemd, einem weißen Polo-Shirt und ein paar anderen Kleidungsstücken zurück. Er sah Ariel ausdruckslos an und zuckte mit den Schultern. »Probier die mal an«, meinte er und warf Ariel die Sachen zu.

Während Ariel das weiße Polo-Shirt anzog, ging Karnow in eine andere Ecke des Studios und legte eine Platte auf. Ein schneller, Country und Western-artiger Rhythmus, eine quecksilberne und schrille Mundharmonika, eine hell klingende Gitarre, dann setzte der Gesang ein. *The guilty undertaker sighs, the lonesome organ grinder cries …* Während sich Blonde on Blonde auf dem Plattenteller drehte, machte Karnow Bilder von Adriana und Ariel, bis zu den letzten Tönen von *Stuck Inside Of Mobile* fotografierte er, war aber mit keiner einzigen Aufnahme zufrieden: In seine Stirn hatte sich eine tiefe Falte gegraben, und zwischendurch murrte er unzufrieden vor sich hin. Zum Abschluss schoss Karnow – es war Adrianas Idee – eine Reihe von Fotos, auf denen Ariel mit nacktem Oberkörper dastand, während Adriana sich in anmutigen Posen um ihn herum drapierte. Ariel gefiel es, Adrianas warme Finger auf seiner Schulter, dem Brustkorb, sogar um seine Hüften zu spüren. Auch Adriana schien sich dabei wohlzufühlen, ihre Anspannung und Enttäuschung darüber, dass Ariel das geschenkte Hemd verkauft hatte, waren wie weggeblasen, sie lachte und scherzte und schien nichts dagegen zu haben, flirtende und raffinierte Posen einzunehmen. Karnow dagegen wurde immer ärgerlicher. Seine Lippen waren dünner und seine Miene war zugeknöpfter als je zuvor, und er beschwerte sich laufend darüber, dass Ariel einen viel zu blassen Teint habe und schläfrig aussehe, obwohl es später Nachmittag sei, und zu allem Überfluss gab es auch noch einen Pickel auf seiner linken Schulter, einen großen, roten Klecks, an dem Adriana unbedingt liebevoll kratzen musste. Als sie sich umgezogen hatten und gehen wollten, würdigte Karnow Ariel nicht einmal eines Kopfnickens und berührte auch Adriana nicht so selbstverständlich und vertraulich wie sonst.

Sie sahen Cul-de-Sac im Corona. Nach dem Film warteten sie auf die Straßenbahn ins Zentrum. Bis Weihnachten waren es noch gut zwei Wochen, aber es lag bereits viel Schnee, und es war kalt: Als sie an der Haltestelle warteten und sich unterhielten, dampfte es aus ihren Mündern, und Ariel hätte am liebsten die Zeitrechnung gestoppt, hier und jetzt den Augenblick eingefroren.

»Was bedeutet der Titel?«, fragte er, in erster Linie, um überhaupt etwas zu sagen.

»Cul-de-Sac? Das bedeutet Sackgasse. Das stand doch auf den Plakaten, warum bemerkst du so etwas nie?« Adriana klang zerstreut, und Ariel nahm an, dass sie noch in der Welt des Films verharrte. Sie seufzte kurz und ergänzte: »Wie schön sie ist!«

»Wer? Dorléac?«, sagte Ariel und musste husten, als er die eiskalte Luft einatmete. »Stimmt, sie ist hübsch. Aber hast du den Film kapiert?«

»Na ja«, erwiderte Adriana. »Ich weiß nicht ... es ist wohl ein bisschen wie bei Beckett. Du weißt schon, man wartet auf jemanden oder etwas, aber er oder es kommt nie.«

»Ich habe Beckett nicht gesehen«, murmelte Ariel. »Ich weiß nicht einmal, wer das ist.«

Ariana biss sich auf die Lippe und senkte den Blick. »Das spielt keine Rolle«, sagte sie schnell. »Zu verstehen heißt ja nicht ... man kann auf so viele verschiedene Arten verstehen. Mit dem Gefühl. Mit dem Blick. Denn was heißt verstehen *wirklich*? Es bedeutet nicht, dass man in seinem Kopf alles in säuberliche Fächer eingeordnet hat.«

Die Linie vier kam, und sie stiegen ein. Der Wagen war so gut wie leer. Sie setzten sich nebeneinander. Ariel stieg der Duft von Adrianas Parfüm in die Nase, er war nicht aufdringlich, sondern leicht und subtil, und er hatte Lust, etwas darüber zu sagen, dass sie miteinander geschlafen hatten und er es schön fände, wenn es wieder passieren würde. Er öffnete den Mund, aber die Worte stellten sich nicht ein wie geplant:

»Ich vermisse das S-Singen.«

»Ich auch, Ari, ich auch«, sagte Adriana zögernd. »Hast du Jone getroffen?«

»Nicht oft. Zwei Mal im Colombia. Er nimmt sich in letzter Zeit sehr wichtig.«

»Grüß ihn von mir, wenn du ihn siehst.«

»Sicher.« Er zögerte. »Addi?«

»Mmm.«

»Glaubst du, dass wir wieder zusammen s-singen werden? Wir drei?«

»Ich weiß es nicht. Man wird sehen.« Adriana biss sich auf die Lippe, wie sie es neuerdings oft tat, und sagte: »Ich will noch nicht nach Hause. Sollen wir ein bisschen auf der Esplanade spazieren?«

Sie gingen im Esplanadenpark eine Weile auf und ab, bis zum Restaurant Kapellet hinunter und wieder zurück, zwei, drei Mal. Die meiste Zeit sprach Adriana. Sie sagte, es sei viele Wochen her, dass sie einen klaren Tageshimmel gesehen habe, nicht den kleinsten Zipfel, wenn überhaupt, reiße die Wolkendecke nur nachts auf. Das Grau und die Kälte machten sie verrückt, sagte sie, sie wolle woanders leben, nicht in Finnland. Ihre Großmutter habe gesagt, so dunkel sei es seit dem Kriegswinter 1914 nicht mehr gewesen, ob das ein Zeichen dafür war, dass der dritte Weltkrieg kurz bevorstand, was meinte Ariel? Ariel wusste nicht, was er antworten sollte, er dachte doch nie ans Wetter, sondern saß in seinem Zimmer und schrieb Lieder oder hing in Plattenläden herum: Wolken oder Sonne, das war ihm völlig egal. Und das mit den Weltkriegen … das war so typisch für Adriana, sie dachte immer an große Dinge, er nie. In Ariels Innerem pochte immer noch der Wille zu bekennen, aber er konnte sich nicht dazu durchringen. Traute sich nicht. Er wollte nicht verschmäht werden, nicht gezwungen sein, zum kalten Wintermond von Helsingfors aufzublicken, wie er es als Kind so oft getan hatte, wenn er die stachligen, zerrissenen Wolken betrachtet hatte, die rastlos am Himmel vorübertrieben, genauso einsam und absichts- und sinnlos auf ihrem Weg wie er. Als sie zum dritten Mal vor dem Schwedischen Theater standen und die

Geschäftsmänner und ihre in Pelze gehüllten Frauen aus dem Royal kommen sahen, beugte Adriana sich vor, küsste ihn flüchtig auf die Wange und sagte:

»Jetzt gehe ich nach Hause, Ari. Danke, dass du heute mitgekommen bist.«

Ariels Augen folgten ihr und sahen sie immer kleiner und schmaler werden, als sie den Anstieg hinaufging. Dann erreichte sie die Kuppe, setzte ihren Weg in südliche Richtung fort und verschwand. Ariel kehrte in den dunklen Esplanadenpark zurück, stand unter den schneebedeckten Bäumen und kämpfte gegen das nagende Gefühl an, dass Adriana und er in dieser Stadt vollkommen verloren waren, obwohl sie ihr ganzes Leben in ihr verbracht hatten. Er schaute zum Boulevard hinüber und bemerkte, wie schön er in der Winternacht war. Sein Aussichtspunkt lag tiefer, wodurch eine optische Täuschung entstand und es den Anschein hatte, als würde der hell erleuchtete Boulevard nicht zum Sandvikens torg und Westhafen hinab, sondern eher aufwärts führen, eine Lichtbrücke, die Kurs auf Sterne und Himmel nahm. Ariel blieb lange stehen und starrte diese Lichtbrücke an, folgte ihrer Bahn, sah sie schweben und wie sie sich in eine schimmernde Milchstraße verwandelte, die sich höher und höher über der Stadt wölbte. Dann schüttelte er den Kopf und kehrte widerwillig zum Zwielicht und den langen Schatten unter den Bäumen zurück. Er machte auf dem Absatz kehrt und ging langsam nach Hause zu seiner Levin, der Impala, Lydia, Björk und dem Haschischversteck unter den Unterhosen im Schrank, heimwärts zu der Mischung aus schlimmen und guten Dingen, die sein Leben war.

* * *

In jenem Herbst und Winter ging es für Jouni stetig aufwärts. Er machte seine Reportagen, ohne sich zu überarbeiten. Es kam ihm vor, als hätten sich die Interviewten selbst befragt, als hätte sich die Analyse im Schlaf eingestellt, als hätte es die Beiträge von vornherein gegeben. Und seinen Erfolg spürte er am ganzen Körper. Eine starke Tiefenströmung trug ihn weiter, es spielte keine Rolle, ob draußen die Sonne schien oder ob es dunkel und neblig war, Jouni sprühte förmlich vor Energie und entwickelte schnell ein Selbstvertrauen, das ihn in den Redaktionssitzungen immer kühner handeln, immer provokativere und unkonventionellere Reportagen vorschlagen ließ. Anfangs wunderte es ihn, dass seine Vorschläge ausnahmslos angenommen wurden, aber er gewöhnte sich schnell daran, dass die Dinge so liefen, wie er es wollte. Er erkannte, dass es viele Gründe für seinen Erfolg gab, es lag nicht nur daran, dass er seine journalistischen Aufträge sorgfältig, kompetent und mit einem Quantum Fantasie erledigte, es gab noch andere Faktoren, die sich jedoch schwer bestimmen, schwer in Worte fassen ließen. Trotzdem ahnte er, dass diese untergründigen Ursachen seines Aufstiegs nicht so rätselhaft waren, wie sie erschienen: Es ging um klar erkennbare Dinge, um Charme, Ausstrahlung und Gefährlichkeit, um die Fähigkeit, sich auf seinem Stuhl zurückzulehnen und die langen Beine in perfekt lässiger Art auszustrecken, um die Fähigkeit, sein Anliegen mit natürlicher und fast beiläufiger Autorität vorzubringen. Bei Jounis Aufstieg ging es nicht nur um Scharfsinn und Fleiß, es ging auch um den Mut, zur morgendlichen Besprechung in einem sportlichen Samtjackett und einem karierten Hemd mit zwei offenen Knöpfen aufzutauchen, und darum, welche Ideen er Kantola, Friberg und seinen anderen Vorgesetzten präsentierte und *wie* er sie präsentierte. Und dann das Unausgesprochene, das Verbotenste: seine Fähigkeit, einem kritisch eingestellten Kollegen aus den Augenwinkeln einen wohltemperiert kühlen Blick zuzuwerfen, nicht offen drohend, aber doch so frostig, dass der Widersacher auf den Gedanken verfallen konnte, dass es da irgendwo eine unausgesprochene Drohung gab, ein fast geflüstertes *Wenn ich wollte, könnte ich dir richtig wehtun.* Oberflächlich betrachtet sah Jounis neue Welt völlig anders aus als die alte, die neue war diskret und zivilisiert und vertäfelt, sie roch nach Gesetzestexten und Berichten, während die alte nach Asphalt, Eisen und Pisse gerochen hatte. Unter der Oberfläche ging es dagegen genauso zu wie in den harten Vierteln, in denen er aufgewachsen war. Es galt das Recht des Stärkeren. Wer hart und rücksichtslos war und der Versuchung widerstand, Gnade zu zeigen, feierte große Triumphe. Der einzige Unterschied bestand darin, dass der Kampf hier, in dieser Welt, deren Türen ihm nun weit offen standen, verdeckter ausgefochten wurde, er lag unter einer Reihe zivilisatorischer Regeln verborgen, die man lernen musste, ehe man seine Gegner ausschalten und sich bedienen konnte. Aber auch in den Besprechungsräumen und während der Arbeitsessen wurden die gleichen alten Signale ausgesandt, es wurde die gleiche stumme Sprache gesprochen, die er auf Straßen und Hinterhöfen benutzt hatte. Jouni war nicht berechnend: Seine Art, Stärke und Zielstrebigkeit und *Wenn-du-dich-mir-in-den-Weg-stellst-bringt-dir-das-nur-Ärger-ein* auszustrahlen, kam aus dem Bauch heraus, sie war sein Erbe aus den Stadtteilen seiner Kindheit. In dieser Welt der *weißen Hemden* und der *sorgsam gebundenen Krawatten* gab es viel und große Angst, und er nutzte diese Furcht zu seinem Vorteil. Auch die Chefs, vor allem die in mittleren Positionen, waren leicht einzuschüchternde Menschen, die nicht begriffen, wie es ihnen gelungen war, dorthin zu gelangen, so dass sie chronisch fürchteten, ihre Stellungen zu verlieren. Man brauchte ihnen nur in die Augen zu sehen und selbstsichere Ruhe auszustrahlen, brauchte den Gegner nur kommen zu lassen, nur auf den Augenblick der Nervosität zu warten, auf die kleinen Fehler und nachfolgenden Zugeständnisse. Dann setzte man binnen kürzester Zeit seinen Willen durch. Anschließend musste man nur noch weitermachen und möglichst dafür sorgen, dass der Besiegte zu einem Verbündeten oder besser noch Untergebenen wurde, und nicht etwa zu einem erbitterten Feind im Verborgenen. Immer gelang dies jedoch nicht: Einer von Jounis älteren Kollegen in der Redaktion, ein vierunddreißigjähriger, bierernster Magister der Politikwissenschaften namens Tuomas Koskelo-Kajander war in seiner Art ebenso verbindlich, wie Jouni unberechenbar war, so zurückhaltend wie Jouni streitsüchtig, so sachorientiert wie Jouni kreativ. Jouni und Koskelo-Kajander stammten beide aus einfachen Verhältnissen und waren Nachfahren von Rotgardisten. Man hätte meinen sollen, dass sie dies trotz aller Charakterunterschiede zusammenschweißen würde. Aber weit gefehlt. Der schüchterne Koskelo-Kajander war völlig unfähig, der Offensive dieses Grünschnabels etwas entgegenzusetzen, und so musste sich der ältere Kollege schon bald mit Routineaufträgen und Lappalien zufriedengeben, während Jouni alles für sich beanspruchte, was gehaltvoll und spannend war, vor allem die Beiträge, in denen es um die gerechte und junge Gesellschaft ging, wie sie die neuen Linken mit ihren Reformen verwirklichen wollten. Und Koskelo-Kajander rächte sich, indem er Jouni allerorts und bei jeder Gelegenheit verleumdete.

Es lässt sich nicht leugnen: Bei diesem schnellen Erfolg spielte auch das Aussehen eine wichtige Rolle. Das aufgequollen Welpenhafte, das es in Jouni noch gegeben hatte, als er sein Kindheitsviertel verließ, war längst verschwunden. Seine dichten und gewellten Haare, einst mittels Pomade und anderem Fett in Form gebracht, waren seither dunkler, fast schwarz geworden. Seine Gesichtszüge waren markant, geradezu scharf geschnitten, aber diese Schärfe wurde dadurch aufgelockert, dass Jouni seine Haare recht lang werden ließ: Er achtete allerdings darauf, dass sie nie so lang und ungepflegt wurden wie bei den Mods. Jouni war großgewachsen und kräftig gewesen, seit er vierzehn war, aber nun war er nicht mehr kräftig auf die stabile Art eines Ringers, sondern eher schlank. Elina pflegte zu sagen, dieses Dunkle und Exotische habe er von Sulo. Ein Teufelskerl von einem Mann sei Sulo gewesen, und dabei sei er nicht einmal so dunkelhaarig gewesen wie Jouni, sondern habe eher braune Haare gehabt wie der kleine Oskari, aber er sei nichtsdestotrotz ein gut aussehender Mann gewesen. Bestimmt habe irgendein verirrter Wallone oder Zigeuner eine offene Ackerfurche gefunden und seinen Wildhafer auf dem Mannerschen Acker ausgesät, erklärte Elina gelegentlich, dies sehe man auch bei Anneli, der Tante der Jungen, und ihren genauso schwarzhaarigen Töchtern, vor allem bei Irja. Wenn Elina doch nur gewusst hätte, dass die weiblichen Angestellten, angefangen bei den wenigen Redakteurinnen über die Chefsekretärinnen bis hin zum Küchenpersonal Jouni insgeheim den Beinamen »der Italiener« gegeben hatten. Das wusste nicht einmal Jouni, dagegen merkte er durchaus, dass ihm die Frauen zugetan waren. Manchmal fand er es nicht ganz einfach, Terhi treu zu bleiben, Terhi, die in die kleine Zweizimmerwohnung in Tallinge eingezogen war und manchmal ihre Querflöte und ihre Slips und ihr Pessar auf dem Fußboden neben dem Bett herumliegen ließ, was Jouni nervte. Trotzdem zog er niemals ernstlich in Erwägung, sie zu betrügen, und das, obwohl er allmählich begriff, dass es ihm ebenso leichtfiel, das Interesse der Frauen zu wecken, wie die Angst der Männer. Er war recht zufrieden mit seinem Leben. Bis ihn der persönliche Assistent von Mademoiselle Françoise anrief und ihm mitteilte, Mademoiselle wünsche mit ihm zu speisen.

Als Mademoiselle Françoises Assistent, ein affektiert lispelnder Brite namens Eaton-Jones, ihn anrief, war es bereits Februar, und Jouni stand beim Rundfunk kurz vor einem größeren Durchbruch. Er wusste davon, jedenfalls halbwegs. Er wusste, dass er bei Kantola und Friberg, seinen direkten Vorgesetzten, hoch im Kurs stand, und er wusste, dass die Fernsehabteilung begehrliche Blicke auf ihn warf. Er hatte bereits kurze Beiträge für die Fernsehnachrichten gemacht – probehalber, hatte man ihm gesagt – und Probeaufnahmen in einem Studio mit angeblichen Studiogästen absolviert: die »Gäste« waren Schauspieler aus der Hörspielabteilung gewesen. Es gab Gerüchte über ein neues Diskussionsprogramm für ein jüngeres Publikum, ein »offenes« Programm, das leichte Unterhaltung und ernstere Sachinhalte zusammenführen sollte, und dasselbe Gerücht wusste zu berichten, dass einer der denkbaren Moderatoren Jouni Manner war. Das alles war Jouni zu Ohren gekommen, dagegen wusste er nicht, dass er auch Generaldirektor Repo ins Auge gefallen war, und ebenso wenig, dass der Abstand zwischen Repo und der höchsten politischen Führung des Landes sehr klein war.

Jouni ahnte mit anderen Worten nicht, wie weit er es gebracht hatte, aber es hätte sicher keinen Unterschied gemacht, wenn er es gewusst hätte. Er kannte keine Angst und hatte keinen Respekt vor der Obrigkeit. Seit er klein war und sein Vater Sulo ihn im Suff geschlagen hatte, hatte er keine Angst mehr gehabt. In Sulos letzten Lebensjahren hatte er sich nicht mehr vor ihm gefürchtet, er hatte sich weder auf den Straßen gefürchtet noch in der Schule oder auf der Universität, er hatte sich nicht einmal vor Raikka Hurme und seinen Gefolgsleuten gefürchtet. Warum sollte er also Angst vor Kantola oder Friberg haben oder vor Generaldirektor Repo oder Präsident Kekkonen? Er wurde ja nicht einmal nervös, als der aufgeblasene Mr. Eaton-Jones erklärte, die umschwärmte Mademoiselle Françoise habe ihn während des Interviews sympathisch gefunden – sympathisch, wenn auch ein wenig verwirrt – und nun den Wunsch geäußert, mit ihm in einem renommierten, aber anspruchslosen Restaurant zu dinieren.

»Ich hoffe, Sie deuten unsere Offerte richtig, mein lieber Eisbärmann«, sagte Mr. Eaton-Jones leichthin und fuhr fort: »Mademoiselle Françoise ist eine höchst ehrbare Frau. Aber sie ist allein in Ihrer Stadt, unsere Dreharbeiten haben sich auf Grund der strengen Kälte in die Länge gezogen. Mademoiselle möchte gerne mit einem sympathischen männlichen Begleiter in einem netten Restaurant speisen. Aber bilden Sie sich nichts ein, mein lieber Freund, bilden Sie sich absolut nichts ein.«

»Natürlich kann ich mit ihr essen gehen«, erwiderte Jouni ohne Weiteres. »Aber wie haben Sie mich genannt?«

»Ein kleiner Scherz, alter Junge«, sagte Eaton-Jones. »Wir haben hier ein paar frostige Wochen verbracht. Fehlen nur noch die Eisbären.«

»Ja, es ist ein kalter Winter«, bemerkte Jouni trocken. »Und Sie, Herr Eaton-Jones, haben einen seltsamen Humor.«

»Mag sein, mag sein«, gestand Eaton-Jones und ergänzte: »Mademoiselle hat im Übrigen noch ein weiteres Ansinnen, Mr. Manner. Sie wünscht, dass Sie, soweit möglich, nicht versuchen, Französisch zu sprechen.«

Hätte Jouni auch nur ansatzweise zu Nervosität geneigt, wären seine Nerven jetzt ins Flattern gekommen, denn er hatte Mademoiselle Françoise einige Tage zuvor interviewt, und am Ende seines Interviews hatte seine Gesprächspartnerin so hysterisch gekichert, dass sie zum Abschied nicht einmal ein *au revoir* herausbrachte. Das Interview war für die Spätnachrichten bestimmt gewesen, es sollte nach den Berichten über Vietnam, den Mittleren Osten und Rhodesien und andere Unruheherde einen

»Ohrenschmaus« bilden. Eine von Keijo Kantolas innovativen Ideen lautete, dass die Zuhörer nicht mit dem Elend der ganzen Welt im Ohr zu Bett gehen wollten. Stattdessen sollten sie vor der Nationalhymne und dem Pausensignal noch etwas Angenehmes hören dürfen: »eine Prise journalistischer Baldrian, bevor das Gerät ausgeschaltet wird«, wie Kantola in internen Gesprächen erläuterte.

Jouni hatte wie immer sorgfältig recherchiert. Mademoiselle Françoise war vierundzwanzig Jahre alt und hieß mit Nachnamen Dorléac. Sie hatte bereits als Zehnjährige Theater gespielt und mit achtzehn erste Filmrollen übernommen. Ihre Eltern waren genauso Schauspieler wie ihre jüngere Schwester. Fräulein Dorléac hielt sich in Finnland auf, um in einem Film mitzuspielen, der *Das Milliarden-Dollar-Gehirn* hieß und von einem Geheimagenten namens Harry Palmer handelte. Dorléac spielte die mystische Anya, und ihr Partner hieß Michael Caine. Der Regisseur hieß Ken Russell, und der Produzent Harry Saltzman hatte viel Geld in den Streifen investiert. Fräulein Dorléac hatte unter anderem in Truffauts *Die süße Haut* und Polanskis *Cul-de-Sac* mitgewirkt. Momentan arbeitete sie, außer am *Milliarden-Dollar-Gehirn*, an einem Film mit dem Titel *Die Mädchen von Rochefort*: Ihre Partnerin in diesem Werk war ihre Schwester. Fräulein Dorléac hatte zudem als Mannequin für Christian Dior gearbeitet.

So weit, so gut, aber dann hatte Jouni, dem mitgeteilt worden war, dass Fräulein Dorléac gerne bereit war, Interviews auf Englisch zu geben, den Entschluss gefasst, seinem Französisch eine Chance zu geben. Immerhin hatte er an der Universität zwei Semester lang einen Sprachkurs besucht, und er war immer darauf bedacht, dass seine Investitionen sich auch auszahlten, die materiellen genauso wie die immateriellen. Dass ihn der Kurs herzlich wenig interessiert und er die Abschlussklausur nur mit Mühe bestanden hatte, war ihm leider entfallen.

»Guten Abend, Frau Dorléac«, hatte er das Interview eingeleitet. Sie hatten im leeren Restaurant des Hotels Fiskartorpet gesessen, das Nagra-Tonbandgerät zwischen ihnen auf dem Tisch, das Mikrofon aufgestellt und ihr zugewandt. Draußen wirbelte Schnee auf die Stadtteile Munksnäs und Bredviken herab. Es war erst vier Uhr nachmittags, aber durch das Unwetter hatte man das Gefühl, es würde dämmern.

»Fräulein«, hatte Françoise Dorléac ihn korrigiert, »ich bin nicht verheiratet. Ich wünsche Ihnen auch einen guten Tag, Herr Manière.« Als sie das sagte, lächelte sie zurückhaltend, sie hatte weiße, aber nicht filmstarebenmäßige Zähne und große Rehaugen. Ihre Hände hatten ganz ruhig auf dem Tisch gelegen, ihre Finger waren lang und schlank, exquisit geformt und die Nägel lackiert gewesen. Sie hatte Kühle und Eleganz ausgestrahlt, und Jouni hatte bereits bei der ersten freundlichen Korrektur rote Ohren bekommen. Sein Selbsterhaltungstrieb hatte sich allerdings nicht gemeldet.

»Erst über den Bullen ich eine Frage stellen will«, hatte er weitergemacht.

»Über den Bullen?« Fräulein Dorléac hatte Mr. Eaton-Jones einen schnellen Blick zugeworfen, der am Nebentisch an einem Drink nippte.

»Ja, über den Bullen«, hatte Jouni beharrt. »Ihnen gefällt der letzte Bulle?«

»Verzeihung?«, hatte Fräulein Dorléac mit unverstellter Verblüffung gesagt: Sie hatte die Augen aufgerissen. Auch Eaton-Jones hatte Jouni bekümmert angesehen.

»Ja, Ihr letzter Bulle«, hatte Jouni unverdrossen und mit einer gewissen Ungeduld in der Stimme weitergesprochen. »Cul-de-Sac!« Es hatte wie *Kyl-te-shäk* geklungen, was er durchaus gehört hatte, aber Fräulein Dorléacs hübsches Gesicht hatte sich wie bei einer plötzlichen Erkenntnis erhellt, und sie setzte zu einer Antwort an, sprach schnell und lebhaft und ins Mikrofon, es war ein langer und flüssiger Sermon auf Französisch: Seine ungenügende Aussprache war kein Hindernis gewesen.

»Wie Sie sich fühlen, wenn Sie haben einen Bullen in Eisen gelegt?« Jouni hatte die Tatsache ignoriert, dass er kaum ein Wort von ihrer erschöpfenden Antwort verstanden hatte: Stattdessen hatte er ihr schneidig und engagiert eine Folgefrage gestellt, wie Kantola und Friberg es ihm beigebracht hatten.

»Entschuldigen Sie, Herr Manière, aber ich verstehe Sie nicht«, hatte Fräulein Dorléac höflich bedauernd gesagt, aber Jouni hatte darunter ein Lachen, ein leises Kichern erahnt.

Ihre Schönheit hatte ihn verblüfft. Sie hatte ihn elektrisiert, und er hatte gespürt, dass es ihn schon aus dem Gleichgewicht brachte, nur in ihrer Nähe zu sitzen. Sie war so ätherisch, so unantastbar, dennoch so seltsam lebendig in allem: ihrem Mienenspiel, den Handbewegungen, ihrer Art, den Kopf schief zu legen, den Worten, die aus ihr herausschossen, wenn sie denn verstand, was er ihr zu sagen versuchte. Er war immer mehr aus dem Konzept geraten und hatte darüber hinaus das minimale Wissen über die Struktur des Französischen vergessen, das er einmal besessen hatte.

»Ja … nachdem ein Bulle in Eisen gelegt?«, hatte er wiederholt. »Oder nein … Eisen! … legen! … machen! … gemacht! Wie Sie sich fühlen, wenn Sie einen Bullen gemacht?«

Fräulein Dorléac hatte hilflos Eaton-Jones angesehen. Eaton-Jones hatte mit den Schultern gezuckt. »Er versucht sicher nach wie vor, Sie zu Ihren Filmen zu befragen«, hatte dieser gesagt und sich anschließend an Jouni gewandt: »Ich glaube, es wäre besser, wenn Sie Englisch sprechen würden.«

Idiot, hatte Jouni gedacht und auf dem Französischen beharrt: »Wie Sie dann machen, wenn Sie Ihre Rolle vorwerfen?«

Eaton-Jones gab einen lauten Seufzer von sich. Fräulein Dorléac hatte Jouni angesehen, und ihre Augen hatten vor Heiterkeit geglitzert. Jouni hatte verzweifelt nach dem Fehler gesucht, den es in seinem letzten Satz gegeben hatte, und ihn gefunden:

»Nicht vorwerfen! Vorbereiten! Wie Sie machen, wenn Sie Ihre Rolle vorbereiten?«

Fräulein Dorléac hatte sich ein weiteres Mal gesammelt, zum Mikrofon vorgelehnt und eine lange und wogende Erklärung auf Französisch abgegeben. Jouni hatte während ihrer Antwort durchgeatmet und seine nächste Frage vorbereitet:

»Was lieben Sie, in Eisen zu legen, wenn Sie allein sind?«

»In Eisen legen?«, hatte Fräulein Dorléac gefragt und unverhohlen gekichert.

»Sie sprechen von jetzt an Englisch, Mr. Manner«, hatte Eaton-Jones erklärt, »sonst geht Mademoiselle.«

Das restliche Interview war ziemlich gut verlaufen. Jounis Englisch war fast so gut wie sein Französisch schlecht war, und Fräulein Dorléacs Englisch war auch nicht zu verachten gewesen. Es hatte sogar den Ansatz eines persönlichen Kontakts zwischen ihnen gegeben, jene Art von Vertrautheit, die sich zwischen Interviewer und Interviewtem ergeben kann, wenn es gut läuft. Bis sie sich verabschieden wollte und Jouni erneut beschloss, der französischen Sprache seine Ehre zu erweisen:

»Zur Besichtigung!«, hatte er gesagt und Fräulein Dorléacs Hand genommen und an seine Lippen geführt. Das war der Moment gewesen, in dem die Schauspielerin endgültig ihre Selbstbeherrschung verloren hatte. Sie hatte laut gelacht, und als sie einmal angefangen hatte, schienen bei ihr alle Dämme zu brechen: Sie hatte vor Lachen gequiekt, während Jouni seine Ausrüstung einpackte, und immer noch hilflos gekichert, als er dem grinsenden Eaton-Jones säuerlich zugenickt hatte und gegangen war.

Trotzdem – und das sagt sicher etwas über seine Offenheit und Neugier – saß Jouni nun, nur wenige Tage später, erneut Fräulein Dorléac gegenüber. Sie trafen sich zu einem frühen Abendessen im Chez Marius, und Jouni bestellte ein Steak mit Pfeffersauce, während Fräulein Dorléac sich nach Fisch erkundigte und Lachsfilet mit einer Sauce Hollandaise bekam. Diesmal kam Jouni kein Wort Französisch über die Lippen, wohingegen Fräulein Dorléac sich jedes Mal lebhaft mit dem Kellner unterhielt, wenn sich dieser ihrem Tisch näherte, und dann verstand Jouni kein Wort. Die restliche Zeit fiel es ihnen dagegen verblüffend leicht, sich auf Englisch zu unterhalten, vor allem, wenn man bedachte, dass Fräulein Dorléac fast ein Weltstar war – Jouni hatte inzwischen gründlichere Nachforschungen angestellt und erkannt, dass seine Verabredung auf dem besten Weg war, ganz groß herauszukommen – und die Fremdsprache in französischer Manier aussprach, mit rollendem *R* und der Betonung auf der letzten Silbe der Worte. Jouni hatte Ariel angerufen (er hatte ihn von der Arbeit angerufen, da er ja schlecht über Fräulein Dorléac sprechen konnte, wenn Terhi ihn hörte) und ihm erzählt, mit wem er dinieren würde. Er hatte sich einen triumphierenden Tonfall gegönnt, und Ariel war neidisch geworden, hatte ungläubig geschnaubt und gesagt, *Wer's glaubt, wird selig, Jone.* Immerhin hatte Ariel erst vor ein paar Monaten Françoise Dorléacs letzten Film gesehen, und selbst wenn sich Dorléac – wider Erwarten – in Helsingfors aufhalten sollte, um einen Agententhriller zu drehen, ging sie bestimmt nicht mit jemandem wie Jouni Manner im Marius essen, *ennemmin oriillekin lasvaa tissit* – eher wachsen einem Hengst Titten. »Na, dann komm eben vorbei und sieh selbst, verdammt!«, hatte Jouni erwidert, und seine Stimme war voller Übermut gewesen, »wir setzen uns ans Fenster, geh einfach irgendwann nach sechs auf der Straße vorbei.« Als er und Fräulein Dorléac nun dort saßen und mit ihren Weingläsern anstießen, warf Jouni von Zeit zu Zeit verstohlene Blicke über ihre Schulter auf die Mikaelsgatan hinaus, aber von Ariel war nichts zu sehen. Terhi hatte Jouni mitgeteilt, er werde mit einem Informanten essen. Er arbeitete an einem Beitrag über die Geldgier von Versicherungen und hatte sie angelogen, als er von der Arbeit heimkam und sich in seinen Anzug warf, um in die Stadt zurückzufahren. »Ein ehemaliger Versicherungsagent hat mir versprochen auszupacken«, hatte er weitergesprochen, »das wird eine Riesensache.« »Und warum bespritzt du dich mit einer halben Flaschen Tabac Original, wenn du mit einem Versicherungsagenten essen gehst?«, hatte Terhi gesagt. Darauf war Jouni keine passende Antwort eingefallen, und er hatte nur gemurmelt, dass er noch den Bus verpassen werde, und war hinausgeeilt.

Da saßen sie nun also, Fräulein Dorléac und er, das Pfeffersteak und das Lachsfilet hatten sie fast verspeist –, er hatte gesehen, dass sie die gesamte Sauce Hollandaise vom Fisch gestrichen hatte – und ihre Weingläser fast geleert, und Jouni dankte dem glücklichen Umstand, dass er nur zwei Wochen vor dieser unerwarteten Begegnung seinen einundzwanzigsten Geburtstag gefeiert hatte: Das vereinfachte die Dinge erheblich, er lief weniger Gefahr, dass auf peinliche Weise sein Alter enthüllt wurde, falls er und Mademoiselle sich entscheiden sollten, nach dem Essen noch in einer Hotelbar vorbeizuschauen und einen Drink zu nehmen.

»Wie alt sind Sie, Mr. Manière?«, fragte Fräulein Dorléac, und ihr *R* war noch sanfter als sonst. Ihr Englisch klang atemlos, es war, als hätte sie Glasscherben oder Strohhalme im Mund und würde sich pausenlos fürchten, sich an ihnen zu schneiden. »Einer Dame darf man diese Frage nicht stellen, das wissen Sie natürlich, aber als Dame darf ich sie Ihnen doch hoffentlich stellen?«

Jouni rechnete schnell – ihr Geburtsdatum, der 21. März 1942 – und sagte: »Fünfundzwanzig. Vor ein paar Wochen hatte ich Geburtstag.«

»Hätten Sie nicht einen solch athletischen Körperbau, würden Sie fast jünger aussehen, als Sie sind«, sagte Fräulein Dorléac. »Wir sind gleich alt, ich habe nächsten Monat Geburtstag.«

Sie erzählte ihm von den Filmaufnahmen des Tages in der Nähe des früheren Ateliers des Malers Gallin-Calelás (sie meinte Gallen-Kallela) nordwestlich von Munksnäs. Der Ort, an dem das Atelier lag, hieß Tarvaspää, aber Fräulein Dorléac sagte »tarsapé«, und Jouni verzichtete auch diesmal darauf, sie zu berichtigen. Fräulein Dorléac berichtete, dass sie während der Aufnahmen Motorschlitten gefahren waren, Michael Caine und sie, und sie erzählte, dass die britischen Kameramänner jeden Tag froren wie junge Hunde und große Mengen Liptontee aus Thermoskannen tranken und über diese verschneite Gefriertruhe von einem Land fluchten.

»Aber ich mag Finnland«, sagte sie anschließend. »Die Leute bleiben auf Distanz, man wird in Ruhe gelassen. In Frankreich ist das anders, da mischen sich alle immerzu ein … Herr Manière, hören Sie mir eigentlich zu?«

Jouni zuckte zusammen. Er hatte sich wieder in ihrer Schönheit verloren. Sie trug ein ärmelloses, recht kurzes Kleid, dessen Farbe irgendwo zwischen Silber und Blei changierte, und wenn sie sich bewegte, glitzerte das Kleid im Licht. Jouni dachte an Terhi in seiner Wohnung, er wusste, dass es ungerecht war, konnte aber nicht anders, er dachte an ihre unlackierten Fingernägel, an ihre kurzen, stumpfen Finger, die sich über die Löcher der Querflöte bewegten, an ihre hässlichen Ban-Lon-Jumper, durch die hindurch es unter ihren Armen schwach nach Schweiß roch. Fräulein Dorléacs Arme waren lang und schlank, ihre Oberarme waren regelrecht dünn, ihre ganze Gestalt war groß und dünn. Sie schien sich ihrer Schlankheit allerdings überhaupt nicht bewusst zu sein, sie war so selbstvergessen, so schön, so lebendig, so stark. Plötzlich tauchte Adriana Mansnerus in Jounis Gedanken auf: genauso selbstsicher, so unmittelbar und lebendig konnte auch sie sein, zumindest an Tagen, an denen sie sich sicher und geborgen fühlte. Aber es gab auch andere, schlechtere Tage … wie sehr er sich wünschte, dass Adriana eines Tages Fräulein Dorléacs Stärke bekommen würde!

»Entschuldigen Sie«, sagte er, als er begriff, dass er in Gedanken abgeschweift war und sie ihn dabei ertappt hatte, dass er ihr nicht zuhörte. Was hatte sie gerade erzählt – irgendetwas darüber, dass Ken an einem Vormittag, an dem sie mit den Motorschlitten weit in Richtung offenes Meer hinausgefahren waren und an der Fahrrinne gedreht hatten, Michael gezwungen hatte, von einer Eisscholle zur anderen zu springen? »Wir sollten wohl gehen«, lenkte er sie ab, »dieses Restaurant schließt leider früh. Möchten Sie vielleicht noch irgendwo einen Drink nehmen?«

»Ich glaube, ich möchte spazieren gehen«, antwortete Fräulein Dorléac. »Ja, ich denke, es wäre wirklich herrlich, spazieren zu gehen. Haben Sie Lust?«

Sie gingen durch den Esplanadenpark, auf den Spuren Ariels und Adrianas, die dort zwei Monate zuvor auf und ab flaniert waren. Sie hatte sich in ihren rotbraunen Pelzmantel gehüllt und den Schal hoch- und die teure Pelzmütze so tief in die Stirn herabgezogen, dass als Einziges ihre Augen sichtbar waren, die großen Rehaugen.

»Sie haben möglicherweise in irgendeiner Zeitung gelesen, dass ich lebenslustig bin, wie man so sagt«, meinte sie. »Sie wissen schon, *Joie de vivre*. Und nun glauben Sie vielleicht, dass wir zwei ein Taxi nehmen und gemeinsam zu meinem Zimmer ins Hotel fahren werden?«

»So etwas würde mir niemals in den Sinn kommen, Mademoiselle, wie können Sie nur …«, protestierte Jouni.

»Was in den Zeitungen steht, ist nicht immer gelogen«, unterbrach sie ihn brüsk, »nicht ganz.« Sie bogen unten am Cholerabecken um die Ecke und gingen den Südkai entlang, zu ihrer Linken lag die Markthalle, und Jouni hätte sie ihr gerne gezeigt. Aber Fräulein Dorléac gab ihm dazu keine Gelegenheit, sondern fuhr fort: »Sie scheinen ein Gentleman zu sein, und unter günstigen Umständen könnte ich mir durchaus vorstellen, Ihnen einen Abend Gesellschaft zu leisten. Nun ja, vorausgesetzt, dass Sie nicht Französisch sprechen. Meine Muttersprache ist die Sprache der Liebe, aber wenn Sie darin radebrechen … eh bien! Aber ich sagte: unter günstigen Umständen. Und nun ist es zufällig so, dass man mir erst kürzlich das Herz gebrochen hat. Und das ist nicht günstig. Mit gebrochenem Herzen bin ich zu nichts in der Lage. Ich schaffe es kaum, vor der Kamera zu agieren.«

Ein schneidender und kalter Windstoß biss aus Südosten kommend zu. Fräulein Dorléac stöhnte auf und zog den Schal noch ein wenig höher, um Mund und Nase zu schützen. Jouni sah seine Chance gekommen und sagte:

»Ich verstehe vollkommen, was Sie meinen. Und ich hatte auch wirklich nicht …«

Wieder unterbrach sie ihn: »Es ist kalt, wollen wir nicht umkehren? Sie sind doch so lieb und besorgen mir ein Taxi? Es war mir wirklich ein Vergnügen, Ihre Bekanntschaft zu machen.«

Schweigend gingen sie zurück nach Norden und wandten sich dann gen Westen, erneut in Richtung des Esplanadenparks. Jouni war bewusst, dass er sich eigentlich gedemütigt fühlen müsste, aber in seinem Inneren brodelte etwas völlig anderes. Er fühlte sich mündig, flügge, er hatte abgehoben, war endlich unterwegs! Es hatte Momente gegeben, in denen er in der Redaktion gesessen und Angst gehabt hatte, Angst vor Formalitäten, Angst davor, Fehler zu machen, Angst davor, als der halbgebildete Emporkömmling entlarvt zu werden, der er letztlich war. Aber jetzt! Wenn er mit einer Frau wie Fräulein Dorléac essen gehen und Wein trinken und sich auf Englisch unterhalten konnte, wenn er mit ihr durch den Esplanadenpark und am Südkai entlang flanieren und erleben konnte, wie sie zwar Grenzen zog, aber dennoch halb verführerische Dinge zu ihm sagte, wenn er das alles konnte, ja, dann war er endlich unterwegs in die weite Welt, zu großen Abenteuern, fort vom Schnapsgestank und den Schlägereien und dem Eisengeschmack im Mund, fort von den kleinen und tristen Wohnungen in der Castrénsgatan, der Åsgatan und dem achten Stock des Hochhauses in Tallinge.

* * *

Für Adriana war es kein glücklicher Winter, und das Frühjahr gestaltete sich auch nicht anders. Dabei sah auf den ersten Blick eigentlich alles ziemlich gut aus. Aber sie schaffte es kaum einmal in die Universität, da sie fast täglich vor der Kamera stand. Pflichtbewusst meldete sie sich zu Prüfungen an und legte sie ab, so gut es eben ging, aber die Ergebnisse waren bescheiden. Sie war mittlerweile seit vier Jahren, acht Semestern eingeschrieben, hatte ihre Nebenfächer jedoch eher spontan gewählt – *ich will studieren, was mich interessiert*, pflegte sie zu sagen – und mehrmals die Fächer gewechselt: Ein Examen war nicht in Sicht, nicht einmal ein niedrigerer Abschluss.

Als Mannequin verdiente sie so gut, dass sie zu Hause auszog und sich eine kleine Wohnung in einem modernen Haus in der Smedsgatan nahm. Dort ließ sie ihrem Hang zu einem Leben als Bohemien freien Lauf. In ihrer Wohnung standen nur wenige Möbel, Adriana schlief auf einer Matratze in der Zimmerecke und kochte sich nur selten etwas. Ihre Mahlzeiten nahm sie stattdessen in Cafés zu sich, aber oft vergaß sie auch einfach, etwas zu essen, und wenn sie in ihrer kleinen Kochnische ausnahmsweise etwas zubereitete, standen die Töpfe hinterher häufig eine Woche oder länger schmutzig in der Spüle. Stenka Waenerberg sagte einmal höhnisch, ihre Wohnung sehe aus, als wohnte darin ein Mann, ein junger Schnösel, der nach abgeleistetem Militärdienst gerade ins Zivilleben eintrete. Nur die Frauenzeitschriften auf dem Fußboden, sie und die Lippenstifte und die kleinen Fläschchen und Döschen mit Nagellack und Lidschatten und Mascara verrieten, dass es sich anders verhielt: Diese Fläschchen und Döschen lagen überall in der Wohnung verstreut, sie standen häufig offen, und wenn sich Gäste setzten, ohne sich vorzusehen, erlebten sie nicht selten eine unangenehme Überraschung.

Adriana mietete die Wohnung von einem Geschäftsfreund Stenkas und war deshalb unabhängig von ihren Eltern: In den Jahren, die sie dort wohnte, lud sie Catherine oder Göran nie zu sich ein. Ihre kleine Schwester Eva, die zur Zeit ihres Umzugs neun war, kam dagegen manchmal zu Besuch. Vielleicht lag es am Altersunterschied, jedenfalls gestaltete sich der Kontakt der Geschwister recht wortkarg, manchmal stellte Adriana schlichte Fragen zur Schule und den Freunden oder dazu, wie es Catherine und Göran ging, manchmal half sie Eva bei den Hausaufgaben, aber meistens saßen sie nur schweigend zusammen, tranken Saft und hörten Radio, wenn gerade Sendungen mit Pop- und Rockmusik liefen.

Je öfter Adriana von Sam Karnow und anderen fotografiert wurde, je öfter sie in Zeitungen wie *Nya Pressen* und *Helsingin Sanomat* und in den Werbekampagnen diverser Firmen und Konfektionswareherstellern auftauchte, desto eigenartiger fühlte sie sich. Sie sah auf diesen Aufnahmen großartig aus, in dem Punkt waren sich alle einig, sie sah immer großartig aus und strahlte auf Dutzende verschiedene Arten, vor der Kamera war sie ein Chamäleon, sie war formbar, sie streckte sich nach dem Unmöglichen, sie enttäuschte nie. Sie war ein anständiges Mädchen von nebenan, eine mondäne Schönheit, ein käuflicher Vamp, sie drückte auf ihre inneren Knöpfe und strahlte Unschuld, List, Verführerisches, Kühle oder Arroganz aus: Sie lieferte, was man von ihr begehrte. Aber es war, als hätte ihre Fähigkeit, gut auszusehen und gleichzeitig sehr verschiedene Dinge zu signalisieren, sie innerlich aufgezehrt, denn wenn sie abends in ihre Wohnung zurückkehrte, gab es keine Adriana Mansnerus mehr, an die sie sich halten konnte, es existierte nur noch eine gehetzte Schale, die erst das Radio und danach den Fernseher einschaltete – sie hatte ihn am Tag ihres Einzugs gekauft –, gleichzeitig jedoch nach dem Telefonhörer griff und anfing, Freunde und Bekannte anzurufen und sie zu fragen, ob sie ausgehen wollten. Sie wurde in ihrer Wohnung so rastlos, es kribbelte in ihr, sie schlief lieber bei Stenka. Und dabei war Stenka nicht mehr wie früher, ganz und gar nicht: In seiner Wohnung konnte mittlerweile alles Mögliche passieren, alle möglichen Dinge, mit denen sie nicht gerechnet hatte und die sie nicht wollte. Aber dort fiel ihr nicht die Decke auf den Kopf wie in der Smedsgatan. Und sie wusste natürlich, warum Stenka so distanziert war, es war ja alles ihre Schuld. Sie hatte auf ihn eingeredet, ihn halbwegs gezwungen, die Schauspielerin zu verlassen, die er kennengelernt hatte, als sie selbst verreist war. Er hatte es getan, er war zu ihr zurückgekehrt, aber das war wohl trotzdem ein Fehler gewesen, denn er war so kalt geworden und manchmal fast bösartig, er sprach nie mehr über ihr großes Stimmvolumen oder ihre kommende Solokarriere, und Adriana erinnerte sich kaum noch an das Frühjahr, in dem sie nackt auf Stenkas Bettkante gesessen hatte, während seine Lippen und seine Zunge über ihren Körper wanderten, diese Erinnerungen schienen einem anderen Leben zu entstammen, wie zärtlich und behutsam, aber doch mit unmissverständlichem Begehren er sie berührt hatte. Heute tat er nichts dergleichen, heute küsste er sie kaum noch, stattdessen schlug er seltsame Dinge vor, die sie manchmal tat und manchmal nicht und nie genoss. Und weil das alles so war, zu Hause bei ihr und bei Stenka, war es nur allzu leicht, die Nächte außer Haus zu verbringen. Als Erstes ging man zum Pop-Keller oder ins Natsa oder zu einer der Diskotheken, die inzwischen an verschiedenen Stellen in der Stadt aufmachten: Wenn man wild genug tanzte, vergaß man rasch alle Sorgen, außerdem gab es immer jemanden, der eine Flasche hatte oder einen zu einem Drink einladen wollte, und so vergingen die Stunden, und am Ende landete man im M-Club oder im Red Room draußen in Munksnäs, und von dort aus ging es nicht selten noch in das Haus oder in die Wohnung von irgendwem. Und angesichts eines solchen Lebenswandels fehlte es einem natürlich an der nötigen Konzentration auf die Bücher in Theaterwissenschaft und Hermeneutik und fernöstlicher Philosophie, und mit der Zeit spürte Adriana darüber hinaus, dass ihre – unbenutzte – Stimme immer rauer und unsicherer wurde: schlichtweg schlechter. Aber das machte nichts. Es passierte ja immer so viel. Man konnte so viele Menschen kennenlernen. Und es gab so viele Männer, sie waren unzuverlässig, aber auch wunderbar, und man musste sich bloß an ihren Betrug gewöhnen.

Fast alles war neu, ihre alten Freunde traf sie nicht mehr. Jouni Manner hatte sie seit September nicht mehr gesehen. Sie hatte ihn gelegentlich im Radio gehört und einmal seinen Namen im Fernsehen gesehen, ihn selbst jedoch nicht. Abgesehen von dem Kinobesuch im Corona und einer schnellen Tasse Kaffee in einer Bar im März hatte sie auch keinerlei Kontakt zu Ariel gehabt. Und vielleicht war es auch besser so. Denn wenn sie mit Ariel zusammen war, lebte sie gefährlich: Sie hatte häufig ausprobiert, was Ariel unter die Leute brachte. Und dabei hatte er es ihr nicht etwa aufgedrängt, sie hatte es gewollt, sie war waghalsig, in dem Punkt waren Ariel und sie sich ähnlich, wenn sich die Gelegenheit ergab, konnte sie es einfach nicht lassen, Neues auszuprobieren, irgendetwas in ihr wollte Dinge riskieren, und trotzdem taten ihr diese Joints und Pillen nicht gut, das wusste sie: Es gab Leute, die einen solchen Lebensstil durchstanden, und Leute, denen dies nicht gelang, und Adriana hatte längst erkannt, dass sie zu Letzteren gehörte.

Ein Außenstehender hätte zu dem Schluss kommen können, dass zwei unvereinbare Charakterzüge, Abenteuerlust und Zerbrechlichkeit, um die Herrschaft über Adriana rangen. Ariel und Jouni hatten sich dieser Erkenntnis genähert, und Jouni war ihr am nächsten gekommen. Aber Jouni und Ariel waren nicht mehr da, und niemand hatte ihren Platz eingenommen. Und Adriana? Ihr war bewusst, dass der Abstand zwischen ihren inneren Polen groß war, verhängnisvoll groß, aber sie glaubte fest daran, dass sich diese Pole vereinen ließen. Sie waren wie Yin und Yang, fand Adriana, wenn sie zusammenliefen, würde sie endlich ganz werden. Und wenn nicht, tja, dann war ihre Zerrissenheit das Ergebnis unglücklichen *Karmas* aus einem früheren Leben, und damit musste sie dann eben leben.

So gerüstet trat sie an einem Märzmorgen mit Schneeregen eine sehr lange Reise an, die mit einem Linienflug, einer Caravelle-Maschine, von Helsingfors nach Stockholm begann. Dort schlossen sich Sam Karnow und einige Musiker an, und daraufhin flogen Adriana und Stenka und die anderen in einer DC-8 nach Las Palmas: In der Maschine beanspruchten sie fünf ganze Reihen für sich. Sobald das Flugzeug in Stockholm abgehoben hatte, begannen die Männer zu trinken, aber Adriana las während der gesamten Reise eine englischsprachige Einführung in das *I Ging*, sie las Stunde um Stunde, und Stenka reagierte gereizt. Als Adriana aus dem Flugzeug stieg und die trockene, fast heiße Luft auf ihrem Gesicht spürte, war sie verblüfft, dass dies in nur zehn Stunden möglich war: Sie hatte am Vortag auf eine Weltkarte geschaut und festgestellt, dass die Kanarischen Inseln südlicher lagen, als sie geglaubt hatte, bei Westafrika, in Äquatornähe.

Zehn Tage verbrachten sie auf Gran Canaria. Adriana hatte einen einzigen Fototermin, ein Badeanzugspecial für eine Modebeilage, ansonsten machte sie Urlaub. Stenka, sie und Sam Karnow wohnten im Estrella del Mar gleich oberhalb der Uferpromenade Las Canteras. Das Hotel gab an, vier Sterne zu führen, aber Adrianas und Stenkas so genannte Hochzeitssuite bestand aus zwei ziemlich schäbigen Zimmern und einem winzigen Bad, und Karnows Zimmer lag am hinteren Ende des Flurs, war stickig und hatte keine Dusche: Es gab dort nur eine rissige Badewanne und einen widerspenstigen Wasserhahn, so dass Karnow sich die meiste Zeit bei ihnen herumtrieb. Die anderen wohnten in einer Zwei-Sterne-Pension in Hafennähe, in einem Viertel voller Bordelle. Das machte den unerfahrenen Popjungen nichts aus, wohingegen das Gesangsduo Markku & Päivikki Stenka Waenerberg wiederholt bat, ins Estrella del Mar umziehen zu dürfen, aber Stenka machte seinem Ruf als Geizkragen alle Ehre und verweigerte die Zustimmung.

Adriana kannte die anderen Künstler nicht, und da sie und Stenka im Estrella wohnten, lernte sie die Musiker auch nicht kennen. Die Reise war für die Stenkaw-Management-Klienten gedacht, die einen Vertrag mit Sonovox hatten. Die Plattenfirma bezahlte die Tour, sie wollte Artikel und Werbefotos haben, sie hatten sogar Reporter eines Popmagazins und einer Fernsehzeitung eingeladen. Adriana bildete die Ausnahme, ihre Reise wurde von der Illustrierten mit der Modebeilage bezahlt.

Mit von der Partie war auch die neue Supergruppe The Bukka Men. Adriana erkannte Jugi Eskelinen und Santtu Wuori von den Plattenaufnahmen vor einem knappen Jahr, wechselte aber nur wenige Worte mit ihnen, sie hatte eine ihrer ängstlich nervösen Phasen und traute sich nicht. Mitgekommen war auch die Gruppe Instinct mit dem charismatischen Frontmann Alex Karjagin sowie der attraktive, aber mürrische Jüngling Kari Kuoppa, der Elvis und Tom Jones sang und »der neue Danny« genannt wurde, sowie Markku & Päivikki, die den Nummer-eins-Hit *Wenn Frieden in dein Herz einzieht* vorweisen konnten und sehr unter der mangelnden Ruhe im Rotlichtbezirk litten.

Ihre Fotosession hakte Adriana bereits am zweiten Tag ab. Am dritten begleitete sie die anderen in die Berge, sie fuhren zu einer kleinen Gebirgsstadt, die Teror hieß und etwa zwanzig Kilometer von Las Palmas entfernt lag. Stenka Waenerberg hatte Gran Canarias einzigen Aston Martin und darüber hinaus einen VW-Käfer gemietet, den der Autoverleih leuchtend gelb lackiert hatte. Sam Karnow fotografierte zunächst Markku & Päivikki in verschiedenen Posen und auf der dunkelgrünen Luxuskarosse und ließ sie anschließend den Käfer ausprobieren. Die blonde Päivikki glich einem Pastellgemälde: Ihre Bluse und die Pumps waren hellblau, ihre Jeans war weiß und das Halstuch kanarienvogelgelb. Die Kleider und das scharfe Sonnenlicht ließen Päivikki fast schon krankhaft hellhäutig aussehen, und Adriana fand ihre Schicksalsgenossin – sie waren die einzigen Frauen auf der Reise – geschmacklos und langweilig. Und langweilig und lang wurde auch der Tag. Mal zwang Karnow die Popgruppen, sich in den Käfer zu zwängen, mal in den feineren Wagen, ein anderes Mal versuchte er Markku und Päivikki in Cowboystiefel und Wildleder mit Fransen zu stecken, um sie cooler und betont *folksy* aussehen zu lassen. Unter Stenkas Oberaufsicht verknipste er einen Film nach dem anderen, und Adriana gähnte immer öfter: Als die anderen am nächsten Tag abfuhren, blieb sie im Hotel.

Es waren heiße, aber bewölkte Tage, die grauen Wolkenbänke glitten so still und majestätisch über Las Canteras heran, wie sie sich in Helsingfors dem Hafen näherten. Auch hier neigte Adriana dazu, zu viel zu trinken und die Kontrolle darüber zu verlieren, was geschah. Jeden Vormittag und noch während der einsamen Nachmittage nahm sie sich vor, an diesem Abend alles im Griff zu haben und ihre Meinung zu sagen, aber schon wenn die anderen zurückkehrten und es zum Essen und danach ins Nachtleben der Stadt ging, war sie eigentümlich abgestumpft und keinen Argumenten mehr zugänglich. Und warum sollte sie es leugnen: Oft nahm sie schon am Nachmittag ein, zwei Drinks, und manchmal wurden daraus auch drei oder sogar vier.

Stenkas Ton wurde immer schroffer. Eines Abends sagte Adriana beim Essen etwas über Musik – am nächsten Morgen erinnerte sie sich nicht mehr an ihre eigenen Worte, nur an die Antwort –, und Stenka entgegnete »Sieh einer an, der Kleiderbügel kann ja sprechen«. Adriana begriff nicht, warum er sie so ungerecht behandelte. Sicher, manchmal war sie schweigsam, aber war es nicht weise zu schweigen, wenn man nichts zu sagen hatte? Außerdem wusste Stenka doch, wie gut Adriana singen konnte, wenn sie die Chance dazu bekam, warum sah er in ihr nicht mehr die Sängerin, hatte ihr Moment der Schwäche im Studio ihn dazu gebracht, sie so zu verachten?

Sie verbrachte ihre Tage damit zu vergessen, was an den Abenden und in den Nächten passiert war. Sie streunte durch die Stadt, nahm den Weg zum Fischmarkt, bummelte zwischen den Ständen und merkte sich die exotischen Namen: *espada, merluza, róbalo, dorada.* Sie betrachtete die Gruppen deutscher, schwedischer und englischer Männer, die den ganzen Tag tranken und *beechame muutso* und die Toreador-Arie grölten und schnell so betrunken waren, dass sie nur noch *más más más* herausbrachten, um mehr Sangria und Bier zu ordern. Es war Frühling, aber Adriana überkam oft ein Gefühl von Herbst, die Wolken hingen wie eine Schicht grauer Zellulose zwischen ihr und dem Himmel. Manchmal saß sie im Hotel und las Philosophie, bis ihr der Kopf schwirrte, und sie dachte daran, dass das Zimmer, in dem sie saß, in der fünften Etage lag, und überlegte, ob sie sicher sein konnte zu sterben, oder würde sie sich nur alle Knochen im Leib brechen und anschließend fünfzig Jahre lang unter großen Schmerzen als regungsloses Bündel leben müssen? Der Hotelier pries Abend für Abend ihr Aussehen und erklärte, sie sehe aus wie eine Spanierin, sie ähnele irgendeiner Ana, deren Nachname ihr nichts sagte, *señora* ist so wunderschön, sagte er, sind in Finnland alle *señoras* so schön? Ich bin keine señora, sagte Adriana eines Abends, *señorita, soy señorita.* Dem Hotelier schien das nicht zu gefallen: Stenka und sie hatten sich als Señor und Señora Waenerberg eingeschrieben, und der Nachtportier, ein jüngerer Mann als der Hotelier, hatte im Mundwinkel die Andeutung eines ironischen Lächelns gezeigt. Sie bereute es nicht, die Wahrheit gesagt zu haben: Es war vielleicht nicht wichtig, aber in dem Moment hatte sie das Gefühl gehabt, es sei wichtig. An den letzten Tagen streikte dann der Warmwasserhahn, manchmal kam Wasser, manchmal nicht, *qué hacer?* sagte der Hotelbesitzer mürrisch und zuckte mit den Schultern. Und es spielte tatsächlich keine große Rolle, jetzt, da sie nicht mehr duschen konnte, fühlte sie sich bloß noch ein bisschen schmutziger. Am vorletzten Tag folgte sie einer spontanen Eingebung und kaufte ein wohlduftendes Rasierwasser für Göran und gebrannte und karamellglasierte Mandeln in einer Papiertüte für Eva. Sie schickte Postkarten an Ariel und Jouni, und auf Jounis schrieb sie nur: *et on n'a même pas essayé, jamais …*

Am späten Abend, ja, es war schon Nacht, hörte sie Stenka und Karnow im anderen Zimmer kommende Projekte diskutieren, und in ihren Cocktailgläsern klirrte das Eis. Sie saß auf der Bettkante und hatte ihr Nachthemd angezogen, sie sah ihr Gesicht im großen Spiegel und versuchte, eine abweisende Miene aufzusetzen, fühlte sich aber nicht besonders stark: Sie waren lange aus gewesen, hatten getanzt und getrunken, und auch an diesem Abend drehte sich alles in ihrem Kopf. Die Tür zum anderen Zimmer stand einen Spaltbreit offen, Stenka und Karnow waren verstummt. Sie drehte den Kopf und sah sie durch den Spalt und begegnete ihren Blicken, sie trugen Shorts und T-Shirts, hielten ihre Gläser in den Händen und musterten sie. Keiner sagte ein Wort, und sie wusste, dass Karnow auch in dieser Nacht nicht in sein Zimmer gehen würde, noch viele Stunden nicht, und dann wandten sie den Blick ab und begannen von Neuem, sich in der Gewissheit zu unterhalten, dass es nicht eilte, dass alles seine Zeit hatte, und bei Adriana im Zimmer zog es vom Meer her, zog es durch die offene Balkontür, der dünne, hellrote Vorhang bauschte sich, er bauschte sich wie ein Schleier, und sie dachte daran, wie viele harte und bewertende Blicke es auf der Welt gab, und es schauderte sie ein wenig, denn der Wind war eigentlich warm, aber dann auch wieder nicht.

* * *

Im Grunde hatte Ariel gar nicht vorgehabt, auf ein Konzert zu gehen. Zwei Tage vorher hatte er nicht einmal von ihm gewusst. Im Laufe des Winters und Frühjahrs war er endgültig abgedriftet und lebte in seiner eigenen Welt. Sie bestand aus Gitarrenspiel und plötzlichen, fahrigen Aktionen, um sich neues Geld zu beschaffen, wenn das alte ausging: Die meisten dieser Aktionen verstießen gegen das Gesetz. Er hatte nur wenige menschliche Kontakte, traf sich nur noch mit Hullu-Hurme und Pätkä Suhonen und ein paar anderen. Hurme und Suhonen hatten im April die Fähre nach Stockholm genommen und waren auf der anderen Seite der Ostsee geblieben, und danach war Ariels Einsamkeit noch größer geworden. Lydia und Björk ging er tunlichst aus dem Weg – was nicht weiter schwer war, denn Lydia wohnte immer öfter bei Björk in der Oriongatan –, und er hatte auch keine Lust, Jone oder Addi zu treffen, in ihrer Gegenwart fühlte er sich nur schlecht, wenn auch auf unterschiedliche Art, aber letztlich lief es auf das Gleiche hinaus.

Dann kam jedoch eine Reihe zufälliger Umstände zusammen. Erstens war Ariel bei Kasse. Er hatte einen kleinen Job für Stenman erledigt und die bescheidenen Tantiemen für *Geh nicht einsam in die Nacht* ausbezahlt bekommen. Zweitens hatte er, was selten geschah, die Pop-Time des schwedischsprachigen Rundfunks gehört, in der die Moderatoren Chrisse und Sue über das Konzert gesprochen und sogar *The Wind Cries Mary* gespielt hatten. Auch in der neuen Ausgabe des Popmagazins Suosikki hatte es ein kleines Bild mit Bildunterschrift gegeben: *Dieser dicklippige Bluesneger spielt Ende Mai im Kulturhaus von Helsingfors.* Das neue Album, das erste der Gruppe, war erst vor einer guten Woche in London vorgestellt worden und in Finnland noch gar nicht erhältlich, so dass im Radio nur die Stücke auf der Single gespielt wurden. Ariel hatte sie gehört, und sie hatten ihm, wenn auch auf eine vage und unverbindliche Art, gefallen. Er war in diesem Frühjahr benebelt und war weder beim Schreiben von Liedern noch in seiner Entwicklung als Gitarrist vorangekommen. Seit Monaten war kein neuer Song mehr entstanden, er suchte nach Melodien und Phrasen, und phasenweise schienen sie auch fast in Reichweite zu sein – und dann konnte er hören, dass sie besser waren als seine alten, schöner, roher, drastischer –, aber dann entglitten sie ihm wieder und lösten sich auf, und es blieb nur Stille zurück. Er suchte eine neue Klangwelt, er wollte Gefühle wie Sehnsucht, Hass, Hunger und Verlassenheit vermitteln, Gefühle, die er seiner Impala und dem Morris-Verstärker nicht abringen konnte: Er suchte etwas Stärkeres, etwas, das härter war als die alte Musik, aber gleichzeitig auch sensibler, etwas, womit er all das Wortlose ausdrücken konnte, das durch sein Inneres wirbelte und so unerträglich wurde, dass er Linderung und Trost in Substanzen suchen musste, die die schärfsten Kanten abfeilten und die fiebrigsten Gedanken abschwächten.

Hinterher stand Ariel im kühlen und locker bewölkten Frühlingsabend und sah, wie sich die Dämmerung auf die Stadt herabsenkte. Er rauchte eine Zigarette nach der andern, und während er rauchte, ließ er Revue passieren, was er gesehen hatte, und versuchte zu verstehen, was er gehört hatte. Damit war er nicht allein. Das Kulturhaus war bei weitem nicht ausverkauft, eher halb gefüllt gewesen, aber vor dem Eingang blieben viele stehen, rauchten Kette und wirkten nahezu betäubt, als hätte ihnen jemand mit einem weichen, aber schweren Hammer auf den Kopf geschlagen. Ariel hielt die Zigarette zwischen Daumen und Zeigefinger der linken Hand und inhalierte in kurzen, nervösen Zügen, während er die Bilder vor sich sah. Wie der einheimischen Vorgruppe Creams *N.S.U.* missglückt war, weil das Mikrofon des Sängers nicht funktionierte. Wie die Roadies der Hauptattraktion auf die Bühne gekommen waren und die Trommeln und Gitarren gestimmt hatten. Und dann: *Jimi Hendrix and his Experience!* Mit diesen Worten hatte der Conferencier die Band hereingerufen. Und danach wurde alles wie ein Traum, wie ein so schöner und wilder Traum, dass kein Rausch etwas Derartiges heraufbeschwören konnte. Die voluminösen, krausen Frisuren von Jimi Hendrix, seinem Bassisten und dem

Schlagzeuger, die ihre Gesichter umrahmten und sie engelhafter und größer aussehen ließen, als sie eigentlich waren. Die Stapel großer Marshallverstärker zur Rechten und Linken der Musiker: Eine solche Soundanlage hatte Ariel noch nie gesehen, und den anderen ging es genauso, die Verstärker bildeten eine undurchdringliche Mauer, und die Lautstärke war entsprechend. Der Drummer, Mitchell, hatte einen wischenden, fast jazzigen Spielstil, während der Bassist – Redding – die zweite Stimme sang und bei allem, was er tat, ungeheuer sicher wirkte: Vermutlich war er ein begabter Gitarrist, der umgesattelt hatte wie zum Beispiel McCartney. Aber vor allem: Jimi Hendrix selbst! Seine Stimme war nichts Besonderes, sie war dumpf und trüb und klang manchmal fast, als würde er sprechen. Aber was er mit seiner Stratocaster anstellte! Wie er sie mit den Zähnen spielte und mit dem Instrument im Nacken, und wie er direkt auf die Verstärkermauer zuging, als wollte er sie umstürzen, wie er sie attackierte, so dass ein weißhäutiger Roadie dahinter stehen und dagegen halten, den Stapel vor dem Umkippen bewahren musste. Und wie die Gitarre höhnte und drohte und grunzte und donnerte und brüllte und jaulte und wie ein Donnerschlag und ein Blitzeinschlag klang, nur um in der nächsten Nummer, in einem der ruhigeren Songs, lyrisch und rein zwischen den Akkordwechseln zu gleiten, obwohl Hendrix unablässig Begleitung und Leadgitarre kombinierte, Dreiklänge und Bassriffs parallel zu Melodielinien spielte, als wäre er nicht ein, sondern drei Musiker. *Purple Haze. Red House. Fire. Hey Joe. The Wind Cries Mary.* Es war merkwürdig, wie viele und komplexe Gefühle diese Stücke und Hendrix' Spielweise ausdrücken konnten. Das Licht, die Dunkelheit, die Liebe, der Hass: Das alles war ungefiltert in Ariel eingedrungen, in seinen Blutkreislauf, in die dunklen und unendlichen Mikroräume des Gehirns, es war fast zu viel für ihn geworden, er hatte gespürt, dass er innerlich bebte wie ein uraltes Schloss unmittelbar vor dem Einsturz. Die heisere und ungezügelte, gleichzeitig jedoch so präzise Gitarre, diese düstere, gigantische, galaktische Klangwelt war all das, was Ariel irgendwo in der Popmusik und dem Blues verborgen erahnt hatte, ja, mehr als das, es war *die Vollendung*. Denn Ariel wusste: Nachdem er Jimi Hendrix gehört hatte, brauchte er nicht mehr zu suchen. Er konnte seine eigene Reise beenden, seine eigenen Mühen vergessen, was er gerade gehört hatte, würde er selbst niemals erreichen können. Seine eigene Gitarrentechnik hatte gewisse Ähnlichkeiten mit Hendrix, auch Ariels Hände waren groß, nicht so kräftig wie die des Amerikaners, sondern schmal, aber mit langen Fingern. Ariels rechte Hand war vielseitig, er benutzte abwechselnd ein Plektrum und eine eigenwillige Fingertechnik und nahm genau wie Hendrix manchmal den Daumen der linken Hand, um Basstöne in eine Diskantphrase einzubauen. Damit endeten die Ähnlichkeiten jedoch, denn dann kam all das, was Jimi Hendrix hatte, Ariel jedoch nicht, all das, was seinen Auftritt so einmalig gemacht hatte. Die Furchtlosigkeit. Die Fantasie. Die Freiheit. Und die Energie, vor allem die Energie: Die kosmische Urkraft, die in jedem Ton knisterte, der aus Hendrix' Stratocaster kam.

»Verdammt, was für ein Gig! Der Typ ist ja total irre! Du hast doch bestimmt noch eine Kippe, meine sind alle.«

Ariel wurde aus seinen Gedanken gerissen, als Alex Karjagin ihm ins Ohr schrie. Karjagin trug eine dunkelrote Samthose, Cowboystiefel und eine dicke Afghanenjacke, obwohl schon Frühling war. »I-Ich bin nicht taub«, antwortete Ariel beleidigt und hielt ihm seine Schachtel Armiro hin.

»Ich pack es einfach nicht, dass man so spielen kann«, sagte Karjagin und schnappte sich dankbar eine Zigarette. Ariel schaute sich um. Es wimmelte von Gitarristen und anderen Musikern unter den jungen Männern, die stehen geblieben waren und zu verdauen versuchten, was sie erlebt hatten. Er nickte Jugi Eskelinen und Santtu Wuori von The Bukka Men zu. Etwas weiter weg stand Willehard Halén von Morning Crowd und spielte Luftgitarre, und an der Bürgersteigkante stand Rivo Paananen und unterhielt sich mit dem Schlagzeuger Aaltonen von den Creatures.

»Ich habe irgendwo gelesen, dass die Mutter von dem Typen eine Cherokee-Indianerin ist. Deshalb klingt er bestimmt so. Irgendwie hat er Kontakt zu den Geistern der Ahnen. So ein bisschen wie, dass ich sibirischen Blues in meiner Stimme habe, weil ich Russe bin«, fuhr Karjagin hoffnungsvoll fort.

»In S-Suosikki stand nur, dass er Neger ist«, erwiderte Ariel zerstreut.

»Ja, verdammt …«, sagte Karjagin vage. »Kommst du mit zu Santtu? Er wohnt draußen in Kånala, wir wollen alle hin und feiern, dass gestern die erste Single der Bukka Men herausgekommen ist.« Er legte eine Kunstpause ein, lehnte sich dann vor und flüsterte verschwörerisch in Ariels Ohr: »Es gibt Dope!«

»Nee, lass gut sein«, hörte Ariel sich sagen. Er war auf einmal furchtbar müde, und das trotz des Konzerts, trotz des Maiabends, trotz des Lichts. »Ich muss … ich glaube, ich w-will allein sein.«

Als er zur Tölöviken hinunterging, wusste er selbst nicht, warum er die Einladung ausgeschlagen hatte. Er wandte sich nach links und ging durch das Viertel Fågelsången und über die Eisenbahnbrücke und am neuen Theater vorbei nach Hause. Er hatte keine Augen für das zarte Grün, war taub für die Frühlingslaute, die ihn umgaben. Er grübelte. *Zuhause*. Er würde bald seinen vierundzwanzigsten Geburtstag feiern, wohnte aber noch bei seiner herumhurenden Mutter und einem versoffenen Fernfahrer, der sie schlug, ohne dass Ariel dagegen zu protestieren wagte. Nein, es war schlimmer. Er wohnte allein in einer leeren Zweizimmerwohnung, die seine Mutter und Björk aufgegeben hatten und in der die Weißbrotkanten auf dem Küchentisch blaugrün schimmelten und die Milch im Kühlschrank zu einem sauren Klumpen geworden war.

Jetzt reichte es.

Es wurde Zeit abzuhauen.

Nach Stockholm abzuhauen und von dort nach Kopenhagen, Amsterdam, London und in andere Städte zu gehen, in denen es Freiheit gab, in denen man eine neue Chance bekommen konnte.

Er war auch früher schon abgehauen. Vor Dingen abgehauen, die erst im Entstehen begriffen waren, Dingen, die ihn nicht haben wollten und die er selbst nicht haben wollte. Er hatte auch Lydia nie gewollt, Björk, Näätänen und Savikko und all die anderen Männer nicht, die Kochnische in Rödbergen genauso wenig wie diese Bruchbude.

Und trotzdem. Jahr für Jahr für Jahr.

Bis jetzt.

Es würde schon werden. In Stockholm musste er nur darauf achten, Hurme und Suhonen aus dem Weg zu gehen, es kam darauf an, nicht bei Leuten hängen zu bleiben, die einen bei ihrem Absturz mitrissen.

Am nächsten Morgen – für Ariel war es Morgen, in Wahrheit war es schon fast elf – stand er mit seinen zwei gitarrenförmigen schwarzen Ledertaschen im Flur. Seine restliche Habe hatte er in eine einfache Umhängetasche gepackt, und das Geld, ein dünnes Bündel Geldscheine, trug er in der Hosentasche. Die Tabletten und ein Piece Haschisch hatte er in der Toilette hinuntergespült. Er hatte nur noch wenige Tabletten übrig gehabt und empfand es als eine Erleichterung, das Ganze im Wasserwirbel verschwinden zu sehen. Er betrachtete die Gitarrentaschen und wusste, dass er sich entscheiden musste, er konnte nur eine behalten. Die Vernunft behielt die Oberhand. Die Impala erforderte einen Verstärker, die Levin nicht. Außerdem war der Traum vorbei, er benötigte eine Gitarre, um Lieder texten zu können, für nichts sonst.

Das Telefon in der Wohnung war tot, niemand hatte die Rechnung bezahlt. Er rief Adriana aus einer Telefonzelle am Hagnäs torg an, und zu seiner Überraschung meldete sie sich, obwohl es mitten am Tag war.

»Wie lange bist du zu H-Hause?«, fragte Ariel.

»Den ganzen Tag«, antwortete Adriana, »mir geht es nicht gut. Wieso?«

»Ich hab hier was für dich.«

Als er aufgelegt hatte, blieb er in der Zelle stehen und wägte ab, ob er auch Jouni kurz anrufen sollte, verzichtete jedoch darauf: Um diese Uhrzeit würde Jouni ohnehin keine Zeit haben, mit ihm zu reden.

Er nahm die Straßenbahn, die Gitarren waren schwer.

»Wie blass du bist«, sagte er, als Adriana ihm geöffnet hatte und sie an ihrem Esstisch saßen, Tee tranken und Butterkekse aßen. Anfangs waren sie schüchtern gewesen, Ariel hatte jedes Mal gestottert, wenn er versuchte, etwas zu sagen, und Adriana hatte die meiste Zeit auf den Tisch gestarrt. Inzwischen ging es aber schon besser.

»Mir ist es nicht so gut gegangen«, meinte sie. Sie schaute aus dem Fenster und biss sich auf die Lippe. »Ich bin … ich weiß nicht …«

»Du solltest aufhören, mit diesen F-Fotografen zu arbeiten«, sagte Ariel. »Die Bilder fressen dich auf.«

»Das ist es nicht«, entgegnete Adriana. »Es geht um eine Menge anderer Dinge … Tja, ich werde mit irgendwem reden und ihn um Rat bitten müssen, ich weiß nur nicht, mit wem.« Sie verstummte, nickte zu dem Gitarrenkoffer hin, der im Fernsehsessel lag, und sagte: »Die Levin wäre mit eigentlich lieber gewesen. Auf der könnte ich spielen. Warum verkaufst du die E-Gitarre nicht? Du brauchst doch Geld, wenn du ins Ausland gehen willst.«

»Ich kann nicht«, sagte Ariel. »Ich habe so lange auf sie gewartet.«

»Wie du willst«, erwiderte Adriana und zuckte mit den Schultern. »Ist doch klar, dass ich sie für dich aufbewahre. Aber sie gehört immer noch dir, du bekommst sie zurück, wenn du wieder nach Hause kommst.«

»Nach H-Hause?«, sagte Ariel.

Auf der Fähre hatte er keinen Kabinenplatz und fand keinen Schlaf. Mitten in der Nacht gab er auf und lief in den Korridoren auf und ab, stand lange an einem Fenster und betrachtete das sanft wogende Meer. Dann ging er zu dem geschlossenen Café und ließ sich auf einen Stuhl in einer Ecke fallen. Nur er und zwei Männer am anderen Ende des Raums waren anwesend, die Männer unterhielten sich leise, und im ersten Moment sah Ariel nicht, wer der eine war. Zerstreut und verstohlen schaute er noch einmal zu ihnen hinüber, und dann wusste er es. Die wirren, üppigen Haare. Die großen braunen Hände, die auf der Tischplatte ruhten. Das bunte Hemd, die Cowboystiefel, der Hut. Ariel erstarrte, ein Stromstoß durchzuckte seinen Körper. Jimi Hendrix, der Gitarrenschamane, an Bord von Bore III! Das ist eine Erscheinung, ein Omen, ein gutes Zeichen, dachte Ariel, das werde ich auf meiner Reise, ja mein ganzes Leben in mir tragen! Er saß mucksmäuschenstill und versuchte, in eine andere

Richtung zu schauen und gleichzeitig aufs Äußerste die Ohren zu spitzen, um zu hören, was Hendrix und der andere sagten, aber die Entfernung war zu groß. Er konnte hören, dass Hendrix ruhig und höflich redete und der andere, ein weißer Mann, ein wesentlich kargeres Englisch sprach: Sein Akzent war gröber, wahrscheinlich britisch. Aber Ariel verstand nicht, worüber sich die Männer unterhielten, er schnappte nur einzelne Worte auf. Jimi Hendrix sah in Wirklichkeit kleiner und schmächtiger aus, und den anderen kannte Ariel nicht, jedenfalls war es weder Mitchell noch Redding, denn dieser Mann hatte ziemlich kurze Haare und trug ein ganz gewöhnliches kariertes Flanellhemd. Ariel dachte fieberhaft nach. Kurz darauf stand er auf und ging in den Korridor hinaus. Er wartete ein paar Minuten, kehrte zurück und versuchte, wie jemand auszusehen, der sich gerade erleichtert hatte. Lässig warf er sich auf einen Stuhl, der Hendrix und dem anderen um einiges näher stand. Jetzt hörte er besser.

»Irgendwo außerhalb der Stadt. Ein rundes Haus in der Nähe eines Strands, ich glaube, es war ein Hotel, Red Room oder so ähnlich«, sagte Hendrix. Er nuschelte ein wenig, aber Ariel war sich nicht sicher, ob er getrunken hatte oder ob es einfach seine Art war zu sprechen. »Anyway«, fuhr Hendrix fort, »wir kamen nicht rein. Chas war schon da und versuchte, mich und die Ladies reinzuschleusen. Aber es ging nicht. Der Typ an der Tür hatte ein Face wie ein Schwein und verstand kein Wort Englisch. Er hatte so viel Schiss, dass er sich fast in die Hosen gemacht hätte.«

»Weil du schwarz bist, natürlich«, sagte der andere.

»Ja, klar«, bestätigte Hendrix. »Oder wegen den Bräuten. Weißt du, das waren ein paar stone-cold crazy chicks.«

»Und wo hattest du die aufgegabelt?«, fragte der andere.

Hendrix warf einen kurzen Blick auf Ariel und sagte: »Das weiß ich nicht mehr. Ich war ziemlich high.«

Der andere hatte eine Zeitung vor sich, und während er sich unterhielt, blätterte er zerstreut darin. Nun zeigte er auf ein Foto in der Zeitung und sagte: »Ich glaube, hier steht, dass Jayne Mansfield diese Woche in Stockholm ist, genau wie wir. Sogar am selben Ort, Gröna Lund.«

»Jayne Mansfield? Ich hab mal auf einer Single von ihr die Leadgitarre gespielt«, sagte Hendrix. »Aber das weiß sie bestimmt nicht mal. Weißt du, wenn ich manchmal daran denke, was ich schon alles gemacht habe, nur um Essen auf dem Tisch zu haben…«

»Glaubst du diesen Quatsch, dass sie einen IQ von einhundertsechzig hat und mit dem Satanisten LaVey zusammen gewesen ist?«

»Nay, man«, antwortete Hendrix. »Die Leute lieben es, Bullshit über andere zu verbreiten. Aber warum soll sie nicht clever sein, obwohl sie große Titten hat. Ich bin ja auch ziemlich clever, obwohl ich ein großes Ding habe.« Er warf einen weiteren und forschenden Blick auf Ariel und fuhr fort: »Wollen wir gehen? Ich muss ein paar Stunden pennen.«

Ariel hatte viele Minuten überlegt, wie er Jimi Hendrix ansprechen sollte. Er verfluchte sich dafür, dass er den schweren Gitarrenkoffer in die Gepäckaufbewahrung gegeben hatte: Mit der Levin hätte er sich Hendrix nähern können, doch nun, mitten in der Nacht, war der Ausgabeschalter geschlossen. Irgendetwas wollte er trotzdem darüber sagen, wie fantastisch das Konzert gewesen war und dass er selbst Gitarre spielte und von etwas Ähnlichem geträumt hatte, von einem stärkeren und sensibleren Sound, der *mehr* ausdrücken sollte, unendlich viel mehr als die Popmusik bis dahin hatte ausdrücken können. Und jetzt wurde die Zeit knapp, denn Hendrix und der andere waren bereits aufgestanden und wollten gehen.

»J-J-J…«, setzte Ariel an, blieb aber stecken und brachte das

Wort *you* nicht heraus. Er suchte nach einem anderen ersten Wort mit einem Vokal am Anfang und nahm einen neuen Anlauf: »A-A-A.«

Im selben Moment kamen Hendrix und der andere an seinem Tisch vorbei, und Hendrix sah ihn mit freundlichen, aber müden Augen an. Der Satz, den Ariel sich zurechtgelegt hatte, lautete *I was in your concert*, aber er kam nie dazu, Hendrix anzusprechen, denn der Gitarrist klopfte ihm freundlich auf die Schulter und sagte: »Immer schön cool bleiben, mein Junge.«

Damit verschwanden Hendrix und der andere im Korridor wie zwei Trugbilder, als hätte es sie nie gegeben. Ariel blieb in dem stillen Café sitzen, sah die dunkelblaue Farbe des Meeres verblassen, sah das Wasser im Morgenlicht glitzern, erst glitzerte es silbern und bald darauf, als sich die Sonne hochgekämpft hatte, golden.

7

In jenen Jahren hielten sich etwa zweihundert Finnen, vor allem Männer, aber auch ein paar Frauen, in der Gegend um Slussen in der Stockholmer Innenstadt auf. Slussen war eine U-Bahn-Station und ein Verkehrsknotenpunkt, das wusste Ariel vom Hörensagen, viel mehr allerdings nicht. Er hatte von den Slussen-Finnen gehört, die das Gleiche machten wie er an der Ecke Alberts- und Rödbergsgatan: Sie verkauften illegalen Schnaps zu Wucherpreisen. Ariel kannte Typen, die am Donnerstag die Fähre nach Stockholm nahmen, um das Wochenende über Schnaps zu verticken und am Montag zurückkehren und die ganze Woche auf der faulen Haut liegen zu können. Ihm war allerdings nicht klar gewesen, dass sich das ganze Leben rund um Slussen und in den U-Bahn-Gängen um die Flasche und den Suff drehte. Slussen war ein Ghetto der Verlierer. Es war ein Slum. Für jeden, der noch nicht alle Hoffnung hatte fahren lassen, war der Ort die Hölle auf Erden. Und Ariel hatte bei weitem noch nicht alle Hoffnung fahren lassen. Er war im vergangenen Winter orientierungslos und deprimiert gewesen, das wusste er, und hatte zu viel Apfelkorn und Persiko getrunken und zu viele Preludin eingeschmissen und viel zu viele Joints geraucht. Auf den Hund gekommen war er jedoch nicht, höchstens ein bisschen abgerissen und unkonzentriert. Und dann das! Viele der Dealer verbrachten ihr ganzes Leben an Slussen, sie *wohnten* dort und schliefen entweder in den wenigen Sträuchern in der näheren Umgebung oder versteckten sich in den Gängen, durch die man zu den U-Bahn- und Bus-Stationen gelangte. Am schlimmsten war der *gelbe Gang*, eine triefend feuchtkalte Fußgängerunterführung mit Wänden aus gelben Kacheln. Dorthin flohen die Dealer, wenn die Polizei ihre Razzien machte, und in seinen Ecken und Nischen schliefen Männer wie Frauen, die meisten erst zwanzig bis fünfunddreißig Jahre alt, aber mit Gesichtern, die wesentlich älter aussahen.

Nur die Bosse waren in einer besseren Verfassung. Die Männer, die den Handel organisierten, wohnten in richtigen Wohnungen in den Betonvorstädten oder oben auf Södermalm oder in der verfallenen Altstadt, die nur einen Katzensprung von Slussen entfernt lag. Zu ihnen gehörte auch Raikka Hurme, der schnell zu einer Art Stellvertreter unter dem mystischen Dealerboss aufgestiegen war, der unter dem Namen *Painija*, der Ringer, bekannt war. Pätkä Suhonen hatte es dagegen geschafft, sich innerhalb von zwei Monaten halbtot zu saufen. Als Ariel Suhonen fand, wohnte der in einem verrosteten Simca, den jemand hatte loswerden wollen und deshalb hinter dem Bussteig abgestellt hatte, von dem aus die Busse nach Nacka und Värmdö abgingen. Im Coupet des Simcas roch es ekelerregend nach Urin, saurem Wein und schmutzigen Kleidern, und überall auf den verdreckten Bodenmatten lagen leere Flaschen und löchrige Klamotten, und Ariel lehnte schaudernd den letzten Schluck aus einer Aquavitflasche ab, die Suhonen ihm hinhielt. Er müsse gehen, sagte er stattdessen.

Trotzdem war Ariel auf dem besten Weg, im gleichen Sumpf zu versinken wie die anderen. Die Halbwelt Slussens zog Arbeitsscheue und Verlorene mit unerbittlichem Sog an. Der schwedische Sozialstaat funktionierte gut, so dass man sich problemlos in das System eingliedern und krankschreiben lassen konnte, auf die Art kam man an Geld für Schnaps. Sowohl die Abstinenzbehörde als auch die örtliche Heilsarmee verteilten Essensbons, und diese Bons bekamen die Funktion von Bargeld, denn wenn man pleite war und das Verlangen nach Schnaps größer wurde als der Hunger, konnte man sie verkaufen. Das staatliche Alkoholmonopol wurde System genannt, und die Ansätze des Systems, dem Schwarzhandel Einhalt zu gebieten, ließen sich kinderleicht austricksen. Man brauchte nur kleine Mengen in vielen verschiedenen Läden des Systems zu kaufen. Als Ariel im späten Frühling eintraf, kostete eine zur Nachtzeit verkaufte kleine Flasche je nach Nachfrage zwischen fünfundzwanzig und fünfzig schwedische Kronen, und um den Preis gefeilscht wurde öfter auf Finnisch als auf Schwedisch. Die Slussen-Finnen mochten die auffälligsten und lautesten Finnen sein, waren aber bei weitem nicht die einzigen in der Stadt.

Hullu-Hurme nahm Ariel mit Genugtuung in Empfang und ließ ihn unverzüglich für sich arbeiten. Viele der finnischsprachigen Schwarzhändler beherrschten kein Schwedisch – wenn sie nach dem Preis gefragt wurden, konnten sie höchstens mit finnischem Akzent fünfzig, vierzig oder fünfundzwanzig sagen, während Ariel zweisprachig und somit ein willkommener Neuzugang war. In jenem Frühjahr war die schwedische Hauptstadt außerdem voller Mods und einer noch langhaarigeren Sorte, die man Hippies getauft hatte, so dass Ariel bei weitem nicht so ins Auge stach wie daheim in Helsingfors.

Ariel schuftete einige Wochen und schlief manchmal im *gelben Gang* und manchmal in Hurmes Wohnung in der obersten Etage eines Mietshauses im Vorort Bandhagen. Während die Tage und Nächte vergingen, übermannte ihn immer größeres Grauen. Die ältesten Männer um Slussen waren zwischen vierzig und fünfzig und gehörten noch der Generation an, die in den Kriegen gekämpft hatte. Einige von ihnen waren bereits in den ersten Friedensjahren eingetroffen, die in Finnland *die Jahre der Gefahr* genannt wurden, weil damals keiner gewusst hatte, auf welcher Seite das Land in der neuen, zweigeteilten Nachkriegswelt landen würde. Die anderen waren eher in Ariels Alter, und er sah durchaus, was ihnen fehlte. Sie ähnelten ihm selbst, sie waren die Kinder von Vätern, die im Krieg umgekommen oder von ihm gezeichnet und alkoholabhängig und verrückt heimgekehrt waren, von Vätern, die Messer gezogen und Frau und Kind mitten im Winter auf die Straße geworfen hatten, wenn ihnen der Sinn danach stand. Und hier standen jetzt die Söhne dieser kaputten Soldaten und schlugen den gleichen Weg ein: Suff, Drogen, Einbrüche, Diebstähle, Hehlerei, Gewaltverbrechen, Prostitution, alles nichts Besonderes.

Wenn Ariel bei Hurme in Bandhagen wohnte, musste er trinken, denn die Wohnung war immer voller zechender Männer und Frauen. Sogar *der Ringer* tauchte manchmal auf, so dass Ariel zu den wenigen gehörte, die den Drogenboss jemals zu Gesicht bekommen hatten und wussten, wie er aussah. Wenn Ariel unten im *gelben Gang* oder unter freiem Himmel schlief, legte er sich unter eine schimmelige Decke, die er sich von Hurme geliehen hatte. Die braune Umhängetasche diente ihm als Kopfkissen, und den Koffer mit der Levin-Gitarre hielt er bis zum

Einschlafen krampfhaft fest. Wenn er schlief, lockerte sich sein Griff natürlich: Es wäre ein Leichtes gewesen, ihm den Gitarrenkoffer aus der Hand zu nehmen, und es grenzte an ein Wunder, dass sich das Instrument beim Aufwachen noch an seiner Seite befand.

Nach ein paar Wochen hatte er Glück. An einem kühlen Abend Mitte Juni saß er in einer Spelunke in der Nähe des Mariatorget. Er hatte sich in die Kneipe begeben, um sich aufzuwärmen, und machte die Bekanntschaft einer Gang von Mods aus dem Vorort Jakobsberg. Es waren eine Handvoll Jungen und zwei Mädchen, sie waren ein paar Jahre jünger als er, und jeder der Jungen hatte in einem Heim für Schwererziehbare gesessen und zwei von ihnen sogar im Gefängnis. Es waren harte Burschen – Ariel fand, dass einer von ihnen, der Anführer Ronny, an Jouni Manner erinnerte –, aber aus irgendeinem Grund fanden sie Gefallen an Ariel. Eins der Mädchen, sie hatte rote Haare, war pickelig und hieß Marga, fand mehr Gefallen an ihm als die anderen, und für einen knappen Monat waren sie und Ariel zusammen. Die ganze Gang wohnte gemeinsam in einer nahezu unmöblierten Bude in einem zum Abriss verurteilten Haus nahe Zinkensdamm auf Södermalm und in einem kleinen Holzhaus in Jakobsberg: Ariel begriff nie, wer die Wohnung in der Stadt mietete oder wem das Holzhaus gehörte, und es interessierte ihn auch nicht.

Sie trieben sich oft in der frisch erbauten City herum, bewegten sich durch die Häuserblocks zwischen Hötorget und Hauptbahnhof. Manchmal saß Ariel fast den ganzen Tag in den Gängen der U-Bahn oder an eine Hauswand gelehnt und spielte Gitarre, wozu Marga ihn ermunterte, weil sie fand, dass er wunderbar spielte. Zwei der Typen rauchten Haschisch, und Ariel schaffte es nicht, Nein zu sagen: Er begann wieder zu rauchen. Andererseits tranken die Mods kaum harte Sachen, sie begnügten sich meistens mit Wein und Bier. Lebensmittel stahlen sie im Supermarkt und bekamen immer genug zusammen, damit alle satt wurden. Ariel gehörte zu den tollkühnsten Dieben. Er schrieb in diesen Wochen auch zwei neue Lieder, er wusste es damals nicht, aber es sollten seine letzten sein.

Ariel ging Hurme und den anderen Finnen aus dem Weg. Manchmal zog er sich auch von Marga und den anderen zurück und hing im Sterlings und anderen Plattenläden herum und hörte sich die neuen Platten der Beatles und der Doors oder von Pink Floyd und den Kinks an. Sein Lieblingsalbum war jedoch *Are you experienced?*, er war wie besessen von Hendrix, hörte die Platte fast täglich und konnte sich eines Tages nicht mehr zurückhalten: Erst stahl er die Scheibe im Sterlings, und kurz vor Geschäftsschluss versuchte er in einem Laden in der Drottninggatan, einen Plattenspieler zu stehlen, wurde aber erwischt. Die Mods waren über diese Art von Aufmerksamkeit wenig erfreut, und so begann ein Prozess, im Laufe dessen Ariel bei ihnen schnell zu einer unerwünschten Person wurde. Marga behauptete plötzlich, er sei seltsam, und nannte ihn einen verdammten Finnen, und kurz darauf nahm Ronny den Platz auf ihrer fleckigen Matratze ein und stierte ihn immer bösartiger an. Ariel bekam Angst und steuerte erneut Slussen an, wo Hurme ihn wie einen verlorenen Sohn mit offenen Armen empfing. Er arbeitete wieder als Schnapsdealer, hing bei Hurme in Bandhagen herum, lehnte aber immer öfter die Schnapsflaschen ab, die in Hurmes kärglich eingerichteter Bleibe zirkulierten. Stattdessen zog Ariel seine kleine Maiskolbenpfeife heraus und verkündete, er werde sich stattdessen *eine kleine Bombe* gönnen. Das interessierte niemanden, denn dies waren Kreise, in denen man jedes Rauschmittel benutzen durfte, ohne dass sich irgendwer einmischte: Manche nahmen Amphetamine und schliefen so gut wie nie.

In der dritten Juliwoche vertraute Hurme Ariel an, dass er

ihn als Handlanger für einen Job im Ausland empfohlen und *der Ringer* seine Zustimmung signalisiert habe. Der Job werde anständig bezahlt und sei ein Kinderspiel, erläuterte Hurme, es komme lediglich darauf an, die Anweisungen zu befolgen und keine Fragen zu stellen. Außerdem sei es wichtig, vorher und hinterher die Schnauze zu halten, ergänzte Hurme warnend, würde Ariel das hinbekommen? »K-Klar, kann ich die Gitarre bei dir l-lassen?«, antwortete Ariel und nahm den Job an. So kam es, dass er Gotland und das Meer vor Stralsund sah und Neues über seinen toten Vater Lennart erfuhr.

Das Konzept war simpel. Als Hurme beschrieb, wie alles ablaufen sollte, war Ariel benebelt von Haschisch und Wein, kapierte aber dennoch, wo es langging. Der Ringer und ein ebenso geheimnisvoller Boss, der *Johtaja*, der Direktor, genannt wurde, benutzten die Fischerhäfen im Südosten Gotlands, um Wodka, Zigaretten und Drogen zu schmuggeln. Die Bosse verbargen sich hinter mehreren Strohmännern, man kontaktierte gotländische Fischer über Bekannte von Bekannten von Bekannten und ließ ihre Boote die südliche Ostsee hinab oder zur Mündung des Finnischen Meerbusens hinauffahren und nicht näher spezifizierte »Waren« abholen. Den weniger seriösen Schiffern gegenüber gab man gelegentlich zu, dass es sich um Wodka und Zigaretten handelte, aber dass sich in der Fracht auch Narkotika befanden, verriet man keinem: Der Stoff war selbst unter Kriminellen umstritten, und das Risiko, dass jemand singen würde, war groß. Die Fischerboote kehrten immer nachts zurück, woraufhin die Fracht in einen wartenden Liefer- oder Lastwagen umgeladen wurde, der anschließend die Morgenfähre nach Stockholm nahm. Die Kontrolle der Fähren zwischen Gotland und Stockholm war im Vergleich zu den Zolleinsätzen gegen die Finnlandfähren und Passagierschiffe, die zwischen der Westküste und Norwegen, Dänemark und England verkehrten, ein Witz.

Um zu überwachen, dass alles mit rechten Dingen zuging und die Schiffer nicht versuchten, Geschäfte auf eigene Rechnung zu machen, entsandten der Direktor und der Ringer immer einen ihrer zuverlässigsten Männer. Hullu-Hurme gehörte zu ihnen, und die anderen Mithelfer waren aus dem gleichen Holz geschnitzt wie er: Es waren Männer, die nur einmal in Aktion treten mussten, um eine besinnungslose Furcht zu wecken, die sich anschließend in bedingungslosen Gehorsam verwandelte. Darüber hinaus entsandte man zwei oder drei Handlanger, und Ariel wurde einer von ihnen. Auch unter den Handlangern sollte es möglichst einen Rohling geben, einen skrupellosen Schläger, dem in der Regel jedoch die sadistische Raffinesse Hurmes und der anderen Bosse fehlte. Die restlichen Handlanger konnten dann ruhig lammfromm sein, selbst ein weichlicher Träumer wie Ariel kam in Frage, immerhin gehörte er nicht zum Abschaum, da er sich nicht um den Verstand gesoffen hatte, zumindest noch nicht.

Die erste Fahrt sollte nach Stralsund gehen. Dem Fischer, dessen Boot das Kennzeichen VY 218 hatte und Albatros hieß, hatte man 4 000 Kronen dafür versprochen, »ein paar Kisten« abzuholen. Sein Vorgänger, der im Frühjahr an einem Herzanfall gestorben war, hatte die Fahrt immer von Ronehamn aus angetreten. Der neue namens Woldemar Olsson benutzte den nördlicher gelegenen Hafen Närshamn. Olsson, der in dem Dorf Lau wohnte, hatte ein wesentlich höheres Honorar gefordert als der frühere Schiffer. Der Direktor und der Ringer könnten sich das leisten, erklärte Hurme Ariel, denn diese Reisen seien lukrativ. Das Risiko sei gering und die Gewinnspanne groß, was man nicht nur an der Belohnung für den Schiffer, sondern auch für die Überwacher und Handlanger merke: Es ging um ganz andere Summen als die Kleckerbeträge, die dieselben Männer verdienten, wenn sie in Stockholm Schwarzhandel betrieben und stahlen.

Hullu-Hurme war auf dieser Reise der Vertraute der Bosse und wurde von drei Handlangern begleitet: einem älteren Mann, der Virta hieß und seit dem Kriegsende in Schweden lebte, einem wortkargen Burschen, der Matti Mononen hieß, jedoch in Anspielung auf den Eishockeystar gleichen Nachnamens *Leuka*, »das Kinn«, genannt wurde, und schließlich Ariel.

Hurme, Virta, Leuka und Ariel nahmen die Fähre nach Visby auf Gotland und setzten sich anschließend mit Leuka als Chauffeur in einen gemieteten Volvo. Sie fuhren an Roma und Ljugarn vorbei und bogen nach Lau ab. Geplant war, dass sie eine Nacht in einem geliehenen Haus wenige Kilometer vom Hafen entfernt übernachten und am Samstag, den 22. Juli ablegen würden, aber die Sache verzögerte sich. Ariel erfuhr nie den Grund dafür. Als er Hurme auf die Verzögerung ansprach, lautete dessen lakonische Antwort: »Befehl aus Stockholm.«

Jedenfalls mussten die vier Männer statt zwölf nun sechsunddreißig Stunden in dem kleinen Haus verbringen. Diese Stunden gaben Virta und Ariel genügend Zeit, sich kennenzulernen, und Virta kam dazu, etwas zu erzählen, was Ariel sehr aufwühlte.

Ariel war fasziniert von Gotland. Er war bis in die Fingerspitzen ein Stadtmensch, vom Leben auf dem Land hatte er keine Ahnung. Während Joni, Ariel & Adrianas kurzer Karriere war er zwar in Stenka Waenerbergs Ford Mercury durch Südfinnland gebraust, aber sie hatten nur an den Würstchenbuden der Kleinstädte und diversen Raststätten gehalten, nie in einem Dorf oder einem Haus auf dem Land übernachtet. Ariel erinnerte sich, dass Lydia ihn einmal – er war damals schon fast ein Jugendlicher gewesen – zu einem Sommerhaus in Esbo westlich von Helsingfors mitgenommen hatte, wo sie eine »Freundin« besuchen wollte. Die Freundin entpuppte sich als ein Mann mit ziemlich eindeutigen Absichten, und Ariel war in den Garten hinter dem Haus geschickt worden. Vor lauter Wut war er ein gutes Stück in den nahegelegenen Wald getrottet und hatte sich verlaufen. Er konnte sich immer noch an die Tiefe des Waldes erinnern, seine Düsternis, die dunklen Baumstämme, das nasse Moos, die Wurzeln umgestürzter Bäume, die im Zwielicht wie wilde Tiere ausgesehen hatten, an den Geruch vermodernder Pilze – es war Ende Oktober –, die verschiedenen Schattierungen von Braun und Gelb, den Wind, der in den Bäumen klagte und sang. Als er erkannte, dass er nicht mehr wusste, wo er war, hatte er Angst bekommen, kehrt gemacht und war in seinen eigenen Fußspuren losgerannt, hatte sich verlaufen, war mindestens drei Mal am selben Steinhaufen vorbeigekommen, die Dämmerung hatte eingesetzt, und er hatte vor Furcht fast geschluchzt – da hatte er plötzlich, wie durch ein Wunder, gesehen, dass es vor ihm heller, der Wald lichter wurde, und war wieder auf freies Feld gelangt, und hinter dem Feld lagen das kleine Dorf und der Garten und das Frontsoldatenhaus, und weil er so exaltiert über seine eigene Rückkehr war, hatte er vergessen, dass er nicht ins Haus gehen durfte. Er war eingetreten, ohne vorher anzuklopfen, und Lydia hatte sich gerade angezogen, sie hatte einen Fuß auf die Bettkante gesetzt und befestigte ihr Strumpfband, er erinnerte sich bis heute, wie ihr rechter Oberschenkel aussah, wenn er bebte. Sie hatte ihn nicht unfreundlich, eher zerstreut und mit glasigen Augen angesehen und gesagt: »Da bist du ja, mein Junge, hat es Spaß gemacht?«

Seither hatte Ariel jeden Wald gemieden, aber auf Gotland gab es keine Wälder, nur Felder und Weiden und Heide, ausgedehnte trockene Hochebenen, auf denen knorrige Kiefern und dichte Wacholderbüsche wuchsen. Auf den Heideflächen standen Schafe und Pferde und grasten. Immer wieder fuhren sie durch verschlafene Dörfer, und in jedem Dorf stand eine helle Kalksteinkirche, die aussah, als hätte sie dort seit Jahrtausenden gestanden und Staub angesetzt. Und das Meer war nie weit entfernt, man ahnte es, obwohl man zehn Kilometer landeinwärts fuhr, es war in den Düften und vor allem im Licht, in dem steten Sonnenschein, der ihre ganze Fahrt beleuchtete: Das Licht war fast weiß, nicht so scharf und kreideweiß wie die Sonnenstrahlen über den südlichen Teilen von Helsingfors an einem schönen Frühlingstag, aber fast.

Als sie an der Kirche des Weilers När vorbei nach Südosten fuhren, stand die Sonne schon tief, und das Licht bekam einen satten Ton. Das gelbe Holzhaus lag hinter einer Mauer an der Straße, und mitten in der Mauer gab es ein Tor. Neben dem Kiesweg, der zum Haus führte, das hinter einem Apfelbaum und verblühten Fliedersträuchern lag, stand eine halb verrostete graue Gartenschaukel. Ariel ließ sich sofort auf sie fallen und wühlte in der Brusttasche seiner Jeansjacke: Heraus kam die kleine Maiskolbenpfeife, die fast im gleichen Farbton gehalten war wie das Haus, und heraus kam ein noch kleineres Stanniolpäckchen, das er unverzüglich auseinander wickelte. »Hast du sie nicht mehr alle, du verdammter Idiot!«, fauchte Hurme ihn an und stürzte zu ihm. »Weg mit dem Scheiß! Hier wird erst wieder Haschisch geraucht, wenn die Fahrt vorbei und der Job erledigt ist!«

Hullu-Hurme blieb den ganzen Abend über gereizt. Wahrscheinlich machte ihn die Verzögerung nervös, denn er benahm sich nicht wie sonst. Hurme konnte freundlich, sogar charmant sein, war jedoch für seine plötzlichen und vollkommen irrationalen Wutanfälle bekannt, die aus heiterem Himmel kamen und unabsehbare Folgen haben konnten. Man erzählte sich, dass Hurme nur ein paar Wochen nach seiner Ankunft in Stockholm fast einen Penner totgeprügelt hatte. Der Ringer hatte ihn beauftragt, das menschliche Wrack einzuschüchtern – der Mann war nicht nur ein Trinker, sondern auch ein Denunziant –, aber in seinem Eifer, dem neuen Arbeitgeber seine Fähigkeiten zu demonstrieren, hatte ein lächelnder Hurme sein Opfer fast erschlagen. Man hatte schon erwogen, an den Fußknöcheln des bewusstlosen Mannes Gewichte zu befestigen und ihn ins Wasser zu werfen, ihn dann aber doch in einen Wagen verfrachtet und vor der Notaufnahme des Krankenhauses Sabbatsberg abgeworfen, so war die Geschichte jedenfalls Ariel zu Ohren gekommen.

Jetzt war Hurme alles andere als charmant, sondern nur gereizt. Und es war Ariel, der ihm ein Dorn im Auge war, das zeigte er deutlich. Auch Leuka Mononen kippte sich zügig Schnaps hinter die Binde und begann genau wie Hurme, mit immer schmaleren und streitlüsternen Augen Ariel und Virta anzustieren, je länger die Nacht dauerte. Sie saßen zu viert in dem kleinen Wohnzimmer, im ganzen Haus war die Luft stickig und abgestanden, und immer öfter tauchten die Schimpfwörter *vittu* und *perkele* und *saatana* in Hurmes und Leukas Vokabular auf, und irgendwann lehnte sich der sanftmütige Virta zu Ariel vor und sagte leise: »Weißt du was, Wahl, wir lassen die zwei da mal ein bisschen in Ruhe. Wir gehen in den Garten, trinken was und rauchen eine Kippe, dann gibt es auch keinen Ärger.« Er zog eine ungeöffnete kleine Flasche Schnaps aus der Innentasche seines schmutzigen Jacketts und sagte: »Schau mal, ich hab noch eine volle. Und du willst doch bestimmt ein bisschen an deiner Kicherpfeife ziehen.«

Als sie sich draußen in die rissige Paarschaukel gesetzt hatten, als Ariel seine Maiskolbenpfeife angezündet hatte und sie sich in der Schaukel gegenübersaßen, als Ariel einen Zug nahm und den Rauch tief in die Lunge einsog und dort behielt und mit dem Fuß den Takt auf dem Boden der Schaukel stampfte und *all the leaves are brown and the sky is grey* sang, obwohl es Sommer und der Nachthimmel sternenklar war, kam der Moment, in dem Virta ihn nachdenklich betrachtete. Er sagte: »Ariel Wahl.« Virta ließ den Namen auf seiner Zunge förmlich zergehen und fuhr dann fort: »Ich kannte mal einen Wahl in Stockholm. Er wurde Lennu genannt. Der hinkende Lennu. Lennart Wahl. Musiker. Wenn ich mich recht erinnere, ein wirklich guter.«

Ariel war vom Rausch benebelt. Trotzdem horchte er auf, und sein Herz begann wild zu pochen.

»Das war mein V-Vater«, sagte er heiser.

Virta wirkte ernst, nickte kurz, nahm einen Schluck aus der Schnapsflasche und hielt sie Ariel hin, der den Kopf schüttelte. Virta schraubte die Flasche zu, und das kratzende, metallische Geräusch durchschnitt die Stille.

»Ich hab mir schon fast gedacht, dass es so sein könnte«, meinte Virta. »Lennu hat immer davon geredet, dass er in Finnland einen kleinen Jungen hatte. Und ich hab dich ja auf deiner Klampfe spielen hören …«

Virta verstummte, sah weg, schien auf einen Fleck in der Dunkelheit zu stieren. Ariel kam es vor, als sei der ältere Mann verlegen.

»Er starb bei einem U-U-Unfall«, sagte Ariel, »das ist das Einzige, was meine Mutter mir erzählt hat. Hast du ihn g-gut gekkannt?«

Virta wandte sich ihm wieder zu und sah Ariel in die Augen. »Sicher haben wir uns gekannt. Aber nicht besonders gut. Ich kam nicht mehr dazu, ihn näher kennen zu lernen. Aber ich sah, dass er ein guter Musiker war und früher einmal ein guter Mann gewesen war.«

Virta merkte, dass Ariel mehr hören wollte, seufzte, schraubte die Flasche wieder auf, trank einen Schluck und fuhr fort:

»Lennu war schon fertig, als er herüberkam, und das Leben an Slussen war auch damals schon hart. Wer schwach war, hat es dort nie geschafft. Es ist seltsam, so etwas zu sagen, aber wenn man mit Abschaum zusammen ist, muss man stark sein, um zu überleben.«

»Ja, aber«, versuchte Ariel einzuwenden, »ein A-Autounfall ist doch nur Pech. Das kann doch jedem passieren, das hat doch nichts mit st-st-stark oder schwach zu tun.«

»Lennu ist nicht bei einem Autounfall gestorben, mein Junge«, sagte Virta. »Er wurde ermordet. Oder erschlagen, wie man's nimmt. Es ging bergab mit ihm, und er suchte Trost bei der Frau eines anderen Mannes.«

Ariel sagte nichts, er war zur Salzsäule erstarrt, Virta hielt die Schaukel alleine in Bewegung.

»Er hatte sich die falsche Braut ausgesucht«, fuhr Virta fort und sah Ariel verstohlen an. »Marjo war mit Aufschlitzer-Mannila zusammen gewesen. Und Mannila wurde damals gerade auf freien Fuß gesetzt, nachdem er ein paar Monate wegen Diebstahls abgesessen hatte. Mannila war nicht der Typ, der tatenlos zusah, wenn andere … außerdem zog er schnell mal sein Messer, das sagt ja schon sein Name.« Virta verstummte, sah Ariel an und sagte: »Ich glaube nicht, dass ich mehr sagen will. Lennu ruhe in Frieden. Genau wie Mannila, der ist auch schon tot und begraben.«

Virta leerte weiter seine kleine Flasche und trank sogar schneller, denn es schien ihn gequält zu haben, Ariel diese Dinge zu enthüllen. Ariel blieb noch eine Weile wie betäubt in der Schaukel sitzen. Seine Maiskolbenpfeife war längst erloschen, und im Grunde wollte er nur schlafen. Aber er traute sich nicht ins Haus, denn er hörte Hurme und Leuka wütend grölen, und außerdem nagte die Angst in ihm, plötzlich war sie zu neuem Leben erweckt worden und so bohrend wie früher. Es war die Angst all dieser Nächte als kleiner Junge, der vielen Male, die er sich in einem Bogen schräg nach hinten gelehnt und aus dem Fenster der Kochnische geschaut hatte, zu dem kalten Mond und den Wolken hinauf, die in Fetzen gerissen wurden, als sie über den Himmel irrten. Es war die Angst aus all den dunklen und kalten Abenden, an denen er an der Straßenecke gestanden und Schnaps vertickt und sich davor gefürchtet hatte, was im nächsten Moment passieren würde. Es war die Angst von jenem Frühlingsabend, an dem er nach dem Hendrix-Konzert nach Hause gegangen war und an das Leben gedacht hatte, das er als Anhang von Lydia und Björk führte, es war die Angst aus jenem Augenblick, in dem er in der Telefonzelle gestanden und sich darauf vorbereitet hatte, Adriana die Impala zu bringen. Es war eine Angst, die Ariel kannte wie seine eigene Westentasche, ein alte Gefährtin, die er mit unzähligen Schnaps- und Haschräuschen und damit betäubt hatte, sich immer wieder Songs wie *The Kids Are Alright* und *I'm Not Like Everybody Else* und *She's Leaving Home* anzuhören. Doch nun war sie wieder da. Er sah ein altmodisches schwarzes Fahrrad an die Innenseite der niedrigen Steinmauer gelehnt stehen und bekam plötzlich Lust, sich daraufzusetzen und einfach wegzufahren. Fort. Fort. Ganz gleich, wohin, nur fort. Und ehe Virta ihn daran hindern konnte, hatte er es auch schon getan: das Fahrrad genommen, es durch das Tor auf die nächtlich dunkle Landstraße geschoben, den Dynamo gegen den Vorderreifen geklappt, damit die rostige Vorderlampe leuchtete, sich auf den Sattel geschwungen und war losgefahren. Die Lampe funktionierte und spendete zumindest so viel Licht, dass er sich auf der Straße würde halten können, solange er nicht zu schnell fuhr. Er hörte Virta, der ihm verblüfft hinterherrief, ignorierte ihn jedoch und trat weiter in die Pedale. Virtas Rufe ertönten anfangs immer ferner und verstummten dann völlig. Es blieb die Ruhe der windstillen Julinacht, die nur vom Knirschen durchbrochen wurde, wenn der Gummireifen über Kies rollte, und vom gleichmäßigen Surren, das aus der Reibung zwischen Dynamo und Mantel herrührte.

Er war wieder auf der Flucht, *Ich bin in einer verdammten cul-de-sac, aber verdammt, ich werde aus ihr herausfinden*, schoss ihm durch den Kopf, und gleichzeitig dachte er an Adriana: Das hatte er lange nicht mehr getan, er vermisste sie, er wollte wieder an den Straßenbahnhaltestellen von Helsingfors stehen und mit ihr weißen Rauch ausatmen. Er schüttelte den Kopf, um sich von diesen Gedanken zu befreien, und es gelang ihm, er hörte auf zu denken, fuhr einfach weiter, spürte die warme Nachtluft auf seinem Gesicht und versuchte, sich auf den Lichtkegel vor ihm und darauf zu konzentrieren, wie sich der Kiesweg krümmte. Glücklicherweise war er nicht sehr kurvenreich und die Nacht nicht mehr schwarz, es gab sogar schon einen Hauch von Morgengrauen und Licht, aber schließlich landete er trotzdem im Straßengraben. Als er so intensiv *The Wind Cries Mary* vor sich hinsang, dass er sich nicht mehr auf anderes konzentrierte, passierte es: Immerhin konnte er noch bremsen, und als er langsam vom Fahrrad fiel, war der Straßengraben flach und mit weichem Gras und Blumen gefüllt, so dass er unverletzt herauskrabbeln und weiterfahren konnte. Zwei Mal gabelte sich die Straße, und er hielt sich beide Male links und fuhr unverdrossen weiter, radelte und radelte, bis er eine Veränderung in der Landschaft erahnte. Er roch den Duft des Meeres, der mit jedem Tritt in die Pedale stärker wurde, aber da war noch etwas anderes, was es bisher nicht gegeben hatte. Er nahm es so wahr, dass sich alles um ihn öffnete, keine Wäldchen mehr auftauchten, sondern alles Ebene und Himmel und Raum war: Ein Gefühl von Unendlichkeit übermannte ihn, und es war ein eigentümliches Gefühl, frei und unbändig, aber gleichzeitig schwer zu greifen. In großen Abständen voneinander sah er dunkle, kauernde Schatten auf dem, was er bereits die Ebene getauft hatte, vielleicht waren sie Trolle, diese Schatten, vielleicht sogar Wölfe. So funktionierte Ariels Denken, er fühlte sich zum Unbekannten hingezogen, aber das Unbekannte war zugleich Furcht einflößend. Trotzdem hatte er sich in die Welt hinausgezwungen, sich gezwungen, keine Angst zu haben, und das tat er auch jetzt, er zwang sich, seinen Weg auf dieser trockenen Ebene fortzusetzen, während der Duft von Meer, Tang und Salz paradoxerweise immer intensiver wurde. Die dunklen Schatten tauchten weiter auf und standen manchmal direkt neben der Straße, so dass er zusammenzuckte, ganz still standen sie, als bildeten sie hier draußen im Unendlichen eine Art kosmische Ehrenwache. Plötzlich sah er in einiger Entfernung ein elektrisches Licht, es leuchtete hoch am Himmel und bewegte sich hin und her, leuchtete mal nach rechts und mal nach links, blinkte auf, erlosch, blinkte wieder auf, sandte sein Licht in die frühmorgendliche Nacht und ließ die Ebene im Süden rätselhaft glitzern. Die Nacht war ungeheuer warm, fast klebrig, und Ariel beschloss, sein Lager aufzuschlagen und auf den Sonnenaufgang zu warten, es konnte nicht mehr lange dauern, höchstens eine Stunde, denn im Osten war der Himmel bereits weißlich verfärbt, und der Horizont changierte feuerrot. Ariel hielt an, ließ die Fahrradlampe erlöschen, sich von der Dunkelheit umschließen, die nun minütlich sanfter und grauer wurde. Neben der Straße gab es trockene Sträucher, spärlich belaubt und mit knorrigen Ästen, die sich fast waagerecht über den Erdboden schlängelten. Er versuchte, sich auf einen solchen Ast zu setzen, aber man saß nicht bequem. Er ging langsam am Straßenrand entlang – vergiss das Fahrrad, dachte er, ich hole es, wenn es richtig hell geworden ist – und sah keine reglosen, finsteren Wachposten mehr, in diesen Sektor waren sie offenbar nicht abkommandiert worden. Nach einer Weile fand er am Straßenrand einen großen und glatten Stein, ließ sich auf ihm nieder und griff zunächst nach seiner Pfeife und anschließend nach den Streichhölzern und erst dann, unendlich behutsam, nach dem spröden Päckchen mit dem wenigen, was er noch hatte. Umständlich stopfte er seine Pfeife und zündete sie an, und während er die ersten Züge einsog, sah er, dass es nun rasch heller wurde. Die Konturen der umliegenden Landschaft waren bereits deutlich zu erkennen, und er begann, eine Auffassung von Koordinaten und Entfernungen zu bekommen. Er sah die Meeresbucht, die vor ihm lag, und den kleinen Fischerhafen auf der anderen Seite der Bucht. Er sah die Halbinsel – die Ebene –, auf die er hinausgefahren war, und die langgestreckte Landzunge, die südöstliche Spitze, zu der er unterwegs war. Er sah den Leuchtturm am äußersten Punkt der Landzunge, er sah die Seezeichen außerhalb der Bucht und die Fischkutter, die schon ausfuhren, obwohl es kaum später als vier Uhr sein konnte. Und er sah die üppigen und vom Sturm umgestürzten, aber trotzdem zäh weiterlebenden Wacholderbüsche, die er für Trolle oder Wölfe gehalten hatte. *Die bösen Wachtposten der Ebene.*

Und dann sah er den Morgen kommen und in einer Landschaft eintreffen, die für ihn die schönste war, die er je gesehen hatte. Die flache Landspitze schob sich weit ins Meer hinaus, so weit, dass das Ufer ins Meer überging, ohne dass es eine Grenze zwischen den Elementen zu geben schien. Aus der Ferne betrachtet schienen der Leuchtturm und die ihn umgebenden Gebäude – ein Leuchtturmwärterhaus und ein paar Schuppen – mitten im Meer zu stehen, aber der Schein musste trügen, denn zwischen den Gebäuden standen sowohl Fliederbüsche als auch einige größere Laubbäume. Die Sonne stieg immer höher, und das Meer umgab ihn zu allen Seiten, seine Farbe changierte, seine silbrigen und rötlichen Dämmerungsnuancen wurden von Goldfransen und Sonnengrün und allmählich auch, als der Himmel seine Tagesfarbe angenommen hatte, von Dunkelblau ersetzt. Vom Meer her wehte gerade so viel Wind, dass die Wellen gluckerten, wenn sie gegen die Steine schlugen, und über dem Ufersaum flogen Möwen und schrien Seeschwalben und stürzten sich plötzlich zur Wasseroberfläche hinab, wo ein Schwarm kleiner Fische gelegentlich die Oberfläche perlen ließ. Dünne rote, gelbe und blaue Blumen reckten ihre Blütenköpfe zwischen den Wacholderbüschen und trockenen Sträuchern der Halbinsel, kleine Vögel zwitscherten und piepsten, und weiter innen in der Bucht schlug ein großer Fisch bei der Jagd mit seiner Schwanzflosse. Ariel wurde bewusst, dass ihm für den Reichtum, den er vor Augen hatte, nur dürftige Worte zu Gebote standen: Er konnte diesen Überfluss an Leben nicht benennen. Er wusste nicht, wie diese roten, gelben und blauen Blumen hießen, er kannte die Namen der Singvögel nicht, wusste nicht, welche Laubbäume neben dem Leuchtturm wuchsen, und auch nicht, welche Fische direkt unter der Oberfläche schwammen. Er hörte Stimmen und sah Menschen, die sich auf dem Hof vor dem Leuchtturmwärterhaus bewegten, und er hörte andere Stimmen und begriff, dass sie vom Meer herüberschallten: In dieser stillen Morgenstunde konnte er die Fischer sprechen hören, während sie ihren Fang einholten, ihre Stimmen ertönten wie ein leises Murmeln über dem schwachen Leerlauftuckern der Zweitaktmotoren. Plötzlich erkannte Ariel, dass er dies alles genoss, dass er in diesem Augenblick mit seinem Leben zufrieden, ja sogar glücklich war, und als er sein Gedächtnis durchforstete, musste er ein Jahr und zwei Monate zurückgehen, bis er auf ein vergleichbares Gefühl stieß: Etwas Ähnliches hatte er an jenem Nachmittag empfunden, als Addi, Jone und er *Geh nicht einsam in die Nacht* aufgenommen hatten. »Ich bin auf einem verdammt guten Trip, einem verdammt guten«, murmelte er vor sich hin. Er wusste es nicht besser, als dem Haschisch zu danken, es kam ihm überhaupt nicht in den Sinn, dass die

Umgebung im Einklang mit seinen eindeutig eigenen Körpersubstanzen dafür sorgte, dass er sich so wohlfühlte. Außerdem war es ihm egal. Wichtig war vor allem, dass die Angst von ihm wich und er vergessen konnte, was Virta ihm über seinen verschwundenen Vater erzählt hatte, und dass er die Gedanken vergessen konnte, die dies über sein eigenes Leben wachrief: Ariel musste bereits viele schwierige Bilder mit sich herumschleppen und konnte auf weitere gerne verzichten. Aber eins hielt er dennoch wie ein Banner vor sich hoch, eine von Virtas Aussagen wiederholte er innerlich immer wieder, als er dort auf seinem Stein saß. *Musiker. Ein wirklich guter, wenn ich mich recht erinnere.* Kein zerrütteter Krieger, kein Vater, der abgehauen war, kein Verräter. Sondern ein Musiker, *ein wirklich guter, wenn ich mich recht erinnere.* Die Worte wurden zu einem Mantra, zu einer Formel, die man unendlich oft wiederholen konnte und die einen bei Laune hielt.

Am Ende wich der Zauber dann allmählich. Der Morgen war bereits weit fortgeschritten, er hatte die nüchternen Farben des Vormittags bekommen, und Ariels Rausch ließ ebenfalls nach. Er hatte mehr Haschisch in seiner Umhängetasche im Haus – zwei Gramm, nicht mehr –, hier draußen auf der Landspitze jedoch keines mehr. Ihm wurde bewusst, dass er viele Stunden fortgewesen war und Hullu-Hurme und Leuka sicher außer sich vor Wut waren, Hurme fand wahrscheinlich, dass Ariel den ganzen Job aufs Spiel setzte. Ariel kehrte zu seinem Fahrrad zurück, stieg auf und fuhr langsam in den eigenen Reifenspuren zurück. Bei der ersten Abzweigung schlug er die falsche Richtung ein und war schon ein paar Kilometer weit gekommen, als er seinen Irrtum erkannte. Er wendete und radelte zurück, ließ die Abzweigung hinter sich und war wenig mehr als hundert Meter auf der richtigen Straße unterwegs gewesen, als in einer Staubwolke der schwarze Volvo Amazon auf ihn zukam. Virta saß am

Steuer, weder Leuka noch Hurme waren fahrtüchtig. Hurme war so wütend, wie Ariel befürchtet hatte. Als der Wagen bremste, stürzte er heraus, riss Ariel vom Rad und schleuderte ihn auf die Rückbank. Ariel knallte gegen einen verkaterten und ärgerlichen Leuka, der ihn mit einem »Verdammt!« begrüßte und ihm einen harten Fausthieb in die Rippen versetzte. Draußen hob ein wutentbrannter Hurme das Fahrrad mit beiden Händen über seinen Kopf und schleuderte es in den Straßengraben. Anschließend ließ er sich neben Virta auf den Beifahrersitz fallen und wollte schon die Tür zuziehen und sich auf Ariel stürzen, als ihm einfiel, dass das Rad dem Hausbesitzer gehörte und sie wegen eines Auftrags auf Gotland waren und keine Aufmerksamkeit erregen durften, indem sie anderer Leute Eigentum wegwarfen. Hurme stieg aus, hob das Fahrrad aus dem Graben und knallte es in den Kofferraum. »Der Deckel lässt sich nicht schließen, die Rostlaube ist zu groß«, sagte er zu Virta, »du musst langsam fahren.« Dann drehte er sich nach hinten um, betrachtete den verängstigten und übernächtigten Ariel, und seine Augen verengten sich zu Schlitzen. »Jetzt hör mir mal zu, du verdammter, stotternder, schwedischer Gitarrenmongo!«, sagte er mit unterdrückter Wut in der Stimme. »Wenn du noch etwas bringst, was diesen Job gefährdet, bring ich dich um und werf dich in irgendeinen tiefen Meeresgraben der Ostsee! Hast du kapiert?!«

Ariel ging es den ganzen Tag schlecht. Am Nachmittag versuchte er, ein paar Stunden zu schlafen, fand aber keine Ruhe. Er hatte immer noch Angst. Hurme hatte sich zwar überraschend schnell wieder beruhigt und lediglich einige verbissene Flüche ausgestoßen, dann jedoch begonnen, die morgige Abfahrt zu planen. Es gab Menschen, die sich über Hurmes Faible für Ariel wunderten: Zwischenzeitlich behandelte er den heruntergekommenen Gitarristen fast wie einen kleinen Bruder, vor allem, wenn man sein Verhalten mit der unberechenbaren Schreckensherrschaft verglich, der sich seine anderen Untergebenen ausgesetzt sahen. Doch Ariel war mit Hurmes Stimmungsumschwüngen vertrauter als die meisten, und gerade diese Vertrautheit ließ ihn keinen Schlaf finden. Hurme war zu »Erledigungen« ins nahegelegene Dorf gefahren, wahrscheinlich, um in Stockholm anzurufen, und Ariel wusste, unter ungünstigen Umständen konnte ein völlig anderer Raikka Hurme zurückkommen als der beherrschte, der weggefahren war.

Aber es passierte nichts, und der zweite Abend verlief ruhiger als der erste. Ariel hatte Kopfschmerzen, trank aber dennoch pflichtschuldig kleine Schlucke Schnaps aus den Flaschen der anderen. Keiner von ihnen trank so viel wie am ersten Abend, Hurme und Leuka und Virta nippten alle nur vorsichtig, und im Morgengrauen setzten sie sich nach ein paar Stunden Schlaf in den Volvo Amazon und fuhren ans Meer. Dort erwartete sie nicht nur der gotländische Schiffer, sondern auch ein großgewachsener Mann mit harten Augen, der sich als der Direktor persönlich herausstellte. Ariel dachte zunächst, dass der Auftrag sehr wichtig sein musste und es wahrscheinlich um eine ungewöhnlich große Ladung ging, bis er merkte, dass er als Einziger überrascht war: Die anderen begrüßten den Direktor, als wäre seine Anwesenheit ganz selbstverständlich. Ariel erkannte, dass die Begleitung eines der obersten Chefs durchaus üblich war, offenbar reichte einer vom Kaliber Hurmes nicht immer, vielleicht wurde zusätzlich jemand gebraucht, der eine Fremdsprache beherrschte.

Sie legten in dem Fischerhafen ab, den Ariel von der Ebene aus betrachtet hatte. Obwohl er den Hafen nur durch einen verzerrenden Haschischnebel gesehen hatte, erkannte er ihn wieder: die Reihe rot gestrichener Fischerschuppen, der lange Betonpier, die vertäut liegenden Fischkutter, der Wellenbrecher, der in einem Halbkreis gebaut war und nur eine schmale Einfahrt freiließ.

Für die Fahrt nach Stralsund benötigten sie fast achtundvierzig Stunden. Es war lästig, auf dem Fußboden der Kajüte Kopf an Fuß zu schlafen, aber die wenigen vorhandenen Kojen blieben dem Direktor, Hurme und Olsson vorbehalten. Ariel traute sich nicht, vor den Augen des Direktors und Hurmes seine Pfeife anzuzünden, und darüber hinaus lief ihm ein eiskalter Schauer über den Rücken, als ihm bewusst wurde, dass es ein schrecklicher Fehler gewesen war, die Pfeife und den kleinen Haschkrümel in internationale Gewässer mitzunehmen: Falls sie wegen Ariel Ärger mit dem Zoll bekommen sollten, waren Hurme und der Direktor durchaus fähig, Hurmes Drohung in die Tat umzusetzen und ihn über Bord zu werfen.

Aber es lief alles nach Plan. In Stralsund reichte es schon, dass der Direktor sich den Zollbeamten zeigte: Sie kamen nicht einmal an Bord, die Albatros durfte sofort in den Hafen einlaufen. Es war noch sehr früh, und die Fracht kam erst am Vormittag. Ein großer Kastenwagen fuhr auf den Kai, und Hurme, Virta, Leuka und Ariel begannen ganz unverhohlen, kistenweise Schnaps und Zigaretten an Bord zu tragen. Auch der Direktor half mit, während Woldemar Olsson abgewandt auf Deck stand und so tat, als würde er nichts sehen. Während Ariel die Kisten an Bord schleppte, überlegte er, ob sich wohl in einer von ihnen Preludin oder Haschisch oder Amphetamine befanden: wahrscheinlich, aber die Wahrheit kannten sicher nur der Direktor und eventuell noch Hurme.

Als sie ablegen wollten, tauchte eine Patrouille von sechs Zöllnern auf. Der Direktor bat sie in die Kajüte, holte sieben Gläser und eine Flasche, woraufhin man sich eine ganze Weile leise auf Deutsch unterhielt. Als die Zollbeamten den Kutter verließen, machten sie einen zufriedenen Eindruck, als hätten sie nicht nur ein Gläschen in Ehren, sondern noch etwas mehr bekommen. Kurz darauf verließ auch der Direktor das Boot, da er über Kopenhagen nach Stockholm zurückkehren würde. »Geschäfte, Geschäfte«, bermerkte Hurme vielsagend und rieb Daumen und Zeigefinger aneinander. Später, als sie sich schon hingelegt hatten, flüsterte Virta Ariel dagegen zu, wenn sie mit der Schmuggelware auf frischer Tat ertappt würden, sollten die kleinen Fische die Strafe absitzen und nicht die großen.

Das Meer lag auf der Rückfahrt wie auch schon auf der Hinfahrt die meiste Zeit spiegelblank. Ariel musste sich Kopf an Fuß eine Koje mit Virta teilen, weil Hurme es vorzog, aufzubleiben und mit Olsson zu trinken. Virta hatte jedoch ungeheure Mengen Gas im Bauch, und Ariel war den Gestank schnell leid und legte sich lieber auf den Fußboden der Kajüte. Als sie auf Höhe Blekinges waren, kam endlich Wind auf, der aus nördlicher Richtung wehte, und als sie sich der Südspitze Gotlands näherten, herrschte bereits recht hoher Seegang. Bis nach Mitternacht lagen sie vor Närshamn, und erst als sie sicher sein konnten, dass der Hafen menschenleer war, durchfuhren sie die schmale Einfahrt. Der Lastwagen erwartete sie bereits und war zur Hälfte mit legalen Waren gefüllt – Kartoffeln, Gemüse, Fisch –, unter denen die illegalen verborgen wurden.

Für Ariels Verhältnisse wurde diese Reise nach Stralsund fürstlich entlohnt, und er blieb noch einen Tag in Visby, quartierte sich in einer Jugendherberge ein und spazierte gegen Abend in den Wald nördlich der Stadt. Er fand eine geschützte Lichtung, ließ sich im Gras nieder, bereitete sich sorgsam vor, zündete seine Pfeife an und rauchte, während ein verirrter Igel auf der Lichtung hin und her rannte, als gäbe es Ariel überhaupt nicht. Dann begab er sich langsam auf den hohen Felsen hinauf. Der Pfad war steil, und Ariel legte lange Pausen ein, in denen er über den Steilhang hinausblickte und sich vorstellte, er wäre ein Kreuzfahrer, der einen Angriff auf eine Handelsstadt in einem fernen Abendland vorbereitete. Dort oben stopfte er nochmals seine Pfeife und rauchte seine letzten Krümel, während im Westen der Himmel brannte.

Als er nach Stockholm zurückkam, hatte er zwar noch Geld, aber keine Bleibe. Er beschloss, bei Marga, Ronny und den anderen aus Jakobsberg um Verzeihung zu bitten, und diesmal *kaufte* er einen Plattenspieler, einen Philips, um anschließend über ganz Södermalm bis Zinkensdamm zu gehen, wo er sich mühelos Zugang zu dem baufälligen Haus verschaffte. Die Mods waren jedoch nicht da, im gesamten verfallenen Treppenhaus hallte es verlassen. Und den Weg zu dem Holzhaus in Jakobsberg würde er niemals finden, das wusste er, er war immer mit Marga und den anderen dorthin gefahren und dabei so benebelt gewesen, dass er sich den Weg nicht gemerkt hatte. Und so stand er nun mit einem Plattenspieler in einem heruntergekommenen und hallenden Treppenaufgang, für den er keine Verwendung hatte: Er hatte kein Zuhause und besaß auch keine Platten.

Er zögerte eine Weile und ließ dann – er war nicht ganz nüchtern – den nagelneuen Plattenspieler vor der Tür stehen und hoffte, dass die Jakobsberger nur vorübergehend abwesend waren und bald zurückkommen würden und zumindest Marga die Geste verstehen und mit Wärme an ihn denken würde, wenn sie den Philips fand.

Schon bald – nur ein paar Tage später – war Ariel wieder pleite, so pleite, dass er sich ein weiteres Mal an Hurme, an den Schwarzhandel an Slussen und neue Aufträge im Ausland für den Direktor und den Ringer halten musste.

* * *

Jouni Manner gefiel der Sommer 1967 nicht: Die Wahrheit lautete, dass er ihm weniger gefiel als jeder Sommer, den er bis dahin erlebt hatte.

Es war ein Sommer voller Krieg und Unruhe. Im Juni brach der Sechstagekrieg zwischen Israel und seinen arabischen Nachbarn aus, zur selben Zeit hatte die Großproduktion »Exodus« Premiere in ganz Europa. In Griechenland hatte im April eine Militärjunta ein eisernes Regime eingeführt, so dass laufend neue Berichte über die brutalen Methoden der Junta eingingen. Die USA und die Sowjetunion beharrten auf ihrem absurden Wettrennen: Zwei Jahre zuvor hatte man darum konkurriert, Raumsonden zum Mars zu schicken, nun war die Venus an der Reihe.

Der herrschende Wahnsinn löste heftige Reaktionen aus, vor allem bei jungen Leuten. Jouni verfolgte aufmerksam das Geschehen, aber er war ein skeptischer Geist und fühlte sich manchmal alt, obwohl er genauso jung, ja sogar jünger war als viele in der Widerstandsbewegung. In Helsingfors gab es das *Komitee der Hundert*, die Studentenbühne und das frisch gegründete Label Love Records, aber die rebellische finnische Jugend neigte dazu, rasch vom politischen System geschluckt zu werden. Doch schon in Stockholm gab es große Gangs von Mods und *provies*, Provokateuren. Und in der Boulevardpresse der ganzen Welt schrieb man, oft in einem ironischen Tonfall, über eine neue und friedliebende Gruppe junger Revoltierender, die Hippies genannt wurden und in Amerika nach San Francisco pilgerten, zum Stadtteil Haight-Ashbury und zum Golden Gate Park, wo sie große *be-ins* und *love-ins* abhielten, zu denen sich Zehntausende Menschen versammelten. Diese Hippies ließen ihre Haare endlos lang wachsen, viel länger als die Mods, und die Männer ließen sich häufig wildwüchsige Bärte stehen, und beide Geschlechter schmückten sich mit Perlen und Blumen im

Haar. Im Golden Gate Park und an anderen Orten, an denen sich die Hippies sammelten, traten Frauen wie Männer häufig mit nacktem Oberkörper auf, und konservative Zeitungen schrieben empört über Nacktpartys, bei denen es Rauschgift im Überfluss gegeben und das friedliche Zusammensein in unverblümten Sexorgien geendet habe. Jouni lachte über diese Artikel, aber die neue Ideologie blieb ihm fremd. Sie schien Menschen anzuziehen, die ihr Leben der Musik, dem Theater und anderen Kunstformen widmeten, sie zog zum Beispiel seine Terhi an. Jouni ertappte sich bei dem Gedanken, dass diese neuen Ideen wahrscheinlich auch Ari und Addi ansprachen: Wenn er die Augen schloss, konnte er sie sich problemlos in Hippieklamotten vorstellen. Aber Ari und Addi traf er ohnehin nicht mehr. Terhi traf er dafür umso mehr, denn sie wohnten zusammen und stritten sich häufig. Sie stritten sich, gerade weil sich Terhi den neuen Idealen anschloss, während er sie auf Distanz halten wollte. Terhi hatte den ganzen Sommer über das Beatles-Album »Sergeant Pepper's Lonely Hearts Club Band« und Procol Harums Song *A Whiter Shade Of Pale* gehört. Sie sprach – sie war immerhin Musikerin, mein Gott – gerne darüber, wie das Lied von Harum seine Melodie von Bach oder Händel oder wem auch immer geliehen hatte, und behauptete, die Platte der Beatles sei ein Signal für ein neues Weltbewusstsein einer neuen Generation, und wenn Jouni und sie in die Stadt fuhren, um ins Kino zu gehen, bestand sie darauf, in den asphaltierten Straßen im Stadtzentrum barfuß herumzulaufen. Eines Abends hatte man ihnen deshalb im Restaurant Elite den Einlass verwehrt. Sie hatten nach dem Kino einen Happen essen und etwas trinken wollen, aber der Türsteher hatte Nein gesagt, und Terhi war wütend geworden und hatte sich geweigert, Sandaletten anzuziehen, obwohl sie welche in der Tasche hatte. Und Jouni hatte sich geschämt. Terhis Launen reizten ihn ungeheuer, und bei ihrem letzten Streit hatte er sie angeschnauzt und gefragt, wenn die Welt von neuer Eintracht erfüllt sei, in der Weiße und Schwarze und Braune und Gelbe Brüder und Schwestern seien, warum zum Teufel sei dann gerade halb Detroit bei Rassenkrawallen in Flammen aufgegangen? Die Wahrheit lautete, das wusste Jouni in den Augenblicken, in denen er die Kraft aufbrachte, ehrlich zu sich selbst zu sein, dass er Terhi loswerden und dazu bewegen wollte, aus der Zweizimmerwohnung in Tallinge auszuziehen, und er dachte oft darüber nach, wie er dies erreichen konnte, ohne sie zu grausam zu behandeln. *Miks sä et enää pidä mua hyvänä?*, warum umarmst du mich nicht mehr, fragte Terhi ihn oft in jenem Sommer. Darauf konnte Jouni ihr keine Antwort geben.

Eine Welt in Aufruhr. Reißerische Schlagzeilen. Trotzdem war es eine kleine und unbebilderte Notiz, die Jouni mehr schockierte und trauern ließ als irgendeine andere Nachricht dieses Sommers.

Ende Juni las er, dass die französische Schauspielerin Françoise Dorléac, Star in mehreren viel beachteten Filmen, auf dem Weg zum Flughafen Nizza die Kontrolle über ihren Renault verloren hatte und von der Straße abgekommen war. Der Wagen war in Brand geraten, und Dorléac hatte sich nicht befreien können und war unter, wie es hieß, grausamen Umständen gestorben: Offenbar war sie verbrannt und konnte nur dank gewisser persönlicher Gegenstände identifiziert werden, die man in dem verkohlten Auto gefunden hatte.

Als Jouni die Notiz las, packte ihn das Grauen. Weil er Terhi zunehmend leid war, hatte er sich im Frühling und Frühsommer Tagträumen von Françoise Dorléac hingegeben, er hatte sich ausgemalt, nach Paris zu gehen und sich einen Namen als internationaler und sprachkundiger Reporter zu machen und irgendwann Fräulein Dorléac zu begegnen, und dann wurden sie – *bien sûr!* – ein Paar. Für Jouni war Françoise Dorléac die personifizierte Schönheit und Eleganz. Ihre selbstsichere Sprödheit, ihre lebhaften Gesten, ihre ausdrucksvolle Stimme, ihre schlanken und sorgsam gepflegten Finger, ihre Rehaugen unter der Pelzmütze – er konnte sich einfach nicht vorstellen, dass sie zu Asche verbrannt war, bei dem bloßen Gedanken erstarrte sein Körper zu Eis. Warum gerade sie von allen Frauen, warum nicht irgendeine amerikanische Blondine wie Novak oder Mansfield, dachte er verbittert. Daraufhin vergingen zwei Tage, und Jouni schlug eine neue Tageszeitung auf und las eine neue Notiz: Die amerikanische Sexbombe Jayne Mansfield war auf eine fast ebenso grauenvolle Art ums Leben gekommen wie Dorléac, sie war auf der Landstraße zwischen Biloxi und New Orleans in einen Traktor gefahren, und ihr Gesicht war übel zugerichtet und der Kopf außerdem skalpiert worden.

Der seltsame Zufall ließ den normalerweise so rationalen Jouni die Fassung verlieren. Für ein paar Tage drängte sich ihm ein Gedanke auf: Er hatte das zweite Gesicht, er war in der Gewalt böser Mächte, und das schon immer und ohne es zu ahnen. Er verfiel in alte Gewohnheiten, die er fast vergessen hatte. Nach der Arbeit ging er für ein paar Drinks ins Kellarikrouvi, die Kellerkneipe, und war unfähig, ein Ende zu finden, stattdessen nahm er ein Taxi in sein Heimatviertel, trank im Klaava und Oiva weiter und landete bei ungehobelten Menschen, die er nicht kannte. Eines Nachts betrog er Terhi zum ersten Mal. In einer anderen Nacht war er als Gast Keijo Kantolas im M-Klubi und hätte sich fast mit Tuomas Koskelo-Kajander geprügelt. Nach Hause fuhr er erst in den frühen Morgenstunden, wenn überhaupt. Er sah, dass Terhi wütend und traurig war, aber sie wagte es nicht, etwas zu sagen. Jouni strahlte immer noch Stärke und Bedrohlichkeit aus, er brachte die Menschen immer noch zum Schweigen, wenn er wollte. Tatsächlich war seine Ausstrahlung größer denn je, und das wusste er.

Schließlich riss er sich zusammen, rief sich in Erinnerung, welchen Weg er eingeschlagen hatte, und entsann sich all der Dinge, die er noch erreichen wollte. Er ließ die Erinnerung an Françoise Dorléac verblassen und gab Terhi keine Erklärung, er wusste, dass er sie verlassen würde, es war nur eine Frage der Zeit, und wenn sie ihm zu sehr auf die Nerven gehen sollte, würde er ihr anbieten, die Wohnung in Tallinge zu behalten, er konnte sich eine andere Wohnung suchen, am liebsten eine etwas zentraler gelegene.

Weltweit war die Rede vom Sommer der Liebe, aber in Helsingfors schien eher selten die Sonne, und es war kalt, das Thermometer schaffte es nur an wenigen Tagen über die 20-Grad-Marke. Im August wurde es dann noch schlimmer, da kamen die Wolkenbrüche. Es regnete täglich, und an manchen Tagen goss es in Strömen, aber Jouni war das egal. Er bereitete sich schon auf das Diskussionsprogramm *Poparena!* vor, das Mitte September auf Sendung gehen sollte. Die Idee stammte von Keijo Kantola, der vom Rundfunk zum Fernsehen gewechselt war, und als Moderator hatte man, nach Probeaufnahmen mit verschiedenen Kandidaten, Jouni Manner ausgewählt. In Wahrheit waren die Aufnahmen ein Bluff, ein Spiel für die Galerie gewesen: Jouni war von Kantola und den anderen Chefs bei TV 1 ausgewählt worden.

Das Format der Sendung war neu. *Poparena!* wollte ein knackiges und bissiges Diskussionsprogramm für junge Leute sein, Interviews und Debatten sollten sich mit Musik- und anderen Unterhaltungsdarbietungen abwechseln und die Studiogäste noch nicht von der Öffentlichkeit verbraucht und abgegriffen, sondern junge, frische Gesichter auf dem Weg nach oben sein.

Geplant war, die Sendung jeden zweiten Donnerstagabend auszustrahlen und als eine Art kleiner Bruder der spät ausgestrahlten Talkshow *Verlängerung* aufzubauen, einer neuen, bissigen Samstagsshow mit bekannten Moderatoren wie Lenita Airisto und Aarre Elo.

Doch bevor *Poparena!* begann, hatte Jouni einen letzten Auftrag für den Rundfunk zu erledigen. Er sollte nach Schweden reisen und vom *Tag R* berichten, dem großen Übergang vom Links- zum Rechtsverkehr Anfang September. An einem der Abende im Oiva Anfang Juli hatte er beunruhigende Dinge über Ariel Wahl gehört, der Ende Mai nach Stockholm abgehauen war und das nur Adriana mitgeteilt hatte. Seine Informationen kamen von einem gewissen Ruisma, der aus Stockholm nach Helsingfors zurückgekehrt war und versuchte, auf dem schmalen Pfad der Tugend zu wandeln. Ruisma hatte erzählt, Ariel habe in Schweden verloren gewirkt und sei völlig in den Händen Hurmes und anderer Banditen. Jouni hatte sich seine Worte gemerkt und beschlossen, einen Tag länger in Stockholm zu bleiben und nach Ariel zu suchen, aber er nahm das Flugzeug, ohne den kleinsten Anhaltspunkt zu haben, denn als er nach Tagen vergeblicher Versuche endlich Lydia Wahl an die Strippe bekommen hatte, stellte sich heraus, dass sie absolut nichts wusste: Sie klang nüchtern, aber bedrückt, und meinte, sie habe keine Ahnung, wo Ariel stecke, sie habe keine Adresse, keine Telefonnummer, keine Kontaktperson, nichts.

Jouni traf am Freitagmorgen, den 1. September, in Stockholm ein. Es herrschte bereits Feierstimmung, in den Geschäften verkaufte man R-Kartenspiele, R-Handschuhe und R-Schokolade, und die Menschen waren mitteilsam, jeder hatte eine Meinung zum *Tag R* und es war nicht weiter schwierig, die Leute zum Reden zu bringen. Jouni lief mit seinem Nagra-Gerät den ganzen Nachmittag durch die Stadt, machte Interviews und nahm Stadtgeräusche auf. Die Interviews fielen ihm eher schwer: Das Schwedisch in Stockholm klang nicht wie daheim, nicht nur die Aussprache war anders als bei Addi und Ari und den anderen Finnlandschweden, die er gekannt hatte, die Stockholmer benutzten darüber hinaus Worte, die er nicht kannte.

Er schaffte es, die Bänder mit der Abendmaschine nach Helsingfors zu schicken: Auf dem Flugplatz wartete ein Bote, und ein widerwilliger Tuomas Koskelo-Kajander war dazu auserkoren worden, den Schnitt zu überwachen und dafür zu sorgen, dass der Bericht am Samstag im Hauptprogramm laufen würde. Jouni kehrte ins Hotel Carlton zurück und bestellte ein Gespräch nach Helsingfors, und als die Leitung stand, instruierte er einen ärgerlichen Koskelo-Kajander, wie er den Beitrag schneiden sollte. Anschließend ging er in ein Restaurant namens Brända Tomten, aß ein Steak und trank Rotwein und zwei Drinks, und am Abend lag er auf seinem Hotelbett, rauchte und sah sich im Fernsehen ein Programm über den *Tag R* an: Sie spielten sogar ein R-Lied, es hieß *Halt dich rechts, Svensson*, das ihm gefiel, aber von den bemüht ruhigen Wortbeiträgen verstand er so gut wie nichts.

Am Samstag ging er durch die Stadt und machte Interviews. Er hatte sich einen Stadtplan besorgt und wagte sich nun vom Stureplan zur Nybroviken und nach Blasieholmen hinaus, ehe er über die große Baugrube mitten im Stadtzentrum zur Kungsgatan zurückkehrte. Der Autoverkehr war am Vormittag um zehn Uhr zum Erliegen gekommen, nur Rettungsfahrzeuge und Lieferanten war es noch erlaubt zu fahren. In der Stadt war Stille eingekehrt, und diese Stille war erholsam, aber nicht so vollständig, wie Jouni erwartet hatte: Die Busse fuhren auf ihren üblichen Routen die Kungsgatan und den Sveavägen und die anderen Hauptstraßen entlang. Ansonsten war die Stadt voller angeheiterter Fußgänger, nostalgischer Straßenbahnpassagiere – das Schienennetz sollte zeitgleich mit der Umstellung auf den Rechtsverkehr stillgelegt werden – und stolzer Fahrradfahrer, die es genossen, ausnahmsweise die Macht auf den Straßen zu haben.

Am Samstagabend kommentierte Jouni das Geschehen über Telefon live in den Spätnachrichten, und am Sonntagmorgen war er kurz nach vier Uhr morgens wieder auf den Straßen. In der ersten Stunde war die Stadt wie eine Kirche, nur einzelne Streifen- und Krankenwagen durchbrachen die Stille. Die Menschen schienen vom Ernst der Stunde erfasst worden zu sein. Zahlreiche Nachtschwärmer waren auf den Straßen, die meisten in Gruppen, aber sie grölten nicht wie sonst, sondern unterhielten sich leise und zeigten auf verschiedene Wahrzeichen der Stadt, als wären sie ihnen erst dank der Stille ins Auge gefallen. Um zehn vor fünf kam der große Moment. Die Fahrzeuge hielten am linken Bürgersteig und blieben zehn Minuten stehen, und wer ein Autoradio besaß, stellte es an und lauschte der R-Sendung. Um Punkt fünf bewegten sich die Autos vorsichtig auf die rechte Straßenseite und setzten sich ebenso vorsichtig in Bewegung.

Als Jouni sich an diesem Vormittag durch die Stadt bewegte, erkannte er, dass er Zeuge großer Ingenieurskunst geworden war, die eines Volkes würdig war, das die Rationalität liebte und dies mit seiner Gesellschaftsordnung feierte. Aber ihn bewegte nicht nur die Ingenieurskunst, sondern auch das Gefühl einer verlorenen Zeit. In den kleineren Straßen, in denen keine Busse fuhren, entstand eine Atmosphäre, die nichts anderes als die Atmosphäre sein konnte, wie sie in den Städten der Welt vor langer Zeit, bevor Motoren und Maschinen ihren Siegeszug antraten, geherrscht haben musste. Man hörte Menschen bei offenem Fenster weit oben in den Hochhäusern sprechen und mit ihrem

Frühstücksgeschirr klappern. Niemand musste schreien, um sich Gehör zu verschaffen, eine normale Gesprächslautstärke reichte völlig aus. Es war ein wolkiger Tag mit schwachem Wind, und in den Parks raschelten die Kronen der Linden und Ulmen trocken und leise wie Vorboten des nahenden Herbstes. Als das Telefon an einer unbemannten Taxirufsäule klingelte, zuckten die Passanten furchtsam zusammen, und im gleichen Stil horchten die Leute auf, wenn in irgendeiner Kirche plötzlich Glocken über der Stadt schlugen: eine Erinnerung an die Macht, die der Ruf zum Gottesdienst über die Sinne der Einwohner einmal gehabt hatte, als die Städte noch stiller waren.

Um zwanzig nach drei ging Jouni auf dem Weg zu seinem Hotel die Kungsgatan hinab. Die Autofahrer, die an den Einfallstraßen hatten warten müssen, hatten endlich grünes Licht bekommen, so dass langsam, aber sicher Normalität einkehrte, an den Kreuzungen staute sich der Verkehr, und der Lärm war bereits unerbittlich, aber die Menschen waren heiter und freundlich, es war immer noch der Tag gelungener Ingenieurskunst. Das galt allerdings nicht vor einem Restaurant in der Nähe der Kungsbron, wo eine Clique betrunkener Männer beim Eintreten in Streit geraten war. Jouni wollte vorbeigehen, aber als er den Streit hörte und die vom Rausch verzerrten Gesichter der Männer sah, erwachten seine alten Instinkte zum Leben, und seine Muskeln spannten sich reflexartig an. Als er näher kam und hörte, dass auf Finnisch gestritten wurde, verstärkte sich seine Reaktion noch, und er kauerte sich zusammen wie eine kampfbereite Katze. Im selben Moment fiel sein Blick zufällig auf einen der Männer, einen schlaksigen, langhaarigen Burschen, der sich ein wenig abgesetzt hatte: Der Langhaarige war genauso betrunken wie die anderen, versuchte aber, sich aus dem Streit herauszuhalten. Zwei der anderen Männer – insgesamt waren es vier – standen direkt vor dem Eingang des Restaurants und fluchten und krakeelten und bedrohten sich gegenseitig. Der vierte in der Gruppe, ein sehr großer Mann mit kalten Augen, stand dicht neben den Streithähnen, um notfalls eingreifen zu können, falls es zu Handgreiflichkeiten kommen sollte.

Jouni blieb ein paar Schritte entfernt stehen und beobachtete die kleine, tragikomische Gruppe – der Große mit den kalten Augen war ziemlich gut gekleidet, von den anderen ließ sich das nicht sagen –, während er darüber nachdachte, was er tun sollte. Der Streit verebbte ein wenig, und Jouni sah, dass der große Mann die Hand auf den Türrahmen legte, weil er offenbar fand, dass sie jetzt hineingehen konnten. Da handelte Jouni schnell, ging die fehlenden zehn Meter, suchte den Blick des Langhaarigen und sagte: »Ariel.«

Ariel sah auf, seine Augen schauten erschrocken, und für einige Sekunden wirkte er verwirrt. Jouni hatte das Gefühl, dass sein Freund ihn nicht wiedererkannte. Dann warf Ariel einen kurzen Seitenblick auf den Großen, offenbar der Anführer, und dann verzog sich sein Gesicht zu einem Lächeln: »Jouni! Was zum T-Teufel machst du denn hier!«

Sie gaben sich die Hand, ein kurzer und etwas schüchterner Händedruck, und Jouni antwortete: »Die Umstellung auf den Rechtsverkehr, was sonst?« Er verstummte, sah Ariel an und dachte, dass sein Freund müde und abgemagert aussah: »Aber ehrlich gesagt hatte ich auch vor, nach dir zu suchen.«

Ariel lächelte schief. »Tja, hier bin ich.«

Der Große mit den harten Augen mischte sich ein: »Wer ist der Bursche?«

Die Frage war an Ariel gerichtet, und Ariel sagte: »Das ist Jouni Manner, ein alter Kumpel aus Berghäll.« Er wandte sich Jouni zu und ergänzte: »Und das sind Leuka, K-K-Koikkala…« – er warf einen scheuen Blick auf den Großen – »und der Direktor.«

»Schon gut, Wahl«, sagte der Direktor kurz und hart, »aber für so etwas haben wir jetzt keine Zeit. Wir gehen rein.«

Ariel sah Jouni entschuldigend an. Jouni musterte ein großes Loch am Knie von Ariels Hose und blickte dann zum Restaurantschild hoch: Grigg's.

»Ich kann jetzt nicht r-reden«, sagte Ariel nervös. Er suchte nach Worten und ergänzte: »Verhandlungen.«

»Wollen wir uns heute Abend treffen?«, schlug Jouni schnell vor, denn Ariel war den anderen schon halb ins Dämmerlicht des Restaurants gefolgt. Jouni wollte Ariel nicht aus den Augen verlieren und fuhr fort: »Ich wohne gleich nebenan, im Carlton.«

»Na ja, ich wohne nicht hier«, sagte Ariel. »Und heute Abend geht es nicht. Aber morgen. Wir k-könnten uns morgen treffen.«

»Kommst du in die Lobby?«, fragte Jouni. »Dann gehen wir was essen und trinken. Um zwölf? Ich fliege mit der Abendmaschine zurück.«

»Zwölf geht nicht«, sagte Ariel. »Lieber um zwei.« Er drehte sich um und wollte offensichtlich ins Restaurant gehen.

Jouni überkamen böse Vorahnungen und rief ihm hinterher: »Warte! Lass mich lieber zu dir kommen! Sag einen Ort, an dem wir uns treffen können.«

Ariel drehte den Kopf und sah ihn an, sein Blick war ausdruckslos.

»Du kannst hier zum Grigg's k-kommen«, sagte er. »Komm um zwei in die amerikanische Bar.«

* * *

Jouni erschien pünktlich, er hatte aus seinem Hotel ausgecheckt, Koffer und Tonbandgerät standen in der Gepäckaufbewahrung des Carlton. Grigg's American Bar bestand aus einer langen und goldglänzenden Theke, an der zwei Handelsreisende in braunen Anzügen und eine Dame zweifelhaften Lebenswandels in gebührendem Abstand voneinander verteilt saßen, die beiden Geschäftsmänner nippten an einem Whisky, und die Dame hatte etwas Buntes in ihrem Glas. Weiter hinten gab es einen Roulettetisch und eine Orchesterempore mit Tanzfläche. Ein Plakat versprach »Carlos Romero y Los Hidalgos«, aber da es Nachmittag war, kam die Musik aus einem Radio, das hinter dem Bartender stand: Frank Sinatra sang im Duett mit seiner Tochter *Somethin' Stupid*. Während er wartete, trank Jouni eine Cola und rauchte zwei Zigaretten. Als Ariel schließlich auftauchte, war es schon halb drei. Er hatte seinen schwarzen Gitarrenkoffer in der einen und eine hässliche weiße Tüte in der anderen Hand, und die Tüte war voller Kleider. Er trug ein dunkelgrünes T-Shirt, eine verwaschene Jeansjacke und eine dunkelrote Hose, die sowohl ganz als auch sauber zu sein schien. Sogar seine Haare wirkten sauber, als hätte er sie sich gerade erst gewaschen. Sie gaben sich nicht die Hand, das hatten sie ja schon getan, sie begnügten sich damit, einander zuzunicken. Obwohl Ariel nüchterner aussah als am Vortag, merkte Jouni dennoch, wie mitgenommen und hohläugig er war, um seine Augen lagen tiefe schwarze Ringe. Plötzlich klingelte ein alter Satz in Jounis Ohren, er kam wie aus dem Nichts, und er hörte sich selbst die Worte aussprechen: *Ich werde dich beschützen*. Sein Gedächtnis wirbelte fünf oder auch zehn Sekunden lang durch die eigene Geschichte, dann fiel ihm wieder ein, wann er das gesagt hatte: an einem eisig kalten Novemberabend, als er Ariel davor bewahrt hatte, von Repe Paldanius verprügelt zu werden.

Hier saßen sie nun, und er war nicht mehr in der Lage, Ariel zu schützen. Hatte er das eigentlich jemals gekonnt?

»Was zum Teufel st-starrst du denn so?«, fragte Ariel. »Ich bin doch kein Gespenst.« Er schien jedoch nicht beleidigt zu sein, denn er sprach in einem zufriedeneren Ton weiter: »Ich war im Sturebad. Die erste Dusche seit zehn Tagen. Ich hab im Moment nichts, wo ich kampieren kann.«

»Kampieren?«, fragte Jouni.

»Übernachten, Finnenteufel. Das sagt man hier so«, antwortete Ariel heiter. Dann schaute er sich in dem fast leeren Lokal um, lehnte sich zu Jouni vor und erläuterte mit leiser Stimme: »Im Moment ist es hart. Ich war sonst immer bei Hullu-Hurme, er hat eine Zweizimmerwohnung draußen in Bandhagen, aber Hurme und einige andere sind vor ein paar Wochen geschnappt worden. Sie sitzen im Knast, und die Polizei hat die Bude versiegelt. Also trage ich alles, war ich habe, bei mir.«

Jouni deutete auf die weiße Tüte, aus der eine schmutzige Jeans und eine Reihe anderer Kleidungsstücke herauslugten. »Eine verdammt hässliche Tüte hast du da.«

»Das ist eine Plastiktüte«, erwiderte Ariel. »Der letzte Schrei, jeder benutzt sie. Kosten nichts, sehen beschissen aus, aber halten mindestens zehn Pullen Bier aus.« Er demonstrierte die Haltbarkeit der Tüte, indem er sie an ihrem Griff hin und her schwenkte.

Er hat sich verändert, dachte Jouni. Benutzt Wörter wie »kampieren« und »Pullen«. Wirkt fast selbstbewusster als früher, obwohl seine Augen so müde sind.

»Was gibt's Neues zu Hause?«, erkundigte sich Ariel plötzlich und aus heiterem Himmel.

»Ich habe mit Lydia gesprochen«, sagte Jouni.

»S-so, so«, sagte Ariel. »Und wie geht es ihr?«

»Sie hörte sich gut an«, antwortete Jouni. »Richtig gut.«

Ariel sagte nichts, saß nur da und glotzte vor sich hin, den Gitarrenkoffer und die weiße Plastiktüte zu seinen Füßen.

»Willst du auch eine Cola?«, fragte Jouni. »Oder etwas anderes? Ich lad dich ein.«

»Nee, ich brauch nichts«, antwortete Ariel zerstreut.

»Schick ihr mal eine Karte«, sagte Jouni. »Sie ist immerhin deine Mutter.«

»Mache ich, mache ich«, sagte Ariel. »Und sonst? Hast du Addi gesehen?«

»Nur einmal«, sagte Jouni. »Im Kellarikrouvi Anfang des Sommers. Sie war mit Stenka da. Ich habe am frühen Abend mit ihr gequatscht, so habe ich erfahren, dass du abgehauen bist.« Er verstummte, spürte, dass er nicht mehr sagen wollte.

Aber so einfach ließ Ariel ihn nicht davonkommen, er sagte: »Und?«

»Na ja, ich glaube, dass …«, setzte Jouni widerwillig an, fing noch einmal neu an und sagte: »Am späteren Abend saß sie an der Theke und hatte Striemen im Gesicht, sie hatte bestimmt wieder geflennt.«

»Und du«, sagte Ariel, »du bist nicht z-zu ihr gegangen und …«

»Nee«, erwiderte Jouni. »Ich war selber ziemlich blau und wollte gerade nach Hause. Und du weißt ja, am Ende, wie sie und ich …« Er verstummte erneut, sah Adriana vor sich und dachte, was er schon mehrfach gedacht hatte: *schwach*. Addi und Ari waren seine engsten Freunde gewesen, vielleicht waren sie es noch, vielleicht waren sie jetzt, da er kurz davorstand, Terhi zu verlassen, sogar seine einzigen wahren Freunde. Aber sie waren so furchtbar schwach. Wie kam es, dass er sich solche Freunde gesucht hatte? Er starrte Ariel an und hörte selbst, dass seine Worte unnötig streng klangen:

»Sie ist nicht leicht zu … da ist was in ihr, was nicht zusammenhält, das weißt du genauso gut wie ich.«

Ariel wich seinem Blick nicht aus. »Ich finde trotzdem, d-du hättest zu ihr gehen und mit ihr r-reden können«, sagte er ernst.

Ariels Worte waren Jouni unangenehm, und er suchte nach

einem anderen Gesprächsthema. »Du hast natürlich gehört, dass The Bukka Men groß herausgekommen sind? Sie treten in meiner Fernsehshow auf, wenn sie in zwei Wochen losgeht.«

Ariel schluckte den Köder: »Du meinst Eskelinens Band?«

»Ja, genau«, sagte Jouni. »Ihre LP ist im Juli erschienen. Ist ein Riesenerfolg. ›Pilgrimage‹. Sie klingen ein bisschen wie Cream.«

»Gut für Jugi«, murmelte Ariel. Dann erhellte sich seine Miene. »P-Procol Harum waren letzten Donnerstag hier. Im Gröna Lund. Ich war da. Aber sie waren nicht so gut, wie ich dachte.«

»Oh verdammt, du hörst die also auch«, grinste Jouni. »Terhi hat mir mit der Single den ganzen Sommer die Ohren zugedröhnt.«

»Ich hab seit Monaten keine Platten mehr gehört«, erwiderte Ariel niedergeschlagen. »Anfang des Sommers habe ich mit ein paar Schweden rumgehangen, da habe ich welche gehört. Hast du Hendrix gehört?«

»Irgendein Stück habe ich sicher mal gehört«, meinte Jouni ein wenig zögernd. »Ich interessiere mich nicht mehr so für Musik. Es gibt wirklich Wichtigeres.«

»Alle reden über ihn«, fuhr Ariel fort, Jounis Bemerkung schien er überhört zu haben. »Aber ich habe mit ihm g-geredet, bevor er berühmt wurde! Auf der Bore III.«

»Auf der Bore III?« Jouni sah Ariel mit einem leichten Grinsen auf den Lippen an und dachte: Wie viel raucht der Typ eigentlich? Und was nimmt er sonst noch alles?

»G-Grins nicht so«, sagte Ariel. »Es ist wahr! Als ich hergefahren bin. Ich habe auf der Levin für ihn gespielt, und er hat gesagt, dass ich gut bin! Da kannst du dich und deine F-Françoise Dor-lé-ac vergessen!« Ariel sprach den französischen Namen übertrieben korrekt und affektiert aus, aber sein Grinsen erstarrte, als er sah, wie Jounis scherzhafte Skepsis verschwand und etwas anderem wich.

»Dorléac ist tot, Ariel«, sagte Jouni. »Sie hat sich im Juni tot gefahren.« Er spürte erneut das lähmende, eisige Gefühl im Körper, wie jedes Mal, wenn er sich an den Nachmittag im Restaurant Fiskartorpet erinnerte, als draußen der Schnee wirbelte, jedes Mal, wenn er sich daran erinnerte, wie sie sich im Chez Marius gegenübergesessen hatten, jedes Mal, wenn er daran dachte, wie sie neben ihm durch den Esplanadenpark gegangen war und die Ledermütze bis zu den Augen heruntergezogen hatte. Er ertrug es nicht, an sie zu denken, und er sah, dass sein schneidender Kommentar Ariel verwirrt und eingeschüchtert hatte. Deshalb fragte er schnell:

»Weshalb haben sie Hurme eigentlich eingelocht? Hat er jemanden abgemurkst?«

Es dauerte einige Sekunden, bis Ariel antwortete. »Nee«, sagte er dann und senkte die Stimme: »Sch-Schmuggel.«

Es waren mehr Menschen ins Grigg's gekommen, zwei von ihnen hatten sich an die Theke gesetzt, und Ariel musterte sie besorgt. Dann meinte er mit noch leiserer Stimme: »Ich kann hier nicht reden. Es ist zu gefährlich.«

»Dann gehen wir woandershin«, erwiderte Jouni.

Sie gingen zum Stureplan, nahmen anschließend die Birger Jarlsgatan, bogen jedoch unmittelbar danach rechts in den Park Humlegården. Unerschrocken kreuzten sie zwischen den Autos und Bussen, die immer noch vorsichtiger fuhren als sonst. Schaute man in die Fahrzeuge, sah man, dass viele Fahrer ein hochkonzentriertes und gleichzeitig etwas unsicheres Gesicht machten: Es war nicht leicht, sich an die neuen Bewegungsmuster und Ausweichregeln zu gewöhnen.

Jouni trug den Gitarrenkoffer, und während sie so spazierten, erzählte Ariel ihm freimütig von seinen Schmuggelaktivitäten. Er beschrieb seine erste Reise nach Stralsund und erzählte von seiner Flucht auf die Ebene und dem Morgen dort. Er erzählte von der zweiten Reise, die sie einige Wochen später in derselben Besetzung, aber ohne den Direktor, unternommen hatten. Sie waren weit nach Norden gefahren, »wahrscheinlich waren wir schon irgendwo in der Nähe Ålands«, meinte Ariel, und hatten sich auf offener See mit einem finnischen Boot getroffen. Der finnische Kutter war mit Spezialkränen ausgestattet gewesen, und sie hatten bei ziemlich hohem Seegang 3 000 Liter russischen Wodka auf das Deck der Albatros gehievt. Die Kistenstapel hatten sie festgezurrt und Planen über sie geworfen, und dann war die Albatros nach Süden zurückgefahren, und alles war wie geplant gelaufen. Doch eine Woche später hatte sich eine Mannschaft, die aus dem Ringer, Hurme, Virta und einem Schiffer namens Berglund bestand, nur ein paar Seemeilen vor der gotländischen Küste mit einem finnischen Boot verabredet gehabt, bei Faludden, ganz im Süden. Diesmal hatte der Zoll das Schmuggelboot auf dem Radarschirm verfolgt, sich in Ronehamn versteckt und die ganze Crew festgenommen, sobald der Lastwagen beladen war.

Sie fanden ein verschlafenes Café in einer Seitenstraße am hinteren Ende des Parks, kauften einen Kaffee und ließen sich an einem Tisch weit hinten im Lokal nieder. Jouni hatte Ariels Erzählung aufmerksam gelauscht, zündete sich eine Zigarette an und sagte: »Verdammt, du musst vorsichtig sein! Kannst du denn wirklich keinen anderen Weg finden, Geld zu verdienen, einen, der nicht illegal ist?«

Ariel zuckte mit den Schultern, schnappte sich ohne zu fragen eine Zigarette aus Jounis Schachtel, richtete den Blick auf einen Punkt irgendwo neben Jouni und sagte: »Man will ja auch nicht unbedingt im Irrenhaus oder bei der Müllabfuhr jobben. Aber wenn ich wieder richtig Musik mache …«

Jouni betrachtete Ariel, und ihm schoss durch den Kopf: *Bitte, belüg dich nicht selbst.* Aber er sprach die Worte nicht aus. Er reichte Ariel das Feuerzeug und sagte:

»Außerdem solltest du dich vor Hurme hüten. Irgendwann bringt er jemanden um, das weiß ich.«

»Bei Hurme *bin* ich vorsichtig, das sind alle«, sagte Ariel und nahm einen ersten Zug. »Aber er mag mich. Er schlägt wild um sich und so, aber mich rührt er nicht an.«

»Darauf würde ich mich an deiner Stelle lieber nicht verlassen«, entgegnete Jouni. »Und noch etwas«, fuhr er fort, »kannst du nicht mit dieser Scheiße aufhören?«

»W-Welcher Scheiße?«, fragte Ariel und versuchte verständnislos auszusehen.

»Stell dich nicht dümmer, als du bist. Mit dem Stoff. Den Pillen. Dem Dope.«

Ariel wurde plötzlich ernst. Er zog an seiner Zigarette, diesmal gieriger als beim ersten Mal, und sagte: »Ich kann nicht. Oder will nicht. Im Moment jedenfalls nicht. Das Dope lässt D-Dinge verschwinden, die … ich meine, es klappt nicht immer, aber wenn es funktioniert, dann darf ich eine Zeitlang durch einen Schleier gehen. Und dieser Schleier, der ist Gold wert. Die Z-Zeit steht still und vergeht gleichzeitig wie im Flug. Schon gut, Jone, ich kann es nicht erk-erklären …«

Ariel war beim Sprechen eifrig und enthusiastisch geworden, fast so enthusiastisch wie zuvor, als er über Hendrix gesprochen hatte. Aber so leicht gab Jouni sich nicht geschlagen.

»Sei nicht so ein verdammter Idiot, Ari«, sagte er. »Hör auf, mit diesen Typen an Slussen rumzuhängen. Komm nach Hause. Ich kann dir einen Job besorgen, ich habe Beziehungen.«

»Was denn für einen Job?« Ariel wirkte skeptisch.

»Eine feste Stelle in unserer Technikabteilung. Du könntest als Aushilfe anfangen und …«

»Nee«, unterbrach Ariel ihn, und seine Stimme war leise,

aber bestimmt: »Ich komme nicht nach Hause, Jone. Ich will nicht.«

8

Die graue Haut gab es jetzt schon seit über einem Jahr, sie lag wie eine dünne, aber undurchdringliche Membran zwischen Adriana und der Wirklichkeit. Aber was hieß eigentlich »Wirklichkeit«? Existierte sie? Existierte die Wirklichkeit nicht bloß in den Augen des Betrachters, und zwar so, dass jeder der bald vier Milliarden Menschen auf der Erde seine eigene Wirklichkeit, sein eigenes Bild davon erschuf, wer er und was die Welt war? War nicht alles, was Adriana sah und hörte und fühlte, nur ein Bild davon, was *ihre* Sinne ihr erzählten, eine Funktion, die entstand, wenn die Sinneswahrnehmungen das Gehirn erreichten und in Synapsen und Reaktionen und Deutungen umgewandelt wurden? Und warum sollte dieses Bild wahrer sein als andere Bilder, vor allem, da Adrianas Deutungen – was übrig blieb, wenn die ersten Reaktionen verklungen waren – immer dieses Graue, dieses Undurchdringliche enthielten, das dafür sorgte, dass sie nichts mehr intensiv empfinden konnte: Alles war verwässert, sogar das Unbehagen war verwässert, manchmal rumorte es leise in ihr, und manchmal überkam sie ein lähmendes und alles verschlingendes Gefühl der Schwäche, und dieses Gefühl war wie ein schwarzes Loch, und wenn sie ihm nachgab – was immer öfter geschah, ihr fehlte die Kraft, es abzuwehren –, folgte ihm eine Art Auflösung ihrer selbst, wenn sie die Augen schloss, konnte sie buchstäblich *sehen*, wie sie immer weiter schrumpfte und sich in ein Staubkorn oder etwas noch Kleineres verwandelte, in etwas, das kleiner war als nichts; sie *wurde* dieses schwarze Loch, sie wurde eine Implosion, ein

Schattenbild, sie war das umgekehrte Sprechen, eine Minusversion aller expansiven Menschen, aller glänzenden Künstler und Rhetoriker und Strippenzieher und Volksaufwiegler und Heerführer und Diktatoren, die in der Welt herrschten. Die graue Haut, das schwarze Loch, die Nichtigkeit, diese bleischweren Wolkenmassen zwischen ihr und dem Himmel, auf Las Canteras in Las Palmas genauso wie vor ihrem Fenster in der Smedsgatan und über den Inseln Rönnskär und Gråhara bei den wenigen Malen, die sie Göran, Catherine und Eva in der Havsgatan besucht hatte. Die gleiche Nichtigkeit in Paris, wo sie im Winter eine Chance als Model bekommen hatte, aber unfähig war, den Schein zu wahren: Sam Karnow und Stenka hatten sie als ihre Manager begleitet und ihr die Nacht gezeigt, sie durch eine Unzahl von Clubs gelotst, in denen die Musik grollte und brüllte und Farbkaskaden und seltsame Lichtspiele über die Wände strömten. Aber Adriana war traurig und verschlossen gewesen, und Stenka und Sam und die Leute in den Pariser Agenturen hatten sie herablassend behandelt, als es ihr nicht gelingen wollte, sich vor der Kamera aufzuspielen. Und Nichtigkeit auch in Stockholm, wo sie zu Beginn des Frühjahrs ihre letzten Fototermine absolviert hatte, und die gleiche Nichtigkeit bei den dämlichen Partys in Helsingfors für *die Leute, auf die es ankam*. Und nun, im Sommer, hatte das Grau sogar die Boehmsche Familieninsel Aspholm erobert, wohin sie sich zwischen ihren Reisen stets zurückzog. Die Insel war ihre letzte Zuflucht gewesen, der letzte Ort, an dem sich ihr Körper noch sonnenwarm und katzenweich und stark fühlte, an dem es in ihren Beinen zuckte, an dem ihre Gedanken sich wirklich wie ihre eigenen anfühlten. Jetzt aber nicht mehr, nicht einmal da draußen auf der Insel, und ja, sie war schon so gut wie verrückt, das wusste sie natürlich, so wurde dieser Zustand doch genannt, so lautete die Übereinkunft; wer aufhörte zu heucheln, wer sich mit offenen Augen der Leere des Lebens stellte und sich die Existenz des Graus eingestand, der musste mit der Bezeichnung leben: nervenkrank. Geisteskrank. Verrückt.

Ariel war bereits seit über einem Jahr fort, Jouni traf sie auch nicht. Schon als Ariel bei ihr saß und Kekse aß und Tee trank, hatte sie gesagt: Ich werde mit jemandem reden, ich weiß nur nicht, mit wem. Aber sie hatte es nie getan. Ebenso wenig hatte sie auf Ariels Gitarre gespielt, sie lag eingeschlossen in ihrem Koffer, sie verstand nichts von elektrischen Instrumenten.

Sie hatte ausgeharrt. Sie würde es schaffen. Aber in diesem Frühjahr war sie geflohen. Sie hatte Stenka und Karnow angewiesen, sie nicht mehr zu buchen, Stenka hatte sie gesagt, überall in ihrem Inneren liefen Grautiere und Dunkeltiere, sie müsse allein sein. Stenka hatte sie gelangweilt angesehen, keine Miene verzogen, kein Wort des Trostes über die Lippen gebracht. Aber er hatte getan, worum sie ihn bat. Sobald das Eis geschmolzen und die schlimmste Kälte gewichen war, fuhr sie nach Aspholm hinaus und wohnte im Haus ihrer Großmutter, denn im Haus der Familie erinnerten die Cinzano-Untersetzer und die schwarzen Aschenbecher und Görans Bücher mit Titeln wie »Wir kämpften für unsere Freiheit« an Dinge, die sie ebenfalls vergessen wollte. *Hello darkness, my old friend. I turned my collar to the cold and damp*. Genau das hatte sie in diesem Frühling und Frühsommer getan, sie hatte da draußen in der Kühle und Feuchtigkeit gehockt und gefroren wie eine hilflose Puppe, *poupée de cire*, so kam es am Ende immer, das Mädchen wurde zur Puppe in dem dämlichen Lied, das sie anfangs nicht hatte singen wollen, Adriana hatte immer noch Jounis ironische Stimme im Ohr, als er ihr vorschlug, dass sie France Gall singen solle.

Jouni: Auch er war fort, aus ihrem Leben verschwunden, manchmal sah sie ihn in diesem Fernsehprogramm, *Poparena!*, das höchst umstritten war und vielen älteren Leuten missfiel, genau wie vielen jüngeren, die Kritiker schrieben, dass sich die Leute nur gegenseitig ins Wort fielen und Jouni Kälte und Arroganz ausstrahle. Adriana hatte die Sendung ein paar Mal gesehen und gab ihnen Recht, das war nicht der Jouni, den sie gekannt hatte, das war nicht der Junge, der lachende Augen hatte und sich um andere Menschen kümmerte. Diesen Jungen hatte sie seit Jahren nicht mehr gesehen, denn als sie sich im letzten Sommer zufällig im Kellarikrouvi begegnet waren, war Jouni hart und abwesend gewesen, viel mehr dieser Fernseh-Jouni als der Jouni, der in ihrem Trio die tiefen Stimmen gesungen hatte: Zu später Stunde an diesem Kneipenabend, als sie geweint hatte und gern getröstet worden wäre, war er an ihr vorbeigegangen und hatte so getan, als würde er sie nicht sehen.

Aus eigenem, freiem Willen war sie es geworden: einsam. Bis Mittsommer war sie auf Aspholm geblieben, wo es kein Telefon gab und niemand sie erreichen konnte. Es kamen auch keine Zeitungen, und so vergingen Tage oder sogar Wochen, ohne dass sie sich mit all den schrecklichen Dingen beschäftigen musste, die in der Welt passierten: die Krawalle in Paris, der Mord an Bobby Kennedy, die Belagerung von Biafra. Doch nun war Juli, und Göran und Catherine und Eva und Großmutter waren gekommen, Silander aus Tirmo fuhr jeden Tag die Zeitung zu ihnen hinaus, und Catherines Transistorradio lief die ganze Zeit. Adriana war in die Stadt geflohen, zu ihrer engen Wohnung in der Smedsgatan, in der es staubig und abgestanden roch und die Kleider und Schminkdöschen auf dem Fußboden lagen und ihn zumüllten. Es war Mitte Juli und stickig, und jeden Abend rief Adriana eine Nummer nach der anderen an, ohne jemanden zu erreichen, und saß daraufhin da und wartete stattdessen darauf, dass das Telefon klingeln würde, und die Leere drängte sich auf, und ihr wurde schwindlig, wenn sie versuchte, sie in einen Pferch zu locken, sie dachte, dass sogar Stenka oder Sam anrufen durften, Hauptsache, irgendwer tat es. Aber wenn sie an Stenka und Sam dachte, wurde ihr nur noch schwindliger, und dann kam das Grau, kam die Nichtigkeit, das Verschwinden, und sie schrumpfte und schrumpfte, und am Ende hielt sie es nicht mehr aus, sie musste mit jemandem reden, sie musste jemandem erzählen dürfen, obwohl sie gar nicht wusste, *was* sie erzählen wollte. Und deshalb saß sie jetzt bei Tante Lu, die nie die Stadt verließ, Lu, die im Grunde die Einzige in der gesamten Verwandtschaft war, der Adriana blind vertraute.

Adriana hatte gewartet, während Tante Lu in der Küche beschäftigt war, sie war in einem kirschfarbenen Samtsessel versunken und hatte Augen und Gedanken umherschweifen lassen. Sie war seit Jahren nicht mehr bei Lu gewesen, aber die Wohnung war noch wie in ihrer Erinnerung. Groß für einen einzelnen Menschen, vier Zimmer und eine geräumige Küche, offen und hell, mit großzügigen Fenstern, aber gleichzeitig voller persönlicher Erinnerungen: Da waren kleine Statuetten und andere dekorative Gegenstände aus verschiedenen Kulturen und Ländern, da waren Aschenbecher aus unterschiedlichen Materialien und in variierendem Design, da waren Gemälde von Künstlern, die Lu gekannt hatte, und zwischen den Bildern hingen gerahmte Fotografien von Musikern von anno dazumal: Auf dem größten Foto saß ein schlaksiger und stutzerhaft gekleideter Farbiger, lächelte, spielte Klavier und blickte zur Kamera hoch.

Tante Lu trug ein Tablett mit frischem Brot und Vollkorn-Skorpa, Butter, Honig, zwei Sorten Käse und dampfendem, frisch aufgebrühtem Tee herein. Adriana, die davon ausgegangen war, dass Lu bloß eine Kanne Kaffee kochte, schämte sich und sagte:

»Aber Tante! Warum hast du denn nichts gesagt? Ich hätte dir doch geholfen!«

»Ich wollte dich überraschen«, erwiderte Tante Lu schroff und stellte das Tablett ab. »Du siehst käsig aus, Addi, hast du niemanden, der sich um dich kümmert?«

»Mir geht es gut, Tante Lu«, log Adriana. Es war Abend und der Himmel klar, das Zimmer, in dem sie saßen, ging nach Westen hinaus, und sattes Licht flutete herein. Es sieht alles so hübsch und versöhnlich aus, dachte Adriana, ich kann nicht in diesem Zimmer und Licht sitzen und ihr erzählen, wie es mir geht, sie würde mir nicht glauben.

»Jetzt ist aber mal Schluss mit diesem ewigen Tante hier und Tante dort«, sagte Tante Lu. »Wie alt bist du jetzt, Addi? Fast vierundzwanzig? Außerdem bin ich gar nicht deine Tante, das weißt du genau. Du darfst mich … du kannst mich Lucie nennen.«

Adriana wiederholte stumm: Lucie. Und Lu…cie hatte ja Recht. Sie war eine entfernte Verwandte, und Adriana wusste nicht einmal genau, wie sie verwandt waren: Lucie war eine jüngere Kusine oder Kusine zweiten Grades von Adrianas Großmutter, Elsa Boehm, aber sie hatte immer die Rolle als Mutter Catherines zwanzig Jahre ältere und grundverschiedene Freundin gehabt. Die blasse und empfindsame Catherine. Die bissige und forsche Tante Lu. Adriana sah sie an und dachte: Wie schön sie ist, groß und schlank und mit Gesichtszügen, die fein geblieben sind, sich nur ein wenig vertieft haben. Sie muss mindestens fünfundsechzig sein, aber man würde niemals auf den Gedanken kommen, dass sie so alt ist. Warum hat sie nie geheiratet, wollte sie keine Kinder und all das?

Es schien fast, als hätte Lucie Adrianas Gedanken lesen können, denn sie streckte sich nach der Zuckerdose und sagte: »Dieses ständige Tante hier und Tante da hat mir früher nichts ausgemacht, noch als Eva zur Welt kam, fand ich es ganz lustig. Aber so langsam werde ich richtig alt. Im Herbst werde ich siebzig und will keine falschen Titel mehr haben. Meine einzige Schwester starb jung, so dass ich mütterlicherseits niemals Tante werden durfte.«

»Wie langst wohnst du hier schon ... Lucie?«, fragte Adriana. Die Wohnung lag in der Södra Hesperiagatan, und Adriana hatte frühe Erinnerungen an sie, Erinnerungen, in denen sie ein Mädchen mit Zöpfen und einem karierten Rock war.

»Seit dem Sommer der Olympischen Spiele, 1952. Damals kehrte ich zum letzten Mal aus Paris heim und beschloss, dass endlich Schluss sein müsse mit dem ständigen Hin und Her. Im Übrigen liegt sie in der Nähe des Krematoriums, es sieht also ganz so aus, als wäre ich damals äußerst vorausschauend gewesen. Aber daran habe ich damals natürlich nicht gedacht.«

Adriana konnte sich ein Lächeln nicht verkneifen. In ihrer Gemütsverfassung wäre sie in Tränen ausgebrochen, wenn ein anderer das Krematorium erwähnt hätte. Aber Lucie war nicht wie andere: Aus ihrem Mund klang fast alles ironisch.

»Wann bist du das letzte Mal hier gewesen?«, erkundigte sich Lucie und musterte Adriana nachdenklich. »Ist das nicht schon ziemlich lange her?«

Adriana nahm eine Leinenserviette vom Tablett, faltete sie auseinander, legte sie sich auf den Schoß und sah aus den Augenwinkeln die hübsch gestickten Initalien: LL, Louise Liliehjelm. Sie durchforstete ihre Erinnerung. »Vor zwei Jahren, glaube ich«, sagte sie. »Ich war hier und habe dir die Hüte und ein paar andere Dinge zurückgebracht. Sachen, die ich mir geliehen hatte.«

»Stimmt, ja, die Hüte«, sagte Lucie geistesabwesend. »Du hattest irgendeinen Fototermin mit dieser Gruppe, in der du gesungen hast. Ach ja ...«

Sie verlor sich in ihren Gedanken. Lucie war geistesgegenwärtig und scharfsinnig, aber manchmal wurde sie ein wenig wirr:

In der Verwandtschaft scherzte man nicht selten darüber, dass Tante Lu plötzlich wie ein Ballon abheben, in ihre eigenen Sphären davonschweben, freundlich unnahbar werden konnte, nur um plötzlich zurückzukehren und genauso aufmerksam und alles und jeden durchschauend zu sein wie zuvor. So auch jetzt. Sie sah Adriana in die Augen und sagte:

»Das ist wirklich eine freudige Überraschung, Addi. Ich habe nicht mehr viele Freundinnen und auch nicht viele Kavaliere. Und der Juli ist der leerste aller Monate. Aber Hand aufs Herz: Du bist nicht ganz du selbst. Was ist los, macht es dir keinen Spaß, ein Mannequin zu sein?«

Adriana wurde von den direkten Worten überrumpelt und bekam Probleme, den Tee zu schlucken, den sie gerade im Mund hatte: Trotz des sanften Lichts im Raum war die Nichtigkeit sofort da. Natürlich sieht sie es, dachte Adriana, so ist sie immer schon gewesen, sie sieht wirklich alles.

Sie überlegte, wo sie anfangen sollte, fand nicht die richtigen Worte, versuchte es aber trotzdem. »Ich …«, sagte sie, spürte jedoch, wie sich ihr augenblicklich die Kehle zuschnürte. Sie sah schnell auf den Tisch hinunter, damit Lucie nicht merkte, wie ihr die Tränen in die Augen traten. Sie versuchte, ihre Teetasse zu heben und noch einen Schluck zu trinken, aber ihre Hand zitterte, und sie musste die Tasse wieder abstellen.

»Verdammt!«, schluchzte sie, denn sie konnte es nicht mehr verhindern, der kleine Gefühlsausbruch übermannte sie einfach.

»Aber liebes Kind«, sagte Lucie, lehnte sich vor und strich Adriana unbeholfen über den Unterarm. »Jetzt isst und trinkst du erst einmal, und dann unterhalten wir uns. Macht es dir etwas aus, wenn ich rauche? Ich habe im Elite spät zu Mittag gegessen und bin nicht hungrig.«

In den folgenden zehn Minuten aß Adriana frisches Haferbrot mit Gouda und Butterkäse und Skorpa mit Honig und trank zwei Tassen Tee. Lucie saß zurückgelehnt auf der Couch und rauchte einen Zigarillo, den sie einem Silberetui entnommen hatte. Das Licht, das vom Park und vom Meer hereinströmte, wurde minütlich voller, mittlerweile war es fast orange. In der Küche tickte eine Wanduhr. Ein Lüftungsfenster stand offen, man hörte den Abendwind abflauen, wenn er draußen durch die Bäume strich.

»Soll ich etwas Musik auflegen?«, fragte Lucie, als längere Zeit keiner etwas gesagt hatte. »Oder den Fernseher anstellen?«

»Nein, danke«, antwortete Adriana, »das ist nicht nötig. Es ist schön so.«

»Möchtest du vielleicht einen Likör?«, fragte Lucie. »Oder ein Glas Wein?« Sie sah Adriana forschend an und ergänzte still: »Aber vielleicht sollte ich dir das gerade nicht anbieten.«

Adriana schüttelte den Kopf und sagte: »Nein, ich möchte nichts.« Nachdem sie Brote gegessen und süßen Tee getrunken hatte, ging es ihr besser, aber sie fühlte sich immer noch zerbrechlich und versuchte deshalb, ihre Stimme hart und tonlos zu machen, als sie weitersprach: »Aber ich bin keine Alkoholikerin, falls du das glauben solltest.«

Lucie sah sie freundlich, aber bestimmt an und sagte: »Ich glaube gar nichts, Addi. Bis du mir erzählt hast, was dich so traurig gemacht hat, glaube ich nichts.«

Adriana wirkte ratlos: »Ich bin gekommen, weil ich mit jemandem reden muss, aber ich weiß nicht, wie ich anfangen soll. Außerdem will ich nicht alles erzählen.«

»Du sollst so viel erzählen, wie du erzählen möchtest, und nicht mehr«, erwiderte Lucie. Adriana sagte nichts, ließ sich vielmehr tiefer in ihren Stuhl sinken und zwirbelte eine kastanienbraune Locke um ihren Zeigefinger, ihre Fingernägel waren ganz abgekaut. Als Adriana stumm blieb, fuhr Lucie fort: »Gute Ratschläge erteilt man, wenn man zu alt geworden ist, um mit schlechtem Beispiel vorauszugehen. Aber ich versuche es gern, ich nehme an, dass ich die nötige Qualifikation dafür besitze.«

Adriana lächelte, aber sie lächelte unter Tränen: Ihr Gesicht war vollkommen regungslos, und die Tränen waren wie aus dem Nichts aufgetaucht.

»Ich habe mich bei dir nie für die Platte bedankt, die du mir geschenkt hast«, sagte Lucie. »Als du mit den Hüten gekommen bist.« Sie verstummte kurz, ergänzte dann jedoch: »Die Platte ist schön. Beide Stücke. War es nicht so, dass ihr das eine Lied selbst geschrieben habt?«

»Ariel«, sagte Adriana. »Ariel hat es geschrieben.«

»Ariel, ist das der Blonde und Hagere?«

Adriana nickte.

»Das Singen fehlt dir?«

Adriana nickte erneut.

»Genau wie die Jungen.«

»Stimmt«, gestand Adriana. »Sie fehlen mir, aber nicht so, wie du denkst. Obwohl, der eine vielleicht schon … ein bisschen.«

»Der jetzt beim Fernsehen ist«, testete Lucie das Eis.

Adriana nickte noch einmal.

»Ich habe mir seine Sendung ein paar Mal angesehen«, sagte Lucie. »Ich gehöre zwar nicht unbedingt zur Zielgruppe, aber mittlerweile habe ich viel Zeit zum Fernsehen.« Sie sah Adriana an, und ihr Blick war fest: »Dieser Manner … ich hoffe, du verzeihst mir, aber ich mag ihn nicht. Er wirkt irgendwie herzlos.«

Adriana schüttelte den Kopf und sagte: »Früher war er nicht so. Nur manchmal. Er konnte auch nett sein. Aber du darfst nicht glauben, dass ich … dass wir … daraus wurde nie etwas.« Sie verstummte kurz, sprach dann jedoch weiter: »Ja, ich sehne mich nach der Zeit zurück, in der wir herumgefahren sind und gesungen haben. Aber es kommt mir vor, als wäre das alles schon eine Ewigkeit her.«

»Vielleicht könnt ihr ja noch einmal von vorn anfangen«, sagte Lucie leichthin. Adriana erinnerte sich plötzlich, dass Lucie eine schöne Stimme hatte, denn als sie ein Kind war, hatte Lucie für sie gesungen, sogar als Eva klein war, hatte sie noch gesungen, aber keine braven Wiegenlieder oder Hoppe, hoppe, Reiter, sondern Jazzballaden und alte Schlager.

»Ich glaube nicht«, sagte Adriana. »Und worüber soll man auch noch singen?«

»Jetzt stell dich nicht so an!«, sagte Lucie schneidend. »Du bist jung, für dich gibt es unendlich viel, worüber du singen kannst.«

Die scharfen Worte ließen Adriana zusammenzucken, sie sagte: »Aber es sollte so schön werden. Und dann ist das daraus geworden.« Sie verstummte, aber dann sah sie auf den Teppich herab und murmelte: »Mein … ich fühle mich so schmutzig.«

»Aber liebes Kind …«, sagte Lucie. Sie betrachtete Adriana forschend und fragte dann:

»Wie viele Liebhaber hast du gehabt?«

Adriana zuckte erneut zusammen, zögerte kurz und sagte: »Fünf … sechs.« Sie log, sie wusste, dass es mehr waren, wenn sie nachzählte.

»Das sind nicht besonders viele«, meinte Lucie. »Du nimmst diese Pille?«

Adriana nickte, und Lucie sah, dass sie allmählich wieder rastlos wurde, so rastlos, wie sie gewesen war, als sie an der Tür geklingelt hatte: Sie biss auf einer ihrer Fingerkuppen, und ihr Blick flackerte.

»Aber du bist nicht mit den beiden ins Bett gegangen, mit denen du gesungen hast«, stellte Lucie eher fest, als dass sie es fragte.

Adriana entsann sich des unwirklichen Morgens mit Ariel in der Havsgatan: der Sommersturm, das graue Licht, die grün schäumende Meeresbucht, sein schmächtiger Leib, sein pferdehaftes Gesicht über ihr, sein leises *Tschüss*, als er ging. »Nee«, sagte sie, »dazu ist es nie gekommen.«

Sie sah Lucie ernst an, die nicht zu wissen schien, was sie sagen sollte: Statt zu sprechen, lehnte sich ihre Gastgeberin vor und zupfte einen neuen Zigarillo aus dem Etui, griff nach einem Feuerzeug auf dem Tisch, zündete ihn an.

»Das ist alles so seltsam«, sagte Adriana. »Alle hocken zusammen und reden die ganze Zeit. Sie reden über Unterdrückung und Befreiung und darüber, dass jetzt die Zeit reif sei, mit dem Alten abzurechnen. Aber sie vertreten alle haargenau die gleiche Meinung. Und wenn ihnen jemand widerspricht, schauen alle anderen sie oder ihn mit den gleichen kalten Augen an wie die Lehrer früher, wenn man ihnen in der Schule widersprach. Was ist das denn für eine Freiheit?« Sie verstummte kurz und ergänzte dann: »Wenn sie lange genug geredet haben, denke ich immer an früher, als ich zehn war und barfuß auf Aspholm herumgelaufen bin und mit niemandem reden musste.«

Lucie zog an ihrem Zigarillo, blies den Rauch aus und sagte: »Manchmal bekomme ich Lust zu erzählen, euch jungen Leuten von meinen alten Freunden und mir zu erzählen. Damit ihr begreift, wie ähnlich wir euch waren.«

»Ja, erzähl«, sagte Adriana.

»Nein, ich glaube nicht«, sagte Lucie. »Es sind so viele von ihnen tot, und ich will sie in Frieden ruhen lassen.« Sie aschte auf den nächststehenden Teller und fuhr fort: »Aber ich kannte einmal einen Fotografen, der zu sensibel für die Welt war, die er durch seine Linse sah. Und ich kannte eine junge Frau, die es nicht wagte, sie selbst zu sein. Ich kannte einen Philosophen, der sich nie für eine Seite entscheiden konnte. Und einen Mann, der ein erfolgreicher Geschäftsmann war und die rauschendsten Feste der Stadt gab, anderen Menschen jedoch niemals nahekam. Und einen anderen Mann, der vielen nahekam, aber so halsstarrig war, dass er wegen nichts und wieder nichts in den Tod ging.«

»Warst du eine von ihnen, warst du die junge Frau?«, fragte Adriana.

»Ich war keine von ihnen. Aber ich habe Dinge gesehen, Addi. Es gibt so vieles, für das es so viel schneller zu spät ist, als du glaubst. Und es ist schwer, anderen Menschen Ratschläge zu geben. Ich kann dir nicht sagen, ob du dich verhärten oder ob du versuchen sollst, mit deiner Sensibilität zu leben. Beide Wege können funktionieren, und beide können in einer Katastrophe enden, ich habe beides gesehen.«

Sie machte eine Pause und betrachtete den Zigarillo, an dem die Aschensäule wieder lang geworden war. Adriana wartete auf eine Fortsetzung. Lucie wartete, bis die Asche auf den Teller gefallen war, und sagte: »Im Grunde kann ich dir nur zwei Dinge sagen. Diese Sache, ein gefeiertes Kind seiner Zeit zu sein, wird überschätzt, was heute strahlt, ist nächstes Jahr schon Schnee von gestern.« Sie lehnte sich vor, drückte den Zigarillo aus und ergänzte: »Und man muss sich selber mögen, sonst überlebt man nicht.«

* * *

Die Parkanlagen standen noch in Brand, aber an diesem Morgen waren die gelben und roten Farben der Laubbäume in einen dämpfenden Regenschleier gehüllt. Jouni parkte seinen weißen Fiat 600 unter Elinas Fenster und trat auf die Straße hinaus. Es war Oktober, und die neuen Schlüssel klirrten in seiner Tasche, sowohl sein eigener Schlüsselbund als auch der, den Elina bekommen würde. Er ging um die Hausecke und stand auf dem offenen Hof zwischen den flachen Holzhäusern. Es war eine lehmige Sandfläche, nicht mehr, und es hatte schon lange niemand mehr Sand gestreut: der Berggrund, die rauen Felsen, auf denen die Stadtteile Berghäll und Alphyddan ruhten, lugte überall heraus. Vor dem Hinterhaus standen zwei Feldbetten, beladen mit abgewetzten Flickenteppichen und mottenzerfressenen Matratzen. Die Treppen, die zu den Fluren und Wohnungen hinaufführten, waren grau, rissig und morsch. Zwei Türen des Plumpsklohauses standen offen, eine von ihnen hing an nur einem Scharnier, die Tür knarrte im schwachen Wind. Bei dem Anblick schüttelte Jouni den Kopf und ging hinein.

Elina erwartete ihn, sie war bereits angezogen, saß da und las in Mantel, Kopftuch und braunen Straßenschuhen die Zeitung. Jouni hatte mit ihr seit mehr als einem Jahr über den bevorstehenden Umzug gesprochen, aber Elina hatte sich taub gestellt. Er hatte versucht, sie aktiv einzubeziehen, ihr gesagt, dass sie sich sonntags gemeinsam Wohnungen ansehen konnten, seit er seinen Führerschein gemacht und sich sein erstes Auto gekauft hatte. Er wolle doch selbst umziehen, hatte er geantwortet, als Elina meinte, dass sie ihm nicht zur Last fallen wolle, es sei keine zusätzliche Bürde, sie mitzunehmen, er werde ohnehin herumfahren und sich Wohnungen anschauen. »Wollt ihr in eine größere Wohnung ziehen, Terhi und du?«, hatte Elina gefragt. »Nein, Terhi und ich werden auseinanderziehen«, hatte Jounis knappe Antwort gelautet.

Jouni besaß seit dem Frühjahr ein Auto, er hatte den Fiat im April gekauft und war unverzüglich losgefahren und hatte sich auf die Suche gemacht. Er hatte auch für Elina gesucht, obwohl sie dem Thema hartnäckig ausgewichen war. Trotzdem hatte er sie weiter bearbeitet und das aus gutem Grund: Die Häuser in der Castrénsgatan 14 und das Haus schräg gegenüber waren die letzten Holzhäuser im Viertel, die Entscheidung zum Abriss und die entsprechenden Zwangsräumungsbescheide konnten jederzeit kommen. Ringsum thronten die Mietshäuser, eins komfortabler als das andere, sechs oder sieben Etagen hoch, mit eigenen Balkonen und allen nur erdenklichen Bequemlichkeiten. Elina hatte ein Plumpsklo und einen Abwasserausguss auf dem Hof sowie einen Eisenherd und Holzkasten und einen rußenden Kamin als Ergänzung zu dem Kachelofen, der nicht mehr richtig zog. So konnte es nicht weitergehen, außerdem war es für einen Umzug der richtige Zeitpunkt in Elinas Leben: Oskari war in die Armee eingezogen worden, und nach seiner Entlassung würde er in eine eigene Wohnung ziehen und die Polizeihochschule besuchen, das hatte er gesagt, und Jouni hatte ihm versprochen, ihm falls nötig mit Geld auszuhelfen. All diese Argumente hatte Jouni bei Elina vorgebracht. Ein einziges Argument verschwieg er ihr allerdings: Er wollte nicht, dass sie dort noch wohnte, wenn das Haus geräumt wurde. Mittlerweile lief bereits die zweite Staffel von *Poparena!*, und die Sendung schleppte sich dahin, denn TV-Jouni hatte sich nicht als der Riesenerfolg erwiesen, auf den Kantola und die anderen Chefs gehofft hatten. Trotzdem war er eine Person des öffentlichen Lebens, und die Klatschblätter würden sich für Schlagzeilen wie »Mutter des Starmoderators lebt im Elend« nicht zu schade sein, wenn sie erführen, wie Elina hauste.

Aber Elina hatte sich stur gestellt. Der Sommer war vergangen, und Jouni hatte sich eine geräumige Wohnung in einem kühn entworfenen Hochhaus in Hagalund gekauft. Terhi hatte auch nicht in Tallinge bleiben wollen, und Jouni war ihrer so überdrüssig gewesen, dass er nicht einmal wusste, wohin sie gezogen war, vermutlich zusammen mit anderen Musikern und Hippies in irgendein zugiges Holzhaus auf dem Lande. Jouni war in sein neues Zuhause gezogen, das Gebäude wurde wegen seines eigenartigen Aussehens »Flachmann« genannt, Jounis Fiat hatte einen eigenen Parkplatz auf dem asphaltierten Hof, und Jouni selbst besaß ein Scheckheft und eine Stereoanlage mit Lautsprechern aus dunklem Mahagoni, und die Inflation fraß freundlicherweise die Zinsen seines Bankdarlehens auf. Alles war in Bewegung, aber Elina Manner bewegte sich nirgendwohin. »Ich fühle mich hier wohl und werde hier so lange wohnen, wie ich darf«, sagte sie noch im August, und mehr gab es dazu nicht zu sagen.

Vor einer knappen Woche war jedoch der Brief mit dem Räumungsbeschluss gekommen, und Elina hatte Jouni aus der Krankenhauswäscherei angerufen und geweint. Jouni hatte gewusst, was sich anbahnte, denn als die Stadtverwaltung nach den Sommerferien öffnete, hatte er sich nach geplanten Bauvorhaben in dem Viertel erkundigt. Als Elina ihn anrief, hatte er bereits einen neuen Kredit aufgenommen und alle notwendigen Maßnahmen ergriffen.

»Gehen wir zu Fuß oder nehmen wir das Auto?«, fragte Elina, als sie die Zeitung zusammenfaltete und aufstand.

»Es ist nur um die Ecke«, antwortete Jouni.

Das stimmte: Die Wohnung war zwar nicht im Nachbarhaus, aber fast. Es war Treppenaufgang B, und der Aufzug war so neu wie alles andere, kein Gitter, keine Glastür, nur eine Neonröhre an der Decke und eine Holztür, die sich von selbst schloss, und eine Etagenlampe, die über einem Anschlagsbrett anging.

»Fahren wir ganz hoch?«, erkundigte sich Elina.

»Nicht ganz. Nur in den fünften.«

»Die alten Aufzüge gefallen mir besser.«

»Mmm.«

»Man sieht etwas. Das ist nett.«

Oben angekommen unterzog Elina die Wohnung einer gründlichen Inspektion, öffnete Schranktüren und Fenster, testete Wasserhähne, stand im Schlafzimmer und schraubte nachdenklich am Regler des Heizkörpers. Jouni ließ sie gewähren, er stand im Wohnzimmer an eine Wand gelehnt und rauchte. Er beobachtete sie und dachte daran, wie unansehnlich sie war, wie krumm, grau und faltig. Er dachte an die Unannehmlichkeiten, die sie in jenen Jahren hatte ertragen müssen, in denen er sich auf den Straßen herumgetrieben und geprügelt hatte, an die vielen Ermahnungen und doppeldeutigen Kommentare, die sie sich von den Lehrern, dem Rektor und anderen Eltern hatte anhören müssen. Trotzdem hatte sie durchgehalten, Jahr für Jahr, bis er und Oskari schließlich erwachsen waren. Und sie hielt weiter durch: Von April bis November fuhr sie mit dem Fahrrad zur Arbeit im Aurora, morgens wie abends, ganz gleich, welche Schicht sie hatte.

Es schmerzte zwischen Jounis Fingern: Seine Zigarette war heruntergebrannt, und er warf die Kippe rasch ins Spülbecken und ließ ein wenig Wasser laufen, um die Glut zu löschen.

Elina kam aus dem Schlafzimmer und sagte: »Es ist schön hier. Sehr schön. Aber warum haben die Leute, die bisher hier gewohnt haben, ihre Sachen nicht mitgenommen?« Sie zeigte auf die wenigen Möbel im Wohnzimmer, auf den flachen Glastisch und die neu aussehende Stoffcouch und den Fernsehapparat.

»Das haben sie schon getan«, antwortete Jouni leise.

Elina hörte nicht oder verstand ihn nur nicht, denn sie ging in die Küche und sagte: »Den Küchentisch haben sie auch stehen gelassen. Und einen Kühlschrank, und …«

»Der Kühlschrank gehört zur Wohnung, Mama«, unterbrach Jouni sie. »Den nimmt man nicht mit, wenn man umzieht. Aber ich habe mir die Freiheit genommen …«

»Und im Badezimmer steht sogar eine Waschmaschine, man fragt sich schon …«, setzte Elina lebhaft an, verstummte dann jedoch verwirrt, als ihr langsam die Bedeutung von Jounis Worten aufging, vielleicht gerade wegen der Waschmaschine: Sie hatte ihre Hände damit ruiniert, die Kleider anderer Leute zu kneten, jetzt bekam sie für den eigenen Bedarf eine Maschine.

Alles verschwamm, ihr wurde schwindlig, sie musste zu Boden sehen.

Sie schwieg lange. Jouni zündete sich eine neue Zigarette an, das Zischen, als das Streichholz über die Reibfläche gezogen wurde, klang in der stillen Wohnung fast ohrenbetäubend laut.

»Oh, mein Gott, oh, mein Gott«, murmelt Elina schließlich, ihr fiel nichts Besseres ein. Sie atmete tief durch, bekam sich in den Griff und sagte: »Aber um Himmels willen, Junge, jedes einzelne Ding hier muss doch ein Vermögen gekostet haben … und auch noch einen Fernseher, was machst du denn bloß?«

Jouni lächelte und sagte: »Komm, lass uns mal auf den Balkon gehen, Mama.«

Der Balkon ragte nicht vor, sondern war in die Hausfront eingelassen, aber Jouni sah, dass es Elina schwindlig wurde, als sie zum Geländer vorging. Sie murmelte immer noch vor sich hin, aber ihr Murmeln war kaum zu verstehen, und Jouni schnappte nur die Worte »völlig verrückt« auf.

»Tritt einen Schritt zurück, wenn du es unangenehm findest«, sagte er. »Keiner zwingt dich, auf den Balkon hinauszugehen, wenn du hier wohnst.«

»Wie hoch das ist«, sagte Elina und zeigte auf die Holzhäuser und den Hof in der Nähe: »Schon seltsam, ich werde von hier aus zusehen können, wenn unser Zuhause abgerissen wird.«

»Ich habe mir auch noch andere Wohnungen angesehen. In Porthansbacken und hinten in Rödbergen. Ich war sogar draußen in Haga und habe mir einen Neubau angeguckt«, sagte Jouni. »Aber ich habe mir gedacht, dass du sicher lieber hierbleiben willst.«

Elina streckte die Hand hoch, strich Jouni rasch über die Wange und sagte: »Dass aus dir ein so guter Junge geworden ist.«

Als sie im Aufzug hinunterfuhren, hatte Jouni ihre Kommentare im Ohr. *Wie hoch das ist.* In ihrer Stimme hatte Freude, aber auch Angst gelegen.

Auf der Straße warf Jouni einen Blick auf seine Armbanduhr und stellte fest, dass er noch anderthalb Stunden Zeit hatte bis zu dem Termin, dem er seit über einer Woche mit einer Mischung aus Schaudern und Erwartung entgegensah. Er sagte Elina: »Ich habe noch Zeit, kann ich dich zur Feier des Tages zu etwas einladen?«

»Zu was denn?«, fragte Elina. Die neue Wohnung schien sie immer noch zu verwirren.

»Ich weiß!«, sagte Jouni. »Wir fahren ins Zentrum. Kaffee und Kuchen in irgendeinem Café, in dem das Bürgertum sitzt. Im Ekberg oder Stella!«

»Können wir nicht lieber aus der Stadt hinausfahren?«, erkundigte sich Elina. »Wenn du schon ein Auto hast.«

»Natürlich, Mama. Wohin willst du denn fahren?«

Elina schien kurz nachzudenken und sagte dann: »Es gab da ein Lokal, in das ich immer mit dir und Oskari gegangen bin, als ihr noch klein wart. Als wir an der Kreuzung Tullbommen gewohnt haben. Können wir nicht dahin fahren?«

»Du meinst das Mississippi«, sagte Jouni. »Das passt perfekt, ich habe meinen Termin in der Richtung.«

Sie setzten sich in den Fiat und fuhren die Helsingegatan hinunter und von dort über Tölö nach Mejlans hinaus. Das Café Mississippi lag in einem alten Holzgebäude, auf einem Felsen, der steil zum Meer abfiel. Landeinwärts führte die stark befahrene Paciusgatan vorbei, und hinter der Verkehrsader türmte sich das neue Riesengebäude des Zentralkrankenhauses auf. Aber das Café hatte wegen des Saisonendes geschlossen, und Jouni und Elina mussten sich damit begnügen, durch die hohen Fenster in den Gastraum zu starren, in dem spärlich verstreut auf einem blankgewetzten Holzfußboden einfache Holztische und zierliche weiße Stühle standen.

»Das war jetzt schade«, sagte Elina.

»Das Lokal reißen sie bestimmt auch bald ab«, meinte Jouni. »Lass uns nach Munksnäs fahren. Da gibt es bestimmt ein Café, das schaffen wir noch, du musst hinterher nur mit der Straßenbahn in die Stadt zurückfahren.«

* * *

Zwischen elf und zwölf an diesem Oktobertag wurde Jouni von der Wirklichkeit eingeholt. Nicht für immer: Er würde schon bald nach außen seine Selbstsicherheit zurückgewinnen. Dennoch sollte ihn das Erlebnis prägen, und ganz so unerschütterlich wie vor dem Mittagessen in der Villa Ekudden würde sein Selbstvertrauen später nie wieder sein.

Denn es war doch so: Es war mit Volldampf aufwärtsgegangen, Jouni hatte immer weiter aufs Gas gedrückt, gestützt auf seine Begabung und sein Allmachtgefühl, das noch aus den Jahren stammte, in denen er alle, die sich ihm in den Weg stellten, niedergeschlagen hatte. Er war zudem von wohlwollenden älteren Männern wie Rektor Kivimaa und Keijo Kantola gefördert worden, die bereit gewesen waren, Nachsicht mit seinen Ecken und Kanten und seinen fehlenden Manieren walten zu lassen und ihm eine Chance zu geben, sich Geltung zu verschaffen. Es war alles so schnell gegangen. Jouni hatte Raufbolde wie Repe Paldanius und verknöcherte Akademiker wie Tuomas Koskelo-Kajander besiegt. Er hatte den arroganten Mikko Ervander fertiggemacht, während er noch arrogantere Männer wie Stenka Waenerberg und Sam Karnow bis auf Weiteres hatte gewähren lassen müssen, aber irgendwann wären auch sie reif gewesen. So sah Jouni sein Leben, und zwar solange er denken konnte, die Welt war ein Schlachtfeld und er selbst ein Krieger, und er dachte nie daran, dass er erst knapp über zwanzig war, zweiundzwanzig, um genau zu sein, ein halbes Kind noch, mit wenig Lebenserfahrung und oberflächlicher Bildung.

Aber jetzt. Von dem Moment an, als er den Fiat auf dem offenen Platz vor dem Eingang parkte – wie klein und lächerlich er in dieser Umgebung aussah! –, nahm er alles wie in einem Nebel wahr. Ehe er aus dem Wagen stieg, überprüfte er seine äußere Erscheinung: weißes Polo-Shirt, dunkelbraunes Jackett, neue schwarze TopMan-Schuhe, die Haare kürzlich geschnitten und die Koteletten probehalber abrasiert, das musste reichen. Er meldete sich beim Pförtner an, musste eine Weile warten, bis der Adjutant auftauchte, folgte diesem anschließend die Auffahrt hinauf und betrat das mythenumwobene Gebäude. Es gab ein Arbeitszimmer – er erhaschte einen Blick auf einen dunkel gebeizten Schreibtisch mit Kalendern und mehreren Telefonen – gleich links vom Flur, aber der Adjutant ermahnte ihn weiterzugehen. Jouni betrat einen hellen Salon mit einem schwarzen Flügel und mehreren Sitzgruppen. Der Adjutant machte eine Geste zu einem altertümlichen schmalen Sofa hin, und als Jouni sich niedergelassen hatte, verschwand er im Flur. Daraufhin wurde der Adjutant von einem bulligen Mann in einem dunklen Anzug ersetzt. Der Anzugträger schob sich lautlos in den Raum und stellte sich in den Türrahmen, ohne den Gast eines Blickes zu würdigen. Jouni musste eine ganze Weile warten, es gab weder Zeitungen noch Bücher, in denen er hätte blättern können, und normalerweise hätte er sich – ein scharfer Beobachter mit ausgezeichnetem Gedächtnis – alles eingeprägt, was er sah, jedes einzelne kleine Detail memoriert. Aber die Nerven spielten ihm einen Streich. Am Abend, als er in seiner Wohnung in Hagalund saß und den Herbstregen gegen die Fensterscheibe schlagen hörte, während Maricas Stimme *A Taste Of Honey* aus den Bang & Olufsen-Lautsprecherboxen wisperte, sollte er sich daran erinnern, dass der Salon einen Erker mit einem halbkreisförmigen Fenster gehabt hatte, aber hatte an der Wand neben dem Fenster ein gerahmtes Foto des Vorgängers Mannerheim gehangen oder nicht? Jouni würde sich außerdem an das spartanische Eckzimmer erinnern, in dem der Präsident und er zu Mittag gegessen hatten, er würde sich an das schlichte Geschirr auf dem kleinen Tisch mit der blankpolierten Fläche erinnern, aber war der Tisch nun rund oder quadratisch gewesen? Hatte es eine Tischdecke gegeben oder nicht? Keine Ahnung. Das Einzige, woran er sich glasklar erinnerte, war die Aussicht aus dem Eckfenster: die üppig gelben Laubbäume, der herbstlich graue Sund, der Verkehr auf der Uferstraße am anderen Ufer.

Es sollte ihm ebenso schwerfallen zu rekonstruieren, wie sich das Gespräch entwickelt hatte. Erst nach mehreren abgebrochenen Versuchen, die Äußerungen niederzuschreiben, erinnerte er sich allmählich etwas besser. Dagegen würde er sich später mit graphischer Genauigkeit erinnern, wie der verspätete Präsident mit zügigen Schritten den Raum betreten, seine Hand mit einem kurzen und effektiven eisernen Griff geschüttelt und gleichzeitig seine Verspätung bedauert hatte. Der Präsident hatte einen gut sitzenden, hellgrauen Anzug getragen und jünger ausgesehen als seine achtundsechzig Jahre. Er hatte Jouni gebeten, Platz zu nehmen, und erklärt, das Mittagessen werde extrem leicht ausfallen, es gebe nur einen Happen: Wegen der außenpolitischen Sorgen habe er den ganzen Herbst über unter Druck gestanden, der Terminkalender des Präsidenten sei prall gefüllt, aber nun sei für vierzehn Uhr ein Lauftraining rund um die Insel Fölisön vorgesehen, da könne ein Mann in seinem Alter vorher nichts Schweres zu sich nehmen. Jouni hatte sich die Gerüchte in Erinnerung gerufen, die er beim Rundfunk über die Leibspeisen des Präsidenten gehört hatte. Es waren Gerüchte, die politische Gegner verbreiteten, aber unappetitlich waren sie allemal: Wildschweinhintern, Sülze vom Elchmaul, gedünstete Brachsenköpfe. Jouni war erleichtert gewesen, als sein Gastgeber etwas Leichtes und Anspruchsloses versprach. Aber in seinem Kopf hatte es unablässig gehämmert: Ich komme aus den Arbeitervierteln und von der Nybrogatan in Tallinge, was tue ich hier, wie bin ich nur hierhergekommen?

Der Leibwächter war im Salon stehengeblieben und hatte Löcher in die Luft gestarrt. Ein Kellner hatte eine Silberplatte mit Schnittchen aufgetragen, das Brot war grobkörnig und dunkel gewesen. Es gab zwei Sorten Belag, gebeizten Lachs mit Dill und Tomate und eine helle, hackfleischähnliche Masse. Der Präsident nahm sich ein Brot von jeder Sorte, und Jouni folgte seinem Beispiel. Der Kellner schenkte Mineralwasser ein, das Wasser perlte und blubberte, als es im Glas landete. Hinter Jounis Rücken gab es eine kleine Bar mit Regalen voller Wein- und Schnapsflaschen, und er entsann sich der Erzählungen seiner Fernsehkollegen, laut denen bei den informellen Abendgesellschaften, die der Präsident für die jungen Radikalen und Intellektuellen des Landes gab, Whisky und Cognac in Strömen flossen. Erneut war Jouni erleichtert, dass das Angebot schlicht war, immerhin war er mit dem Auto gekommen. Er begann nervös, eines der Schnittchen kleinzuschneiden, während er sich zu erinnern versuchte, ob sein Gastgeber in einer Rauchstube irgendwo in Kajanaland im Nordosten Finnlands geboren war: Vielleicht fühlte sich ja auch der Präsident nicht wirklich heimisch im früheren Wohnhaus des Geschäftsmanns Nissen, der es dem Staat vermacht hatte.

»Sie wundern sich vielleicht über diese etwas unkonventionelle Begegnung, Herr Manner«, sagte der Präsident mit seiner trockenen und tiefen Stimme. »Sie haben natürlich von meinen so genannten Kinderfesten gehört und werden sich zu gegebener Zeit sicher auch einer Einladung erfreuen können. Nun ja, vorausgesetzt, ich ringe mich zum Weitermachen durch. Diese Feste haben ihren Zweck nicht erfüllt. Manchmal kommt es mir so vor, als würden unsere hellsten Köpfe den Inhalt in meinen kostenlosen Flaschen einem Gedankenaustausch mit mir vorziehen.«

»Herr Präsident der Republik, es ist natürlich eine große Ehre, dass Sie …«, versuchte Jouni einzuflechten, aber der Präsident unterbrach ihn:

»Ich war noch nicht fertig, Herr Manner. Sie wissen es vielleicht nicht, aber Männer wie Repo und Kantola halten große Stücke auf Sie. De facto, sehr große. Aber ich wollte mir eine eigene Meinung bilden. Übrigens, wie sehen Sie die Chancen unserer Sportler in großer Höhe? Die Verhältnisse in Mexico sind ja sehr speziell.«

Der plötzliche Wechsel des Gesprächsthemas überrumpelte Jouni. Er hatte registriert, dass die Olympischen Spiele beginnen würden, interessierte sich aber nicht sonderlich dafür. Außerdem hatte das mexikanische Regime kürzlich mitten in Mexico City Hunderte Menschen niedergeschossen, was die Wettkämpfe noch nebensächlicher machte. Aber der Präsident war ein alter Sportsmann und Sportfunktionär, er fand die Spiele bestimmt wichtig. Jouni zögerte zunächst, sagte dann aber:

»Die Spiele hätten abgesagt werden müssen. Ein Regime, das seine eigenen Studenten niederschießt …«

»Ich habe Ihnen eine Frage zum Thema Sport gestellt, nicht zur Politik«, unterbrach ihn der Präsident. Der Ton war beherrscht, aber seine Stimme war nicht ohne Schärfe, als er fortfuhr: »Sie wissen, wie unsere Welt aussieht, Manner. Die olympische Bewegung hat keine Wahl, sie muss über aller Tagespolitik stehen. Sonst wird es überhaupt keine Spiele mehr geben. Nun gut. Man hat mir erzählt, dass es einen Amerikaner gibt, der beim Hochsprung mit dem Rücken zuerst die Latte überquert und damit gute Ergebnisse erzielt. Was halten Sie davon?«

»Ich weiß nicht, Herr Präsident«, murmelte Jouni kleinlaut. »Ich verstehe nicht viel von Sport. Ich habe gelesen, dass Kuba nicht teilnehmen kann, das ist alles.«

Der Präsident wirkte missmutig, fing sich aber schnell:

»Wie finden Sie das Hechthack? Den Fisch habe ich selbst gefangen, draußen auf dem Meer zusammen mit Minister Kosygin.«

»Es ist vorzüglich, Herr Präsident«, antwortete Jouni.

»Woher wollen Sie das wissen? Sie haben es doch noch gar nicht probiert«, meinte der Präsident und zeigte mit seinem Messer auf Jounis unangerührtes Schnittchen. Jouni blickte auf seinen Teller und errötete, als er seinen Fehler erkannte. Er war übereifrig geworden, hatte seine Ignoranz durch Schmeicheleien wettmachen wollen.

»Sie haben also etwas gefangen, Kosygin und Sie?«, fragte er und begriff augenblicklich, wie plump die Frage war. Seine Nervosität ließ ihn einen Schnitzer nach dem anderen machen.

»Ich fange *immer* etwas, Herr Manner«, bemerkte der Präsident trocken. »Das gehört zu den Vorzügen meines Amtes. Minister Kosygin hat nicht so viel gefangen. Ich habe vier Hechte herausgezogen und er zwei.« Der Präsident wirkte zufrieden und warf gleichzeitig einen sehnsüchtigen Blick aus dem Fenster, über den Hof und auf den fast spiegelglatten Sund hinaus. Dann ergriff er erneut das Wort: »Ich esse heute Abend daheim, und meine Frau hat auf Leber bestanden. Sie sagt, das sei gesund. Ich persönlich finde, die einzige gute Leber ist die menschliche Leber, denn sie reinigt das Blut, so dass man neue Schnäpse trinken kann. Wenn ich mich am Abend zwingen muss, Leber zu essen, möchte ich am Mittag Fisch speisen.«

Jouni versuchte, seine Gesichtszüge zu einer Miene zu arrangieren, die als Reaktion auf diesen verblüffenden Kommentar passen könnte. Er spürte, dass es ihm nicht recht gelingen wollte, kam aber nicht dazu, weiter darüber nachzudenken, denn der Präsident wechselte erneut das Thema:

»Ich habe mir Ihre Fernsehsendung ein paar Mal angesehen. Ihre Vorgehensweise ist interessant, aber Sie müssen ein besserer Zuhörer werden. Ein *viel* besserer.«

Erneut ließ die Nervosität Jouni irrational reagieren. Diesmal brauste er fast auf, er beherrschte sich nur mit Mühe und antwortete kühl: »Ich werde versuchen, es mir zu merken, Herr Präsident.«

Der Präsident sah ihn erstaunt an, sein Blick war streng, aber gleichzeitig amüsiert. Der Kellner schenkte mehr Mineralwasser ein, und der Präsident machte sich über sein Schnittchen mit gebeiztem Lachs her. Als er gekaut und geschluckt hatte, sagte er:

»Sie waren im August vor der russischen Botschaft, nicht wahr? Wie so viele andere auch haben Sie an Dubček geglaubt und ihn unterstützt. Und dann wollten Sie protestieren.«

»Ja, ich war da, Herr Präsident«, erwiderte Jouni.

Der Präsident schaute erneut auf den Hof und das graue Wasser hinaus und fragte: »Glauben Sie, es ist leicht, die Geschicke eines Landes zu lenken, das liegt, wo Finnland liegt? Und das außerdem eine Bevölkerung hat, die zu den starrsinnigsten der Welt gehört?«

Jouni wusste nicht, was er sagen sollte. Die korrekte Antwort lautete natürlich »nein«, aber ohne ergänzenden Kommentar klang das zu banal. Der Präsident kam ihm zuvor:

»Ein halsstarriges Volk, das sich dennoch nach Autoritäten sehnt. Diese Ambivalenz haben sich viele zunutze gemacht. Glauben Sie an Autoritäten, Herr Manner?«

Jouni dachte einen Augenblick nach, dann sagte er: »Nicht wirklich, Herr Präsident.«

»Sie stehen in dem Ruf, ein streitbarer Geist zu sein.«

»Ich kann mich falls nötig verteidigen, Herr Präsident«, unterbrach ihn Jouni. »Das ist alles.«

»Besitzen Sie möglicherweise die Fähigkeit, Angst zu wittern?«, schlug der Präsident vor, und seine Stimme blieb ausdruckslos, als er fortfuhr: »Außerdem wissen Sie sicher genau, in welchem Augenblick Sie zuschlagen müssen.«

»Das klingt, als wüssten Sie, wovon Sie sprechen, Herr Präsident.«

Der Kellner war mit der Platte aufgetaucht, und der Präsident nahm sich ein weiteres Hechthackschnittchen. Jouni folgte seinem Beispiel, obwohl er seine Brote nur halb aufgegessen hatte. Der Präsident wedelte mit dem Zeigefinger, um zu signalisieren, dass der Kellner sich herabbeugen solle. Daraufhin murmelte er dem Mann etwas ins Ohr, allerdings so leise, dass Jouni es nicht verstand. Anschließend wartete der Präsident, bis sich der Kellner entfernt hatte, und ergriff erneut das Wort:

»Als sich das Gerücht verbreitete, dass Minister Kosygin mit einem Kriegsschiff nach Hangö kommen würde, waren alle Karten für die Fähre von Helsingfors nach Schweden binnen weniger Stunden ausverkauft. Und dabei ging es nur um einen Angelausflug, den ich angeregt hatte, als ich im Sommer in Irkutsk war.«

»Es ist doch nicht weiter verwunderlich, dass die Leute Angst haben, Herr Präsident«, sagte Jouni. »Es ist ein unruhiges Jahr gewesen.« Er zögerte, sprach dann jedoch weiter: »Außerdem geht das Gerücht, dass Sie beide über wichtige Dinge verhandelt haben.«

Das Gespräch wurde erneut unterbrochen. Eine junge Kellnerin kam mit einer glänzenden Kupferkanne herein und goss Kaffee in die bereitstehenden Tassen. Der Kellner kehrte mit zwei kleineren Servierplatten zurück, auf der einen lagen winzig kleine, salzige Pasteten, auf der andern eine Auswahl Schokopralinen. Der Präsident wartete geduldig, trank einen Schluck Kaffee und setzte das Gespräch fort:

»Mag sein. Aber als wir in Hangö an Land gingen, nachdem wir bei der Insel Örö fischen waren, wartete auf dem Kai eine Menschenmenge. Ich weiß nicht genau, wie viele es waren, zwei-, vielleicht auch dreihundert Leute. Es war eine geglückte Begegnung gewesen, und Kosygin und ich winkten den Menschen zu. Keiner hob den Arm und winkte zurück. Niemand rief etwas. Sie standen nur vollkommen still im Regen.«

»Die Einwohner von Hangö sind vielleicht der Meinung, dass sie früher schon einmal verraten wurden«, bemerkte Jouni. »Und haben Angst, dass es wieder passieren könnte.«

Der Präsident sah Jouni nachdenklich an, in seinen Augen lag ein interessiertes Funkeln.

»Ich werde Ihnen etwas erzählen, Herr Manner«, sagte er dann. »Sogar Mannerheim, der seine Gefühle eigentlich immer im Griff hatte, hat hier geweint. In diesem Zimmer. Seine eigene Nichte war Zeugin. Es war im September 1944, und er weinte um sein Land.«

Die Information überraschte Jouni. Es überlief ihn ein Schauer, dann aber begriff er, dass es ein bewusster Perspektivwechsel gewesen war. Der Präsident wollte herausfinden, wo er stand, nicht nur im Verhältnis zur Gegenwart, sondern auch im Hinblick auf die Vergangenheit. Jouni spürte seine Verärgerung größer werden, gleichzeitig wollte sich seine Nervosität einfach nicht legen. Dennoch versuchte er die ganze Zeit, seine Gefühle zu zügeln und sich ein Bild von dem Mann ihm gegenüber zu machen. Das war nicht leicht. Jouni hörte zu und beobachtete und erkannte weder die devote Verehrung des Hofstaats noch das perfide Zerrbild seiner Feinde in ihm wieder. Er sah einen Mann voller Gegensätze. Einen Mann, der bereits früh gealtert war und das auch wusste, dessen Kraft jedoch noch ungebrochen zu sein schien. Rigorose Askese und Pflichtgefühl, aber mitten in seiner Strenge blitzte Humor und sogar etwas Jungenhaftes auf. Der Präsident verfügte über einen schnellen und neugierigen Kopf, aber da waren auch Gerissenheit, Ungeduld und Verletzlichkeit. Es hieß, dass es nicht gut war, den Präsidenten zum Feind zu haben, dass er ein rücksichtsloser Gegner sein konnte, und Jouni vermutete, dass dies stimmte. Aber da war auch eine Schwermut: Sie saß tief im Inneren, und Jouni ahnte sie eher, als dass sie zu sehen oder zu hören gewesen wäre, sie schwang wie ein schwacher Ton in den präzisen und gut formulierten Sätzen mit, und Jouni hatte keine Ahnung, worum es bei dieser Schwermut ging oder wo sie herrührte. Aber er wurde von einem seltsamen Gefühl erfasst, von einer Gewissheit, dass der Präsident und er einander ähnelten und der Präsident dies ebenfalls erkannt hatte, und vielleicht von der Ahnung, dass der Präsident es nicht mochte, wenn Leute so waren wie er, und dass dieses Essen folglich nicht sonderlich glücklich verlief, und mitten in seiner Angst beschloss Jouni, alle Vorsicht fahren zu lassen, und fragte:

»Um sein Land, Herr Präsident? War Mannerheim nicht Kosmopolit?«

Der Präsident lächelte grimmig und antwortete: »Ein wahrer Kosmopolit hätte nicht einen so großen Teil seines Lebens Finnland gewidmet.«

»Mag sein, Herr Präsident«, erwiderte Jouni. »Aber was ich meine, ist Folgendes: Es ist leicht, auf dem Berggipfel zu sitzen und wegen etwas so Abstraktem wie einem Land zu weinen. Aber weinte der Marschall um den einzelnen gefallenen Soldaten? Oder um die Männer, die mit zerrütteten Nerven heimkehrten?«

Der Präsident hatte einen strengen Zug um den Mund bekommen. »Ihre Standpunkte sind interessant«, erklärte er. »Ich deute Ihre Meinung so, dass Sie finden, Finlandia sollte ein Lobgesang auf das Indiviuum sein, nicht eine Hymne auf eine Nation?«

»Warum nicht?«, entgegnete Jouni und holte tief Luft, und dann kamen die Worte aus seinem Mund, ehe er sie daran hindern konnte: »Und Sie, Herr Präsident, haben Sie in diesem Zimmer geweint? Was bringt Sie zum Weinen?«

Der Präsident sah Jouni kühl an, der kleine Ansatz zu Vertraulichkeit, den es gegeben hatte, als er von der Begegnung mit den Menschen in Hangö erzählt hatte, war verschwunden.

»Mein Amt erlaubt es mir nicht, diese Frage zu beantworten«, antwortete er kurz. Er lächelte freudlos und ergänzte: »Es gibt vieles, was mir mein Amt nicht erlaubt. Ehrlich gesagt, das meiste. Und so ist es immer schon gewesen. Auch die Information über Mannerheims Tränen ist jüngsten Datums. Zu seinen Lebzeiten kam davon nichts heraus.« Der Präsident griff nach einer Schokopraline, musterte sie eingehend und legte sie dann auf den Untersetzer seiner Kaffeetasse. Die Praline begann sofort zu schmelzen. Der Präsident sagte:

»Sagen Sie mir, Manner. Falls auch unsere Studenten, zu denen Sie ja gehören, auf die Idee kommen würden, ihre Universität zu besetzen, würden Sie dann dort sein?«

Jouni zögerte nicht, sondern antwortete sofort: »Als Reporter, ja. Aber als Besetzer … nein, ich glaube nicht, Herr Präsident.«

»Dann möchten ich Ihnen noch eine Frage stellen«, sagte der Präsident. »Wenn sich Ihnen die Gelegenheit dazu bieten würde, wären Sie dann an einer anderen Karriere interessiert? Einer Laufbahn mit einer weniger unmittelbaren Gratifikation als der, die man als Journalist bekommt. Einer, in der man mit hohen Einsätzen spielt und viel gewinnt, aber auch viel verliert. Einer, in der man sich selbst verliert, wenn man richtig viel gewinnt?«

Während er seine lange Frage stellte, betrachtete er Jouni. Sein Gesicht war ausdruckslos, aber für ein oder zwei Sekunden meinte Jouni darin einen Funken von einem anderen Menschen zu erkennen, einen unterdrückten, der womöglich eine völlig andere Meinung vom Leben hatte. Dann war der Funken fort, und zurück blieben die Eigenschaften, die in der Gegenwart verlangt wurden: Machtgier, Härte, Kälte. Und eine Willenskraft, von der Jouni, zum ersten Mal in seinem Leben, spürte, dass sie größer war als seine eigene.

»Ich weiß es nicht, Herr Präsident«, antwortete Jouni. »Vielleicht.« Und in einem Anfall von Ehrlichkeit, über den er selber staunen sollte, als er hinterher daran zurückdachte, sagte er: »Wenn der Gewinn groß genug ist.«

9

Irgendwann im Hochsommer 1969 – gut fünfzehn Jahre später erinnerte er sich nicht mehr, in welcher Woche es geschah, er wusste nur noch, dass es ein stickiger und schweißtreibender Abend war und er sich nach Urlaub sehnte – bekam Jouni einen Anruf. Das Gespräch kam aus Stockholm und wurde erst durchgestellt, nachdem er zugesagt hatte, die Gebühren zu übernehmen. Während er wartete, ahnte und hoffte er, dass es Ariel sein würde.

Fast zwei Jahre lang hatten sie keinen Kontakt mehr gehabt. Als sie sich in Stockholm in einer Seitenstraße nordöstlich des Parks verabschiedet hatten, konnte Ariel ihm keinen festen Wohnsitz nennen. Jouni hatte daraufhin auf einem Zettel seine Adresse und seine Telefonnummer in Tallinge notiert und Ariel gesagt, er könne jederzeit anrufen, wenn er wolle, auch mitten in der Nacht. Aber Ariel ließ niemals von sich hören, und als

Jouni nach Hagalund umzog, konnte er seine neue Adresse nirgendwohin schicken. Ihm waren auch keine neuen Gerüchte zu Ohren gekommen. Jouni hatte eine neue Frau kennengelernt, sie hieß Carita, nahm an Schönheitswettbewerben teil und würde bald seine erste Frau werden, sie war bei ihm eingezogen. *Poparena!* war eingestellt worden, und Jouni war zur Nachrichtenberichterstattung zurückgekehrt, erst im Rundfunk und später im Fernsehen. Er war in die sozialdemokratische Partei eingetreten und erwog, bei den Wahlen zu kandidieren und eine andere Karriere einzuschlagen. Es gab keine Anknüpfungspunkte mehr zwischen dem Leben, das er heute führte, und dem Leben von Menschen wie Ariel.

Jouni wurde erhört, es war Ariel. Aber das Gespräch verlief beunruhigend.

»Ich habe beim F-Fernsehen angerufen, aber die wollten mir deine N-Nummer nicht geben«, hörte er Ariels Stimme über die rauschende Leitung. »Aber ich habe die P-Post dazu gebracht, die finnische Auskunft anzurufen.«

Jouni hörte, dass sein Freund Angst hatte. Es war nicht nur das Stottern, sondern auch die Stimme, sie war dünn und atemlos.

»Was ist los, Ariel?«, fragte er.

»Ich stecke in der Sch-Scheiße«, sagte Ariel. »Richtig tief in der Scheiße.«

»Erzähl«, sagte Jouni.

»Ich k-k-kann nicht. Nicht hier, ich stehe in der Hauptpost, hier sind …«

Ariels Stimme verschwand. Jouni sah vor sich, wie der Blick seines Freunds besorgt und verängstigt durch den Raum flackerte.

»Ari, bist du in Gefahr?«, fragte Jouni.

Keine Antwort, nur Rauschen und Knistern und die entfernt

und alltäglich plaudernden Stimmen unbekannter Menschen, die sich im selben Raum aufhielten wie Ariel, die Worte konnte man nicht verstehen.

»Bist du noch da?«, wiederholte Jouni besorgt.

»Ja, ich bin hier«, sagte Ariel leise. »Ich d-dachte, ich hätte jemanden gesehen.«

»Ich habe gefragt, ob du in Gefahr bist«, sagte Jouni.

»Ich weiß es nicht«, antwortete Ariel. »Oder doch, das bin ich wahrscheinlich.« Er sprach noch leiser, flüsterte fast: »H-Hurme ist aus dem G-Gefängnis gekommen und hat jemanden umgebracht.«

»Komm nach Hause!«, sagte Jouni sofort. »Hau da ab.«

»Ich w-würde ja gern«, erwiderte Ariel, »aber ich habe keine K-Kohle.«

»Das regele ich«, sagte Jouni. »Ich hole dich nach Hause.«

Und das tat er. Als Erstes fragte er, ob Ariel tatsächlich völlig pleite sei, und bekam die Antwort »Ja«. Dann wollte er wissen, ob Ariel etwas nehme, und nach langem Schweigen lautete die widerstrebende Antwort: »Das kommt schon mal vor.« Jouni versprach, einen kleineren Geldbetrag an eine Geschäftsbank in Stockholm zu schicken, der ausreichen würde, bis Ariel Helsingfors erreichte, es würde auch noch etwas übrig bleiben.

»Aber Ari.«

»Ja, w-was ist?«

»Wenn du die Kohle für Dope oder Schnaps ausgibst, habe ich dir das letzte Mal geholfen.«

Jouni besorgte ein Flugticket, und als Ariel am folgenden Abend anrief – zu Jounis Erleichterung hielt er sein Versprechen –, erfuhr er, wo er das Ticket abholen konnte, von wo der Bus zum Flughafen Arlanda abging und alles Übrige.

So kehrte Ariel nach Helsingfors zurück, als sich die Farben gerade vertieften und die Nächte allmählich dunkel wurden. Die alte Wohnung existierte nicht mehr, Lydia und Björk waren in eine Einzimmerwohnung in Gruvsta gezogen. Ariel besuchte sie dort, wollte hinterher aber nicht über seinen Besuch sprechen. Die ersten Tage schlief er auf einer Matratze in Jounis und Caritas Wohnzimmer, aber die gepflegte Carita mochte Ariel nicht. Ihr gefielen weder sein Aussehen noch seine schmutzigen Kleider – als er ankam, hatte er nur so viel Wäsche dabei, um sie einmal wechseln zu können, und seine Kleider waren nicht sehr sauber –, seine späten Schlafgewohnheiten und sein Geruch störten sie. Außerdem war sie nicht von gestern: Ihr dämmerte schnell, dass ihr Gast trank und Rauschgift nahm, woraufhin sie Jouni unter Druck setzte, Ariel aus ihrer Wohnung zu entfernen. Es endete damit, dass Ariel auf Jounis Kosten in eine Pension in der Innenstadt zog. »Aber nur, bis du einen Job und eine Wohnung gefunden hast«, sagte Jouni.

Sie sprachen über Helsingfors, über die alten Zeiten und alles, was sich verändert hatte, aber sie sprachen auch über Stockholm. Eine der ersten Fragen Jounis lautete, was Ariel mit der Levin gemacht hatte. Ariel war mit einem kleinen braunen Koffer heimgekehrt, der einige zerknitterte Kleider und ein paar Bücher enthielt, sonst nichts.

»Die Levin ist im Pfandhaus«, erklärte Ariel. »Aber ich habe noch Zeit, ich werde sie auch diesmal bestimmt wieder auslösen können.« Seine Augen blitzten auf, als wäre ihm gerade etwas eingefallen, und er fragte: »Wie geht es Addi? Ich habe die Impala bei ihr gelassen.«

»Es geht ihr … so la la«, antwortete Jouni. »Sie ist gerade auf Reisen.«

Sie saßen in Ariels Zimmer in der Pension Monrepos, als sie darüber sprachen. Alles um sie herum war fadenscheinig und abgetakelt: die Decke auf der schmalen Pritsche, der Stuhl, auf dem Jouni saß, der braungelbe Schirm der Deckenlampe. Der dunkelrote Teppich war voller Flecken und Löcher von glühenden Kippen. Jouni betrachtete Ariel und sah, dass auch sein Freund abgetakelt war, er war mehr gealtert als die zwei Jahre, die vergangen waren. Jouni wurde von einer Vorahnung übermannt, einer Vorahnung, die ihm nicht gefiel und die er sofort abzuschütteln versuchte, die sich aber hartnäckig hielt: *Da ist etwas mit seinen Augen, er wird nicht mehr lange leben.*

Jouni verdrängte das mulmige Gefühl und sagte, dass er über das sprechen wolle, was in Stockholm vorgefallen sei, was Ariel solche Angst gemacht habe. Er sagte, dass es nicht leicht sei, über solche Dinge zu sprechen, und es sei für ihn, Jouni, auch nicht leicht zuzuhören: Er stehe am Beginn mehrerer vielversprechender Karrieren und befürchte, sich bei Straftaten mitschuldig zu machen, wenn er zu viel erfahre. Er fragte Ariel deshalb, ob er von Stockholm und Hurme und dem, was passiert sei, erzählen könne, ohne *wirklich* davon zu erzählen. Er sagte, dass er, Paldanius und Kasurinen eine solche Art zu reden gehabt hätten, als sie in die Pubertät gekommen seien, als sie in Prügeleien und Einbrüche in Kioske und anderes verwickelt gewesen seien.

»Ich meine Folgendes«, fuhr er fort, »gib mir ein paar Anhaltspunkte und lass mich selbst eins und eins zusammenzählen. Ich frage dich dann auch nicht, ob ich Recht habe, ich sage dir nicht einmal, was ich mir zusammengereimt habe.«

Die Methode funktionierte. Ariel legte Spuren aus, und Jouni glaubte bereits nach kurzer Zeit verstanden zu haben, dass Hurme grundlos wütend einen älteren Mann erschlagen hatte und sein Opfer Virta hieß und zusammen mit Hurme im Gefängnis gesessen hatte und als vermisst gemeldet worden war. Aber es gab – glaubte Jouni zu verstehen – ein paar Leute, die wussten, was passiert war, es vielleicht sogar gesehen hatten, und Ariel war einer von ihnen.

»Fahr nicht zurück«, sagte Jouni. »Fahr nie mehr zurück.«

»Das will ich eigentlich auch nicht«, erwiderte Ariel. »Aber was soll ich denn sonst machen?«

»Hierbleiben natürlich.«

»Was gibt es hier schon für mich?«, sagte Ariel, und seine Stimme klang verbittert. »Nichts.«

»Das ist deine Heimatstadt«, widersprach Jouni. »Du hast hier Freunde.«

»Von w-wegen«, sagte Ariel. »Ich habe dich. Das ist alles, was ich habe.«

Vielleicht führte Ariels abschließender Kommentar Jounis Entscheidung herbei, vielleicht war es etwas anderes. Zwei Tage später nahm er sich jedenfalls einen Tag frei und informierte anschließend Ariel. Morgen fahren wir mit dem Auto wohin, erst einmal nicht weit, nur durch die Stadt, vielleicht fahren wir später noch woandershin.

Am nächsten Morgen stieg er in den Fiat und vergaß nicht, Carita zuvor noch einmal zuzuwinken, sie stand mit einer Kaffeetasse in der Hand am Küchenfenster. Jouni fuhr stadteinwärts und holte am Bahnhofsvorplatz Ariel ab. Sie fuhren fast denselben Weg zurück, den Jouni gekommen war, und am Sandvikens torg kam ihm jener Abend in den Sinn, an dem Hurme, Pätkä und er selbst Mikko Ervander verschleppt hatten. Bei der Erinnerung schauderte es ihn.

»Was ist, Jone?«, fragte Ariel schläfrig.

»Nichts«, antwortete Jouni, »ach übrigens, weißt du etwas über Suhonen?«

»Kann sein«, sagte Ariel.

»Und«, forderte Jouni ihn auf.

»Er ist tot«, sagte Ariel. »Ich habe vergessen, es dir zu erzählen. Sie h-haben ihn in einem Auto gefunden.«

Am Maria-Krankenhaus bogen sie links ab. Es war ein schöner Morgen im August, die Luft war kühl und klar und verlieh dem satten Grün einen frischen Glanz.

»Ich hatte ganz vergessen, wie schön diese Stadt sein kann«, sagte Ariel. »Wo fahren wir eigentlich hin?«

Jouni bog rechts ab und fuhr einen Kiesweg hinab, der zu einem alten Gewölbe führte, das eine Durchfahrt zu einem Hof bildete, der von einer Mauer umschlossen wurde, und der Platz endete an einem Gebäude, das genauso alt und ehrfurchtgebietend wirkte wie das Gewölbe.

»Das I-Irrenhaus?«, fragte Ariel.

»Das Irrenhaus«, bestätigte Jouni.

Adriana saß im Korridor der offenen Abteilung und stocherte lustlos in den Teilen eines riesigen Puzzles herum. Sie trug weder Bademantel noch Pantoffeln wie die anderen Patienten, sondern eine Jeans und eine ärmellose rote Bluse mit einem Muster in Mischfarben. Ihre Füße steckten in Turnschuhen, und als Jouni und Ariel sich näherten, sah sie die beiden unablässig an. »So, so, auf R-Reisen«, flüsterte Ariel Jouni zu. Er sah, dass Adriana zugenommen hatte, was die locker sitzende Bluse nicht verbergen konnte. Ansonsten sah sie fast so aus wie früher, ihr Blick war ein wenig glasiger, die Haut vielleicht etwas matter. In Ariels Augen war sie immer noch schön.

»Hallo, Addi«, sagte Jouni und hob die Hand zum Gruß. Er und Ariel waren zwei Meter von der Stelle stehen geblieben, an der Adriana saß. Es gab einen Wunsch nach Berührung in dem schummrig beleuchteten Korridor, es gab einen kollektiven Willen, sich zu umarmen, sie spürten ihn alle, aber keiner gab ihm nach. Ariel nickte Adriana zu und schwieg, er wusste, dass er die Worte nicht herausbekommen würde, wenn er es versuchte, würde er sich schlimmer verheddern als je zuvor. Adriana nickte den beiden zu.

»Hallo, Jone. Hallo, Ari. Lange nicht gesehen.«

Ariel bekam immer noch kein Wort heraus. Eine Krankenschwester huschte vorbei und warf ihm und Jouni einen strengen Blick zu, als wäre die Abteilung für Männer geschlossen und als fragte sie sich, warum die beiden sich dort aufhielten.

»Du bist auf den Beinen«, sagte Jouni, »das ist gut.«

»Es ist schön, dass du so oft herkommst«, sagte Adriana, und Ariel hörte, dass ihre Stimme von zu vielen Zigaretten heiser war. »Es gibt nicht viele, die mich hier besuchen.«

Sie wandte sich Ariel zu und ergänzte ernst: »Sie haben Angst. Vor Geisteskranken und Krebs haben die Leute Angst.«

Ariel nickte zum Zeichen, dass er verstand.

»Es ist ein schöner Tag«, meinte Jouni. »Wollen wir im Park spazieren gehen? Nach Sandudden gehen und ein Eis essen? Oder etwas anderes.«

»Ich habe eine bessere Idee«, sagte Adriana. »Bringt mich hier weg. Weit weg.«

»Ich weiß nicht, ob wir das dürfen«, erwiderte Jouni vorsichtig. »Wir sind nicht mit dir verwandt.«

»Nur kurz«, sagte Adriana tonlos.

»Wir können es ja wenigstens v-versuchen«, sagte Ariel. »Ich bin doch ihr Cousin zweiten Grades. Oder so.«

Der diensthabende Arzt war bärtig und groß und sah fast so jung aus wie Ariel und Jouni. In der Stirn und im Nacken trug er die Haare lang, und ohne den weißen Kittel und das Namensschild mit der Aufschrift »Dr. Tammelin« wäre es schwierig gewesen, seinen Beruf zu erraten. Er war freundlich, aber zögerlich, nicht einmal Ariels Verwandtschaft über mehrere Ecken half ihnen weiter.

»Ich glaube wohl, dass dies sehr gut für Adr… für Fräulein Mansnerus sein könnte, aber ich bin nicht bevollmächtigt, ihr

Ausgang für einen ganzen Tag zu bewilligen. Ich müsste in dem Fall ihre Angehörigen anrufen und …«

Jouni unterbrach ihn schroff: »Darf ich darauf hinweisen, dass ich wesentlich öfter hier bin als ihre Eltern.«

»Das mag sein«, bemerkte Tammelin trocken. »Aber ich bin Arzt und muss gewisse Regeln befolgen. Außerdem kann ich nicht mit Sicherheit wissen, was für Leute Sie beide eigentlich sind.«

Jouni packte die Wut. »Was für Leute wir sind?«, sagte er. »Wir sind zwei rauschgiftsüchtige Schwule und Diebe. Wenn wir es uns gegenseitig besorgt haben, werfen wir was ein und ficken Adriana. Und jetzt wollen wir sie hier rausschaffen und als Sklavin verkaufen.«

»Finden Sie, mein Büro ist der richtige Ort für solche Scherze?«, fragte der junge Arzt schneidend.

»Ich finde nur, dass Ihre Einstellung verdammt dumm ist«, konterte Jouni ebenso schneidend.

»Wir haben mit Addi g-gesungen«, warf Ariel ein. »Wir haben sogar eine Platte aufgenommen. Vor d-drei Jahren.«

»Gesungen, sagen Sie«, meinte Tammelin nachdenklich. »Und eine Platte gemacht?« Er blätterte in einer Krankenakte, die vor ihm auf dem Tisch lag, und ließ den Zeigefinger auf und ab wandern, bis er gefunden hatte, was er suchte. »Ja, sie singt manchmal leise vor sich hin. Ich habe ihr gesagt, dass sie das öfter tun soll. Dass sie keine Angst davor haben soll, was die anderen Patienten sagen.« Er lehnte sich auf seinem Stuhl zurück und schaute zur Decke, als hoffte er, dort Kraft und Orientierung zu finden. Dann sagte er: »Dann mal los. Aber ich möchte, dass Sie ein Formular unterschreiben. Und von Ihnen« – er nickte an Ariel gewandt – »möchte ich als angeblichen Verwandten von ihr den Ausweis sehen.«

»Den h-habe ich nicht«, sagte Ariel. »Nicht bei mir.«

»Ariel ist gerade aus Stockholm zurückgezogen«, erklärte Jouni dem Arzt entschuldigend. »Erlauben Sie, dass ich …« Er hielt dem Arzt seinen Führerschein hin, der resigniert nickte.

Sie fuhren den ganzen Tag in Jounis Fiat durch die Gegend. Die einzelnen Fahrten waren kurz, Adriana saß auf dem Beifahrersitz, Ariel hockte auf der engen Rückbank. Die Aufenthalte fielen umso länger aus, und nach einer anfänglichen Befangenheit wurde die Stimmung wärmer, je länger der Tag fortschritt. Plötzlich war sie wieder gegenwärtig, diese Vertrautheit, die sie vor langer Zeit besessen, dann aber verloren hatten. Doch in dieser Wärme schwang noch etwas anderes mit, vielleicht eine Wehmut, weil sie wussten, dass sie alle bereits Schläge hatten einstecken müssen, und ihnen klar war, dass weitere hinzukommen würden.

Sie fuhren zu ihrem alten Probenraum in der Skeppsredaregatan, der inzwischen zu einer Druckerei gehörte. Die Besitzer waren Hippies und ließen sie umstandslos herein, damit sie sich umschauen konnten. Es war eine kleine Druckerei namens Kolmas Kivi, Dritter Stein, und die Veröffentlichungen richteten sich an ein schmales Publikum: Man wollte gerade ein amerikanisches Pamphlet namens »The Space Hoax« drucken, das man in Windeseile übersetzt hatte und in dem behauptet wurde, die kürzlich erfolgte Mondlandung habe es nie gegeben. Ehemals wilde Katzen, die man von der Straße gerettet hatte, schliefen in allen Ecken des Raumes. Sie lagen wohlig träge ausgestreckt, der Geruch von Katzenpisse durchwehte die gesamte Druckerei.

»Das kann doch wohl nicht euer Ernst sein«, sagte Jouni zu den Druckereibesitzern, drei langhaarigen Männern in schmutzigen Jeans und mit nackten Oberkörpern. Sie ähnelten Ariel, fanden sowohl Jouni als auch Adriana, und sie warfen sich verstohlene Blicke zu: Die Ähnlichkeit entstand sicher durch die extreme Magerkeit.

»Wir *wissen*, dass es so ist«, erwiderte einer der hageren Männer. »Es wurde alles in einem Hollywood-Studio gedreht. Selenes Oberfläche ist immer noch jungfräulich, und die irregeleiteten Kinder des Abendlandes wissen nichts, weder über ihre dunkle noch ihre helle Seite.«

»Warum tragt ihr keine Hemden?«, fragte Adriana. Sie hatte während des ganzen Besuchs abwesend gewirkt, als erinnere sie sich kaum, dass sie an diesem Ort einmal unzählige Nachmittage, Abende und Sonntagmorgen verbracht hatte.

»Wir lassen die positive Strahlung aus dem Kosmos in unsere Körper strömen«, sagte einer der Mageren ernst. »Sie bildet ein notwendiges Gegengewicht zur starken atomaren und elektrischen Strahlung auf der Erde.«

»Okay«, sagte Jouni und begann, Ariel und Adriana behutsam aus dem Raum zu drängen. Er hatte gesehen, dass es in den Augen der beiden zu glimmen begann.

Als sie anschließend Richtung Berghäll fuhren, erzählte Jouni Ariel alles, was im Musikleben passiert war, und Adriana ergänzte seine Angaben: Sie war erstaunlich gut informiert. The Bukka Men hatten sich aufgelöst, und es ging das Gerücht, dass Jugi Eskelinen nach England ziehen und dort ein Stargitarrist werden wolle. Alex Karjagin hatte Instinct verlassen und war zu einem großen Mädchenschwarm geworden, und die Nummer eins der Single-Hitliste war Kari Kuoppa, dem Adriana in Las Palmas begegnet war. Folkgruppen und Liedermacher waren völlig abgemeldet, und Morning Crowd hießen inzwischen Cahuitl und hatten ein Album mit jeweils einer zwanzigminütigen Komposition auf jeder Seite veröffentlicht.

»Schöner Name«, murmelte Ariel, »was er wohl bedeutet?«

»Es ist ein Begriff aus der Maja-Sprache«, sagte Adriana. »Er bedeutet ungefähr *das Gefühl von Zeit, die verstreicht.*«

Ariel kostete den exotischen Namen noch einen Moment, dann fragte er: »Und St-Stenka ist auch noch im Geschäft?«

»Ja, klar«, antwortete Jouni und lächelte säuerlich. »Er managt Karjagin und Kuoppa. Cahuitl würde er dagegen wohl nicht einmal mit der Kohlenzange anfassen.«

Ariel sah Adriana scheu an und fragte: »Und d-du und er, s-seid ihr …?«

Adriana antwortete kurz: »Oh nein. Ich treffe ihn nicht mehr.«

Sie schauten bei Elina Manner vorbei. Elina wollte sie zum Kaffee einladen, und sie blieben mit ihren Tassen lange im Sonnenlicht auf ihrem Balkon sitzen und schauten zu, als die Bagger auf das frühere Mannersche Zuhause losgingen, und Adriana dachte, dass sie niemals hatte sehen dürfen, wie Jouni und seine Familie dort wohnten.

Nach dem Besuch bei Elina fuhren sie zum Hagnäs torg und parkten den Fiat in einer Seitenstraße. In einem Supermarkt kauften sie alkoholarmes Bier und riesige Fleischpirogen, und Jouni ging ins Kaufhaus Elanto und besorgte eine Decke, und sie legten sich auf dem Rasen am Ufer in die Sonne.

»Wie lange das alles her ist«, sagte Adriana. Sie zeigte auf einen kreisförmigen Bürokomplex aus dunklem Glas und fragte: »Seit wann steht das denn da?«

»Seit letztem Jahr«, antwortete Jouni und wandte sich an Ariel: »Da siehst du es, Ari, du hättest nie nach Schweden abhauen dürfen, wenn Addi uns nicht hat, kommt sie nie in unseren Teil der Stadt.«

Ariel machte ein ernstes Gesicht und sagte: »Das war ich nicht. D-Du wolltest uns auflösen.«

Uns auflösen. Die Worte fühlten sich an wie ein Messerstich, es lag Trauer in ihnen, und dieser Trauer wollte Jouni sich nicht stellen. Also wechselte er das Thema und sagte leichthin:

»Ist es nicht unglaublich, dass mein Bruder auf die Polizeihochschule geht? Er wird tatsächlich ein Bulle.«

»Oskari?«, sagte Ariel ungläubig. »Der kleine Oskari wird Bulle?«

»Allerdings«, antwortete Jouni.

»Ach du Scheiße«, sagte Ariel verblüfft. »Hier f-fällt der Apfel wahrlich weit vom Stamm, oder wie immer man es ausdrücken will.«

»Sag das nicht«, meinte Adriana. »Du weißt nicht, in welchen Kreisen Jouni mittlerweile verkehrt. Er ist sogar auf einem Kinderfest bei Urho gewesen.«

»Ach, das war doch nichts Besonderes«, sagte Jouni. »Da haben alle nur gesoffen.«

»Ihr meint Präsident K-K-Kekkonen?«, sagte Ariel. »Im Ernst?«

»Ja, im Ernst«, sagte Jouni, »aber wie gesagt, es war nicht der Rede wert.« Er fragte sich, wie Ariel und Adriana reagieren würden, wenn er ihnen erzählte, dass er mit dem Präsidenten einmal Hechthackschnittchen gegessen und sich über Mannerheim und Kosygin und Hangö unterhalten hatte. Es hatte nicht vor, es ihnen zu erzählen.

»Warum gibt es deine Sendung nicht mehr?«, erkundigte sich Ariel.

»Schlechte Resonanz«, sagte Jouni. »Sinkende Zuschauerzahlen. Mein Chef meinte, dass ich die Leute nicht erreiche.« Er zuckte mit den Schultern und fuhr fort: »Ich bin gescheitert. Mehr gibt es dazu nicht zu sagen. Jetzt reden wir über etwas anderes.«

»Du hast die Zuschauer eingeschüchtert«, sagte Adriana. »Du hast viele Seiten, aber im Studio wurde nur eine sichtbar.«

»Wie gesagt, Addi«, erwiderte Jouni hart. »Wir reden über etwas anderes.«

Als sich die Sonne senkte, fuhren sie in den Brunnspark, gingen die große Allee hinab und auf die Wälle hinauf. Jouni und Ariel machten unbeholfene Versuche, die Werbeposen aus der Fotosession ein paar Jahre zuvor zu parodieren, aber Adriana lachte nicht.

Am höchsten Punkt setzten sie sich hin und blickten auf die vorgelagerten Inseln Sveaborg und Stora Räntan und das Meer hinaus.

»Spielst du überhaupt noch?«, löcherte Adriana Ariel. »Schreibst du Lieder?«

»Im Moment nicht«, antwortete Ariel. »Und Lieder schreibe ich gar keine mehr.«

»Das ist wirklich schade«, sagte Adriana und ergänzte freundlich: »Das kannst du nämlich gut.«

»Ich habe nichts zu sagen«, erklärte Ariel, »aber vielleicht ändert sich das eines Tages wieder.«

Er schielte zu Adriana hinüber, warf einen unsicheren Blick auf Jouni, der ein wenig abseits saß und in Gedanken versunken zu sein schien, und fragte sie: »Addi, in deiner F-Familie … hat da jemals irgendwer über meinen Vater geredet … über Lennart?«

Adriana antwortete lange nicht. Ariel beobachtete sie und wartete. Schließlich sagte sie:

»Ein einziges Mal. Jedenfalls erinnere ich mich nur an das eine Mal. Heiligabend, als meine Großeltern mütterlicherseits bei uns waren. Sie unterhielten sich beim Essen über ihn. Aber ich erinnere mich nur vage.«

»Versuch's!«, sagte Ariel.

»Nur, dass er aus dem Krieg nach Hause geschickt wurde,

da war etwas mit seinem Fuß. Und dass er kein Geld hatte und Großvater ihm in seinem Haus eine Stelle als Hausmeister besorgt hatte.«

»Mehr nicht?«, hakte Ariel ungeduldig nach, als sie nicht weitersprach.

»Dass er bis zum Kriegsende und kurz danach als Hausmeister arbeitete.« Adriana schwieg, dann fügte sie widerwillig hinzu: »Danach wurden sie still, wie die Erwachsenen es gerne mal werden, wenn Kinder dabei sind. Du weißt schon, man kapiert sofort, dass etwas nicht in Ordnung ist.«

Während Ariel und Adriana sich unterhielten, hatte Jouni angefangen, leise *Geh nicht einsam in die Nacht* zu singen. Nun kam er zum Refrain, und Adriana rückte dicht an ihn heran und stimmte ein, als wollte sie Ariel verdeutlichen, dass sie nicht mehr sagen wollte. Auch Ariel stimmte ein, und sie sangen fast das ganze Lied, unsicher und nicht besonders sauber, aber doch so laut, dass die Menschen, die in ihrer Nähe saßen, sich umdrehten und sie neugierig anschauten. Als sie jedoch zum dritten Mal zum Refrain kamen und das abschließende Crescendo hätten aufbauen sollen, verstummte Adriana plötzlich, sie sang nicht, dass man nicht weiß, wessen Beute man wird. Stattdessen legte sie sich rücklings ins Gras und blickte in den blauen Himmel hinauf. Auch Ariel verstummte, genau wie Jouni, und kurz darauf lagen sie alle dicht nebeneinander auf dem Rücken im Gras.

»Bleibst du in Helsingfors, Ari?«, erkundigte sich Adriana nach langem Schweigen. »Möchtest du deine E-Gitarre zurückhaben?«

»Nee«, sagte Ariel nach kurzem Zögern. »Noch nicht.«

»Du bist ein Idiot, wenn du dahin zurückfährst«, sagte Jouni. »Ein verdammter Kamikaze-Idiot!«

»Ich muss zumindest meine Levin holen«, erwiderte Ariel.

»Die ist v-verdammt noch mal das Einzige, was ich geerbt habe.« Er setzte sich auf, rupfte gedankenverloren Grashalme aus der Erde und sagte: »Ich weiß nicht recht. Man verlässt Dinge, weil man sie nicht haben will. Oder weil sie einen nicht haben wollen. Oder weil man sie lächerlich und klein findet. Aber dann sind sie vielleicht doch g-größer, als man geglaubt hat.«

Jouni und Adriana hatten sich ebenfalls aufgesetzt. Erstaunt schauten sie zunächst verstohlen Ariel und dann einander an, wussten aber nicht, was sie sagen sollten.

Jouni sah auf seine Armbanduhr und sagte: »Es wird spät. Ich denke, wir sollten Addi zurückbringen.«

Adriana legte den Kopf auf Jounis Schulter und sagte leise: »Noch nicht. Nicht sofort.«

So schnell, wie sie sich auf ihn gestützt hatte, richtete sie sich wieder auf, Jouni konnte nicht reagieren, nicht den Arm um sie legen, nichts. Adriana sagte: »Im Voraus sieht man nicht, wie dunkel die Nacht ist. Aber wenn man in ihr ist, sieht man nichts anderes. Gar nichts. Nur Dunkelheit.« Sie stand auf und ergänzte leise: »Danke für diesen Tag.«

* * *

Ariel fuhr nach Stockholm zurück, obwohl Jouni bis zuletzt versuchte, ihn zum Bleiben zu bewegen.

Drei Monate später verschwand er spurlos. Er war nicht der Einzige. Nur zehn Tage vorher war Raimo Hurme ebenso spurlos verschwunden.

Die schwedischen Tageszeitungen veröffentlichten kurze Notizen über die zwei verschwundenen Finnen, die Regenbogenpresse schlachtete die Sache darüber hinaus in Reportagen über die finnische Kriminalität in Schweden aus.

Im Dezember fuhr Jouni nach Stockholm, obwohl er dafür eigentlich gar keine Zeit hatte: Er würde bei den Parlamentswahlen kandidieren und engagierte sich bereits intensiv im Wahlkampf. Er trieb Leute auf, stellte Fragen, schnüffelte, bedrängte und klagte an. Daraufhin wurde er massiv bedroht, wie er wenigen Freunden nach seiner Rückkehr gestand. Ansonsten hatte er nichts Neues mitzuteilen. Als er mit Elina über Ariel sprach, erwähnte er die Drohungen nicht, er wollte sie nicht beunruhigen. Ihr und der verwirrten und traurigen Lydia Wahl teilte er lediglich mit, dass Ariel und der gefürchtete Hullu-Hurme spurlos verschwunden waren und keiner in Stockholm irgendetwas wusste.

Im März 1970 wurde Jouni über die Liste der Sozialdemokraten ins Finnische Parlament gewählt. Er erzielte ein gutes, aber kein glänzendes Ergebnis, er war der letzte Sozialdemokrat in Helsingfors, der über die Liste ins Parlament einzog.

Im selben Sommer stand Jounis jüngerer Bruder Oskari als frisch gebackener Polizist in der Polizeikette, die die Demonstranten fernhielt, als der iranische Schah Reza Pahlavi Finnland besuchte.

Als Elina Manner den Aufzug zum Hof und den Fahrradständern nahm und zu ihrer Arbeit in der Wäscherei fuhr, war sie so stolz auf ihre Jungen, dass sie das Gefühl hatte, vor Glück fast zu platzen.

Adriana Mansnerus wurde immer wieder in der offenen Abteilung der Klinik aufgenommen, erst 1973 bekam sie eine Stelle in einem Blumengeschäft und hielt sich ein paar Jahre über Wasser.

Und Ariel Wahl und Hullu-Hurme, die wurden nach einiger Zeit für tot erklärt.

Ein anderer Anfang

Tallinge, 1972–1980

Ich wurde ein gutes halbes Jahr nach jener schneefreien Winternacht geboren, in der Elina Manner an ihrem Fenster saß und in der Hoffnung auf die Castrénsgatan hinausspähte, ihren Sohn Jouni zu erblicken.

Es war fünf Uhr an einem Nachmittag im August und es nieselte, und als ich geboren wurde, öffnete zur selben Zeit die schwedische Sängerin Zarah Leander den Mund und ließ ihre tiefe Altstimme über der Stadt ertönen. Sie trat im Vergnügungspark Borgbacken auf, der zwei Kilometer von der Entbindungsstation entfernt liegt, bei günstigen Windverhältnissen hätten meine Mutter Leeni und ich also Bruchstücke von Zarah Leanders Gesang hören können. Die große Diva war der Liebling der Nationalsozialisten gewesen, und manchmal ist mir durch den Kopf gegangen, dass damals, als *Die Leander* in Borgbacken sang und ich Luft holte und meinen ersten Schrei ausstieß, seit dem Ende des Zweiten Weltkriegs gerade einmal sechzehn Jahre vergangen waren.

Während Leeni mich zur Welt brachte, veröffentlichte die Zeitung Prawda eine Erklärung des sowjetischen Generalsekretärs Nikita Chruschtschow. Chruschtschow sprach darin über die Entwicklung einer rekordgroßen Wasserstoffbombe, die eine Sprengkraft von 100 Megatonnen haben würde und den Projektnamen »Monster« trug. *Prawda* bedeutet Wahrheit, und schon kurze Zeit später sollte Chruschtschow vor der Generalversammlung der Vereinten Nationen stehen und mit seinem Schuh auf das Rednerpult pochen: Noch so ein verzweifelter Alchemist des 20. Jahrhunderts, der versuchte, seinen doktrinären Wahnsinn in ebensolche Prawda zu verwandeln. Die amerikanischen Atomtechniker waren jedoch keinen Deut besser, denn sie ließen folgende Erklärung veröffentlichen: »Wir haben so viele 20-Megatonnenbomben, dass wir alle denkbaren Ziele zerstören können. Eine 10-Megatonnenbombe verfügt über die gleiche Zerstörungskraft wie 500 Hiroshima-Bomben. Man erzielt mit fünf bis zehn Bomben à 10-20 Millionen Tonnen größere Zerstörungen als mit einer einzigen Bombe von 100 Millionen Tonnen.«

Eines Nachts, als Leeni mich bereits stillte, wurde die Ruhe am Brandenburger Tor in Berlin durch das Knattern von Presslufthämmern durchbrochen. Mächtige Hämmer attackierten das Straßenpflaster, und hungrige Schweißflammen fraßen sich durch Straßenbahnschienen. Ostdeutsche Ingenieure ließen eine Mauer durch Berlin erbauen, während ihre Kameraden Posten bezogen und die Gewehrmündungen ostwärts richteten, auf die Menschen, die sie angeblich doch schützten.

Ich, der werdende Frank Kaspar Taavi Loman, ahnte von all dem nichts. Ich saugte Nahrung ein, schlief und schiss und wusste glücklicherweise nicht, dass ich Gefahr lief, mich zu wirklich allem Möglichen zu entwickeln: Grenzposten, Atomtechniker, Parteichef, alle Türen standen offen.

Laut Familienchronik mieteten mein Vater, der angehende Vertriebsleiter Henry Loman, und Leeni in jenem Sommer ein kleines Gesindehaus in Mattby, und es existieren einige vergilbte Farbfotos, die andeuten, dass dies der Wahrheit entspricht.

Auf den meisten Bildern hat Leeni einen riesigen Bauch, auf dem letzten bin dagegen auch ich zu sehen. Wir sitzen auf einer grünen Hollywoodschaukel größeren Modells. Henry hält mich im Arm, schaut direkt in die Kamera und wirkt ratlos. Leeni sitzt neben ihm und lächelt, und man sieht ihr an, dass sie erst zwanzig ist. Henry ist schon neunundzwanzig. Ich selbst scheine zu schlafen. Auf der Rückseite des Fotos steht: »Am 26/8 1961 war unser kleiner Sonnenschein gut zwei Wochen alt, am Nachmittag zeigte sich dann auch die richtige Sonne!« Ich weiß nicht, wer das Bild gemacht hat, aber die Handschrift auf der Rückseite ist die von Leeni.

Gut zwei Wochen vorher, an dem Abend mit Nieselregen und Zarah Leander, hielt Henry sich nicht in der Entbindungsstation auf. Er war nicht einmal in der kleinen Stadtwohnung, seine und Leenis erste, in der Eriksgatan. Er war draußen in Mattby und saß zum Zeitpunkt meiner Geburt in einem Ruderboot vor der Landzunge Notudden und angelte Barsche. Zu früherer Stunde hatte er sich mit dem runzligen Bauern Rehnberg, von dem sie das Häuschen mieteten, über das Wetter und Dag Hammarskjöld unterhalten. So war es damals Sitte, die Männer kamen nicht mit in den Kreißsaal, und manchmal befanden sie sich nicht einmal im Krankenhaus.

Menschen, die sich an den August 1961 erinnern, sprechen von einem Spätsommer, der so düster und verregnet war, wie man ihn noch nie erlebt hatte. Als ich ein Teenager war, erzählte Henry mir, dass Leeni das unheilverkündende Wetter mit der Berlinkrise in Verbindung brachte, die Woche um Woche weiterschwelte. »Glaubst du, dass wir da hineingezogen werden?«, hatte sie ihn immer wieder gefragt, nur einen guten Monat bevor die Sowjetunion eine drohende diplomatische Note schickte, die viele Finnen eine Invasion befürchten ließ. Aber Henry war ein pragmatischer Mann, der sich stets in Erinnerung rief, dass er seinen Spätsommervorrat an Köderwürmern am Tag vor meiner Geburt auf dem Markt gekauft hatte. Er war zu faul, um selbst nach Würmern zu graben, und kaufte sie lieber den Lausebengeln aus Rödbergen ab, die auf der Treppe des Cholerabeckens saßen und sie dort zum Verkauf anboten. Damals kosteten die kleinen Würmer eine Mark und die richtig fetten fünf Mark, erzählte Henry oft. Und der August einundsechzig war ein Spitzenmonat zum Barschfischen, ergänzte er dann immer, denn nach Regen beißen die Barsche besonders gut an.

Mein ganzes Leben habe ich bei dem Geräusch von Sommerregen, der auf Blechdächer prasselt und auf Fensterbleche trommelt, Freude und Zuversicht empfunden. Ich mag heftige Schauer genauso wie Nieselregen, der wispernd Gärten und Wälder benetzt. Ob das mit jenem August zusammenhängt, weiß ich nicht. Genug von ihm. Denn dies ist keine Erzählung über meine Säuglingszeit. Und eigentlich auch nicht über Henry und Leeni.

* * *

Nach Tallinge zogen wir, als ich elf war, bis dahin hatten wir in der Eriksgatan und draußen in Botby gewohnt.

Tallinge lag ganz oben im Nordwesten, an der Grenze zu Vanda. In Tallinge waren die Häuseransammlungen durch Wäldchen voneinander getrennt. Durch die Wäldchen führten asphaltierte Fahrradwege, und im November hingen fett und schwer Millionen Regentropfen an den nackten Ästen. Die Schneewälle lagen den ganzen Winter über hoch, in manchen Jahren nahmen sie auf den Bürgersteigen und den Parkplätzen der Höfe fast den gesamten Platz ein. Die Kälte zwackte in den Wangen, Zehen und Finger wurden taub, beim Atmen kam Rauch aus dem Mund, und der Winter war lang. Erst im April fing es an, nach Morast und aufgetautem Hundekot zu stinken, und etwas später roch es in den Wohnungsfluren, wo die Jungen ihre Sportschuhe abgestellt hatten, nach Fußschweiß und Sand. Im Juni blühte der Flieder in der Eigenheimsiedlung, die am weitesten vom Bahnhof entfernt lag, und an den Abenden duftete es nach angebranntem Rindfleisch, wenn die Väter ihren Grill ins Freie geschleppt hatten. Im Juli waren in den Hochhäusern am Bahnhof Familienstreitigkeiten und Polizeieinsätze an der Tagesordnung, verängstigte Schreie und wütendes Brüllen fanden den Weg durch Fensterritzen und in den hellen Nachthimmel. Während des Sommers war auch die Fußgängerunterführung unter den Eisenbahngleisen nicht ungefährlich, denn dort hausten Schnüffler, die kaum das Teenageralter erreicht hatten, und etwas ältere Tablettenabhängige sowie alte Knastbrüder, die während den Kriegen zu Morphinisten geworden waren. In einem dieser Sommer erschlug ein Chauffeur seine Frau und zerlegte sie in ihrem Badezimmer im Stationsvägen 18 in sechs Teile, woraufhin Tallinge es in die Schlagzeilen der Boulevardblätter schaffte. Mein Vater Henry meinte, dies sei ungerecht, denn der Chauffeur und seine Frau seien nur einen Monat vorher nach Tallinge gezogen, und außerdem sei der Mörder in einem Pornoschuppen in der Innenstadt von Helsingfors gefasst worden: Da hatte die Polizei ihn schon eine ganze Woche gejagt.

Doch was immer in den Hochhäusern im Verlauf des Sommers geschehen sein mochte, es wurde doch immer Herbst. Auf einmal senkte sich die Dunkelheit herab, weitere Wochen vergingen, und die Bäume am Rand der Fahrradwege leuchteten gelb und rot, und schon bald kam der erste Morgen mit gefrorenen Pfützen und einer dünnen Reifschicht, die den Rasen knistern ließ, wenn man ihn überquerte. Ich mag den Herbst, ich glaube, es liegt daran, dass ich mir damals als Baby in diesen Monaten ein Bild von der Welt machte. Eva Mansnerus vertritt dagegen eine andere Theorie, sie meint, es liege daran, dass ich im Dunkeln verharren und beobachten, aber nicht gesehen werden wolle.

Wir wohnten am äußeren Ende der Eigenheimsiedlung, in einer zum Wald hin gelegenen Reihenhauswohnung. Wir gehörten zu den besseren Kreisen Tallinges, zwar knapp, aber eindeutig: Henrys Vertriebsleitertitel war dort von einigem Gewicht, und auch Leeni hatte einen guten Job, denn als wir nach Tallinge zogen, wurde sie Englischlehrerin in einer finnischsprachigen Schule in Mattisbacka, zwei Haltestellen stadteinwärts.

Wir zogen aus mehreren Gründen nach Tallinge, wegen Leenis neuem Job, weil Henry es sich endlich leisten konnte, ein Auto zu kaufen, aber vor allem, weil meine Eltern in armen Familien in der Innenstadt aufgewachsen waren. Sie hatten beengt gelebt, in verwohnten und unmodernen Wohnungen, und wollten, dass ich in einer besseren Umgebung aufwuchs als der Steinwüste, wie sie die Stadt nannten. Ich hätte gerne mit der Steinwüste vorliebgenommen, denn ich lebte mich in Tallinge nie wirklich ein, fand dort nie meinen Platz im sozialen Leben. Mit den Kameraden in meiner eigenen, schwedischsprachigen Schule war es besonders schwierig: Dank eines Jungens namens Pete Everi ging auf Finnisch alles leichter. Da Leeni und Henry beruflich oft sehr beschäftigt und die Familien der beiden klein waren, entwickelte ich mich zu einem ziemlich einsamen Kind. Aber ich möchte daraus keine große Sache machen, ich wurde nicht gemobbt oder so. Ich blieb nur ein bisschen für mich und lief oft herum und fühlte mich wie ein Schauspieler in einem Film: Ich hatte das Gefühl, gar nicht richtig da zu sein, oder als gäbe es Tallinge in Wahrheit nicht. Es war keine dramatische und angsterfüllte Erfahrung, sondern eher so, als triebe man in etwas Grauem und Weichem und als fände man, dass alles unwirklich ist, ähnlich dem Gefühl, das man hat, wenn man in einem Flugzeug über der Wolkendecke sitzt und Lust bekommt zu springen, weil die Wolken so weich aussehen.

* * *

Im Juni 1974, zwei Monate vor meinem dreizehnten Geburtstag, verliebte ich mich in Eva Mansnerus. Das war keine gute Idee, denn Eva war drei Jahre älter als ich. Aber es war eine intensive und überwältigende Erfahrung. Seither sind fünfunddreißig Jahre vergangen, und manchmal glaube ich, dass mich dieser Tag niemals verlassen hat.

Es passierte in der Musikabteilung der Stadtteilbücherei Tallinge. Die Bücherei war damals gerade eingeweiht worden, es handelte sich um ein würfelförmiges Gebäude aus weißem Backstein, innen gab es weite Flächen, alles war offen und sauber. Die Bücherei war hochmodern: Musikabteilungen waren eher ungewöhnlich, es gab sie nur in Tölö und später dann in Tallinge und ein paar anderen Vororten. Die Abteilung lag nach Süden hin und war an jenem Vormittag Mitte Juni in Licht getaucht. Ich hörte *The Dark Side Of The Moon* und versuchte, mich zu entscheiden, ob ich mir die Platte zum Geburtstag wünschen sollte oder nicht: Ich hatte mich fast dagegen entschieden, denn ich mochte *Time* und *Money*, aber manche Titel waren ziemlich seltsam. Plötzlich stand Eva Mansnerus im Türrahmen, und ich vergaß Pink Floyd und alles andere. Ich hatte sie vorher schon gesehen, in der Schule, und sie hübsch gefunden. Unerreichbar hübsch, wie diese drei Jahre älteren Mädchen es immer waren. Nun aber schlug sie in mir ein und sollte für immer bleiben. Dabei war sie damals ganz schlicht gekleidet: nichts Besonderes, nur Tennisschuhe, eine dunkelrote Jeans (Röhre), ein Hemd mit Karomuster und eine verwaschene Jeansjacke. Ein Hemd mit Karomuster an einem Mädchen – das bedeutete in der Regel Streberin, stumpfes Haar, flache Brüste, dicke Brille. Eva Mansnerus hätte dagegen mit einem Armeezelt bekleidet gewesen sein können, sie hätte trotzdem ausgesehen wie ein Traum. Ich glotzte sie verzaubert an und sah, dass ihre blonden Haare nicht mehr glatt fielen, sie musste eine Brennschere benutzt oder zu

Mini Vogue oder etwas anderem gegriffen haben. Ich versuchte, ihr zuzunicken, aber sie nahm mich nicht wahr, ich war nur ein kleiner Junge, der Platten hörte.

Damals nahm man von Tallinge aus noch die Buslinie 49 in die Stadt. Die S-Bahn kam erst zwei Jahre später, vorher gab es nur die Fernzüge, von denen die meisten mit hundert Kilometern in der Stunde am Bahnhof von Tallinge vorbeiauschten. Familie Mansnerus war ein Jahr nach uns nach Tallinge gekommen und wohnte in einem freistehenden Einfamilienhaus einige Häuserblocks von unserem Reihenhaus entfernt. Evas alte Freunde lebten jedoch noch im Süden von Helsingfors, wo sie bis dahin gewohnt hatte, und ich fand heraus, dass sie jeden Nachmittag den 49er in die Innenstadt nahm und ihren Weg anschließend zu Fuß oder mit der Straßenbahn nach Ulrikasborg und in den Brunnspark fortsetzte. Im nächsten Herbst folgte ich ihrem Beispiel: Ich wollte im Bus sitzen und sie heimlich anschauen. Ich hatte im Grunde keine Freunde, aber wenn mich jemand fragte, sagte ich, ich wolle Leeni in der Schule in Mattisbacka besuchen oder mich mit Henry in seinem Büro treffen, das in der Kajsaniemigatan im Stadtzentrum lag.

Mein Leben als Teenager-Stalker. Eva und ich nahmen die Linie 49 von der Haltestelle an der Ecke Stationsvägen und Suviovägen. Eva beachtete mich nicht. Am Nachmittag, wenn der Schultag vorbei war, standen immer mindestens zehn Menschen an der Haltestelle, und Eva unterhielt sich häufig mit einer ihrer Klassenkameradinnen. Es war ein regnerischer Herbst, ich erinnere mich noch an die tiefen Pfützen auf dem Suviovägen, der damals noch nicht asphaltiert war. Sobald wir eingestiegen waren, fuhr der Bus in südöstliche Richtung und schlängelte sich durch eine anonyme Vorstadt nach der anderen, erreichte nach einer knappen halben Stunde Brunakärr und fuhr weiter ins Zentrum. Ich muss während dieses Jahres gesehen haben, wie völlig neue Stadtteile entstanden – Helsingfors dehnte sich schnell in nordwestliche Richtung aus –, und in der Innenstadt muss ich beobachtet haben, wie markante Landmarken abgerissen und durch Neubauten ersetzt wurden. Aber ich erinnere mich an nichts. In meiner Erinnerung gibt es nur Eva, ihr Bild ist dafür jedoch wie eingemeißelt. Ich starrte sie unablässig an, es sei denn, sie schaute zufällig in meine Richtung, so dass ich schnell den Kopf drehen und aus dem Fenster stieren musste. Doch selbst in diesen Momenten sah ich nicht, was es draußen gab, ihr Bild blieb, und noch heute sehe ich vor mir, wie die blonden Haare der sechzehnjährigen Eva Mansnerus auf ihre Schultern fallen und sich über die Schulterblätter und den Rücken hinabringeln, ich sehe, wie schmal ihre Schultern werden, wenn sie die eng geschnittene, dunkelgrüne Lederjacke anhat, die sie im Herbst 1974 und im Frühjahr 1975 trägt, sie fährt leicht über den Leberfleck schräg unter dem linken Auge, sie hat ein Bein über das andere geschlagen, und der stiefelbekleidete rechte Fuß wippt, sie schiebt gedankenverloren ihre Unterlippe vor, und ihre Hand bewegt sich federleicht, wenn sie in den Fantasyromanen und Gedichtbänden blättert, Kahlil Gibran und Tolkien und anderes, die sie immer las.

Eva saß im Bus am liebsten vorn, ich selbst platzierte mich so weit hinten, wie ich konnte, ohne sie aus den Augen zu verlieren. In jenem ersten Herbst und Winter sprachen wir kein Wort miteinander, wechselten nicht einmal Blicke – für sie blieb ich noch lange ein Kind. Hätte sie mich jedoch gefragt, hätte ich ihr meine Anwesenheit erklären können, meine Vorwände hatte ich im Voraus geübt: Ich wollte zum MicMac in der Berggatan oder zum Beaver's in der Sjötullsgatan, um eine Jeans zu kaufen, oder ich wollte zu Henrys Büro, um bei ihm um Geld zu betteln, oder zu Musik-Fazer in der Alexandersgatan, um in den Platten zu stöbern und E-Gitarren zu bewundern. Damals bildete ich mir ein, dass Eva meine Lügen geschluckt hätte, wenn ich gezwungen gewesen wäre, sie ihr aufzutischen: Später, als wir Freunde geworden waren, erklärte sie, sie habe immer gewusst, warum ich in dem Bus gesessen habe.

Wenn der Bus den Glaspalast erreichte und alle ausstiegen, begab Eva sich zur Straßenbahnhaltestelle und nahm die Linie 3 in südliche Richtung. Ich stand in der lärmenden Innenstadt und fühlte mich verloren. Manchmal ging ich tatsächlich zu Henrys Büro, aber er saß oft in Besprechungen, und wenn er nicht in Besprechungen saß, hatte er die Ärmel hochgekrempelt und rauchte mit Ordnern und Akten vor sich auf dem Tisch eine Zigarette nach der anderen, und obwohl er versuchte, freundlich zu sein, sah ich doch, dass es ihm eigentlich nicht passte, wenn ich dorthin kam. Also trieb ich mich in Musikgeschäften und anderen Läden herum und nahm schließlich den Bus zurück oder wartete, bis Henry Feierabend machte. Dann fuhren wir in seinem Renault nach Hause, wobei er pausenlos rauchte und seine Country-and-Western-Kassetten hörte: Noch heute passiert es mir, dass ich Charley Pride *last night I went to sleep in Detroit City* in meinem Kopf singen höre, wenn ich mein Auto auf einem regennassen Mannerheimvägen durch Tölö lenke.

Es gab so vieles, was ich damals nicht wusste. Ich wusste, dass ich schlecht in Sport war, dass Blauschimmelkäse ekelhaft schmeckte, dass Idi Amin ein Diktator in Uganda war und auch in Finnland im Frühjahr keine Präsidentschaftswahl stattgefunden hatte, obwohl eigentlich eine vorgesehen gewesen war. Stattdessen wählten wir den alten wieder, indem wir unsere Gesetze änderten, und ich wusste, dass ich zu oft onanierte und aufhören musste, den alten Song *Mamy Blue* zu mögen, denn sowohl Pete Everi als auch meine Klassenkameraden fanden ihn total bescheuert. Darüber hinaus wusste ich, dass Eva Mansnerus das schönste Wesen war, das jemals existiert hatte. Dagegen wusste ich nicht, warum Evas Vater Göran erst kürzlich eine neue Stelle angetreten hatte und Familie Mansnerus aus dem südlichen Helsingfors bis nach Tallinge hinaus gezogen war. Ich wusste nicht, dass Eva eine dreizehn Jahre ältere Schwester hatte, die nach einer Reihe chaotischer Jahre darum kämpfte, ihr seelisches Gleichgewicht wiederzufinden. Und ich wusste nicht, warum mein Vater so schweigsam war, wenn wir aus der Stadt nach Tallinge fuhren. Aber wie hätte ich auch etwas von diesen Dingen ahnen können? Ich begriff ja nicht einmal, dass Eva längst kapiert hatte, warum ich an fünf Nachmittagen in der Woche die Buslinie 49 nahm.

* * *

Pete Everi hatte fast sein ganzes Leben in Tallinge gewohnt. Er, seine Eltern und seine Brüder und Schwestern waren bereits im Herbst dreiundsechzig eingezogen: Stationsvägen 12 war das älteste Hochhaus in Tallinge, es gab lediglich ein paar freistehende Häuser und Reihenhäuser, die noch älter waren.

Stationsvägen 12 war zudem das einzige der Hochhäuser, in dem es Vier- und sogar Fünfzimmerwohnungen gab, die für Familien wie Petes groß genug waren. Familie Everi wohnte in einer Vierzimmerwohnung, aber es war trotzdem eng, denn Pete hatte eine große Schwester, zwei ältere Brüder und eine jüngere Schwester namens Susanna, die Suski genannt wurde. Die große Schwester und der älteste Bruder waren fast erwachsen, als Pete und ich Freunde wurden, und zogen kurze Zeit später aus, so dass ich nie dazu kam, sie näher kennenzulernen. Suski und den jüngeren der älteren Brüder, Markku alias Make, sollte ich dagegen ziemlich gut kennenlernen.

Veikko Everi, Petes Vater, arbeitete bei der Post und war Witwer. Als die Familie nach Tallinge zog, war Pete vier, Suski war ein gutes Jahr alt, und man führte ein arbeitsames, aber gutes

Leben. Zwei Jahre später wurde Petes Mutter Maiju auf dem Weg zu einem Kaffeekränzchen bei einer Freundin am anderen Ende der Stadt von einem betrunkenen Motorradfahrer überfahren. Maiju starb an ihren Verletzungen, und Vater Everi hatte nicht wieder geheiratet. Petes Großmutter Salme, eine alte Dame mit Waden so dick wie Fichtenstümpfe, half oft im Haushalt aus. Sie wohnte häufig bei den Everis: Wenn sie sich ankündigte, mussten sich die drei Brüder ein Zimmer teilen, wodurch Pete Zugang zu den Plattensammlungen der beiden älteren bekam.

Es gab noch eine Frau bei den Everis. Sie hieß Orvokki, wohnte im Nachbarhaus Stationsvägen 10 und übernachtete gelegentlich in Vater Veikkos Zimmer, allerdings nur, wenn Großmutter Salme nicht bei ihnen war. Orvokkis Status in der Familie blieb unklar, und ich lernte schnell, dass Pete nicht über sie sprechen wollte. Pete behandelte Orvokki mit untadeligem, aber wortkargem Respekt, und die älteren Kinder teilten seine reservierte Einstellung: Nur das Nesthäkchen Suski sah in Orvokki eine Art Ersatzmutter.

Pete hielt auch sonst nicht viel von Erklärungen. Er sprach nie über seine Mutter, *se on kuollut*, sie ist tot, sagte er, als ich ihn das erste Mal fragte, und dabei beließ er es. Sein älterer Bruder Make erzählte mit viel später, high von Tabletten, was passiert war, als Maiju starb. Make erzählte mir die Geschichte an einem kalten Herbstabend oben auf dem Mount Rushmore. Wir saßen in einer größeren Clique an der Kekkonen-Schanze zusammen, tranken sauren Weißwein direkt aus der Flasche, und Make war der wirre Nestor in unserer Gruppe. Damals waren Pete und ich schon seit ein paar Jahren befreundet: Wir hockten erst in jenem Herbst auf dem Rosari – so nannten wir die Anhöhe, Mount Rushmore war zu schwer auszusprechen –, in dem ich mich bereits in Eva Mansnerus' taktvollen, aber hartnäckigen Stalker verwandelt hatte. Aber Pete hatte mir gegenüber nie ein Wort über den Motorradfahrer und die Tage verloren, in denen Maiju im Krankenhaus lag und Schmerzen litt, bevor sie starb.

Wenn ich mich recht erinnere, wurden Pete und ich unmittelbar nach meiner Ankunft in Tallinge Freunde, obwohl er zwei Jahre älter war als ich: Pete war im Herbst neunundfünfzig geboren, und wir waren in einem Alter, in dem zwei Jahre meistens einen großen Unterschied bedeuten.

Und an dem Punkt wird es seltsam, denn ich erinnere mich nicht mehr, wie es anfing. Ich hätte gerne eine klare und hübsche Geschichte darüber erzählt, wie unsere Freundschaft geboren wurde, zum Beispiel eine, in der Pete mich davor bewahrt, Prügel von Ride Suikkanen und Jami und Nisonen und den anderen Jungen zu beziehen. Oder noch lieber eine Geschichte darüber, wie Pete und ich, die wir einander völlig unbekannt waren, bei einem improvisierten Match auf der Eisfläche unterhalb der Finnischen Gemeinschaftsschule in derselben Hockeymannschaft landen, woraufhin sich herausstellt, dass unser Zusammenspiel traumwandlerisch funktioniert, es ist reine Telepathie, der Puck schießt wie ferngesteuert zwischen den Blättern unserer Schläger hin und her, und wer die Scheibe hat, weiß stets, wohin der andere unterwegs ist, und kann deshalb blind zurückpassen, und so gewinnt unsere Mannschaft mit 18 zu 4, und Pete und ich machen jeweils neun Tore und geben uns natürlich gegenseitig die Vorlagen.

Das erste Szenario wäre durchaus möglich gewesen, denn Pete Everi hatte als Kind eine große Seele. Er stand immer auf der Seite der Schwachen, es war ein natürlicher Reflex bei ihm, ein Instinkt, der so tief in ihm verwurzelt war, dass er seine eigene Sicherheit dafür aufs Spiel setzte. Und ich selbst konnte mich nicht gut schlagen und bezog deshalb regelmäßig Prügel. Das zweite Szenario, das mit dem Hockey, scheitert dagegen an seiner Abwegigkeit. Pete und ich waren keine großen Sportler, vor allem, wenn es um Ballsportarten ging. Die Hockeyasse von Tallinge gaben mir schon im Winter nach meiner Ankunft den Spitznamen *Vanhus*, Gevatter, denn meine Knöchel waren schwach und gaben nach, wenn ich versuchte, Schlittschuh zu laufen, ich schlurfte gleichsam auf der Innenseite der Schlittschuhe, statt auf der Kufe zu gleiten, und stützte mich außerdem auf den Schläger wie ein alter Mann auf seinen Stock.

Tatsache bleibt: Ich habe keine Ahnung, wie Pete und ich uns anfreundeten, ich weiß nur, dass wir Freunde fürs Leben wurden. Wären wir ein paar Jahre älter gewesen, würde ich annehmen, dass ich mich eines Nachmittags auf den Rosari hinaufgewagt hätte, und dann hätten Pete und Ride und Jami und Nisonen und Barsk und die anderen Jungen aus den Hochhäusern mir zugerufen, und ausnahmsweise hätte ich nicht meinem üblichen Reflex nachgegeben, wegzulaufen, sondern wäre zu ihnen gegangen und geblieben. Aber so kann es sich nicht abgespielt haben, denn Pete und Jami und die anderen hockten damals noch nicht da oben. Petes großer Bruder Make und seine Clique herrschten zu jener Zeit über den Rosari, denn immerhin hatte Makes Jugendfreund Pot-Pesonen sowohl den Hügel als auch die Kekkonen-Schanze getauft.

Ich weiß nur, dass ich auf einmal, schon in meinem ersten Winter in Tallinge, bei Everis am Essenstisch saß, im Stationsvägen 12, Treppenhaus B, siebter Stock, vier Zimmer und Küche und Balkon mit Aussicht auf die anderen Hochhäuser und das Einkaufszentrum und die Eisenbahnlinie und Rosari und Schanze und die ganze Herrlichkeit.

Und ich erinnere mich an die Samstage. Gegen eins gingen Pete und ich zum Platz der Finnischen Gemeinschaftsschule hinunter und versuchten, Hockey zu spielen, obwohl wir es nicht konnten. Den ganzen Nachmittag verbrachten wir dort, es gab eine alte Holzbaracke, die als Umkleide diente, und ein rußender Kamin sorgte für Wärme. Wenn man aufhörte, taute man Hände und Füße am Kamin auf, streifte anschließend die Schlittschuhe über das Blatt des Schlägers, warf sich diesen über die Schulter und ging auf schmerzenden Beinen heim. Pete und ich gingen immer zu Everis. Wenn Großmutter Salme da war, gab es Leberterrine oder Schweinebauchgeschnetzeltes oder sogar Karelischen Fleischtopf, aber ansonsten nahm man es dort mit dem Kochen nicht so genau. Manchmal stand Minna, Petes ältere Schwester, in der Küche, aber sie war keine gute Köchin. Um fünf, in der Abenddämmerung, wurden im Fernsehen Juniorenhockeyspiele übertragen. Die Partien wurden von einer schläfrigen Stimme namens Karapalo kommentiert und in Tammerfors zwischen Jungen ausgetragen, die ungefähr im selben Alter waren wie Pete und ich. Sie waren unglaublich geschickt, diese Junioren, und Pete und ich ertrugen es nicht, uns das anzusehen, und hingen stattdessen im Zimmer der älteren Brüder herum, das immer leer stand: Juha und Make waren schon feiern gegangen. Vater Everi saß dagegen auf der Couch vor der Glotze und genehmigte sich bereits während des Juniorenhockeys das eine oder andere Glas, er behauptete, Karapalos Kommentar schläfere ihn sonst ein.

Etwas später, beim Essen, zeigte das Fernsehen *Der Nachbarvorort*, und dazu nahmen alle ihre Teller und Gläser und setzten sich auf die Couch im Wohnzimmer, die rotbraun war und – wie mir erst später klar wurde – nicht aus richtigem, sondern aus Kunstleder war. Vater Everi, Pete, Suski und ich und schließlich Salme oder Orvokki saßen so zusammen: Wenn die große Schwester Minna zu Hause war und kochte, ging sie immer aus, sobald das Essen fertig war. Es beeindruckte mich sehr, dass man bei den Everis vor dem Fernseher essen durfte, so etwas wäre bei uns nie in Frage gekommen, und es machte nichts, dass die Couch der Familie so klebte, dass mein Rücken schweißnass wurde. *Der Nachbarvorort* war damals die große Fernsehsoap und einer der zahlreichen Lebensbereiche, in denen Pete mir einen schlechten Geschmack vorwarf. Ehe mich Eva Mansnerus überwältigte, war ich nämlich sehr verliebt in Harriet Finne in der Rolle der Tochter in einer der Vorortfamilien. Pete fand sie total bescheuert.

Petes Vater Veikko war von Anfang an sehr nett zu mir. Mein eigener Vater Henry war auch nett, allerdings auf eine schroffere und distanziertere Art. Veikko Everi war ein offener und gesprächiger Mann, dem sein Leben zu gefallen schien, obwohl er ein Witwer mit fünf Kindern war und es für ihn nicht immer leicht gewesen sein kann, über die Runden zu kommen, wirkte er doch nie besorgt. Er wollte, dass die Freunde seiner Kinder ihn Veka nannten – »das tun meine Kinder ja auch«, erklärte er –, und wenn man ihn höflich mit *Herr Everi* ansprach, schüttelte er den Kopf und lächelte, erwiderte aber nichts. Ich war ziemlich streng erzogen worden, so dass ich es anfangs mit Herr Everi versuchte, aber schon bald aufgab und wie alle anderen Veka sagte. An den Samstagabenden ging Veka regelmäßig in die Küche und mixte sich einen neuen Drink oder genehmigte sich »noch ein kleines Schlückchen Cognac«, wurde jedoch niemals reizbar, unfreundlich oder streitlüstern. Wenn Leeni und Henry mir erlaubten, bis neun bei Everis zu bleiben (ich erzählte ihnen nie, dass Veka samstags trank), wurde Veka zum Ende hin ziemlich betrunken, fing an zu lallen und wurde sentimental, rauchte ununterbrochen und legte Lieder auf, die *Die Worte reichen nicht, um zu erzählen* oder so ähnlich hießen, und versuchte ständig, Suski und Pete zu umarmen, und dann krachte er gegen die Küchentür und die Wände, wenn er aufstand, um sein Glas erneut zu füllen. Er gab es immer zu: *taidan olla hieman tuiterissa* sagte er, »ich glaube, ich habe einen kleinen Schwips«, aber das störte niemanden. Bei uns scheuchten Leeni und Henry mich immer fort, wenn sie abends Besuch bekamen, ich sollte in meinem Zimmer bleiben und diese Seite des Erwachsenenlebens tunlichst nicht sehen und auch nicht hören, wie ihre Gesprächsbeiträge immer banaler, alberner und schlüpfriger wurden.

Familie Everi lebte beengt, aber es herrschte eine offene Atmosphäre, und damals war es noch einigermaßen idyllisch: Wenn die große Schwester Minna schon Probleme mit Männern hatte, überspielte sie es gut. Der Einzige, der zur Sorge Anlass gab, war der zweitälteste Bruder Make, der zur gefürchteten Rosarigang gehörte und häufig Ärger mit der Polizei hatte. Aber Make war fast nie zu Hause, und ich denke, Veka Everi hatte keine Ahnung, dass sein Sohn tatsächlich der Anführer der Rosarigang war, und ich glaube auch nicht, dass Veka im Blick hatte, wie viel Haschisch Make rauchte oder wie viel er trank. Zu Hause im Stationsvägen schienen alle guten Mutes zu sein und die anderen Kinder Veka zu vertrauen und sich untereinander gut zu verstehen. Manchmal konnte ich es mir nicht verkneifen, die Stimmung dort mit der in meinem Elternhaus zu vergleichen. Auch wir behandelten einander freundlich, darum ging es nicht, aber unsere Wohnung war groß, und wir waren so wenige, und sowohl Henry als auch Leeni waren sich selbst genug und stets beschäftigt, Leeni mit ihren Schüleraufsätzen und Büchern und Henry mit seinen Kalkulationen und Berichten. Und ich war genauso, ich war ein *loner*, obwohl man das Wort damals im Schwedischen noch gar nicht benutzte, und manchmal kam es mir vor, als würden Henry, Leeni und ich uns aus den Augen verlieren, wir verloren uns gegenseitig, obwohl wir uns alle in derselben Wohnung am hinteren Ende des Tannervägen aufhielten.

Ich ging mit anderen Worten möglichst oft zu den Everis.

Dass sie Finnisch sprachen, störte mich nicht. In unserem Reihenhaus sprachen wir Schwedisch, wenn Henry zu Hause war, während Leeni und ich uns oft auf Finnisch unterhielten, wenn wir zu zweit waren. Mein Finnisch war auch damals schon ziemlich gut: Ich nehme an, dass ich zu der Sorte Mensch gehöre, die von den Soziologen später »der Mischmasch« getauft wurde, will sagen zweisprachige Stadtkinder, die keine großen Gefühle für den schwedischsprachigen Teil ihrer Identität hegen. Aber ich habe Menschen nie in dieser Weise aufgeteilt. Es ist mir egal, welche Sprache die Leute sprechen, ob sie arm oder reich sind, zu welcher Religion oder Ideologie sie sich bekennen. Das einzige funktionierende Maß für Menschlichkeit besteht darin, ob man sich anderen gegenüber anständig verhält oder nicht. Und Pete Everi und sein Vater Veka waren anständige Menschen. In diesen ersten Jahren bestanden sie darauf, mich die halbe Wegstrecke nach Hause zu begleiten, vor allem freitags oder samstags. Die Straßen am Einkaufszentrum und der Eisenbahnlinie waren an den Wochenenden nicht ganz ungefährlich, aber Veka Everi war ein großer und kräftiger Mann, fast einen Meter neunzig groß, und auch Pete war für sein Alter groß. Also ging ich mit den beiden durch den dunklen Samstagabend, fühlte mich sicher und schaute mich um, betrachtete die Hochhausreihe des Stationsvägen, wo in Hunderten von Fenstern Licht brannte, betrachtete das Einkaufszentrum, das abendlich beleuchtet und leer lag, aus dem jedoch Musik und betrunkenes Gegröle aus der Kneipe Männynlatva, Kiefernwipfel, herüberschallte, betrachtete die Anhöhe Rosari, die finster und wuchtig jenseits der schummrig beleuchteten Eisenbahnschienen und des ebenso schummrigen Bahnhofs thronte. Und als zwei Jahre verstrichen waren und ich bereits ein Teenager war, bestanden Veka und Pete weiterhin darauf, mich bis zum Suviovägen zu begleiten – dort endeten die Hochhäuser und die Eigenheimsiedlung begann, ein Wäldchen trennte die beiden Welten –, und dann dachte ich stets, dass dieser seltsame Ort Tallinge, eine in kürzester Zeit aus dem Boden gestampfte Vorstadt, weil die Menschen aus dem Norden des Landes nach Helsingfors ziehen mussten, um Arbeit zu finden, tatsächlich meine Heimat geworden war. Und dass Pete Everi mein Freund war, ein richtiger Freund, nicht nur ein Bekannter, der einen in seiner Nähe duldete, während er oder sie auf etwas Besseres wartete. Einen Freund wie Pete hatte ich vorher nie gehabt, weder in Botby noch in der Eriksgatan.

* * *

Bevor ich die Geschichte von Pete Everi, Eva Mansnerus und mir fortsetze, muss ich etwas mehr über Leeni, Henry und das Leben im Tannervägen erzählen.

Unsere Straße war nach einem Politiker namens Väinö Tanner benannt. Tanner war tot, aber vor seinem Tod war er an den meisten Dingen beteiligt gewesen, die sich in den vorangegangenen sechzig Jahren in Finnland ereignet hatten. Trotzdem hatte er sich mit einem kleinen, schlampig asphaltierten Straßenstück im abgelegenen Vorort Tallinge bescheiden müssen. Dieser anspruchslose Nachruhm war kein Zufall. Tanner war der Sowjetunion nämlich ein Dorn im Auge gewesen, weshalb es seltsam anmutete, dass überhaupt ein Straßenstück nach ihm benannt worden war: Wahrscheinlich ließ sich das nur durch einen Irrtum in irgendeinem Planungsbüro erklären.

Dies gehört zu den Dingen, die ich mir hinterher angelesen habe, als ich in meiner Jugend im Tannervägen wohnte, hatte ich davon keine Ahnung. Dabei sind es Dinge, die Leeni mir problemlos hätte erzählen können, wenn ich jemals auf die Idee gekommen wäre, sie zu fragen. Meine Mutter kannte sich nämlich nicht nur in ihren Fächern Englisch und Schwedisch aus, sie war auch sonst ein vielseitig gebildeter Mensch. Das verkündete Henry mir gegenüber eines Sommers, als ich schon auf das Gymnasium ging, er sagte es in unserem Sommerhaus in Svartviken, während eines meiner immer selteneren Besuche dort. Im selben Atemzug bekannte Henry – es war das einzige Mal in meiner Kindheit, dass er darauf einging –, dass Leeni ihm in praktisch jeder Hinsicht überlegen war: Er selbst verstand bloß etwas von Verkaufsstrategien und Marketing und Country and Western, gestand er an jenem Abend, während Leeni sich in vielen Bereichen auskannte.

Leeni war groß, hager und blass, sie hatte eine schwer bestimmbare Haarfarbe, die man möglicherweise als aschblond bezeichnen könnte. Als junge Frau war sie ziemlich hübsch gewesen, jedoch schneller gealtert als viele andere. In meiner Teenagerzeit war Leeni erst Mitte dreißig, aber in meinen Augen war sie unglaublich alt. Ganz zu schweigen von Henry, der fast zehn Jahre älter war: fünfundvierzig, ein Methusalem.

Leeni besaß eine stille Würde, die ich immer mit ihrem Beruf verknüpfte. Heute glaube ich, dass ich mich damals irrte, sie war einfach so. Aber ich war froh, dass Leeni nicht in meiner Schule unterrichtete, denn sie gehörte zu diesen staubtrockenen Paukergestalten, die bei den Schülern eher unbeliebt waren. Kindern und Jugendlichen gefallen Lehrer, die auch einmal einen Scherz machen und selbstironisch sein können, Lehrer, die durchblicken lassen, dass sie früher auch einmal jung gewesen sind und gegen die Normen verstoßen haben, für deren Einhaltung sie nun sorgen sollen. Solche Lehrer vermitteln den Kindern ein Gefühl von Mitmenschlichkeit und Hoffnung, dürfen allerdings nicht mit denen verwechselt werden, die als *einer von den Kids, nur ein bisschen älter* zu posieren versuchen: Das durchschauen Schüler ausnahmslos als die falsche Anbiederung, die es auch ist. Für Letzteres bestand bei Leeni jedoch nie Gefahr. Leeni blieb auf Distanz und hätte es niemals zugegeben, niemals auch nur angedeutet, dass sie in ihrer Jugend gegen Regeln verstoßen, die Schule geschwänzt oder die Hausaufgaben vergessen hatte oder ihren Lehrern gegenüber vorlaut gewesen war.

Leeni war stets korrekt, und manchmal wirkte sie fast schon unnatürlich kühl. Ich weiß, dass es an ihrer Schule Schüler gab, die sie furchterregend fanden.

Als ich älter wurde, war Leeni mir eine große Hilfe. Je mehr ich mich für Dichtung und Musik interessierte, desto besser verstanden wir uns. Als ich anfing, Texte für die Lieder zu schreiben, die Pete Everi für seine Kellerband komponierte, wurden meine Noten in Englisch besser, erst verbesserte ich mich von acht auf neun und schließlich auf eine glatte Zehn. Leeni merkte, was los war, und steckte mir Bücher zu. Es waren nicht immer die Bücher, die ich am liebsten bekommen hätte: Meiner Mutter waren Lennon, Dylan und Cohen nicht völlig fremd, aber ihr Geschmack war eher klassisch britisch orientiert, von Blake, Wordsworth und Coleridge zu Eliot, Dylan Thomas und W. H. Auden. Ich erinnere mich, dass ich einen grauen Wintersonntag mit diesen sterbenslangweiligen *Daffodils* verbrachte: Mein Verhältnis zu Osterglocken ist seither nachhaltig gestört. Und Coleridges Gedicht über Kubla Khan war trotz aller opiumberauschten Visionen genauso trist. Aber es gab Texte von Eliot, Auden und Thomas, die mir gefielen, und als ich kurz vor dem Abitur stand und mich auf die Klausuren vorbereitete, las mir Leeni abends oft ihre Lieblingsgedichte vor. Zu der Zeit waren Eva Mansnerus und Pete Everi aus Tallinge in die Stadt gezogen, so dass ich dort noch einsamer war als zuvor. Heute, viel später, ist mir klar, dass Leeni genauso einsam war, denn Henry war in diesen letzten Jahren selten zu Hause, er machte Überstunden im Büro, reiste nach Åbo und Tammerfors, wo das Unternehmen Filialen unterhielt, und fuhr sogar zu Konferenzen ins Ausland, nach Stockholm oder Hamburg. Und an den Abenden und Wochenenden, die er zu Hause verbrachte, war es ruhiger und stiller denn je, Leeni und er saßen in unterschiedlichen Ecken der Wohnung und lasen, oder der eine sah fern, während der andere arbeitete, sie machten nie etwas gemeinsam.

Der Umstand, dass ich achtzehn geworden war, aber meiner Mutter zuhörte, wenn sie Thomas Stearns Eliots und Dylan Thomas' Gedichte rezitierte, erschien mir manchmal schon ein wenig ödipal und eigenartig. Dabei war mir nicht einmal bewusst, dass Leeni auch früher schon Gedichte vorgetragen hatte, und zumindest einmal mit schicksalsschweren Folgen. Trotzdem weiß ich, dass unsere poetischen Momente in dem Reihenhaus eine gute Sache waren: Die Erinnerung an sie, an die Gemeinschaft, machte es mir viel später, als die Fassade bröckelte, ein bisschen leichter, mit ihr zu sprechen.

Es fiel mir leichter, mit Leeni zu sprechen als mit Henry. Aber sie waren beide nicht einfach, und aus der Ehe meiner Eltern wurde ich niemals schlau. Das große Rätsel lautete, wie sie einander gefunden hatten, obwohl sie so unterschiedliche Menschen waren.

Henry hatte das Schwedische Reallyzeum im innerstädtischen Stadtteil Kronohagen besucht. Wenn er über seine alte Schule sprach, was eher selten vorkam, redete er nie vom Reallyzeum, sondern immer nur vom »Revan«. Die Menschen in der Innenstadt sind so, in beiden Sprachen, sie haben immer niedliche oder hässliche Spitznamen für ihre Schule: Norsen, Lärkan, Lönkan, Zillen, Revan, Ressu, Sykki, Norssi. In Tallinge waren wir nicht so sentimental, die Schwedische Gemeinschaftsschule Tallinge wurde SGT genannt, sonst nichts. Die finnischen Kinder tauften ihre *Männistön Yhteiskoulu*, ihre Gemeinschaftsschule Männistö, dagegen in Mykkä um, was auch stumm bedeutet.

Das Reallyzeum im Stadtteil Kronohagen war, wie ich später recherchiert habe, unter anderem auch für seine Fähigkeit bekannt, die faulen und begriffsstutzigen Söhne reicher Familien zum Abitur zu lotsen. Henry Alarik Loman stammte allerdings aus keiner reichen Familie, im Gegenteil: Gerda und Axel, meine Großeltern väterlicherseits, waren bettelarm, obwohl sie mitten in der Stadt wohnten. Mein Vater sprach nur ungern über seine Kindheit, aber wenn er es tat, erzählte er, dass damals nach dem Krieg überall in Helsingfors arme Menschen wohnten, Mittellose gab es in jedem Stadtteil, denn das ganze Land war verarmt, und kaum jemand lebte in Saus und Braus. So war es jedenfalls in den Stadtteilen Kronohagen und Rödbergen, in denen Henry aufwuchs.

Normalerweise versuchen Leute, die aufgestiegen sind, ihre einfache Herkunft dadurch zu verbergen, dass sie sehr viel Wert auf Etikette legen und zu Snobs und etepetete werden. So war Leeni, während Henry darauf beharrte, das genaue Gegenteil zu sein. Deshalb musste ich auf allen Ebenen einen Zweikampf zwischen T. S. Eliot und Charley Pride aushalten.

Henry war häufig schweigsam, fast abweisend, während Leeni eine angeregte und höfliche Konversation führen wollte. Aber wenn sie Gäste hatten und Wein und Drinks anboten (Leeni nahm keine Drinks, sie trank nur Wein und gelegentlich ein Glas Likör), wurde Henry auf einmal laut und lustig, woraufhin Leeni immer schweigsamer wurde, je weiter der Abend fortschritt: Wenn sie überhaupt etwas äußerte, geschah es in Form von bissigen, gegen meinen Vater gerichteten Sarkasmen.

Henrys Witze waren nur selten geschmackvoll, und er verstand es selbst dann nicht, die Spreu vom Weizen zu trennen, wenn die Besucher seine Vorgesetzten waren. Sein Chef, Direktor Bacher, war ein kultivierter älterer Gentleman inklusive Brille mit Goldrand, großem Mercedes und einer zwanzig Jahre jüngeren Frau aus dem Ausland. Als Bachers zu einem Samstagssouper bei uns zu Gast waren, beschloss Henry, den uralten Witz über den finnischen Mann zu erzählen, dem bei einer internationalen Soirée beim Nachtisch ein Rülpser entfährt. Der Mann wendet sich daraufhin seiner Tischdame zu und sagt *Excuse me, but in Finland we always rape after dinner.* Der Witz lässt sich nicht übersetzen, er basiert auf der Ähnlichkeit zwischen dem schwedischen Verb »rapa« für rülpsen und dem englischen Verb »rape«, das vergewaltigen bedeutet. Frau Madeleine Bachers Muttersprache war jedoch Französisch, und Schwedisch sowie Englisch beherrschte sie nur bedingt, so dass Henry zu einer langatmigen Einleitung gezwungen wurde, ehe er den Witz erzählen konnte. Der Vorfall ist mir nur bekannt, weil ich mir nach einem Sonntag voller mürrischen Schweigens Henrys und Leenis Riesenkrach am folgenden Abend anhören musste.

In diesem Stil ging es weiter. Henry weigerte sich, die vornehme Lebensweise anzunehmen, die sein Leben im Reihenhaus und seine Position als leitender Angestellter voraussetzten, er behielt sich das Recht vor, ein geradliniger und ungehobelter Typ aus einem Arbeiterviertel zu bleiben. Ohne seine rotweiße Marlboro-Schachtel ging er nirgendwohin, und die giftblaue Rauchwolke in seinem Renault blieb so dick, wie die Countrysänger auf seinen Autokassetten dick auftrugen, wenn sie schmachtend sangen. Leeni tat, was in ihrer Macht stand: Gegen den Tabakrauch besorgte sie eine Dufttüte, eine Art frühe Variante des Wunderbaums, und für das Auto kaufte sie Kassetten mit Mozarts Klarinettenkonzert und Beethovens Klaviersonaten und versuchte, sie in den Rekorder zu schieben, wenn Henry damit beschäftigt war, seine Zigarettenschachtel aus der Innentasche der Wildlederjacke zu ziehen. Sie muss die Hoffnung gehegt haben, das Auto in einen kultivierteren Ort verwandeln zu können, einen Ort der Schönheit und Kontemplation während der langen Urlaubsfahrten zu unserem Sommerhaus in Svartviken. Aber Henry, der immer schneller fuhr als erlaubt, wenn er am Steuer saß, war unbestechlich. »Was ist das denn für ein verdammter Mist!«, platzte er heraus. »Man kann doch nicht so einen Kram hören, wenn man hundertvierzig in der Stunde fährt. Da braucht man Musik mit einem klaren Rhythmus und einer klaren Melodie!« Und daraufhin ließ er weiter Charley Pride und Loretta Lynn und Merle Haggard und wie sie alle hießen laufen.

Als ich ein Teenager war, versuchte Henry immer noch hartnäckig, mein Interesse für Sport und wüste Spiele zu wecken. Als ich jünger war, hatte er Pfeil und Bogen und Schleudern und Speere für mich gebastelt, während der Julimonate in Svartviken verwandelte er sich in eine regelrechte Spielzeugfabrik. Ich hatte ja keine Geschwister, ich war Henrys einzige Hoffnung, so dass er nicht lockerließ, er kaufte sogar Federballschläger und eine Tischtennisplatte für Svartviken, und im Winter stand die Platte zusammengeklappt in der Garage unseres Vermieters. Im Winter nahm Henry mich unbeirrbar, Jahr für Jahr, zur hässlichen Eishalle in Tölö mit, und im Frühjahr und Spätsommer sahen wir Fußballspiele im Olympiastadion und anderswo und feuerten seinen IFK oder HJK oder KKK oder wie die aktuelle Mannschaft gerade hieß an. Henry lud während der Sportveranstaltungen großzügig zu Getränken und Snacks ein, und als ich in die Pubertät kam und anfing zu rauchen, machte ich es mir zur Gewohnheit, um mehr Geld für Bockwurst, Lakritz und Coca-Cola zu bitten, als ich eigentlich benötigte, und behielt das Restgeld für Zigaretten. Henry wiederum trank während der Begegnungen raue Mengen Kaffee – damals wurde in den Sportstätten noch kein Bier ausgeschenkt –, und zwischen den Schlucken seufzte und grunzte er enttäuscht über die Spieler und Schiedsrichter, und in den Achselhöhlen seiner hellen Hemden, die im

Sommer kurze und im Winter lange Ärmel hatten, breiteten sich große, dunkle Schweißflecken aus. Aber er brüllte nie etwas Beleidigendes. Er hatte selbst gespielt, Fußball und Bandy in den unteren Ligen, und wenn ich es recht sehe, schreien und gestikulieren vor allem die Leute auf den Zuschauerrängen, die niemals selbst gespielt haben. Manchmal meinte ich eine Art Zerstreutheit und Geistesabwesenheit bei Henry zu erahnen, wenn er neben mir saß, als hätte er im Grunde verstanden und akzeptiert, dass ich mich für Sport und anderen Männerkram nicht interessierte, als füllte er rein mechanisch die Vaterrolle aus, die von ihm erwartet wurde. Manchmal kam es mir sogar so vor, als wäre auch das Seufzen und Meckern nur Teil seiner Rolle, ein Spiel für die Galerie. Dann aber sah ich mich mit der Frage konfrontiert, ob sich die Schweißflecken unter seinen Armen wirklich spielen ließen, waren sie nicht etwas, wobei selbst Brando und Newman und die anderen Method-Acting-Schauspieler auf Granit gebissen hätten?

Die Firma, in der Henry arbeitete und deren Name hier keine Rolle spielt, war ein Familienunternehmen im Besitz einer schwedischsprachigen Familie in Helsingfors. Anfang des 20. Jahrhunderts war es als eine unbedeutende Importfirma in der Metallindustrie gegründet worden, vermutlich, damit irgendein weniger begabter Gelbkrantz, so der Name der Gründerfamilie, im Telefonbuch den Titel Direktor führen durfte wie seine Brüder. Die innersten Zirkel des Helsingforser Bürgertums funktionieren so und das schon seit vielen Generationen. Früher, als Finnland von Wald und Metall lebte, bekam der reiche Taugenichts eine bescheidene Importfirma als Betätigungsfeld. Heute, in einer anderen Zeit, bekommt der verlorene Sohn stattdessen das Kapital für ein kleines Medien- oder Consultingunternehmen. Oder er wird Angestellter im Hochschulbereich oder Verwalter einer Stiftung: Es gibt immer einen Ahnherren oder eine Ahnherrin, die Bilder gemalt oder Gedichte geschrieben hat, die dem Familiennamen einen gediegenen und kulturellen Klang verliehen haben. So geht es immer weiter, Jahrzehnt für Jahrzehnt, Jahrhundert für Jahrhundert, während sich die Welt ringsherum verändert. Im Fall des Gelbkrantzschen Unternehmens hatte das Ganze jedoch eine Wende zum Guten genommen, denn die Firma war zu einem ansehnlichen Konzern gewachsen – Henry trug nur die Verantwortung für einen Teil der Produktpalette –, und Direktor Bacher, ein Gelbkrantz mütterlicherseits, war ausgesprochen kompetent.

Der ungehobelte Henry passte nicht recht ins Bild und tat es trotzdem. Er hielt zum gutbürgerlichen Helsingfors IFK und war ein treuer und leidenschaftlicher Anhänger der Schwedischen Volkspartei. Er wählte immer die Partei der finnlandschwedischen Minderheit, erzählte Leeni oder mir aber nie, ob er für ihren rechten oder mittleren Flügel war: einen linken Flügel gab es selbstverständlich nicht. In diesem Punkt, aber nur in diesem, glich mein Vater den Familien Gelbkrantz und Bacher und den anderen vornehmeren Finnlandschweden, von denen es in der Eigenheimsiedlung in Tallinge viele gab und mit denen ich später auch in der Stadt Bekanntschaft schließen sollte.

Leeni gab ihr Bestes. Wenn Schweißflecken und Deodorantspray die alten Hemden verfärbt hatten, kaufte sie neue weiße Hemden, sie befestigte immer modernere Wunderbaumvarianten am Rückspiegel des verräucherten Renaults, und in den letzten Jahren meiner Jugend versuchte sie sogar, Henrys rustikale Old-Spice-Düfte durch Eau de Toilette von Givenchy und Guerlain zu ersetzen, Flacons, die sie steuerfrei kaufte, wenn sie mit ihrer Schwester Meeri nach Paris oder Stockholm reiste. Geld gab es in diesen letzten Jahren genug, Wärme war ein knapperes Gut. Abgesehen davon, dass sie mich hatten, war ein wichtiger Punkt bei Leeni und Henry folglich, dass sie das lebende Gegenbeispiel dieser Gruppenklischees bildeten, die manche Leute so gerne pflegen – dass die Finnlandschweden überkultiviert sind und sich vornehm geben, während die Finnen ungehobelt, aber herzlich sind. Aber mir ist wichtig, dass Sie eins verstehen, auch wenn ich es bisher nicht an die große Glocke gehängt habe: Ich mochte Henry und Leeni, ich mochte sie, so närrisch und stur sie auch waren, und ich möchte betonen, dass Henry unter seiner grantigen und groben Oberfläche ein warmherziger Mensch und kluger Kopf war. Das begriff ich im Grunde allerdings erst hinterher: Als ich aufwuchs, kam es durchaus vor, dass ich mich für ihn schämte.

* * *

Es gab einen Ort, an dem Henry und Leeni auflebten, und dieser Ort hieß auf Finnisch Mustalahti, Schwarzbucht. Oder auf Schwedisch Svartviken, wenn Henry und seine alte Mutter, Großmutter Gerda, bestimmen durften. Svartviken war der Ort, an dem wir lange Jahre ein Sommerhaus gemietet hatten, ich glaube, insgesamt waren es zehn. Es war eine kleine Bucht an einem Binnensee im nördlichen Tavastland, in einer Gegend, in der sich die weiße und die rote Seite im Bürgerkrieg knapp sechzig Jahre zuvor schwere Gefechte geliefert hatten.

Svartviken war nicht unbedingt etwas, womit man hätte angeben können. Ein einfaches Holzhaus nur, wenn auch in Ufernähe, mit grün gestrichener Bretterverkleidung und einem schwarzen Dachpappendach. Es gab ein Plumpsklo ein paar Meter den Hügel hinauf, und direkt am Ufer, fast an der Wasserlinie, lag eine enge Sauna: keine Umkleide, nur ein Waschraum mit einem eiskalten Zementboden und eine Sitzbank, die so schmal war, dass zwei nicht allzu umfangreiche Menschen gleichzeitig auf dem höchsten Absatz Platz nehmen konnten. Das Ufer war ein schmaler Streifen, zunächst seicht mit steinigem Grund, aber dahinter wurde das Wasser jäh tief. Ein langer und klappriger Pontonsteg führte ins Tiefe hinaus, wenn man nicht hinauswaten wollte, und der Steg endete an einer Leiter, die senkrecht in das dunkle und undurchdringliche Wasser hinabführte. Zur Uferregion gehörte zudem ein Erlendickicht, das effektiv alle Mücken in der näheren Umgebung anzog, die zahlreich vertreten und blutdürstig waren. Dort stand auch ein hübscher Räucherofen aus dunkelroten Backsteinen, den der Vermieter Kuokkanen eines Winters auf Henrys Wunsch gemauert hatte und in dem wir die Barsche und Brachsen räucherten, die mein Vater angelte.

Am Ufer, an einer Birke vertäut, die schief gewachsen war und übers Wasser hinaushing, lag außerdem ein schmales Ruderboot, in dem Henry bei Regen fischte und in dem ich zu dem kleinen Eiland Lilla Ön hinausruderte, das mitten in der Bucht lag und eine glatte und flache Uferfelsenplatte hatte, die abgewandt vom dicht besiedelten Nordufer lag. Dieser Fels auf Lilla Ön war an heißen und sonnigen Tagen mein Zufluchtsort. Wenn die Sonne schien, angelte Henry nicht, dann gehörten das Ruderboot und Lilla Ön mir; dorthin konnte ich mich mit meinen Büchern zurückziehen und später mit meinen Pornos, als diese Zeit anbrach.

Svartviken hatte gewisse Nachteile, aber es war dort besser als ein Sommer in der Stadt. In meinen ersten Schuljahren gab es auch solche. Als ich ganz klein war, hatten wir eine alte Gesindehütte in Mattby in Esbo gemietet, direkt vor den Toren von Helsingfors. Wir mieteten sie einige Sommer, aber die städtische Bebauung breitete sich aus wie ein Virus, und irgendwann gab der Bauer auf und verkaufte. Wo einst sein Hof gelegen hatte, standen nun Reihenhäuser und teure Villen.

Tante Meeris Mann – später Exmann – Altti hörte von Mustalahti zwischen Ruovesi und Kuru. Altti kannte den Ortsansässigen Toimi Kuokkanen aus seiner Jugend, wir erfuhren nie, woher, landeten aber jedenfalls auf Vermittlung Alttis dort oben. Warum Henry und Leeni nie ein eigenes Sommerhaus kauften, weiß ich nicht, vielleicht war die Wohnung in Tallinge durch zu hohe Kredite belastet. Während der letzten Sommer in Svartviken hörte ich sie diskutieren, ob es denkbar wäre, dass Kuokkanen sich einverstanden erklären würde, die Parzelle zu verkaufen, statt sie nur zu vermieten, aber dabei blieb es, und kurz darauf begleitete ich sie nicht mehr dorthin, und dann kam der Frühsommer, in dem unser Leben zusammenbrach.

Solange alles gut war, oder zumindest unter Kontrolle, war Svartviken ein Ort, an dem Henry und Leeni mehr sie selbst waren als in Tallinge. Oder vielmehr – ich merke, dass es mir schwerfällt, die richtigen Worte zu finden – ähnlicher den Menschen, die sie einmal gewesen waren oder zumindest hatten werden wollen. Und paradoxerweise harmonierten sie auch besser, je mehr jeder zu sich fand, sie gingen stärker aufeinander ein, waren aufmerksamer, mehr eins. Während der Wochen in Svartviken sah ich sie zärtlich miteinander umgehen. Ein kurzes Streicheln über eine bloße Schulter. Ein flüchtiger Kuss auf den Mund. Zwei Stirne, die scherzhaft gegeneinander stießen – Henry und Leeni waren exakt gleich groß, aber weil Leeni so hager war, wirkte sie größer, während Henry mit den Jahren immer korpulenter wurde. Als ich mich mitten zwischen Kindheit und Jugend befand, so sehr Kind, dass Leeni noch hereinkam und das Licht löschte und mir eine Gute Nacht wünschte, so viel Jüngling, dass mich bereits alle möglichen seltsamen Gedanken beschäftigten, fantasierte ich oft über eine Schwester oder einen Bruder, wenn sie ihre Bierflaschen und Handtücher nahmen, um ein nächtliches Saunabad zu nehmen. Aber ich bekam niemals Geschwister.

Meine Eltern waren keine Familienmenschen, aber nach Svartviken kamen die Verwandten immerhin öfter als nach Tallinge. Beide Großmütter kamen jeden Sommer. Großmutter Gerda kam, solange sie lebte – sie starb, als ich dreizehn war –, während uns Leenis Mutter Raili und ihr Mann besuchten, solange wir das Haus mieteten: Sie wohnten oben in Uleåborg, so dass Svartviken ungefähr auf halbem Weg zwischen ihnen und Helsingfors lag. Großväter gab es nicht. Mein Großvater mütterlicherseits war im Krieg gefallen, als Raili mit Leenis kleiner Schwester Meeri schwanger war, und Großvater Axel starb, als ich klein war, und auch sein Tod hing mit dem Krieg zusammen, Granatsplitter waren in seinem Körper gewandert und hatten ein Blutgerinnsel ausgelöst.

Auch Tante Meeri kam jeden Sommer. Anfangs kam sie mit Altti und den Kindern, später nur noch mit den Kindern: Sie hatte sich scheiden lassen, ihren Mädchennamen wieder angenommen und hieß nun Flinck. Meine Kusinen und Cousins Sami, Merja und Jukki waren alle jünger als ich. Meine Aufgabe war es, Tischtennis und Badminton mit ihnen zu spielen, und in der ersten Zeit nahm Henry mich regelmäßig zur Seite, zwinkerte mir zu und gab mir den Rat, von Zeit zu Zeit einen Satz zu verlieren. Bis ihm klar wurde, dass ich gegen die drei auch dann verlor, wenn ich wirklich zu gewinnen versuchte. Meeris und Alttis Kinder waren alle motorisch begabt und hatten ein ausgeprägtes Ballgefühl, ich verlor sogar gegen Merja, die ein Mädchen und drei Jahre jünger war als ich. Ich müsste lügen, wenn ich behaupten würde, dass dies Henry nicht bedrückte.

Interessant an Großmutter Gerda und Raili war, dass sie zwar sehr unterschiedlich waren, aber eins gemeinsam hatten: eine vage, aber dennoch markante Unzufriedenheit mit Henrys beziehungsweise Leenis Wahl des Lebensgefährten. Gerda und Raili versuchten natürlich, ihre Meinung zu verbergen, aber sie wurde trotzdem deutlich, zum Beispiel, wenn uns eine von ihnen Weihnachten oder Ostern besuchte, aber am deutlichsten wurde sie in dem kleinen Häuschen in Svartviken, wo wir so eng zusammengepfercht waren. Gerda und Raili konnte man nicht zusammenführen, Gerda sprach kaum Finnisch und Raili ein reichlich holpriges Schwedisch, außerdem war Gerda tief religiös, während Raili Atheistin und Sozialdemokratin war. Deshalb kamen sie uns nacheinander besuchen, was gerecht war: Hatte Leeni gerade eine Woche hinter sich, in der sie sich Gerdas säuerliche Anspielungen anhören musste, wusste sie, dass bald Henry an der Reihe sein würde, und umgekehrt.

Die Unzufriedenheit der Matriarchinnen machte sich unterschiedlich bemerkbar. Gerda beschränkte sich darauf, über Leenis Kochkünste zu klagen und sich Sorgen darüber zu machen, ob ich jemals richtig Schwedisch lernen würde: Ich sprach damals einen Slang, in dem ich finnische und schwedische Worte kunterbunt mischte, wie es gerade passte. Was Raili betraf, so war Henrys Sturheit oft Wasser auf ihre Mühlen. Charley Pride und T. S. Eliot waren nämlich auch in Svartviken aktiv, und keiner von beiden wollte nachgeben. Wenn Ausflüge geplant wurden, wollte Leeni ihre Gäste zu Maler Gallen-Kallelas Landatelier oder in das Kirchdorf Ruovesi mitnehmen, um die Quelle zu bewundern, an deren Wasser der Nationaldichter Runeberg geträumt hatte, als er als junger Hauslehrer in dem Kirchspiel tätig war, während Henry zu Orten mit spannenden Namen wie *Höllenschlucht* und *Räubergrube* fahren wollte. Das einzige Ausflugsziel, auf das sich Leeni und Henry einigen konnten, war ein der Legende nach bodenloser See namens Toreseva in Virdois. Es nützte nichts, Raili verhöhnte Henry trotzdem wegen seiner Vorliebe für bäuerisch-derbe Vergnügungen.

Großmutter Railis Mann Matti war Ingenieur und einer dieser kulturell interessierten Menschen, die das Bücherregal mit einer Nationalenzyklopädie in sechzehn Bänden, einer Vase von Alvar Aalto, eigenen Auszeichnungen und Orden, Werken ausgewählter Nobelpreisträger sowie der letzten Auflage des *Wer ist wer?* füllen. Matti und Henry verstanden sich nicht besonders gut. Während meines letzten kompletten Julis in Svartviken gab es ein Sonntagsessen, bei dem die Erwachsenen es sich bei Steaks und Wein gut gehen ließen. Als Henry den Korkenzieher in die vierte Flasche Wein schraubte, sah ich, dass er sich gleichzeitig sammelte, um einen Witz zu erzählen, tief in ihm perlte bereits das Lachen: »Kennt ihr den über den finnischenVolksvertreter, der irgendwo in Europa auf einem Souper ist und rülpst …?«, setzte mein Vater an, und ich erinnere mich noch heute an die Wut und das Entsetzen in den Augen meiner Mutter. »Nein«, sagte Großmutter Raili kurz, und Ingenieur Matti fügte mit wennmöglich noch trockener Stimme hinzu: »Erzähl ihn ruhig.« Henry erzählte, und ich spürte die eisige Kälte, die Raili verströmte, als sie ihre älteste Tochter mit einem Blick musterte, der sagte: *Und ich dachte, ich würde einen vornehmen Schwiegersohn bekommen, als du einen Schweden geheiratet hast, und dann habe ich den da bekommen.*

Mehr als alles andere war Svartviken jedoch mein Versteck, mein Märchenland, ein Wildnislabor für das Schreiben, das ich vorerst lediglich als einen Kitzel spürte, als eine Ahnung in manchen Winternächten, wenn ich von den Everis nach Hause ging und den Schnee herabtaumeln und das gesamte Bahnhofsgelände in Tallinge in eine stille weiße Decke hüllen sah, oder an gewissen Sommerabenden, wenn ich die Sonne in einer Kaskade aus Rot hinter den Feldern des Hofs Angervonniemi am westlichen Ufer Svartvikens untergehen sah. In Svartviken waren die Gäste bloß Pflicht und Staffage, sie bedeuteten ein langes Warten auf die nächste Gelegenheit, bei der ich das Ruderboot nehmen und im Morgengrauen oder in der Abenddämmerung hinausrudern durfte, um mitten auf dem See zu sitzen, im Boot, ganz still, allein, und den fernen Motorengeräuschen von Booten in angrenzenden Buchten und Autos auf der fast fünf Kilometer entfernten Landstraße zu lauschen.

Ich erinnere mich an die wolkenverhangenen Tage, wie feucht und still sie waren, und dann, nachmittags, kühlte sich die Luft ab und der Regen rieselte, und gleichzeitig stieg Rauch aus den Schornsteinen der kleinen Häuser und Saunen auf den knapp bemessenen Parzellen am nördlichen Ufer der Bucht. Wenn ich etwas wählen müsste, was mich am besten in jene Zeit zurückversetzt, wenn ich einen einzigen Erinnerungsabdruck unter den Hunderten von Melodien, Bildern und Geschmackseindrücken wählen müsste, die mir zur Auswahl stehen, dann würde ich den Geruch von brennendem Holz in Svartviken an einem kühlen und verregneten Sommernachmittag wählen. Und ich füge den Anblick einer spiegelblanken grauen Wasserfläche und des Rauchs hinzu, der aus Schornsteinen aufsteigt und sich auflöst, ich füge die fernen, murmelnden Stimmen hinzu, die Menschen auf Hausgrundstücken rund um die ganze Bucht gehören, Menschen, die Holz hineintragen oder umhergehen und Strandspielzeug einsammeln und Sonnenstühle zusammenklappen, um sie so davor zu bewahren, von Wasser durchtränkt zu werden.

Manchmal wurde diese Stille übereilt von meinem Vater und anderen Fischern durchbrochen, die mit Petri Heil gesegneten Fängen rechneten, weil die Hitze vorbei war. Blutdürstig schoben sie ihre Ruder- und Motorboote von den Ufern und machten sich auf den Weg zu Lilla Ön und zu den Untiefen und Schilfbuchten auf der anderen Seite der Landzunge Angervonniemi. Aber dann entfernte ich mich vom Ufer und ging in den Wald. Das Geräusch der Außenbordmotoren hörte man zwar auch dort, doch es wurde schwächer, und das Klatschen von Henrys Rudern verschwand, und ich dachte nicht mehr an Regenwürmer, deren Körper von Haken durchbohrt wurden, oder an zarte Fischmäuler, die von ihnen perforiert wurden, sondern an die Freiheit, die darin lag zu leben und leben zu lassen, und der würzige Rauchduft von den Schornsteinen am Ufer vermischte sich mit den Aromen der regennassen wilden Himbeersträucher im Wald.

Ebenso deutlich wie an die Regentage erinnere ich mich an Hitze und Sonne, die ganze Welt verwandelt in einen angenehm stumpfsinnigen Müßiggang, das Wasser der Bucht warm wie in einer Badewanne, und an mich, der ich bäuchlings auf dem klapprigen Steg liege und zwischen den Bretterritzen ins Wasser hinabstarre, das ausnahmsweise nicht dunkel brütet, sondern hellbraun, fast schon gelblich ist. Ich sehe die Barsche dort unten, sie tragen grüngestreifte T-Shirts, haben Glotzaugen und rote Flossen, sie sehen nett aus, stehen vollkommen still, wirken genauso träge wie ich, nur ihre Bauchflossen bewegen sich gemächlich, als ließe eine Strömung die Flossen schwanken, und ich grübele, warum Henry sich so danach sehnt, diese Barsche zu überlisten, ihnen das Genick zu brechen, sie zu räuchern. Und denke an Henrys albernen kleinen Sanyo-Fernseher, den er wegen der Sportübertragungen nach Svartviken hinausgeschleppt hat, und an seine Enttäuschung, als ich mich nicht dafür interessiere, nicht die Bohne, nicht für die Olympischen Spiele und nicht für die Fußball-WM und nicht für die Leichtathletik-EM und nicht für den traditionellen Leichtathletikländerkampf gegen Schweden. Es sind die Jahre, behauptet der Mythos, in denen *alle* finnischen Jungs Langlauf trainieren und Lasse Viren oder Juha Väätäinen oder alle beide werden wollen. Ich nicht. Ich bin altklug und faul und liege auf unserem Steg in der Sonne und lese Ray Bradbury und Arthur C. Clarke, und

Svartviken und Umgebung liegen nicht auf der Erde, sondern auf dem Planeten Klaxon KX 380, dies ist das Ende der Kindheit, die Welt stürzt ein, wer weiß, was für Wesen in den anderen kleinen Häusern rund um den See hausen, wir kennen doch fast niemanden, grüßen nur steif und desinteressiert, wenn wir uns an der Kreuzung begegnen, an der die fahrenden Lebensmittelhändler halten, und in diesen letzten Sommern, wenn ich mit Leenis geflochtenem Einkaufskorb an den Briefkästen stehe und auf den Verkaufswagen warte, sehe ich durch die Ritzen im Geäst der Laubbäume, wie er sich in Todesstille und bedrohlich auf der Straße nähert, die am Feldrand entlangläuft. Immer näher kommt er, der Verkaufswagen, aber kein Mucks dringt an mein Ohr, ich höre nur die trockenen Espen im Wind rascheln und sehe vor mir, dass der Wagen von Weltraumwesen gekapert wurde, die eine Friedensbotschaft überbringen, aber leider mit Klumpfuß, Hörnern und Schwanz ausgestattet sind, oder es ist noch schlimmer, viel, viel schlimmer, denn in diesem Verkaufswagen befindet sich ein irrer Massenmörder amerikanischen Zuschnitts, einer von der Sorte, über die Truman Capote und andere häufig schreiben. Denn inzwischen leihe ich mir in der Stadtteilbücherei in Tallinge jede Menge Bücher aus, und im Juli fahren Leeni, Henry und ich zur Stadtbücherei in Ruovesi und Virdois, wo es allerdings nichts auf Schwedisch und auch keine Buchhandlungen gibt, so dass ich finnische und englische Musikzeitschriften kaufe, und ich kaufe Bücher, ich lese alles, was mir in den mir geläufigen Sprachen in die Finger kommt, und bin abwechselnd aufgewühlt und aufgeregt und aufgeschreckt: Es gelingt mir nie, meine Gefühle in Worte zu fassen, die ich in mir trage, zu fassen bekomme ich nur dieses Gefühl von *auf*, davon, dass es in meinem Inneren kribbelt. Und ich fahre noch immer nach Svartviken hinaus, ein paar Sommer noch fahre ich dorthin, wenn ich nach meinem Ferienjob frei habe. Aber ich bin ungeduldig geworden, ich genieße es nicht mehr, jeden Nachmittag um drei auf der Südseite der Bucht den Binnenseedampfer s/s Jäminki vorübergleiten zu sehen. Viele Jahre habe ich diesen Moment als pure Magie erlebt: aus anderthalb Kilometern Entfernung den Rauch aus dem Schornstein der Jäminki aufsteigen zu sehen, den Bruchteil einer Sekunde, bevor das traurig tutende Geräusch das Nordufer erreicht, den Dampfer weiter über das Wasser gleiten und hinter der Landzunge Angervonniemi verschwinden zu sehen und zu wissen, dass er auf dem Weg nach Tammerfors ist, zu einer richtigen Stadt mit Straßen, Geschäften und Cafés, während man selbst in einem Sommerhaus an dieser Svartviken genannten Bucht bleibt und versucht, unter Weltraumwesen und amerikanischen Massenmördern zu überleben. So habe ich es empfunden, wie ein etwas beängstigendes, aber auch schönes Märchen, aber jetzt ist Schluss mit dem Märchengefühl, jetzt klagt die Dampfpfeife der Jäminki darüber, dass die Jahre bereits schneller vergehen, und ich werde daran erinnert, dass das Leben gelebt werden will, und das letzte Mal fahre ich nicht mit Henry und Leeni nach Svartviken, stattdessen fahre ich an einem Augustwochenende mit Eva Mansnerus hin, und wir haben uns den Audi ihres Vaters geliehen, und Eva fährt, denn ich habe noch keinen Führerschein, ich will mich gerade erst in der Fahrschule anmelden. Aber bis dahin ist es noch eine Weile, dazu kommt es später, als auch Tallinge dabei ist, für uns alle ein abgeschlossenes Kapitel zu werden, dazu kommt es, als Eva einen Trauerfall in der Familie zu beklagen hat und ich selbst bereits – allerdings noch völlig ahnungslos – kurz davorstehe, etwas zu erfahren. Noch ist also Zeit, noch bin ich auf dem See und lausche der Stille und sehe die Sonne hinter dem Hof Angervonniemi untergehen, noch sitze ich mit dem Ohr am Transistorradio und höre Programme wie Papperlapop und Musikbox und lerne eine

Menge finnischer Liedzeilen auswendig, Zeilen wie *Vater ging nach Schweden, Mutter flog in den Himmel* und *Wir gingen balgend in die Küche, kamen rückwärts in den Flur* und *Zwei flogen übers Kuckucksnest, ich genau wie sie*, und in diesen Jahren passiert etwas mit mir. Sicher, ich bin eigentlich immer lieber allein, aber es geht noch um etwas anderes, wodurch Pete Everi und ich uns immer besser verstehen und meine Klassenkamerden in der SGT und ich immer schlechter. Ich nehme an, dass ich es ohnehin in mir gehabt hätte, ich nehme an, dass ich es von Leeni und Raili und Meeri und all den anderen finnischen Verwandten mütterlicherseits hatte. Aber ich weiß, dass Svartviken – aber wen täusche ich eigentlich, *Mustalahti* heißt der Ort natürlich – alles beschleunigte, so dass es, als ich anfing, Bücher und anderes auf Schwedisch zu schreiben und man von mir erwartete, dass ich mich zu Mumintrollen und schwedischen Troubadouren wie Evert Taube und einer Menge anderer schwedischer Dinge bekennen würde, zu spät dafür war: Es war nicht da, und ich konnte auch nicht so tun als ob, ich bin nicht besonders gut darin, mich zu verstellen. Es ist mir jedoch nie gelungen, es jemandem zu erklären. Nur Pete Everi, der im Sommer 1973 zwei Juliwochen in Svartviken wohnte, kann es verstehen. Und Eva Mansnerus natürlich.

* * *

Stop-Rew-Play-Fwd-Rec
– unser Kassettenrekorder auf dem Rosari

Pete Everi und ich gaben den Versuch, richtige Eishockeyspieler zu werden, schon bald wieder auf. Aus meinem zweiten Winter in Tallinge sind mir keine Spiele in Erinnerung geblieben, nur Petes geniale Geschäftsidee im nächsten Frühjahr. Ende März bewachte er wie ein Habicht die Eisbahn und schien ein übertriebenes Interesse an Wetterberichten zu entwickeln. Nach regnerischem Beginn war es ein schneereicher Winter geworden, sodass sich die Schneewälle rund um den Platz der Finnischen Gemeinschaftsschule hoch auftürmten, und als die Sonne länger schien und die Schneeschmelze endgültig einsetzte, war Pete plötzlich da, ausgerüstet mit diversen Blecheimern, die er sich im Stationsvägen 12 vom Hausmeister geliehen hatte. Pete sammelte Pucks. Anfangs lachte ich ihn aus, aber als ich seinen Vorrat im Keller von Treppenhaus B sah, lachte ich nicht mehr. Eishockey war unglaublich beliebt geworden, in jedem neuen Winter gab es mehr Spieler. Und die Pucks waren nicht teuer, weshalb kein Mensch große Lust hatte, lange im Schnee zu graben, wenn sie darin verschwanden. Pete hatte drei Eimer verlorener Pucks zusammengetragen, die im Geschäft fast eine Mark kosteten, und erklärte, dass er sie im Herbst für vierzig oder fünfzig Pfennig pro Stück und ohne Mengenrabatt verkaufen würde. Und das machte er und kaufte sich viele Flaschen Persiko und Kellergeister für das Geld.

Im Herbst 1974 versammelten sich Pete und seine Freunde Jami Johansson, Ride Suikkanen, Klasu Barsk und einige andere vom selben Hof bereits oben auf dem Mount Rushmore alias Rosari, mit allem, was dazugehörte. Ich selbst fürchtete mich vor Jami und Ride und den anderen Jungs vom Stationsvägen, außerdem nahm die Beschattung von Eva Mansnerus eine Menge Zeit in Anspruch. Aber natürlich stieg auch ich auf den Rosari hinauf. Ich ging wochentags an den Nachmittagen, an denen Eva durch die Maschen meines Netzes geschlüpft und verschwunden war, dorthin und an den Freitag- und Samstagabenden, wenn ich nicht in einem der Einfamilienhäuser zu einer Fete eingeladen war. Was allerdings so gut wie nie vorkam, da ich nicht zu denen gehörte, die von den Typen in den Häusern eingeladen wurden, es sei denn, die Fete war so groß, dass die ganze Schule da war.

Make, der jüngere von Petes größeren Brüdern, und Makes bester Freund Pot-Pesonen und ein paar andere von den Älteren hingen in jenem Herbst auch noch auf dem Hügel herum, sie verbissen sich in dem, was einmal gewesen war, und versuchten, vor uns jüngeren Don Corleone und seine Männer zu geben. Das hätte funktionieren können, denn Makes Gang bestand aus Burschen, die wirklich gefährlich waren, Burschen, deren Hosengürtel auf der Innenseite immer geölt und nur durch zwei Schlaufen gezogen waren, damit sie die Gürtel möglichst schnell zur Hand hatten, wenn es eine Schlägerei gab.

Make Everi war der Anführer, er musste sich nur selten prügeln und rauchte lieber Haschisch. Die anderen in seiner Gang schlugen sich in seinem Namen und taten es gerne und schonungslos. Darin unterschied sich Makes alte Rosari-Gang von Petes neuer. Jami, Ride und die anderen harten Typen in Petes Gang prügelten sich auch, aber nur gelegentlich und fast immer wie Gentlemen. Wenn jemand zu Boden ging und liegen blieb, war der Kampf vorbei. Zwei Burschen aus Makes Gang hätten dagegen um ein Haar einen Jungen aus Mattisbacka erschlagen, als die alte Rosari-Gang im Frühjahr 1971 auf eine Gang aus dem Einkaufszentrum von Mattisbacka prallte. Die beiden hatten noch mit Ketten und Brennballschlägern auf den Jungen eingedroschen, als er längst regungslos auf der Erde lag, und er hatte eine ganze Nacht auf der Intensivstation verbracht, bis die Ärzte mitteilen konnten, dass er außer Lebensgefahr war. Zum Glück wurde das Opfer wieder völlig gesund, was die Urteile für die Übeltäter milderte: Trotzem hatte man sie zu vielen Monaten Jugendhaft verurteilt, und danach waren sie nie mehr nach Tallinge zurückgekehrt.

Im Herbst vierundsiebzig, als Pete und seine Gang übernahmen, waren die Kräfte von Makes Gang bereits erschöpft. Es erscheint einem idiotisch, es so zu formulieren, denn Make und seine Freunde waren erst achtzehn, neunzehn Jahre alt. Aber sie tranken täglich Bier und Schnaps und rauchten Gras und warfen Pillen ein und waren bei alten Platten von Black Sabbath und Colosseum hängen geblieben und hatten für nichts anderes mehr Energie. Als sich im November endgültig die herbstliche Dunkelheit und der Nebel herabsenkten, gab Makes Gang den Rosari kampflos auf, so dass es nie zu einem Kräftemessen zwischen den Brüdern Everi kam, Make, Pot-Pesonen und die anderen marschierten gehorsam zum Einkaufszentrum und schlugen ihr Lager stattdessen in der Kneipe Männynlatva auf, immerhin waren sie fast alt genug und alle im Besitz gefälschter Papiere, die sie mit einem Augenzwinkern Tölpel-Hakala vorlegten, dem riesenhaften und gutmütigen, aber nicht sonderlich hellen Türsteher der Wirtschaft. Und dort blieben sie dann, Make, Pot-Pesonen und viele andere, sie kamen nie mehr los vom Männynlatva. Aber das ist eine andere und ziemlich tragische Geschichte.

Auf die Sache mit den Ortsnamen gehe ich wohl am besten jetzt ein. Auf der einen Seite der Eisenbahnlinie gab es also die Hochhaussiedlung. Und dann gab es das Einkaufszentrum Tallinge mit Supermärkten und Helanens Lampenladen und einen Zeitschriftenhandel und einen Herrenfriseur und den Damensalon Marketta und das Chemikaliengeschäft Maire, und schließlich die Banken: die Nationale Aktienbank, die Finnische Arbeitersparkasse, die Sparkasse Helsingfors und die Postbank. Darüber hinaus gab es einen staatlichen Alkoholladen und natürlich das Männynlatva. Außerdem eine Würstchenbude, an der nachts hungrige Betrunkene Schlange standen, wenn das Männynlatva seine Pforten schloss, bis es unweigerlich zu Streit und Schlägereien kam: Häufigster Auslöser war, dass jemand seinen Platz in der Schlange verlassen musste, um pinkeln zu gehen. Wenn er zurückkehrte, behaupteten die anderen, dass er dort gar nicht gestanden hatte, und forderten ihn auf, sich ganz hinten anzustellen und das Maul zu halten.

Auf der anderen Seite der Eisenbahnlinie lag ein Areal mit steil aufsteigenden Felsen, das auf alten Karten den Namen Ormberget, Schlangenberg, trug. Es waren mächtige Felsen, und die höchsten Kuppen lagen auf einer Höhe mit den Hochhäusern auf der anderen Seite der Gleise. Es gab mehrere senkrechte Abgründe, und wenn man bedenkt, wie da oben gesoffen und Drogen konsumiert wurden, grenzt es an ein Wunder, dass erst in den Achtzigerjahren jemand abstürzte.

Die erste Generation von Jugendlichen in Tallinge – Pete Everis älteste Geschwister Juha und Minna gehörten dazu – hatten sich überhaupt nicht für die Felsen interessiert, sie stiegen niemals hinauf und gaben der Anhöhe auch keinen Spitznamen. Make Everi und seine Freunde hatten den Schlangenberg dagegen für sich beansprucht. Irgendwann Ende der sechziger Jahre fingen sie an, dort oben Bier zu trinken und Gitarre zu spielen, vorzugsweise im Sommer. Aber auch im Winter wurde der Schlangenberg für alles Mögliche genutzt, seine steilen Böschungen wurden in Rodelhänge umfunktioniert, und der steilste von ihnen bekam Schneewälle, woraufhin der Hang mit Wasser besprüht wurde und zu einer gefährlich schnellen Eisrinne für die Waghalsigsten wurde.

Einer der Hänge unterschied sich von den anderen. Er hatte in der Mitte einen zusätzlichen Absatz, einen zwei Meter hohen Felsblock, der nicht in den Steilhang eingekeilt war und so eine perfekte Rampe für jemanden bildete, der skispringen wollte. Nach der Landung führte der Hang bis zum Eisenbahnzaun hinunter, wo er abflachte, ohne dass der kleinste Baum oder Strauch im Weg stand. Der Felsblock wurde *die Schanze* getauft. Im Winter wurden dort improvisierte Wettkämpfe organisiert, und im Sommer war *die Schanze* perfekt geeignet, um sich an den Fels zu lehnen, wenn man sauren Wein trank, Kassetten hörte und rauchte, was man eben so rauchte.

Bei einer solchen Gelegenheit verspürte Pesonen, Make Everis Freund seit dem ersten Schuljahr, ein natürliches Bedürfnis, nachdem er binnen einer knappen halben Stunde ein Haschpfeifchen geraucht und sich eine Flasche Liebfrauenmilch hinter die Binde gekippt hatte. Pesonen wankte ein Stück die Böschung hinunter, um Wasser zu lassen, und hatte auf dem Rückweg eine Offenbarung. Der Felsblock war glatt und oben ein wenig gerundet, und an seiner Vorderseite, wo die Mitglieder der Gang wie üblich an die raue und mannshohe Wand gelehnt saßen, gab es zwei symmetrisch liegende Aushöhlungen, zwei dunkle, bogenförmige Linien, die mit etwas Fantasie zwei fast perfekte Kreise auf gleicher Höhe bildeten. Pesonen rührte sich nicht vom Fleck und begriff nicht, wie er sich so oft an dem Felsen hatte aufhalten können, ohne das Selbstverständliche zu sehen.

Ein Scheitel, eine Glatze, und darunter eine große Brille.

Urho Kekkonen. Urkki. UKK. *The Prez.*

Pesonen rief die anderen zu sich, und da dies an einem Freitagabend im Juli geschah und keiner auch nur ansatzweise nüchtern war, wurde ihm eifrig zugestimmt. Alle sahen das Gleiche: Die Natur hatte die Büste eines großen Mannes erschaffen oder vielmehr ein Relief, das den immer wiedergewählten Präsidenten, den Doktor der Rechte Urho Kaleva Kekkonen so subtil und zugleich originalgetreu abbildete, wie es keinem sozialrealistischen Bildhauer jemals gelungen war, Lenin, Stalin oder Marx zu gestalten. Make Everi, der ein guter und gescheiter Schüler gewesen war, ehe er Gefallen an Stimulantien und am Landstreicherleben gefunden hatte, erinnerte die anderen daran, wie passend dies war, denn Tallinge gehörte zu den Vororten von Helsingfors, denen Kekkonen einen Besuch abgestattet hatte: Der Präsident hatte bei der Eröffnung des Einkaufszentrums im Herbst vierundsechzig das Band durchschnitten. Auch Pave Pesonen war nicht auf den Kopf gefallen, auch er konnte wie Make auf eine Vergangenheit als Streber zurückblicken, und so legte sich nun ein verklärtes Licht auf sein Gesicht. »Mount Rushmore«, sagte er, »der Ort in den USA, an dem vier Präsidenten aus dem Fels gemeißelt wurden.« »Jep, in South Dakota«, flankierte Make in einem schwachen Echo jener Rivalität, die es zwischen ihm und Pesonen gegeben hatte, als sie noch darum wetteiferten, ihre strengen Volksschullehrerinnen zu beeindrucken.

Nach diesem Juliabend war *die Schanze* nicht mehr irgendein beliebiger Fels, sondern *die Kekkonen-Schanze*, als eine Art Kompensation dafür, dass es sich nur um einen Felsblock handelte und nicht um eine richtige Schanze, wie es sie in den Stadtteilen Hertonäs und Rönnbacka gab. Und der Schlangenberg hieß fortan Mount Rushmore, was schon bald zu Rosari verkürzt wurde. Und Pave Pesonen wurde nicht mehr Pave, sondern Pot-Pesonen genannt, und diesen Spitznamen wurde er zeitlebens nicht mehr los.

Am besten ist mir in Erinnerung geblieben, wie kalt es da oben war. Der Rosari war selbst im Sommer ein kühler Ort, die Felsen waren kahl, es gab nur wenige Spalten, in denen man Schutz suchen konnte, und es war dort extrem windig. Wer auf dem Rosari vögelte, war hinterher immer erkältet. Im Herbst, Winter und Frühling waren die Verhältnisse regelrecht peinigend. Heulender Wind, kühler Herbstregen, ein sterbender Winter, der sich noch im April zu plötzlichen Schneematschattacken aufraffte. Es rankt sich ein Mythos um die erste Hippiegeneration – Eva Mansnerus' Tochter Nadia zählt zu meiner Verblüffung Eva und mich dazu –, in dem es um Sonne und Himmel und laue

Parks geht, es geht um weichliche Typen, die echte Müslifresser sind, und um Mädchen mit Tunikas und nackten Beinen, es herrscht ewiger Sommer in verblassenden Technicolor-Farben, und im Hintergrund spielen Nick-Drake-ähnliche Liedermacher Gitarre und singen sanfte Lieder mit Titeln, die alle ein Codewort für Marihuana sind. Ich sah nicht viel davon. Im Gegenteil, entscheidend war, seine Handschuhe nicht zu vergessen. Und die Mädchen, die darauf bestanden, mit nackten Beinen herumzulaufen, bekamen eine britisch bläulich blasse Farbe im Gesicht und auf Waden und Oberschenkeln. Außerdem hörte kein Schwein Nick Drake, der zur selben Zeit zu Hause lag, an Depressionen starb und Fingernägel hatte, die so lang waren, dass er nicht mehr Gitarre spielen konnte.

Aber wir gingen trotzdem auf den Rosari und hockten fast jeden Abend dort. Denn wo hätten wir sonst sitzen sollen?

Abgesehen davon ist mir aus der ersten Rosarizeit in Erinnerung geblieben, dass Pete Everi damals mein Gitarrenlehrer war. Ich hatte zu Weihnachten eine akustische Gitarre geschenkt bekommen, eine Landola. Pete besaß sowohl eine akustische als auch eine E-Gitarre, Letztere war eine billige japanische namens El Maya. Wir nahmen die Sache sehr ernst. Pete kam jeden Mittwochnachmittag zwischen vier und fünf zu mir nach Hause, wir saßen eine Stunde in meinem Zimmer und arbeiteten diszipliniert. Pete ist immer streng gewesen, schon damals, er gab mir sogar Übungsaufgaben auf. Er wurde jedes Mal bezahlt, bekam sieben Mark und fünfzig Pfennig in bar. Normalerweise gab Leeni ihm das Geld, Henry war so früh fast nie zu Hause.

Pete spielte bereits in mehreren Bands. Er, Jami Johansson und Lare Nisonen bildeten ein Hardrocktrio, das im Stationsvägen 20 in einem Kellerraum probte, außerdem spielte er in einer Schülergruppe mit, die der Musiklehrer seiner Schule, Kantor Pyykkö, ins Leben gerufen hatte. Pete hatte seine Maya auf Raten gekauft, der Lohn für die Unterrichtstunden sollte seine Raten begleichen. Einem anderen Plan zufolge würde ich so gut werden, dass wir gemeinsam eine Band gründen konnten. Anfangs waren wir Feuer und Flamme. Noch im Frühjahr und Vorsommer 1975 nahmen wir manchmal unsere akustischen Gitarren auf den Rosari mit und saßen dort und jammten, bis sich nach und nach die Gang versammelte und die ersten Flaschen klirrten. Dann verlor Pete jedoch die Lust, was an mir lag: Ich machte keine Fortschritte, ich wurde einfach nicht besser darin, den Rhythmus zu halten oder Melodien und Soli zu spielen. Pete gab mir immer leichtere Stücke auf, aber es nützte alles nichts. Nichts wollte mir gelingen, nicht einmal *Tom Dooley* oder das alte *Apache* von den Shadows klang richtig bei mir. »Ich weiß nicht, was mit dir los ist«, sagte Pete, »ich sehe doch, dass du es versuchst, aber es kommt nur Geklimpere und Krach dabei heraus.« Am Ende beschlossen wir gemeinsam aufzugeben, es war uns wichtiger, unsere Freundschaft zu bewahren, und Pete hörte auf, zu uns zu kommen und seine siebenfünfzig zu kassieren, Geld, wegen dem er zu allem Überfluss ein schlechtes Gewissen gehabt hatte: Da sein Schüler keine Fortschritte machte, fand er nicht, dass er seinen Lohn verdient hatte.

Ich versuchte, auf eigene Faust weiterzumachen, erkannte aber mit der Zeit, dass ich nie ein guter Gitarrist werden würde. Ich hörte nicht ganz auf, beschränkte mich aber auf die Akkorde, die ich beherrschte, und spielte immer seltener. Und trotz all des guten Willens auf beiden Seiten hatte die Freundschaft zwischen mir und Pete wohl doch unter diesen Unterrichtsstunden gelitten. Damals gründete Pete eine Band nach der anderen, so dass es mir zeitweise so vorkam, als würde er mindestens eine Gruppe im Monat ins Leben rufen. Manchmal bildete er eine Band mit Typen wie Ride Suikkanen und Klasu Barsk, die ihre Instrumente – Keyboard und Bass – mindestens genauso schlecht beherrschten wie ich meins. Als ich Pete darauf ansprach, antwortete er vage und ausweichend und murmelte, Ride und Klasu hätten die richtige Einstellung. »Was heißt denn hier Einstellung«, platzte ich beleidigt heraus, »erklär mir, worum es geht, damit ich die Chance habe, meine zu verbessern!« Daraufhin wurde Pete noch verlegener und meinte, Einstellung sei wie Charisma, sie sei nichts, was man lehren oder lernen könne, entweder habe man sie oder man habe sie nicht.

Unsere Freundschaft erholte sich erst, als Pete erkannte, wie gut ich in Englisch war. Danach durfte ich Songtexte schreiben, denn das konnte keiner der Jungs vom Stationsvägen. Jahrelang schrieb ich Texte für sie, und als ich aufs Gymnasium ging, hatte ich schon genügend Abstand zu meinem Gitarrenfiasko und konnte zu Hause sogar darüber scherzen. Leeni sah, dass ich die Texte handschriftlich notierte, und von da an durfte ich mir ihre ausgemusterte Facit-Schreibmaschine leihen, und sie erfuhr, was ich da trieb. In einem Winter zeigte ich ihr einige meiner Texte, ich glaube von *Dark Storm Ahead* und *Postcard From Bus Number Forty-Nine*, und sie schlug Änderungen vor, die beide Lieder straffer und eleganter machten. Ich weiß noch, dass ich bei der Gelegenheit eine ironische Bemerkung über den gescheiterten Gitarrenunterricht ein paar Jahre zuvor machte und Leeni daraufhin irgendwie erstaunt wirkte, was wiederum mich erstaunte. »Ja, es ist merkwürdig, dass du so unmusikalisch bist«, sagte sie zerstreut. Leeni hatte im Studium in einem Frauenchor gesungen, ich war damals klein gewesen, und sie erzählte oft, dass sie mich zu den Proben mitgenommen hatte und wie brav ich in meinem Wagen geschlafen hatte, während der Chor sang. Ich wusste natürlich auch, wie leidenschaftlich Henry seine Country- and Western-Musik liebte, fand aber dennoch, dass meine Mutter angesichts eines relativ anspruchslosen Erbguts ziemlich hohe Erwartungen hegte.

Was die Musik betrifft, muss ich froh sein, dass Pete und ich wieder Freunde wurden. Petes ältester Bruder Juha war genauso ausgezogen wie Make, aber dieser war trotzdem in Tallinge. Make wohnte mit seiner Freundin Taru in einer erbärmlichen Einzimmerwohnung im Erdgeschoss eines Hauses am hinteren Ende der Nybogatan. Juhas und Makes altes Zimmer hatte Pete übernommen, und seine älteren Brüder hatten den größten Teil ihrer Plattensammlungen dagelassen. Juhas Sammlung begann mit *Help!* von den Beatles und endete mit Pekka Strengs *Sommerland* und einer Platte von Quilapayún. Makes Sammlung begann mit Creams *Disraeli Gears* und endete mit Sabbaths *Bloody Sabbath*. Hinzu kam Petes eigener Geschmack, der sich vom klassischen Rock der Hurriganes bis zu Yma Sumac erstreckte. In den letzten Jahren in Tallinge wurde Pete Everis Zimmer zu meiner musikalischen Universität. Dass ich so viele unterschiedliche Musikstile kennen und schätzen lernte, habe ich Pete und seinen Brüdern zu verdanken.

Weitere Details über das gesellschaftliche Leben in Tallinge und auf dem Rosari:

Erstens war es nicht so, dass in den Einfamilienhäusern hinter dem Suviovägen nur Finnlandschweden wohnten und in den Hochhäusern in Bahnhofsnähe nur Finnen. Der Eindruck könnte entstehen, da dieser Teil der Geschichte von Pete Everi, Eva Mansnerus und mir handelt und Pete zufällig finnischsprachig war und im Stationsvägen wohnte, während Eva schwedischsprachig war und in einem Haus wohnte und ich zweisprachig war und in einem Reihenhaus wohnte. In Wahrheit gab es viele wohlhabende Finnen in den Häusern und Reihenhäusern und eine ganze Reihe armer Finnlandschweden in den Häusern am Bahnhof.

Das Leben auf dem Rosari hatte deshalb nichts mit Sprache zu tun: Da oben wurde Finnisch gesprochen, sonst nichts, aber man durfte sich dort unabhängig davon aufhalten, ob die Muttersprache Finnisch oder Schwedisch war. Die soziale Zugehörigkeit spielte dagegen eine wichtige Rolle. Die wohlhabenden Kinder aus den Häusern kamen nie auf den Rosari, sie trauten sich nicht, und die Rosari-Gang wollte sie dort auch nicht sehen. Ich selbst war leider ein Grenzfall, im Grunde war Pete Everi der Einzige, der mich wirklich mochte, so dass er auch mein einziger Garant da oben war. Lare Nisonen, Klasu Barsk, Jami Johansson und andere hatten große Vorbehalte mir gegenüber und konnten regelrecht feindselig werden, vor allem, wenn sie tranken. Es gab eine Phase, in der Klasu und Jami dazu übergingen, mich Rankku zu nennen, eine völlig legitime Verballhornung von Frank. Dann verballhornten sie das jedoch weiter zu Runkku, was Wichser bedeutet, und nannten mich ein volles Jahr lang so. Das war keine schöne Zeit, und am Ende war es Pete Everi, der sie dazu brachte, endlich damit aufzuhören.

Das mit der schwedischen Sprache war in einer Weise kompliziert, die ich nie wirklich begriff. Wenn Klasu Barsk und Jami Johansson mich nicht mochten, hatte das nichts mit Henrys und meiner eigenen finnlandschwedischen Identität zu tun, sondern mit der Tatsache, dass Henry Vertriebsleiter war und in einem Büro arbeitete. Auch Jami Johansson hatte einen schwedischsprachigen Vater, aber Vater Johansson hatte im Gefängnis gesessen und war anschließend mit einer anderen Frau nach Schweden abgehauen. Und Klasu Barsk entstammte einer rein schwedischsprachigen Familie: Er war in der SGT eine Klasse über mir, seine Mutter hieß Marita, und sein Vater hieß Nisse und arbeitete als Mechaniker. Aber weder Klasu noch Jami wollten Schwedisch sprechen, und Jami tat sogar, als würde er die Sprache nicht beherrschen. Schwedisch hatte keine street cred.

Und wenn wir etwas mehr über die Musiker gewusst hätten, die wir bewunderten, wäre uns bewusst geworden, dass für sie das Gleiche galt. David Lindholm, der die Rock'n'Roll-Band Pen Lee & Co gegründet hatte, war genauso schwedischsprachiger Abstammung wie der Bassist Cisse Häkkinen von den Hurriganes. Aber sie verbargen es. Das Leben auf der Straße und den Hinterhöfen spielte sich auf Finnisch ab, der Rock'n'Roll auf Englisch. Das Schwedische war etwas anderes, Weichliches, wofür man sich schämte.

Es saßen nicht viele Mädchen auf dem Rosari. Und wenn ich ehrlich sein soll, hatten alle, die dort herumhingen, einen schlechten Ruf. *Jakorasia* war ein Wort, das wir für sie benutzten, wörtlich übersetzt bedeutet es »Verteilerdose«, aber die übertragene Bedeutung lautete »Süßes für alle«. Ob Jatta und Cami und Vara-Lotta und die anderen ihren schlechten Ruf hatten, weil sie auf den Rosari gingen, oder auf den Rosari gingen, weil sie einen schlechten Ruf hatten, weiß ich dagegen nicht.

Dass ein Mädchen aus der Eigenheimsiedlung dort oben auftauchen würde, erschien uns unmöglich, von so etwas träumten wir nicht einmal. Ich, der ich zwischen diesen Häusern wohnte, sah diese Mädchen natürlich täglich. Ich sah sie in meiner Schule und auf dem Schulhof der Finnischen Gemeinschaftsschule, aber auch im Suoviovägen und Waltervägen und an der Haltestelle der Linie 49, und ich sah sie in den Gärten, wo sie sich im Sommer in ihren Bikinis sonnten und im Herbst gegen Entlohnung Laub harkten. Sie waren blond wie Eva Mansnerus. Oder brünett. Oder schwarzhaarig. Aber sie hatten immer perfekte, ebenmäßige Zähne. Sie hatten perfekte, schlanke Körper und helle, leicht bedächtige Stimmen. Sie flößten einem ein Gefühl von etwas Unwirklichem ein, für das ich damals keine Worte fand, nicht einmal in meinen Liedtexten.

Ich war folglich verblüfft, ja fast schockiert, als ich an einem schönen Freitagabend Anfang Mai 1975 mit fünf Flaschen Lonkero, einem Mix aus Gin und Grapefruitlimonade, in einer anilinroten Plastiktüte auf den Rosari stieg und dort Eva Mansnerus an den Felsen gelehnt sitzen sah, flankiert von Ride Suikkanen und Pete Everi und mit einer halbleeren Flasche zwischen den Knien. Zu diesem Zeitpunkt war ich Eva acht Monate lang gefolgt, hatte aber noch kein Wort mit ihr gewechselt. Sie trug die halblange, dunkelgrüne Lederjacke, die den ganzen Herbst ihre Lieblingsjacke gewesen war und es immer noch war. Die Jacke stand offen, und darunter trug sie ein weißes T-Shirt. Eine ausgeblichene Jeans, die Füße in braunen Boots, auf den Stiefelspitzen war die Farbe fast vollständig abgewetzt. Die Haare wie schon seit längerem mit Dauerwelle. Sie griff nach der Flasche Liebfrauenmilch, hob sie an den Mund und trank einen großen Schluck. Ich begriff nicht, was sie dort zu suchen hatte. Eva Mansnerus auf dem Rosari. Das war Marzipan auf Blauschimmelkäse. Das war Jimmy Page als Gitarrist der Bay City Rollers. Das war Jacqueline Bisset als Nachbarin der Everis statt des alten Molanders, der säuerlich nach altem Schweiß roch und dermaßen furzte, dass man es durch die Wand hören konnte.

An diesem ersten Abend erfuhr ich lediglich, dass Eva in Begleitung Petes und Rides eingetroffen war und ihr Parfüm Charlie hieß. Es war seltsam, dass ihr Parfüm einen Jungennamen hatte, dass sie zusammen mit Pete und Ride gekommen war, erschien mir dagegen vollkommen logisch. Sie waren die ältesten von uns, Ride war am zweiten Weihnachtstag achtundfünfzig geboren und Pete im Herbst neunundfünfzig. Eva war im Juli achtundfünfzig geboren. Ich selbst war von allen der jüngste, zumindest in jenem Frühjahr war ich noch der jüngste.

Keiner von uns glaubte, dass sie noch einmal kommen würde. Aber das tat sie. Am folgenden Freitag war sie wieder da, ging zum Supermarkt und kaufte mittelstarkes Bier für alle, einen ganzen Korb voll. Eine Schirmmütze hatte die Runde gemacht, wir hatten Kollekte gehalten. Jeder so viel, wie er konnte, für jeden nach Bedarf: Keiner hielt nach, wie viel die anderen einsetzten, in dieser Hinsicht war der Zusammenhalt in der Gruppe gut. Eva sah aus wie eine Lady, und wenn man nicht gewusst hätte, dass sie erst knapp siebzehn war, hätte man sie leicht für zwanzig halten können. Außerdem war der gewählte Supermarkt ein »einfaches« Geschäft im Gegensatz zu einem anderen, dessen barscher Filialleiter Lotvonen bei allen Bierkäufern unter vierzig »Papiere!« knurrte.

Als Eva – und Pete und Ride, die vor dem Laden gewartet hatten und nun die Beute schleppten – am Felsen auftauchte, jubelten alle. Sogar der ewig skeptische Lare Nisonen ließ sich erweichen. In einer späteren Phase des Abends, als wir den Korb fast leergetrunken hatten und bereits zu härteren Getränken übergegangen waren, entschlüpfte Nisonen, dass Eva Mansnerus ein *ihan jees muija*, ein sauberes Mädel sei, kurz bevor sie ankam, hatte er noch gesagt, sie sei eine *luksuspillu*, eine Luxusmöse.

Von da an kam sie regelmäßig. Sie war älter als wir und galt als eines der hübschesten Mädchen in ganz Tallinge. Wir anderen dort oben waren, mit Ausnahme Petes vielleicht, ausnahmslos Loser. Keiner von uns schien wirklich fassen zu können, dass Eva Mansnerus tatsächlich Abend für Abend mit uns zusammensaß. Trotzdem schwebte während des ganzen Frühjahrs so dick, dass sie fast mit Händen greifbar war, die Frage über dem Rosari: Wer würde sie bekommen?

Wir hatten da oben einen batteriebetriebenen Kassettenrekorder, und ich erinnere mich, dass Pete ein Mixtape herausholte, auf dem hinter Led Zeppelins *Kashmir* John Lennons *Stand By Me* folgte. Ich höre John Bonhams bleischweres Schlagzeug in *Kashmir* und Jesse Ed Davis' schönes Gitarrensolo in *Stand By*

Me, die Luft ist kalt, ich höre Pete Everi sagen, dass fette Konservensardinen auf Knäckebrot die beste Medizin gegen einen Kater sind, ich höre Jami Johansson über Petes Kommentar kollern und Eva Mansnerus leise kichern. Mir wird klar, dass ich den ganzen Abend dort gesessen und Eva angestarrt habe, und deshalb lasse ich meinen Blick stattdessen über die Eisenbahnlinie und die Siedlung auf der anderen Seite schweifen. Die Rasenflächen zwischen den Hochhäusern leuchten intensiv, das frische Gras phosphoresziert und verströmt hellgrünes Licht auf den weißen und graphitgrauen Betonwänden. Weiter oben färbt der Sonnenuntergang die obersten Stockwerke rot, und der Himmel darüber ist fast türkis. Und dann ist es plötzlich Juni, und die Gang hat sich für die Zeit des Sommers aufgelöst.

* * *

Ende Juli jenes Jahres reisten Henry, Leeni und ich nach Stockholm. Es war keine lange Reise, nur ein paar Tage, aber sie war ungewöhnlich, weil wir sonst nie gemeinsam verreisten. Henry war beruflich viel unterwegs, Leeni fuhr gelegentlich zu einer Lehrerkonferenz, ich reiste außer nach Svartviken nirgendwohin, so sahen die Grundbedingungen aus.

Wir nahmen nicht die Fähre, sondern das Flugzeug, und in Stockholm wohnten wir in einem Drei-Sterne-Hotel am vornehmen Strandvägen, Henry hatte wirklich keine Kosten und Mühen gescheut. Startpunkt war Svartviken, und wir fuhren nicht über Tallinge, sondern stellten den Renault während unserer Abwesenheit am Flughafen ab. Wir reisten mit wenig Gepäck. Der Sommer fünfundsiebzig war sonnig und heiß, man musste keine Vorsichtsmaßnahmen ergreifen, keine warmen Kleider für alle Fälle einpacken. In den Tagen vor unserer Abreise war das Wasser in der Bucht so lau gewesen, dass man darin liegen bleiben konnte, bis man schrumpelig wurde, und das Thermometer an der Leiter am Ende des Stegs zeigte fast dreißig Grad an.

Der erste Tag verlief schön, in Stockholm war es genauso heiß und sonnig wie in Finnland, und Henry und Leeni waren glänzender Laune. Am Abend aßen wir in einem vornehmen Restaurant, und sie tranken Wein, flirteten und hatten Spaß. Leeni trug ein blaues Sommerkleid und einen großen hellen Hut, und ich erinnere mich, dass sie Witze über den Hut machten. Ich entsinne mich auch, dass ich mich wohlfühlte, gleichzeitig jedoch auch ein bisschen für meine Eltern schämte. Ich dachte an die coolen Jeansjacken und Boots auf dem Rosari, und daraufhin musterte ich Henry, der in der Hitze stark schwitzte, und Leeni, deren Haut ganz hell war, obwohl es ein fast tropischer Sommer gewesen war. Sie hatte den ganzen Juli wie üblich im Schatten gesessen, meistens im Haus, und ihre Lake-District-Dichter und andere Poeten gelesen.

Der zweite Tag gestaltete sich schwierig. Es muss etwas passiert sein, aber ich erfuhr nie, was. Am Nachmittag war Leeni shoppen. Henry und ich gingen ins Kino und sahen *Der Pate II*, der gerade angelaufen war. Henry musste ziemlich lange mit dem Kartenkontrolleur diskutieren, ehe er mich mitnehmen durfte, er gab sogar mein Alter falsch an, und ich war stolz, weil er sich traute zu lügen. Als wir uns im Hotel trafen, benahm Leeni sich seltsam. Blass war sie ja immer, aber jetzt war sie außerdem nervös und blieb es während der restlichen Reise. Henry versuchte, sie zu trösten und zu beruhigen, so gut er konnte, schien jedoch nicht sonderlich erfolgreich zu sein.

Die beiden gaben ihr Bestes, um mich aus der Sache herauszuhalten, so dass ich nur zusammenhangslose Dialogfetzen aufschnappte, die für mich keinen Sinn ergaben. Ich hörte Henry etwas entschieden, fast aggressiv beiseite wischen, was Leeni gesagt hatte. »Aber das ist doch völlig barock!«, fauchte er (er benutzte oft das Wort »barock« für Dinge, die ihm missfielen), und danach: »Du hast wieder den ganzen Sommer über deinen Büchern gehockt, Leeni. Wie wäre es, wenn du zur Abwechslung deine Hirngespinste vergessen, herauskommen und mit Frank und mir die Wirklichkeit teilen würdest!« Anschließend senkte Henry die Stimme, woraufhin sie längere Zeit so leise murmelten, dass ich das Interesse verlor, ich las die Sportseiten in *Expressen* und trank eine Limonade, die Zingo hieß, und horchte erst wieder auf, als Leeni erklärte: »Aber ich begreife einfach nicht, wie das möglich ist, es geht hier doch nicht um irgendeinen *Jedermann*!« Ihre Stimme klang schon etwas ruhiger, und als Henry antwortete, hörte ich, dass er so gluckste, wie er es immer tat, wenn er zwar noch wütend war, aber versuchte, dies zu überspielen, weil er sich mit Leeni versöhnen wollte. »Nein, das ist wohl wahr, aber es geht auch nicht um Frankensteins Monster«, erwiderte er. Ich fand das Ganze so langsam richtig spannend. Frankensteins Monster und Jedermann, war er vielleicht der amerikanische Massenmörder, über den ich jahrelang fantasiert hatte? Doch an dem Punkt endete die Diskussion. Und hatte ziemlich traurige Folgen, denn Leeni blieb schweigsam und abweisend, und ihre Laune übertrug sich auf Henry: Mein Vater trank an diesem zweiten Abend zu viel. Sie hatten mich das Restaurant aussuchen lassen, und ich hatte mich für eine Pizzeria namens Napoli entschieden, denn ich hatte bereits von Pizzen gelesen, die es in Finnland damals aber noch nicht gab. Ich aß eine gute Pizza, die Cacciatore hieß, aber Henry und Leeni aßen ihre nur halb auf. Stattdessen bestellte Henry drei große Gläser Bier, und sobald wir das Hotelzimmer betreten hatten, machte er sich über die Minibar her. Leeni bekam eine verbitterte Falte an der Nasenwurzel, aber Henry tat es trotzdem, er schenkte sich eine Miniflasche Whisky und Cognac nach der anderen ein, und es herrschte eine mürrische und triste Stimmung, die sich auf der gesamten Rückreise hielt.

Auf dem Heimweg stießen wir im Flughafen von Helsingfors auf Familie Mansnerus, die drei ganze Wochen in einem Hotel am Gardasee verbracht hatte und nun für zwei weitere Urlaubswochen auf ihre Schäreninsel fahren wollte, alle außer Eva, die den gesamten August in einer Boutique in der Innenstadt arbeiten würde.

Eva war mit ihren Eltern nicht allein. Ich erkannte Göran und Catherine Mansnerus, die ich bei abendlichen Spaziergängen im Waltervägen gesehen hatte, wo sie wohnten. Aber sie wurden von einer brünetten Frau begleitet, deren Alter schwer zu schätzen war. Sie war jünger als Göran und Catherine, die damals schon relativ alt waren, über fünfzig, aber gleichzeitig war sie wesentlich älter als Eva, sie hätte fast im selben Alter sein können wie Leeni. Diese Übereinstimmung wurde noch dadurch betont, dass die fremde Frau, die gerade drei Wochen in Italien verbracht hatte, fast so blass war wie meine sonnenscheue Mutter. Aber die Fremde war in einer leicht verlebten Weise schön, und obwohl ihre Haare im Gegensatz zu Evas blonden braun waren, entgingen mir die Ähnlichkeiten nicht: die Stupsnase, die fein geschnittene Unterlippe, der schlanke Knochenbau, alles war da. Damals nahm ich an, dass die Frau eine Halbschwester oder sehr junge Tante Evas war. In Wahrheit hatte ich zum ersten Mal Evas große Schwester Adriana gesehen.

Das Ehepaar Mansnerus gehörte nicht zum Bekanntenkreis meiner Eltern, ich glaube nicht, dass sie die beiden wirklich kannten. Dagegen wussten sie sicher voneinander, wie man es in kleinen Ortschaften tut. So nehme ich an, dass Göran und Catherine Mansnerus wussten, wer mein Vater war, da es gewisse Verbindungen zwischen ihnen und den Familien Gelbkrantz und Bacher gab, für die Henry arbeitete. Außerdem mussten sich Henry, Leeni, Göran und Catherine schon einmal begegnet sein, bevor sie sich auf dem Flughafen trafen, denn sie stellten sich einander nicht vor, sondern sagten sofort »Guten Tag« und gaben sich die Hand. Wahrscheinlich waren sie sich auf Elternabenden in der Schule und an ähnlichen Orten begegnet. Aber es war das erste Mal, dass ich die beiden Paare zusammen sah, und ich fand ihre Begegnung leicht angespannt und verkrampft. Außerdem hatte ich eindeutig das Gefühl, dass diese Verkrampfung von meinen Eltern ausging und nicht von Familie Mansnerus, was ich allerdings nur sehr flüchtig registrierte, denn es war natürlich so – wie es noch sehr lange bleiben sollte: Wenn Eva Mansnerus anwesend war, konzentrierte ich mich ganz auf sie.

Eva sprach auf dem Flughafen mit mir. Ein paar aus dem Mundwinkel gemurmelte Worte, nicht mehr, die mich jedoch glücklich machten. Unser erster Wortwechsel war es allerdings nicht. Schon während der langen Maiabende am Felsen hatten wir einige Worte miteinander gewechselt. So hatte ich sie gefragt, welches Parfüm sie benutzte, und sie hatte mich angelächelt und »Charlie« geantwortet. Ich hatte sie auch gefragt, ob sie Zeppelin möge. Sie antwortete Nein und meinte, ihr gefielen Joni Mitchell und Stevie Wonder, und ich hatte gedacht, aber nicht gesagt, dass ihr Musikgeschmack seltsam war.

Jetzt flüsterte Eva »Heute Abend an der Schanze!«, und es machte Klick in mir. Ich hatte mich den ganzen Sommer über Tagträumen von ihr hingegeben, Träumen, in denen wir zusammen lagen, ich hatte sie während der Wochen in Svartviken gehabt und im Hotel in Stockholm sogar von ihr geträumt: Hinterher war ich mitten in der Nacht aufgewacht, und meine Unterhose war klebrig gewesen, und ich hatte mich bei dem Gedanken geschämt, dass dies passiert war, während ich mir das

Hotelzimmer – wenn auch eine Minisuite mit einer Schiebetür zwischen den Zimmern – mit meinen Eltern teilte, aber dann war ich wieder eingeschlafen. Und als Eva jetzt ein paar einfache Worte sagte, sie mir fast ins Ohr hauchte, ließen sie mich die drei Jahre verdrängen, die uns trennten, es gelang mir zu vergessen, dass Eva fast schon eine erwachsene Frau war. Ja, für einige schwüle und sonnige Nachmittagsstunden redete ich mir erfolgreich ein, dass Evas Worte signalisierten, wir beide würden ein Paar werden, wir zwei gehörten jetzt zusammen: *Hiermit wird kundgetan, dass Eva Mansnerus und Frank Kaspar Loman für immer und ewig ein Paar sind!* Und diese Perspektive erregte mich so, dass ich den ganzen Nachmittag an sie dachte: Schon als wir auf der Umgehungsstraße heimfuhren und anschließend den Tallingeleden nach Norden nahmen, dachte ich so intensiv an Eva und all das Wunderbare, was geschehen würde, dass ich den Wirbel, den die laufende Friedenskonferenz ausgelöst hatte, überhaupt nicht bemerkte. Der amerikanische Präsident Ford und der kommunistische Führer Breschnew und eine Menge anderer Weltpolitiker hielten sich in der Stadt auf, überall standen Soldaten und Polizeistreifen postiert, sie hielten mit ihren Gesichtern aus Stahl und ihren Maschinenpistolen und Funkgeräten Wache und schwitzten in der Hitze. Aber ich sah sie nicht. Sie existierten nicht. Niemand existierte, nicht einmal Pete Everi und die anderen Jungen, die immer auf dem Felsen herumhingen: Es gab nur Eva Mansnerus und mich.

Als ich durch Tallinge radelte, mein Fahrrad am Fuß des Rosari abwarf und hinaufstieg, war ich in einem Fiebertaumel. Ich hatte mein schickstes Pikeehemd angezogen, das dunkelblaue mit dem weichen Kragen und den weißen Streifen. Ich hatte mich sogar ein wenig aus Henrys Old-Spice-Flasche besprüht.

Doch da oben saßen nicht viele. Es war erst Ende Juli, und die meisten Leute waren noch in ihren Sommerhäusern gefangen. Andere jobbten abends als Verkäufer in Eisdielen und Würstchenbuden und Ähnlichem. Klasu Barsk war immerhin gekommen, genau wie Nisonen und Ride und Vara-Lotta. Und Pete und Eva. Sie saßen eng zusammen, hielten Händchen und teilten sich eine rote Jaffa.

Ich sagte nicht viel an jenem Abend. Ich weiß noch, dass es in unserer Unterhaltung um die Friedenskonferenz ging, das Gespräch jedoch eine so seltsame Wende nahm, dass es sich plötzlich um Autos drehte. Nisonen begann, Sarkasmen über die großen Zils der Sowjetführer auszuspucken, es sei ihm niemals klar gewesen, dass die Kommunisten ihre eigenen Limousinen hatten, er habe sich vorgestellt, sie hätten entweder Cadillacs oder gar keine, dass die Russen einfach nichts anderes besäßen als Lada und Moskwitsch. Zu Anfang versuchte Pete zaghaft, ihm zu widersprechen. Sein ältester Bruder Juha war Stalinist und hielt häufig politische Brandreden, wenn er zum Sonntagsessen in den Stationsvägen heimkehrte. Und davon war wahrscheinlich einiges hängen geblieben: Pete hatte ein empfindliches soziales Gewissen. Jetzt wies er darauf hin, dass Cadillac der Name des Franzosen war, der Detroit gegründet hatte, und dass die Amerikaner, die wir wegen ihrer Freiheit so bewunderten, ihr Land anderen gestohlen hatten, um ihre Autos anschließend nach den Bestohlenen zu benennen. Aber so leicht ließ sich Nisonen nicht beirren. Er war nicht nur Skeptiker, sondern ebenfalls belesen, mindestens so belesen wie Pete, und deshalb verkündete er, dass Breschnew, der Chef der Kommunisten, heimlich Cadillacs sammele und der frühere Diktator Stalin genauso gewesen sei, er habe einen privaten Kinosaal besessen, in dem er sich ganz alleine Western mit John Wayne und Gary Cooper angesehen habe.

Die Stunden vergingen. Pete war es leid, sich mit Nisonen zu zanken, und er und Eva Mansnerus begannen zu knutschen. Es dämmerte, die Dunkelheit senkte sich herab, aber die Wärme blieb, die Luft war wie Samt, ausnahmsweise war es selbst auf dem Rosari warm. Ich sah, dass Pete und Eva darauf warteten, dass wir anderen gingen. Ich konnte mir schon denken, warum. Evas Eltern und Schwester schliefen in dem Haus im Waltervägen und würden erst am nächsten Morgen zum Sommerhaus hinausfahren. Und im Stationsvägen 12 B waren Veka und Suski, vielleicht auch Orvokki oder Salme. Aus Petes gefranster Umhängetasche lugte eine Weinflasche, trotzdem nippten Eva und er an ihrer dämlichen Jaffa. Die anderen gingen, aber ich weigerte mich. Ich blieb sitzen und trank kleine Schlucke aus einer Flasche Lonkero, die ich Barsk abgekauft hatte, und unterhielt mich mit Pete und Eva über dies und das, obwohl sie sich die meiste Zeit küssten und einsilbig oder gar nicht antworteten. Schließlich musste ich trotz allem aufstehen und mich ein paar Meter entfernen, um zu pinkeln, und ich hörte sie flüstern und Pete aufstehen und mir folgen. Ich pinkelte schon, als er sich hinter mich schob. Im Westen gab es noch ein wenig Tageslicht, ansonsten war es bereits dunkel. Am Einkaufszentrum und vor dem Bahnhof leuchteten die Straßenlaternen wie kleine, bleiche Monde. In den Hochhäusern brannte in Dutzenden und Aberdutzenden Fenstern Licht. Pete sagte: »Du bist mein Freund, Frankki. Aber jetzt haust du ab, oder du kriegst eine aufs Maul.«

»Okay«, sagte ich und ging, ohne mich noch einmal umzusehen.

Die Sommerferien dauerten noch zwei Wochen. Henry musste wieder arbeiten, und Leeni bereitete das Schuljahr vor, das Sommerhaus in Svartviken hatten wir für dieses Jahr geputzt und verriegelt. Ich blieb also in Tallinge. Am nächsten Abend ging ich auf den Rosari, aber von Pete und Eva war nichts zu sehen. Nach ein paar Tagen begegnete ich ihnen vor dem Supermarkt, sie schnieften in der Hitze, sahen aber glücklich und zufrieden aus und küssten sich unablässig, auch während sie mit mir sprachen.

Schlagartig konnte ich morgens nicht mehr lange schlafen, ich schlief unruhig, und wenn ich erwachte, nagte etwas an meinem Herzen, und ich hatte ein flaues Gefühl im Bauch. In den folgenden Wochen sah ich Pete mehrmals frühmorgens aus dem Haus von Familie Mansnerus kommen und den 49er in die Stadt nehmen: Er hatte einen Ferienjob in einem Warenlager in Sockenbacka und musste früh zur Arbeit. Eva fuhr immer erst eine gute Stunde später. Eines Morgens kamen sie gleichzeitig aus dem Haus und gingen Hand in Hand zur Bushaltestelle. Es war nicht so, dass ich ihnen hinterherspionierte, aber da ich ohnehin keinen Schlaf mehr fand, konnte ich genauso gut einen Morgenspaziergang machen. Oder einen Abendspaziergang. Ich wurde während dieser letzten Sommerwochen vierzehn, und an dem Abend stand ich auf dem Waltervägen und sah ihre Silhouetten hinter den gelben Vorhängen dessen, was vermutlich das Wohnzimmer der Familie war. Ein Fenster stand halb offen, Gloria Gaynor sang *Never Can Say Goodbye*, und Eva und Pete standen im Raum und küssten sich.

* * *

Mehr als drei Jahre blieben die beiden ein Paar.

Das erste dieser Jahre dürfte das einsamste meines Lebens gewesen sein. Pete und Eva verschwanden in einer Blase aus *Jetzt-spielen-wir-trautes-Heim-und-tauschen-Geheimnisse-aus*, wie richtig junge Liebende dies tun. Eva erzählte mir viel später im Detail, wie es gewesen war. Offenbar fantastisch, mit schmutzigem und erregendem Dauersex und langen, tiefgründigen Gesprächen, in denen man dem anderen seine peinlichsten Seiten gestand und sich gleichsam auflöste und im anderen aufging. Und dann, mit der Zeit, Launen und plötzliche Wutanfälle und Streitigkeiten, gewaltsame Eruptionen, bei denen sie sich gegenüberstanden und schlimme Dinge an den Kopf warfen, bis die Tränen flossen und sie sich mit Hilfe von neuem heftigen Sex versöhnen mussten, während die Tränen noch liefen. So stellte Eva es dar, aber ich habe immer den Verdacht gehabt, dass es ihre Tränen waren und sie Petes hinzudichtete, um ihn und sich als wirklich gleichberechtigt darzustellen. Mich persönlich erregt es nicht, wenn ich niedergeschlagen bin, und erst recht nicht, wenn ich weine, und ich bin immer davon ausgegangen, dass es den meisten Männern ähnlich geht. Danach gefragt habe ich allerdings nie. »Flennst du eigentlich öfter mal beim Vögeln?«, gehört nicht unbedingt zu den Standardfragen unter Männern.

Ich hatte nichts, was sich mit dem vergleichen ließ, was Pete und Eva hatten. Rein gar nichts. Die Zeit, die Pete über die vielen Stunden hinaus zur Verfügung stand, die für Eva und die Schularbeiten draufgingen, widmete er seinen Bands. Unsere Freundschaft litt immer noch unter den Nachwehen des Gitarrenfiaskos, und das Verfassen der Texte, die Möglichkeit, dass ich sein Bernie Taupin oder Keith Reid werden könnte, hatten wir noch nicht entdeckt. Wir sahen uns sehr selten in diesem Jahr, im Grunde nur die wenigen Male, die Pete auf den Rosari hinaufkam. Und dort nahm er mich kaum wahr, er war freundlich, aber auf eine zerstreute und abweisende Art, und saß lieber mit Ride und Barsk zusammen und diskutierte, welche Lieder The Changelings, ihre zuletzt gegründete Band, im Repertoire haben sollte.

Während dieses ersten Jahres kam Pete nur dann auf den Rosari, wenn Eva mit ihren Freundinnen aus der Innenstadt in den

Winterurlaub gefahren war oder sie einen Mädchenabend hatten. Davon abgesehen waren sie wie Pech und Schwefel: Wenn Eva Mansnerus sich in Tallinge aufhielt, war von Pete Everi nichts zu sehen, und von Eva auch nicht. Und ich konnte natürlich nicht mehr den Stalker spielen. Denn letztlich ist es doch so: Man kann ein fremdes Mädchen neun Monate lang beschatten. Man tut es auf eigenes Risiko und sollte es tunlichst für sich behalten, denn es gibt viele, die für diese Art von Besessenheit kein Verständnis haben. Aber es lässt sich durchziehen, es gehört als ein düsteres Kapitel zum *Unglücklichen Lebensbuch schlecht verlöteter Jungen*. Aber wenn das fragliche Mädchen mit dem besten Freund geht, lässt man es bleiben.

In diesem einsamen Jahr fuhr Henry fort, mich zu Sportveranstaltungen mitzunehmen, bei denen ich mir sein Murren und Meckern anhören musste und mir der süßlich beißende Schweißgeruch aus seinen Achselhöhlen in die Nase stieg, aber ich sah ihm an, dass er die Hoffnung aufgegeben hatte.

Leeni hatte noch nicht entdeckt, dass ich schrieb, so dass sie und ich nur wenige Berührungspunkte hatten. Aber ich schrieb, auch damals schon. Planlos, ohne Sinn oder Ziel, füllte ich kleine karierte Hefte mit einzelnen Gedichtzeilen, ganzen Liedtexten und kurzen Erzählungen von einer oder zwei Seiten. Wenn ich schrieb, hörte ich keine Musik, ich saß in einer kompakten Stille an meinem Schreibtisch und starrte aus dem Fenster, das zum dunklen Wald von Tallinge hin lag, den ich als ein deutliches Sinnbild für den Tod betrachtete. Ganz Tallinge taugte damals ganz hervorragend als Todessymbol. Ich glaube, ich war in jenem Schuljahr, meinem achten, zu keiner einzigen Fete eingeladen. Ich ging auch nicht in die Schuldisco, weder in die der schwedisch- noch die der finnischsprachigen Schule. Auf den Rosari ging ich aus alter Gewohnheit, aber meine Position in der Gang verschlechterte sich zusehends. Außerdem war ich nicht einmal mehr der Jüngste. Pete Everis kleine Schwester Suski hing mittlerweile auch dort herum und überholte mich in der Hierarchie, obwohl sie eine Klammer trug, mausfarbene Haare und eine flache Jungenbrust hatte. Ich wurde toleriert, nicht mehr, und zeitweise war die psychologische Kriegsführung ziemlich hart. Zwar hatte man zu großen Respekt vor Pete Everi, um offen über einen Menschen herzufallen, den er mochte, aber es gab andere Methoden: Es war das Jahr, in dem Klasu Barsk und Jami Johansson darauf beharrten, mich Runkku zu nennen.

Später, als sie und ich schon befreundet waren, wollte Eva Mansnerus Tallinge nicht mit dem Tod, sondern mit der Hölle vergleichen. Sie hatte gerade guten Grund, düster gestimmt zu sein, aber die Vision von Tallinge als eine Art Hades hatte als Erster ich, der Jüngste.

Der Sommer 1976 war immer noch eine schreckliche Zeit. Ich hockte fast den ganzen Juli im Sommerhaus und glaube, dass in dem Sommer meine Rastlosigkeit einsetzte: Wenn um drei die s/s Jäminki vorbeiglitt, hätte ich bei dem Anblick, der mich früher glücklich und frei gemacht hatte, am liebsten geheult. Ich verbrachte meine Tage mit Lesen, manchmal las ich zwei Taschenbücher an einem Tag. Mein Gehirn war benebelt und voller fiebriger Träume und Visionen, und die Pfeife der Jäminki schrie mir zu, dass ich sowohl Eva Mansnerus als auch meinen einzigen Freund verloren hatte und mein Leben da draußen in der Stille verkümmerte, *you ain' seen the sunshine since you don't know when* sang die Pfeife, fast so wie Johnny Cash auf einer von Henrys Autokassetten, und ich dachte nie daran, wie unlogisch es war, dass der finnische Dampfer Jäminki über das Gefängnis in Folsom pfiff, und ich dachte auch nicht daran, dass die Sonne an jedem Julitag dieses Jahres das nördliche Ufer der Svartviken beschienen hatte.

Als ich Ende des Monats nach Tallinge zurückkehrte, hatten sich Jami Johansson und Ride Suikkanen und einige andere der ärmsten Arbeiterjungen T-Shirts mit Stars-And-Stripes-Muster oder helle Cowboyhemden, mit riesigen Kragenenden und der Jahreszahl »1976« in riesengroßer Glitzerschrift auf den Rücken gestickt, beschafft. Sie hatten die Klamotten zur Zweihundertjahrfeier selbst gekauft oder sich von Verwandten schenken lassen, und in manchen Fällen waren sie mit Sicherheit zähneknirschend gekauft worden: So stand Ride Suikkanens Vater Kale politisch links und war sogar volksdemokratischer Parteifunktionär.

In meiner Erinnerung kam die Freundschaft zwischen mir und Pete Everi dank der naiven Bejahung der amerikanischen 200-Jahr-Feier durch unsere Rosarikumpel wieder in Schwung. Pete tauchte nämlich am selben Abend an der Schanze auf wie ich, ich denke, es war auch diesmal der letzte Tag im August. Uns fiel beiden das USA-Glitzern auf, und wir kamen schnell ins Gespräch. Ohne Zeit mit unnötigen Fragen danach zu vergeuden, wie der Sommer gewesen war, bemerkte Pete aus dem Mundwinkel:

»Hier sieht es ja auf einmal aus wie im Hauptquartier der Texas Rangers.«

»Wie in South Dakota statt auf dem alten Rosari«, stimmte ich ihm zu.

»Weißt du noch, was mein Bruder immer sagt?«

»Wer? Make?«

»Nein, verdammt, Make bringt keinen Ton heraus. Ich meine Juha. Du hast doch bei uns gesessen und ihn predigen gehört. Er sagt, die Jungs hier bilden die Kerntruppe, wenn die Revolution kommt.«

»Die Kerntruppe? Wer? Jami und Ride?«

»Ja. Das aus seinem Dornröschenschlaf geweckte Lumpenproletariat. Eine Speerspitze aus gehärtetem Stahl. Oder so ähnlich, ich erinnere mich nicht wortwörtlich.«

»Aber Jami und Ride hassen doch Kommunisten!«, erwiderte ich verblüfft.

»Stimmt«, sagte Pete. »Entweder klärt sie jemand darüber auf, dass sie eigentlich Marxisten sind, oder irgendwer schleppt meinen ältesten Bruder auf den Rosari, damit er mal sieht, wie die Wirklichkeit aussieht.«

»*Man does not always know his goals, he cannot tell his trusted friends from his eternal foes*«, kommentierte ich.

Ich weiß nicht, woher die Worte kamen, sie rutschten mir einfach heraus. Vielleicht stammten sie aus einem Buch, das ich gelesen hatte, denn ich hatte erst kürzlich »Childhood's End« von Arthur C. Clarke ausgelesen, und die Formulierung könnte daraus entnommen gewesen sein. Pete Everis Augen blitzten interessiert auf.

»Ich wusste gar nicht, dass dein Englisch so gut ist«, meinte er.

Ich zuckte mit den Schultern.

»Das habe ich sicher irgendwo geklaut«, bekannte ich widerstrebend.

»Von wem?«

»Keine Ahnung. Ich lese ziemlich viel.«

Später wurde mir klar, dass es nicht nur um die geglückte Zeile ging. Pete sah an jenem Abend noch etwas anderes in mir, vielleicht, dass ich älter geworden war und mittlerweile eher ein Jüngling als ein Kind war. Wenn es so war, dann hatte die Einsamkeit und nichts anderes mich reifen lassen. Aber im heißen Sonnenschein an der Kekkonen-Schanze taten wir so, als drehte sich alles um Konkretes, um Sprachkenntnisse, Liedtexte, Star-Träume.

»Ich habe mit Nisonen und zwei Typen aus Mattisbacka eine neue Band gegründet. The Visitors. Wir haben überlegt, Englisch zu singen, hast du vielleicht Lust, für uns was zu schreiben?«

* * *

Langsam und unmerklich wurde ich daraufhin in Petes und Evas Zweisamkeit aufgenommen. Falls Eva dem komischen kleinen Jungen skeptisch gegenüberstand, der sie im Bus so unverhohlen angestarrt hatte, zeigte sie es jedenfalls nie. Ich nehme an, meine langjährige Freundschaft mit Pete genügte ihr als Garantie. Vielleicht – jetzt gebe ich ein bisschen an – merkte sie auch mit der Zeit, dass ich nicht ganz so kindisch und anhänglich und unangenehm war, wie sie geglaubt hatte.

Ich schrieb vorhin »unmerklich«, weil mir im Grunde nicht bewusst war, was passierte. Pete und Eva äußerten sich mir gegenüber nie über irgendwelche Absichten, ich glaube nicht einmal, dass sie welche hatten. Die Dinge nahmen einfach ihren Lauf, und als ein weiteres Jahr verstrichen und ich aufs Gymnasium gewechselt war, erkannte ich, dass ich ein unverzichtbarer Teil ihrer Beziehung geworden war, fast eine Art jüngerer Bruder ehrenhalber. Stück für Stück hatte ich Einblick in ihr gemeinsames Leben gewonnen und war in das meiste eingeweiht: Nur den Sex, die Tatsache, dass sie miteinander schliefen, behielten sie für sich. Ich selbst schlief mit niemandem. Ehrlich gesagt hatte sich mein Bekanntenkreis auf Pete und Eva reduziert, was ich spätestens an jenem Morgen im August begriff, an dem ich zum ersten Mal zum Gymnasialtrakt der GST hinüberging und mich in der hintersten Ecke von Klasse 1c niederließ. Lauter fremde oder halb bekannte Gesichter, niemand, den ich meinen Freund oder Kameraden nennen konnte, und darüber hinaus die Gewissheit, dass Eva nicht mehr auf die Schule ging: Sie hatte im Frühjahr Abitur gemacht.

Ein Außenstehender nimmt meine Schilderung der Freundschaft zwischen Eva, Pete und mir vermutlich als schmierig und inzestuös wahr. Im wahren Leben kam uns das alles jedoch ganz natürlich vor. Wer seine Jugenderinnerungen nicht in Formalin versenkt, sondern lebendig bewahrt hat, weiß vielleicht noch, dass es so war: Die Dinge waren nicht einfach und die Normen angenehm verschwommen, man genoss die Gegenwart der anderen und das Gefühl von unbändigem Leben, und die Regeln wurden erst im Laufe des Spiels aufgestellt. Es ist die Furcht späterer Jahrzehnte – die Gründung einer Familie, Karriereambitionen, die Angst, nirgendwo hinzugehören –, die im Nachhinein ein Raster aus trister Zielstrebigkeit über diese Jahre breitete, in denen man eigentlich immer nur suchte. *Als wäre alles schon von Beginn an geplant gewesen.* Aber das war es natürlich nicht. Wir waren frei. Für ein paar lächerliche, aber vibrierende Jahre hatten wir tatsächlich die freie Wahl.

Es war niemals eine Dreiecksbeziehung, jedenfalls nicht im sexuellen Sinn. Am Anfang war ich, vor allem für Eva, wie ein kleinerer Bruder, und auch später hatte ich nichts mit ihrem Liebesleben zu tun. Außerdem war Pete geschickt darin, das eine vom anderen zu trennen. Er hatte einen Rivalen, nicht Eva, und so war er es auch, der mit schnellen und scharfen Schnitten die Zeit für ihre Liebe von der Zeit freischnitt, die wir zu dritt verbrachten. Wenn eine Situation auftauchte, in der ich das fünfte Rad war, agierte Pete blitzschnell, ganz gleich, ob wir in der Wohnung im Stationsvägen saßen oder bei Eva im Waltervägen oder draußen auf Aspholm in den Schären von Borgå. »Make yourself scarce, Frankki.« Pete benutzte wirklich manchmal diese englische Phrase, und ich hatte nichts dagegen: Es war besser als das brutale *Du bist mein Freund, aber jetzt haust du ab oder du kriegst eine aufs Maul* von jenem Frühlingsabend, an dem mir klar wurde, dass die beiden ein Paar waren, ich mich jedoch weigerte, sie in Ruhe zu lassen.

Wenn wir gemeinsam nach Aspholm hinausfuhren – das erste Mal im Frühjahr siebenundsiebzig –, gingen wir zu unterschiedlichen Zeiten in die Sauna. Sie zuerst und ich zum Schluss, und anschließend blieb ich im Saunavorraum, der mein Schlafplatz war. Eva und Pete schlugen mir oft vor, mit ihnen zusammen in die Sauna zu gehen, aber ich lehnte das Angebot stets dankend ab: Ich wusste, dass ich einen Ständer bekommen hätte, wenn ich Eva splitternackt gesehen hätte. So gesehen gab es nie einen Zweifel, ich wollte Evas Körper haben, träumte jahrelang von ihm. Und das wusste Pete mit Sicherheit. Ich hatte ihm nie erzählt, dass ich Eva ein ganzes Schuljahr auf ihrem Weg in die Stadt beschattet hatte, aber sie hatte ihm bestimmt davon erzählt. Sie begriffen beide, dass ich verrückt nach ihr war, teenagerverrückt, so etwas lässt sich nun einmal nicht verbergen.

Doch was die komplexeren Gefühle betrifft – Freundschaft, Seelenverwandtschaft, Verständnis –, war ich sicherlich verwirrter, als ich zugeben wollte. Draußen auf Aspholm saßen wir manchmal sechs Stunden oder länger am Küchentisch zusammen und redeten. Die Stehlampe mit ihrem hässlichen geblümten Stoffschirm war eingeschaltet, ansonsten hatten wir Kerzen in allen Zimmern, jede Menge Kerzen. Wir begannen den Abend stets damit, meine letzten Liedtexte durchzugehen, und Eva war dabei, weil auch ihr Englisch gut war. Wir rauchten alle wie die Schlote, ich rauchte Marlboro grün, und Pete rauchte rote Nortti ohne Filter, und Eva rauchte Form, und wir tranken herben, selbstgekelterten Wein, den Pete dem Vater eines Kumpels abgekauft hatte, und im Laufe der Zeit, wenn der Rausch stärker wurde, hatten wir keine Lust mehr, an den Liedtexten zu feilen, und ließen unserer Unterhaltung freien Lauf. Und wenn ich dann zu meinem Saunazimmer gegangen war und in der hellen

Frühlingsnacht oder im schwarzen, heulenden Grab des Herbstes allein war, kam es vor, dass Petes Gesicht mir deutlicher vor Augen stand als Evas. Ich stand ihm näher als ihr, so sollte es noch einige Zeit bleiben, und manchmal, wenn ich in dem zugigen Saunavorraum lag und an Eva und Pete im Haus dachte, hatte ich das Gefühl, in beide verliebt zu sein. Der Gedanke gefiel mir nicht, und noch weniger gefiel mir, dass ich mich nicht dagegen wehren konnte. Ich versuchte, mich damit zu trösten, dass es nichts zu sagen hatte, dass es bloß ein weiteres anstrengendes, aber vorübergehendes Kapitel im *Unglücklichen Lebensbuch schlecht verlöteter Jungen* war.

Eva Mansnerus und Pete Everi ähnelten sich in einem wichtigen Punkt. Sie waren Menschen, die auffielen. Wenn Eva oder Pete einen Raum betraten, reagierte man. Wenn einer der beiden sprach, hörte man zu. So gesehen waren sie Siegertypen oder kamen einem zumindest so vor. Wenn sie gemeinsam in ein Zimmer kamen, umwehte sie ein Hauch von *Das perfekte Paar*, aber ohne Barbie-und-Ken-Alarm: Beide sahen gut aus, aber innerlich waren sie eigensinnig und ungeschliffen, und das schimmerte durch.

Eva und Pete hatten noch etwas gemeinsam. Sie waren Menschen, die ihre eigenen Wege gingen, ihre Entscheidungen selbständig trafen, ohne sich Gedanken darüber zu machen, wie andere darauf reagieren würden. Mit den Jahren habe ich gelernt, dass man diese Qualität bei den verschiedensten Menschen finden kann, sie ist weder an eine Gesellschaftsschicht noch eine Lebensanschauung oder anderes gebunden. Aber damals, in meiner Jugend, erstaunte es mich, dass Eva und Pete sich so ähnlich sein konnten, obwohl sie aus derart verschiedenen Milieus stammten.

Beide hatten die nötige Stärke, um in einer Weise zu agieren, die bei Eltern und Geschwistern Anstoß erregte. Ihre nächsten Angehörigen waren überrascht und manche auch verärgert darüber, dass sie zusammen waren, aber Pete und Eva zuckten nur mit den Schultern. Ich bin mir nicht sicher, was Veikko Everi davon hielt, dass sein Pete mit einem Mädchen aus der Eigenheimsiedlung ging. Petes Vater war immer freundlich und guter Dinge, wenn er Eva begegnete, aber es war schwierig, seine verborgensten Gedanken zu lesen. Sie lagen hinter einer dicken Mauer allgemeiner Liebenswürdigkeit verborgen. Unübersehbar war dagegen, dass Petes ältere Geschwister Eva nicht mochten. In den Jahren, die sie und Pete zusammen waren, lernte sie alle – Juha, Minna, Make – kennen, aber ihr Umgang miteinander blieb kühl. Nur das Nesthäkchen Suski betrachtete Eva mit Augen, die vor Bewunderung leuchteten. Abgöttisch verehrte sie Evas Schönheit und wollte so werden wie sie, das sah man.

Es war nicht weiter verwunderlich, dass die älteren Geschwister negativ auf den Wohlstand und die Sorglosigkeit reagierten, die sie mit Menschen wie Eva verknüpften. Die späten siebziger Jahre gingen nicht sehr sanft mit Familie Everi um, und die schöne Freundin des zweitjüngsten Pete muss wie ein grotesker Kontrapunkt, ein höhnisches Gegenbild gewirkt haben, durch das noch deutlicher hervortrat, wie hart das Leben mit den anderen umsprang. Petes ältester Bruder Juha war zwar ein zäher Bursche, aber die junge, extrem linke Bewegung, in der er aktiv war, verlor allmählich an Schwung, und Juha hatte sein Studium der Volkswirtschaft viele Jahre vernachlässigt: Die Politik hatte all seine Zeit in Anspruch genommen. Für die Schwester Minna lief es noch schlechter. Auch sie hatte einen Studienplatz ergattert, jedoch den Fehler begangen, mit einem Mann zusammenzuziehen, der krankhaft eifersüchtig war und sie schlug. Der mittlere Bruder Make und seine Freundin Taru waren arbeitslos. Sie saßen jeden Abend im Männynlatva, und in ihrer Wohnung wurde oft weitergefeiert, wenn die Kneipe zumachte. Make und Taru nahmen Pot-Pesonen und die anderen Stammgäste mit nach Hause, und wer zufällig vorbeikam, konnte erdige Musik hören und hinter den Vorhängen Silhouetten schwanken sehen, bis die ersten morgendlichen Fahrten der nagelneuen S-Bahn blasse Büroangestellte und Verkäuferinnen zu ihren Arbeitsplätzen in der Stadt beförderten. Als wäre das nicht schon genug, hatte Veka Everis Freundin Orvokki in der Konjunkturkrise ihre Arbeit als Krankenschwester verloren. Auch sie hockte mittlerweile im Männynlatva. Die fast vierzigjährige Orvokki gehörte nun zu der Clique, die nachts bei Make und Taru zechte, und Veka wollte nichts mehr von ihr wissen.

Als ich anfing, das Haus von Familie Mansnerus im Waltervägen zu besuchen, entdeckte ich gewisse Ähnlichkeiten mit unserem Leben im Tannervägen. Ich war das einzige Kind und wurde langsam erwachsen, während Henry und Leeni gleichzeitig unausweichlich auseinanderdrifteten. Deshalb war es bei uns zu Hause trostlos und still geworden, und die gleiche trostlose Stimmung herrschte bei Familie Mansnerus.

Eva war kein Einzelkind wie ich, aber der Altersunterschied zwischen ihr und ihrer großen Schwester Adriana betrug dreizehn Jahre. Adriana war zudem von großem Schweigen und einem gewissen Geheimnis umgeben. Es ließ sich nicht feststellen, ob sie arbeitete oder nicht, ob sie gesund war oder nicht. Man bekam nicht einmal eine klare Antwort auf die Frage, ob sie mit der übrigen Familie in Tallinge wohnte oder nicht. Sicher war nur, dass sie manchmal in dem Haus übernachtete: Sie hatte ein eigenes Zimmer in der oberen Etage.

Anfangs war Eva sehr zugeknöpft, wenn es um Adriana ging, später lüftete sie den Schleier ein wenig. Irgendwann – bevor ich meine ersten Worte mit Adriana wechselte – erzählte Eva mir, ihre Schwester sei als blutjunge Frau zu lebenshungrig gewesen, sie sei Sängerin und Fotomodell gewesen und habe diverse Liebhaber gehabt, sie habe ihr inneres Gleichgewicht verloren und kämpfe seither darum, es zurückzugewinnen. Eva ließ darüber hinaus durchblicken, dass Adriana als Verkäuferin in einem Blumengeschäft in der Innenstadt von Helsingfors arbeitete oder gearbeitet hatte, und da Adriana oft längere Zeit von Tallinge fortblieb, nahm ich an, dass sie auch eine Wohnung in der Stadt hatte. Eine andere Möglichkeit lautete, dass sie sich manchmal in einer Klinik aufhielt. Später sollte ich erfahren, dass Adriana das Sommerhaus auf Aspholm liebte und dort draußen viel Zeit alleine verbrachte.

Wenn der Druck der Familie Pete Everi von links traf, so traf der gleiche Druck Eva Mansnerus von rechts.

Evas Mutter Catherine war eine elegante Frau mit einem Gesicht, das einmal schön gewesen, nun jedoch gealtert und aufgedunsen war. Sie wirkte rührselig, und mehr als einmal kam es vor, dass sie einen Vermouth oder Gin Tonic in der Hand hielt, wenn sie mir am frühen Nachmittag die Tür öffnete. Catherine Mansnerus war mehr als fünfzehn Jahre älter als meine Mutter, aber sie und Leeni ähnelten sich, beide vermittelten dem Betrachter das Gefühl, dass sie viel zu früh aufgegeben hatten. Und genau wie Leeni schien Catherine großen Wert auf Anstand und Äußerlichkeiten zu legen. Man merkte ihr an, dass Pete Everi ihrer Meinung nach in ihrem Haus zu lässig und informell auftrat, und dabei war Pete ein wirklich höflicher Mensch. Ich selbst war neurotischer veranlagt als er und fühlte mich in Evas Elternhaus immer beobachtet und unzulänglich. Seltsamerweise schien Catherine Mansnerus mein Unbehagen jedoch zu schätzen. Je steifer und eingeschüchterter ich wurde, desto mehr mochte sie mich und ließ gelegentlich sogar kurze Nebensätze fallen, die andeuteten, dass sie mich als Freund ihrer Tochter vorgezogen hätte.

Göran Mansnerus, Evas Vater, war meinem Vater nicht unähnlich. Genau wie Henry bemühte sich Göran, laut, kraftvoll und nett aufzutreten, was ihm mal besser, mal schlechter gelang. Und genau wie bei Henry konnte man bei Göran mitten in seiner polternden Art etwas Eingeschüchtertes, Geducktes erahnen. An ihm war dieser schwache und ausweichende Zug allerdings stärker ausgeprägt: Bei Henry existierte er nur als eine Ahnung, in Göran brodelte er gleich unter der Oberfläche.

Ich weiß nicht, ob Göran Mansnerus und Veikko Everi sich in den Jahren begegneten, in denen Eva und Pete ein Paar waren. Gut möglich, dass sie eine respektvolle Distanz vorzogen, denn sie befanden sich in diametral entgegengesetzten Lagern. Petes Vater, der eine Berufsausbildung durchlaufen hatte und Installateur gewesen war, bevor er Postbeamter wurde, blieb am Vorabend des 1. Mai, an Walpurgis, immer nüchtern. Für ihn war dieser Abend das Fest des Bürgertums. Am frühen Morgen des 1. Mai fuhr er dann frisch rasiert und gepflegt in die Stadt, um an der Demonstration der Arbeiterbewegung teilzunehmen. Göran Mansnerus dagegen, wusste Eva einmal zu erzählen, als sie ihre Eltern mehr als sonst leid war, hatte lange einem Zirkel reicher Waldbesitzer angehört, die sich am 1. Mai traditionell zu einem Heringsfrühstück im Savoy trafen und anschließend rechtzeitig zur nördlichen Esplanade wankten, um mit ihren Zigarren die roten Ballons der vorbeiziehenden Arbeiter platzen zu lassen.

* * *

My suburbia floating by, warehouses and factories
All things grey and angular, for years on end
The icy windows, damp smell of wool
The scent of sand and perfume every spring
And this my longing that's gone out to you
For years on end now
A little nod from you and I would do so fine
This is my postcard sent from number 49
(F. K. Loman)

Ich habe recht wenige und vage Erinnerungen daran, wie wir zu dritt bei Eva oder bei den Everis im Stationsvägen saßen. Und bei uns zu Hause saßen wir so gut wie nie. Es ergab sich einfach so, signalisierte vielleicht aber auch, dass ich trotz allem immer der Gast war, der Außenstehende, der Überschüssige.

Fast alle intensiven Bilder stammen von der Insel Aspholm. Dennoch werde ich einige Begebenheiten aufzeichnen, die sich in Tallinge abgespielt haben. Es handelt sich um scheinbar belanglose Episoden, die jedoch weniger belanglos wirken, wenn man, wie ich, weiß, was später passierte.

Kurz vor Weihnachten 1977 sprach ich zum ersten Mal mit Adriana Mansnerus. Es war Mitternacht, und Pete, Eva und ich, die wir in der Lebensphase waren, in der man großen Wert darauf legt, alle Familienfeierlichkeiten zu ignorieren, waren in Evas Zimmer in eine philosophische Diskussion vertieft.

Ich wusste, dass Adriana den ganzen Dezember über in Tallinge gewohnt hatte, aber man sah sie fast nie. Sie blieb stur auf ihrem Zimmer, aß sogar da oben. Bevor wir anderen uns an den Tisch setzten, brachte ihre Mutter ihr ein Tablett hinauf. Ich aß in jenem Herbst ziemlich oft bei Familie Mansnerus.

An jenem Abend war mein Mund vom vielen Reden, dem

vielen Tee und allen Zigaretten, die ich am offenen Fenster stehend, das zu dem verschneiten Garten hinausging, geraucht hatte, völlig ausgedörrt. Zwei Wochen zuvor hatte ich am selben Fenster gestanden und geraucht und Adriana durch den Garten heimkehren sehen. Sie war hinter der Edeltanne stehen geblieben, hatte einen bereits fertigen Joint herausgezogen und ihn angezündet. Ihre intensiven Züge hatten mir verraten, dass es keine normale Zigarette war. Eva und Pete hatten auf Evas Bettkante gesessen und sich liebevoll gekabbelt, und ich hatte ihnen nichts davon gesagt. Ich war stehen geblieben und hatte schweigend Adriana im Garten beobachtet. Sie hatte eine Lederjacke und einen kurzen schwarzen Rock und dünne Nylonstrümpfe getragen, obwohl es bereits eisigkalter Dezember war. Es war eine windige und klare Nacht mit einem fast vollen Mond gewesen, und ich hatte Adriana lüstern beim Rauchen beobachtet. Sie war seltsam, aber auch sehr attraktiv. Nun, einige Wochen später, schlich ich mich möglichst leise die Treppe hinunter. Göran und Catherine lagen schon im Bett, und ich wollte nur ein Glas Wasser trinken, sonst nichts.

Am Küchentisch saß Adriana, trank Kaffee und rauchte, sie trug eine Jeans und einen dicken, marineblauen Pullover. Sie war barfuß, und ihre langen kastanienbraunen Haare waren zu einem schlampigen und strähnigen Dutt hochgesteckt. Ich ging zum Wasserhahn, öffnete die Schranktür darüber und tastete nach einem Trinkglas. Sie beobachtete mich unablässig.

»Hallo, du bist also auch noch auf«, sagte ich vor allem, um höflich zu sein, und erwartete im Grunde nicht, dass sie mir antworten würde.

»Noch?«, erwiderte Adriana lachend, ihre Stimme war ein wenig brüchig. »Ich bin gerade erst aufgestanden.«

»Tja, du«, sagte ich dümmlich. »Schön für dich.«

Adrianas Blick schüchterte mich ein wenig ein. Er war nicht

unfreundlich, aber desinteressiert, leer. Ich hatte das Gefühl, gar nicht da zu sein, obwohl sie nachweislich mit mir sprach.

»Was haben wir heute für ein Datum?«, fragte sie.

»Den zwanzigsten«, antwortete ich und warf einen Blick auf die Küchenuhr, auf der es zwei nach zwölf war. »Warte … jetzt ist schon der einundzwanzigste!«

»Wintersonnenwende«, sagte Adriana. »Bald ist Weihnachten. Jetzt bleiben nur noch gut dreißig Jahre.«

»Wie bitte?«, sagte ich. »Dreißig Jahre bis was?«

Adriana antwortete nicht, schaute vielmehr aus dem Küchenfenster und zog schnell an ihrer Zigarette. Sie hielt sie, wie ich es bei Eric Clapton in alten Interviewfilmen aus den Sechzigern gesehen hatte: fest zwischen Daumen und Zeigefinger gepresst. Von Zeit zu Zeit zog sie schnell und gehetzt daran, genau wie Slowhand es in diesen Interviews getan hatte.

Ihr Verhalten schüchterte mich ein, und ich verließ die Küche und eilte im Laufschritt die Treppe hinauf. Zurück in der Geborgenheit dort oben erzählte ich Eva und Pete, was Adriana gesagt hatte, und fragte, wovon zum Teufel sie eigentlich geredet hatte.

»Ach, das ist nur eine dieser Weltuntergangsprophezeiungen, die sie aufgeschnappt hat«, meinte Eva. »Die findet sie überall, in einer Menge seltsamer Bücher, die sie liest. Meine Mutter glaubt, dass die Bücher Addi verrückt gemacht haben, nicht die Kerle und alles andere.«

Ein paar Wochen nach meiner Begegnung mit Adriana befanden wir uns wieder im Waltervägen. Ich glaube, es waren noch Weihnachtsferien, jedenfalls ist mir bildlich in Erinnerung geblieben, dass wir direkt neben dem nadelnden Weihnachtsbaum der Familie saßen und uns das Fotoalbum ansahen, das Eva herausgesucht hatte.

Adriana war nicht mehr im Haus, sie hatte sich nach Helsingfors abgesetzt. Göran und Catherine waren auf Madeira, Eva und Pete wohnten alleine in dem großen Haus, und ich hatte abends bei ihnen vorbeigeschaut. Die Tatsache, dass wir allein waren, bildete die Voraussetzung für unsere Séance mit den Fotos. Eva hatte das Album aus einem Versteck in Catherines und Görans Schlafzimmer hervorgeholt, was sie niemals gewagt hätte, wenn ihre Eltern im Lande gewesen wären.

Das Album war ausschließlich Adriana gewidmet. Die Bilder reichten bis in ihre Kindheit zurück: die frühen fünfziger Jahre, Bilder, auf denen die Kinder schlecht gekleidet waren, die Kinderwagen mittelalterlich aussahen und Helsingfors einer zerbombten Kleinstadt glich. Aber es waren nicht die ältesten Bilder, die Eva uns zeigen wollte, und ehrlich gesagt interessierten sie Pete und mich auch nicht.

Aber die Aufnahmen aus Adrianas Karriere als Fotomodell! Es gab Bilder von Evas Schwester in gelben und türkisen und gestreiften und gepunkteten, aber immer gleich kurzen Kleidern der sechziger Jahre, es gab Adriana im Bikini und Adriana in tief ausgeschnittenen Hemden, die mehr zeigten, als sie verbargen. Die junge Adriana hatte eine noch schlankere Figur gehabt als Eva, sah ich, ihre Brüste waren klein und ihre Arme und Beine schlank gewesen. Auf manchen Bildern lag oder saß sie so, dass ihre Beine bis ins Unendliche weiterzugehen schienen, der Fotograf hatte mit der Perspektive getrickst.

»Die hat Sam Karnow gemacht«, sagte Eva und zeigte auf eine Seite mit Bildern, auf denen Adriana ausgestreckt auf einem schwarzen Diwan lag und cremefarbige Pumps und ein weißes Kleid mit einem unregelmäßigen roten Muster trug. »Er hat später Karriere in Stockholm und Paris gemacht und ist in ganz Europa bekannt.«

Sie blätterte zurück und kam zu einer Seite mit Bildern, die im Freien, an unterschiedlichen Orten im Zentrum von Helsingfors geknipst worden waren. Auf einer Reihe von Bildern sah man im Hintergrund das offene Meer. Adriana war auf ihnen nicht allein, sondern in Gesellschaft zweier Männer. Der eine trug ein Polo-Shirt und ein hübsches Jackett, er hatte dunkle Haare und war groß. Der zweite Mann wirkte androgyn, er hatte ein kindliches Gesicht, das von einer blonden, zerzausten Mähne umrahmt wurde. Er war klein und spindeldürr, trug eine weiße Hose und ein orangenes Hemd mit Puffärmeln und einer Krause auf der Brust: Er sah aus wie eine Parodie auf einen Popstar aus der Zeit, in der die Aufnahmen entstanden waren. Adriana und der Kleine mit den Puffärmeln ulkten lebhaft herum, der Große schaute dagegen abweisend, als fände er, dass er für solche Faxen zu elegant war.

»Wo ist das gemacht worden?«, fragte ich und zeigte auf ein Foto, auf dem Adriana und ihre Freunde auf einem hohen Hügel zu stehen schienen. Unterhalb von ihnen sah man das Meer und diverse Felseninselchen.

»Auf den Brunnsparkwällen«, antwortete Eva, »bist du da noch nie gewesen?«

»Die beiden anderen«, sagte Pete, »was sind das für Typen?«

»Das sind die zwei, die mit ihr gesungen haben«, sagte Eva. Sie zeigte auf den großen: »Das ist Jouni Manner.«

»Der Politiker?«, fragte ich. »Der Minister?«

Jouni Manner war ein relativ junger Politiker, gut dreißig Jahre alt, Sozialdemokrat. Er hatte nach nur zwei Mandatsperioden den Posten als stellvertretender Bildungsminister bekommen. Manner gehörte zu den jungen Löwen in der Politik, er war ein Mann fürs 21. Jahrhundert. Momentan kandidierte er als Wahlmann für Kekkonen in einer Präsidentschaftswahl, die lediglich eine Formalität war. Manner war mit einer früheren Schönheitskönigin verheiratet und hatte in den letzten Jahren oft im Rampenlicht gestanden. In letzter Zeit war sein Name in der Boulevardpresse aufgetaucht. Seine Ehe kriselte, und es gab Gerüchte über eine Affäre mit einer bekannten Schauspielerin.

»Ich wusste nicht, dass Manner früher gesungen hat«, sagte Pete.

»Sie sind zwei Jahre lang zusammen aufgetreten«, erzählte Eva. »Sie durften sogar eine Single aufnehmen, aber die hat sich schlecht verkauft, und danach haben sie sich aufgelöst.«

»Und wer ist der andere?«, erkundigte ich mich. »Er sieht aus wie ein Freak.«

»Ich glaube, er hieß Ari«, sage Eva. »Soweit ich weiß, ist er gestorben. Aber ich weiß im Grunde nichts. Addi redet nie über diese Zeit.«

»Vielleicht war sie ja in einen der beiden verliebt«, sagte ich. »Vielleicht will sie deshalb nicht darüber sprechen.«

»Wenn *die* nicht eher in *sie* verliebt waren«, erwiderte Eva leichthin, aber dennoch mit einem gewissen Nachdruck.

»Na, in den war sie jedenfalls nicht verliebt«, sagte Pete und zeigte auf den Blonden mit den Puffärmeln. »Er sieht schwul aus. Hast du die Platte? Ich würde gerne hören, wie sie klingt.«

»Nein, leider nicht«, antwortete Eva. »Ich bin mir ganz sicher, dass Addi sie irgendwo hat. Meine Eltern auch. Aber wenn ich nach ihr frage, sagen alle Nein.«

Später im selben Winter kamen Pete und ich am frühen Nachmittag zu Familie Everis – wie wir glaubten – leerer Wohnung. An den Nachmittag erinnere ich mich noch sehr gut, denn ich hatte mir endlich ein Herz gefasst und ihm *Postcard From Bus Number Forty-Nine* zu lesen gegeben. Pete war mitten im Abitur und ging schon nicht mehr in die Schule, zusammen mit den anderen Absolventen der Abschlussklasse war er auf der Ladefläche eines Lastwagens feiernd durch Helsingfors gefahren und bereitete sich nun auf die Klausuren vor. Ich selbst schwänzte, und wir waren zu ihnen gegangen, um uns einen Kaffee zu kochen, uns an den Küchentisch zu setzen und über »Postcard« zu sprechen. Ich war nervös, denn es war mein bisher offenherzigster und autobiografischster Text: Meine Liebe zu Eva stand nicht mehr zwischen den Zeilen, sie war *in* den Zeilen, dunkel, intensiv, direkt.

Es kam nie zu einer Besprechung am Küchentisch. Stattdessen erwischten wir Petes jüngere Schwester Suski beim Vögeln mit Jami Johansson. Wir liefen direkt auf sie zu. Als Erstes sah ich Suskis schmächtige Knie, wie zwei kleine, etwas auseinanderliegende Alpengipfel, und zwischen ihnen hüpfte ein knochiger weißer Po auf und ab, der sich als Jamis herausstellte. Suski war erst fünfzehn, und Pete geriet außer sich vor Wut. Jami Johansson war in der gesamten Hochhaussiedlung gefürchtet, aber Pete stürzte sich auf ihn, riss ihn von der rotbraunen Couch und versetzte ihm drei Faustschläge, zwei ins Gesicht und einen in den Bauch. Jami war so überrascht, dass er nicht zurückschlug, außerdem war ihm die Sache unendlich peinlich, und er wusste nicht, ob er sich verteidigen oder seinen erschlaffenden Penis bedecken sollte. Petes dritter Schlag traf ihn mitten auf den Solarplexus, und Jami schnurrte zusammen und schnappte nach Luft. Pete klaubte Jamis dunkelbraune lange Unterhose vom Fußboden auf und warf sie ihm ins Gesicht. Jami schluckte auch diese Demütigung hinunter und zog sich an. Pete sah Suski an, die einen Wollschal über sich gezogen hatte, um notdürftig ihren nackten Körper zu bedecken. »Zieh dich an, verdammt nochmal!«, fauchte er.

Jami trottete eilig davon, und in den folgenden Wochen starrten Pete und er sich argwöhnisch an, wo immer sie sich begegneten, im Einkaufszentrum, im Stationsvägen oder in der Schule, in die Pete ging, um seine Abiturklausuren zu schreiben. Aber keiner der beiden war nachtragend, und so gaben sie sich nach einer Weile die Hand und wurden wieder Freunde. Als Pete ein paar Monate später eine Band im neuen Punkstil gründen wollte, entschied er sich für Jami als Rhythmusgitarristen, und es schien ihm nichts auszumachen, dass Suski zum größten Groupie und größten Fan des neuen Rhythmusgitarristen wurde.

Im selben Winter zupfte der gutmütige Türsteher Tölpel-Hakala eines Nachmittags an Veka Everis Mantelärmel, als Veka bei Helanen Lampenschirme gekauft hatte und an der Tür des Männynlatva vorbeikam. Petes Vater ging nur selten in die Kneipe, und nun wollte Tölpel-Hakala ihm erzählen, dass er sich große Sorgen um Veikkos Sohn Make und Veikkos frühere Geliebte Orvokki machte. Beide ließen das Geld vom Sozialamt im Dämmerlicht der Kneipe durch ihre Kehlen rinnen und schienen von Woche zu Woche mehr zu trinken. Veka schüttelte daraufhin jedoch nur traurig den Kopf und sagte Hakala, Make und Orvokki seien erwachsene Menschen und er, Veka, könne da nichts tun, die Verantwortung für sein Leben trage jeder selbst.

In jenem Winter fand auch die Präsidentschaftswahl statt. Ich erinnere mich, dass Pete, Eva und ich kurz vor der Wahl durch die Wahlmänner in Familie Everis Wohnung zusammensaßen, es war der Abend, an dem der Präsidentschaftskandidat Urho Kekkonen im Fernsehen befragt werden sollte. Veka besuchte Großmutter Salme, die schwerkrank war, und Pete, Eva und ich hatten die Wohnung für uns, wir tranken Bier und verfolgten zerstreut die Wahlsendung, während Eva gleichzeitig Fragen zur Geschichte des Zweiten Weltkriegs stellte: Pete paukte für seine Geschichtsklausur. Der Zufall wollte es, dass der Interviewer ebenfalls Kekkonen hieß, Antero Kekkonen, und der alte Präsident wirkte verärgert und beleidigt, weil er gezwungen war, sich etwas so Unwürdigem wie einer Fernsehbefragung zu stellen. Wenn sein Namensvetter ihn ansprach, trommelten seine Finger jedes Mal gereizt auf der Tischplatte. Pete verlor schon bald jegliches Interesse daran, den Weltkrieg zu rekapitulieren, und verfolgte das groteske Schauspiel auf der Mattscheibe.

»Kekkonen interviewt Kekkonen über Kekkonen«, murmelte er nach einer Weile. »Das sieht im Ausland bestimmt gar nicht gut aus.«

»Nichts, was wir tun, sieht im Ausland gut aus«, erwiderte ich. »Dies ist das Land, in dem die Bibliothekstanten wollen, dass Donald Duck seinen daunigen Hintern in eine anständige Unterhose hüllt. *We are truly the country of the damned.*«

»Ach, stellt euch nicht so an«, meinte Eva. »Das sind doch alles nur Lappalien.«

»Also, ich weiß nicht«, sagte Pete. »Ich glaube, das Ganze ist geplant. Eine große Verschwörung. Kekkonen und Karjalainen und ein Haufen Industriebonzen und ein paar Bibliothekare opfern sich und erklären sich bereit, lächerlich zu wirken, und tun das alles, damit wir in Frieden leben und die Ramones und die Pistols und Pink Floyd und so weiter hören dürfen. Sie opfern sich für unsere Zukunft, damit wir freiere Typen als Juha und Make und sie werden.«

»Freier? Glaubst du wirklich, was du da sagst?«, wollte Eva wissen und sah Pete mit einem gereizten Funkeln in ihren schönen, grauen Augen an.

»Ist das nicht eine genauso berechtigte Theorie wie jede andere?«, entgegnete Pete und tat, als hätte er nicht bemerkt, dass Eva ein bisschen sauer war. Er provozierte sie immer öfter. In jenem Winter wurden die ersten Risse in ihrer Beziehung sichtbar.

Einige Wochen später, an dem Tag, als Petes Großmutter Salme starb, wählten die vom Volk bestimmten Wahlmänner erneut den Doktor der Rechte Urho Kaleva Kekkonen mit der üblichen überwältigenden Mehrheit zum Präsidenten. Auch an diesem Nachmittag waren wir drei zusammen, wir hingen im Waltervägen träge im Wohnzimmer herum, schauten träge die Fernsehübertragung und rauchten. Vor der Wahlprozedur, während die Wahlmänner im Parlament eintrafen, zeigte das Fernsehen unkommentiert Bilder aus dem Café und dem Korridor vor dem Plenarsaal. Plötzlich verharrte die Kamera bei einem stattlichen, gut gekleideten Mann, der vor einem mannshohen Spiegel im Korridor stand und lange seine dunklen Haare kämmte. Er schien mit seiner Frisur nicht zufrieden zu sein, so oft er den Kamm auch durch seine Haarpracht zog.

»Seht mal!«, sagte Eva Mansnerus. »Das ist Manner, der Typ, der mit Addi gesungen hat.«

* * *

Wenn ich an das letzte halbe Jahr vor dem Zerwürfnis denke, sind wir immer auf Aspholm.

Pete und Eva hatten Abitur gemacht. Eva war an der Universität eingeschrieben, studierte ohne eine feste Laufbahn vor Augen zu haben Geisteswissenschaften und wohnte in einem Apartment mitten in der Stadt, die Wohnung gehörte einer ihrer Tanten. Pete jobbte als Fahrer bei einer Spedition und grübelte darüber nach, was er tun sollte, falls die Musik ihn nicht ernähren können würde. Ich selbst hatte die erste der drei Gymnasialklassen absolviert und jobbte die gesamten Sommerferien. Ich packte und stapelte Kisten in einem Warenlager des Gelbkrantzschen Konzerns und versuchte in meiner Freizeit, Liedtexte für Petes und Jimi Johanssons Punkband Riistetyt, Die Ausgebeuteten, zu schreiben. Das klappte mehr schlecht als recht, da es mir aus irgendeinem Grund leichter fiel, Liedtexte auf Englisch als auf Finnisch zu schreiben.

In dem Sommer fuhr ich ein einziges Mal, an einem Juliwochenende, nach Svartviken hinaus. Nach Aspholm fuhr ich wesentlich öfter. Eva, Pete und ich fuhren schon Mitte Mai auf die Insel. Das Meer war noch eiskalt und kühlte die Luft ab. Es war spät Frühling geworden, und da draußen knospete nicht einmal das Laub.

Adriana hielt sich auf Aspholm auf, seit Ende April das Eis aufgebrochen war. Sie wollte für sich sein und zog bei unserer Ankunft in die Sauna, obwohl das Haus ein großes, reich verziertes Holzgebäude mit zwei Stockwerken und mindestens einem halben Dutzend Schlafzimmern war. Ich durfte ausnahmsweise im Haus übernachten und hatte schon am ersten Abend genug von Eva und Pete. Erst stritten sie sich heftig in ihrem Schlafzimmer am anderen Ende des Flurs, und anschließend versöhnten sie sich wieder und feierten den Friedensschluss, indem sie miteinander vögelten. Den Geräuschen nach zu urteilen funktionierte das ganz prächtig.

Ich möchte nicht schlecht über Adriana reden. Ich lernte sie nie wirklich kennen, und schon in jenem Sommer, in dem ich siebzehn wurde, begriff ich, dass sie ein Mensch war, der viele Schläge hatte einstecken müssen. Dennoch lässt sich nicht leugnen, dass sie eine Atmosphäre von Verunsicherung und Unbehagen verbreitete. Sie war nicht unfreundlich, nicht direkt, aber sie hatte etwas Drohendes, fast Feindseliges an sich, als würde sie unablässig kleine stumme Signale aussenden, dass sie jeden Moment zusammenbrechen könnte. Eine spätere Zeit hätte ihr Verhalten möglicherweise als »passiv aggressiv« bezeichnet, ich weiß es nicht. Pete, Eva und ich hatten jedenfalls keine Worte dafür, wir waren zu jung. Aber wenn Adriana in unserer Nähe war, blieben wir stets wachsam.

Dieses Wochenende war unsere einzige Begegnung, bei der ich etwas mehr mit Adriana, oder »Addi«, wie Eva sie nannte, sprach. Am zweiten Abend, als zunächst Eva und Pete und danach ich in die Sauna gehen wollten, kam Adriana zum großen Haus und bediente sich von dem Wein, den wir mitgebracht hatten. Das passte Eva ganz offensichtlich nicht, und da sie sonst immer alles großzügig mit anderen teilte, nahm ich an, dass sie generell etwas dagegen hatte, wenn Adriana Alkohol trank.

Während Eva und Pete in der Sauna waren, saßen Adriana und ich am Küchentisch und unterhielten uns. Falls man dies eine Unterhaltung nennen konnte. Zwischenzeitlich verlief unser Gespräch ziemlich einsilbig. Immerhin brachte ich sie dazu, mir von Aspholm zu erzählen. Von Adriana erfuhr ich, dass die Insel Familie Boehm gehörte, also Catherines Verwandtschaft, und Göran Mansnerus eigentlich gar nicht vermögend war. Außerdem ließ Adriana durchblicken, dass man Göran nach irgendeinem Skandal in seinem vorherigen Job gefeuert hatte und die Familie deshalb aus der Havsgatan nach Tallinge gezogen war. Ich wurde neugierig, aber als ich versuchte, ihr Details zu entlocken, verstummte sie.

Stattdessen fragte ich sie nach der Platte und dem Gesangstrio, in dem sie mitgewirkt hatte. Ich wollte, dass sie von dem Prominenten, dem Minister, erzählte. Ich verriet ihr nicht, dass Eva mir und Pete heimlich das alte Fotoalbum gezeigt hatte, sondern gab vor, Eva habe beiläufig erwähnt, dass Adriana früher Sängerin gewesen sei.

Aber genau wie Eva prophezeit hatte, weigerte sich Adriana, den Faden aufzugreifen. »Darüber will ich nicht sprechen«, sagte sie nur, und damit war das Thema erledigt.

Aber ich blieb am Ball und scheute mich nicht, sie zu bedrängen. Ich brachte Adriana nicht dazu, etwas über Jouni Manner oder den mysteriösen Ariel mit den Puffärmeln zu sagen, aber es gelang mir immerhin, ihr zu entlocken, dass sie Paul Simon und Joan Baez mochte. Ich erkundigte mich, ob sie in ihren aktiven Jahren Freunde in der Musikbranche gefunden und eventuell eine der legendären Gestalten dieser Epoche kennengelernt habe. Ihre Antwort verblüffte mich. Ihre dunkle Stimme wurde beinahe lebhaft, als sie Ja sagte und erwähnte, sie habe beispielsweise Jugi Eskelinen und Alex Karjagin gekannt.

»Eskelinen? Und Alex Karjagin! Nicht schlecht!« Ich konnte mich nicht beherrschen. Damals, Ende der siebziger Jahre, war Jugi Eskelinen Finnlands größte Gitarrenlegende. Nachdem er zunächst The Bukka Men und anschließend Julmahovi gegründet und geleitet hatte, war er nach London gezogen und mit Dave Edmunds und zuletzt mit Wilko Johnson auf Tournee gegangen. Und Alex Karjagin, der große finnische Soulsänger der sechziger Jahre, stand immer noch an der Spitze der Hitlisten, mittlerweile allerdings mit gemächlich schunkelnden Balladen, die zu Zehntausenden von Hausfrauen in Betonvororten und Backsteinhäusern im ganzen Land gekauft wurden.

»Wir leben in einem kleinen Land, und Helsingfors ist eine kleine Stadt«, erklärte Adriana und klang wieder wie üblich. Die Stimme hatte ihre dumpfe, bedrückte Nuance wiederbekommen. »Wenn man diese Leute wirklich treffen will, ist man schnell allen begegnet, die wichtig sind.«

Das hörte sich nicht an, als wäre dieses »Leute treffen« etwas für sie gewesen. Aber trotz der kategorischen Worte blieb sie noch eine Weile gesprächig. Sie beschrieb Partys, auf denen »alle« gewesen waren, sie nannte den scheuen Schlagerstar Marica und den vielseitig begabten Jörn Donner und mehrere Vertreter der radikalen Theaterszene der sechziger Jahre und viele mehr. Dann sagte sie: »Aber es war ja auch klar, dass wir sie alle kennenlernten. Unser Manager war immerhin Stenka Waenerberg, er schmiss damals die besten Partys in der Stadt.«

Wieder so ein legendärer Name. Sten-Erik »Stenka« Waenerberg war ein erfolgreicher Popmanager und Konzertveranstalter, der mit der stalinistischen Bewegung geflirtet hatte, als sie neu war. Danach war er wieder auf den Füßen gelandet und erneut Manager seiner alten Schützlinge geworden – zu denen sowohl Alex Karjagin als auch Jugi Eskelinen gehörten –, als wäre nichts passiert.

Die vielen Prominenten, die Adriana gekannt hatte, faszinierten mich, und ich hätte ihren Geschichten gerne noch ein wenig länger gelauscht. Aber sie war jetzt düsterer gestimmt. Es kam einem vor, als wäre über ihrer Stirn und ihrem ganzen Gesicht eine Finsternis aufgezogen. Ihr Blick war wieder so leer und abwesend wie in der Küche im Waltervägen ein halbes Jahr zuvor. Außerdem hörte ich die Stimmen Evas und Petes, die sich dem Haus näherten. Ich musste mich mit dem begnügen, was ich bereits gehört hatte, und war froh über die neuen Züge, die ich an Evas seltsamer Schwester entdeckt hatte. Ich will nicht behaupten, dass es mein Verdienst war, aber in Adriana war etwas aufgeblitzt, etwas Warmes, eine irgendwie geartete Freude, die es früher einmal gegeben hatte.

Ich ging an diesem Frühlingsabend lange alleine in die Sauna. Als ich kurz in das eiskalte Wasser gehüpft und prustend wieder herausgelaufen war und mich mit einer Bierflasche in der Hand auf die Veranda der Sauna gesetzt hatte, sah ich Adriana am Ufer stehen und mich beobachten. Sie stand ein wenig weiter südlich, in einer kleinen Bucht, in der Erlen und junge Birken fast bis zum Ufersaum wuchsen, vermutlich dachte sie, die abendliche Dunkelheit würde sie verbergen. Aber ich konnte schon immer gut im Dunkeln sehen und merkte, dass sie dort vollkommen reglos stand und starrte. Danach hatte ich Probleme einzuschlafen. Ich verließ die Sauna, so schnell ich konnte, eilte zum großen Haus hinauf und versuchte mir einzureden, dass Adriana mich nur beobachtet hatte, weil sie müde war und sich in ihr

Saunazimmer legen wollte. Wirklich überzeugt war ich jedoch nicht, und es dauerte eine Weile, bis das Bild Adrianas am Ufer verschwand und ich Schlaf fand.

Am nächsten Morgen ging Pete gleich nach dem Frühstück zum Ufer hinunter, um die Heringsnetze einzusammeln, die Eva und er auswerfen wollten. Als er zurückkam, hatte er Adriana getroffen und war verblüfft.

»Sie hat wieder diese Formel heruntergebetet«, meinte er zu mir. »Zwanzig zwölf, zwanzig zwölf, zwanzig zwölf. Hat sie das bei dir auch gemacht?«

»Nee, nur andere komische Sachen gesagt. Das klingt jedenfalls wie eine Tischtennispartie zwischen mir und meiner Kusine Merja. Sie kommt immer auf zwanzig Punkte und ich auf zwölf.«

»Addi ist so verdammt irre«, sagte Pete. »Manchmal kommt sie einem fast normal vor, und dann ist sie plötzlich wieder völlig durchgeknallt.« Er schwieg einen Moment und sagte dann: »Manchmal frage ich mich, ob Eva nicht auch ein bisschen verrückt ist.«

* * *

Wir fuhren in dem Sommer mindestens ein halbes Dutzend Mal auf die Insel, wir nutzten die Gelegenheit, wenn Göran und Catherine verreist waren und auch Adriana abwesend war. Wahrscheinlich hielt sie sich in einer Klinik auf.

Ich erinnere mich an den Besuch, der unser letzter sein sollte. Es war Mitte August, ein paar Tage zuvor war ich siebzehn geworden. An meinem Geburtstag hatte ich mich mit Henry und Leeni gestritten, weil sie fanden, dass ich nie zu Hause war und ausgesprochen verantwortungslos lebte. Sie hatten Recht. Pete war praktisch zu Eva in der Jägaregatan gezogen, und ich schlief in ihrer Kochnische oft auf einer Matratze. An anderen Abenden blieb Pete in Tallinge, und dann saßen er und ich im Stationsvägen, hörten Platten und unterhielten uns so lange, dass es für mich am einfachsten war, bei Everis zu übernachten. Ich schlief auf der rotbraunen Couch oder in Minnas altem Zimmer. An den Wochenenden fuhr ich meistens nach Aspholm hinaus. Ich war Kettenraucher, trank auch unter der Woche Wein und Bier, blieb lange auf und schrieb Liedtexte noch zu so später Stunde, dass ich winzige Augen hatte, wenn der Wecker klingelte. Ich hatte bei mehreren Lieferungen, die ich bearbeitet hatte, mit Inhalt und Packzetteln geschlampt, und die Beschwerden darüber waren Henry zu Ohren gekommen, der fand, dass ich ihn blamierte.

Im Spätsommer stritten Eva und Pete sich häufig, und man ahnte, dass sich das Ende anbahnte. Schon Freitagabend kam es zu einer Auseinandersetzung, woran ich nicht ganz unschuldig war.

Unser Gespräch an jenem Abend ist mir, zumindest anfangs, als lebhaft und offen in Erinnerung geblieben. Aber es war auch durchsetzt von den ironischen Posen, die wir damals so gerne einnahmen. Unsere Gespräche wurden in einem Ton geführt, der eine Mischung aus schonungsloser Aufrichtigkeit und ausweichender, schützender Ironie war. Dieser Umgangston ist unter jungen Leuten weit verbreitet, viele Jahre später sah ich ihn in einem englischen Roman mit den Worten *the irony of intelligent youth* beschrieben. Ich weiß allerdings nicht, ob wir besonders intelligent waren, aber wir *wollten* es sein, das gehörte zu unserem Selbstbild.

Jedenfalls unterhielten wir uns ziemlich ehrlich über unsere Eltern und welche Landplage sie doch waren. Die Wunden meines Geburtstagsstreits mit Henry und Leeni waren noch nicht verheilt, so dass ich das Thema ansprach, aber Eva ging sofort darauf ein. Sie ließ einen sarkastischen Kommentar über Görans und Catherines Leben fallen und meinte, die beiden hätten versehentlich ein Kind bekommen, als sie jung waren, woraufhin sie sich dreizehn Jahre gelangweilt hatten, bis sie versuchten, ihre Probleme zu lösen, indem sie ein zweites Kind bekamen. »Obwohl ich natürlich froh bin, dass es mich gibt!«, versuchte sie ihre Worte abzuschwächen. Mir fielen Adrianas Andeutungen dazu ein, dass Catherines Familie vermögend war und Görans früherer Arbeitgeber ihn entlassen hatte. Ich fragte danach und sah, dass Eva zögerte, als sie den Mund öffnete, um mir zu antworten.

Pete kam ihr zuvor.

»Hast du das nicht gewusst?«, sagte er erstaunt. »Das weiß doch jeder, als es passierte, stand es in allen Zeitungen! Göran hat für eine Firma in der Holzindustrie gearbeitet und ist erwischt worden, als er Geld veruntreut hat. Es war keine Riesensumme, aber trotzdem. Er ist zu einer Bewährungsstrafe und einer hohen Geldbuße verurteilt worden und wurde gefeuert.«

»Dann ist der Alte also nur Fassade?«, erwiderte ich überrascht. »Ich meine, wenn er sich aufspielt und seinen großen Audi fährt und so.« Weil ich zu sehr damit beschäftigt gewesen war, die Informationen zu verdauen, merkte ich nicht, dass Eva still und leichenblass geworden war. Henry und Leeni hatten vergeblich zu verbergen versucht, wie sehr es ihnen missfiel, dass ich so viel Zeit bei Familie Mansnerus verbrachte. Als ich anfing, mich regelmäßig mit Eva und Pete zu treffen, war ihr vages Unbehagen ihnen gegenüber von Beginn an spürbar gewesen. Ich hatte es schon geahnt, als ich sah, wie meine Eltern Göran und Catherine Mansnerus auf dem Flughafen die Hand gaben, aber mir war nicht klar gewesen, worum es ging. Eigentlich war das nämlich nicht Henrys und Leenis Art. Sie hatten nie ein böses Wort darüber verloren, dass ich bei den Everis war, obwohl sie wussten, dass Veka Everi zu genau der Arbeiterklasse gehörte, der sie selbst mit aller Macht entflohen waren, und obwohl sie wussten, dass der mittlere der drei Brüder Alkohol- und Drogenprobleme hatte.

Nun hatte ich die Antwort bekommen. Göran Mansnerus hatte ein Wirtschaftsdelikt begangen, und um seinen Hals hing wie ein Mühlstein ein altes Gerichtsurteil, weshalb Leeni und Henry es unpassend fanden, dass ich in einem solchen Haus verkehrte. Aber ich kam nicht mehr dazu, meine Erkenntnisse zu verarbeiten, und Pete kam ebenso wenig dazu, mehr zu erzählen. Denn im nächsten Moment stand Eva auf, und ich sah, dass ihr Gesicht angespannt und kreidebleich war.

»SCHEISSE!«, fauchte sie, griff nach einem Wasserglas auf dem Tisch und schüttete Pete den Inhalt ins Gesicht. Anschließend rannte sie aus der Küche und die Treppe in die obere Etage hinauf.

Pete begrub das Gesicht in den Händen und sagte nichts. Ich warf einen Blick aus dem Küchenfenster und sah einen sanften und satten Sonnenuntergang. Ich wartete. Pete riss ein Blatt Küchenrolle ab und wischte sein Gesicht trocken.

»Jesus!«, meinte er schließlich und sprach den Namen englisch aus. »Was für eine Lady!«

Er stand wortlos auf und stieg mit schweren Schritten die Treppe hoch. Ich hörte ihn oben etwas murmeln. Anfangs bekam er keine Antwort, so dass ich nur Petes gemurmelten Monolog hörte, ohne seine Worte verstehen zu können, aber plötzlich brüllte Eva regelrecht: »UND MIT WELCHEM VERDAMMTEN RECHT GLAUBST DU, DASS DU HIER AUF MEINER INSEL SITZEN UND ÜBER MEINE FAMILIE LÄSTERN KANNST?!«

Danach war der Streit in vollem Gange, sie schrien über mir wie die Nebelhörner. Ich hielt es nicht mehr aus, ging zum Ufer, ließ mich auf einen Stein fallen und sah mir den Sonnenuntergang an.

Das restliche Wochenende über war unser Umgang miteinander von großer Unsicherheit geprägt. Ehrlich gesagt war es gar kein Umgang. Eva und Pete schmollten, und jeder blieb für sich. Die Insel war groß genug dafür; wenn man wollte, konnte man den anderen aus dem Weg gehen. Die frostige Atmosphäre verunsicherte mich. Mir wurde bewusst, wie abhängig ich mittlerweile von Pete und Eva war. Wenn sie sich stritten, empfand ich es wie eine kalte Hand um mein Herz, obwohl es mich streng genommen gar nichts anging. Außerdem fühlte ich mich innerlich nackt. Ich hatte den beiden kurz zuvor neue und offen autobiografische Texte gegeben, *Dark Storm Ahead*, *Just Another July Evening* und zwei weitere.

Am Sonntagmorgen wurde ich davon wach, dass jemand meine Wange streichelte. Ich schlug die Augen auf. Eva saß auf meiner Bettkante, sie trug Shorts, ein Hemd und Holzschuhe. Sie hatte die Hand zurückgezogen, die mich gestreichelt hatte, ihre Hände ruhten reglos in ihrem Schoß.

Ich hatte eine Morgenlatte, aber die Decke war zum Glück dick. Ich wurde trotzdem verlegen und wusste nicht, was ich sagen sollte.

»Guten Morgen«, meinte Eva und kam mir zuvor.

»Morgen«, erwiderte ich. »Was tust du denn hier? Wo ist Pete?«

Sie zuckte mit den Schultern. »Schläft.«

»Bei euch läuft es nicht so gut«, sagte ich.

»Das ist wohl nicht zu übersehen«, erklärte Eva. »Wir machen bestimmt bald Schluss.«

»Tut das nicht«, erwiderte ich und schluckte mit Mühe *Was soll denn dann aus mir werden* herunter.

Eva blieb, den Blick auf den blassen Sonnenstriemen gerichtet, der durch die Ritze zwischen den Vorhängen fiel, auf der Bettkante sitzen. Der Himmel schien locker bewölkt zu sein.

Plötzlich fühlte ich mich wohl. Eine schlaftrunkene, angenehm zeitlose Sonntagsatmosphäre erfüllte das kleine Saunazimmer.

»Wie heißt du?«, fragte sie mich auf einmal. »Wie lautet dein vollständiger Name, ich habe dich nie danach gefragt.«

»Frank Kaspar Taavi Loman«, sagte ich.

Eva lächelte.

»Deine Eltern haben sich richtig Mühe gegeben.«

»Der letzte sollte wohl eigentlich David sein«, sagte ich. »Ich glaube, daraus ist dann Leeni zuliebe Taavi geworden, damit ich auch einen finnischen Namen habe. Und wie heißt du?«

»Eva Emilie Josefin Mansnerus«, antwortete Eva. »Emilie und Josefin heiße ich nach meinen Großmüttern.«

Ich kostete stumm die Namen. Eva Emilie Josefin. Das war schön. Alles, was mit Eva Mansnerus zu tun hatte, war schön.

Eva streckte die Hand aus und zerzauste meine Haare. Als sie die Hand zurückzog, ließ sie die Finger direkt über meinem Geschlecht auf der Decke landen. Mein Körper reagierte sofort, ich spürte, dass sich der erschlaffte Schwanz wieder hob.

»Mein kleiner Frank Kaspar«, sagte sie. »Mein kleiner Kaspar Hauser.« Sie sah mir in die Augen und lächelte: »Wie wäre es, wenn ich dich von jetzt an Kapi nennen würde.«

»Und warum?«, fragte ich und versuchte, ihre Hand auf der Decke wegzudenken.

»Weißt du etwa nicht, wer Kaspar Hauser war?«, sagte Eva.

»Natürlich weiß ich das«, entgegnete ich. »Aber was hat er mit mir zu tun?«

»Du beherrschst die Sprache der Menschen auch nicht so gut«, antwortete Eva. »Du solltest eine eigene Sprache finden, ein Instrument spielen lernen, malen lernen. Oder ist das hier deine Sprache?«

Als sie die letzte Frage stellte, drückte sie durch die Decke zu, aber nur ganz leicht, und danach ließ sie augenblicklich los, stand von der Bettkante auf, ging zum Fenster, sah hinaus und begann, in einem alltäglichen Ton über Kaffee und Frühstück zu sprechen. Eine innere Stimme ermahnte mich, beleidigt zu sein und mich gedemütigt zu fühlen. Aber ich empfand nichts dergleichen, ich fühlte mich warm, glücklich und geil. Allerdings hatte ich Pete gegenüber den ganzen Tag ein schlechtes Gewissen, es kam mir fast so vor, als hätten Eva und ich es durchgezogen, als hätten wir ihn betrogen.

Anfang des Herbstes versuchten Eva und Pete, offiziell zusammenzuziehen. Pete ließ die Jägaregatan als seinen festen Wohnsitz eintragen und kaufte sogar als eine Art Morgengabe zu seinem Einzug einen neuen Kühlschrank. Die »Nachtgabe« bestand aus seinen zwei Gitarren und einem alten Marshallverstärker, und diese sowie Petes ziemlich laute Art, sie zu traktieren – er war immer noch in seiner Riistetyt-Phase, Punk war sein Ein und Alles –, trieben Eva rasch in den Wahnsinn. Mehr als drei Jahre hatten sie sich geliebt, doch jetzt war diese Liebe nicht mehr zu retten. Kurz nach Weihnachten zog Pete aus, und gleichzeitig machten Eva und er Schluss.

Pete zog fürs Erste in den Stationsvägen zurück. Aber wenn man sein Elternhaus einmal verlassen und Geschmack an der Freiheit gefunden hat, findet man nur selten wieder zurück, und Pete und Veka gingen sich augenblicklich auf die Nerven. Petes ältester Bruder Juha hatte einen Freund, der eine kleine Bude in der Karlsgatan hatte, nun aber ins Ausland ziehen würde, und Pete übernahm seine Bude. Sie hatte keine Dusche, nur eine Toilette mit Waschbecken, was aber nicht weiter schlimm war, da die Wohnung mitten in Berghäll lag, wo es sowohl öffentliche Saunen als auch ein Schwimmbad gab.

Anfangs erwies sich das neue Arrangement für mich als ein Volltreffer. Jetzt hatte ich zwei Freunde mit eigenen Wohnungen, die ich überfallen konnte, wenn ich in die Stadt fuhr und nicht nach Tallinge zurückfahren wollte. Aber Pete blieb nur kurze Zeit in der Karlsgatan. Er las Bücher über Informatik und Massenkommunikation und bestand im Frühjahr die Aufnahmeprüfung an der Universität von Tammerfors. Bald würde er fast vollständig aus meinem Leben verschwinden und erst viele Jahre später zurückkehren.

* * *

Ich schlief weiter auf der Matratze in Eva Mansnerus' Wohnung, ihre Trennung von Pete brachte mir keine Nachteile. Aber ich erreichte auch nicht die Veränderung, die ich wie nichts anderes herbeisehnte, für mich gab es die Matratze auf dem Fußboden, und nur diese Matratze. Wenn wir das Licht gelöscht hatten, lagen wir ein paar Meter entfernt voneinander im Halbdunkel und unterhielten uns. Evas Fenster ging zur Straße hinaus, von der gespenstisches bläuliches Licht hereinfiel. Oft redeten wir so bis tief in die Nacht hinein, und wenn ich hörte, dass ihre Stimme langsam und dösig wurde, versuchte ich verzweifelt, mir neue spannende Gesprächsthemen auszudenken. Am Ende gingen sie mir allerdings unweigerlich aus, und dann gähnte Eva vernehmlich, sagte »gute Nacht, Kapi, mein Freund« – sie hatte ihre Drohung wahrgemacht und nannte mich jetzt immer so –, drehte sich mit dem Gesicht zur Wand auf die Seite und schlief auf der Stelle ein. Ich weiß noch, dass ich völlig von unseren Gesprächen und ihrer bloßen Nähe erfüllt war. Ich war nicht, was naheliegen könnte, total geil und frustriert, jedenfalls noch nicht. Es war ein anderes Gefühl, manchmal fühlte ich mich nahezu *vergeistigt*, als triebe ich auf einer Wolke aus Glück und als hätte ich alles, was ich brauchte, wenn ich nachts bei ihr lag. Erst wenn ich am folgenden Nachmittag, nach Schulschluss, in mein Zimmer in Tallinge zurückkehrte, entdeckte ich, dass ich trotz allem geil gewesen war: Offenbar wagte ich es nur nicht, ihr das zu zeigen.

Zu Pete Everi hatte ich schon nach kurzer Zeit nur noch sporadisch Kontakt. Petes letzte Band in Tallinge wurde im Winter mit der klassischen Begründung »musikalische Differenzen« aufgelöst. Jami Johansson hatte den Punk satt und hörte stattdessen Rockabilly. Jami legte sich eine Entenschwanz-Frisur zu und hickste beim Singen wie der junge Elvis. Laut Pete hatte er sein altes Cowboyhemd aus dem Bicentennial-Jahr herausgesucht und über seinem Bett sogar eine Südstaatenflagge an die Wand gepinnt.

Petes Besuche in Tallinge wurden immer seltener, schon bald hörten sie fast völlig auf. Außerdem schien Pete seine Gitarren leid zu sein und sich stattdessen immer mehr darauf zu konzentrieren, Bücher zu lesen. Das hätte uns verbinden können, wenn er nicht auch mich unendlich leid gewesen wäre. Es war, als hätte er endlich eingesehen, dass ich zwei Jahre jünger war als er und um einiges unter seinem intellektuellen Niveau lag. Er wollte meine Liedtexte nicht mehr sehen, was natürlich auch daran gelegen haben mag, dass wir damals so unterschiedliche Interessen hatten. Ich war in einer Springsteen-Phase, während er Television und die Talking Heads hörte.

Heute, viel später, ist mir klar, dass es mir schwerfiel, die Wohnung im Stationsvägen zu verlassen. Sie war zu einem zweiten Zuhause geworden, aber dort wohnten nur noch Veka und Suski.

Im Frühjahr 1979 hatte ich eine kurze und wirre Affäre mit Suski. Die Sache hielt nur ein paar Wochen, und wir kamen nicht einmal so weit, miteinander zu schlafen, es wurde nur ewig geknutscht und ziemlich eingehend gefummelt, das war alles. Ich versuchte, ihr meine Texte zu zeigen – die englischen, meine Schreibversuche für die Punkband hatte ich aussortiert –, aber sie hörte nur neue finnische Bands und war nicht interessiert. Als zwei Wochen vergangen waren, bat ihr Vater, mit mir sprechen zu dürfen. Er sagte freundlich, dass er es für keine gute Idee halte, wenn Suski und ich zusammen seien. Er habe sich daran gewöhnt, in mir einen guten Freund Petes zu sehen, erklärte er, so sei es viele Jahre gewesen, aber nun sei Pete ausgezogen, und ihm passe das neue Arrangement nicht, und außerdem habe Suski schlechte Noten und müsse sich auf die Schule konzentrieren.

* * *

Manchmal geschehen umwälzende Ereignisse, vor allem bestimmte Tragödien, in einer in den Augen der Umwelt sehr stillen Weise. Die Ereignisse implodieren gleichsam, statt zu explodieren, *not with a bang but with a whimper*, wie Leeni es mit den Worten ihres Hausgotts Eliot formuliert hätte.

So auch bei dem, was Familie Mansnerus an einem Wochenende im Mai jenes Jahres widerfuhr. Adriana wohnte wieder auf Aspholm. Sie war allein, weder ihre Eltern noch Eva hatten Zeit hinauszufahren. Es war erneut ein kühles Frühjahr, und Adriana fand wahrscheinlich, dass es leichter war, das Saunazimmer zu heizen als das große Haus mit seinen vielen Zimmern. Folglich wohnte sie in der Sauna, und an einem Samstagabend war sie offenbar in die Sauna gegangen und hatte ziemlich viel Rotwein getrunken (am Bootssteg lag eine leere Flasche auf der Erde), und irgendwann im Laufe der Nacht hatte sie wahrscheinlich im Bett geraucht und war dabei eingeschlafen. Die Sauna brannte vollständig nieder – im Bericht stand, es müsse eine sehr heftige Feuersbrunst gewesen sein –, und Adriana konnte nur mit Hilfe ihres Zahnarztes identifiziert werden.

Ich erfuhr durch Pete davon, er rief mich an. Henry war damals auf Reisen, aber Leeni erzählte ich sofort, was passiert war.

Sie sagte nichts, aber kurz darauf sah ich sie mit einem unangerührten Glas Wein vor sich in der Küche sitzen.

Ich fühlte mich schlecht, ehrlich gesagt übergab ich mich an dem Abend zwei Mal. Ich kannte Adriana im Grunde nicht, ich will nicht so tun, als wäre der Schock über ihren grausamen Tod der Grund gewesen. Ich denke, mir wurde übel, weil Adriana in dem Saunazimmer gestorben war, in dem ich selbst so viele Male übernachtet und Eva einmal auf meiner Bettkante gesessen und dafür gesorgt hatte, dass ich sehr glücklich war.

Ich versuchte sofort, Eva zu erreichen, was mir jedoch nicht gelang. In ihrer Wohnung hatte sie kein Telefon, und als ich hinfuhr und an der Tür klingelte – ich war mehrmals dort –, blieb es dahinter todstill. In Tallinge spazierte ich an dem großen Haus im Waltervägen vorbei, aber alle Vorhänge waren zugezogen.

Die Trauerfeier für Adriana fand an einem Samstag Anfang Juni in der Kapelle des zentral gelegenen Friedhofs Sandudden statt. Pete Everi nahm teil, immerhin war er jahrelang mit Eva zusammen gewesen und hatte dadurch auch Adriana kennengelernt. Außerdem habe Eva ihn ausdrücklich gebeten zu kommen, sagte er mir.

Außerdem erzählte mir Pete (ich erfuhr es also vor den Boulevardblättern), dass sowohl der stellvertretende Bildungsminister Jouni Manner als auch der bekannte Popmanager Sten-Erik »Stenka« Waenerberg unter den Trauergästen gewesen waren. Manner war im letzten Moment in einem schwarzen Dienst-Saab eingetroffen und hatte sich in die hinterste Reihe gesetzt. Er hatte seinen Kranz als einer der Letzten niedergelegt. *Yhteisten laulujemme muistoksi*, »Zur Erinnerung an unsere gemeinsamen Lieder«, lautete der Text auf der Schleife, jedenfalls laut der Illustrierten *Hymy*. Stenka Waenerberg war noch unscheinbarer geblieben, hatte keinen Kranz niedergelegt, sondern nur regungslos und verschlossen in der vorletzten Reihe gesessen, eine vor Manner.

Das Interesse der Klatschblätter wurde dadurch geweckt – Pete meinte, der Zwischenfall werde in absurder Weise aufgeblasen, es habe sich um ein paar Sätze in einem schneidenden Tonfall gehandelt, mehr nicht –, dass es zwischen Manner und Waenerberg vor der Kirche zu einer Auseinandersetzung kam. Ersterer war zu Letzerem gegangen und hatte ihn angesprochen, und anschließend hatten sich die beiden leise und verbissen unterhalten, bis ihre Stimmen plötzlich laut geworden waren.

»Sie war genauso meine Freundin wie deine!«, hatte Waenerberg gefaucht, und daraufhin hatte Manner ausgesehen, als hätte er den wesentlich kleineren und schon leicht ergrauten Popmanager am liebsten geschlagen. Manner hatte sich jedoch damit begnügt, seinerseits zu fauchen: »Nie und nimmer! Jedenfalls finde ich, du solltest den Kaffee auslassen, Stenka!«, hatte er gesagt und Waenerberg den Rücken zugekehrt, und damit hatte sich die Sache erledigt.

Pete meinte, Waenerberg sei nicht zum Leichenschmaus erschienen. Manner war gekommen und etwa fünf Minuten geblieben, hatte Göran, Catherine und Eva die Hand geschüttelt, ihnen sein Beileid bekundet, schnell eine Tasse Kaffee getrunken und war gefahren. Dass sich die Regenbogenpresse so für das kleine Drama interessierte, mochte Pete zufolge daran liegen, dass Jouni Manner ohnehin schon im Rampenlicht stand. Er hatte sich erst vor kurzem wegen eigener Untreue scheiden lassen und kurz darauf seine bisherige Geliebte geheiratet. Dagegen hatte Pete keine Ahnung, wer den Vorfall der Presse gesteckt hatte, denn es waren nur Freunde und Verwandte in der Kirche gewesen, keine Journalisten.

Die Manner-Waenerberg-Affäre lebte eine knappe Woche. Sie gelangte von den Boulevardblättern in die Tageszeitungen und führte zu einer Reihe spektakulärer Schlagzeilen, bevor sie im Sande verlief. »Was machte der Minister auf der Beerdigung des mysteriös umgekommenen Ex-Starlets?«, lautete eine Schlagzeile. »Der Minister und Pop-Stenka in einem Streit auf Leben und Tod« eine andere und weniger zutreffende. Doch das Gesangstrio Joni, Ariel & Adriana war so unbekannt, ihre Tourneen und die Platte, die sie aufgenommen hatten, waren so vergessen, dass keiner der sonst so gewieften Boulevardjournalisten die Verbindung zwischen Jouni Manner und Stenka Waenerberg fand.

* * *

Eva Mansnerus hielt sich fast den ganzen Sommer fern. Als wir schließlich wieder voneinander hörten, fragte ich sie nicht, wo sie gewesen war. In Petes Gesellschaft war sie jedenfalls nicht gewesen, denn das hätte ich gewusst. Pete und ich trafen uns manchmal, weil Pete seinen Umzug nach Tammerfors vorbereitete und in Feierlaune war.

Es war damals so leicht zu verschwinden. Zehn, zwanzig, fünfzig Kilometer reichten völlig. Wer wollte, konnte sich selbst in seiner Heimatstadt zurückziehen. Ein junger Mensch, der in seine erste eigene Wohnung zog, konnte sich nicht unbedingt ein Telefon leisten. Vielleicht fand man es auch nicht so wichtig, eins zu haben. Außerdem gab es keine Handys, kein Skype, keine E-Mail, kein MSN und keine sozialen Medien. Mit Ausnahme der NASA und der Technischen Hochschule in Otnäs und ähnlichen Orten hatte auch keiner Computer. Wer zu einer längeren Reise aufbrach, blieb unerreichbar, poste restante lautete die einzige – und äußerst unzuverlässige – Möglichkeit, den Reisenden zu erreichen. Wir akzeptierten diese Unerreichbarkeit, keiner fand sie seltsam. »Tja, er ist wohl irgendwo auf großer Reise«, sagte man. »Sie schreibt bestimmt gerade an einer Hausarbeit oder so.«

Wo immer Eva auch gesteckt haben mag, sie meldete sich jedenfalls erst wieder Anfang August bei mir. Sie rief an, und ich war ausnahmsweise zu Hause. Wir hatten uns lange nicht gesehen, und sie fragte, was ich im Frühjahr und Sommer so getrieben hatte. Ich antwortete ziemlich vage, weil ich fand, dass ich kaum etwas gemacht hatte: die vorletzte Klasse abgeschlossen, schlechte Noten bekommen, wieder im Lager gearbeitet. Hinzu kamen Dinge, von denen Eva lieber nichts erfahren sollte. Zum Beispiel, dass ich mit Suski Everi geknutscht hatte oder im Juli im Alibi ein Mädchen getroffen und zum ersten Mal gevögelt hatte, ohne dass daraus mehr geworden wäre, oder dass ich, inspiriert davon, nun endlich zu wissen, wie es war, mit einem Mädchen zu schlafen, zwei neue Liedtexte geschrieben hatte.

Ich wollte Eva natürlich nach Adriana und danach fragen, wie es ihr, Catherine und Göran ging, ich wollte ihr mein Beileid aussprechen, wusste aber nicht, was ich sagen sollte. Schließlich nahm ich meinen Mut zusammen und brachte ein paar Phrasen und Gemeinplätze heraus.

»Danke«, sagte Eva, »aber ich möchte lieber nicht darüber reden.«

»Was ist mit Aspholm?«, fragte ich dennoch.

»Wir verkaufen unseren Anteil an meine Tanten«, antwortete Eva. »Sie sind diesen Sommer auch nicht dort gewesen, aber für sie wird es später sicher wieder gehen. Aber ich … wir … wir können da einfach nicht mehr hinfahren.«

Ich merkte, dass ich teilnehmend ins Telefon nickte. Dumm, denn das konnte Eva ja nicht sehen.

»Ehrlich gesagt ist das auch der Grund für meinen Anruf«, fuhr Eva fort.

»Aha?«, sagte ich verblüfft, da ich keine Ahnung hatte, worauf sie hinauswollte. »Ich habe gerade aufgehört zu jobben. In einer Woche fange ich einen Sprachkurs an, aber im Moment habe ich frei. Ich möchte wegfahren. Irgendwohin, wo es schön ist. Ich bin den ganzen Sommer in der Stadt gewesen.«

Ich verstand immer noch nicht, was sie mir sagen wollte.

»Du hast doch immer so viel von dem Haus gesprochen, das ihr mietet. Dass es da so schön ist. Können wir da nicht hinfahren? Sind deine Eltern im August nicht immer schon in der Stadt?«

Ich weiß noch, wie mein Herz pochte. Nein, nicht pochte: *hämmerte.*

»Stimmt, sie arbeiten schon wieder«, antwortete ich und hatte einen ganz trockenen Mund bekommen. »Aber wie kommen wir hin? Ich fange erst im September mit dem Führerschein an …«

»Ich fahre«, erwiderte Eva. »Ich kann mir bestimmt den Audi leihen. Papa ist im Ausland, und Mama trinkt … seit dem Frühjahr.«

»Ich habe Geburtstag«, sagte ich.

»Dein achtzehnter«, rief Eva. »Dann *müssen* wir fahren!«

Was soll ich über diese Tage sagen? Dass sie unwirklich, wie ein Traum waren? Dass sie mir vorkamen wie eine Stunde, aber gleichzeitig auch wie ein Monat? Ja, aber das trifft weder das Gefühl noch die Erinnerung an das Gefühl. Mir fehlten schon damals die Worte. In der Woche nach unserer Rückkehr nach Helsingfors versuchte ich bereits, Lieder über diese Eva-Tage in Svartviken zu schreiben. Aber es wollte mir nicht gelingen. Selbst dreißig Jahre später fehlen mir noch die Worte.

Die Wirklichkeit verschwand schon auf der Hinfahrt. Den Weg nach Svartviken – knapp zweihundertfünfzig Kilometer fast schnurgerade in nördliche Richtung durchs südliche Finnland – kannte ich mehr oder weniger auswendig. Die Strecke verband ich mit Henrys verrauchtem Renault, mit den Routinepausen an diversen Eiskiosken und Raststätten, mit Leenis verkniffener Miene, wenn Henry nach seinen Zigaretten wühlte und nur schnaubte, wenn sie ihn bat, langsamer zu fahren. Und am meisten verknüpfte ich diese Route mit Countrysongs wie *Daddy Sang Bass*, *Detroit City* und *Galveston*. Doch nun fuhren wir durchs Land, Eva und ich, in Göran Mansnerus' Audi mit Klimaanlage, der immer noch nach neuem Auto roch, obwohl er schon ein paar Jahre alt war. Wir kamen in gemächlichem Tempo an all den bekannten Seen, Brücken und Dörfern vorbei und hörten kein Country and Western, sondern Sister Sledge, The Police und anderes.

Ich weiß, das ist die Stelle, an der ihr von mir hören wollt, ob wir es taten. Ich werde deshalb unsere gemeinsame Zeit nicht damit vergeuden, euch auf die Folter zu spannen. Ja, Eva und ich schliefen miteinander. Wir kamen eine Stunde vor Sonnenuntergang an, es herrschte eine Hitzewelle, wir öffneten eine Flasche Wein und setzten uns ans Ufer, weil Eva den Steg zu wackelig fand. Die Sonne ging unter, aber die Wärme blieb, die Flasche wurde leer, und wir öffneten eine zweite, wir unterhielten uns ganz zwanglos, es war, als hätte es das monatelange Loch überhaupt nicht gegeben. Als wir ins Haus gingen, war es bereits stockfinster, und ich wollte Kerzen anzünden, aber Eva schauderte, und ich begriff, dass sie bei allem, was mit Feuer zusammenhing, an Adriana denken musste. Wir schalteten auch keine Lampen an, wir legten uns in Leenis und Henrys Doppelbett, und dann liebten wir uns zum ersten Mal, als wäre es die natürlichste Sache der Welt. Vielleicht war es gerade diese Leichtigkeit, die mich am meisten erstaunte, dass alles, was Eva und ich taten, so wenig Ähnlichkeit mit dem Bemühten und Angespannten hatte, was ich bei dem Mädchen aus dem Alibi erlebt hatte. Ich wurde nicht einmal nervös, als es beim ersten Mal zu schnell vorbei war und Eva nicht mitkam. Sie lächelte mich in der Dunkelheit nur an und ließ mich in sich bleiben – sie nahm die Pille –, und nach einer Weile machten wir es noch einmal. Es war so offensichtlich, dass Eva und ich zusammengehörten und dafür geschaffen waren, miteinander zu schlafen, dass ich mir den selbstgefälligen Gedanken nicht verkneifen konnte, nun endlich meine Belohnung für all die Nächte in der Sauna auf Aspholm und auf der Matratze in ihrer Wohnung zu bekommen, für sie und alle anderen geduldig durchlittenen Kapitel im *Unglücklichen Lebensbuch schlecht verlöteter Jungen*.

Wir schliefen an diesen Tagen weiter miteinander, wir liebten uns am Tag, und wir liebten uns in der Nacht. Ich war benebelt, wie im Rausch, und war mir sicher, dass die Zeit in Svartviken der Anfang von etwas Dauerhaftem sein würde. Es schlugen keine Alarmglocken, als Eva Dinge sagte wie »du hast vielleicht Energie« und »du bist der Mann meines Lebens, aber du bist so ein Grünschnabel«. Ich erzählte von dem Mädchen aus dem Alibi, und Eva war ein wenig enttäuscht. Offenbar war sie überzeugt gewesen, mich zu entjungfern. Dagegen erzählte ich ihr nichts von Suski Everi, eine innere Stimme flüsterte mir ein, so sei es besser.

Ich konnte nicht verhindern, dass sich zwei Bilder von Eva in mir festsetzten. So bin ich immer schon gewesen und bis heute geblieben: Bilder brennen sich mir ein, Bilder unterschiedlichster Art, erotische, tragische, amüsante, beängstigende, verlockende, ekelerregende. Im Laufe der Jahre sind viele Bilder zusammengekommen, sie sind, unverändert stark und bezwingend, in meinem Inneren gelagert. Ich bin ein Gefangener dieser Bilder, sie haben mich zum Künstler gemacht. Oder ich habe beschlossen, die Bilder gerade deshalb zu bewahren, um Kunst erschaffen zu können. Ich hätte sie stattdessen auch ans Licht holen, ich hätte sie analysieren und mich von ihnen befreien können. Aber es ist, wie es ist. Die Bilder haben mein Leben zu einer Wanderung auf einer schmalen und brüchigen, von Moor umgebenen Holzplanke gemacht. Diese Planke trägt einen Namen, Rationalität, und ich bin unfähig, mich auf ihr zu halten. Es gibt Augenblicke – Bilder –, die mich das Gleichgewicht verlieren lassen. Ich falle und ertrinke, immer wieder.

Auf einem dieser Bilder vögeln wir in der Sauna. Eva sitzt auf der obersten Bank, und ich stehe vor ihr. Es ist über neunzig Grad heiß im Raum, und ihr Körper glänzt im Zwielicht schweißgebadet. Es geht darum, wie hemmungslos sie es genießt, wie sie die Beine spreizt und sich zurücklehnt, um ihren offenen Mund und ihre geschlossenen Augen. Und es geht darum, wie sie dann die Augen öffnet und mir einen raschen Blick zuwirft, der verspielt und schamlos, aber auch schüchtern ist, er ist hingebungsvoll, aber zugleich sich selbst genug, er gibt sich dem Leben hin und nicht mir, und ich habe ihn niemals vergessen können.

Auf dem zweiten Bild ist es Morgen. Ich bin früh aufgewacht. Eva schläft auf der Seite, zur Wand gedreht, die Decke ist heruntergerutscht, Schultern und Rücken sind entblößt. Eine gefühlte Ewigkeit liege ich da und betrachte ihren schmalen Rücken, die Schulterblätter, die Haut, die kleinen Muttermale, einen einsamen roten Pickel.

Wir machten auch anderes. Wir saßen um drei Uhr nachmittags am Ufer, wenn die s/s Jäminki vorbeifuhr, und ich versuchte ihr zu erklären, was das Dampfschiff und seine Pfeife für mich bedeutet hatten. Ich weiß nicht, ob sie es verstand.

Wir gingen zum Verkaufswagen und kauften ein, es war windig, und der Wagen schlich sich still über die Äcker des Hiitelä-Hofs, und ich erzählte Eva von all den Aliens und Massenmördern, die er beherbergt hatte.

Wir gingen in den Wald und sogen den Duft wilder Himbeersträucher ein, und eines Abends ruderten wir in der Abenddämmerung hinaus, saßen mitten auf der Bucht und lauschten der Stille. Eva fürchtete sich vor dem kleinen Ruderboot: »Großer Gott«, sagte sie, »benutzt ihr auf den Binnenseen wirklich so untaugliche Boote!«

Am letzten Abend saßen wir auf der Holzbank vor der Sauna, unter dem Satteldach, und sahen, wie über dem See ein Gewitter näherkam. Als es schon laut donnerte und die ersten Regentropfen auf die Erlen am Ufer prasselten, erzählte Eva mir von ihrer Vision von Tallinge als *Die Hölle*. »Ein Sonntagnachmittag«, sagte sie. »Ein Sonntagnachmittag im November oder März, wenn alles nass und grau ist. Man geht von der S-Bahn-Station nach Hause oder umgekehrt. Es regnet, und kein Mensch ist auf der Straße, höchstens eine alte Schachtel, die mit ihrem hüftsteifen Hund Gassi geht. Ich dachte immer, wenn es ein Leben nach diesem geben sollte, sieht die Hölle vielleicht so aus, so und nicht anders. Kein superheißer Ofen mit Teufeln und Folter und so. Sondern ein riesiges Tallinge, in dem man ein sterbenslangweiliges Leben führt, das niemals endet. Ein ewiges Leben mit Kiosk und Regen und Hundeschabracken und Kneipe.«

Am nächsten Morgen räumten wir auf, und ich nahm die Bettwäsche mit und schloss ab. Anschließend brachten wir den Schlüssel zu Kuokkanen, der zwei Kilometer entfernt hinter dem Hiitelä-Hof am Waldrand wohnte.

Ich hätte mir niemals vorstellen können, dass es mein letzter Morgen in Svartviken sein sollte. Aber so war es.

* * *

Über das letzte Jahr in Tallinge gibt es nicht viel zu sagen.

Nach unseren Tagen in Svartviken zog Eva Mansnerus sich auf der Stelle zurück. Als ich an einem Abend kurz nach unserer Rückkehr zu ihr ging, versuchte ich sie im Flur zu umarmen, aber sie löste sich von mir. Am Telefon hatte sie ausweichend, fast widerwillig geklungen, ich hätte Unheil wittern müssen. Ich musste auf der Matratze schlafen. Das *Unglückliche Lebensbuch schlecht verlöteter Jungen* war wieder aufgeschlagen worden, neue niedergeschlagene Kapitel würden geschrieben werden.

Der ganze Herbst verlief so und der Winter. Die Situation verschärfte sich, weil ich anhänglich, ja sogar stur war. Ich konnte und wollte nicht akzeptieren, dass das, was es in Svartviken zwischen Eva und mir gegeben hatte, nur eine Episode gewesen war, ein kurzes und sorgloses Spiel jenseits von Zeit, Alter und Raum. Aber mir blieb nichts anderes übrig. Als ich meine Unzufriedenheit mit meinem Dasein auf der Matratze zeigte, verlor ich auch das. Im Spätherbst bat Eva mich, sie die nächste Zeit nicht mehr zu besuchen. Ich gehorchte, versuchte stattdessen jedoch, sie anzurufen: Ich rief fast jeden Abend an, aber sie meldete sich nie. An einem Dezemberabend rief ich aus einer Telefonzelle am Fredrikstorget an, aber es hob keiner ab. Ich ging die zwei Häuserblocks bis zur Jägaregatan und blickte zu Evas Fenster hinauf. Es war schwach erhellt, und nach einer Weile sah ich Silhouetten, die sich in Fensternähe bewegten, mindestens drei Menschen hielten sich dort oben auf. Ich war enttäuscht, zugleich jedoch auch erleichtert, weil es mehr waren als zwei.

Pete Everi war nach Tammerfors gezogen und wohnte in einem Studentenwohnheim. Ich besuchte ihn im Herbst zwei Mal, aber auch diese Besuche verliefen nicht gut. Pete engagierte sich aktiv in der Studentenpolitik und im Musikleben, er hatte neue Freunde gefunden, und wir fanden keinen gemeinsamen Ton mehr.

Aber ich war nicht so allein, wie man hätte meinen können. Mein Selbstvertrauen war gewachsen, und als ich mich nicht mehr an die alten Verhaltensmuster halten konnte, ging ich dazu über, in den Cafés im Stadtzentrum zu sitzen. Und fand neue Freunde. Keine Seelenverwandten wie Eva und Pete, denen ich meine Geheimnisse verraten und meine Liedtexte zeigen konnte, aber gute Bekannte, mit denen ich im Café saß und zu Partys ging.

Mein Elternhaus war ein Ort, an dem ich schlief, aß und meine Kleider wusch. Und natürlich für das Abitur lernte. Auf dem Gymnasium waren meine Noten schlecht gewesen, und ich musste tüchtig pauken, um den Stoff nachzuholen. Henry und Leeni betrachteten mich besorgt und, wie ich fand, traurig. Später lernte ich, dass Eltern so ihre Kinder ansehen, wenn sie auf dem Sprung sind, das Nest zu verlassen. Manchmal, wenn ich davoneilte, um den Zug in die Stadt zu nehmen, oder zur Garage ging, um mir Henrys Renault zu leihen, sahen sie aus, als wollten sie mich aufhalten und mir gute Ratschläge erteilen. Aber sie sagten nie etwas, und dafür hätte ich auch gar keine Zeit gehabt. Obwohl ich mich mit Leeni durchaus noch unterhielt. Sie drillte mich vor dem Examen in Englisch, indem sie mir *The Love Song of J. Alfred Prufrock* und *The Hollow Men* vortrug und mir *Do Not Go Gentle* von Thomas und *Funeral Blues* von Auden und anderes vorlas, es waren schwierige Texte, aber ich mochte sie, und zwischen ihren Vorträgen versuchte Leeni, mich zu fragen, wohin genau Pete Everi eigentlich verschwunden war und was aus der jüngeren Tochter Mansnerus geworden war und mit wem ich mich in letzter Zeit so traf. Ich antwortete so ausweichend, wie ich nur konnte, im Grunde gab ich ihr gar keine Antwort, aber als es Frühling wurde, stellte sich heraus, dass unser Schattenboxen zu einem hervorragenden Ergebnis geführt hatte. In Englisch erreichte ich die Bestnote.

Am Tag nach meiner Abiturfeier kehrte ich gegen acht Uhr morgens nach Tallinge zurück. Ich war genauso angeschlagen wie meine Abiturmütze. Sie war feucht und roch nach Schnaps, jemand hatte Branntwein auf sie verschüttet. Das Fest hatte im Nachtclub Brunnshuset begonnen und hinterher, als die Türsteher uns hinausgeworfen hatten, saßen wir mit einer größeren Gruppe auf einem der Teppichwaschstege am Brunnsparksufer, tranken weiter und sprachen lallend darüber, was wir werden wollten. Mit von der Partie waren einige meiner Klassenkameraden aus Tallinge, Riku Bexar aus Munksnäs und seine Freunde Cia und Robe sowie ein Musiker namens Aka, der drei Mal die letzte Klasse absolvieren musste, bis er endlich das Abitur geschafft hatte, und viele andere.

Es war ein schöner Morgen, und die Vögel trällerten wie verrückt vor meinem Fenster, aber ich zog die Vorhänge zu und fiel ins Bett. Ich hatte die Absicht, den ganzen Frühsommertag zu verschlafen. Ich versank in tiefer und traumloser Bewusstlosigkeit, hatte aber nur wenige Stunden geschlafen, als Henrys Stimme mich zur Rückkehr zwang.

»Frank! Frank! Könntest du bitte aufwachen, ich muss mit dir reden!«

Die Stimme meines Vaters war hartnäckig, und ich öffnete widerwillig die Augen. Es war noch Vormittag, der Radiowecker zeigte 11:25 an.

»Warum denn gerade jetzt?«, sagte ich. »Kann das nicht warten?«

Henry wirkte ernst, konnte es sich aber trotzdem nicht verkneifen, meinen Zustand zu kommentieren.

»Oh verdammt, hier stinkt's vielleicht«, sagte er, »man wird ja schon blau, wenn man hier nur atmet!«

»Ja ja, Papa«, zischte ich gereizt, »jetzt lass mich schlafen!«

Aber er ließ nicht locker.

»Ich muss wirklich mit dir reden«, erklärte er, und seine Stimme wurde wieder so seltsam dringlich: So klang er sonst nie. »Wenn du eine Tasse Kaffee trinkst und ordentlich frühstückst, schüttelst du den schlimmsten Kater ab. Sagen wir in einer Stunde in meinem Arbeitszimmer?«

Widerwillig stand ich auf. Feste Nahrung bekam ich nicht hinunter, aber ich trank eine Tasse Kaffee und duschte, und danach trank ich noch einen Kaffee, rauchte eine Mentholzigarette und fand, dass es mir schon etwas besser ging.

Das Arbeitszimmer meines Vaters lag hinter dem Wohnzimmer. Ein kleiner Raum mit einem Regal voller Aktenordner, einem Schreibtisch und einem Stuhl. Auf dem Schreibtisch befanden sich eine Schreibunterlage, ein Tischkalender und zwei Rechenmaschinen, eine größere und eine kleinere. Außerdem stand dort einer dieser runden Aschenbecher, die einen Griff hatten, der eine sich drehende Scheibe herunterdrückte, so dass die Kippe verschwand. Henry bewahrte immer eine oder zwei angebrochene Stangen Zigaretten im einzigen Schrank des Zimmers auf, und gelegentlich zweigte ich etwas von seinem Vorrat ab. Auf einem kleinen Tisch am Fenster stand unser zweites Telefon. Ich fand mich pünktlich ein. Henry stand am Fenster, die Luft hing voller Zigarettenrauch.

»Wo ist Mama?«, fragte ich. Meine Stimme war nach der Grölerei am Vorabend und in der Nacht heiser. »Und wieso bist du zu Hause, müsstest du nicht im Büro sein?«

»Leeni ist für ein paar Tage fort. Sie muss sich … ausruhen.« Henry schwieg einen Moment, drehte sich dann um, sah mich an und ergänzte: »Und ich habe mir frei genommen, um mit dir zu reden.«

So langsam bekam ich wirklich Angst. Ich durchforstete mein Gedächtnis nach einem Fehler oder Vergehen, das ich kürzlich begangen haben könnte, aber mir fiel nichts ein.

»Was habe ich getan?«, fragte ich.

Henry verließ seinen Standort am Fenster, setzte sich an den Schreibtisch und drückte seine Zigarette aus. Seine Hand zitterte. Der Aschenbecher war randvoll, und die Scheibe wollte sich einfach nicht drehen, so sehr er auch drückte: die Kippe blieb auf ihr liegen, und ich sah, wie andere Kippen ihre zusammengedrückten Schnauzen unter der glänzenden Scheibe hervorschoben.

»Nichts, mein liebes Kind. Du hast doch nichts getan! Im Gegenteil …« Er verstummte erneut, seufzte dann jedoch schwer und sagte: »Mir ist durchaus bewusst, dass du heute nicht in der besten Verfassung bist. Aber die Sache wird nicht leichter, wenn wir damit warten.«

Ich wusste nicht, wann mein Vater mich zuletzt *liebes Kind* genannt hatte. Ich wusste nicht, ob er es überhaupt jemals getan hatte. In meinem Kopf drehte sich alles, und ich spürte, dass ich besser doch etwas gegessen und nicht nur Kaffee getrunken und geraucht hätte. Und ich fragte mich, was zum Teufel eigentlich los war.

»Wir haben …«, begann Henry nervös, sprach aber nicht weiter.

Es wurde vollkommen still im Raum, er sagte nichts, ich sagte nichts, nur das Vogelzwitschern draußen. Er machte einen neuen Anlauf:

»Leeni und ich haben schon sehr früh beschlossen, wenn du volljährig bist und dein Abitur gemacht hast, dann werden wir es dir … nun ja, erzählen. Es ist nämlich so, dass … nein, verdammt. Zum Teufel!«

Er klang nicht aggressiv, als er fluchte, eher resigniert. Er nestelte an seiner Zigarettenschachtel herum, schüttelte eine Fluppe heraus, steckte sie in den Mundwinkel, überlegte es sich anders, nahm die Zigarette und legte sie auf den Tisch.

»Es ist nämlich so, dass ich nicht dein richtiger Vater bin. Will sagen, nicht dein biologischer Vater. In jeder anderen Hinsicht schon. Aber …«

Mehr brachte er nicht heraus. Und ich war blau. Ich war immer noch sturzbetrunken. Ich begriff nicht, was er da sagte. Aber wer weiß, selbst wenn ich nüchtern gewesen wäre, hätte ich es vielleicht nicht verstanden.

»Wie meinst du das?«, fragte ich, als die Stille allmählich wieder unerträglich wurde.

Henry nahm die Zigarette vom Tisch und zündete sie an, ehe er mir antwortete.

»Ich meine es genauso, wie ich es gesagt habe, Frank. Leeni … sie wurde schwanger, als sie neunzehn war. Aber es war nicht … Ich interessierte mich für sie, aber wir haben nicht … Raili passte es nicht, dass ich Leeni den Hof machte, sie fand mich zu alt.«

Ich begriff immer noch nicht, was er da sagte. Aber irgendetwas in mir begann offenbar doch zu verstehen, denn mir wurde schlecht. Obwohl das natürlich auch an etwas anderem liegen mochte. Ich muss grimassiert, oder meine Augen müssen wüst gefunkelt haben oder etwas Ähnliches, denn Henry sah mich besorgt an.

»Mir ist bewusst, dass dies … ein Schock für dich ist«, sagte er. »Aber ich beantworte alle deine Fragen, Ehrenwort.«

Ich brachte noch immer kein Wort heraus. Ich erinnere mich vage, dass ich in diesem speziellen Moment die Arme in einer Geste ausbreitete, die ungläubig, fragend, wütend, alles zugleich gewesen sein muss.

Henry versuchte, die Lücke zu füllen, die mein Schweigen schuf.

»Ich war mehr als nur interessiert. Ich war verliebt in sie. Und als sie sich mir anvertraute … nun ja, da machte ich ihr einen

Antrag. Wir einigten uns darauf, alles geheim zu halten, und ich sagte ihr, dass ich das Kind lieben würde wie mein eigenes.«

Ich fand endlich die Sprache wieder.

»Sag mal, was redest du da eigentlich!?«

»Und das habe ich getan«, sagte Henry leise und sah plötzlich auf den Tisch hinab. »Wir sind natürlich davon ausgegangen, dass du Geschwister bekommen würdest. Aber es wollte einfach nicht klappen …«

Mittlerweile zitterten nicht nur seine Hände, sondern auch seine Stimme. Ich befürchtete, dass er in Tränen ausbrechen würde. Ich hatte ihn niemals weinen sehen.

»Großer Gott!«, sagte ich. Mir wurde immer übler. Ich versuchte verzweifelt, zu verstehen und klare Gedanken zu fassen. Irgendwo in meinem Hinterkopf ahnte ich, dass es Fragen gab, die gestellt werden mussten. Und mitten in meiner Ungläubigkeit verwandelte sich diese Ahnung in eine Erkenntnis.

»Aber was ist mit dem richtigen … warum wurde er nicht …?«

»Das war nie geplant«, antwortete Henry leise. Meine Übelkeit ließ etwas nach, als ich hörte, dass er seine Stimme wieder im Griff hatte. »Es war doch nur eine Verirrung. Er war bloß ein Junge, noch jünger als …«

»Und wer zum Teufel ist er!?«, schrie ich fast. »Und wo ist er, verdammt nochmal!«

»Er hieß Ariel Wahl«, sagte Henry und sprach den Namen langsam und deutlich aus, damit ich ihn richtig verstand. »Und er ist leider seit vielen Jahren tot.«

Als er die letzten Worte aussprach, blickte er mich scheu an. Ich sah ihn an und schüttelte wütend und verständnislos den Kopf. Als ich nichts sagte, fuhr er fort: »Er war … Musiker. Lebte so, wie sie das in den Sechzigern so machten. Er ist schon seit neunundsechzig tot.«

Diamanten und Rost

1

Ich verliess den Tannervägen und Tallinge. Ich verschwand, ich machte mich so wutschnaubend und rigoros aus dem Staub, wie man es nur als Achtzehnjähriger tun kann, und schwor mir, nie wieder einen Fuß dorthin zu setzen.

Anfangs schlief ich bei Freunden, aber ich arbeitete in jenem Sommer in einem Rundfunkgeschäft, was mit gewissen Aufforderungen verbunden war: saubere und ordentliche Kleider, ein höflicher Umgang mit den Kunden und keine Fahne. Meine Freunde lebten wie Bohemiens, und ich war die Morgenstunden mit Kopfschmerzen, schwarzem Kaffee und Fisherman's-Friend-Pastillen leid, mit denen ich die Fakten der Nacht vor Filialleiter Hyyppönen zu verbergen suchte, der mich schon ein wenig schief ansah. Ich hatte Glück. Aka Lindberg, der Musiker, fuhr nach Stockholm, um dort im Krankenhaus Beckomberga zu jobben, und würde bis Oktober fort sein, und so durfte ich in seiner Abwesenheit seine Wohnung haben.

Als ich eine eigene Bude hatte, kaufte ich mir als Erstes einen Plattenspieler und *London Calling*. Ich hatte mich von Leeni und Henry ferngehalten, obwohl sie Klasu Barsk und Riku Bexar und ein paar andere angerufen hatten, deren Namen sie kannten. Meine Kumpel hatten mir ausgerichtet, dass ich sie anrufen solle, wenn ich Zeit habe. Die hatte ich nicht, aber nun benötigte ich meine Plattensammlung und Kleider, meine Science-Fiction-Bücher, meinen Führerschein und einiges mehr.

Ich fragte eine meiner Freundinnen, ein hageres Mädchen namens Jinx Muhrman, ob sie sich den BMW ihres Vaters leihen und anschließend mir ausleihen könne. Jinx war ein Punk und mochte es nicht, wenn man sie daran erinnerte, dass sie aus einer wohlhabenden Familie stammte. Schließlich gab sie trotzdem nach und brachte das Auto vorbei. Es war der Donnerstag vor dem Mittsommerwochenende, Jinx klingelte in der Abenddämmerung an meiner Tür, und als ich ihr aufmachte, sagte sie »Grüß dich Frank, meine Alten sind übers Wochenende auf irgendeiner Insel, hier, fang!«, und warf mir die Autoschlüssel gegen die Brust. Ich sagte »thanks«, und dann standen wir da und glotzten uns an, Jinx im Treppenhaus und ich hinter der Türschwelle, bis ich mich endlich fing und hinzufügte: »Magst du vielleicht kurz reinkommen?« »Ja, ich hab mir überlegt, ich komm rein, und wir vögeln ein bisschen.« »Wie bitte?«, sagte ich. »Irgendetwas wird man ja wohl dafür erwarten können, dass man so hilfsbereit ist«, erwiderte sie.

Ich brach also meinen Schwur, nicht heimzukehren, denn am folgenden Nachmittag fuhr ich nach Tallinge. Ich war nervös, Polizeikontrollen waren auf den Autobahnen keine Seltenheit, und mein Führerschein lag in der obersten Schreibtischschublade meines Jugendzimmers. Außerdem hatte ich den Führerschein weniger als ein Jahr, und meinem Leihwagen fehlte die Vignette, die mich als Fahranfänger auswies. Aber es ging alles gut, und als ich ankam, parkte ich das Auto im Waltervägen vor dem früheren Haus von Familie Mansnerus. Göran und Catherine hatten es verkauft und waren im April angeblich in eine Wohnung in Munksnäs gezogen.

Ein menschenleeres Tallinge döste im klaren Sonnenlicht.

Nach den vielen Jahren da draußen kannte ich die Bedingungen: Die Einfamilienhäuser und Reihenhäuser standen im Sommer leer, in den Hochhäusern blieb man dagegen zu Hause. Wollte man jemanden treffen, musste man folglich den Suviovägen Richtung S-Bahn-Station nehmen. Aber das wollte ich nicht, ich wollte nicht entdeckt werden.

Unsere Wohnung stand erwartungsgemäß leer. Leeni und Henry waren – nahm ich zumindest an – nach Svartviken hinausgefahren, vielleicht nur übers Wochenende, vielleicht in Urlaub. Ich raffte so viele Kleider und Bücher zusammen, wie in die drei Umhängetaschen passten, die ich mitgebracht hatte. Die LPs legte ich auf die Rückbank, alle dreihundertsiebenunddreißig auf einen Haufen. Als ich den Wagen beladen hatte, warf ich meine Schlüssel auf den Küchentisch, zog die Tür hinter mir zu und fuhr davon. Soweit ich mich erinnere, herrschte Leere in meinem Kopf: keine Bilder, keine Gedanken. Man könnte meinen, ich hätte mich anders fühlen müssen, dass mich der Wille hätte antreiben müssen, Fragen zu stellen, Klarheit zu schaffen und zu verstehen. Aber so war es nicht. Ich war fast neunzehn und sah mich mit einer Tatsache konfrontiert, die ich nicht verarbeiten konnte. Ich wollte nur fliehen.

Später am Abend, als Jinx Muhrman, ihr memmenhafter Kumpel Viki Skrake, ich und ein paar andere im Park der Alten Kirche saßen und Wein tranken, redeten und sangen, wurde mir schlagartig bewusst, wie wenig ich noch in Tallinge hatte. Fast acht Jahre lang hatte ich dort gewohnt. Und das Ergebnis? Ich hatte immer noch eine Mutter, aber keinen Vater mehr. Die gesamte Familie Mansnerus war weggezogen, und die Rosari-Gang hatte sich in alle Winde zerstreut: Erst war Pete verschwunden, danach Jami und Ride und Klasu und Nisonen und Vara-Lotte und alle anderen. Von den Everis waren nur Veka und Suski übrig, und wie ich Suski kannte, würde auch sie bald abhauen, denn im Juli wurde sie achtzehn. Sicher, Make Everi war natürlich noch in Tallinge, im Männynlatva und in seiner Wohnung, genau wie Pot-Pesonen und Orvokki und alle anderen, die in der Kneipe hängen geblieben waren. Aber so wollte ich nicht enden.

* * *

In den ersten Jahren ging ich allem aus dem Weg, was mich an die Vergangenheit hätte erinnern können. Dazu gehörten auch Pete Everi und Eva Mansnerus.

Nicht, dass ich mich hätte anstrengen müssen, ihnen aus dem Weg zu gehen. Sie waren so gut wie verschwunden. Manchmal lief ich in den Kneipen der Innenstadt Klasu Barsk über den Weg, der offenbar Kontakt zu Pete hielt. Auf dem Rosari hatte Barsk zu den wüstesten gehört – er war immer auf Ärger aus und wollte sich prügeln –, aber der Umzug in die Stadt hatte ihn in einen netten Kerl verwandelt. In einem Frühjahr wusste er zu berichten, dass Pete sein Studium fast abgeschlossen hatte und sowohl TV2 als auch die Zeitung Aamulehti ihm einen Job angeboten hatten. Da Aamulehti ein bürgerliches Blatt war, während das Fernsehen politisch eher linksorientiert war, ging ich davon aus, dass Pete den Job beim Fernsehen annehmen würde. Ich irrte mich. Ein paar Monate später erzählte mir Barsk, dass Pete sich für die Zeitung entschieden hatte.

Von Eva hörte ich nichts. Kein Lebenszeichen, nicht einmal Tratsch. Ich versuchte, mir einzureden, dass es besser so war. Wie Eva mich nach den Tagen in Svartviken abserviert hatte, ließ mich erkennen, dass ich für sie immer noch ein Kind war. Unsere gemeinsamen Augusttage erschienen mir immer unwirklicher, und wenn es mir manchmal zu begreifen gelang, dass Svartviken tatsächlich passiert war, wurden meine Erinnerungen von dem neu erwachten Gefühl einer Niederlage getrübt. Ich hörte ihre Bemerkung *du bist noch so ein Grünschnabel* und verstand inzwischen ihre Bedeutung. Eva hatte mit mir gespielt wie eine lüsterne Katze mit einer Waldmaus, der Sex war ihr abgedrehtes Geschenk zur Volljährigkeit gewesen, ein gedankenverlorener Zeitvertreib, mit dem sie sich zerstreute, während sie auf spannendere Abenteuer wartete.

Im Laufe meines Abiturfrühjahrs hatte sie mich mehrmals angerufen. Irgendwann bat sie als Erstes um Verzeihung, *Entschuldige, dass es so gekommen ist, wenn noch etwas Zeit vergangen ist, werden wir uns aussprechen.* Aber anschließend redeten wir sachlich über dies und das, vor allem über meine Klausuren und ihr Studium, und sie griff den Faden nie wieder auf.

Eines Winters kam mir zu Ohren, Eva sei ihr Studium leid gewesen und habe eine Stelle als Fremdenführerin auf Teneriffa angenommen, wo sie mit einem Spanier zusammenlebe. Jinx Muhrman erzählte es mir, sie war eine Kommilitonin Evas gewesen und wusste, dass sie wie ich aus Tallinge stammte. »Klar kenne ich sie, aber nur flüchtig«, hatte ich geantwortet, als Jinx mich fragte.

Mit der Zeit erfuhr ich ein bisschen mehr, denn Klasu Barsk verkündete die Neuigkeit, die superhübsche Eva Mansnerus sei nach einem Jahr im Ausland nach Finnland zurückgekehrt und habe einen schmierigen Spanier im Schlepptau. Die Worte »schmierig« und »im Schlepptau« sind meine Beschönigungen von Klasus aggressiver Art, die Geschichte zu erzählen. Klasu hielt nicht viel von Ausländern, insbesondere nicht von Männern, die nach Finnland kamen und »sich unsere hübschesten Weiber schnappen«.

Wieder etwas später präzisierte Jinx Muhrman, was Klasu erzählt hatte. Jinx zufolge wohnte ihre alte Studienfreundin Eva mit einem »echt schnuckeligen« Typen namens Joaquín zusammen, der leider ein paar kleine Charakterschwächen besaß: Er versuchte, mit allen Freundinnen Evas zu schlafen, und schnorrte Geld von allen ihren männlichen Bekannten.

Ich würde liebend gerne sagen, dass ich frei war und es nichts gab, was an mir zerrte. Aber das wäre gelogen. Denn wenn ich an Eva dachte, zerrte und pochte es manchmal in mir.

Es lag nicht nur daran, dass ich so lange in sie verliebt gewesen war, und auch nicht daran, dass sie mich gedemütigt hatte und ich mich revanchieren wollte. Oder doch, das spielte sicher eine Rolle, aber da war noch etwas anderes, etwas Neues, die Ahnung einer Schicksalsgemeinschaft vielleicht.

Ich hatte einen neuen Vater, und dieser neue Vater musste Evas verunglückter großer Schwester nahegestanden haben. Sie hatten gemeinsam eine Platte aufgenommen, sie waren zusammen aufgetreten, und es war anzunehmen, dass sie nach ihren Konzerten zusammen gefeiert hatten. Die beiden hatten sich bestimmt gut gekannt. Vielleicht hatten sie sich sogar über das Leben und seine Mysterien unterhalten, wie Eva und ich es so häufig in der nächtlichen Dunkelheit getan hatten, als noch alles gut war. Der Gedanke an die monoton murmelnde Adriana als junge Frau, zusammen mit einem zukünftigen Minister und einem Troll in grellbunten Puffärmeln war etwas Schönes, aber zugleich Unangenehmes, etwas leicht Beängstigendes und Klebriges. Mein Toter Vater Der Troll. Ich hasste es immer noch, daran zu denken, spürte aber gleichzeitig, dass ich es Eva gerne erzählt hätte. Ich hatte die Wahrheit über Leeni, Henry und Ariel niemandem verraten, aber bei Eva hätte ich gerne eine Ausnahme gemacht. Ich hätte ihr von meiner Herkunft erzählt und sie gebeten, sich an Dinge zu erinnern, die Adriana gesagt hatte: Ich wollte wissen, was Adriana von Ariel erzählt hatte.

Aber Eva war ein abgeschlossenes Kapitel. Ich zog es vor, das

Tempo hochzubehalten und zu versuchen, das Ganze zu vergessen.

* * *

Es waren meine Lehrjahre, die mir allerdings nur fragmentarisch in Erinnerung geblieben sind, es waren alles bloß Splitter. Wie Pete Everi begann auch ich, Journalistik zu studieren. Als meine Hauptfächer mir nicht zusagten, wählte ich zerstreut Universitätsseminare in ungewöhnlichen geisteswissenschaftlichen Fächern, kam aber auch auf die Art nicht weit. Das Arbeitsleben lockte, und es war leicht, einen Job zu bekommen. Ich nahm in einer Rundfunkredaktion und Zeitung nach der anderen Aushilfsstellen an.

Das Nachtleben war noch verlockender. Ich gehörte zu den verspäteten Linken und Möchtegernbohemiens, die im Holvari und Mexico Grill und in alten Hafenkneipen wie dem Salve und Ankkuri soffen. Für Leute meines Schlags konnte die Nacht auf unzählige Arten enden. Eine Variante war das Nachfeiern in irgendeiner Haschbude draußen auf Munkholmen, wobei ein Duft von schwarzem Ganja im Raum hing und die Musik deutscher Bands wie Can und Popol Vuh aus den Boxen kam. Eine andere Variante war die gesittete Nachfeier im vornehmen Stadtteil Ulrikasborg. Dort fand man junge Erbinnen, die eine Phase freier Liebe und Bohemiendaseins durchlebten, bevor sie zu Aktienportefeuilles und Buchauktionen heimkehrten. Dort gab es zudem sensible junge Männer, die nächtliche Aufmerksamkeit für ihre Interpretationen von *So long, Marianne* und *Hymne an die Freiheit* forderten, wenn alle anderen im Raum mit ihren Partnern knutschen wollten. Manchmal konnte ich auf die Gitarrenakkorde zurückgreifen, an die ich mich noch aus Pete Everis Unterrichtsstunden erinnerte: Viele dieser nächtlichen Troubadoure spielten Gitarre, aber nicht alle, und so begleitete ich sie manchmal widerwillig auf geliehenen Instrumenten, während sie, den feuchten Spanielblick auf irgendein Mädchen gerichtet, Balladen sangen.

Es gab auch eine karge Variante mit dem Titel *Zurück in den Vorort.* Darin setzte sich eine Gang schwarzgekleideter Typen in ein Taxi, sobald die Clubs im Zentrum zumachten. Nach etwa einer halben Stunde fuhr das Taxi dann vor einem Betonhaus Modell Stationsvägen in Tallinge rechts heran. Das war der Moment, in dem den Typen langsam klar wurde, dass keine einzige Frau es gewagt hatte, sie zu begleiten. Folglich torkelte man in die Wohnung des Gastgebers, woraufhin Flaschen und Tabletten auf den Tisch kamen, man finsteren Rock von The Cure und Joy Division laufen ließ, Bier und Schnaps trank und die Anlage aufdrehte, bis die Nachbarn gegen Wände und Decke hämmerten. Aber da waren längst alle weggetreten. Am nächsten Morgen roch die Bude dann nach Fußschweiß und verschüttetem Bier, die Nadel des Plattenspielers schabte in der leeren Ewigkeit zwischen letztem Titel und Etikett, im Kühlschrank gab es ein eingetrocknetes Stück Käse und ein Glas Gürkchen, und auf der Matte im Flur lagen Zettel von diversen Nachbarn.

War ich glücklich? Natürlich nicht. Aber ich fühlte mich auch nicht unglücklich, eher betäubt. Ronald Reagan und Margaret Thatcher bestimmten das Weltgeschehen, im Kreml wurde in schneller Folge eine Führermumie von der nächsten ersetzt. Präsident Kekkonens legendäre eiserne Gesundheit ließ ihn am Ende doch im Stich. Nur wenige Jahre zuvor hatten die Leibärzte des Präsidenten freudestrahlende Bulletins veröffentlicht, in denen sie verlautbaren ließen, der Siebenundsiebzigjährige habe die Konstitution eines Vierzigjährigen, aber mittlerweile wurde Kekkonen als abgehalfterter, kraftloser Greis durch den Garten seiner Villa geführt. Eine neue Generation übte sich in Freiheit, indem sie in den Studentenzeitungen sowohl Kriegshelden als auch linke Ikonen verhöhnte und im Fernsehen live *Fotze!* rief: Letzteres erwies sich als sichere Methode, prominent zu werden.

Doch das Alte lebt neben dem Neuen stets weiter. Die linke Intelligenz mochte auf dem Rückzug sein, aber in Künstlerkreisen war ihre Position immer noch stark. Wenn Zeitschriften gegründet oder Häuser besetzt werden sollten, waren die früheren Revolutionäre verlässlich zur Stelle. Sie waren in Versammlungstechnik geschult und hatten große Erfahrung mit Debatten. Allen gemeinsam war eine ganz eigene Art zu argumentieren. Sie sprachen ausnahmslos geduldig und neunmalklug, als wären sie alle an derselben politischen Akademie gedrillt worden, wo man ihnen beigebracht hatte, dass Andersdenkende weniger begabte Menschen waren, die es zu unterweisen galt, bis auch dem verdunkelten Gehirn des Schülers ein Licht aufging.

Wir Jüngeren wurden von einem Gefühl der Ohnmacht übermannt. Die Linke hatte ihren Unternehmungsgeist verloren, ihre Pläne endeten unweigerlich in Wankelmut und Frustration. Diese Linken verloren sich beim Wein in undurchdringlichen Gesellschaftstheorien, und man sah sie nur selten lachen, höchstens einmal säuerlich oder süßsäuerlich lächeln. Jinx Muhrman war eine scharfe Beobachterin, der schnell kollektive und individuelle Eigenheiten auffielen. »Es will mir einfach nicht gelingen, eine Linke zu werden, sosehr ich es auch versuche«, beklagte sie sich eines Herbstes bei mir, »man darf nie leichtsinnig sein, und es ist strikt verboten, Spaß zu haben.«

Jinx hatte zudem einen Namen für die Menschen in der schrumpfenden Linken der Siebzigerjahre, sie sprach von der Generation Neonröhre. Darüber hinaus hatte sie eine eigene Schöpfungsgeschichte für diese Linke: Ihr zufolge hatte die Generation Neonröhre dereinst die bekiffte Generation Räucherstäbchen ersetzt. Es gab noch eine alternative Genesis, in der sich die Generation Räucherstäbchen schlicht gehäutet und in die Neonröhre verwandelt hatte. Wie auch immer, Jinx zufolge zeichneten sich ihre Mitglieder dadurch aus, dass sich ihr ganzes Leben in einem kalten und sachlichen Licht abspielte. Sie selbst und die gesamte Menschheit wurden von oben von der gleißenden und allsehenden Lampe der Analyse durchleuchtet, ebenso unbestechlich und unbarmherzig wie die Neonröhren in einem Vernehmungszimmer.

»Sie sind religiös«, erklärte Jinx. »Sie sind genauso religiös wie irgendein ostbottnischer Freikirchenpfarrer, aber sie begreifen es nicht.«

Es war unterhaltsam, Jinx zuzuhören, wenn sie darüber sprach, wie langweilig die Linken waren, und einmal meinte ich, dass das mit den Neonröhren eine gute Idee sei. »Ach, das ist doch gar nicht von mir«, murmelte Jinx verlegen. »Das kommt von Eva, du weißt schon, meine Kommilitonin, die hat sich das ausgedacht. Im ersten Semester hingen wir immer mit den Linken herum.«

»Aha, ach so, die«, erwiderte ich so zerstreut, wie es nur ging.

In irgendeinem Sommer hatte Aka Lindberg eine Vertretungsstelle in der Musikredaktion des Rundfunks. Ich hatte eine Idee, suchte den Katalog der eingegangenen Plattenfirma Sonovox heraus und bat Aka anschließend, ins Archiv hinabzusteigen, nach der Single *Älä käy yöhön yksin/Hiljaisuuden äänet* der Gruppe Joni, Ariel & Adriana zu suchen und sie nach Hause mitzunehmen, woraufhin wir an einem Julinachmittag in seiner Wohnung zusammensaßen, einen Joint rauchten, Bier tranken und sie uns nicht nur einmal, sondern gleich mehrmals anhörten. Während wir lauschten, befingerte ich den Umschlag und starrte das Bild an, versuchte aber, möglichst desinteressiert zu wirken. Es war eine altmodische Singlehülle aus fester Pappe, schwarzweiß bedruckt, und die gesamte Vorderseite nahm eines der Fotos aus dem Brunnspark ein, die ich als Gymnasiast in Adrianas Album gesehen hatte. Der Gruppenname war mit großen Buchstaben links oben eingedruckt, die Liedtitel standen unten rechts.

Als ich die A-Seite auflegte, sah ich, dass unter dem Songtitel in Klammern *A. Wahl* stand. Die A-Seite geschrieben von Ariel Wahl, die B-Seite geschrieben von Paul Simon. Nicht schlecht. Ich stierte wie verhext auf den schmächtigen Mann mit den Puffärmeln. Der Schwarzweißdruck war barmherzig. Er schwächte das Schrille des Puffärmelhemds ab, machte Ariels schütteren Kinnbart so gut wie unsichtbar und ließ seine zerzausten Haare weniger strähnig aussehen, als es in Farbe der Fall gewesen war. Das Foto: Ariel und Jouni flankieren Adriana, Ariel zu ihrer linken, vorgebeugt, auf einem Bein, das zweite Bein angehoben und nach hinten gestreckt, so als wäre er gerade dabei, sich in einen Gleitflug zu werfen. Aber seine fröhliche Miene war gespielt, gekünstelt. *Papa*. Mein Papa, der Troll. Aber auch mein Papa, der Liedermacher.

Keines der Lieder hinterließ beim ersten Hören einen größeren Eindruck bei mir. Ich war zwanzig, eventuell auch einundzwanzig – ich bin mir nicht sicher, welcher Sommer es war – und fand, dass Ariels Lied altmodisch und langweilig klang. Und *The Sound Of Silence* auf Finnisch: Das hielt einem Vergleich mit dem Original nicht stand, das Henry oft in seinem Renault gehört hatte.

Aka Lindberg, der ein richtiger Musiker war – er spielte Gitarre, Bass, Keyboards und Trompete –, gefiel *Geh nicht einsam in die Nacht* dagegen auf Anhieb. »Das ist ja ein echt guter Song«, meinte er schon nach dem ersten Hören. »Eine gute Melodie, und das sind auch nicht die gebräuchlichsten Akkorde.« Nach dreimaligem Hören war er sogar noch enthusiastischer. »Das Gitarrensolo ist wirklich klasse! Das muss Jugi Eskelinen sein, kein anderer war zu der Zeit dermaßen gut. Aber ich kapiere nicht, warum das Stück so unbekannt ist, ich habe nie von ihm gehört.«

»Wenn es dir gefällt, kannst du es ja mal im Radio spielen«, schlug ich vor.

Aka sah mich an, er war schon high und fragte:

»What's in it for you?«

»Nothing«, antwortete ich. »Aber okay… es gibt da einen kleinen Clou. Oder sogar zwei.« Ich zeigte auf die Plattenhülle und fuhr fort:

»Der Große da ist Jouni Manner. Der Politiker, der vor ein paar Jahren Minister war.«

»Der immer Ärger mit den Frauen hat«, meinte Aka.

»Genau der. Und das da« – ich zeigte auf Adriana – »ist die große Schwester eines Mädels, das bei uns in Tallinge in die Schule ging. Sie ist tot, ist bei einem Feuer abgekratzt.«

»Die da oder das Mädel, das du kanntest?«

»Die da.«

»Und wer ist der Dritte? Iggy Pop, der die Finger in eine Steckdose gesteckt hat und zum braven Jesuskind geworden ist?«

»Weiß ich nicht«, antwortete ich. »Ich habe keine Ahnung, wer das ist.«

Als ich von der Séance bei Aka nach Hause kam, stellte ich mich vor den Badezimmerspiegel. Ich war mittelblond und ziemlich hager, aber ansonsten konnte ich keinerlei Ähnlichkeit zwischen Ariel und mir feststellen. Ich sah allerdings auch, was mir schon vor Ewigkeiten hätte auffallen müssen: dass ich nur Leeni ähnelte, dass es nichts von Henry in mir gab. Ich schüttelte den Kopf, grimassierte hässlich, versuchte ein weiteres Mal, mein Leben abzuschütteln. Ich verließ das Badezimmer, stellte mich ans Fenster und starrte hinaus. Ich wohnte im siebten Stock in einem Gebäude, das dem Haus am Stationsvägen 12 in Tallinge sehr ähnlich war. Draußen schien die Abendsonne, rostrote Trübsal, *just another July evening*. Ich hatte mir kürzlich ein Telefon angeschafft, es hatte Tasten statt einer Wählscheibe, und hatte auch einen Anrufbeantworter gekauft. Seit neuestem konnte man überall in der Stadt Geld abheben, man bekam eine Plastikkarte von seiner Bank und zog sich Geldscheine aus Automaten, die in die Häuserwände montiert wurden: Der Service funktionierte rund um die Uhr, und die Automaten waren überall, man musste es nicht mehr auf die Bank schaffen, bevor sie zumachte. Die Welt und das Leben gingen weiter, was gewesen war, musste man einfach vergessen. Das Telefon klingelte. Es war Klasu Barsk.

»Grüß dich, Frankki. Hast du gehört, dass Pot-Pesonen tot ist?«

»Wie bitte, tot?«, stellte ich die Gegenfrage. »Eine Überdosis?«

»Nee. Normaler Suff. Er war allein auf dem Rosari, hatte ordentlich getankt und ist hinuntergestürzt. Von dem Abhang über der Kekkonen-Schanze.«

Plötzlich wurde ich furchtbar traurig und musste mich schnell von Barsk verabschieden und den Hörer auflegen. Dann begann ich zu weinen. Ich begriff nicht, warum, ich kannte Pot-Pesonen doch gar nicht, außerdem war er ein unangenehmer Zeitgenosse gewesen.

Aka Lindberg erzählte mir später, dass er *Geh nicht einsam in die Nacht* drei Mal in jenem Sommer spielte. Das reichte nicht, um eine Renaissance auszulösen. Aber es wurde mir ein wenig warm ums Herz, das will ich nicht leugnen.

2

LEENI UND HENRY TRENNTEN sich in dem Herbst, in dem ich mich davongestohlen hatte. Es war, wie ich später erfahren sollte, keine Scheidung der feindseligen oder verzweifelten Art: Wenn sie überhaupt etwas war, dann zerstreut. Keiner der beiden blieb in Tallinge, die Wohnung wurde verkauft. Leeni erwarb eine Zweizimmerwohnung in Mattisbacka und konnte zu Fuß zur Schule gehen. Henry ließ sich auf der Insel Drumsö nieder, allerdings nicht in einem der schicken Reihenhäuser mit Meerblick, sondern in einer anspruchslosen Hochhauswohnung am Drumsövägen.

Die beiden ließen nicht locker, und als sich die Dinge nach der Scheidung allmählich normalisierten, gab ich ihrem Drängen schließlich nach. Ich weiß nicht mehr, wann und wo ich Leeni zum ersten Mal wieder traf – wahrscheinlich bei ihr zu Hause in Mattisbacka –, aber ich erinnere mich, dass Henry und ich an einem eiskalten und windigen Wintertag in einer Pizzeria verlegen zu Mittag aßen. Henry schenkte mir als verspätetes Weihnachtsgeschenk ein Doppelalbum mit Countryklassikern. Vielleicht versuchte er mir damit zu sagen, dass es auch glückliche Momente gegeben hatte. Ich schenkte ihm nichts.

Ich schaute abends gelegentlich bei Leeni zum Essen vorbei. Wir sahen uns zwei, drei Mal im Monat, meistens an den Wochenenden. Manchmal beließen wir es bei einem Kaffee am Samstagnachmittag. Ich hatte jedes Mal einen Kater, aber Leeni kaufte immer richtige Sahnetorte oder Himbeerteilchen zum Kaffee, und der Zucker half gegen die Übelkeit. Er war nicht so effektiv wie Pete Everis Ölsardinen auf Knäckebrot, aber fast.

Henry traf ich nicht so oft wie Leeni. Henry und ich verabredeten uns in Cafés und Restaurants, weil er mich nur ungern nach Drumsö einlud, und wenn ich dort war, begriff ich auch, warum. Henry war nicht besonders häuslich, seine Wohnung war fast genauso unaufgeräumt und schmutzig wie meine. Er und ich gingen immer im alten Motti essen, das einen neuen Namen bekommen hatte und nun Villisika hieß. Wenn uns die Zeit für ein Abendessen fehlte, was oft der Fall war, lud Henry mich mittags in eins der Steakhäuser in den Häuserblocks rund um seinen Arbeitsplatz ein. Einmal – wir wollten ausnahmsweise am Sonntagabend zusammen essen gehen – fragte er mich, ob wir um der alten Zeiten willen nach Tallinge hinausfahren und im Männynlatva ein Wiener Schnitzel essen sollten, aber ich lehnte ab. Es war Herbst und regnete, und der Gedanke, einen schwarzglänzenden Mannerheimvägen und Tavastehusvägen hinabzufahren und Henry *I wanna go home, I wanna go home* oder *Galveston, oh Galveston* vor sich hinsingen zu hören, kam mir seltsam vor.

Anfangs steckte ich natürlich voller Vorwürfe, die dadurch bitterer wurden, dass ich an die Vergangenheit erinnert wurde und über Dinge nachgrübelte, sobald ich Leeni oder Henry traf. Ich stellte mir zum Beispiel die Frage, warum sie es mir überhaupt erzählt hatten, sie hätten doch alles dabei belassen können, wie es war. In den Kirchenbüchern stand ich als Henry Lomans Sohn, und ich mochte zwar der Meinung gewesen sein, dass meine Familie ein wenig seltsam und abweisend war, aber ich hatte niemals Verdacht geschöpft. Mein biologischer Vater war tot, und keiner außer Leeni und Henry schien über den wahren Sachverhalt informiert zu sein. Die Grübeleien halfen meiner Fantasie auf die Sprünge, und ich stellte mir vor, dass Mein Vater Der Troll gar nicht so harmlos gewesen war, wie er auf den Bildern aussah. Vielleicht war Ariel Wahl ja gar kein lieber und bekiffter Hippie, sondern ein Gewaltverbrecher gewesen, ein Charles Manson, ein bösartiger und abartiger Typ, der furchtbare Untaten auf dem Gewissen hatte? Deshalb hatten Leeni und Henry sich natürlich gezwungen gesehen, es mir zu erzählen! Sie wussten, dass ich gefährliches Erbgut in mir trug, und erkannten, dass ich es erfahren musste, damit ich rechtzeitig Hilfe suchen konnte, wenn mich der Wahnsinn packte, bevor ich mir selbst und anderen irreparable Schäden zufügte.

In den Tagen nach den Abend- und Mittagessen mit Leeni oder Henry wartete ich also darauf, dass meine erblich bedingte Geisteskrankheit ausbrechen würde. Die innere Anspannung machte mich im Beisammensein mit den beiden zu einer anstrengenden Person, zu einer Art Ankläger. Leeni und Henry waren freundlich und geduldig und gaben ihr Bestes, um die Dinge geradezurücken, aber ich ließ mich nicht besänftigen. »Wie zum Teufel konntet ihr mich so hinters Licht führen!«, schrie ich jeden der beiden an, wenn ich aufgewühlt war, »wie zum Teufel konntet ihr nur!«

Leeni, die immer bemüht war, ihr kühle Alltagsmaske zu wahren, wahrscheinlich aber am meisten unter meiner Raserei litt, antwortete einmal: »Es ging uns nicht darum, dich hinters Licht zu führen. Wir wollten dir eine Kindheit geben, eine ganz normale Kindheit.« Ich suchte nach einer Antwort, die sie so tief verletzen sollte, wie es nur ging. »*Stop all the clocks* …«, sagte ich. »So habe ich es empfunden, als ich es erfuhr. Und du, du bist irgendwohin gefahren, um dich *auszuruhen*!« »Jetzt dramatisierst du«, verteidigte sich Leeni, und ihre Stimme blieb überraschend trocken. »Du tust dir selber leid. Du wolltest doch ins Leben hinaus, Henry und mich fandest du alt und langweilig, warum sollen deine Uhren stehen geblieben sein, nur weil du das erfahren hast?«

Nach der Scheidung blieb Leeni Henry gegenüber unerschütterlich loyal. »Wir lieben dich wirklich beide«, sagte sie. »Henry hat dich immer geliebt wie seinen eigenen Sohn, vor allem als es sich so ergab, dass wir keine gemeinsamen Kinder bekommen konnten.« »Aha!«, ergriff ich die Gelegenheit beim Schopf, »anfangs gab es also Probleme, er mochte mich nicht, als ich klein war!« Ich war nicht nur aufgebracht, sondern auch verlegen. Es war mir peinlich, das Verb »lieben« aus dem Munde meiner Eltern zu hören, vor allem, wenn es um mich ging. »Nein, nein«, seufzte Leeni und klang fast verzweifelt, »das stimmt doch überhaupt nicht! Henry ist ein guter Mann. Ein bisschen ungehobelt vielleicht, und einen schlechten Geschmack hat er auch, das ja, aber er ist ein guter Mann. Daran gibt es keinen Zweifel.«

Henrys Haltung zur Vergangenheit war genauso nüchtern wie Leenis, er versuchte, zu relativieren und zu beschwichtigen. »Was damals passierte, ist nicht so ungewöhnlich, wie du denkst. Viele Väter sind nicht da, wenn das Kind geboren wird. Und dann … tja, dann ist es doch eigentlich gut, wenn es einen anderen gibt, nicht?«

»Was heißt hier gut«, entgegnete ich mürrisch. »Man will doch wissen, wer man wirklich ist.«

Darauf lächelte Henry nur traurig.

* * *

Es war Jinx Muhrman zu verdanken, dass Eva Mansnerus wieder einen Platz in meinem Leben einnahm. Oder ihre Schuld, je nachdem, wie man es sieht. Vielleicht bin ich aber auch nur naiv, wenn ich so denke und mir einbilde, dass es eine Alternative gab, dass ich eine Wahl hatte. Ein anderer würde möglicherweise sagen, wenn man sich als Dreizehnjähriger in die Schwester einer Frau verliebt, die zusammen mit dem verstorbenen Vater gesungen hat, einem Vater, von dessen Existenz man erst mit achtzehn Jahren erfährt, dann ist man dazu verdammt, sich für den Rest seines Lebens daran abzuarbeiten.

Es muss im Spätherbst 1983 gewesen sein, als Eva genug von ihrem Joaquín hatte. Viel später erzählte sie mir, dass sie Joaquín und seine Geliebte zu Hause praktisch in flagranti erwischt hatte. Eva, die ihr Studium wieder aufgenommen hatte, war mehrere Stunden früher als angenommen von einem Seminar heimgekommen, und die andere Frau war die Besitzerin der Pizzeria, in der Joaquín arbeitete. Als es passierte, erzählte Eva jedoch niemandem davon, nicht einmal Jinx Muhrman, die ihre Vertraute war. Sie warf Joaquín ohne weitere Erklärung hinaus, und wer sie auf das Thema ansprach, bekam zur Antwort, diese Beziehung sei ein Irrtum gewesen.

Danach führten Eva und Jinx für ein paar Monate ein ausschweifendes Junggesellinnenleben. Es war Winter, es war dunkel und kalt, und sie feierten wilde Feste und waren fast jede Nacht auf der Rolle. Ich begegnete ihnen gegen Ende dieser Phase. Damals hatte ich kaum noch Kontakt zu Jinx. Wir bewegten uns mittlerweile in unterschiedlichen Kreisen. Manchmal telefonierten wir, aber die Zeiten, in denen wir miteinander schliefen, waren vorbei.

Es war Anfang März, und ich hatte mich von ein paar Freunden zum Ausgehen überreden lassen, obwohl ich eigentlich keine Lust hatte. Ich saß an einem überfüllten Tisch in einem Restaurant, umgeben vor allem von entfernten Bekannten, Riku Bexar und seine Schwester Marina kannte ich zwar ein bisschen besser, aber auch sie standen mir nicht wirklich nahe. Ein schwülstig phrasierender Barpianist spielte *The Long And Winding Road* und andere Balladen, und ich kämpfte bereits gegen meine Schläfrigkeit an, als ich eine Stimme hörte: »Kapi, mein Freund! Lange nicht gesehen!«

Bevor ich reagieren konnte, hörte ich eine andere Stimme, ein wenig tiefer und in einem etwas frecheren Ton: »Vergiss es, Eva, der gehört mir, ich habe ihn zuerst gesehen.« Es folgte ein glockenhelles, leicht kicherndes, einstimmiges Lachen aus zwei Frauenkehlen. Ich hatte mich in Träumereien verloren und den Blick nach unten gerichtet, und als ich den Kopf drehte, ohne aufzuschauen, sah ich zwei lange Beine in einer ausgeblichenen Jeans: Die Aufschläge verschwanden in einem Paar hochhackiger, weinroter Stiefel. Daneben, eine Armlänge entfernt, befanden sich zwei weitere Beine, genauso schlank, aber kürzer, in einer schwarzen Jeans, an den Füßen klobige schwarze Stiefeletten, ein schwarzer Pulloversaum reichte bis tief über die Oberschenkel und rundete den lässigen Eindruck ab. Ich blickte auf und sah Eva Mansnerus und Jinx Muhrman vor mir stehen und mich anlächeln.

Wir zogen an einen anderen Tisch um, weil an meinem alten kein Platz mehr frei war. Das hätten wir wohl auch sonst getan, denn Jinx hatte ein Jahr zuvor eine kurze Affäre mit Riku Bexar gehabt, die kein glückliches Ende genommen hatte. Die beiden beäugten sich immer noch feindselig. Ich benötigte nur wenige Minuten, um festzustellen, dass Eva Mansnerus ein bisschen betrunken war, während Jinx keinen Tropfen Alkohol trank. Stattdessen bestellte sie eine Tasse Tee.

»Verdammt, was ist denn mit dir los?«, löcherte ich Jinx, weil ich zu schüchtern war, Eva direkt anzusprechen. Immerhin waren einige Jahre vergangen.

Jinx antwortete, ohne zu zwinkern: »Ich glaube, ich bin schwanger.«

»Oho«, sagte ich. »Gratuliere. Und wer ist der Vater?«

Jinx warf mir einen gereizten Blick zu, zuckte mit den Schultern und blieb stumm.

»Willst du mich nicht auch etwas fragen?«, meldete sich Eva fröhlich zu Wort. »Wenn du schon so ein gutes Händchen dafür hast, die richtigen Fragen zu stellen.«

Das Gespräch verlief anfangs tastend, kam dann aber immer besser in Schwung. Mehr als das, es funkte, und die Funken schlugen zwischen Eva Mansnerus und mir. Jinx Muhrman gab sich immer eine raue und freche Fassade, konnte aber nie verbergen, dass sich dahinter ein feinfühliger und sensibler Mensch verbarg. So lief es auch jetzt, denn Jinx merkte schnell, was sich da anbahnte.

»Okay, ich hau dann mal ab«, erklärte sie. »Hier stinkt's nach Sexualhormonen. Außerdem will ich malen.«

»Liebe dich, Janna«, sagte Eva, als Jinx aufstand und sich nach ihrer grauen Lederjacke streckte. Jinx grinste und warf Eva eine Kusshand zu. Ich war verblüfft. Ich wusste, dass der Taufname von Jinx Janina war, hatte aber noch nie gehört, dass jemand sie anders genannt hätte als Jinx. *Janna*. Das klang so weiblich, fast süß.

Eva und ich blieben nicht mehr lange in dem Restaurant. Sie erzählte ein bisschen von ihrem Jahr auf Teneriffa und ein bisschen von Göran und Catherine, die langsam alt wurden, und ich erzählte von Leenis und Henrys Scheidung – »nichts Dramatisches, sie haben sich einfach auseinandergelebt« – und von meinen losen Jobs in der Medienbranche. Eva stellte mir eine zerstreute Frage zu Pete Everi, und ich antwortete, dass wir keinen Kontakt mehr hätten. »Geht mir genauso«, erwiderte sie lakonisch, »so läuft das wohl.« Sie erzählte noch nichts von Joaquín und seiner Untreue, und ich sagte nichts von Bedeutung. Ab und zu spürte ich, wie Evas stiefelbekleidete Füße unter dem Tisch die meinen streiften, und ich konnte mich nur mit Mühe davon abhalten, ihre Hände zu streicheln, wenn sie auf dem Tisch lagen.

»Wo wohnst du?«, fragte Eva nach ungefähr einer Stunde, als wir jeder ein Glas Wein bestellt und geleert hatten.

»In Näshöjden«, antwortete ich. Ich hauste dort damals in einem richtigen Loch im Erdgeschoss, eng, ungemütlich und dunkel, im Winter fand das Licht überhaupt nicht den Weg hinein.

»Können wir nicht zu dir fahren?«, erkundigte sich Eva.

»Doch«, sagte ich leicht zögernd, »aber ich habe nichts zu trinken im Haus. Und es ist ziemlich weit bis dahin. Wohnst du nicht immer noch hier nebenan? Jinx meinte, du …«

»Doch, da wohne ich noch«, fiel Eva mir ins Wort. »Aber im Moment will ich da nicht sein, sonst fange ich nur an, blöde Sachen zu denken.« Sie schien kurz zu zögern, sprach dann jedoch weiter. »Ich habe Wein zu Hause. Zwei Flaschen, können wir die nicht holen gehen und dann mit dem Taxi zu dir fahren?«

Ich blieb unten auf der Straße, während Eva hochlief, um die Weinflaschen zu holen. Es war schon halb zwölf, und es gab einen Moment, in dem mir Zweifel kamen, als ich zu ihrem Fenster hinaufblickte und sah, wie das Licht eingeschaltet wurde, worauf mir die Plötzlichkeit unserer Begegnung in den Sinn kam und dass wir uns eigentlich nicht mehr kannten. Doch als die Tür aufging und Eva mit einer Stofftasche in der Hand auf die Straße hinaustrat, verflüchtigten sich alle Zweifel. Wir nahmen ein Taxi und schlichen uns in meine Wohnung, als wären wir Diebe, obwohl keiner von uns mit einem anderen zusammen war. Wir unterhielten uns. Wir leerten die beiden Flaschen. Irgendwann gegen vier, als wir mit den letzten Tropfen in unseren Gläsern dasaßen, legte ich erst leise *The Passenger* und danach *No Woman No Cry* auf. Eva, Pete und ich hatten unsere eigenen Lieder gehabt, Songs, die uns all die Jahre hindurch begleitet und die wir zu Petes Gitarrenbegleitung auf Aspholm gegrölt hatten. Eva lag auf meiner Matratze und rauchte – für mein Bett war in dieser Wohnung kein Platz gewesen, so dass ich es verkauft und mir stattdessen eine dickere Matratze besorgt hatte –, und als ich Bob Marley aufgelegt hatte, drehte sie sich zu mir um und sagte: »Du liest meine Gedanken. Gerade habe ich gedacht, wenn du eins unserer alten Lieder spielst, will ich mit dir schlafen.«

Als wir aufwachten, war es schon Nachmittag. Eva schlang die Bettdecke um sich und setzte sich auf meinen einzigen Küchenstuhl, während ich die Kühlschranktür und die Vorratskammer öffnete, nur um festzustellen, dass beide leer waren. Draußen war das Licht fast unnatürlich durchsichtig und grauweiß, und als ich die in meine schmutzige Decke gehüllte Eva ansah, war ich glücklich.

»Du hast nichts zu essen?«, fragte sie.

»Nein«, gestand ich.

»Ich kenne da ein Lokal«, meinte sie. »Es liegt ganz in der Nähe, da könnten wir hingehen.«

Wir zogen uns an und gingen durch Munksnäs zu einem kleinen Restaurant, das Viola hieß und in einer Seitenstraße in Meernähe lag. Das Restaurant hatte eine Tafel mit Tagesgerichten, auf der ausschließlich Hausmannskost stand. Eva bestellte Bratheringe und aß mit großem Appetit, während ich mein Schnitzel kaum anrührte. Es lag nicht am Kater, ich fühlte mich nur so hilflos. Ich hatte mit vielen Frauen geschlafen, um Eva Mansnerus zu vergessen, und dann reichte eine einzige Nacht, und alles war wieder wie früher. Ich kannte dieses Kribbeln im Bauch, die unbändig wogenden Wellenbewegungen in der Brust, die sekundenschnellen Umschwünge zwischen jubelnder Hoffnung und tiefster Verzweiflung. Es war das gleiche Gefühl wie in der Stadtteilbücherei in Tallinge an einem Junitag fast zehn Jahre zuvor, das gleiche Gefühl wie damals, als ich in meinem Jugendzimmer saß und *Postcard From Bus Number Forty-Nine* schrieb.

* * *

Schon in jener ersten Nacht drängte es mich sehr, es ihr zu erzählen. Es vibrierte in mir vor Lust, ihr zu enthüllen, dass Henry Loman nicht mein biologischer Vater war und mein wahrer Erzeuger ein Mann war, den wir beide kannten, ein Mann, dessen Foto wir studiert hatten und der über die Musik mit Evas Schwester liiert gewesen war. Und am liebsten hätte ich nicht nur über Ariel, sondern auch über Adriana gesprochen. Eva hatte nie gerne von ihrer Schwester erzählt, selbst als Adriana noch lebte, hatte sie kaum etwas gesagt, das Fotoalbum war eine Ausnahme gewesen. Nach dem schrecklichen Unfall auf Aspholm war ihr Mund dann jedoch endgültig versiegelt gewesen. Ich wusste zudem, dass Adriana über ihre Jugendjahre ebenso den Mantel des Schweigens gebreitet hatte wie Eva über den Tod ihrer Schwester. Trotzdem wollte ich ihr Fragen stellen, denn wenn Eva etwas über Ariel wusste, wollte ich es auch wissen. Aber es gab etwas, was mich zurückhielt: die Lust darauf, mit Eva zu schlafen, und die Angst davor, meine Chancen zu verspielen. Wenn Eva und ich anfingen, in schwierigen Angelegenheiten zu stochern, und schwerwiegende Enthüllungen auftauchten, bestand die Gefahr, dass wir anschließend in tiefschürfenden Gesprächen hängen blieben. Ich war nicht mehr der ahnungslose Welpe aus den Tagen in Svartviken, ich wusste mittlerweile, dass die Lust der Frauen manchmal auf verschlungenen Wegen unterwegs war und sie oft aus dem Konzept kamen, wenn sie abgelenkt wurden. Also schwieg ich, denn ich wollte nicht noch einmal wie ein Bettler der Liebe vor Eva Mansnerus stehen.

Es lief, wie ich es wollte, sowohl bei unserer ersten Begegnung als auch bei der nächsten, ich redete möglichst wenig und wurde durch Sex belohnt. Unser zweites Treffen fand bei Eva statt: Entweder war es ihr gelungen, in weniger als einer Woche alle Joaquín-Dämonen aus der Wohnung zu vertreiben, oder meine notdürftig eingerichtete Bleibe in Näshöjden hatte sie gründlich abgeschreckt. Diesmal, als Eva und ich gekommen waren und wir rauchend nebeneinanderlagen und sich die Mattigkeit wie Wärme im Körper ausbreitete, erzählte ich ihr alles.

Anfangs musste Eva sich mehrfach vergewissern, dass ich keinen Witz machte, dass die Geschichte von mir und Ariel Wahl kein verdrehtes Ammenmärchen war, keine meiner Fantasie entsprungene Missgeburt. Nach einer Weile verschwand sie im Badezimmer, und ich hörte, dass sie den Duschhahn aufdrehte, woraufhin es eine ganze Weile plätscherte und klapperte. Als sie zurückkam, nackt bis auf ein Handtuch, das sie wie einen Turban um den Kopf geschlungen hatte, sagte sie immer noch: »Du lügst! Du willst bloß testen, was für verrückte Geschichten du mir einreden kannst!« Als ich jedoch beharrlich an meiner Geschichte festhielt und allmählich sogar wütend wurde, folgte eine Phase, in der Eva nur schwieg und zuhörte. Sie saß nur im Slip auf einem Küchenstuhl, und auf der anderen Seite des Tisches saß ich und versuchte, ihr alle mir bekannten Details zu schildern – an jenem Nachmittag musste ich einsehen, dass ich im Grunde herzlich wenig wusste –, und von Zeit zu Zeit schüttelte sie den Kopf und murmelte »Das kann doch verdammt nochmal nicht wahr sein!« und ähnliche Dinge. Und es tat so gut, endlich einmal alles erzählen zu dürfen, dass ich sogar zu dem Moment zurückkehrte, in dem ich es erfuhr: Ich beschrieb jenen Junitag, an dem ich Henrys Arbeitszimmer in einem Zustand völliger Verwirrung verlassen hatte. Ich erzählte ihr, dass meine letzte Frage an Henry gelautet hatte, ob Ariel Wahl von seiner Vaterschaft gewusst habe, was Henry bejahte, ich beschrieb, wie ich aufgestanden und gegangen war und mir unsere geräumige Wohnung im Tannervägen leerer und eigenartiger vorgekommen war als je zuvor, wie die entsorgte Dekoration zu einem abgesetzten Theaterstück, und ich erzählte ihr, wie ich in mein Zimmer gegangen war und mich aufs Bett gelegt und sich in meinem Kopf alles gedreht hatte, so dass ich eine Plastikschüssel aus dem Badezimmer geholt und hineingekotzt hatte, zwei Mal, und dass ich anschließend in eine Art Halbschlaf gefallen war und seltsame Alpträume durchlebt hatte, in denen alle auftauchten, Leeni, Henry, Eva, Adriana und ein singendes Monster mit Haaren wie blonde Wattebäusche und einem Hemd mit bunten Puffärmeln, und in meinem Traum waren diese Puffärmel plötzlich angeschwollen und unförmig groß geworden, sie waren immer weiter angeschwollen, und bald darauf hatten die Puffärmel Ariel Wahl in einen orangenen Ballon verwandelt, der vom Erdboden abhob und über Häuserdächern und Baumwipfeln davonflog, in die Stratosphäre und weiter bis zum Mond und zur Sonne, und schließlich war ich aus meinem verschwitzten Schlummer erwacht, hatte das Erbrochene in die Toilette geschüttet und war zur Küche gegangen, um etwas zu trinken, und im Wohnzimmer hatte mucksmäuschenstill Henry gesessen, und es hatte den Anschein gehabt, als hätte er stundenlang in derselben Position verharrt, der Fernseher lief, aber er schaute nicht hin und starrte nur mit leeren Augen in den Garten hinaus. Als ich an ihm vorbeiging, drehte er sich zu mir um und fragte: »Hast du denn gar keinen Hunger, sollen wir nicht zum Männynlatva gehen und ein Steak essen?« Seine Stimme hatte müde und entschuldigend geklungen, und ich hatte seine Frage nicht beantwortet, sondern war in mein Zimmer zurückgekehrt und hatte gewartet, bis ich ihn sein Jackett vom Kleiderbügel im Flur nehmen und die Wohnungstür ins Schloss fallen hörte, und erst danach hatte ich ein paar Kleider und Bücher in einer Umhängetasche zusammengerafft, war zur S-Bahn-Station gegangen und hatte den Zug in die Stadt genommen.

All das und vieles mehr erzählte ich Eva Mansnerus, und obwohl ich es anders in Erinnerung habe, war ich wahrscheinlich ab und zu einigermaßen gerührt, gerührt und verbittert. Eva hat immer behauptet, dass meine Stimme mehrmals versagte und ich sogar weinte. Ich selbst erinnere mich nicht an Tränen, dagegen weiß ich noch, dass Eva von ihrem Platz aufstand, zu mir kam, sich auf meinen Schoß setzte, dort lange sitzen blieb und mir übers Haar strich. Als sie dort saß, spürte ich – der ich sonst nie geil werde, wenn ich wütend oder traurig bin –, dass ich wieder Lust auf sie bekam. Ich redete immer noch über den traurigen Tag, an dem ich Tallinge für immer verließ, aber gleichzeitig nahm mein Schwanz Kurs auf Evas Po und wurde langsam steif. Eva sprang mit einem bestürzten Gesichtsausdruck aus meinem Schoß.

»Entschuldige«, sagte ich schnell, »aber so schlimm ist es ja nun auch wieder nicht, wir haben doch vor weniger als einer Stunde miteinander gevögelt.«

»Neinneinnein«, stammelte Eva, »es geht um etwas anderes! Ich hab's erst nicht kapiert, aber … du und ich, wir müssen verwandt sein!«

»Nie und nimmer«, erwiderte ich und starrte sie verständnislos an. »Wovon redest du?«

»Davon, dass Ariel Wahl ein Verwandter von uns war … von mir. Ich bin nicht gleich darauf gekommen, weil wir zu Hause nie darüber gesprochen haben. Aber Addi meinte das mal. Und nach Addis Beerdigung hat Mama dasselbe gesagt, so ungefähr, nun seien schon zwei aus der Familie viel zu jung gestorben.«

Jetzt reagierte ich ungläubig: »Das soll ja wohl ein Witz sein. Verdammt, das *muss* ein Witz sein!«

Aber Eva war blass geworden. Gleichzeitig brannten zwei kleine rote Flecken auf ihren Wangen. Ich begriff, dass sie es ernst meinte: eine weitere Kehrtwende in dem absurden Schauspiel, das sich als mein Leben ausgab.

»Das ist ja wie in einem verdammten Film!«, sagte ich. »Das heißt, wenn wir heute ein Kind gezeugt haben, bekommt es sieben Zehen pro Fuß oder ein zusätzliches Auge auf der Stirn oder so?«

Sie starrte mich an und schaute dann voller Abscheu weg. Es waren Momente wie dieser, in denen der Altersunterschied zwischen Eva und mir offenbar wurde. Ich hatte einen bedingten Reflex; wenn eine Situation zu ernst oder seelisch zu intim wurde, versuchte ich, sie mit einem Scherz zu überspielen. Und begriff nicht, wie dumm und plump meine vermeintlich spaßigen Bemerkungen manchmal in Evas Ohren klangen. Sie hatte es bereits angesprochen, als sie noch mit Pete Everi zusammen war, und würde gezwungen sein, auch in den folgenden Jahren darauf zurückzukommen. *Es kommt mir so vor, als würdest du mir eine Schnute ziehen, mir die Zunge herausstrecken oder so.* Vielleicht ging es nicht nur um unser Alter, sondern auch um einen Unterschied in Temperament und Lebenshaltung, ich weiß es nicht. *Musst du eigentlich immer so ernst und empfindlich sein*, pflegte ich zu erwidern.

Diesmal hielt ich jedoch nicht dagegen. Ich ging in die kleine Küche, wo Eva unsere Kaffeetassen spülte. Sie wirkte verbissen, und ich legte meine Arme um ihre Taille und sagte: »Entschuldige!« Es war ein gutes Gefühl, das zu sagen. Ich nahm das Wort nicht oft in den Mund, denn wenn jemand wütend auf mich wurde, reagierte ich in der Regel noch wütender.

Eva und ich öffneten eine Flasche Wein und unterhielten uns den ganzen Abend, fast bis Mitternacht. Wir sprachen ruhig und ernst, und ich machte keinen einzigen schlechten Scherz. Wir berührten unsere Hände über dem Tisch, aber die erotische Spannung war verschwunden. Irgendwann sagte Eva nachdenklich: »Seit du anfingst, mit Pete und mir herumzuhängen, hatte ich das Gefühl, dass zwischen dir und mir etwas Besonderes war. Ich habe nie begriffen, warum ich dich so sehr mochte, du warst doch nur ein Kind. Oder wieso wir uns so gut verstanden, fast wie Geschwister. Aber jetzt … stell dir vor, es liegt daran?«

Ihre Worte, als höchstes Lob gemeint, enttäuschten mich maßlos. In meinem Inneren wurde es vollkommen schwarz, und ich machte mir erst gar nicht die Mühe, es zu verbergen. Zum ersten Mal sah ich mich mit dem konfrontiert, was bei manchen Frauen ein blinder Fleck zu sein scheint: Sie erwarten, dass der Mann sich freut, wenn sie ihm erzählen, er sei wie ein Bruder für sie. Sollte der Mann diese Frau auch nur ein bisschen begehren, kann er den Stachel der Enttäuschung in seiner Seele nicht leugnen, einen Stachel, den er gemäß Sitte und Erziehung verbergen muss. Und wenn er die Frau wirklich begehrt, ist die Enttäuschung kein Stachel, sondern ein Schwert, das seine Brust durchbohrt. Eva sah, dass ich traurig wurde, stand wieder von ihrem Stuhl auf, kam zu mir, setzte sich auf meinen Schoß und murmelte: »Du weißt, was ich meine.« Aber das wusste ich nicht. Ich *wollte* es nicht wissen. Wir küssten uns wieder auf den Mund, aber es war ein anderer Kuss als die Küsse vor ein paar Stunden, denn dieser neue sagte: »Ich mag dich, will aber nichts.«

Von unserer langen Unterhaltung an jenem Abend ist mir noch etwas anderes in Erinnerung geblieben. Ich gab zu, dass ich Leeni und Henry immer noch aus dem Weg ging, dass sie sich immer bei mir meldeten und es nie umgekehrt war. Wenn sie nichts von sich hören ließen, verging manchmal ein halbes Jahr oder noch mehr Zeit, ohne dass ich sie sah. Eva gefiel das nicht, sie meinte: »Du behandelst sie grausam. Sie sind gute Menschen, die versucht haben, für dich da zu sein, so viel sie nur konnten. Ich finde, du solltest mit ihnen sprechen.«

In der Abenddämmerung in Evas Wohnung weigerte ich mich, mir ihre Worte zu Herzen zu nehmen, ich fand, dass sie viel zu streng mit mir war.

* * *

Eva und ich verabredeten uns weiter in diesem Frühjahr, schliefen in den folgenden Monaten aber nicht mehr miteinander. Wenn wir uns trafen und wenn wir uns trennten, küssten wir uns flüchtig auf den Mund, und wir tranken keinen Wein bei ihr oder mir, sondern gingen ins Kino oder eine Pizza essen oder in Clubs. Einmal machte ich einen Versuch, es war Nacht, und wir wollten uns trennen, und ich schob meine Zunge in ihren Mund, als wir uns küssten, und schloss gleichzeitig die Arme um sie. Eva ließ mich kurz gewähren, und ich hatte sogar das Gefühl, dass sie den Kuss erwiderte, aber dann machte sie sich von mir los, hob resolut meine Arme fort und sagte: »Nicht jetzt, ich brauche Zeit.«

An einem anderen Abend – wir waren auf einem Blueskonzert im Tavastia, Little Jimmie Rutherford & The Earlybirds – verlor ich Eva aus den Augen und fand sie erst spätabends wieder, als sie mit ein paar Rockmusikern herumhing, die sie kannte. Sie hatte den Arm um die Taille von einem Sänger gelegt, der sich Lindy nannte, und ich beobachtete, wie sie sich ansahen, und begriff, dass sie in dieser Nacht zu ihm nach Hause gehen würden oder schlimmstenfalls zu ihr. Ich verließ das Tavastia und ging über das verwaiste Busfeld und am Tennispalast vorbei zum KY, wo ich eine andere Frau aufriss und nach Näshöjden mitnahm. Sie war genau wie ich auf einen One-Night-Stand aus, war aber romantisch veranlagt und wollte küssen, reden und ein langes Vorspiel haben. Ich war ungeduldig, zog sie aus und nahm sie in dem abgerissenen Lehnstuhl, auf dem sie saß. Später in der Nacht, als wir im Bett lagen, wollte ich noch einmal, aber sie schüttelte nur den Kopf, blieb mit dem Rücken zu mir auf der Seite liegen und ging irgendwann am frühen Morgen.

Am Vormittag wurde ich davon geweckt, dass es klingelte. Ich war allein im Bett und glaubte, mein nächtlicher Gast hätte etwas vergessen. Ich ging zur Tür und öffnete nur in der Unterhose. Es war Eva. Sie streckte mir ein kleines, flaches Paket entgegen. »Entschuldigung«, sagte sie, »für gestern Abend, meine ich.« »Das macht doch nichts«, erwiderte ich. »Komm rein.« Ich versuchte, wach und nüchtern zu klingen, aber meine Stimme brachte nur ein Krächzen heraus. »Nee«, sagte Eva, »heute nicht. Ich wollte nur, dass du das hier bekommst.« »Aber wenn du schon einmal hier bist…«, versuchte ich es. Aber Eva schüttelte nur den Kopf, umarmte mich hastig und hauchzart, machte auf dem Absatz kehrt und ging. Ich zog die Tür zu, ging in die Wohnung, setzte Wasser auf und machte mir eine Tasse pechschwarzen Pulverkaffee. Erst danach riss ich das Paket auf, es hatte ein Band mit einer Schleife und allem wie ein echtes Geschenk. Ich hatte richtig geraten: *Älä käy yöhön yksin/Hiljaisuuden äänet*, Joni, Ariel & Adriana, SNV 379. Als ich die A-Seite hörte, merkte ich, dass mir das Lied meines Vaters diesmal wesentlich besser gefiel als damals bei Aka Lindberg, Gleichzeitig war ich wahnsinnig wütend auf Ariel. Nicht genug, dass er gestorben war, jetzt hatte er mich auch noch der Frau meines Lebens beraubt. Ich griff nach der anspruchslosen Hülle und starrte den kleinen Mann streng an, der in seinem grotesken Puffärmelhemd auf einem Bein stand. Dabei fiel mir die säuberliche Aufschrift in dem hellen Feld auf, das hinter den drei Künstlern vom Meer gebildet wurde: *Für Mama und Papa von Addi*. Dann folgte ihr Namenszug, und darunter gab es zwei Kritzeleien, die nichts anderes sein konnten als die Unterschriften Jouni Manners und Ariel Wahls.

3

Ich hätte nicht gedacht, dass es so kommen würde, ich hatte mir wohl eingebildet, dass es einfacher sein würde, mit Leeni zu sprechen. Aber am Ende war es Henry, mit dem ich das erste Gespräch über Ariel führte.

Es war kurz vor Mittsommer, und Henry hatte auf einem Essen im Restaurant bestanden, bevor die Urlaubszeit begann. Ich wollte im vierten Sommer hintereinander mit Interrail verreisen, aber Henry versuchte immer noch, mir Ratschläge mit auf den Weg zu geben. Er weigerte sich einfach einzusehen, dass ich bereits weitgereister war als er, zumindest wenn es darum ging, ohne festes Ziel und gebuchte Hotels zu reisen. Er selbst war auf dem Sprung zu einem Sommerhaus irgendwo in der ostfinnischen Landschaft Savolax, der Arbeitskollege, dem das Häuschen gehörte, hatte einen Bungalow an der Costa del Sol gekauft, und so konnte Henry das Haus den ganzen Juli über mieten. Ich ging davon aus, dass Henry diese Juliwochen nicht alleine verbringen würde. Es gab deutliche Indizien dafür, dass Henry und Leeni neue Lebensgefährten gefunden hatten, aber keiner von ihnen hatte mir bisher jemanden vorgestellt. Henrys Fall war eindeutig. Ich hatte im Winter zwei Mal in seiner Wohnung vorbeigeschaut, und sie war nicht mehr schmutzig. Alles war sauber und ordentlich, der Spüllappen war neu, und in den Fenstern war Nippes aufgetaucht, Kerzenständer und Glasvögel und Ähnliches. In Leenis Fall waren die Anzeichen schwächer, aber ich hatte ein Paar großkarierte Herrenstrümpfe auf ihrer Wäscheleine gesehen, und man musste Leeni nur flüchtig kennen, um zu wissen, dass sie sich lieber die Zehen amputieren lassen würde, als solche Strümpfe anzuziehen.

Henry und ich trafen uns im Tölöstrand. Es war eines seiner Lieblingsrestaurants, in dem er sich seit den sechziger Jahren zu Geschäftsessen verabredete. Wir nahmen beide einen Aperitif, tranken Wein zum Essen und bestellten Cognac zum Kaffee, und vielleicht kann ich mich deshalb nicht erinnern, wie wir auf die Vergangenheit und mit der Zeit auch auf Ariel zu sprechen kamen. Plötzlich waren wir jedenfalls beim Thema, und ich hörte mich fragen: »Aber wenn er nun von mir wusste, wie konnte er dann einfach alles zurücklassen. Hat er denn nie versucht … ist er niemals bei uns aufgekreuzt?«

Henry betrachtete mich forschend, und sekundenlang lag ein müder und widerwilliger Ausdruck in seinen Augen, als würde er abwägen, ob er noch die Flucht antreten könnte.

»Das ist er«, sagte er schließlich. »Aber nicht oft. Nur zwei Mal.«

Henry wich meinem Blick aus und schaute aus dem Fenster. Vielleicht hoffte er, dass ich mich mit dieser Antwort zufriedengeben würde. Aber ich wartete, bis er mich wieder ansah, und warf ihm einen auffordernden Blick zu. Das reichte. Henry seufzte kurz und sprach weiter:

»Beim ersten Mal warst du gerade einmal zwei Jahre alt. Es war das einzige Mal, dass er uns, nun ja, heimsuchte oder wie man es nennen will. Wir wohnten damals in der Eriksgatan, Adresse und Telefonnummer standen im Telefonbuch. Es war Sommer, aber wir konnten uns keinen Urlaub leisten, Leeni studierte ja noch, und wir waren knapp bei Kasse. An den Wochenenden fuhren wir nach Mattby hinaus, aber ansonsten blieben wir in der Stadt. Im Frühling hatten wir ein paar mysteriöse Anrufe bekommen, du weißt schon, wenn am anderen Ende der Leitung nur jemand atmet und irgendwann auflegt. Also waren wir nicht völlig unvorbereitet. Und dann stand er eines Abends plötzlich unten auf der Straße, vor dem Milchgeschäft im Haus gegenüber. Ich glaube, es war fast Mitternacht, aber da es mitten im Sommer war, blieb es trotzdem ziemlich hell. Er fiel Leeni ins Auge, als sie am Küchentisch saß und rauchte. Er starrte sie direkt an, wusste sogar, welches Fenster unseres war.«

Henry verstummte und warf mir einen kurzen Blick zu, als hätte er neue Hoffnung geschöpft, Hoffnung darauf, dass er einen Punkt erreicht hatte, an dem ich mich mit dem begnügen würde, was ich erfahren hatte.

»Ja, und? Was ist dann passiert?«

»Ich bin auf die Straße hinuntergegangen. Als Wahl mich gesehen hat, ist er sofort verschwunden, und als ich ihm hinterherrief, rannte er los. Ich holte ihn ein. Ich war damals ein Sportler, ich hatte noch keinen Bauch, und Ariel Wahl war beim besten Willen kein Athlet. Er hatte einen Körper wie eine Fliege.« Henry zeigte auf mich und fügte hinzu: »Na ja, du bist ja auch hager, aber das hast du von Leeni, so ausgemergelt wie Wahl bist du nun doch nicht.«

»Was hast du ihm gesagt?«, fragte ich.

»Ich bin ziemlich heftig geworden«, gestand Henry. »Körperlich hatte ich natürlich keine Angst vor ihm, aber ich befürchtete, er könnte in der Stadt das Maul aufreißen. Außerdem hatte ich Angst, dass er sich um Rechtliches streiten, eine Blutprobe fordern würde und so. Deine Mutter und ich hatten uns große Mühe gegeben, alles geheim zu halten. Und ich hatte einiges über mich ergehen lassen müssen. Zum Beispiel Railis Schimpftiraden, weil ich ihrer feinen Tochter einen dicken Bauch gemacht hatte, obwohl ich fast zehn Jahre älter war als sie und es hätte besser wissen müssen.« Henry machte eine kurze Pause, als zögerte er weiterzusprechen, und ergänzte: »Außerdem hatte ich ehrlich gesagt auch ein bisschen Bammel vor einigen Freunden Wahls.«

Er verstummte erneut und begann, wie wild zu winken, um die Aufmerksamkeit der Kellnerin auf sich zu lenken.

»Wir nehmen doch noch einen Schluck Whisky, wenn wir schon einmal zusammensitzen?«

Ich nickte, erkannte jedoch, dass der »Schluck Whisky« ein weiteres Ausweichmanöver Henrys war.

»Sprich weiter, Pap… Ich will nicht, dass du mir etwas verschweigst.«

»Wie du willst«, erwiderte Henry. »Aber dann lass mich zunächst Folgendes sagen: Wahl war völlig ungefährlich. Er war ein bisschen seltsam, er stotterte, und Leeni meinte, wenn er wirklich mal etwas herausbrachte, blieben seine Worte für andere oft unverständlich. Aber er war lammfromm. Manche seiner Freunde dagegen … ich kannte sie nicht, ich war ja viel älter. Und Leeni bewegte sich auch nicht in diesen Kreisen, die Schwestern Flinck galten als etwas etepetete. Aber sie *wusste*, wer diese Typen waren, und das reichte. Sie hatte Angst vor ihnen, vor Suhonen und Hurme und wie sie alle hießen. Ein paar von ihnen sind dann später in Schweden gestorben, sie gingen dort vor die Hunde. Der eine, Hurme, starb im selben Herbst wie Wahl. Damals fragten sich viele, ob die beiden Fälle zusammenhingen, weil sie in einem Abstand von nur zwei Wochen verschwanden. Aber das hast du wahrscheinlich gelesen, nicht?«

»Nein«, antwortete ich und schämte mich auf einmal, weil ich es nicht getan hatte. »Noch nicht.«

»Ich glaube, dieser Jouni Manner versuchte damals, der Sache auf den Grund zu gehen«, erklärte Henry. »Er saß noch nicht im Parlament, er fuhr als Journalist nach Schweden. Ansonsten soll er als junger Mann auch so ein verdammtes Gangmitglied gewesen sein, obwohl er sich heute so ungeheuer respektabel gibt.«

»Ich bin mir nicht sicher, ob ich das alles verstehe«, sagte ich. »Willst du mir sagen, dass Wahl … dass mein Alter ein Verbrecher war?«

»Das wäre zu viel gesagt«, versuchte Henry abzuwiegeln. »Wenn er überhaupt etwas war, dann ein kleiner Dealer, eine ängstliche Gestalt, die behilflich war, weil sie sich nichts anderes traute. Aber diese anderen … Hurme zum Beispiel, mit dem war wirklich nicht zu spaßen.«

Henry sah mich nervös an, vielleicht fürchtete er, dass ich der Meinung sein könnte, er würde meinen Vater verleumden. Als ich stumm blieb, setzte er zu einem neuen Versuch an, ein nuancierteres Bild zu zeichnen:

»Wahl hatte doch seine Musik, Leeni hat jedenfalls immer behauptet, er sei begabt gewesen. Aber als das zu nichts führte … kein Beruf, keine Beziehungen, nichts. Es passierte schnell, dass einer abstürzte, Helsingfors war damals eine harte Stadt.«

»Du hast nicht erzählt, was du ihm gesagt hast, als du ihn auf der Straße erwischt hast.«

»Ich habe ihm bloß gesagt, dass ich ihm die Fresse poliere, wenn Leeni und ich noch einmal seine Visage sehen müssen. Er behauptete, er hätte einfach nur … nun ja, dich sehen wollen. Ich sagte ihm, dieses Recht habe er verwirkt, als er sich seiner Verantwortung nicht gestellt habe. Er versuchte zu sagen, damals sei er erst siebzehn gewesen und dass du auch sein Kind seist. Aber mittlerweile war ich wirklich wütend und sagte, wenn er nicht sofort die Schnauze halte und verschwinde, dann würde ich ihn umbringen. Das war dumm von mir, denn wie gesagt, eigentlich war er ganz brav. Und ängstlich. Aber ich war eben auch ängstlich. Ich hatte Angst, dass er seine Kumpels zu Hilfe rufen und etwas Furchtbares tun könnte. Dich entführen oder noch etwas Schlimmeres. Also bin ich ehrlich gesagt ziemlich grob mit ihm umgesprungen, ich glaube, ich habe ihn sogar ein bisschen geschlagen.«

»Ein *bisschen* geschlagen. Was zum Teufel soll das denn heißen?«

»Nur ein oder zwei Mal. In den Bauch und so, nicht ins Gesicht. Und dann habe ich ihn ziemlich heftig weggestoßen … so dass er auf die Straße plumpste. Aber ich musste doch Leeni zeigen, dass ich keine Angst hatte. Nicht vor Wahl und auch nicht vor Hurme und Suhonen und den anderen. Es war schon schlimm genug, dass Leeni sich so vor ihnen und allem, was sie trieben, fürchtete.«

Henry verstummte, hob sein Glas und sprach ein wenig zögernd weiter. »Prost, Frank. Das ist … harter Tobak. Aber ich bin trotzdem froh, dass wir hier sitzen und darüber sprechen. Es hat gedauert …«

»Ja, verdammt«, erwiderte ich. »Ich kann euch einfach nicht mehr böse sein.« Ich trank einen Schluck Whisky und fragte: »Und danach hielt er sich für immer fern?«

»Fast«, antwortete Henry. »Wir sind dann ja aus der Stadt nach Botby hinausgezogen. Nicht zuletzt, um von ihm wegzukommen. Wir nahmen unsere Adresse und die Telefonnummer aus dem Telefonbuch und haben sie erst wieder darin aufnehmen lassen, als du in die Schule kamst. Wir versuchten, Wahl zu vergessen, so gut es eben ging, aber dann rief er plötzlich in irgendeinem Winter an. Du bist an den Apparat gegangen und hast gewartet, bis die Verbindung stand, und dann hast du den Hörer an Leeni weitergereicht und gesagt: *Da ist einer dran, aber er sagt nichts.* Leeni war freundlich und versuchte, mit ihm zu sprechen, er rief aus Stockholm an, weiß der Teufel, wie er sich das leisten konnte. Aber aus dem Gespräch wurde nichts, er stotterte und redete nur wirres Zeug, und als ich sah, dass Leeni Angst bekam, kapierte ich natürlich, wer am Apparat war, und sagte ihr, sie solle auflegen. Und das tat sie auch, und danach waren wir beide erleichtert, dass er nichts mehr von sich hören ließ. Obwohl wir natürlich geschockt waren, als wir im Herbst erfuhren, dass er verschwunden war.«

»Du hast gesagt, dass Manner versucht hat, der Sache auf den Grund zu gehen«, sagte ich. »Was hast du damit gemeint?«

»Nur, dass er nach Schweden gefahren ist und herauszufinden versucht hat, was passiert ist«, antwortete Henry. »Ich weiß noch, dass er einen Bericht in den Fernsehnachrichten daraus machte. Es war ungewöhnlich, dass im Fernsehen etwas über einen mysteriösen Kriminalfall kam. In diesen Jahren ging es eigentlich immer nur um Politik. Aber Manner war ein origineller Journalist, er machte oft Sachen, die ein wenig anders waren.«

»Und was fand er heraus?«, fragte ich ungeduldig.

»Ich erinnere mich nicht genau«, meinte Henry. »Das ist alles schon so lange her. Viel war es jedenfalls nicht. Dass man Hurme und Wahl niemals finden würde, weil die Unterwelt wisse, wie man Spuren verwische. Und dann ging es viel um diese Gang, mit der er in Schweden zusammenhing, ziemlich harter Tobak.«

Henry hatte seinen Whisky geleert, genau wie ich. Er gab der Kellnerin durch ein Zeichen zu verstehen, dass sie uns noch zwei bringen solle, und fuhr fort:

»Leeni ist ihre Furcht niemals ganz losgeworden. Noch Jahre später … manchmal bildete sie sich ein, ihn auf dem Heimweg von der Arbeit in der Linie 49 gesehen zu haben. Oder dass Wahl und ein anderer einen Kiesweg hinabgingen, als sie im Wald hinter Hiitelä alleine Pilze sammeln war. Oder in dem Sommer, in dem wir nach Stockholm gefahren sind, da hatte sie ihn in irgendeinem Kaufhaus gesehen, als du und ich im Kino waren und den Paten gesehen haben, erinnerst du dich?« Henrys Blick verlor sich in der Ferne, und er blieb lange stumm. Er war schon ziemlich betrunken und wurde allmählich sentimental, seine in die Ferne schweifenden Augen waren feucht.

»Ehrlich gesagt«, sagte er, »waren mir Wahl und die anderen scheißegal. Ich hoffe, dass du … ja, dass du entschuldigst, wenn ich das so unverblümt sage. Es interessierte mich nicht die Bohne, wer der Schlingel war, der Leeni geschwängert hatte. Ich war vernarrt in sie, schon seit Jahren, so dass ich mich nur entscheiden musste, ob ich sie und dich haben wollte. Und ich kam zu dem Schluss, dass ich euch wollte. Ich dachte, dass wir später noch mehr Kinder bekommen würden.«

»Hör mal«, setzte ich an und merkte, dass Wein und Schnaps

auch an mir nicht spurlos vorübergegangen waren. Es fiel mir schwerer, die Worte zu artikulieren, und meine Gedanken wanderten rastlos umher. Außerdem verspürte ich innerlich eine eigentümliche Wärme, eine alte, fast vergessene Wärme, deren Ursprung plötzlich in meinem Gehirn aufblitzte. Die Sommer in Svartviken. Ich stehe neben Henry, wenn er einen Bogen bastelt oder einen Speer für mich schnitzt. Ich weiß schon, dass ich das Ding Henry zuliebe einen einzigen Nachmittag benutzen werde, um es anschließend zu vergessen. Den guten Willen weiß ich jedoch zu schätzen, dass er es versucht, daher das warme Gefühl. So auch jetzt: dass Henry, der eigentlich nicht gerne redete, sich die Mühe machte, mit mir zu sprechen.

»Wenn du wusstest, dass Ariel eigenartig war«, begann ich von Neuem, »wenn du das von Anfang an wusstest, hast du dann niemals Angst vor *mir* bekommen? Davor, dass ich … auch eigenartig werden könnte?«

»Weißt du«, erwiderte Henry, und nun lag sie wie Trauer in seinen Augen, die lange Reise, die er gemacht hatte und die sich zwanzig Jahre später mehr oder weniger in nichts aufgelöst hatte. »Ich hatte ehrlich gesagt keine Zeit, mir über so etwas Gedanken zu machen. Ich musste arbeiten. Ich *wollte* arbeiten. Es gab immer irgendetwas, was abbezahlt werden musste, das Auto, die Wohnung, Renovierungen. Und die Zeiten waren nicht so, dass man … es gab irgendwie niemanden, der verlangte, dass alles perfekt sein sollte. Es gab immer Probleme, und man kümmerte sich um sie, wenn sie sich einstellten.«

* * *

Eva Mansnerus und ich verreisten direkt nach Mittsommer. Wir hatten uns in unserer ersten Nacht im März für Interrail entschieden und an unserem Plan festgehalten, obwohl das restliche Frühjahr unglücklich verlaufen war. Ich glaube, keiner von uns war sonderlich enthusiastisch, zumindest ich nicht. Es war bereits das zweite Mal, dass Eva sich ohne Erklärung zurückzog, und obwohl es mir nicht sonderlich schwergefallen war, mir die Gründe auszurechnen, war ich dennoch verletzt und hatte keine Lust, ihren platonischen Freund zu geben.

Die Stimmung blieb auf der gesamten langen Wegstrecke bis Amsterdam frostig und angespannt. Nach einem Streit über die Frage, ob Dänisch eine hässliche Sprache war oder nicht, schliefen wir eine Nacht in verschiedenen Zugabteilen. Ich hätte mir niemals vorstellen können, dass man sich über so etwas Banales so heftig streiten konnte.

In Amsterdam wollte Eva das Anne-Frank-Haus sehen, während ich in einem Lokal namens Milky Way sitzen und mich wie ein Haschischbohemien fühlen wollte, obwohl ich nach einem schlechten Trip kein Ganjan mehr nahm und nur noch Zigaretten rauchte.

In Paris fand Eva es kindisch, am Grab des mittelmäßigen Poeten Jim Morrison herumzuhängen. Ich schnaubte verächtlich über Notre-Dame und Saint-Sulpice und Sacré-Cœur und die anderen Kirchen, die sie besichtigen wollte.

In San Sebastian regnete es. Wir wollten dort nur einen halben Tag bleiben, aber der leichte und prasselnde Sommerregen ließ mich davon anfangen, ein Hotelzimmer zu nehmen und in der Stadt zu bleiben. Eva wurde so wütend, dass sie aus der Bar schoss, in der wir im Stehen einen Espresso tranken, auf direktem Weg zum Bahnhof rannte und in den Zug nach Madrid stieg. Plötzlich erkannte ich, dass ich Gefahr lief, sie zu verlieren, sowohl als Dolmetscherin und Reisegefährtin als auch als Freundin, rannte ihr hinterher und sprang in den Zug, als er schon aus dem Bahnhof rollte, es war wie in einem alten Film.

Ich rächte mich, indem ich auf der ganzen Fahrt über die spanische Hochebene am Zugfenster stehen blieb und in meinem

Walkman *New Year's Day* laufen ließ, ich hörte das Lied immer wieder, und am Ende verschmolzen die Musik und die karge Landschaft zu einem Video, das mir gehörte, mir ganz allein. Eva fühlte sich ausgeschlossen und wurde wütend. Das war so ein Hippiezug an ihr, zumindest in dieser Hinsicht ähnelte sie ihrer verstorbenen Schwester: Musik solle gemeinsam genossen werden, erklärte sie, sie sei ein uraltes kollektives Erlebnis und solle nicht dazu benutzt werden, vor anderen zu fliehen. Wir stritten uns wieder, und ich ging auf Konfrontationskurs und erklärte, jetzt fehlten nur noch die Blumen im Haar und Lill Lindfors, die davon sang, dass Musik aus Freude entstehen solle, wollten wir uns nicht auch noch Linsen und Möhrensaft besorgen? Unser Wortgefecht endete in tiefem Missmut, und Madrid entwickelte sich zu einem kühlen Erlebnis, obwohl die Temperaturen bei vierzig Grad im Schatten lagen. Eva und ich lagen in einem Doppelbett mit kunstvoll gedrechselten und detailreich verzierten Kopf- und Fußenden, jeder auf seiner Seite, jeder in sein dünnes, aber verschwitztes Betttuch gewickelt, und berührten uns in den Nächten nicht.

In Sevilla endete der Krieg. Die Stadt war genauso schwül und voller Menschen wie Madrid, aber Eva und ich fanden ein Zimmer in einem kleinen Familienhotel, das in einer schattigen Seitenstraße lag. Am Abend tranken wir Wein, kehrten erst in den frühen Morgenstunden ins Hotel zurück und kicherten hysterisch, als wir versuchten, uns die Zähne zu putzen und gleichzeitig in ein lächerlich kleines Waschbecken auszuspucken. Als wir uns auszogen und ins Bett fielen, lachten wir immer noch, und zu meinem Erstaunen schmiegte sich Eva sofort an mich, und dann küssten wir uns, und es war keine Frage, was sie wollte, denn ihre Hand bewegte sich abwärts über meinen Bauch, und ihr ganzer Körper bot mir an, mit ihm zu tun, was ich wollte. Trotzdem zögerte ich, denn die vorhergegangenen Monate waren qualvoll gewesen, und ich sah noch vor mir, wie Eva mit dem Arm um die Taille des Sängers Lindy in der Bar des Tavastia gestanden hatte. Ich wollte ihr gerade »Wollen wir wirklich?« ins Ohr murmeln, als sie mir zuvorkam und in meins flüsterte: »Ich habe es gecheckt. Wir sind nur weitläufig verwandt. Sehr weitläufig.«

Wir hatten ein Etappenziel, an dem wir etwas länger bleiben wollten, das nicht weit von Sevilla entfernt lag. Henrys anonymer Kollege war nicht der einzige Finne mit einem Wohnsitz an der Costa del Sol. Es gab andere, die dort seit Jahr und Tag lebten, seit Jahrzehnten sogar, zum Beispiel einen entfernten Verwandten Evas, der auf den Namen »Onkel Cedric« hörte und dessen Adresse Eva kurz vor unserer Abreise von ihrer Mutter bekommen hatte.

Onkel Cedric und seine spanische Frau wohnten in einer Villa auf einem Hügel im Hinterland von Marbella. Aber Villa ist das falsche Wort: Es war eher ein Palast mit zwei großen Esszimmern und sechs oder sieben Schlafzimmern, von denen die meisten ein eigenes Badezimmer hatten. Es gab eine riesige Küche, in der die Köchin und zwei Hausmädchen arbeiteten, es gab einen Billardsalon und einen weitgestreckten Garten mit einem großzügigen Swimmingpool in einiger Entfernung zum Haus. Im Garten wuchsen Bougainvilleen und Orangen- und Olivenbäume, es gab sogar ein paar Reihen Weinreben. Die Villa war nach ihrem Besitzer benannt, *Quinta Lilliehjelm*, und der Weg zu ihr hinauf war uns lang, verschlungen und steil vorgekommen. In Luftlinie war es jedoch nicht weit bis Marbella. Vom Garten aus sah man Teile der Stadt und dahinter das glitzernde Mittelmeer.

Onkel Cedric war ein großer, gebückter Greis mit einer Haut, die in der andalusischen Sonne wettergegerbt und runzlig geworden war. Seine Sonnenbräune hatte einen ungesunden gelbbraunen Ton und trug zu dem leicht beängstigenden Eindruck bei, den er auf mich machte. In meinen Augen wirkte Onkel Cedric fast schon uralt. »Er ist fünfundachtzig oder so«, meinte Eva zu mir, als man uns unsere Schlafzimmer zugewiesen hatte – während der Tage bei Cedric durften wir nicht zusammen schlafen, seine Gattin Consuela war eine tiefgläubige Katholikin – »und ist ein paar Jahre nach dem Krieg hierher gegangen, er lebt also schon seit fast vierzig Jahren in Spanien.«

Ich fand Onkel Cedric nicht wirklich sympathisch. Mit der fast dreißig Jahre jüngeren Consuela sprach er Spanisch, und uns Gästen gegenüber war er nicht sonderlich mitteilsam. Eva und ich waren nicht die einzigen Besucher, auch Cedrics Sohn Christian war gekommen, ein unscheinbarer Jurist von etwa fünfzig Jahren, und Christians ebenso unscheinbare Frau Tina. Tina und Christian machten nur Konversation über garantiert unverfängliche Themen wie das Wetter und die Preise und Ähnliches, und Onkel Cedrik brummte irgendeine Antwort und unterhielt sich anschließend wieder auf Spanisch mit Consuela. Er schien der Meinung zu sein, dass er seinen Verwandten Kost und Logis bot und dass dies reichen müsse. Eva und ich hielten uns zurück. Wir saßen am unteren Ende des Tisches und warteten darauf, dass das Mittag- oder Abendessen vorbeiging, so dass wir uns entschuldigen und abhauen durften, in den Garten, um zu schwimmen oder zu sonnen oder, falls es schon Abend war, um mit dem Taxi zu den Diskotheken in Marbella zu fahren.

Ich war wider Willen fasziniert von diesem zwar gastfreundlichen, aber auch seltsamen und griesgrämigen Onkel Cedric. Während die Tage vergingen, gewann ich mehr und mehr den Eindruck, dass in ihm eine dunkle Lampe brannte, eine vergessene, seit langem verleugnete Flamme, die er nie ganz zu ersticken vermochte. Ich nahm an, dass es um Cedrics langes Exil ging, dass in ihm Heimweh nagte, das einfach nicht sterben wollte und das ein Gast aus der alten Heimat leicht erkennen konnte. Ich wurde neugierig und stellte mir Onkel Cedric als einen Charakter in einem Theaterstück oder einer Novelle vor: Ich versuchte damals schon, solche Texte zu schreiben.

Eva half mir bereitwillig mit dem wenigen, was sie wusste. Der konservative Onkel Cedric hatte Finnland bereits 1948 verlassen. Das wunderte mich nicht, es war das Jahr, in dem wir einen Freundschaftsvertrag mit der Sowjetunion schlossen. Cedric hatte in Málaga und Marbella gewohnt und seit den fünfziger Jahren Immobiliengeschäfte gemacht: daher der palastartige Charakter der Quinta Lilliehjelm. Cedrics erste Frau Nita stammte aus Helsingfors und war wie er selbst Finnlandschwedin gewesen, Cedrics vier Kinder stammten aus der Ehe mit ihr. Nita war vor fast zwanzig Jahren bei einem Autounfall nahe Fuengirola umgekommen, und ein paar Jahre später hatte Cedric seine damalige Haushälterin Consuela geheiratet. »Ich bin ihm vorher nur einmal begegnet«, erzählte Eva. »Als ich klein war, kam er in irgendeinem Sommer nach Aspholm, und ich hatte eine Heidenangst vor ihm. Er hatte eine Schwester in Helsingfors, sie war ganz anders. Wir nannten sie Tante Lu, und sie war wirklich toll, aber sie ist schon seit ein paar Jahren tot.«

Bei unserem letzten Abendessen in dem Palast auf dem Hügel trank Onkel Cedric beim Essen zu viel Wein und hinterher viel zu viel Sherry. Irgendetwas, was Christian oder Tina gesagt hatten, regte ihn auf – ich saß zu weit weg, um zu hören, worüber sie sprachen –, aber er beschloss, fortan Spanisch zu sprechen und seine Wut an Consuela auszulassen. Er sprach mit lauter Stimme, in einem quengeligen Ton, dem Consuela mit sanften, gelassenen Erwiderungen begegnete. Schließlich konnte aber auch sie ihren Ärger nicht mehr verbergen. Ihre Kommentare wurden kürzer und schneidender, und am Ende unterbrach sie eine von Onkel Cedrics Tiraden, fauchte ihn an und half ihm anschließend aus dem Esszimmer.

»Was zum Teufel war denn das?«, fragte ich Eva kurz darauf, als wir am Rand des Pools lagen und die samtweiche Abenddämmerung genossen.

»Altersstarres Gemeckere. Du weißt schon, früher war alles besser und so. Er hat über die Politiker geschimpft, vor allem die PSOE, und gesagt, dass unter Franco mehr Ordnung geherrscht habe, jetzt würden alle nur machen, was sie wollen, und keiner an das Wohl des Landes denken. Er meinte, es wäre besser gewesen, wenn Tejero mit seinem Putsch Erfolg gehabt hätte. Daraufhin wurde Consuela wütend. Sie sagte, wenn die Demokratie für den König tauge, müsse sie ja wohl auch für Cedric taugen. Und dann meinte sie, er solle an seine Gicht denken und die Finger vom Sherry lassen.«

»Wer ist Tejero?«, erkundigte ich mich.

»Erinnerst du dich nicht? Dieser Oberst, der mit seinen Soldaten vor ein paar Jahren das spanische Parlament gestürmt hat. Juan Carlos hielt eine Rede im Fernsehen und erklärte, das Königshaus stehe auf der Seite der Demokratie. Tejero gab daraufhin auf.«

Eva und ich blieben fast die ganze Nacht am Pool. Ich erzählte ihr von meinen früheren Reisen an die Costa Blanca und nach Italien und von meinem Traum, eines Tages am Mittelmeer zu leben. Es existierte noch eine vermeintliche Unschuld im Massentourismus: Der Tourismus war einer der Bausteine im Glauben an die Modernität, er sollte Brücken bauen und den Konsum steigern und für das Individuum und die Gesellschaften eine heilbringende Wirkung haben. Ich hatte mich dafür begeistert, ich liebte es. Die Speisekarten, die in sechs verschiedenen

Sprachen voller Fehler waren. Die Ferienhaussiedlungen mit ihren weißgetünchten Bungalows, die einander so ähnlich waren, dass man sich verirrte, wenn man nach Hause wollte. Die Namen der Drinks, die sich über fehlgeschlagene politische Projekte lustig machten: Cuba Libre, Lumumba. Und die Lieder von Julio Iglesias, der Geruch von Piña Colada, das Discostampfen und die kitschige Nachtclubpornographie. Stammte man aus Tallinge, musste man das alles einfach lieben, sagte ich Eva und ergänzte: Wo es keine Tradition gibt, darf man so geschmacklos sein, wie man will, Hauptsache, die Leere wird durch irgendetwas ausgefüllt.

Aber Eva hatte ein Jahr in Santa Cruz gewohnt, einen großen Teil der Zeit zusammen mit Joaquín, der von dort stammte. Sie war mit einer Freundin durch Indien gereist und hatte sich für einen zweimonatigen Sprachkurs in Mexiko aufgehalten. Sie hatte mehr von der Welt gesehen als ich und fand meine Sichtweise oberflächlich und arrogant. Ich hatte mich mal wieder in die Grünschnabel-Ecke geredet, und für einen kurzen Moment – die Nacht war schon schwarz um uns, wir hatten nur eine Kerze, die unsere Gesichter und einen Teil der Decke, auf der wir lagen, in Licht tauchte – schien es darauf hinauszulaufen, dass wir uns wieder streiten würden. Aber diesmal hörten wir rechtzeitig auf zu reden und begannen stattdessen, uns zu berühren.

Später in dieser Nacht erzählte ich Eva von dem Gespräch, das ich kurz vor unserer Reise mit Henry geführt hatte, und gab große Teile davon wieder. Ich glaube nicht, dass ich verbittert klang, ich sagte, es sei eine gute Unterhaltung gewesen, die in mir allerdings das Gefühl hinterlassen habe, mehr wissen zu wollen. Und das Gefühl, ein Niemand zu sein, aus dem Nichts zu kommen.

»Das Gefühl haben fast alle«, erwiderte Eva sachlich, »aber es tut mir leid, dass ich dir nicht weiterhelfen konnte.«

»Das macht nichts«, sagte ich. »Ich weiß doch, dass deine Schwester nie etwas erzählt hat.«

»Aber was willst du denn eigentlich wissen?«

»Ach …«, sagte ich zögernd. »Es gibt da schon ein paar Dinge, die ich Leeni gerne fragen würde. Aber ich weiß nicht. Ich meine, wie redet man mit seiner Mutter über … nun ja, über Liebe und Jugend und so weiter.«

»Wie mit jedem anderen auch, denke ich.« Eva trank einen Schluck aus der Bierflasche, die wir uns teilten, und strich eine Haarlocke fort, die ihr ins Auge gefallen war. Danach sagte sie, eher beiläufig und ohne zu ahnen, welche Bedeutung ihre Bemerkung für mich haben würde: »Kannst du dich nicht an Jouni Manner wenden? Er müsste sich doch an alles Mögliche erinnern können.«

»Manner?«, sagte ich. Der Gedanke war mir wohl schon einmal durch den Kopf geschossen, ohne sich jedoch darin festzusetzen. Bis zu diesem Moment nicht.

»Ja«, meinte Eva. »Er ist mittlerweile Chefredakteur. Du könntest ihm sogar anbieten, für ihn zu arbeiten. Du hast dir einen Namen als Journalist gemacht, Kapi, er hätte dich sicher gern in seinem Team.«

4

Schon im Herbst begann ich, für Jouni Manners Monatszeitschrift KYVYT zu schreiben. Ich war freier Mitarbeiter. Das Blatt hatte eine kleine Redaktion, bestehend aus dem Chefredakteur und zwei weiteren Angestellten, von denen sich einer um die Finanzen kümmerte, offene Stellen gab es nicht. Dagegen gab es eine große und internationale Schar von freien Mitarbeitern, und intern wurde hart um den Raum in den Spalten des Blatts gerungen, und die Artikel in KYVYT hielten eine hohe Qualität.

Ich würde gerne, schon allein wegen des Effekts, behaupten, dass etwas Besonderes, eine starke Spannung oder sogar ein intuitives Wiedererkennen an jenem Septembertag um zwei Uhr in der Luft lag, als ich mich zu meinem Termin bei Manner einfand. Aber so war es nicht. Es war ein höchst ordinäres Treffen, alltäglich, nahezu langweilig. Keiner von uns wich auch nur einen Millimeter von seiner professionellen Rolle ab, abgesehen von ein paar Sekunden, als Manner bewusst wurde, dass ich aus Tallinge stammte. »Da habe ich auch mal gewohnt«, sagte er, »aber das ist lange her.« »Oh«, erwiderte ich, »und wo?« »In der Nybogatan«, antwortete Manner.

Meine eigene Rolle spielte ich, merkte ich, erstaunlich gut. Ich war 23 Jahre alt, Abiturient von der Schwedischen Gemeinschaftsschule Tallinge, mit einem Abschluss *cum laude* und guten Zeugnissen von diversen Aushilfsstellen im Rundfunk und bei den Tageszeitungen Hufvudstadsbladet und Östra Nyland. Außerdem hatte ich Manner vorher einige meiner Texte zugeschickt, freie, erzählende Reportagen, die ich in der alternativen Presse veröffentlicht und für die ich nie einen Pfennig gesehen hatte.

Der Mann, der mir hinter einem anspruchslosen Schreibtisch gegenübersaß, war 38 Jahre alt. Er war ein ehemaliges journalistisches und politisches Wunderkind, Fernsehstar mit gut zwanzig Jahren und Minister mit dreißig, hatte inzwischen jedoch seinen Sitz im Parlament verloren und war seit einem Jahr Chefredakteur von KYVYT. Wenn er seine gegenwärtige Position als Niederlage betrachtete, übertünchte er dies gut, denn seine großgewachsene Gestalt war voller Energie und Selbstvertrauen, als er die Brille von der Nase hob, sie zwischen Daumen und Zeigefinger der rechten Hand baumeln ließ, sich vorlehnte, mit den Knöcheln der linken auf den dünnen Papierstapel klopfte, den ich ihm zugeschickt hatte, und sagte: »Die sind gut, Loman. Solche Artikel sollen Sie für uns schreiben.«

Der Name des Magazins war durchdacht. *Kyvyt* bedeutet auf Finnisch so viel wie »Fähigkeiten« oder »Talente«. Aber im Logotype der Zeitschrift, das sich nicht nur auf dem Umschlag, sondern auch über dem Leitartikel befand (den immer Manner schrieb), waren fünf weitere Worte eingerückt: *Kultuur, Yksilö, Vastun, Yhteisö, Tieto.* Also: die Kultur, das Individuum, die Verantwortung, die Gesellschaft, das Wissen.

KYVYT wurde 1980 gegründet, als die Hegemonie der Linken gerade gebrochen wurde. Es war kein Zufall, dass das Individuum im Logo vor der Gesellschaft stand. Die Zeitschrift hatte vor Manner bereits zwei andere Chefredakteure gehabt, ein bürgerliches enfant terrible und einen in der Linken verwurzelten Umweltschützer. KYVYT hatte zeitweise der grünen Bewegung nahegestanden und galt als linksgerichtet, allerdings mit einem Hauch von Leichtsinn und einem Hang zu abseitigen Phänomenen, weshalb die Rechtgläubigen das Blatt mit großer Skepsis betrachteten. Ein häufig zu hörender Kommentar unter den Dreißigjährigen in den Lokalen der Stadt lautete, dass KYVYT nur eine glänzende Fassade ohne wirklichen Inhalt bot.

Ich selbst bewunderte KYVYT und hatte lange davon geträumt, für das Magazin schreiben zu dürfen. Heute wirken die alten Texte umständlich und blass, aber damals wurde KYVYT als schlagfertig und frech wahrgenommen. Die Spezialität des Blatts waren gut geschriebene Reportagen, die mehr auf Authentizität als auf Analyse setzten, aber es enthielt auch substantielle Interviews und Essays über Literatur und Film. Kurzum, man setzte auf hochklassige Bildjournalistik und ein elegantes Layout – Besitzer der Zeitschrift waren einige Kulturbohemiens, die zudem Geld hatten –, und KYVYTs aufwendige und ultramoderne Aufmachung hatte großen Anteil am Erfolg: Die Auflage wuchs kontinuierlich und lag bereits bei knapp 60 000 Exemplaren.

Ich musste hart arbeiten, um mich unter den versierten Journalisten behaupten zu können, deren Artikel das Magazin füllten. Einer von ihnen war Pete Everi, der zwei Monate zuvor eine ambitionierte Reportage über jugendliche Straftäter verfasst und auch in den Vorjahren Beiträge in ihr veröffentlicht hatte.

Meine Debütreportage untersuchte, was aus den radikalen Theatermachern der sechziger Jahre geworden war, als sie ihre Jugend hinter sich ließen. Ich hatte ein Dutzend Interviews geführt und Proben und Aufführungen in Helsingfors, Åbo und Kotka besucht. Die Reportage hatte einen ironischen Unterton, ohne sarkastisch zu werden. Es war das erste Mal, dass ich einen Artikel auf Finnisch schrieb. Manner kürzte und berichtigte ihn etwas und ließ ein paar allgemeine Anmerkungen fallen, gab mir aber dennoch Carte blanche weiterzumachen. Er sagte im Grunde nichts, lobte mich nicht oder so, ließ mich aber spüren, dass ich meine Gesellenprüfung bestanden hatte und weiter für KYVYT würde schreiben dürfen.

* * *

Ich begriff rasch, noch ehe ich Jouni Manner besser kennenlernte, dass der Posten des Chefredakteurs von KYVYT für ihn eine Zwischenstation in Erwartung größerer Aufgaben war.

Nicht dass Manner den Eindruck vermittelt hätte, sich Ruhe zu wünschen. Er war ein großer und kräftig gebauter Mann, und auf den ersten Blick konnte er einen behäbigen, fast schwerfälligen Eindruck machen. Er war in dieser Phase seines Lebens leicht übergewichtig – Bauch und Wangen waren ein bisschen rundlich –, wovon man sich leicht täuschen ließ. Denn der

Schein trog. Man brauchte nicht lange mit Manner zusammenzuarbeiten, um zu erkennen, dass das genaue Gegenteil der Fall war. Er vibrierte vor aufgestauter Energie, KYVYT reichte ihm nicht. Unter seiner ruhigen, selbstsicheren Fassade war er ein Traber, der in seiner Box eingepfercht war, während auf der Bahn das Rennen lief.

Er hatte sich kürzlich zum zweiten Mal scheiden lassen, von der bekannten Schauspielerin Tuulikki Vennola, und seine Scheidung war für die Boulevardblätter ein gefundenes Fressen gewesen. Die Umstände waren ähnlich gewesen wie beim ersten Mal, Manner hatte sich eine Geliebte gehalten, und es war ihm nicht gelungen, dies vor seiner Frau zu verheimlichen. Einer seiner ersten persönlichen Kommentare mir gegenüber lautete: »Ich habe für meine Fehler in vieler Hinsicht teuer bezahlen müssen. Ich werde nicht noch einmal heiraten.« Das sagte er Anfang des Frühjahrs, als seine Ex-Frau Tuulikki wieder einmal ein Interview gegeben hatte. Diesmal wurde das Interview in der Illustrierten *Wir Frauen* abgedruckt, und die Schlagzeile lautete: Mein Exmann war ein lausiger Liebhaber.

Manner hatte drei Töchter aus erster Ehe, jedoch keine Kinder mit Tuulikki Vennola. Die älteste von Manners Töchtern, Suvi, war dreizehn Jahre alt und ein Kinderstar gewesen, weil sie ein paar Jahre zuvor mit einem zum Mitträllern einladenden Lied, das sich zu einer regelrechten Landplage entwickelte, den zweiten Platz in einem Schlagerwettbewerb belegt hatte. Manners Töchter lebten bei ihrer Mutter Carita. Manner selbst wohnte auf der zentral gelegenen Insel Skatudden, in einem der neuerbauten Häuser, die zur Kronobergsfjärden hin standen.

Manners Vater war seit langem tot, aber seine Mutter lebte noch und wohnte in Berghäll. Manner schien sehr an ihr zu hängen, erwähnte sie häufig und nannte sie immer bei ihrem Vornamen: Elina. Manner hatte auch einen Bruder, der Polizeikommissar war, aber ich gewann den Eindruck, dass sich die beiden nicht besonders nahestanden.

Seine Prominenz und das große Tratschpotential hatten Jouni Manner zu einem reservierten Menschen gemacht. Er gab sich offen und kumpelhaft den Menschen gegenüber, mit denen er zusammenarbeitete, und zwar allen: die Besitzer von KYVYT grüßte er genauso wie die Frauen von der Reinigungsfirma, er behandelte alle gleich. Aber er schützte seine Privatsphäre, und viele empfanden ihn deshalb als hart und kühl. Während der ersten gut sechs Monate bildete ich da keine Ausnahme, er hielt mich auf Distanz, und ich versuchte auch nicht, mich ihm aufzudrängen. Meine Aufträge erfüllte ich jedoch gut, und ohne zu Lobeshymnen oder Schmeicheleien zu greifen, signalisierte Manner gelegentlich, dass ich gute Arbeit leistete und er mir vertraute. Es gab Momente, in denen ich ahnte, dass da etwas wuchs, eine Art Mentor-Schüler-Beziehung vielleicht, ohne dass ich ein einziges Wort vorgebracht oder die kleinste Andeutung darüber hatte fallen gelassen, wie uns die Vergangenheit verband. Bis auf Weiteres blieb ich Frank Kaspar Loman, der jüngste, aber auch einer der am härtesten arbeitenden von Jouni Manners zahlreichen Mitarbeitern.

* * *

Es waren die achtziger Jahre, die nun begannen, also jene Ära, die später als Sinnbild für das ganze Jahrzehnt stehen sollte. Spandex-Hosen und Pudelfrisuren und Neon und Pastellfarben. Drumcomputer und Glitzerjacketts. Die hellrosafarbenen Flamingos im Vorspann von Miami Vice. Don Johnson und Kathleen Turner und ein Haufen Filme, in denen Michael Douglas sein gekkogieriges Kinn vorschieben durfte.

Die Linke musste aufgeben: Auch bei KYVYT verließen sie die Mitarbeiterschar, verschwanden durch die Hintertür der Geschichte, um süßsauer zu warten, bis ihre Zeit kommen würde. Und es war schwer zu sagen, wer sie eigentlich davonjagte, Michail Gorbatschow oder Sonny Crockett.

Menschen in meinem Alter sprachen von sich selbst weiterhin als »wir Jungen«. Aber inzwischen waren wir erwachsen. Selbst mein jüngster Cousin Jukkis tauchte plötzlich in den Zeitungen auf und sah auf allen Fotos erwachsen aus. Er war Finnlands vielversprechendster Squashspieler und hatte bei der Junioreneuropameisterschaft die Bronzemedaille gewonnen. Jinx Muhrman brachte ihren Sohn zur Welt und taufte ihn Jonatan. Klasu Barsk heiratete und wurde Vater, und von ihm erfuhr ich, dass auch Pete Everi Vater geworden war, laut Klasu hatte Pete bereits zwei Kinder, einen Jungen und ein Mädchen. Und die Vorsitzende der Studentenschaft an der Finnischen Wirtschaftshochschule hieß Susanna Everi, sie engagierte sich in der Jugendorganisation der konservativen Nationalen Sammlungspartei und tauchte in den Zeitungen und im Fernsehen auf.

Letzteres erstaunte mich mehr als alles andere. Peter Everi hatte sich immer Sorgen um seine kleine Schwester gemacht, und es war leicht zu sehen gewesen, warum. Suski hatte keine Grenzen gekannt und schon in den ersten Jahren ihrer Pubertät fast alles ausprobiert. Pete und ich hatten befürchtet, sie könnte als Erwachsene in die Fußstapfen ihres Bruders Make treten. Mit ihrer Zahnspange hatte sie oben auf dem Rosari so schlaksig und traurig ausgesehen wie ein ausgemergeltes Nagetier. Nun sah man sie auf Pressebildern, und sie hatte glänzende Haare und ebenmäßige, weiße Zähne und trug hübsche Kleider, die zeigten, dass sie Kurven bekommen hatte. Mir kam der Gedanke, dass ich sie gerne wiedersehen würde. Genau wie Pete, es wäre wirklich schön gewesen, Pete mal wieder zu treffen: Keine übersteigerten Erwartungen, nur ein paar Bier trinken und schnell den Schaum von den verstrichenen Jahren schlürfen.

So wie sich ein Teil von mir in die Rolle des Massentouristen verliebte, sobald ich einen spielen durfte, liebte ein Teil von mir diese oberflächlichen Jahre Mitte der Achtziger. Sie verlangten uns, die wir am Rande lebten, so wenig ab. Kein Mensch forderte mehr, dass ich mich in die Strukturen der Gesellschaft vertiefte, wenn ich zwei Flaschen Wein getrunken hatte. Der Aufruhr war vorläufig eingestellt, und es galt als völlig legitim, sich Verwicklungen im Liebesleben und anderen privaten Dingen zu widmen.

Aber wenn die Welt ganz besonders glitzert und lärmt, geschieht dies, weil es Schweigen gibt, das sie vergessen will. Ein solches Schweigen hieß HIV. Schon seit ein paar Jahren war über AIDS gesprochen und geschrieben worden, aber die Heterosexuellen, vor allem promiskuös lebende, gaben sich einem Selbstbetrug hin und versuchten, so zu tun, als wäre das Virus lediglich ein Problem schwuler Männer. Gleichzeitig wurde die Zahl der Infizierten im südlichen Afrika und in den Großstädten der USA immer alarmierender. Das Gewissen holte die Selbstbetrüger ein. Dachte man wirklich logisch, wenn man sich einbildete, dass ein Virus über philosophisches Wissen verfügte und über Fragen zu sexuellen Neigungen und Lebensstil nachgrübelte, sobald es seine Weltreise antrat und überall Menschen ansteckte? Hatten nicht alle Schleimhäute oder offene Wunden? Gab es nicht zahlreiche bisexuelle Menschen? Außerdem wurde doch so unglaublich viel gereist! Diese Frau letzten Monat, die Tänzerin, war sie nicht gerade zu einer Studienreise in New York gewesen? Und hatte sie nicht erzählt, dass sie in Alphabet City in den exotischsten Clubs herumgehangen hatte? Wer wusste schon, wen sie dort getroffen und was sie dort gemacht hatte?

Eva Mansnerus und ich waren den ganzen Herbst und Winter zusammen gewesen, stritten uns aber oft. So fand Eva es beispielsweise lächerlich, dass ich mich im Kreis der engsten Mitarbeiter Jouni Manners eingenistet hatte, ohne ihm zu erzählen, wessen Sohn ich war. Ich entgegnete, dass ich auf die passende Gelegenheit wartete, wenn sie sich ergebe, würde ich schon aktiv werden.

Eva und ich waren uns auch nicht einig, wie wir leben sollten. Ich wollte, dass wir ein richtiges Paar wurden, allen zeigten, dass wir zusammen waren und uns Treue gelobten und Ähnliches. Eva wollte das alles nicht. Ich war für sie eher jemand fürs Bett und hatte keinen Exklusivanspruch auf sie. Wir sprachen über diese Dinge nicht offen, das war zu schwer, aber eins stellte Eva immerhin klar: Sie versprach nie, mir treu zu sein, nicht einmal, wenn ich versuchte, ihr ein solches Versprechen zu entlocken.

Als es Frühling wurde, erfuhr ich dann, auf Umwegen, dass sie sich nicht nur mit dem Sänger Lindy traf, sondern darüber hinaus eine Affäre mit einem fünfunddreißigjährigen verheirateten Arzt hatte. Dass sich der Arzt nebenher Geld als Fotomodell für das Kaufhaus Kuusinen verdiente und Lindys Band The Mellowboys eine Platte veröffentlicht hatte, die in den Charts stand, machte die Sache nicht unbedingt besser.

»Du schläfst mit drei Männern gleichzeitig!«, schrie ich sie an, als ich es erfuhr. »In diesen Zeiten! Du bist ja so ein Idiot!«

Ich war gedemütigt und verletzt, versuchte jedoch, die Angst vor Aids in den Vordergrund zu schieben, was nicht völlig aus der Luft gegriffen war, denn ich wartete gerade auf mein Testergebnis und hatte tatsächlich Angst. Aber es war auch nicht die ganze Wahrheit.

Eva versuchte, sich zu beherrschen, obwohl ich sie Idiot genannt hatte. Sie erklärte, dass sie durchaus Vorsicht walten lasse, sie nehme zwar immer noch die Pille, bestehe aber trotzdem immer auf einem Kondom. Daraufhin explodierte ich erneut:

»Kondom, bei wem denn? Bei mir jedenfalls nicht! Für wie

dumm hältst du mich eigentlich?« Ich holte tief Luft und schloss mit einem rasenden: »Und warum! Warum zum Teufel drei Stück!«

»Und wer spielt jetzt hier den Dummen? Weil ich es spannend und schön finde natürlich! Im Moment brauche ich es eben, mit mehreren zu schlafen.«

»Du bist doch echt nicht mehr ganz dicht!«, schrie ich. »Du bist ja total irre!«

Eva ertrug es nicht, wenn man so etwas sagte, Adrianas Krankheit hatte tiefe Spuren in ihr hinterlassen. Eine Sekunde später war der Streit in vollem Gange, Eva belegte mich mit allen möglichen Schimpfworten, und ich war keinen Deut besser und nannte sie unter anderem eine Hure. Aber sie behielt das letzte Wort:

»In einem Punkt kannst du dir jedenfalls sicher sein! Ab heute schlafe ich nur noch mit zwei Männern. Jetzt rate mal, wer wegfällt!«

* * *

Eva hielt Wort. Wir trafen uns zwar weiter, aber meistens bei Festen und ähnlichen Anlässen. Wir unterhielten uns, manchmal sogar lange und intensiv. Leute, die von unserer Beziehung wussten, Jinx Muhrman zum Beispiel, glaubten vermutlich, dass alles beim Alten war. Aber Eva und ich hatten Schluss gemacht, wir rührten uns nicht mehr an.

Ich nahm es mit größerem Gleichmut hin, als ich erwartet hatte. Wir waren ja keine Kinder mehr, im Sommer wurde ich vierundzwanzig und Eva siebenundzwanzig. Im Vorsommer, als wir uns zufällig im Pavillon des Segelclubs auf der Insel Skifferholmen begegneten, konnten wir schon wieder darüber lachen, was passiert war. Wir schlichen uns mit unseren Drinks auf die Felsen hinaus, obwohl das eigentlich verboten war, und unterhielten uns dort noch lange, nachdem wir unsere Gläser geleert hatten. »Ich habe dich eine Hure genannt!« »Und ich dich Spermahirn und Chauvinist!« Wir lächelten uns an, als wollten wir unterstreichen, dass dieses kindische Benehmen ein abgehaktes Kapitel war und wir eine neue Stufe der Reife erreicht hatten. Aber ich spielte Theater, denn ich hätte sie da und dort gerne gehabt, und insgeheim sehnte ich mich weiter nach ihr.

Im Sommer begannen Jouni Manner und ich, gemeinsam auszugehen, er lud mich großzügig ein. Ich hatte zu den ersten drei Nummern von KYVYT wichtige Reportagen beigesteuert und wusste, dass Manner Gefallen an mir gefunden hatte. Er gab mir häufig Ratschläge, wie ich schreiben sollte, um noch treffsicherer, noch besser zu werden. Darüber hinaus erzählte er mir mittlerweile Anekdoten aus seiner Zeit als Politiker, er erzählte sogar von der Zeit seines Durchbruchs als Moderator des Jugendmagazins *Poparena!* Dagegen erwähnte er mit keinem Wort, dass er gesungen hatte und Mitglied eines Trios gewesen war. Und ich, ich wartete auf den richtigen Zeitpunkt.

Wir waren uns gegenseitig von Nutzen. Manner hatte Stammlokale gehabt, die es nicht mehr gab oder völlig out waren. Er wusste nicht, wo man im Helsingfors der achtziger Jahre Frauen finden konnte, und begleitete mich deshalb gerne ins Happy Days und Café Metropol, und man merkte, dass er sich nach etwas Neuem sehnte. Unsere gemeinsamen Abende begannen damit, dass wir in einem teuren Restaurant wie dem Bellevue oder dem Saslik aßen. Manner übernahm die Rechnung, und anschließend durfte ich vorschlagen, wohin es gehen sollte. Wir waren beide Junggesellen, und trotz seines Übergewichts und eines Rufs, der durch seine Scheidungen und die unbarmherzigen Enthüllungen seiner Ex-Frau Tuulikki in der Presse gelitten hatte, war es für Manner kein Problem, eine Begleiterin zu finden. Es war eher umgekehrt: Sein heruntergewirtschaftetes Renommee schien wie eine Art Fliegenpapier zu wirken, denn an manchen Abenden hatte er die freie Wahl. Außerdem war er eigentümlich alterslos und schnappte mir mehrfach eine hübsche junge Frau meines Alters vor der Nase weg. Plötzlich war er einfach da und tanzte besser und machte eleganter Konversation als ich, und die junge Frau schmolz dahin, obwohl sie eigentlich kein Interesse an älteren Männern hatte. Wenn das passierte, ärgerte ich mich über Manner. Ich bekam Lust, den Frauen um uns herum seine Eitelkeit zu enthüllen, dass er seine Lesebrille in der Tasche liegen ließ und die Speisekarten der Restaurants studierte, ohne zu sehen, was auf ihnen stand, oder dass er eine Nagelfeile und feuchte Tücher in seinem Portemonnaie verwahrte. Aber mein Zorn war immer schnell verraucht, denn auch ich blieb nur selten mit leeren Händen zurück. Und es war sicher gut, dass wir beide Frauen fanden, denn Jouni Manner wurde überall erkannt, und auch mein Gesicht war nicht mehr völlig unbekannt. Meine Artikel hatten viel Aufmerksamkeit erregt, und ich war sogar ein paar Mal als Repräsentant einer neuen, mondänen Generation im Fernsehen gewesen. Die eine oder andere Augenbraue wurde gehoben, wenn Manner und ich uns gemeinsam durch die nächtliche Stadt bewegten, und wären die Frauen nicht gewesen, hätte es sicher irgendeinen Klatschjournalisten gegeben, der auf die Idee verfallen wäre, dass wir uns outen wollten.

Anfangs war unser Umgang nüchtern und unsentimental. Beim Essen diskutierten wir oft über Politik und Gesellschaft, und ich ermunterte Manner, mir von den sechziger Jahren zu erzählen. Dafür hatte ich meine Gründe, aber ich bekam ihn niemals an den Punkt, an dem ich ihn haben wollte. Die Gelegenheit, auf die ich wartete, wollte sich einfach nicht ergeben. Aber es war ein Vergnügen, ihm zuzuhören. Er war ein guter Erzähler, seine Geschichten waren lebensprall und die Pointen gut gesetzt, und er entwickelte kühne Gedankengänge dazu, wie sich der Zeitgeist im Laufe seiner Lebensspanne verändert hatte und sich künftig verändern würde.

Bei einem Essen im Bellevue erzählte Manner mir von einem Mittagessen unter vier Augen bei Präsident Kekkonen im Herbst 1968. Seine Schilderung des früheren Herrschers faszinierte mich: damals so eloquent und scharfzüngig, heute kaum noch am Leben. Ich erzählte meinerseits, wie sehr mich die allwissenden Linken genervt hatten, als ich meine Karriere begonnen hatte. Manner lachte und sagte: »Die waren die ganzen siebziger Jahre hinter mir her. Sie nannten mich Kanalarbeiter, und das war das Schlimmste, was sie sich vorstellen konnten.«

Dieser Abend endete anders als sonst. Wir gingen ins Metropol, und dort überkam mich eine plötzliche Sehnsucht nach Eva, und ich versank in tiefer Nostalgie. Ich trank zu viel, und als sich der Abend dem Ende zuneigte, war ich völlig von der Rolle. Trotz meines mitgenommenen Zustands nahm ich noch wahr, dass Manner mit einer Frau aufbrach, die fast so groß war wie er selbst, eine kräftig gebaute Blondine. Ich scherte mich nicht weiter darum: Unsere Nächte endeten häufig so, anfangs waren wir zu zweit unterwegs, dann begann die Jagd auf Frauen, und wir verloren uns aus den Augen.

Diesmal wollte Manner sich jedoch verabschieden. Das Taxi nach Skatudden war schon bestellt, aber er kam trotzdem noch einmal kurz zu dem Tisch, an dem ich herumhing, und fragte:

»Kommst du zurecht, Frank?«

Er legte einen kräftigen Arm um meine Schultern und drückte zu. Es war die gleiche Kameradschaftlichkeit, die er auf der Arbeit zeigte, allerdings ergänzt um eine große Dosis Wärme und Fürsorglichkeit. So hatte ich ihn noch nie gesehen.

»Ich komme schon zurecht, Jouni.«

»Nenn mich Jone«, sagte er. »Wir sind jetzt Freunde.«

»Okay, Jone«, erwiderte ich.

»Du trinkst zu oft und zu viel, Frank. Steckt eine Frau dahinter?«

»Könnte sein.«

»Es gibt bessere Wege zu vergessen als das da«, sagte er und zeigte auf mein Whiskyglas. »Arbeit, zum Beispiel. Der Schnaps verleitet einen nur, sich zu erinnern.«

* * *

Ich befolgte seinen Rat, und es wurde ein Sommer voller intensiver, einsamer Arbeit. Ich schrieb für KYVYT und andere Zeitschriften, ich arbeitete an einem Theaterstück, ich versuchte, Erinnerungen aus Tallinge zu Papier zu bringen. Ich begriff nicht, dass es dafür noch viel zu früh war. Darüber hinaus gab es die Essen mit Manner und unser Nachtclubleben und die kurzzeitigen Kontakte, die sich aus Letzerem ergaben. Andere menschliche Kontakte hatte ich nicht, ich arbeitete so hart, dass meine Freundschaften im Sande verliefen.

Leeni und Henry traf ich inzwischen eher selten. Ich glaube, der ganze Sommer verging, ohne dass ich mit ihnen telefoniert oder sie gesehen hatte. Dabei wohnten wir alle in derselben Stadt, jedenfalls noch. Sowohl Leeni als auch Henry hatten neue Lebensgefährten gefunden, und sie stammten beide nicht aus Helsingfors. Leenis Neuer war ein Geschäftsmann aus Mittelfinnland, er hieß Osmo, und sie hatten sich kennengelernt, als Leeni und ihre Schwester Meeri sich ein Frauenwochende in einem Skihotel gegönnt hatten. Henry war seiner Maj-Britt auf einer Konferenz in Stockholm begegnet, sie war ein bisschen rundlich und ziemlich laut, genau wie er. Henry und Maj-Britt pendelten schon seit einem Jahr über die Ostsee, und Henry wirkte glücklich.

An einem Freitag Anfang Juli war ich bei Jouni Manner eingeladen. Er wohnte am Ufer der Insel Skatudden, an der südöstlichen Seite, in einem der begehrtesten Häuser in dieser Gegend: Die schönsten Häuser dort waren nicht aus leuchtend roten, sondern aus dunklen Backsteinen erbaut worden, und verfügten über verglaste Balkone zum Wasser der Kronbergsfjärden und der Festungsinsel Sveaborg hin.

Manners Wohnung war nicht sonderlich groß, aber geschmackvoll eingerichtet und hatte eine Sauna und ein Kaminzimmer. Er beklagte sich oft über die hohen Unterhaltszahlungen für Kinder und Ex-Frauen, und ich weiß noch, dass ich dachte, dass offenbar dennoch einiges übrig blieb.

Ich war nicht der einzige Gast. Es handelte sich um eine kleine Saunagesellschaft, die Manner ab und zu in wechselnder Besetzung um sich scharte. Diesmal bestand sie aus KYVYTs Besitzern Malmström und Hukio, dem jungen Abgeordneten der Sammlungspartei Borodulin und einem oft in den Schlagzeilen auftauchenden Geschäftsmann namens Purula. Ich traf etwas zu früh ein und begegnete deshalb Manners erster Frau Carita, einer eleganten Brünetten in seinem Alter. Sie war gekommen, um ihre älteste Tochter Suvi abzuholen, die ein paar Tage bei ihrem Vater verbracht hatte. Suvi war ein großes und schmächtiges Mädchen, dunkelhaarig wie ihre Eltern und ziemlich schüchtern. Manner schien sehr an ihr zu hängen.

Als die Gäste eintrafen, stellte Manner mich als »ein richtiges Talent, ein Mann der Zukunft« vor. Es wurde ein angenehmer und langer Abend, erst ging es mit Bier in die Sauna, und danach gab es einen Imbiss zu später Stunde mit ausgesuchten Weinen. Geplant war, den Abend im Nachtclub des Hotel Hesperia fortzusetzen, aber wir brachen niemals dorthin auf. Ich erinnere mich nur noch vage, wie die Nacht verlief, aber auf einmal saß ich als Letzter noch da und sah die Sonne über Hertonäs am anderen Ufer der Bucht aufgehen. Manner und ich waren ziemlich angeschlagen. Er wurde sentimental und sprach darüber, wie hart seine Mutter Elina hatte schuften müssen, um ihn und seinen Bruder Oskari großzuziehen, er erzählte vom Stadtteil Hertonäs, wo sie gewohnt hatten, und von den zugigen und altmodischen Holzhäusern in der Castrénsgatan, in die sie gezogen waren, als Elina nicht mehr genug Geld verdiente. Er sprach über geflickte Kleider und Läuse in den Haaren und Plumpsklos, und ich, der ich in einem Reihenhaus in Tallinge gelebt hatte, fragte mich, ob er nicht ein bisschen übertrieb. Mir fiel auf, dass Manner kein Wort über irgendeinen Vater verlor. Und genauso wenig über seine frühen Jahre als Erwachsener, in denen er auf Tournee gegangen war und eine Platte mit Adriana Mansnerus und Ariel Wahl aufgenommen hatte. Manner stellte seinerseits auch keine Fragen nach meiner Kindheit und meinem familiären Hintergrund. Das tat er nie. Er wusste, dass ich das Kind einer Sprachlehrerin und des Vertriebsleiters einer Sparte des bekannten Konzerns der Familie Gelbkrantz war, denn das hatte ich ihm erzählt, und nichts an Manner deutete darauf hin, dass er mehr wissen wollte.

Manner und ich kamen uns in diesem Hochsommer immer näher, man merkte es an verschiedenen Dingen. Er war längst nicht mehr so reserviert und begann, über persönliche Dinge zu sprechen, über Elinas bevorstehende Pensionierung und ihre schwächelnde Gesundheit, über seine Sehnsucht nach mehr Zeit mit den Töchtern, aber auch über seinen Traum, in die Politik zurückzukehren. Einmal rutschte ihm heraus, dass er während seiner Studienjahre Hobbysänger gewesen war. »Du hast in einem Chor gesungen?«, spielte ich den Unwissenden und hielt mich für schlau. »Nein, mit Freunden«, antwortete er und wechselte rasch das Thema.

Er begann, mir Fragen zu stellen. Er wurde neugierig auf meine Kindheit in Tallinge, und ich erzählte ihm von meinen Pubertätsjahren und dem Rosari und dass ich der Einzige aus der Eigenheimsiedlung gewesen war, der sich dorthin gewagt hatte. »Ich erinnere mich an den Hügel«, sagte Manner, »man konnte ihn von meinem Fenster aus sehen, als ich da draußen wohnte.« Ich erwähnte Eva Mansnerus nicht, obwohl es bei der Gelegenheit zwanglos möglich gewesen wäre, aber ich spürte, dass der Augenblick näherrückte, in dem ich die Karten auf den Tisch legen würde.

Manner lag viel daran, dass ich mich in meiner Rolle als einer seiner Starautoren wohlfühlte. Mitte Juli schickte er mich für eine Woche nach Berlin, *all expenses paid*. »Ich möchte, dass du dich vortastest«, erklärte er. »*Keep an open mind*, sei mit wachen Sinnen unterwegs. Es ist nicht so schlimm, wenn du nicht sofort etwas schreibst, du bist meine Investition in die Zukunft.« Gleichzeitig nutzte er die Gelegenheit, ohne dass ich ihn gefragt hätte, mein Honorar um 200 Mark pro Seite zu erhöhen.

Die Woche in Berlin entwickelte sich zu einem Fehlschlag. Im Sommer des Vorjahres hatten Eva und ich auf dem Rückweg von Onkel Cedrics Villa in Marbella ein paar Tage in Westberlin verbracht, waren durch Kreuzberg spaziert, hatten uns gegenseitig an die Mauer gelehnt fotografiert und es genossen, zusammen zu sein. Jetzt wurden die Erinnerungen übermächtig, ich war blockiert und brachte nichts zuwege, saß die meiste Zeit in Cafés am Kudamm, las Zeitungen und gab mich Tagträumen hin.

Als ich nach Helsingfors zurückkehrte, war ich rastlos und verbrachte einen Tag in der stillen Universitätsbibliothek, wo ich auf der Suche nach Artikeln über das Verschwinden Ariels und des gefürchteten Hurme in alten Zeitungsjahrgängen blätterte. Ich beschränkte mich auf den Herbst 1969 und den Winter 1970, und in den weniger anspruchsvollen Wochenzeitungen fand ich einige spekulative Reportagen, in denen man die mysteriösen Vorgänge aufbauschte und unverblümt über die wiederholten Abrechnungen in der Stockholmer Unterwelt schrieb. In den Tageszeitungen gab es dagegen herzlich wenig, in Helsingin Sanomat fand ich gar nichts, und Hufvudstadsbladet hatte damals nur einen kurz gefassten Zweispalter mit einer sperrigen Schlagzeile gebracht: *Polizei schließt einen Mord nicht aus: Finnische Männer mit Slussen-Verbindung in Stockholm verschwunden.*

Als ich aus der Bibliothek heimkam – ich war nach Tölö gezogen und wohnte nur einen Katzensprung vom Tölö torg entfernt –, legte ich *Geh nicht einsam in die Nacht* auf. Es war das erste Mal seit langer Zeit, aber ich merkte wie früher, je öfter ich Ariels Lied hörte, desto besser gefiel es mir.

Manche Lieder sind so, sie wachsen in einen hinein. Oder man wächst in sie hinein. Denn wenn einen etwas anrührt, wer kann dann schon sagen, was sich bewegt und was stillsteht und annimmt? Wenn wir voneinander berührt werden, dann gibt es doch keinen, der eindeutig gibt, und keinen, der eindeutig nimmt? Ich weiß nicht, was die Schlösser in uns Menschen öffnet. Wüsste ich es, würde ich das schönste Lied der Welt schreiben und anschließend schweigen. So wie Ariel es tat.

* * *

Dann kam der Abend, an dem ich wieder in Manners Wohnung eingeladen war. Es war ein Samstag Mitte Juli, und diesmal waren wir allein, wir wollten in die Sauna gehen, gut essen und trinken, uns über große und alltägliche Themen unterhalten. So hatte Manner es dargestellt, die Initiative war allein von ihm ausgegangen: »Wollen wir das Metropol nicht mal einen Abend vergessen und es lässig angehen? Die Bräute laufen uns schon nicht weg.« In solchen Augenblicken hörte man, dass Manner auf die vierzig zuging. Keiner in meiner Generation war »lässig«, und keiner sagte »Bräute«, wenn er Frauen meinte.

In der ersten Phase des Abends sprachen wir ziemlich viel über KYVYT und meine Zukunft in der Redaktion. Manner sprach es nicht offen aus, ließ es aber zwischen den Zeilen durchblicken: Sollte sich ihm die geringste Chance bieten, seinen stellvertretenden Chefredakteur Linnusmäki loszuwerden, würde er mir die Stelle geben. Im Laufe des Abends tranken wir immer mehr, und Manner unterhielt mich mit Anekdoten aus seiner Zeit als Minister. Während sich die Nacht herabsenkte, wurden Manners Anekdoten immer persönlicher und ernster, und nach Mitternacht waren sie keine Anekdoten mehr, sondern nackte und enthüllende Momentaufnahmen aus einem im Grunde ziemlich einsamen Leben. In einer von Manners Geschichten war er – er meinte sich zu erinnern, dass es im Frühjahr 1973 passiert war, schien sich aber nicht ganz sicher zu sein – an einem windigen Tag im März auf dem Weg über die Långa-Brücke gewesen. Er wollte seine Mutter besuchen und hatte beschlossen, zu Fuß zu gehen, statt das Auto oder die Straßenbahn zu nehmen, und mitten auf der Brücke war er einem ihm entgegenkommenden Demonstrationszug der Linken gegen die EWG begegnet. Und in diesem Zug sah er, als er sich an die eiskalte Steinbrücke lehnte, um die Demonstranten vorbeiziehen zu lassen, zahlreiche Menschen mitgehen, die er kannte, sowohl frühere Gegner als auch frühere Freunde. Da waren Eetu Wacklin und Kaarina Aalto, beide hatten in der Jugend zur selben Gang gehört wie Manner. Da waren Risto Meriläinen und Juha Everi, zwei Jugendliche, die ihm bei seinem ersten Wahlkampf geholfen hatten, als Erwachsene jedoch weit nach links gerückt waren. Dort ging der frühere Popmanager und Plattenhändler Stenka Waenerberg, und neben ihm demonstrierte eine

Frau. Es war eine Frau, die Manner vielleicht mehr bedeutete als jede andere, mit der er zusammen gewesen war, einschließlich, bekannte er mir gegenüber jetzt, viel später, jener Carita, mit der er zu jener Zeit verheiratet war und die gerade seine zweite Tochter zur Welt gebracht hatte. Und diese Frau, ergänzte Manner, war ein zerbrechlicher und sensibler Mensch, der sich vor Gestalten wie Waenerberg besser gehütet hätte wie vor der Pest. Manner hatte rasch den Kragen seines Frühlingsmantels hochgeschlagen und den Schal so hochgezogen, dass er die untere Hälfte des Gesichts verdeckte. Er war eine Person des öffentlichen Lebens und eine Zielscheibe der Radikalen, außerdem hatten die bekannten Gesichter ein Chaos von Gefühlen in ihm aufgewirbelt: Er war seltsam ergriffen gewesen.

Der Augenblick, auf den ich so lange gewartet hatte, war gekommen.

»Diese Frau«, sagte ich, »war das Adriana Mansnerus?«

Es ist ein Bild, aber in diesem Fall ist es fast wörtlich zu verstehen: Manner erstarrte auf seinem Stuhl zu einer Salzsäule. Es wurde vollkommen still im Raum. Ich saß dem Fenster und dem Balkon zugewandt und blickte auf das Wasser der Kronbergsfjärden hinaus. Das Morgengrauen rückte bereits näher, genau wie bei meinem letzten Besuch bei Manner. Nach und nach sah ich die Insel Sveaborg und ihre Gebäude aus der Dunkelheit auftauchen. Nach einer langen Pause sagte Manner:

»Du überraschst mich.«

Ich konnte seinen Tonfall nicht deuten, wusste anfangs nicht, ob ich seine Bemerkung als amüsiert, interessiert oder bedrohlich auffassen sollte. Ich beschloss, in die Offensive zu gehen.

»Ich weiß, mit wem du gesungen hast, Jone. Ich weiß, dass ihr eine Platte aufgenommen habt. Warum sprichst du nie darüber?«

Wieder dieses Schweigen. Und ein misstrauischer und unerträglich harter Ausdruck in Manners Gesicht, eine Art fighting face, das ich an ihm nie zuvor gesehen hatte. Trotzdem kam es mir bekannt vor. Plötzlich blitzte es in mir auf: Klasu, Ride und Jami auf dem Rosari und was in ihnen geschah, sobald jemand sie auch nur ein bisschen bedrohte oder herausforderte.

»Worauf willst du hinaus, Frank?«

Ich tat etwas Lächerliches, was ich niemals getan hätte, wenn ich nüchtern gewesen wäre. Aber das war ich nun einmal nicht. Außerdem rührte mich das Tageslicht, das da draußen sachte stärker wurde. Und der Leuchtturm auf Sveaborg, dessen rastloser Lichtkegel nun immer mehr verblich. Ich wurde sentimental, ich dachte an all die Jahre, in denen mir mein Leben wie eine absurde Verwechslungskomödie vorgekommen war. Keine Komödie der traditionellen Art, in der Leute durch Türen auftraten und abgingen und einander in Unterwäsche ertappten. Sondern eine Tragikomödie, in der man nie wirklich wusste, wer einem am nächsten stand. Eva und Adriana, Ariel und Leeni und Henry. Ich als Liebhaber von Eva Mansnerus und ich als Jouni Manners Protegé. Ich sang leise vor mich hin:

Älä käy yöhön yksin,
et tiedä mihin siellä törmäät,
et tiedä kenen saaliksi jäät.
Pysy täällä luonani…

»Hör auf damit!«

Manners Gesicht war jetzt wenn möglich noch härter, es war wie aus Stein gemeißelt, und er hatte sich auf seinem Stuhl zusammengekauert und sah aus wie ein zum Sprung ansetzendes Raubtier. Ein paar dahingeworfene Worte Henrys blitzten aus meinem Gedächtnis auf. Was hatte er noch über Manner gesagt? *Ein verdammtes Gangmitglied.* Meine Besorgnis eskalierte blitzschnell zu lupenreiner Angst. Ich war von knapp durchschnittlicher Körpergröße, schlank und konnte mich nicht schlagen. Manner war groß und kräftig und hatte im Laufe unserer Bekanntschaft mehrfach angedeutet, dass er sich eigentlich besser auf die Gesetze der Straße als die der Politik verstand. Falls er die Beherrschung verlieren und sich auf mich stürzen sollte, würde ich gegen ihn chancenlos sein.

Aber Manner stürzte sich nicht auf mich, sondern sagte mit eiskalter Stimme:

»Woher kennst du dieses Lied? Das kennen nicht viele.«

»Du hast *meine* Frage nicht beantwortet, Jone. Warum sprichst du nie darüber?«

Ich staunte über meine eigene Verwegenheit. Gleichzeitig hörte ich, dass man meiner Stimme die Angst anhörte.

Manner antwortete nicht sofort. Er erhob sich aus seinem Stuhl und ging zum Fenster, blieb dort stehen und sah auf das Wasser hinaus. Wind war aufgekommen, unruhige und unfreundliche See, der Wind kam vom Meer, und ich sah einige Motorboote, die sich mit großer Mühe Richtung Süden vorarbeiteten. In Manner veränderte sich etwas, als er am Fenster stand. Ich sah, wie er seine zur Faust geballte Hand wieder öffnete. Dann sagte er:

»Wenn du ihren Namen kennst, weißt du auch, dass sie tot ist, Frank. Deshalb.« Er schwieg wieder, sah aus wie ein Mann, der plötzlich in die Vergangenheit zurückgeschleudert worden war und dem das überhaupt nicht gefiel. Dann sagte er: »Tja, und… nicht nur sie. Ich bin der Einzige von uns, der noch lebt.«

Seine Stimme klang jetzt anders, weicher. Ich wollte alle Bedenken fahren lassen. Ich fühlte mich nicht mehr betrunken: die eiskalte Schärfe der Situation, die Bürde all dieser Jahre, meiner und seiner, all das trug dazu bei, dass mein Gehirn plötzlich kristallklar arbeitete. Ich sah Manner an, dass es ihm genauso ging.

»Ich bin nicht ehrlich zu dir gewesen, Jone. Es gibt … Dinge, die fast keiner über mich weiß, und …«

»Ich habe schon begriffen, dass das hier kein Zufall ist«, entgegnete Manner. Seine Miene war wieder verbissen. »Sag, was du zu sagen hast, Frank.«

»Ich heiße Loman«, sagte ich, »aber Henry Loman ist nicht mein leiblicher Vater.« Ich schluckte und fuhr fort:

»Mein richtiger Vater war Ariel Wahl. Ich erfuhr es, als ich achtzehn war.«

Manner stand noch immer am Fenster. Er wandte sich nicht um, sah mich nicht an, sagte nur:

»Und du erwartest, dass ich dir dieses Ammenmärchen abkaufe?«

Seine Stimme war vollkommen tonlos, seine Hand erneut zur Faust geballt. Ich sah, dass es in ihm rumorte, vielleicht so, wie es kurz zuvor in mir rumort hatte. Ich selbst war jetzt vollkommen ruhig. Es war vorbei. Die Blase war zum zweiten Mal geplatzt, jetzt wusste es nicht nur Eva. Nun war alles möglich. Manner konnte sich weigern, mir zu glauben, und mich als einen geisteskranken Lügner betrachten. In diesem Moment, im Morgengrauen in seiner Wohnung, war es mir egal.

Manner sagte leise und feindselig:

»Du solltest nicht glauben, dass das Leben ein verdammtes Melodram ist, in dem man …«

»Ich bin noch nicht fertig«, unterbrach ich ihn. »Es kommt noch schlimmer. Ich bin zehn Jahre lang in Adrianas jüngere Schwester verliebt gewesen.« Ich schwieg einige Sekunden und ergänzte: »Seit ich dreizehn war. Sie ging auf meine Schule.«

Die Ergänzung war banal, ich bereute sie augenblicklich, sie kam mir kindisch und dumm vor. Aber Manner schien sie nicht einmal gehört zu haben. Er stand genauso regungslos wie zuvor, hatte mich immer noch nicht angesehen und offenbar auch nicht die Absicht, es zu tun. Er schien ein wenig zusammengesunken zu sein.

»Du solltest jetzt gehen, Frank«, sagte er nach langem Schweigen. »Das war ein bisschen viel auf einmal.« Er machte eine halb verächtliche, halb großzügige Geste zum Serviertisch hin, auf dem noch ein paar ungeöffnete Flaschen standen, Rotwein, Cognac und Whisky: »Nimm eine Flasche mit, wenn du willst.«

Danach herrschte völlige Funkstille. Mehrere Wochen vergingen, ich versuchte anzurufen, aber Manner nahm meine Gespräche nicht an. Wenn er sich zufällig selbst meldete, legte er sofort wieder auf, sobald er hörte, dass ich am Apparat war, und wenn ich eine Nachricht auf seinem Anrufbeantworter hinterließ, rief er mich nicht zurück.

Eines Tages rief er mich dann doch an.

»Frank, hier ist Jouni«, begann er. Sein Ton war kurz angebunden und kühl. »Oder soll ich dich überhaupt Frank nennen, vielleicht heißt du ja ganz anders?«

»Ich heiße Frank«, erwiderte ich.

Es war still am anderen Ende der Leitung.

»Wie war der Mädchenname deiner Mutter?«, fragte er schließlich.

»Flinck«, sagte ich. »Leeni Flinck.«

Wieder dieses Schweigen.

»Die Schwestern Flinck aus der Terrassgatan?«

»Ja«, antwortete ich, da er nichts weiter sagte. »Meine Tante heißt Meeri.«

»Das kommt hin«, meinte Manner. Er klang fast enttäuscht. »Ich kannte Meeri, sie war eine Freundin von Kaarina Aalto, von der ich dir erzählt habe.« Er seufzte müde, und ich sah ihn vor meinem inneren Auge gereizt den Kopf schütteln, wie er es immer tat, wenn einer seiner Mitarbeiter bei seinen regelmäßigen informellen Besprechungen einen unausgereiften Vorschlag in die Runde warf.

»Du hast dich bewusst an mich gewandt«, wechselte er das Thema, und seine Stimme war wie Eis. Ich nahm an, dass er wieder diesen granitharten Gesichtsausdruck hatte.

»Ja, das stimmt.«

»Warum?«

»Weil ich so wenig weiß. Mein Plan war, dir zu erzählen, wer ich bin, und dich anschließend zum Erzählen zu bringen. Über Dinge, an die du dich erinnerst.«

»Ich erinnere mich an so gut wie nichts.«

»Aber das war nicht alles«, versuchte ich, ihm zu erklären. »Ich wollte auch für dich arbeiten. Ich habe KYVYT seit der ersten Ausgabe gelesen.«

»Jetzt red hier keinen Scheiß, Frank.«

»Ich rede keinen Scheiß. Ich sage nur, wie es ist.«

»Diese Speichelleckerei macht die Sache auch nicht besser. Für Schmeicheleien bin ich nicht empfänglich.«

Und ob du das bist, dachte ich. Ich hatte doch gesehen, wie Manner posierte und sich wie ein Pfau aufplusterte, wenn eine Frau im Metropol oder Tropical zu ihm sagte, er sehe keinen Tag älter aus als dreißig oder dass er gut tanze. Aber ich schwieg und wartete lieber ab, was Manner als Nächstes sagen würde. Er hatte schon mehrfach einen anderen Ton angeschlagen, und ich wusste nicht, ob er nun angerufen hatte, um Frieden zu schließen oder um mich zu bitten, zur Hölle zu fahren.

»Ich habe nicht auf meinen Instinkt gehört«, erklärte er. »Ich fand nämlich die ganze Zeit, dass da … irgendetwas mit dir war. Irgendetwas damit, wie du die Worte beim Schreiben benutzt hast … ach, ich weiß auch nicht. Aber irgendetwas war da.«

»Ich habe mich nicht an dich gewandt, um dich hereinzulegen, Jone«, erwiderte ich. »Aber ich wollte erst… diese Dinge erzählt man keinem Fremden.«

»Ich möchte nicht, dass du mich Jone nennst, Frank. Und ich will darüber nicht reden. Aber eins kann ich dir sagen: Ich wusste, dass Ariel einen Sohn hatte. Er erzählte es mir nicht, als es passierte, und sagte auch nichts in den Jahren, in denen wir zusammen sangen. Ich erfuhr es erst in dem Herbst, in dem er verschwand.«

»Neunundsechzig«, sagte ich. »Da ging ich schon in die Schule.«

»Aber er sagte es nicht so«, fuhr Manner fort. »Er sagte nicht, dass er einen Sohn *hatte*. Ich erinnere mich nicht genau an seine Worte. Aber er meinte in etwa, dass er ein Kind gezeugt habe, als er sehr jung war, und dass er wisse, wer sein Sohn sei, er sich aber ganz von ihm getrennt habe.«

»Das sind genau die Dinge, die ich wissen will«, sagte ich und hörte, wie eifrig meine Stimme wurde.

»Tut mir leid, Frank. Du hast dich bei mir eingenistet. Das war ein geschickter Schachzug, aber er war falsch. Also ruf mich nicht mehr an. Ich möchte nichts mehr mit dir zu tun haben.«

5

ANFANGS GLAUBTE ICH, dass Manner nur Theater spielte. Dass er mich auf die Probe stellen wollte und nicht so wütend war, wie er mir vorkam. Aber ich musste erkennen, dass ich mich geirrt hatte.

Ich befolgte seine Anweisung und rief ihn nicht an. Stattdessen ließ ich ihm meine Vorschläge für Reportagen und Artikel brieflich zukommen. Einige der Ideen gehörten zu den besten, die mir je gekommen waren, da war ich mir absolut sicher. Aber die einzige Antwort, die ich erhielt, war eisiges Schweigen. Es lag mir viel daran, dass alles wieder so war wie vorher, und ich ging in meinen Bemühungen so weit, dass ich eine Reportage auf eigene Kosten verwirklichte: Recherche, Reisen innerhalb Finnlands, Essen mit den Interviewten, alles bezahlte ich aus eigener Tasche. In der Reportage ging es um Menschen überall im Land, Menschen, die mitten in der Hochkonjunktur, mitten im protzigen, neuen Reichtum in Nischen aus Armut und Außenseitertum gefangen waren. Ich widmete dem Projekt mehrere Wochen, und als ich fertig war, fand ich, dass der Text der effektvollste war, den ich bis dahin geschrieben hatte. Ich schickte ihn Manner und seinem zweiten Mann Linnusmäki. Keine Reaktion. Und nicht nur das: Als ich es nicht mehr aushielt, auf eine Antwort Manners zu warten, schickte ich Kopien an die Monatsbeilage von Helsingin Sanomat und an die Zeitung City, die den Beitrag aber beide dankend ablehnten. Die Redaktionsleiter brachten nachvollziehbare Entschuldigungen vor, die Reportage passe nicht in die thematische Planung für die nächste Zeit und so weiter, aber ich wurde paranoid und fragte mich, wie groß Manners Einfluss war und wie weit er gehen würde.

Seit Juni hatte ich nicht mehr mit Eva Mansnerus gesprochen, aber jetzt versuchte ich, sie zu erreichen, um ihr zu erzählen, was passiert war. Auch sie ging nicht ans Telefon, und ich hinterließ zahlreiche Nachrichten auf ihrem Anrufbeantworter, aber sie rief mich nie zurück. Stattdessen schrieb ich ihr einen Brief, und offenbar ließ sich Eva ihre Post nachschicken, denn einige Wochen später bekam ich eine Antwort. Der Brief war in Rom eingeworfen worden, und sie schrieb, sie habe ein Stipendium bekommen und studiere jetzt dort.

Was Jouni Manner betraf – in meinem Brief hatte ich fast alles erzählt und ihr lediglich verschwiegen, wie viele Frauen Manner und ich im Metropol aufgerissen hatten –, schrieb Eva lakonisch: »Ich wusste, dass du es vermasseln würdest.«

Ansonsten schien sie diesem Arzt den Laufpass gegeben zu haben, denn mittlerweile hatte sie ein Verhältnis mit einem finnischen Botschaftsangestellten, der eine Wohnung in Trastevere hatte. Es wurde deutlich, dass der Mann von der Botschaft genau wie der Mediziner älter war als sie, allerdings nicht, um wie viel älter. Lindy wurde mit keinem Wort erwähnt.

»Ich pendle im Moment zwischen Helsingfors und Rom«, fuhr der Brief fort, »manchmal verbringe ich kürzere Zeit in der Toskana. Es kristallisiert sich allmählich ein Thema für eine Abhandlung heraus. Früher habe ich mich vor allem für die Hochrenaissance interessiert, aber mitterweile fasziniert mich Caravaggio immer mehr. Ansonsten ist im Moment eigentlich alles so gut, wie es das nur sein kann, meine Lebenssituation ist wirklich ideal.«

Es versetzte mir den üblichen eifersüchtigen Stich, als ich mich mit Evas pragmatischem Liebesleben und mit ihrer Lebensauffassung konfrontiert sah, leicht und präzise wie einer der ersten Frühlingstage, obwohl sie behauptete, von Caravaggios Clair-obscur fasziniert zu sein. Ich beantwortete ihren Brief nicht, obwohl sie ihre Adresse in Rom beifügte und mich aufforderte, ihr zu schreiben.

Dieser deprimierende Herbst wurde lediglich von meinem ersten Buch gerettet, einem Band mit Erzählungen, in denen es um orientierungslose Großstadtmenschen ging, die anders waren, als sie zu sein vorgaben. Ich hatte das Buch, »Silhouette«, auf Schwedisch geschrieben, aber es wurde glücklicherweise auch auf Finnisch veröffentlicht. Zu meiner Erleichterung konnte ich feststellen, dass Jouni Manners Tentakel nicht bis in die Kulturszene hineinreichten, denn ich bekam umfangreiche Kritiken in den wichtigsten Tageszeitungen, die trotz mancher Einwände positiv ausfielen. Ich versuchte, mich an die Rolle des Schriftstellers zu gewöhnen, indem ich umherreiste, aus meinem Buch las, Fragen beantwortete und eine Reihe von Interviews gab. Im Dezember kam eine Postkarte: »Ich sehe, dass du in der Presse herumgereicht wirst und jedes Mal das Rad neu erfindest. Trotzdem herzlichen Glückwunsch! Wäre toll, dich mal wieder zu sehen. Dein alter Freund Pete E.«

Obwohl alles gut aussah, ärgerte ich mich den ganzen Herbst darüber, dass man mich bei KYVYT abserviert hatte und ich meinen Mentor verloren hatte. Doch dann wurde es Januar, und ein neues Jahr begann, und kurz nach dem Dreikönigstag bekam ich eine Einladung zu einer Feier im Restaurant Kaksi Kanaa. Jouni Manner würde dort Anfang Februar seinen vierzigsten Geburtstag feiern.

* * *

Über die eigentliche Geburtstagsfeier gibt es nicht viel zu sagen, es war eine überbevölkerte Veranstaltung, die im Laufe des Abends immer unübersichtlicher und chaotischer wurde. Aber es überraschte mich, dass unter den Gratulanten so wenige Heroen der sechziger Jahre waren. Immerhin war Manner damals ein Medienstar und später als sozialdemokratischer Minister für die Kulturpolitik verantwortlich gewesen. Soweit ich wusste, gehörten seine Sympathien nach wie vor der Linken.

Dagegen waren frappierend viele jüngere Geschäftsleute unter den Gästen, die man an ihren exquisit glänzenden Anzügen erkannte. Außerdem gab es eine Menge Kulturschaffender der neuen Sorte, Maler, Fotografen und Autoren, die sich nicht schämten zu zeigen, dass sie mit dem, was sie machten, berühmt werden und Geld verdienen wollten.

Manner hatte eine neue Freundin an seiner Seite, offenbar

war er es leid gewesen, im Metropol Frauen hinterherzujagen, als ich ihm nicht mehr als sein Cicerone behilflich war. Oder ihn hatte die große Aids-Angst übermannt. Das passierte früher oder später den meisten. Er stellte die Frau als »meine Lebensgefährtin Sirpa« vor, sie war genau wie Tuulikki Vennola und Carita eine hübsche und schlanke Brünette. Vennola und Carita waren allerdings im selben Alter wie Manner gewesen, während Sirpa mindestens zehn Jahre jünger zu sein schien.

Ich schenkte Manner zwei Exemplare meines Buchs, eins in jeder Sprache. In die finnische Ausgabe hatte ich eine umständliche und – wie ich erkannte, als ich kurz davor war, mein Geschenk zu überreichen – reumütige Widmung geschrieben, die fast das gesamte Vorsatzblatt füllte. Manner öffnete das Buch sofort, sah die überschwängliche Widmung, schlug es wieder zu und murmelte: »Das lese ich später.« Anschließend sahen wir uns den ganzen Abend über kaum, denn er wurde von bekannten und unbekannten Menschen umschwärmt, ich selbst kannte dagegen nur sehr wenige Gäste. Gegen Mitternacht, als ich gerade gehen wollte, kam er jedoch zu mir, zog mich ein wenig zur Seite und sagte leise:

»Ich möchte, dass du wieder für mich schreibst.«

Er sagte es genau so, »schreib für mich«, nicht »schreib für KYVYT«. Und er fuhr fort: »Wir sollten sicher auch über die alten Geschichten sprechen, einen Schlussstrich unter unsere Missverständnisse ziehen.«

»Du hast weder meine Anrufe noch meine Briefe beantwortet«, erwiderte ich. »Ich war sehr überrascht, als ich deine Einladung bekam.«

»Ja, ich habe ein bisschen überreagiert«, sagte er, »aber ich rufe dich in den nächsten Tagen an.«

* * *

Eine Woche später trafen wir uns im Restaurant Lehtovaara zum Essen. Wie üblich hatte Manner das Lokal ausgewählt. Er hatte eine Vorliebe für die altehrwürdigen und traditionsreichen Restaurants der Stadt, in denen das Bürgertum seit vielen Jahrzehnten gemeinsame Beschlüsse gefasst und Geschäfte gemacht hatte: Bellevue, König, Lehtovaara, sogar das Savoy.

Manner wiederholte sein Angebot und erklärte, er wolle Linnusmäki nach wie vor durch mich ersetzen. Ich versuchte *hard to get* zu spielen und behauptete, mehr Aufträge und Angebote zu haben, als ich momentan annehmen könne, was gelogen war: Mir fehlte es an Jobs. Manners Mundwinkel fuhren zu einem harten Lächeln hoch, das ebenso schnell wieder verschwand, wie es aufgetaucht war. Ich begriff, dass er meinen Bluff durchschaut hatte. Wahrscheinlich hatte er einen genauen Überblick und völlige Kontrolle über die ganze Zeitungslandschaft, sonst hätte es ihm niemals gelingen können, mir im Herbst den Weg zu anderen Blättern zu versperren.

Es war wie eine Pokerpartie, und nachdem wir ein paar Mal das Blatt des anderen gesehen und sowohl persönliche Arbeitsbedingungen als auch KYVYTs zukünftigen Kurs diskutiert hatten, endete sie damit, dass ich sagte: »Gern. Es ist mir eine Freude zurückzukommen.«

Wir gaben uns über den Tisch hinweg die Hand. Manner sagte:

»Auf lange Sicht gibt es natürlich eine gewisse Unsicherheit. Du bist clever, Frank, du hast bestimmt längst kapiert, dass dieser Redakteursposten nur eine Notlösung ist. Ich bin aus dem Rennen gewesen. Aber die Dinge können sich auch wieder ändern. Es ist nicht ausgeschlossen, dass ich in die Politik zurückkehre. Und dann werde ich KYVYT natürlich aufgeben.« Er verstummte, sah mich forschend an und fragte: »Könntest du dir vorstellen, mich bei einer Wahl öffentlich zu unterstützen?«

Ich wollte diese Frage eigentlich nicht beantworten und wartete viel zu lange mit meiner Antwort, das Schweigen wurde peinlich.

»Das kommt ganz darauf an«, erklärte ich schließlich. »Es geht ja nicht nur um deine Person, sondern auch darum, für was du dich einsetzt.«

»Du misstraust mir?« Manner lächelte, als er die Frage stellte, es war ein ironisches, leicht ungläubiges Lächeln. »Warum sollte ich meine Ideale verraten? Sie stammen aus meiner Kindheit, sie sind in meinen Körper eingebrannt.«

»Ich weiß nicht«, sagte ich zögernd, »deine Gäste letzten Samstag …«

Manner lachte auf.

»Ich verfüge über ein weitverzweigtes Kontaktnetz. Außerdem glaube ich an Freundschaft über ideologische Grenzen hinweg.«

Wir kamen erst beim Kaffee auf Ariel und unseren abgebrochenen Kontakt zu sprechen, aber es blieb ein kurzer Dialog. Manner brach das Tabu mit den Worten:

»Ich möchte mich bei dir noch dafür entschuldigen, dass ich dich den ganzen Herbst über ungerecht behandelt habe. Aber ich ertrage es einfach nicht, so hinters Licht geführt zu werden. Und ich bekam einen Schock. Ich habe versucht, diese Zeiten hinter mir zu lassen. Und als du … tja, ich hoffe, du verstehst.«

Ich beeilte mich, einen Teil der Verantwortung auf mich zu nehmen.

»Ich habe mich falsch verhalten. Ich hätte dir einen Brief schreiben und dir erzählen sollen, dass ich Ariels Sohn bin und Familie Mansnerus kenne. Ich hätte dich unter den richtigen Voraussetzungen aufsuchen sollen.«

»Ich hätte mich wahrscheinlich gedrückt«, bekannte Manner. »Einfach nicht geantwortet oder so. Sie waren wichtig für mich. Beide, Ari und Addi. Ich habe nie wirklich …«

Er verstummte und senkte hastig den Blick. Ich hatte das Gefühl, dass sich eine Horde von Erinnerungen plötzlich auf ihn gestürzt und ihn übermannt hatte.

»Adriana bin ich noch begegnet«, sagte ich. »Ich habe mich sogar ein paar Mal mit ihr unterhalten, weil ich damals schon eng mit Eva befreundet war. Aber über Ariel weiß ich so gut wie nichts.« Ich brachte es nicht über mich, ihre Kosenamen zu benutzen, obwohl Manner sie ausgesprochen hatte. Ari und Addi. Das klang so warmherzig, fast niedlich. Aber ich kannte sie doch gar nicht. Sie waren Fremde. Sie waren Tote.

»Natürlich werden wir über Ari sprechen«, sagte Manner. »Aber kann das vielleicht noch etwas warten? Du hast mit Sicherheit eine Menge Fragen, aber ich fühle mich noch nicht bereit für sie. Außerdem … als ich erfahren hatte, wer du warst, kam mir so vieles in den Sinn. Die alten Zeiten und so. Ehrlich gesagt erinnere ich mich an weitaus weniger, als ich gedacht hätte.«

»Aber trotzdem an mehr als die Toten«, entgegnete ich.

Manner zuckte zusammen und wechselte das Thema.

»Übrigens hast du in Eva Mansnerus eine wirklich gute Freundin.«

»Wieso?«

»Sie hat mich letzten Herbst mehrmals angerufen. Sie meinte, so könne ich dich nicht behandeln. Die Dame nimmt wirklich kein Blatt vor den Mund. Sehr direkt. Addi konnte auch so sein, aber nur manchmal.« Manner lächelte mich an, er hatte sich jetzt wieder im Griff, sein Lächeln war spöttisch. Dann ergänzte er: »Ich habe Eva nicht mehr gesehen, seit sie ein Kind war. Ist sie genauso schön wie ihre Schwester?«

* * *

Schon am nächsten Tag rief ich Eva an. Ich hatte eine lange Erklärung dafür vorbereitet, dass ich mich bei ihr meldete, und stand bereit, um sie auf ihren Anrufbeantworter zu sprechen. Zu meinem Erstaunen meldete sie sich jedoch höchstselbst. Ich kam aus dem Konzept.

»D-Danke«, brachte ich heraus. »Ich wollte mich nur bedanken.«

»Und wofür?«, erwiderte Eva überrascht. »Wir haben uns doch ewig nicht mehr gesehen.«

»Manner sagt, dass du ihn im Herbst angerufen und mich in Schutz genommen hast.«

»Ach so, ihr habt euch wieder vertragen. Ich habe ihm übrigens auch gesagt, dass er dir nichts davon sagen darf. Ihr Männer seid ja solche Klatschtanten!«

»Pendelst du noch nach Italien?«

»Doch, schon … manchmal.« Eva klang ein wenig zögerlich, und ich fragte mich warum.

»Du arbeitest an deiner Abhandlung?«

»Schon. Aber ich komme nur langsam voran.«

Dann überraschte sie mich: »Hör mal, können wir uns nicht treffen?«

Gleich am nächsten Abend gingen wir in ein Lokal. »Nur auf ein paar Gläser«, denn Evas Stipendium war ausgelaufen, und in Erwartung von etwas Besserem arbeitete sie als Aushilfslehrerin in der Mittelstufe: Um acht Uhr war Unterrichtsbeginn. Wir saßen im Parrilla Española am oberen Ende der Eriksgatan, Eva hatte den Treffpunkt ausgewählt. Wir hatten viel Gesprächsstoff, tauschten Anekdoten und Sorgen aus all den Monaten aus, die wir uns nicht gesehen hatten, und so blieb es natürlich nicht bei ein paar Gläsern. Als wir auf die Straße hinaustraten, war es Mitternacht, die Kälte brannte auf unseren Wangen, und für einen Moment blieben wir unentschlossen stehen. Ich wollte nach rechts Richtung Tölö abbiegen, war mir aber nicht sicher, ob ich Eva umarmen oder ihr nur ein »Tschüss« zunicken sollte, wie wir es während der Jahre gehalten hatten, in denen wir Pete Everis Gegenwart wie ein Verbot jeglicher Berührungen empfunden hatten.

»Komm mit zu mir«, sagte Eva, »ich wohne ganz in der Nähe.« Sie machte auf dem Absatz kehrt, ging die Straße hinunter und schien sich so sicher zu sein, dass ich ihr folgen würde, dass sie sich nicht einmal umschaute. Die Richtung verwirrte mich, denn da wir nicht darüber gesprochen hatten, war ich davon ausgegangen, dass sie bei ihren Aufenthalten in Finnland weiterhin in der Jägaregatan wohnte.

Ich eilte ihr im Laufschritt hinterher, und kurz darauf betraten wir das Treppenhaus eines etwas tiefer gelegenen alten Hochhauses. Die Wohnung lag im vierten Stock, und auf der Tür standen die Namen »Laine/Mansnerus«. Plötzlich fiel mir auf, dass Eva den ganzen Abend kaum etwas über ihren Liebhaber in Rom gesagt hatte, sie hatte ihn nur ein paar Mal beiläufig erwähnt, dabei jedoch eher zerstreut gewirkt.

Die Wohnung war groß und gut geschnitten und gehörte unübersehbar einem Junggesellen. Falls Eva hier wohnte, scherte sie sich jedenfalls nicht darum, ihr ihren Stempel aufzudrücken, sondern lebte als Gast des mysteriösen Laine. Ich setzte mich an den Küchentisch, während Eva eine Weinflasche öffnete und zwei vorsichtig gefüllte Gläser einschenkte. Das Küchenfenster ging zum Hof hinaus, es hatte angefangen zu schneien, und alle Fenster waren dunkel, aber auf dem Hof stand neben der Einfahrt ein Mann an die Hauswand gelehnt und rauchte. Er trug einen schwarzen Paletot und schien mittleren Alters zu sein. Plötzlich kam mir der Gedanke, dies sei Laine. Ich bekam Angst, versuchte aber, mir nichts anmerken zu lassen.

»Ist das seine?«, fragte ich und machte eine schweifende Handbewegung, mit der die gesamte Wohnung gemeint sein sollte.

»Mmmm«, antwortete sie. »Aber im Moment bezahle ich die Miete, er ist seit Weihnachten nicht mehr zu Hause gewesen.«

»Und, läuft es gut bei euch?«, erkundigte ich mich und hoffte, dass sie etwas anderes antworten würde als Ja.

»Nicht wirklich«, antwortete Eva. »Er ist so… besitzergreifend geworden. Ich weiß nicht, wie lange ich das noch aushalte.«

Der rauchende Mann in dem schwarzen Paletot stand immer noch draußen und beunruhigte mich mehr und mehr. Ich bildete mir ein, dass er zu unserem Fenster hochschielte und sein Blick hasserfüllt und verzweifelt war.

»Da steht ein Mann auf dem Hof«, sagte ich.

»Aha?«, meinte Eva.

»Ich hab mir gedacht, dass er das vielleicht sein könnte.«

Eva lachte.

»Kimmo? Du hast dich nicht verändert, Kapi. Wenn es keine Massenmörder und Aliens sind, dann eben betrogene und mordlüsterne Männer. Kimmo ist in Rom, Ehrenwort. Kurz bevor ich mich mit dir getroffen habe, haben wir noch telefoniert.«

Ich trank einen Schluck Wein, war aber immer noch nicht beruhigt.

»Er starrt zu uns herauf«, sagte ich.

Eva kam zum Fenster und warf einen Blick auf den Mann im Paletot.

»Es ist bestimmt das einzige Fenster, in dem noch Licht brennt«, meinte sie. Im selben Moment öffnete sich die Tür zu einem Treppenaufgang, und im Türrahmen tauchte eine Frau auf. Der Mann im Paletot warf seine Zigarette fort und folgte der Frau ins Treppenhaus. Seine Zigarette blieb auf der Erde liegen und glühte schwach. Auf dem Küchentisch lag eine Schachtel Belmont, und ich geriet in Versuchung, schüttelte eine Zigarette heraus und zündete sie mir an, obwohl ich eigentlich aufgehört hatte. Eva war irgendwohin verschwunden. Vielleicht ist sie auf der Toilette, dachte ich, bevor ich sah, dass auch ihr Weinglas fort war. Ich rauchte ein paar Lungenzüge und blickte auf den leeren und dunklen Innenhof hinunter.

»Es ist schon spät, Kapi«, hörte ich Evas Stimme aus einem angrenzenden Zimmer. »Komm ins Bett.«

Ein paar Sekunden lang schossen mir zahlreiche Fragen durch den Kopf. Meinst du das ernst? Hast du noch alle Tassen im Schrank? Bist du wirklich vollkommen sicher, dass in dieser Nacht niemand durch diese Tür tritt?

Fragen zu richtig und falsch stellte ich mir dagegen nicht. Und Eva stellte ich überhaupt keine Fragen. Ich drückte die Zigarette aus und tat, was ich immer getan hatte, wenn Eva Mansnerus mich rief: Ich ging zu ihr.

Ich erwachte spät, es war schon fast zehn und schneite immer noch. Ich setzte Kaffee auf und machte mir belegte Brote, zog Pentti Saarikoskis abgegriffene Gedichtsammlung »Was passiert wirklich« aus Laines Bücherregal, kehrte ins Bett zurück und las. Eva war am Morgen mit wirren Haaren davongeeilt, hatte gemurmelt, dass sie eindeutig zu wenig geschlafen habe, mich jedoch beschworen zu bleiben: Sie müsse nur zwei Stunden unterrichten, sagte sie, den Rest des Tages habe sie frei. Als ich dort lag und las, hatte ich die ganze Zeit ein bisschen Angst, Angst vor dem Augenblick, in dem jemand einen Schlüssel ins Schloss stecken, die Wohnungstür öffnen und ins Schlafzimmer kommen würde, aber es würde nicht Eva, sondern ein Mann in einem Paletot sein, der zunächst vor Verwunderung erstarren, dann aber fauchen würde, und dieses Fauchen würde sich zu einem Brüllen steigern: *Was zur Hölle? Verdammter Mist! Verdammte SCHEISSE SCHEISSE SCHEISSE!!*

Dieser Hauch von Furcht stellte seltsame Dinge mit mir an.

und als der Schlüssel ins Schloss gesteckt wurde und Eva heimkehrte, ließ ich mich nicht lange bitten. Ich folgte ihr mit den Augen, als sie sich auszog, zum Bett kam, die Decke wegzog und sagte:

»Ja, was haben wir denn da!«

* * *

Diesmal hatten wir einen schönen Monat, nicht mehr, ehe es wieder in die Brüche ging. Es war Spätwinter, und es wurde immer heller, und wir trafen uns mal bei mir in der Döbelnsgatan und mal in ihrer Wohnung, wo die Furcht vor dem unbekannten Diplomaten Laine mich nervös und wachsam und zu einem besseren Liebhaber machte als sonst. In einer unserer Nächte dort gestand Eva mir, dass sie bessere Orgasmen bekam, wenn sie etwas Verbotenes tat. Ihr Bekenntnis ist mir all die Jahre im Gedächtnis geblieben, denn damals wagten Frauen es nur selten, so etwas zu sagen.

Allerdings hatte auch Eva ständig ein schlechtes Gewissen, vor allem, weil wir in Laines und ihrer gemeinsamen Wohnung vögelten und schliefen. Wenn wir jedoch erst einmal loslegten, vergaß sie ihre Gewissensbisse sofort. Noch während des Vorspiels murmelte sie mir Widersprüchliches ins Ohr – *wir sollten das nicht … ohhh …* –, aber dann verschwanden ihre Skrupel, um sich erst später wieder einzustellen.

Pete Everi rief mich ausgerechnet während meines glücklichen Monats mit Eva an. Pete und ich hatten seit sechs Jahren nicht mehr miteinander gesprochen, aber Petes energische Stimme verriet weder Verlegenheit noch ein Zögern: »Grüß dich, Frankki. Hier ist Everis Pete, wie geht's denn so?«

Ich hatte mich gerade von Eva verabschiedet, die zu ihren Schulstunden gehetzt war, zum Frühstück hatten wir in der Küche gevögelt, und ich verspürte eine schwer zu bändigende Lust, damit anzugeben. Aber ich sagte nur: »Pete! Verdammt, wir haben uns ja ewig nicht mehr gesprochen!«

Wir stellten uns natürlich die obligatorischen Fragen.

»Wie geht es deinem Vater?«

»Ganz gut«, antwortete Pete.

»Wohnt er noch in Tallinge?«

»Die gleiche alte Leier. Und wie geht es Henry und Leeni?«

»Sie haben sich scheiden lassen. Beide haben neue.«

»Jetzt, wo du es sagst… ich glaube, davon habe ich schon gehört. Von Klasu Barsk.«

»Leeni wohnt nicht mehr in Helsingfors. Ihr Mann und sie wohnen in Jyväskylä. Und Henrys Frau ist eine Schwedin… Wie geht es Make?«

Petes Antwort kam mit einer Verzögerung von ein oder zwei Sekunden.

»Nicht so gut. Wie früher, nur schlimmer.«

»Oh, verdammt.« Ich wurde verlegen und versuchte, auf sicheren Boden zurückzukehren: »Aber Juha arbeitet noch im Ministerium? Und Suski… verdammt, weißt du noch, oben auf dem Rosari, wer hätte gedacht, dass Suski einmal Ballkönigin an der Finnischen Wirtschaftshochschule sein würde!«

»Bei Suski läuft es richtig gut!«, bestätigte Pete. »Aber wir sehen uns nur selten. Und wenn wir uns sehen, streiten wir uns!«

Er lachte, aber sein Lachen klang gezwungen.

»Und wie geht es dir?«, fragte ich. »Klasu hat mir erzählt, dass du schon Kinder hast.«

»Drei Stück«, antwortete Pete. »Mann muss sich abrackern wie ein Blöder, um genug Kohle zu machen. Und du?«

»Nix«, sagte ich. »Immer noch auf freiem Fuß.«

»Weißt du eigentlich was über Eva Mansnerus?«, fragte Pete.

Die Frage klang unschuldig, ich begriff, wie seine Assoziationskette verlaufen und wie er bei Eva gelandet war. Trotzdem horchte ich auf.

»Sicher«, antwortete ich gleichgültig. »Ich begegne ihr manchmal. Es ist noch gar nicht so lange her, dass wir einen trinken waren. Sie studiert weiter, ich glaube, sie will ihren Doktor machen. Außerdem schreibt sie Kunstkritiken.«

»Ist sie verheiratet?« Petes Stimme klang höflich interessiert, nicht mehr. Ich versuchte mir einzuschärfen, dass es so war und es keine Fallstricke gab, dass ich mir diese nur einbildete. Aber es nützte nichts: Ich war angespannt und fühlte mich nicht ganz wohl in meiner Haut.

»Nein. Ich glaube, sie hat was mit einem Diplomaten, der im Ausland wohnt, aber ich bin mir nicht sicher … wo arbeitest du eigentlich? Warst du nicht bei Aamulehti?«

»Aamulehti? Das ist doch schon Jahre her. Ich habe lange als freier Journalist gearbeitet, aber jetzt rufe ich aus Uleåborg an, ich hatte hier einen Zeitvertrag, werde aber wieder in den Süden ziehen. Ich habe seit Ewigkeiten nicht mehr in Helsingfors gewohnt, deshalb dachte ich, wir könnten einen trinken gehen, und du erzählst mir, was sich so tut.«

Es vergingen einige Tage, bis ich Eva das nächste Mal sah – Laine kam übers Wochende zu einem Blitzbesuch ins Heimatland, und sie musste seine Freundin spielen –, aber bei der Gelegenheit erwähnte ich, dass Pete Everi angerufen hatte und wir ein Bier trinken gehen würden. Ich fragte sie nicht, ob sie mitkommen wolle, und glaube auch nicht, dass sie gewollt hätte, denn sie blickte kaum von ihrem Buch auf:

»Ach wirklich. Grüß ihn von mir!«

* * *

Ich machte eine Kneipentour mit Pete, zu der wir uns wenige Tage nach dem Mord an Olof Palme trafen, so dass wir bedrückt waren, Pete sogar noch mehr als ich. Wir aßen Heringe im Sea Horse, stießen im Kosmos zum Gedenken an Palme an, tranken ein paar Gläser im Elite und rundeten den Abend zu später Stunde im Botta ab. Es war ein ortstypisches »Bermuda-Dreieck«, eine Route, auf der schon viele Männer spurlos verschwunden waren, um erst Tage später bärtig, mit rot unterlaufenen Augen und heiserer Stimme wieder aufzutauchen.

Es blieb jedoch ein gesitteter Abend, Pete schien es nicht auf etwas in dieser Art angelegt zu haben. Bei unserem Essen im Sea Horse und den Drinks im Kosmos hakten wir unzählige Themen ab, alles von Tallinge und Rosari über Kindergartensorgen bis dazu, an welchem Punkt wir in unseren Karrieren standen, aber es lag eine Schicht aus Vorsicht über allem, was wir sagten, als hätten die vielen Jahre der Abwesenheit einen Nebel zwischen uns erzeugt: Man wusste nicht genau, wo der andere stand, und von Zeit zu Zeit musste man behutsam in sein Nebelhorn stoßen, um die Gefahr einer Kollision zu bannen.

Pete hatte sich verändert. Es kam mir vor, als wäre er viel älter geworden, als hätte er nicht nur zwei, sondern zehn Jahre länger gelebt als ich. Man sah es an seinem Äußeren: Sein Bauch verriet ziemlich viele Gläser Bier, sein Haaransatz war hochgerückt, und es gab einen neuen und sturen Zug um seinen Mund wie bei einem entschlossenen Segler im Gegenwind. Aber man merkte es auch an seinen Worten. Er sprach voller Wärme über seine Frau Anni, die er während des Studiums in Tammerfors kennengelernt hatte, und über seine drei kleinen Kinder. Dennoch gab es bereits Verbitterung in ihm, einen schmollenden, fast altherrenhaften Zug. Er beklagte sich über Kreditzinsen, miserable Honorare und darüber, wie schlecht die Kinderbetreuung in Finnland funktionierte, und schäumte vor Sarkasmus, wenn gewisse erfolgreiche Kollegen zur Sprache kamen. Pete hielt nicht viel von der neuen Zeit mit ihren glänzenden Anzügen und ihrer Geschäftstüchtigkeit. Das wunderte mich nicht, denn ich war mit ihm aufgewachsen und wusste, dass seine linke Weltsicht tief empfunden war. Mich beunruhigte vielmehr, dass er seinen Sinn für Humor und Proportionen verloren hatte. Aber vielleicht hatte ich auch nur ein schlechtes Gewissen. Ich war jünger als Pete und hatte bereits Erfolge feiern dürfen, und es ließ sich nicht leugnen, dass ich mich ziemlich häufig ins Rampenlicht begeben hatte und in einem Stil schrieb, der subjektiv und spielerisch war. Ich hatte alle Artikel Petes in KYVYT gelesen, und seine journalistischen Arbeiten waren anspruchsvoll und solide, aber auch ein bisschen langweilig.

Als wir im Elite saßen, unterhielten wir uns eine Weile über Eva Mansnerus. Am früheren Abend, als wir über die Zeit auf dem Rosari geredet hatten, war unser Ton kumpelhaft gewesen: alte Besäufnisse, practical jokes und oh scheiße, unter Jattas Bluse tat sich ja echt einiges. Nun sprachen wir nachdenklich über unsere Ausflüge nach Aspholm und die Magie, die wir da draußen erlebt hatten.

»Weißt du noch, wie wir in der Küche deine Texte durchgesprochen haben?«

»Natürlich weiß ich das noch«, erwiderte ich. Ich wollte hinzufügen, dass ich diese Momente immer noch zu den schönsten meines Lebens zählten, brachte es aber nicht über mich.

Pete begann, leise zu singen:

Just another july evening
Lazy hours of drowsy red
Time, floating like a weary river…

»Mmm«, sagte ich verlegen. »Du hast ein verdammt gutes Gedächtnis.«

»Die waren gar nicht so dumm«, erklärte Pete. »Hast du jemals … etwas aus ihnen gemacht?«

»Nein. Ich glaube nicht einmal, dass ich sie noch habe.«

Das war gelogen. Ich hatte alles aufbewahrt, jeden Papierschnipsel, jede Zeile.

»Eine verdammte Scheiße, was da mit ihrer Schwester passiert ist«, sagte Pete.

»Da hast du Recht.«

Mir wurde klar, dass er betrunkener war als ich, wir hatten zwar beide noch einen klaren Kopf, aber Pete wurde allmählich sentimental.

»Wenn es passiert wäre, als wir zusammen waren, hätte ich sie trösten können«, sagte er. »Das hat Eva verdammt hart getroffen. Ich wollte ihr helfen, aber von mir wollte sie nichts annehmen, sie hatte mich schon abgehakt.«

So ist sie, dachte ich, sie will alleine zurechtkommen. Pete und ich sprachen jetzt über wichtige Dinge, und zum ersten Mal an diesem Abend spürte ich, dass es unsere alte Freundschaft noch gab. Für einen flüchtigen Moment tauchte der Impuls auf, ihm von jenem Junitag nach meiner Abiturfeier zu erzählen, von Ariel und allem. Aber irgendetwas hielt mich zurück. Ich nickte mitfühlend zu Petes Erinnerung und schwieg.

Aus dem Abend wurde Nacht. Freunde von uns beiden oder einem von uns landeten an unserem Tisch, um eine Weile zu plaudern, wodurch es Pete und mir unmöglich gemacht wurde, ein zusammenhängendes Gespräch zu führen. Wir überlegten vage, Squash oder Badminton zu spielen, »um fit zu bleiben«, und zogen irgendwann ins Botta weiter. Während unseres Spaziergangs dorthin sagte Pete plötzlich:

»Ich habe gehört, dass du ein guter Freund von Jouni Manner bist.«

Ich war erstaunt.

»Das ist ein bisschen zu viel gesagt. Aber wir sehen uns des Öfteren. Ich schreibe für KYVYT.« Ich zuckte mit den Schultern und ergänzte: »Ich weiß nicht, ob wir Freunde sind. Vielleicht.«

»Wie ist er denn so?«

Ich dachte nach.

»Speziell«, antwortete ich schließlich. »Und mit allen Wassern gewaschen. Man muss bei ihm auf der Hut sein.«

Anschließend dachte ich an die vielen Chancen, die Manner mir gegeben hatte, an all die Essenseinladungen und die Juliwoche in Berlin ohne die Forderung einer Gegenleistung. Ich wiegelte ab: »Aber er ist auch nett. Großzügig.«

»Juha hat ihm bei seinem ersten Wahlkampf geholfen«, meinte Pete nachdenklich. »Das war, bevor Juha Stalinist wurde, er ging damals noch in die Schule. Wusstest du übrigens, dass Manner in Tallinge gewohnt hat? In der Nybogatan 3.«

»Wir haben darüber gesprochen«, erwiderte ich. »Das von Juha hat er auch erwähnt. Und dass er Juha Jahre später bei einer Demo gesehen hat.«

Ich weiß noch, dass wir die menschenleere Straße hinabgingen, und ich glaubte, Pete hätte das Gespräch auf Manner gebracht, um mich durch die Blume zu bitten, meine Kontakte zu nutzen, um einem alten Kumpel, der nach Helsingfors zurückkehrte, einen Job zu verschaffen. Und vielleicht stimmte das auch. Zumindest zum Teil.

* * *

Dann kam der Abend, an dem ich im Café des Hotel President einen Interviewpartner treffen sollte, zu früh eintraf und Eva und Lindy zusammensitzen und über den Tisch hinweg Händchen halten sah. Sie ließen einander wie von der Tarantel gestochen los, als sie mich sahen, aber es war schon zu spät. Mir war klar, warum sie sich ausgerechnet dort trafen: Das Tavastia lag nur einen Katzensprung entfernt, und The Mellowboys sollten dort am selben Abend spielen. Das Konzert war ausverkauft, aber Eva stand, wie sich zeigte, auf der Gästeliste.

Ich weiß nicht, warum ich so enttäuscht war, immerhin hatte Eva mir oft genug gezeigt, dass sie machte, was sie wollte. Lindy hatte sie allerdings lange nicht mehr erwähnt, stattdessen angekündigt, mit Laine vor dem Sommer Schluss machen und sich eine eigene Wohnung suchen zu wollen. Und am Vorabend waren Eva und ich mit Jouni Manner und seiner Freundin Sirpa essen gegangen. Es war Manners Idee gewesen – »ich muss doch sehen, wie sie ist, als ich sie das letzte Mal gesehen habe, ging sie noch in die Grundschule« –, und er hatte auch die Rechnung übernommen. Wir aßen Rehrücken und teilten uns zwei obszön teure Flaschen Bordeaux, und Eva und Sirpa verstanden sich gut: Sie waren fast gleichaltrig. Am nächsten Morgen, als ich eine Besprechung mit Manner hatte und wir bei einem Espresso zunächst plauderten, klang seine Stimme spürbar weich, als er sagte: »Sie ähnelt Addi wirklich sehr. Da ist etwas an ihren Bewegungen und ihrer Art, sie sieht ihr verdammt ähnlich, obwohl sie so helle Haare hat.«

Dies war also am Morgen desselben Tages geschehen, nach einer Nacht in der Eriksgatan, und ich hatte genickt und mich potent und geliebt und heliumleicht gefühlt. Aber nun war es wieder so weit. Eva. Lindy. Hahnrei-Frank.

Als Eva und ich uns am Abend nach dem Mellowboys-Konzert bei mir trafen, brachte sie weder Erklärungen noch Entschuldigungen vor. Sie meinte lediglich, wir gehörten einander nicht, so sei unsere Beziehung nie gewesen.

»Als ob du zu so einer Beziehung überhaupt fähig wärst, so wie du lebst!«, fauchte ich.

»Ach ja, und wer von uns hat letzten Sommer im Metropol irgendwelche Frauen für One-Night-Stands aufgerissen?«, ging sie zum Gegenangriff über.

»Was weißt du denn darüber?«

»Du hast mit zwei meiner Freundinnen geschlafen, du Idiot! Diese Stadt ist ein kleines Tratschkaff, du bist doch hier echt der Einzige, der denkt, Helsingfors wäre so eine Art New York.«

Wir stritten uns heftiger als sonst: Ich warf einen meiner Küchenstühle an die Wand, so dass er zerbrach. Als der Streit vorbei war und wir wieder Freunde waren, wollte ich zur Versöhnung vögeln.

»Ich bin nicht geil«, sagte Eva.

»Aber du könntest es werden.« Wir lagen angezogen in meinem Bett, sie wandte mir den Rücken zu, und ich umarmte sie. Ich versuchte irgendeine sensible Stelle zu streicheln oder zu küssen, gleichzeitig aber jedes Gefühl von Eile zu vermeiden. Der Nacken, dachte ich. Der Hals und der Nacken. Das funktioniert immer.

Am Ende spielte Eva mit, und wir zogen uns aus und berührten uns behutsam, aber auch ein wenig unbeholfen, als wollten wir reparieren, was kaputtgegangen war, ohne wirklich zu wissen, wie wir es anstellen sollten. Für mich wurde es auch dadurch kompliziert, dass der Ablauf der Ereignisse – die Demütigung, die ich erlitten hatte, unser Streit, die Versöhnung hinterher – mich mit einer nervösen Energie erfüllt hatte, die sich in äußerste Erregung verwandelt hatte: Ich war ihr weit voraus. Nach wenigen Minuten einer vorsichtigen Missionarstellung (zwischenzeitlich bewegte ich mich gar nicht, sagte ihr aber nicht warum), meinte Eva:

»Mist, so wird das nichts. Nimm mich von hinten, das hast du schon lange nicht mehr gemacht.«

Sie stellte sich auf alle Viere, bohrte ihre Wange ins Kissen und wartete. Ich bewegte mich hinter sie, aber der Anblick ihres Pos vor mir war einfach zu viel für mich: Ich schaffte es nicht einmal hinein.

Da und dort, in der nächtlichen Döbelnsgatan, versuchten wir, es mit Humor zu nehmen. Ich war darauf eingestellt, sie nachträglich zu befriedigen, aber sie lächelte nur und meinte, sie wolle nicht. Wir legten uns hin und zogen die Decke über uns, und als ich den Arm um Eva gelegt hatte, lachte sie leise und sagte: »Das ging ein bisschen schnell.« Ich brummte männlich und versuchte, so zu tun, als fände ich das genauso lustig wie sie.

Als wir uns das nächste Mal sahen, in der Eriksgatan, wo sie gerade ihre Sachen packte, ohne dass Laine ahnte, dass er verlassen wurde, war Eva eine andere. Als ich die Wohnung betrat, versuchte ich, sie zu umarmen und zu küssen, aber Eva schob mich von sich, zeigte Richtung Küche und fragte: »Möchtest du einen Kaffee?« Als ich mich an den Küchentisch gesetzt hatte, zündete sie sich eine Zigarette an und sagte ernst: »Kapi, wir zwei müssen aufhören zu ficken.«

Ihre Wortwahl war vernichtend. Ficken mit seinem stimmlosen F-Laut am Anfang und dem harten K-Laut in der Mitte. Das Wort beschreibt den reinen sexuellen Akt und wird vor allem von Männern benutzt, ich glaube, dieser Augenblick in der Eriksgatan ist das einzige Mal gewesen, dass ich das Wort aus dem Munde einer Frau gehört habe. »Ficken« klingt zudem ziemlich ordinär: Es erscheint wenig wahrscheinlich, dass beispielsweise Marschall Mannerheim oder der Philosoph Georg Henrik von Wright es jemals in den Mund genommen hätten.

Die Menschen sind weder eindeutig noch konsequent, wenn

sie über Liebe und Sex sprechen, und viele stellen bewusst ihr Licht unter den Scheffel. Es gibt angebliche Romantiker, Männer wie Frauen, die davon sprechen zu lieben, wenn sie es nur jemandem besorgen wollen oder es besorgt bekommen wollen. Und es gibt angebliche Zyniker, meistens Männer, die sich an »Bumsen« oder »Das-gute-alte-Raus-und-Rein« halten, obwohl sie in Wahrheit so verliebt sind, dass es sie zerreißt. Eva Mansnerus war in ihrem Handeln eigensinnig und direkt, in ihrem Sprachgebrauch dagegen maßvoll. Sie war keine falsche Romantikerin, die vorgab zu lieben, wenn sie es nicht tat. Aber sie war auch keine Jinx Muhrman, die mackerhafter zu sein versuchte als die Macker selbst. Manchmal machte Eva knappe und sachliche Bemerkungen auf eine so sinnliche Art, dass ihre Worte mich in den Grundfesten erschütterten. »Ich war einsam in Rom, ich brauchte jemanden, mit dem ich schlafen konnte«, hatte sie auf meine Frage geantwortet, wie ihre Beziehung mit Botschafts-Laine begonnen hatte.

Ich hatte nie das Wort lieben aus Evas Mund gehört, wusste jedoch, dass es in ihr steckte. Ich hatte sie sowohl bumsen als auch vögeln sagen hören, aber immer ganz natürlich, ohne Umschweife.

Das Wort »ficken« aus Eva Mansnerus' Mund und in Verbindung mit mir bedeutete nun aber, dass ich meine Chance wieder einmal nicht genutzt hatte.

6

Als Eva mich eines Sonntags Anfang Mai anrief, hatten wir uns über einen Monat nicht mehr gesehen oder miteinander gesprochen. Eine ungewöhnliche Wärme hatte sich über die Stadt gelegt. Die Sonne schien von einem wolkenlosen Himmel herab, und es war fast fünfundzwanzig Grad warm. Eva wollte zum Meerufer hinuntergehen und sich sonnen. Sie wolle mir einen Vorschlag machen, meinte sie, einen Vorschlag, der mir vermutlich sowohl gefallen als auch missfallen werde.

Ich wollte ihren Vorschlag im Grunde nicht hören.

Ich wollte im Grunde nicht hingehen.

Ich ging trotzdem.

Wir trafen uns bei den Tennisplätzen an der Bucht Edesviken. Eva hatte einen Picknickkorb dabei, trug ein dünnes helles Hemd und einen ebenso dünnen Rock, darunter leuchtete dunkel ihr Bikini. Sie wollte zum Sanduddsufer gehen, in dessen Richtung sich ein steter Strom von Menschen bewegte. Ich schüttelte wegen der Menschenmenge den Kopf und schlug stattdessen die Felsen nahe Väiski vor. Eva schnitt kurz eine Grimasse, gab aber nach.

Wir lagen in einer Felsspalte, aßen Brote und tranken Rosé. Die Sonne brannte auf meiner winterbleichen Haut und erschien mir gefährlicher als früher. Der vierte Reaktorblock in Tschernobyl war in die Luft geflogen, und ganz Europa sprach über Cäsium und Strontium und grübelte darüber nach, wo sich der unsichtbare Tod versteckt haben könnte. Wie hatten sich die Luftströme bewegt, aus welcher Richtung hatte der Wind geweht? Wo hatte es geregnet, was nahm mein Körper in diesem Moment auf?

Eva wollte, dass wir zusammen verreisten wie zwei Sommer zuvor.

»Aber nicht zu Onkel Cedric«, erklärte sie. »Er ist vor einem Monat gestorben.«

Ich sagte ihr, dass ich nicht recht wisse, ob ich das wolle.

»Wir fahren als Freunde«, meinte sie. »Als Kameraden. Kein Chaos mit Sex und Eifersucht und so.«

Eva lag auf dem Rücken, als sie das sagte, ihre Augen waren im grellen Sonnenlicht geschlossen. Ich lag auf der Seite, auf meinen Ellbogen gestützt, wir lagen auf einer Decke, aber der Fels drückte trotzdem gegen die Hüfte. Sie trug einen hellroten Bikini und hatte hübsch gebräunte Arme und Beine und einen ebenso braunen Bauch, sie musste im Frühjahr ins Solarium gegangen sein. Um ihren Nabel herum wuchsen kleine, helle Flaumhaare, etwas tiefer, am Bund des Bikinis, wurden sie ein wenig dunkler. Ich dachte an ihre Art zu reisen, wie sehr es sie zu lauten Cafés und belebten Plätzen, zu buntem Treiben und Faxen hinzog. Ich dachte an mich selbst in verlassenen Bars in verregneten Städten und an meinen Blick, den es stets zu dem Clown hinzog, der keinen zum Lachen brachte, und zu dem Zauberer, dessen Tricks niemand sah.

Eva seufzte ein wenig. Es war ein wohliger Seufzer, ihre Augen blieben geschlossen. Auf Schultern und Bauch glänzten kleine Schweißperlen. Ich stellte mir dreißig keusche Nächte mit ihr in spanischen Betten mit kunstvoll gedrechselten und reich verzierten Kopf- und Fußenden vor. Ich stellte mir vierzig Grad, dünne, weiße Laken und Eva vor, die mit einem um den Kopf gewickelten Turban aus dem Badezimmer kam. Ich wollte nicht. Ich wollte. Ich wollte nicht. Ich holte tief Luft und bot all meine Willensstärke auf, um ihr zu sagen, dass ich nicht könne, dass ich den ganzen Sommer arbeiten und Geld verdienen müsse, ich sagte:

»Okay, ich komme mit.«

Wir wollten Anfang Juli fahren. Kurz nach Mittsommer einigte ich mich mit Manner und dem Redaktionsleiter eines Reisemagazins auf zwei große Artikel.

Ich rief Eva nur drei Tage vor unserer geplanten Abreise an. Am Telefon sagte sie kaum etwas, bemerkte nur lakonisch »tja, das lässt sich ja dann wohl nicht ändern«. Ich fragte, ob sie trotzdem reisen wolle, und sie antwortete ja. Ich wünschte ihr viel Glück, aber sie sagte nur »Tschüss« und legte auf.

Zwei Wochen später bekam ich einen langen, in Marseille frankierten, handgeschriebenen Brief, der auf Seite vier einen Rotweinfleck aufwies und schwach nach Evas Parfüm roch. Sie schrieb, dass sie nicht begreife, wie ich sie auf eine so billige Art im Stich habe lassen können, und dass ich ein kleingeistiger und rachsüchtiger Mensch sei. Ich wurde genauso wütend wie sie und schrieb ihr, sie habe viele Jahre mit mir gespielt. Sie habe mich immer wieder hintergangen, aber trotzdem hätte ich von der Reise nicht Abstand genommen, um mich zu rächen, sondern weil ich wirklich arbeiten müsse, ich verfügte nämlich nicht über die finanziellen Rücklagen der Familien Boehm und Mansnerus.

Im Grunde wollte ich das nicht schreiben. Ich wollte ihr schreiben, dass sie nicht neben mir liegen konnte, so nahe, dass wir uns fast berührten, in einem hellroten Bikini und mit Schweißperlen auf dem Bauch, um sich dann eine Zukunft auszumalen *ohne Chaos mit Sex und so*. Ich wollte schreiben: »Ich bin ein Mann, und ich ticke nicht wie du.« Das wäre ehrlich, aber auch dumm gewesen, denn Eva tickte haargenau wie ein Mann: Sie nahm sich einfach, was sie brauchte.

* * *

Ein weiteres Mal saß ich an einem Sommerabend bei Jouni Manner und blickte auf die Kronbergsfjärden hinaus, es war Ende Juli, und die Bucht lag diesmal spiegelglatt.

Der Sommer hatte sich ähnlich gestaltet wie der vorige: Statt mit Eva durch Europa zu reisen, hatte ich mich des Öfteren mit Manner getroffen. Es gab jedoch einen entscheidenden Unterschied. Manner wohnte mittlerweile mit Sirpa zusammen und hatte kein Interesse am Metropol und ähnlichen Lokalen. Die beiden waren schon verlobt, es war nur noch eine Frage der Zeit, bis die Diplomkauffrau, das ehemalige Fotomodell Sirpa Ala-Vaino, die dritte Frau Manner werden würde.

Ich war mehrmals bei ihnen zum Essen eingeladen gewesen, außerdem waren wir gemeinsam ausgegangen. Meistens waren nur die beiden und ich als Dritter im Bunde zusammen gewesen. Gelegentlich kam es dabei zu Spannungen. Sirpa war nur vier Jahre älter als ich, aber fast zwölf Jahre jünger als Manner, so dass wir beide uns an dieselben Popsongs und Filme erinnerten, während Manner einer anderen Generation angehörte. So unterhielten Sirpa und ich uns einmal über die Brüder Jordache in der alten Fernsehserie *Reich und Arm*, fast eine Stunde redeten wir exaltiert darüber und kamen auf *Die Onedin-Linie* und *Soap – Trautes Heim* und eine Menge anderer Serien zu sprechen, und als die Stunde verstrichen war, sah Manner aus wie eine Gewitterwolke.

Sirpas ständige Anwesenheit bildete eine Beschränkung, denn so kam ich nie dazu, Fragen zu den alten Zeiten und zu Ariel zu stellen. Wenn ich in Sirpas Gegenwart den kleinsten Ansatz machte, über Manners Vergangenheit zu sprechen, schnitt er augenblicklich ein anderes Thema an. Und wenn wir allein waren, verhielt es sich kaum anders. Manner wusste seit mittlerweile einem Jahr, dass ich Ariel Wahls Sohn war, aber wir hatten niemals eingehender darüber gesprochen. Ich hatte gefragt, er war mir ausgewichen. Ein paar widerwillig wiedergegebene Augenblicke, ein paar amüsante Anekdoten über Ariels Ungeschicklichkeit, das war alles.

Doch nun war Sirpa übers Wochenende zum Sommerhaus einer Freundin gefahren, das Essen kam wie im Sommer zuvor von einer Cateringfirma, und der gläserne Serviertisch war mit mehr und teureren Flaschen beladen als je zuvor. »Heute Abend werde ich ihn zum Reden bringen«, hatte ich beim Eintreten gedacht, aber beim Essen sprach Manner nur über Gorbatschow und Reagan und alle Möglichkeiten, die sich durch die weltpolitische Lage eröffneten. Er hatte ebenso kühne Visionen wie eh und je und holte gedanklich weit aus, aber ich war dennoch enttäuscht. Bis Manner von seinem Stuhl aufstand, sein Weinglas nahm, zur Couchgarnitur im Wohnzimmer nickte und sagte:

»Und, wollen wir sie uns anhören?«

»Was anhören?«

»Die Platte. Ariels Lied.«

Bevor Manner die Single auflegte, erklärte er, sie sei sein einziges Exemplar, aber ich könne sie haben, wenn ich wolle. Ich erwiderte, dass ich schon eine besitze. Er erkundigte sich, wo ich sie gefunden habe, und ich antwortete: »Eva.«

Wir lauschten schweigend, und ich dachte wieder: Je öfter ich *Geh nicht einsam in die Nacht* höre, desto stärker ergreift das Lied mich. Diesmal könnten auch die Umstände das ihrige beigetragen haben. Die offene Balkontür, die lau hereinströmende Luft. Die Dämmerung draußen, die silbrig glänzende Wasserfläche. Ich erinnere mich, dass der Song in meinen Ohren nicht nur schön klang, sondern auch alt, fast schon uralt. Keine blubbernden Synthesizer, keine jaulenden Gitarren, keine verlassen peitschenden Trommeln, nur sanfter und sehnsuchtsvoller mehrstimmiger Gesang, der wie eine Botschaft aus einem versunkenen Atlantis klang. Vielleicht war gerade das so eigentümlich, Ariels altes Lied in einer Zeit zu hören, die in einem pulsierenden wirtschaftlichen Boom dahinraste, ihn in einer Stadt zu hören, in der die Menschen zu vergessen suchten, woher sie kamen und wie unsicher und ärmlich alles bis vor kurzem noch gewesen war. Ich warf zufällig einen Blick auf Manner, sah, dass sich seine Lippen zu den Worten bewegten, und hörte es: Er sang. Er sang die tiefste der drei Stimmen, und er sang sie in seinem Wohnzimmer so rein und klar wie auf der Platte, die Jahre hatten seiner Stimme nicht geschadet. Und ich sah, dass er gerührt war, ab und zu den Text vergaß und sich auf die Lippe biss. Plötzlich liefen mir kalte Schauer über den Rücken. Es war, als hätte ich endlich verstanden, wie tot die beiden anderen Sänger tatsächlich waren, ich begriff, wie verloren sie für Manner waren und wie verloren Ariel für mich war, ich sah all die Jahre, die bereits vergangen waren.

Als das Lied endete, wollte ich nicht als Erster das Schweigen brechen. Es war ein spannungsgeladener Moment. Irgendetwas sagte mir, dass Manner das Lied schon sehr lange nicht mehr gehört hatte. Auch er schwieg, so dass es lange still blieb, in der Ferne heulte eine Polizeisirene, man hörte die Stimmen der Menschen, die am Ufer spazieren gingen oder auf nahegelegenen Balkonen saßen.

»Viele glauben, dass Jugi Eskelinen das Solo gespielt hat«, ergriff Manner schließlich das Wort. »Nur die richtigen Musikfreaks erinnern sich noch an unsere Platte und schreiben, dieses Solo sei einer der frühesten Beweise für Eskelinens Genie. Dabei war es Ari.«

»Bist du sicher? Also dass er … dass Ariel es gespielt hat?«

»Ich war doch verdammt nochmal dabei! Ari zeigte Eskelinen, wie das Solo ging, und Eskelinen meinte, Ari solle es selbst spielen. Ich habe oft gedacht, wenn ich Eskelinen treffe, werde ich ihn fragen, was für ein Gefühl es ist, das Lob für etwas einzustreichen, was man gar nicht getan hat.«

»Was hatte Ariel für eine Gitarre?«

»Er hatte zwei. In dem Frühjahr hatte er sich seine E-Gitarre gekauft. Mit Gitarren kenne ich mich nicht aus, aber ich glaube, es war eine schwedische. Sie war schwarz. Und damit meine ich nicht nur die Farbe. Ari kaufte sie einem Hehler ab, sie war gestohlen.«

Bei der Erinnerung lächelte er schief, und ich nutzte die Gelegenheit:

»Warum habt ihr aufgehört?«

Manner breitete in einer entschuldigenen Geste die Hände aus.

»Ich kann nur für mich antworten. Ich fand diese Popwelt albern. Ich hatte andere Träume.«

Ich zeigte auf die Plattenhülle, die zwischen uns auf dem Tisch lag:

»Die anderen lachen und albern, du nicht.«

»Sie hatten einen guten Tag«, erwiderte Manner lakonisch. »Als wir ein paar Wochen später ins Studio gingen, brachen sie beide zusammen.« Er schien seine Worte zu bereuen, denn er sprach schnell weiter: »Es gab aber auch vieles, was gut lief. Wir drei verstanden uns gut. Es machte Spaß, zusammen zu den Auftritten zu fahren. Das Publikum mochte uns nicht immer, aber mir machte das nichts aus. Und Ari … ich weiß nicht einmal, ob er es überhaupt merkte. Addi reagierte dagegen sensibel auf so etwas.«

Manner schaute auf den Tisch herab und fügte leise hinzu: »Es war schön, Addi nahe zu sein. Und es war schön, Aris Lieder als Erster hören zu dürfen.«

»Wie viele schrieb er?«, fragte ich.

»Ziemlich viele. Aber wir kamen nie dazu, sie einzustudieren, wir hatten sie gerade erst gehört, als … tja, ich sage wohl besser, wie es war: Ariel gab mir die Schuld, er meinte, ich hätte uns aufgelöst.«

»Stimmte das?«

»Nein. Wir waren nur so verschieden. Die beiden waren Träumer. Und Träumer sind fantastische Menschen, ermüden einen aber auch. Und sich selbst. Sie ermüden sich selbst und andere und ...«

Manner verstummte, er sah aus, als hätte er mehr sagen wollen, jedoch vergessen, was. Er stand auf, ging zum Serviertisch, öffnete eine Flasche Whisky und schenkte sich ein. Er sah mich fragend an, aber ich schüttelte den Kopf: Mein Weinglas war noch halbvoll. Anschließend ging er zur Balkontür und schloss sie, als hätte ihn die Furcht gepackt, seine Worte könnten von einem Unbefugten aufgeschnappt werden. Als er die Tür zugezogen hatte, sagte er:

»Wir kamen nicht weiter. Und ich wollte weiterkommen. Eigensinn und Verrücktheit sind gut, ohne sie erschafft man nichts. Aber sie sind eben nur bis zu einem bestimmten Punkt gut. Ich bin Realist und weiß, wann es Zeit wird, weiterzugehen.«

Manner beobachtete mich beim Sprechen, sein Blick war kühl geworden, und auch seine Stimme klang kühl:

»Ich will immer noch weiterkommen, Frank. Wir unterhalten uns, und du darfst fragen, was du willst, aber danach lassen wir Ari und Addi hinter uns. Einverstanden?«

Ich spürte einen Stich der Enttäuschung, versuchte jedoch, mir nichts anmerken zu lassen.

»Okay«, sagte ich, »aber ich habe viele Fragen. Ich weiß gar nicht, wo ich anfangen soll.«

»Du kannst damit anfangen, dein Glas auszutrinken und dir einen Whisky zu nehmen«, erwiderte Manner. »Ich habe gerade einen Lagavulin aufgemacht.«

»War er unangenehm?«

Manner zuckte zusammen, und ich erkannte, dass ich die Frage zu abrupt gestellt hatte. Dennoch beharrte ich: »War Ariel gefährlich, hatten die Leute Angst vor ihm?«

Manner sah aus wie ein lebendes Fragezeichen:

»Gefährlich? Ari?«

Ich begriff, dass ich meine Frage erläutern musste, und gab Henrys Geschichte über Ariel und seine gespenstischen Anrufe in unserer Wohnung wieder.

Manner musste lachen.

»Aber er stotterte doch! Und je ängstlicher er war, desto schlimmer wurde es. Wenn er angerufen hat, um über dich zu sprechen, hat er bestimmt eine solche Heidenangst gehabt, dass er keine Silbe herausbekommen hat!«

Seine Erklärung erleichterte mich eigenartigerweise. Ich glaube, Manner sah das, denn er fuhr fort:

»Ari war netter, als gut für ihn war. Er war so nett und so leicht zu ängstigen, dass er manchmal dumm wirkte. Aber du darfst daraus keine falschen Schlüsse ziehen. Er hatte auch Talent. Er hatte etwas Eigenes, man hörte es in seiner Musik. Und das war wahrhaftig, es hatte nichts mit Reklamebildern und albernen Kleidern zu tun. Aber er …«

»Er hat sich durch Drogen kaputtgemacht«, beendete ich den Satz.

Manner sah mich an und nickte. Ich sah, wie erleichtert er war, dass ich Bescheid wusste – oder richtig riet, denn im Grunde wusste ich ja herzlich wenig – und er mir dies nicht eröffnen musste. Dann wurde sein Blick jedoch gequält.

»Ari war wehrlos. Wirklich allem gegenüber. Und ich hatte versprochen, ihn zu beschützen. Aber ich …«

Manner verstummte, kippte den restlichen Whisky in einem Schluck hinunter und grimassierte ein wenig. Die Grimasse hinderte ihn jedoch nicht daran, aufzustehen und die Flasche Lagavulin zu unserem Tisch zu holen.

»Was passierte in Schweden?«, fragte ich. »In dem Herbst, in dem er verschwand.«

»Das weiß ich nicht«, sagte Manner.

»Meinen Informationen zufolge bist du nach Schweden gereist und hast recherchiert, was …«

»Meinen Informationen zufolge bist du nach Schweden gereist und hast recherchiert …«, ahmte Manner meine Stimme mit fast unheimlicher Präzision nach. »Er war mein Freund. Er war auch früher schon in Schwierigkeiten geraten. Natürlich bin ich nach Schweden gefahren, um herauszufinden, was passiert ist. Aber denkst du, ich hätte etwas erfahren?«

»Woher soll ich das wissen?«

»Wenn du aufgewachsen wärst, wo ich aufgewachsen bin, würdest du es kapieren«, entgegnete Manner. »In dem Herbst damals war Ari nicht der Einzige, der verschwand.«

»Hurme«, sagte ich.

»Guter Junge!« Manner klang gereizt, und seine Stimme war schneidend: »In diesen Kreisen schließt man die Reihen, wenn etwas Ernstes passiert. Und die Sache war ernst. Ich habe eine Menge Geschichten darüber gehört, was diese Bande damals getrieben hat. Bei denen ging es nicht mehr nur darum, ein paar Schnapsflaschen zu verhökern, es ging um Schmuggel im großen Stil, um Drogenhandel …«

»Nette Jobs für den netten Ariel«, sagte ich und sprach die Worte möglichst sarkastisch aus.

Manner warf mir einen wütenden Blick zu, und ich sah, dass es ihm schwerfiel, sich zu beherrschen. »Ari war nur ein Handlanger«, erklärte er. »Einer von vielen. Wenn du mich fragst, glaube ich nicht, dass er wusste, was er da an Land trug. Er war die meiste Zeit high. Wollte sich nur Geld für Haschisch beschaffen.«

Ich dachte an Henry. Seine Bögen und die Tischtennisplatte und seine Charley-Pride-Kassetten erschienen mir plötzlich richtig attraktiv, sogar die hirnverbrannten Sportwettkämpfe und der süßliche Schweißgeruch in Henrys Achselhöhlen kamen mir vor wie Erinnerungen, die man gerne an seinen Vater hatte.

»Die Sache war die«, fuhr Manner fort, »sobald ich eine Frage zu Ariel und Hurme stellte, wurde es mucksmäuschenstill. Keiner sagte auch nur ein einziges Wort. Sie drohten mir sogar und meinten, wenn ich weiter solche Fragen stellen würde, könne ich genauso enden wie die beiden.«

»Hast du Angst bekommen?«

»Aus dem Weg geräumt zu werden? Nein. Hier in Finnland war ich ein bekannter Journalist, wenn sie mich aufs Korn genommen hätten, dann hätten sie jahrelang nicht mehr in Ruhe ihren Geschäften nachgehen können. Aber ich kam zu dem Schluss, dass, nun ja…« – er betrachtete mich forschend, als versuchte er zu beurteilen, ob ich klare Worte ertragen würde oder nicht – »… dass Ariel und Hurme etwas gesehen hatten, was sie besser nicht gesehen hätten, und auf dem Grund der Ostsee oder mit Gewichten an den Füßen in irgendeinem See lagen.«

Jetzt war ich es, der von Gefühlen überwältigt wurde. Ich glaube, ich blieb minutenlang stumm, griff nach der kleinen Plattenhülle und starrte das Bild von Jouni Manner, Adriana Mansnerus und dem schlaksigen Faxenmacher in Puffärmeln an. Mein Vater der Troll, der zu Mein Vater der Liedermacher befördert worden war, um nun zu Mein Vater das Fischfutter degradiert zu werden. Das Ganze war idiotisch, und ich, der ich nie gewusst hatte, wer ich war, wusste es nun weniger als je zuvor. Ich versuchte, mich damit zu trösten, die schöne Adriana anzusehen: Vielleicht war es der Rausch, vielleicht auch die Rührung, jedenfalls fand ich, dass sie aussah wie eine dunklere Kopie von Eva, und ich fragte mich, warum ich bisher nicht auf die große Ähnlichkeit reagiert hatte.

»Wusste Adriana, dass Ariel… von mir wusste?«

»Nein«, antwortete Manner. »Ich hielt Kontakt zu Addi, bis

sie… starb. Wenn sie krank war und wenn es ihr besser ging. Wir sprachen über alles, wir hatten praktisch keine Geheimnisse voreinander. Außer der Sache mit Aris Kind, das behielt ich für mich.«

Es war spät geworden und mein Urteilsvermögen von Wein und Whisky so benebelt, dass ich beschloss, Manner herauszufordern:

»Hattest du eine Beziehung mit Adriana?«

»Natürlich. Wir waren eng befreundet. Aber wir schliefen nicht miteinander, wenn du das meinst. Was das anging, hatte Addi schlechte Erfahrungen gemacht.« Er zuckte mit den Schultern und ergänzte: »Carita dachte allerdings, wir würden es tun. Sie hasste es, wenn ich mich mit Addi traf. Wir stritten uns oft deshalb, es war einer der Gründe dafür, dass Carita und ich uns scheiden ließen.«

Manner hatte sich ein weiteres Glas Lagavulin ohne Eis und Wasser hinter die Binde gekippt und schenkte sich das nächste ein. Das flache, aber breite Glas wurde mehr als halb gefüllt, er schien immer weitertrinken zu wollen, und ich hatte ihn noch nie so mitteilsam erlebt. Erst jetzt begriff ich, warum er so beharrlich geschwiegen hatte: Er ertrug die Erinnerungen nur, solange er sie für sich behielt.

Plötzlich stand er schnell und überraschend gelenkig von der Couch auf und sagte:

»Warte hier, ich bin gleich wieder da, ich will dir was zeigen.«

Er verschwand in seinem kombinierten Arbeits- und Gästezimmer, in dem ich mehrmals auf einer Bettcouch übernachtet hatte. Ich hörte ihn Kommodenschubladen aufziehen und in Papierstapeln wühlen und ahnte bereits, was mich erwartete: ein Erinnerungsartefakt, wie es die Menschen gerne zu nächtlicher Stunde vorzeigen, sobald der Alkohol die Sentimentalität hervorgelockt hat, die sie im Alltag verbergen.

Er kehrte mit einer alten, vergilbten und an den Rändern ausgefransten Ansichtskarte zurück. Das verblichene Foto zeigte eine Uferpromenade im Sonnenuntergang, und in der linken oberen Ecke stand in bauchigen, gelben Lettern »Las Palmas Gran Canaria«. Ich drehte die Karte um und betrachtete die fahrig geschriebene Adresse. Jouni Manner, Nybogatan 3 B 26, Tallinge, Helsingfors, FINLANDIA. Der Poststempel gab als Datum den 17. März 1967 an. Der eigentliche Text bestand aus knapp zehn Worten in hübscher, aber leicht zittriger Handschrift. Ich nahm mein Schulfranzösisch zur Hilfe und übersetzte.

Und wir haben es nicht einmal versucht, niemals …

Unterzeichnet: Addi.

»Sie schrieb mir sonst nie«, erläuterte Manner. »Wir sahen uns, wenn wir uns sahen, und dann unterhielten wir uns. Es war das einzige Mal, dass sie mir schrieb.«

»Du kannst Französisch?«, wollte ich wissen.

»Ich verstehe, was da steht.«

Wir unterhielten uns stundenlang. Manner hörte auf, Whisky in sich hineinzukippen, und trank stattdessen Wasser. Ich folgte seinem Beispiel, denn ich wollte mir alles merken. Wir sprachen über Ariel, und ich erfuhr, dass meine richtige Großmutter Lydia Wahl hieß und Mitte der siebziger Jahre, vermutlich an Krebs, gestorben war. An einen Großvater konnte Manner sich nicht erinnern. Er hatte sich als Jugendlicher mit Ariel angefreundet, und es hatte immer nur Ariel und Lydia gegeben, wenn überhaupt. Als es um Ariels Lebensumstände und darum ging, was Lydia so trieb, antwortete er einigermaßen einsilbig, und ich konnte mir auf der Basis dessen, was er *nicht* sagte, ziemlich viel zusammenreimen.

Am Ende sprachen wir vor allem über Adriana. Manner

erzählte von ihren letzten Monaten, in denen sie sich von allen zurückgezogen hatte, auch von ihm, damals im Winter und Frühjahr. Und er erzählte von den Erinnerungen, die ihr grausamer Tod in ihm wachgerufen hatte: Eine Filmdiva, die er einmal interviewt und in die er sich verliebt hatte, war viele Jahre zuvor in ähnlicher Weise umgekommen.

»Sie waren beide nur Geist, Ari und Addi, solche Luftmenschen gibt es heute nicht mehr«, sagte Manner, als er Decke und Laken für mich herausgesucht und ins Arbeitszimmer gebracht hatte. Wir saßen auf dem Balkon und nahmen einen Schlummertrunk, einen letzten Lagavulin. Es dämmerte bereits, die Nächte waren so in jenen Jahren, sie waren immer zu kurz, und man übernachtete auf den Couchen und in den Gästebetten anderer, obwohl es bis nach Hause eigentlich gar nicht so weit war.

»Ich hatte doch versprochen, sie zu beschützen«, fuhr Manner fort. »Aber das ist mir nun wirklich nicht gelungen.«

»Du hattest auch versprochen, Adriana zu beschützen?«, fragte ich.

»Nicht ausdrücklich. Sie hätte mich nur ausgelacht, wenn ich versucht hätte, den Ritter zu spielen oder so. Aber ich hatte mir selbst geschworen, mich um sie zu kümmern.«

Er blickte auf die dämmerungsgraue Kronbergsfjärden hinaus und ergänzte:

»Es ist schon seltsam, welche Abdrücke manche Menschen in einem hinterlassen. Und dass Lücken so schwer wiegen können.«

* * *

Pete Everi und ich begannen in jenem Sommer, Badminton zu spielen. Jeden Donnerstag trafen wir uns in einer Halle draußen in Tali, zu der jeder von uns im eigenen Auto fuhr, ich von der Döbelnsgatan aus, Pete aus dem Stadtteil Kvarnbäcken kommend, wo er mit seiner Familie wohnte.

Wir entschieden uns für Badminton, weil es ein Spiel war, das wir als Jugendliche ausprobiert hatten. Der Federball war leicht zu schlagen und fiel so langsam, dass wir Ballwechsel zustande brachten, obwohl uns beiden jeder Sinn für das Spiel fehlte. Im Grunde bildete der Sport nur einen Vorwand, um unsere Freundschaft wiederaufleben zu lassen. Es funktionierte. Das Spiel wurde zu einer angenehmen Abendroutine, und trotz einiger längerer Unterbrechungen sollten wir knapp zwanzig Jahre an unserer Donnerstagsstunde festhalten.

Trotzdem erkannte ich relativ schnell, dass nichts mehr so werden würde wie früher. Unsere Verbundenheit in Tallinge war einmalig gewesen, genauso wie jene, die wir ein paar Jahre später mit Eva Mansnerus geteilt hatten. Pete und ich waren damals Seelenverwandte gewesen, und unsere Freundschaft hatte mühelos jede Kluft überbrückt, zum Beispiel, dass ich in einer Eigenheimsiedlung wohnte und Pete in einem der Hochhäuser oder dass er in die finnischsprachige Schule ging und ich in die schwedischsprachige. Nun, da ich fünfundzwanzig und Pete siebenundzwanzig war, zeigte sich, wie viel schwerer es sich überbrücken ließ, dass ich Junggeselle war und Pete Familienvater, dass ich in Tölö wohnte und er in den östlichen Vororten, und ich schrieb, was ich schreiben wollte, während Pete schrieb, womit er Geld verdienen konnte.

Petes Probleme waren teilweise hausgemacht. Es ging nicht darum, dass er so jung Vater geworden war. Natürlich beklagte er sich über Mittelohrentzündungen und den Krach daheim, liebte seine Kinder aber natürlich trotzdem. Allem anderen stand er jedoch negativ gegenüber. Ich kannte Leute in der Branche und wusste, dass Pete gefragter gewesen wäre, wenn er sich nicht ständig über seine Arbeitsbedingungen, die Höhe seiner

Honorare, den Inhalt der Zeitungen, für die er arbeitete, über einfach alles beschwert hätte. Pete war einmal ein Mann der Zukunft gewesen, lief jetzt jedoch bereits Gefahr, ins Hintertreffen zu geraten.

Er machte keine Musik mehr, hatte seine Gitarren verkauft. Als ich ihn nach dem Grund dafür fragte, antwortete er: »Um ein Haar wäre wirklich etwas daraus geworden. Aber ich habe keine Lust herumzuschrammeln, wenn doch nichts daraus wird.« Ich entgegnete, diesen Satz hätte ich schon öfter gehört, von Journalisten, Sportlern und Musikern, und er verrate, dass der Sprecher niemals geliebt habe, was er gemacht habe, sondern nur in den Gedanken verliebt gewesen sei, ein Star zu werden. Pete fauchte, ich wisse nicht, wovon ich redete, denn erstens hätte ich mich nie getraut, von ganzem Herzen auf etwas zu setzen, und zweitens liefe ich mit einem silbernen Löffel im Arsch herum. Ich hätte möglicherweise den Löffel geschluckt, den ich im Mund habe, sei aber trotzdem mit einem geboren worden. Es war ein seltsamer Kommentar, aber Pete wollte mir damit vermutlich sagen, dass Henrys und Leenis sozialer Aufstieg auf halbem Weg stecken geblieben war.

Als Petes alter Datsun eines Donnerstags nicht anspringen wollte, holte ich ihn ab. Das Hochhaus hätte ebenso gut in Tallinge stehen können, und als ich klingelte und in den fünften Stock hochfuhr, erschien mir alles vertraut: die braunen Furniertüren, der Geruch von Bohnerwachs, das leise Surren des Aufzugs, alles war gleich. Als Pete die Tür öffnete, trat ich ins Chaos. Allein die Menge der Schuhpaare war atemberaubend, in dem kleinen Eingangsflur lagen mindestens zwanzig Paare, die einzelnen Schuhe lagen wüst durcheinander, und die meisten waren winzig klein. Petes Frau tauchte aus dem Inneren der Wohnung mit einem verheulten Kind im Arm auf und stellte den Kleinen als Immu und sich selbst als Anni vor. Anni war klein und blond und sah sympathisch aus, aber die dunklen Ringe unter ihren Augen verrieten den Schlafmangel. Während wir im Flur standen, schluchzte Immu unablässig und wischte sich mit einer schmutzigen und knubbeligen Hand die Tränen aus den Augen. Ein anderes Kind hing wie eine Klette an Petes Bein und versuchte, ihn daran zu hindern, seine Sachen zusammenzusuchen. Jetzt lass schon los, Aleksi, der Papa kommt doch bald wieder zurück, versuchte Pete es, aber Aleksi umklammerte sein Bein nur noch fester und glotzte mich an, ohne zu blinzeln. Sein Blick war vorwurfsvoll, als wäre ich ein Kidnapper, der im nächsten Moment seinen Vater entführen würde. Als wir gehen wollten, heulte Immu laut los. Aleksi stimmte in das Geheul ein, und aus dem hinteren Teil der Wohnung ertönte eine gellende Mädchenstimme: Mamaa! Mamaa! Ich verabschiedete mich von Anni und tätschelte unbeholfen den Kopf des weinenden Immu. Pete hatte Aleksis Arme von seinem Bein gelöst und den Jungen in Annis Richtung geschoben. Ich wollte gerecht sein und bückte mich, um auch Aleksi zu streicheln, aber er zog sich wie von der Tarantel gestochen zurück. Er starrte mich unverwandt an, und ich hatte ihn immer noch nicht blinzeln sehen.

»Ein kleiner Einblick ins wahre Leben«, bemerkte Pete, als wir ins Auto gestiegen und auf die Umgehungsstraße gefahren waren. Sein heiterer Tonfall klang bemüht, und als er weitersprach, verschwand er völlig: »Wir bekommen übrigens noch eins.«

»Ein viertes?«, sagte ich. »Du hast wirklich gute Schwimmer.«

»Offensichtlich«, murmelte Pete an meiner Seite.

»Sag mal, warum blinzeln Kinder eigentlich nie?«, fragte ich.

»Du meinst Aleksi? Leute anstarren kann er gut. Aber natürlich blinzelt er. Kinder haben Lider, sie sind keine Schlangen.«

So entspannt konnten wir uns nicht immer unterhalten. Pete scherzte oft über seinen anstrengenden Alltag und Annis Fruchtbarkeit, aber wenn ich darauf einging, wurde er kurz angebunden und feindselig und begann, über meine Naivität und meinen unreifen Lebensstil zu sprechen, und unterstellte mir häufig, meine Unreife werde in allem greifbar, was ich schreibe, meine Texte seien die Werke eines Jünglings, keines Mannes. Seine Andeutungen trafen meinen wunden Punkt – Pete und ich hatten immer indirekt miteinander sprechen können, aber so, dass der andere genau verstand –, und ich musste mir auf die Zunge beißen, um nicht mit seiner Biederkeit und Bitterkeit zu kontern.

Die Unterschiede in Lebenshaltung und -bedingungen steckten die Grenzen für unsere wiederbelebte Freundschaft ab: Sie vertiefte sich nie. Trotzdem gab es, vor allem am Anfang, Momente, in denen ich große Lust verspürte, ihm von Ariel zu erzählen. Pete hat als Kind seine Mutter verloren, er weiß, wie es ist, sich verloren zu fühlen, dachte ich. Meine Intuition riet mir jedoch zu schweigen, und ich gehorchte.

Pete und ich entwickelten schnell ein Schema dafür, worüber wir sprachen und wie. Ich fragte nach Veka und den Geschwistern, und Pete erzählte, allerdings ziemlich wortkarg. Anschließend erkundigte sich Pete nach Leeni und Henry, und ich gab das wenige preis, was ich wusste. Henry hatte Arbeit in Schweden gefunden und war im Juni zu Maj-Britt in Norrtälje gezogen, und ich hatte in dieser Phase weder Kontakt zu ihm noch zu Leeni.

»Vermisst du sie nicht?«, fragte Pete manchmal.

»Nein«, antwortete ich stets.

Danach sprachen wir über Petes Kinder und über Kindergartensorgen und Geldmangel, und irgendwann flocht Pete immer eine Frage zu Eva Mansnerus ein. Als hätte sein Unterbewusstes zu ihm gesprochen und gesagt, dass alles anders geworden wäre, wenn er Eva geheiratet hätte. In jenem ersten Sommer und Herbst hatte ich nicht viel von Eva zu erzählen, und auch später weihte ich Pete nicht in unsere Geheimnisse ein, er erfuhr nie, dass Eva und ich uns über die Jahre hinweg aufeinander zu und voneinander fort bewegt hatten. Allerdings konnte ich es mir nicht verkneifen, ihm zu enthüllen, dass Eva und ich ein Jahr nach ihrer Trennung in Svartviken miteinander geschlafen hatten. Ich erinnerte mich damals noch so deutlich an die frühen Jahre, entsann mich, wie unterlegen ich mich auf dem Rosari gefühlt hatte, wo Pete König war. Ich wollte ihn bluten sehen, nicht viel, aber ein bisschen.

Dagegen gab ich großzügig Auskunft über Jouni Manner, was ich später bereuen sollte. Aber ich handelte in gutem Glauben. Es vergingen viele Monate, bis mir dämmerte, dass Petes Fragen zu Manner ein Zeichen für mehr waren als die übliche Neugier auf das Tun und Lassen einer prominenten Persönlichkeit. Und da hatte Pete mich bereits dazu verleitet, ihm alles Mögliche zu erzählen. Er verhielt sich sehr geschickt. Eine Frage hier, eine andere da, manchmal stellte er seine Anschlussfrage erst Wochen nach der ersten. Es war wie aus einem Lehrbuch für Interviewtechnik, Kapitelüberschrift: *So* täuscht man den Widerwilligen.

* * *

Als an einem Septembertag 1986 Urho Kekkonen beerdigt wurde, war ich bei Jouni Manner.

Tatsächlich begegnete ich auf meinem Weg zu Manner dem Trauerzug. Der morgendliche Sonnenschein war grauen Wolken und Wind gewichen, aber ich hielt dennoch an meinem Plan fest, den ganzen Weg bis Skatudden zu Fuß zurückzulegen. Meine Route kreuzte das Ehrengeleit, so dass ich lange auf dem

Bürgersteig stand und es vorbeiziehen sah. Der Trauerzug war einen halben Kilometer lang, die Straßen wurden von schweigenden Menschen gesäumt, die Kirchenglocken dröhnten, ein Eisenerzklang tiefer als der andere, der Himmel war bleigrau, und dann setzte ein Regenschauer ein, der ebenso unvermittelt aufhörte, wie er begonnen hatte.

Als ich mich von der Seeseite aus Manners Haus näherte, waren die Kirchenglocken verstummt, aber Manner stand noch auf seinem Balkon, wo er ihnen gelauscht hatte. Ich hob die Hand zum Gruß, und er sah mich und erwiderte meinen Gruß.

Wir wollten die Winterausgaben von KYVYT planen, unterhielten uns in den ersten Stunden jedoch über anderes. Manners Leben war damals kompliziert. Seine Mutter kämpfte mit großen gesundheitlichen Problemen, und sein Bruder Oskari hatte bei einem Geiseldrama die Befehlsgewalt gehabt, das damit endete, dass sich der Kidnapper mit einer Geisel in die Luft sprengte. Oskari war krankgeschrieben und hatte offenbar angefangen zu trinken. Manner war besorgt, das sah ich. Viel später erfuhr ich zudem, dass Manners Verlobte Sirpa im Spätsommer eine Fehlgeburt erlitten hatte.

Das alles hatte zur Folge, dass er milder und philosophischer gestimmt war als früher, was ich ausnutzte. Manner hatte gesagt, dass er die Vergangenheit für immer hinter sich lassen wolle, war aber nicht so rigide, wie er mir angedroht hatte. Im Laufe des Spätsommers erzählte er mehrmals von der Zeit mit Ariel und Adriana und seinen letzten Begegnungen mit Ariel in den Jahren vor seinem Verschwinden.

Da Manner zu Empfängen im Wohnsitz des Präsidenten eingeladen worden war und mit ihm sogar alleine zu Mittag gegessen hatte, war ich immer davon ausgegangen, dass er zu Urho Kekkonens Lieblingen gehört hatte und deshalb so früh Minister geworden war. Doch nun überraschte Manner mich damit, das Gegenteil zu behaupten. Kekkonens Tod hatte in Manner die Erinnerung an ein Essen vor achtzehn Jahren wachgerufen, woraufhin er seine vergilbten Gesprächsnotizen herausgesucht – er hatte sie bereits am Abend nach dem Essen verfasst und alles schriftlich festzuhalten versucht, was gesagt worden war – und über ihren Inhalt nachgegrübelt hatte.

»Ich habe immer gewusst, dass an dem Tag irgendetwas schiefgegangen ist«, erklärte er, als wir auf dem Balkon saßen, Kaffee tranken und Quiches aßen, die Sirpa zubereitet hatte. »Aber ich erinnere mich nur vage an die Details und bin mir nie wirklich sicher gewesen, was genau schiefgelaufen ist.«

»Wie kannst du dir überhaupt so sicher sein, dass etwas schiefgelaufen ist?«, warf ich ein. »Er hat ja wohl keinen seiner berüchtigten Bannbriefe verschickt? Außerdem hast du doch eine steile Karriere gemacht.«

Manner lächelte schief und sagte:

»Du warst damals nicht dabei, Frank. Die Politik verlief in Labyrinthen, und ich … nun ja, sagen wir, dass ich mich in diesen Labyrinthen auskannte. Mir kam einiges zu Ohren. Ich erfuhr, dass es Möglichkeiten gab, Augenblicke, in denen ein noch größerer Aufstieg möglich gewesen wäre, möglich hätte sein müssen. Ich hatte ein breitgefächertes soziales Netz und genoss die Unterstützung vieler einflussreicher Persönlichkeiten.«

»Aber nicht die der allerwichtigsten?«

»Nein, es gab Momente, in denen ich spürte, dass es … ich weiß nicht, es war wie ein stummer Widerstand. Es kam vor, dass Freunde und Unterstützer immer dann ausweichend wurden, wenn ich ihre Unterstützung am dringendsten benötigt hätte. Aber es dauerte, bis ich begriff, woher der Widerstand kam.«

»Und du bist dir vollkommen sicher?«

»Ja. Ich weiß aus zuverlässiger Quelle, dass er zwei Mal sein Veto eingelegt hat. Bei Angelegenheiten, die ihn im Grunde nichts angingen. Ich sollte in der folgenden Regierung einen besseren Ministerposten bekommen. Stattdessen wurde ich ausmanövriert. Und kurz danach wurde ich für einen leitenden Posten im Rundfunk vorgeschlagen. Er war mir schon praktisch sicher, aber dann gab es in letzter Sekunde einen Rückzieher.«

Ich wagte nie, es Manner zu sagen, damals so wenig wie später, aber Selbsterkenntnis gehörte nicht unbedingt zu seinen Stärken. Zwei Jahre zuvor war ich seine Wahlergebnisse bei den Urnengängen von 1970 bis 1983 durchgegangen und hatte festgestellt, dass sie nie besonders gut gewesen waren. Solange Manner ins Parlament gewählt wurde, geschah es immer mit knapper Not. Das war überraschend, denn er war seit seiner Jugend eine prominente Persönlichkeit, tauchte in den Medien auf und war Minister gewesen. Ich schloss daraus, dass die mittelmäßigen Wahlergebnisse auf den harten, kühlen Zug in seiner Persönlichkeit zurückzuführen waren, einen Zug, der ihm seltsamerweise nicht bewusst zu sein schien. Er begriff nicht, dass Menschen ihm auswichen und ihn verließen, weil er ihnen Angst machte. Im Falle Kekkonens dürfte das allerdings kaum der Fall gewesen sein.

»Worüber habt ihr euch denn eigentlich unterhalten?«, fragte ich.

»Über Gott und die Welt«, antwortete Manner. »Dubček. Die Olympischen Spiele in Mexiko. Das Angeln von Hechten, Kosygin. Und Mannerheim.«

»Er wird sich wohl eher über deine Meinung zu Dubček als über deine Meinung zu Hechten aufgeregt haben«, meinte ich.

»Manche Themen bargen Konfliktstoff«, gab Manner zu. »Außerdem war ich nervös. Damals verhielt ich mich, wie ich es auf der Straße gelernt hatte. Wenn man Angst bekommt, muss man angreifen und den anderen mehr Angst einflößen, als man selber hat.«

Er schüttelte den Kopf, als er sich erinnerte.

»Was hast du getan? Dumme Thesen vertreten? Ihn angeschnauzt?«

Manner lächelte.

»Ich fürchte, ich war ziemlich vorlaut. Ich glaube, ich habe die Fähigkeit der Machthaber in Frage gestellt, das Leiden ihrer Untergebenen wahrzunehmen.«

»Die Fähigkeit darf man durchaus in Frage stellen.«

»Stimmt. Aber deshalb gefällt es den Machthabern noch lange nicht, wenn man es wirklich tut.« Manner schien in Gedanken versunken zu sein und ergänzte: »Ich hätte ihn vielleicht auch nicht fragen sollen, ob er manchmal weint.«

»Du hast Kekkonen gefragt, ob er manchmal weint?«

»Meinen Aufzeichnungen nach habe ich das getan.«

Manner stopfte sich den letzten Happen Eierpiroge in den Mund, kaute gierig, trank einen großen Schluck Kaffee, schluckte und sagte:

»Schluss damit. Er ist tot, und ich lebe, jetzt wird gearbeitet! Ich hole nur schnell meine Unterlagen.«

Er stand auf und ging mit zielstrebigen Schritten in die Wohnung. Ich blieb auf dem Balkon sitzen und wartete. Als er zurückkam, reichte er mir einen kleinen Zettel, auf dem handschriftlich ein Wort stand: Hagström.

»Ich habe einen alten Bekannten angerufen und nach Aris Gitarre gefragt. Das ist die Marke.«

* * *

Ein paar Wochen später begegnete ich rein zufällig Eva Mansnerus, wir liefen uns buchstäblich in die Arme.

»Kapi!«, rief Eva und sah so strahlend schön aus, dass ich

mich am liebsten umgedreht hätte und weggelaufen wäre. »Was tust du denn hier?«

»Komme von einer Besprechung«, murmelte ich. »Und du?«

»Ich wohne hier«, antwortete sie und machte eine Handbewegung in Richtung Elisabetsgatan. »Eine Zweizimmerwohnung an der Ecke da drüben.«

Es war eine verlegene Begegnung. Wir hatten uns seit dem Vorsommer nicht mehr gesehen und keinen Kontakt mehr gehabt, seit ich ihren wütenden Brief mit einem noch wütenderen beantwortet hatte.

»Hast du meinen Brief bekommen?«, fragte ich leise.

»Klar. Danke. Er war wirklich …«

Eva brach mitten im Satz ab und stand anschließend unschlüssig vor mir. Ich wusste nicht, ob sie nach einem passenden Adjektiv suchte oder sich darauf vorbereitete, auf dem Absatz kehrtzumachen und zu fliehen. Ich hätte ihr keine Vorwürfe gemacht, wenn sie Reißaus genommen hätte, ich fühlte mich genauso unwohl in meiner Haut.

»… lehrreich, ihn zu lesen«, brachte sie heraus, und ich sah, wie schwer ihr die Worte fielen.

Wir standen beide mit leicht weggedrehtem Oberkörper, signalisierten jeder Nein und suchten nach passenden Abschiedsworten: Tschüss, auf Wiedersehen, bis bald, alles Gute, mach's gut, was auch immer, um dieser qualvollen Kühle zu entgehen, diesem meilenweiten Abstand, wo einst Spiel und Vertrauen gewesen waren. Ich hatte bereits Anlauf genommen mit den Worten »Okay, ich muss dann …«, als Eva das Eis brach:

»Kapi, ich will so nicht weitermachen. Können wir nicht einen Kaffee trinken gehen, hast du Zeit?«

Wir fanden ein kleines Café in der Kyrkogatan, in dem wir uns eine gute Stunde lang unterhielten. Eva erzählte von ihrer Reise, und ich berichtete von meinen Donnerstagabenden mit Pete Everi. Eva sagte, sie habe eine Aushilfsstelle in einem Privatmuseum, und ich teilte ihr mit, dass ich mit Jouni Manner endlich über Ariel gesprochen hatte. Ich erzählte ihr nicht von meiner Einsamkeit, und Eva erzählte mir auch nicht alles. Unsere Unterhaltung war noch etwas steif, aber ich war erleichtert, dass wir Frieden schlossen, und ich denke, ihr ging es genauso.

Ich erzählte Eva nicht, dass Jouni mir eine Postkarte von Adriana gezeigt hatte, dafür jedoch recht ausführlich von allem Neuen, was ich über Ariel erfahren hatte. Irgendwann erwähnte ich dabei Ariels E-Gitarre und zog sogar mein Portemonnaie heraus und las von dem Zettel ab, den Jouni mir gegeben hatte:

»Es war eine Hagström.«

»War sie schwarz?«, fragte Eva.

»Ja«, antwortete ich. »Sagt Manner jedenfalls.«

Eva nickte.

»Ich bekam hinterher eine Menge von Addis Sachen, Mama und Papa ertrugen es nicht, sie zu sehen. Kleider, ihre Tagebücher und andere Bücher und natürlich eine Menge Krempel, unter anderem auch eine schwarze E-Gitarre. Ich habe nie begriffen, woher sie kam, Addi hatte in ihrer Jugend eine akustische, auf einer elektrischen hat sie nie gespielt.«

»Er muss sie ihr gegeben haben, als er nach Schweden ging«, meinte ich.

»Ich habe für ihre Sachen nie genug Platz gehabt«, sagte Eva. »Sie stehen in einer Abstellkammer bei einer reichen Freundin. Aber wenn du möchtest, kann ich die Gitarre für dich holen.«

»Ich will sie nicht haben«, erwiderte ich desinteressiert. »Ich spiele keine E-Gitarre.«

Ihre letzten Worte hatte ich kaum noch wahrgenommen, und Eva schien gemerkt zu haben, dass ich in Gedanken ganz woanders war, denn sie sah mich fragend an.

Ich versuchte, ein neutrales Gesicht zu machen, aber mir schossen wirre Gedanken durch den Kopf. Plötzlich war mir nämlich klar geworden, warum Eva so strahlend schön aussah, strahlender als je zuvor. Jetzt sah ich, dass ihre Wangen runder waren als früher und ihre Brüste unter der Bluse schwerer, und mir trat vor Augen, wie sie an der Straßenecke gestanden und ihr Bauch sich ein wenig vorgewölbt hatte.

7

Eva Mansnerus' Tochter Nadia kam im kalten Winter 1987 zur Welt, nach einem Januar, in dem das Thermometer Tag und Nacht minus dreißig Grad angezeigt hatte.

Auch Frühjahr und Sommer waren kühl. Es war ein Eiszeitjahr, man zog sich ins Dunkel zurück, zündete den Kamin an, wärmte seine steifgefrorenen Glieder und cremte seine aufgesprungenen Fingerknöchel ein.

Im Frühjahr gingen Eva und ich bereits rund um die Tölöviken spazieren. Wir waren wieder Freunde, sie rief mich jeden Samstag oder Sonntag an, und dann kam sie aus dem Stadtteil Kronohagen, während ich die wenigen Häuserblocks von der Döbelnsgatan zur Finlandia-Halle hinunterging. Die Kälte wollte nicht nachlassen, das Eis brach erst Mitte Mai. Immer wieder, Runde um Runde, gingen wir um die zugefrorene Meeresbucht herum. Ich weiß nicht, warum wir niemals abwichen und einen anderen Weg einschlugen, zum Beispiel am Wintergarten vorbei zur Djurgårdsviken. Vielleicht brauchten wir die Sicherheit einer gewohnten Route, weil alles andere im Leben so provisorisch und improvisiert wirkte.

Wir schoben abwechselnd den Kinderwagen, aber auf dem langen Anstieg zu den Holzvillen in Fågelsången übernahm ich diese Aufgabe. Ich betrachtete Nadia, die unter ihren Decken schlief. Nadia war ein richtiger Sonnenschein und schrie nur selten. Die meiste Zeit lag sie da, wirkte zufrieden und ließ die Herzen der Menschen schmelzen. Ich erkannte, dass Säuglinge tatsächlich süß waren, es war leicht zu verstehen, warum sich alle Mütter und Väter so hoffnungslos verliebten. Das schlafende Gesicht, das von dem Häubchen und der Mütze mit Pelzrand umrahmt wurde, die glatten, runden Wangen, die kleine Stupsnase, die mich an eine Steckdose denken ließ, die winzig kleinen Hände und Füße, die sich einem eigenen Willen, nicht dem des Kindes folgend bewegten: Es bedurfte einer Windelladung säuerlich riechenden, senffarbigen Kots, um mich aus den bittersüßen Gedanken über die Launenhaftigkeit des Lebens zu wecken, die Nadia in mir auslöste.

Wenn ich den Kinderwagen schob, tat ich manchmal so, als wäre Nadia mein Kind, mit meinen Genen. Dies setzte voraus, dass ich zunächst die Gesetze der Biologie leugnete. Wenn ich ihr Vater gewesen wäre, hätte Evas Schwangerschaft fast elf Monate gedauert. Außerdem hätte bei jenem letzten Mal, als ich zu schnell kam, eine meiner Samenzellen dennoch auf mirakulöse Art den Weg in sie hineinfinden müssen.

In der tristen Wirklichkeit war Nadia die Tochter des Sängers Lindy alias Leevi Hongisto von The Mellowboys. Und die Wirklichkeit war nicht nur trist, sondern auch unbarmherzig. Wenn ich von Nadias Geburtsdatum aus neun Monate zurückrechnete – sie wurde am 4. Februar geboren, am selben Tag wie Jouni Manner –, landete ich in der Nähe jenes Maitags, an dem Eva und ich in einer Felsspalte gelegen und Wein getrunken hatten und ich mich vor dem Gedanken einer Europareise mit ihr gefürchtet hatte. Wir hatten uns am Nachmittag getroffen. Möglicherweise war sie direkt von einem mittäglichen Schäferstündchen gekommen, bei dem Lindy sie geschwängert hatte. War vielleicht eine Horde von Spermazellen zum wartenden Ei geschwommen, als ich die hellen Flaumhaare und die Schweißperlen auf ihrem sonnengebräunten Bauch betrachtete? Oder hatte sie nach unserer Trennung an der Ecke Mechelingatan und Sanduddsgatan die Straßenbahn zu Lindy genommen und sich ihm aus Enttäuschung über meine laue Reaktion auf ihren Vorschlag hingegeben?

Eva und Lindy hatten eine Abmachung getroffen. Lindy hatte die Vaterschaft anerkannt, und im Gegenzug hatte Eva ihm versprochen, weder finanzielle noch andere Forderungen an ihn zu stellen. Lindy hatte Eva klargemacht, dass er kein Interesse daran hatte, Verantwortung für das Kind zu übernehmen, er wollte keinesfalls die Vaterrolle übernehmen, und falls Eva versuchen sollte, ihn unter Druck zu setzen, würde er sich ins Ausland absetzen. Er könne, hatte er erklärt, Eva natürlich nicht zu einer Abtreibung zwingen, aber er wolle auch nicht so tun, als sei er ein anderer Mensch oder als wolle er ein anderes Leben führen als das Leben eines Rocksängers und Songwriters und Poeten. Als Eva mir davon erzählte, war ich verblüfft, dass jemand sie – die anbetungswürdige Eva Mansnerus – so behandeln konnte. Und ich konnte mir den Gedanken nicht ersparen, dass Lindy vielleicht gerade deshalb so lange mit Eva hatte schlafen dürfen, weil er sie so rücksichtslos behandelte und seine Indolenz sie scharf machte. Aber ich verdrängte den Gedanken, er war zu schmerzhaft.

Eva schien das, was passiert war, dagegen eigenartig wenig auszumachen. Sie sei fast neunundzwanzig, erklärte sie, und eigentlich wolle sie weiter studieren, sich forschend mit dem Übergang der italienischen Spätrenaissance zum Barock beschäftigen. Aber ihre Aussichten auf eine Karriere waren begrenzt, sie hielt sich mit Kunstkritiken und Aushilfslehrerstellen über Wasser, bei denen sie versuchte, desinteressierten Jugendlichen die Augen für die dunklen Fäden der Geschichte zu öffnen, damit sie Lehren aus ihr zogen. In ihrem Leben scheine ihr nichts besondere Eile zu haben, erläuterte Eva, aber sie habe immer gewusst, dass sie Kinder haben wolle, sie möge Kinder lieber als Männer und habe sich entschlossen, jetzt ein Kind zu bekommen. Was zur Folge hatte, dass sie und ich abwechselnd Nadias Kinderwagen durch den Park schoben, während Lindy Hongisto mit The Mellowboys durch Europa tourte: ihr *Put Me Out Of My Misery* war damals ein großer Hit, der nicht nur Finnland eroberte, sondern auch in Schweden und Deutschland in den Hitlisten stand. Lindy hatte den Song geschrieben und strich sämtliche Einnahmen ein, Unterhaltszahlungen blieben für Eva und Nadia allerdings ein Fremdwort.

Bei einem unserer Spaziergänge fragte Eva mich, ob ich Nadias Patenonkel werden wolle. Als Patentante war Jinx Muhrman vorgesehen, die ihren Sohn Jonatan so bekommen hatte wie Eva ihre Nadia, ohne dass ein Mann über das Nötigste hinaus beteiligt gewesen wäre. Ich spürte Enttäuschung an mir nagen. Die Dinge hatten sich nicht so entwickelt, wie ich es mir vorgestellt und erhofft hatte. Ich nahm all meinen Mut zusammen, um zu antworten, dass ich als Pate nicht geeignet war und es besser wäre, wenn sie einen anderen nähme. Dann hörte ich meine Stimme sagen:

»Sicher, kann ich machen.«

* * *

Jouni Manner kam auch diesmal nicht ins Parlament, 900 Stimmen fehlten ihm zur Wahl. Das überraschte ihn genauso wie viele andere. Er führte einen mittelmäßigen Wahlkampf, wirkte unsicher, regelrecht desinteressiert. Die Gründe dafür blieben den meisten verborgen. Die Krisen seiner Mutter und seines Bruders waren den Winter über weitergegangen, Elina überwand ihren Brustkrebs erst lange nach der Wahl, und Oskari bekam sein Alkoholproblem gar nicht in den Griff.

Eine andere Ursache für seinen Misserfolg war der Parteiwechsel. Es war das erste Mal, dass der frühere Sozialdemokrat Manner für die Nationale Sammlung kandidierte, und viele seiner früheren Wähler fühlten sich hintergangen. Manners Kommentar lautete: »Die Wähler sind mir diesmal nicht gefolgt, beim nächsten Mal werden sie es tun!« Für seine neue Partei war es dagegen eine gute Wahl, man errang einen großen Sieg und durfte zum ersten Mal seit Jahrzehnten wieder die Regierung bilden.

Eine knappe Woche vor der Wahl veröffentlichte Pete Everi einen kritischen Artikel über Manner, der großes Aufsehen erregte. Er erschien in einem der wichtigsten Blätter der Linken, und die Schlagzeile lautete *Das Wunderkind, das zum Wendehals wurde*. In all seinen Rollen, schrieb Pete, habe Jouni Manner nach dem Prinzip gehandelt, sein Mäntelchen nach dem Wind zu hängen. Bei KYVYT habe er sich für einen plakativen und populistischen Kurs entschieden und die Aufbauarbeit zerstört, die von kühnen und kenntnisreichen Journalisten geleistet worden sei, und als Politiker habe er den verzweifelten Versuch unternommen, sich die Vorliebe der achtziger Jahre für Geldgier und Glamour auf die Fahnen zu schreiben. Manner habe, schloss Pete, Hochverrat an der Arbeiterbewegung begangen, die ihn aufgezogen und ihm alle Chancen gegeben habe.

Als dem aggressiv geschriebenen Artikel wenige Tage nach der Wahl ein kurzer und schadenfroher Kommentar folgte, stellte ein bedrückter Manner Petes Handeln zur Diskussion. Manner wusste, dass Pete und ich Jugendfreunde waren, und ich hatte ihm erzählt, dass Pete und ich uns seit neuestem wieder sahen. Außerdem erinnerte sich Manner an seine eigenen geschäftlichen Kontakte zu Pete.

»Nachdem ich die Stelle angetreten hatte, schrieb er ein paar Sachen für uns. Ich erbte ihn, er hatte von der ersten Nummer an für KYVYT geschrieben. Aber es funktionierte nicht. Der Typ schrieb langweilig, außerdem war er lästig. Ein Nörgler. Ich kenne seinen großen Bruder ja ein bisschen, und es ist viel leichter, mit Juha zu tun zu haben.«

»Was hast du getan?«, fragte ich.

»Nichts. Nur seine Artikel nicht mehr gedruckt.«

»Bist du sicher, dass da nicht noch mehr war?«, beharrte ich und dachte an den Herbst, in dem ich mich mit Manner überworfen und nirgendwo einen Abnehmer für meine Reportage gefunden hatte.

»Ich schwöre es dir«, erwiderte Manner, »ich habe nichts getan. Ich habe wirklich keine Ahnung, warum Pete Everi es so auf mich abgesehen hat.«

Manner überwand seine Enttäuschung auf die für ihn typische Art, er erhöhte sein Lebenstempo. Seine philosophische und nachdenkliche Seite verschwand so schnell, wie sie aufgetaucht war, und er wurde ein noch schlimmerer Workaholic als vorher. Von Anfang an hatte ich gesehen, dass der Posten eines Chefredakteurs für eine Monatsschrift mit einer Auflage von 60 000 Exemplaren Manner nicht reichte, aber nun wurde es fast überdeutlich: Er überließ KYVYT mehr oder weniger seinem Stellvertreter Linnusmäki. Stattdessen gehörte er dem Parteivorstand an und wurde Mitglied in zwei Aufsichtsräten, darüber hinaus arbeitete er bei geheimen *think-tanks* mit und saß in diversen Arbeitsgruppen, die von verschiedenen Ministerien eingesetzt worden waren. Er joggte regelmäßig und besuchte seit neuestem ein Fitnessstudio, weil ihn die fixe Idee umtrieb, sein schwammiges, leicht übergewichtiges Äußeres habe ihn den Sitz im Parlament gekostet. Im Sommer heiratete er seine Sirpa. Da es seine dritte und ihre zweite Ehe war, begnügte man sich mit einer schlichten, bürgerlichen Trauung.

* * *

In den folgenden Jahren bröckelte mein Kontakt zu Manner, da er voll und ganz mit seiner neuen Ehe und neuen alten Karriereträumen beschäftigt war. Auf dem Papier war er nach wie vor Chefredakteur von KYVYT, und ich schrieb immer noch für ihn. Aber Manner verlor das Interesse und ich meine Rolle als Ratgeber. Auch unsere Freundschaft brannte auf Sparflamme.

Ich schrieb für unzählige Zeitungen und Zeitschriften und kam gut, aber nicht glänzend über die Runden. Eines Herbstes veröffentlichte ich einen Roman, *Schimmer*, der ziemlich schlechte Kritiken erhielt. Er handelte von jungen Menschen, die ihre Ideale für Geld und oberflächlichen Erfolg verrieten. Außerdem schrieb ich einen Einakter, *Aufsicht*, der in mehreren Theatern aufgeführt wurde. In dem Stück ging es um eine Frau, die in ihrer Jugend einen Fehler macht und danach für den Rest ihres Lebens an diesen Fehler erinnert wird.

Mein Dasein folgte eingefahrenen Mustern. Man merkte es an den klar festgelegten Rollen in meinem Umgang mit Eva, man merkte es an den festgelegten Rollen in meinem Kontakt zu Pete.

Eva war *die alleinerziehende Mutter*, ich war *der ewige Junggeselle* oder *Peter Pan* oder wie man diese Rolle nun nennen wollte.

Pete war *der vergrämte Vater*, ich war *der ewige Junggeselle* oder *Peter Pan* oder wie auch immer man diese Rolle zu nennen beliebte.

Ich hielt Eva und Pete getrennt, kam niemals auf die Idee, ein Treffen zu dritt vorzuschlagen. Das war zwar egoistisch von mir, aber auch eine realistische Einschätzung der Lage. Wenn ich mich mit Pete traf, erkundigte er sich jedes zweite Mal nach

Eva, und wäre er nicht so schlau gewesen, hätte er jedes Mal gefragt. Eva fragte *nie* nach Pete, und wenn ich ihr einmal etwas über ihn und seine Frau und seine vielen Kinder erzählte, wirkte sie vollkommen desinteressiert. Wenn wir uns zu dritt getroffen hätten, wäre Pete furchtbar enttäuscht worden.

Die Freundschaft mit Eva erschien mir oft oberflächlich und zerfahren. Dennoch blieben wir regelmäßig in Kontakt. Wir gingen weiter mit Nadia spazieren, erweiterten jedoch unser Revier und beschränkten uns nicht mehr auf die Tölöviken, sondern gingen zur Edesviken hinunter und am Friedhof vorbei Richtung Lappviken und Nervenheilanstalt, oder wir gingen nach Norden Richtung Mejlans und zur Insel Fölisön hinaus. Es waren warme Jahre, Jahre ohne Winter, weshalb mir die späten achtziger Jahre so in Erinnerung geblieben sind: matschige Fußwege, Pfützen, Nieselregen, die kleine Nadia Mansnerus in ihrem Wagen und dann in ihrem Buggy, die kleine Nadia, die gehen lernt, die kleine Nadia, die ihre ersten Worte spricht und schon bald ihren ersten ganzen Satz, die kleine Nadia, die anfängt, mich Onkel Frank zu nennen.

Seit Eva Nadia hatte, wollte sie manchmal zum Familiengrab gehen und eine Blume für Adriana niederlegen. Es lag nahe, dass der Impuls unseren Spaziergängen entsprang, die so oft am Friedhof vorbeiführten. Aber ich wusste es besser. Wir waren schon vor Nadias Geburt über die Halbinsel spaziert, und Eva hatte nie den Wunsch geäußert, auf den Friedhof zu gehen. Im Gegenteil, sie hatte ihn gemieden.

Eva hatte nie gerne über Adriana gesprochen und war auch jetzt nicht übertrieben mitteilsam, erzählte jedoch mehr als früher. Wenn wir vor den moosbewachsenen Grabsteinen standen, auf denen sich die ältesten Namen kaum noch entziffern ließen, weihte sie mich manchmal unvermittelt in eine Erinnerung aus

Adrianas Wohnung ein. Die Schwestern hatten sich nicht sonderlich nahegestanden, dazu war der Altersunterschied zu groß gewesen, aber Eva hatte klare und heitere Erinnerungen daran, dass sie in ihrer Grundschulzeit nach Schulschluss in die Smedsgatan gegangen war, sie entsann sich, wie sie dort zwischen umherliegenden Kleidungsstücken und Make-up-Utensilien gesessen und mit Adriana Hausaufgaben gemacht hatte.

Eva betonte oft, sie habe ihre Schwester nicht besonders gut gekannt, Adriana habe sich in ihren letzten Lebensjahren in ihrer eigenen Welt befunden, einer Welt, zu der kein anderer Zugang gehabt habe. »In gewisser Weise hatte sie sich längst verloren«, meinte Eva einmal zu mir. Und trotzdem, gestand Eva nun, viele Jahre später, habe sie in den Jahren nach Adrianas Tod intensive Träume gehabt, schlimme Träume, in denen die beiden Schwestern zu einer gemeinsamen Reise aufbrechen wollten. Plötzlich habe Eva dann auf dem Bahnsteig gestanden, und der Zug sei bereits aus dem Bahnhof gerollt, und in einem Fenster habe Adriana ihr zugewunken, und ihr sei so schrecklich übel gewesen, ihr sei so übel gewesen, weil sie zu spät gekommen sei und mutterseelenallein auf dem Bahnsteig zurückgelassen worden sei, und vor dem Moment des Aufwachens sei alles schwarz geworden und sie in ein endlos dunkles Loch gefallen.

Manchmal frustrierte mich Evas nüchterne Haltung. An einem Sonntag wollten wir uns an der Edesviken treffen, es war Spätherbst, ein regnerischer Tag. Bevor ich aufbrach, hörte ich die Türklingel. Es war Eva, die von einem kräftigen Regenschauer überrascht worden war. Sie ließ den Kinderwagen im Treppenhaus stehen, der Plastikregenschutz hatte den Wagen trocken gehalten und Nadia gerettet. Eva war dagegen klatschnass und bat, sich von mir Kleidung ausleihen zu dürfen. Sie war nur zwei Zentimeter kleiner als ich, und wir waren beide schlank. Sie stiefelte in mein Schlafzimmer, wo sie bei offener Tür alles außer ihrem Slip auszog. Ihre Bewegungen sandten keine erotischen Signale aus, aber es erregte mich dennoch, sie so gut wie nackt zu sehen. Als der Schauer abgezogen war und wir unseren Spaziergang machten, brachte ich das Gespräch auf Sex und fragte Eva, wie sie ohne ihn zurechtkomme. Im Grunde wollte ich sie fragen, ob wir vielleicht wieder miteinander schlafen könnten, aber dazu war ich zu stolz. Das Ganze war natürlich Theater, wir spielten zwei einsame Menschen, aber ich hatte meine Affären, ohne Eva von ihnen zu verraten, und sie hatte ihre Affären, ohne sie mir zu verraten. Wir verstanden uns beide gut darauf, zu schweigen und zu verbergen. Mit wem oder welchen Männern sich Eva traf, erfuhr ich nie, mir sagte sie vielmehr, sie habe die Männer satt und begnüge sich mit dem batteriebetriebenen Freund in ihrer Kommodenschublade. Lindy Hongisto traf sie jedenfalls nicht, denn Lindy war wegen Drogenbesitzes verhaftet und zu einer Bewährungsstrafe verurteilt worden, und Eva wollte ihn um jeden Preis von ihrem Leben mit Nadia fernhalten.

* * *

In diesen Jahren war ich der heimliche Liebhaber einer bekannten Sängerin und Revuekünstlerin. Sie war sieben Jahre älter als ich, und ich möchte sie hier Natalie nennen, was nicht ihr richtiger Name war, weil Natalie mit einem erfolgreichen Unternehmer aus einer sehr berühmten Familie in Helsingfors verheiratet war – und immer noch ist. Natalie selbst gehörte zu einem legendären finnischen Künstlerclan, und zu Beginn unseres Verhältnisses war ich ständig nervös. Wenn Natalie und ich uns unter Menschen bewegten, taten wir so, als wären wir bloß flüchtige Bekannte. Ansonsten versteckten wir uns und trafen uns mal in gemieteten Sommerhäusern, mal in entlegenen Stadthotels, in denen wir im Voraus getrennte Zimmer reserviert hatten. Wir verabredeten uns nie zwei Mal am selben Ort, da wir wussten, dass die Klatschpresse uns mit Haut und Haaren verschlungen hätte, falls die Wahrheit herausgekommen wäre. Trotzdem empfand ich unsere Beziehung weder als schmierig noch zynisch. Ich mochte Natalie, und wir hatten auch dann viel Spaß zusammen, wenn wir nicht vögelten, sogar das Versteckspiel fand ich anfangs spannend.

Natalie war eine Entertainerin und ihr Gatte ein gewiefter Geschäftsmann mit offenen Sympathien für die Konservativen. Die meisten von Natalies Freunden gehörten dagegen politisch der Linken an, ihr Bekanntenkreis ließ sich am ehesten als »leftist chic« charakterisieren. Sie und ich konnten natürlich nicht gemeinsam verreisen, aber manchmal fuhr ich alleine in eine Stadt, in der sie auftrat, und tauchte dann rein zufällig an ihrem Tisch in dem Restaurant auf, in das sie und ihr Gefolge nach der Vorstellung oder dem Konzert gegangen waren. Als mein Alibi musste häufig mein Einakter *Aufsicht* herhalten. In größeren Städten mit mehreren Theatern konnte ich die Rolle des jungen Dramatikers spielen, der zufällig in der Stadt war, um unter großer Diskretion über eine mögliche Inszenierung seines Stücks zu verhandeln.

Über Natalie und ihre Freunde kam ich jedenfalls wieder in Kontakt mit der Generation der Neonröhren. Viele Jahre hatte ich nichts mehr mit ihnen zu tun gehabt, musste nun jedoch erkennen, dass der Fluch der frühen Jugendjahre ungebrochen war: Sosehr ich mich auch mühte, ich verstand mich einfach nicht mit ihnen, obwohl ich es wirklich versuchte.

Die Motive der stalinistischen Intelligentia hatten sich mir nie erschlossen, ihre frühere Begeisterung für die Sowjetunion hatte ich als eine unbewusste Revolte gegen die Vätergeneration unserer Kriegsveteranen gedeutet, aber auch als etwas schwer zu Fassendes, als eine absurde Grimasse aus einem noch unaufgeführten Theaterstück von Mrożek oder Ionesco. Die kriegerischen Hymnen des Bürgertums waren mir wirklich zuwider, aber ein Lied wie *Onkel Lenin wohnt in Russland* fand ich genauso furchtbar. Es wurde von einem Kinderchor gesungen, und der Zuhörer erfuhr darin unter anderem, dass Onkel Lenin eine so hohe Stirn hatte, dass ganze Länder auf ihr Platz fanden. Aber abgesehen von ihren politischen Verirrungen waren viele dieser Neonröhren große Künstler. Ich verehrte ihre unpolitischeren Lieder, Gedichte und Romane und benahm mich häufig wie ein Groupie mit leuchtenden Augen, wenn ich an ihrem Tisch saß. Und blamierte mich regelmäßig.

Als Natalie ein Sommerkonzert in Tammerfors gegeben und ich mich zu ihrer großen und ausgelassenen Entourage gesellt hatte, ergab es sich so, dass ich einen ganzen Abend neben der legendären Sängerin Päivikki Huusko saß. Sie war bereits Mitte der sechziger Jahre mit dem bärtigen Markku Pyhtälä bekannt geworden. Das Folkduo Markku & Päivikki hatte die Ballade *Wenn Frieden in dein Herz einkehrt* aufgenommen, eines der beliebtesten Lieder der finnischen Popgeschichte, und einige Jahre später hatte Päivikki solo einige der schönsten Liebeslieder der finnischen Linken eingespielt, komponiert von Kaj Chydenius und mit Texten von gefeierten Dichtern. Doch Päivikkis Karriere hatte ihren Zenit längst überschritten, und nach dem Essen saß sie neben mir und stierte finster in einen bunten Drink: Ich weiß noch, dass das Getränk aus einer roten, einer blauen und einer gelben Flüssigkeitsschicht bestand und sich ein gestreifter Strohhalm und ein grünes Papierschirmchen darin befanden. Ich grübelte, wie ich meine Bewunderung am besten zum Ausdruck bringen könnte, nahm schließlich all meinen Mut zusammen und erklärte, *Wenn Frieden in dein Herz einkehrt* sei eines der schönsten Lieder, die in Finnland jemals aufgenommen und gesungen worden seien. Paivikki blickte von ihrem Drink auf, stierte mich an und erwiderte: »Hör mal, du Grünschnabel, ich habe fast dreißig Platten gemacht. Und das ist ein völlig überschätzter Song. Außerdem hat sich dieser verdammte Pyhtälä allein als Komponist angegeben, obwohl er genau weiß, dass der Refrain auf mein Konto geht!« Ich hatte mir vorgestellt, dass Päivikki und ich zunächst wegen unserer gemeinsamen Liebe zur Musik enge Freunde werden würden, damit ich sie anschließend fragen konnte, ob sie ein vergessenes Lied mit dem Titel *Geh nicht einsam in die Nacht* kannte, aber nach dieser Abfuhr wagte ich es den restlichen Abend nicht mehr, sie noch einmal anzusprechen.

So erging es mir immer wieder, jeder meiner Versuche, Kontakt zu diesen linken Künstlern aufzunehmen, endete mit Peinlichkeiten und Demütigungen.

Als ich der Dichterin Ritva Humboldt ein Kompliment für ihre sensible Gedichtsuite »Über die Liebe der Arbeiterin« machen wollte, entgegnete sie: »Spar dir deine Schmeicheleien, Loman. Wenn ich Frischfleisch brauche, besorge ich es mir selbst.«

Und als ich den Begriff Zeitgeist mit dem gefeierten Romancier Jukka-Pekka Raappana diskutieren wollte, blinzelte er mich betrunken an und sagte: »Deine Generation hat ein großes Problem, Frank. Nein, zwei! Ihr könnt weder ordentlich saufen noch richtig vögeln, ihr habt keinen Mumm.« Das machte mich so wütend, dass ich reichlich grob war, als ich hinterher mit Natalie schlief, so dass sie mir in der Dunkelheit zuflüsterte, es sei schön gewesen, aber manchmal bekomme sie auch ein wenig Angst vor mir.

Jouni Manner und ich sprachen in dieser Zeit nur selten über wichtige Dinge, aber in der Woche nach Raapanas Kommentar erzählte ich ihm von meinen Problemen mit den Neonröhren. Manner und ich hatten uns pflichtschuldig zu einem Arbeitsessen getroffen und über KYVYT gesprochen, die Gefahr lief, eingestellt zu werden, und uns beide nicht mehr interessierte. Als wir zum Kaffee gekommen waren, wechselte ich das Thema und beschrieb meine Misserfolge bei Raappana und anderen.

»Das wundert mich nicht«, erklärte Manner lächelnd. Während meines Berichts hatte er mehrfach laut gelacht, was durchaus meine Absicht gewesen war: Ich hatte die komischen Aspekte betont.

»Und wieso nicht?«, wollte ich wissen.

»Weil du im Grunde deines Herzens ein richtiges Bürgersöhnchen bist«, antwortete Manner leichthin. »Das bist du immer gewesen, und das wirst du auch immer bleiben.«

»Das musst du gerade sagen«, erwiderte ich so ironisch, wie ich nur konnte.

»Jetzt werd nicht gleich sauer«, erwiderte Manner. »Das ist etwas anderes. Ich mag vielleicht meine Ideologie ein bisschen revidiert haben, aber darum geht es nicht. Ansichten und Fakten spielen eine viel kleinere Rolle, als die Leute glauben. Ist es dir noch nie passiert, dass du einen Menschen verabscheust, der in allen wichtigen Fragen genauso denkt wie du, während du eine unerklärliche Sympathie für eine Person empfindest, deren Ansichten du hasst?«

»Genau das meine ich doch«, sagte ich. »Ich wähle immer links. Warum mag ich diese Leute dann nicht? Und warum mögen sie mich nicht?«

»Weil es bei solchen Sympathien um Chemie und nicht ums Wahlverhalten geht, Frank. Du kannst in deinen Artikeln noch so altruistische Ansichten vertreten, aber privat hast du eine schlüpfrige Moral. Ein Linker mit einem Funken Intuition braucht dir nur einmal zu begegnen, um das zu kapieren. Und jeder, der eine schlüpfrige Privatmoral hat, gehört in den Augen der Linken per Definition zum Bürgertum.«

Manner wählte seine Worte stets voller Sorgfalt: dass er nun das Adjektiv *schlüpfrig* in den Mund genommen hatte, verbitterte mich.

»Soll ich so deinen Parteiwechsel analysieren?«, fragte ich. »Du hast die politische Farbe gewechselt, weil du endlich deine eigene Schlüpfrigkeit erkannt hast?«

»Jetzt werd nicht gleich wütend«, antwortete Manner. »Und moralisier hier nicht unnötig herum. Du musst lernen, die Ideologien zu durchschauen und stattdessen die Menschen zu sehen. Zum Teufel, Frank, die Menschen vertreten doch nicht die Ideologien, die sie zu vertreten glauben. Denk doch nur mal an diese ganzen unversöhnlichen und strafenden Christen. Das tragende Element ihrer Religion ist die Vergebung, aber ausgerechnet dazu sind sie nicht fähig. Oder denk an die Europäer, die an den linken Rand gerückt sind, die RAF, Brigate Rosse, unsere Stalinisten, die schwedischen Maoisten. Sie glaubten mit Sicherheit, dass sie nur Gutes wollten, und sie glaubten auch, das genaue Gegenteil ihrer faschistischen Väter und Großväter zu sein. Aber studiert man ihren Fanatismus, ihre hehren Worte und ihren fehlenden Sinn für Humor, springen einem die Ähnlichkeiten mit dem Großvater förmlich ins Auge. Der gewöhnliche Faschist war kein Mussolini oder Hitler, sondern ein strenger, ernster Mann, den Chaos und Willkür ankotzten und der in seinem Dorf Zucht und Ordnung haben wollte und dachte, der Rechtsextremismus wäre dafür der richtige Weg. Manchmal glauben wir, dass wir das Gegenteil von etwas sind, und sind in Wahrheit nur eine etwas andere Facette dessen, was wir am meisten hassen. Von der Geschichte kannst du dich nur befreien, indem du sie studierst und deine eigene Schuld siehst. Wenn du dich weigerst, Schuld auf dich zu nehmen, und dich in das Axiom flüchtest, dass du neu und rein bist, wirst du niemals frei sein, dann verurteilst du dich und die Menschheit nur dazu, wieder und wieder die gleichen Fehler zu machen und die gleichen Verbrechen zu begehen … verstehst du, was ich meine?«

»Ja«, antwortete ich. »Aber ich bin mir nicht sicher, ob ich deiner Meinung bin.«

»Was gefällt dir denn daran nicht?« Manner wirkte aufrichtig erstaunt, was nicht weiter ungewöhnlich war, denn er hielt große Stücke auf seine Fähigkeit, logisch zu argumentieren, und reagierte oft perplex, wenn man ihm widersprach.

»Ich bin ein bisschen überrascht«, antwortete ich. »Deine Argumentation klingt wie ein Plädoyer für die Erbsünde. Das erwartet man nicht unbedingt aus deinem Mund.«

»Und du hörst dich an wie des Teufels Advokat«, erwiderte Manner und lächelte wohlwollend. »Es gibt nichts Metaphysisches in meiner Argumentation. Wenn man der Geschichte ins Auge gesehen und bekannt hat, dass man ein Mensch ist und folglich nicht über der Geschichte der Menschheit steht, hat man das Recht, die Geschichte hinter sich zu lassen und das Neue zu suchen.«

»Simsalabim!«, sagte ich so sarkastisch wie möglich.

»Und was dich und die Kulturstalinisten angeht«, fuhr Manner ungerührt fort, »wirst du ihnen niemals mit den Waffen deiner Generation begegnen können. Eure Waffe ist die Ironie, sie dagegen wissen gar nicht, was Ironie ist, sie kennen nur den bitteren Ernst. Warum wendest du dich nicht von ihnen ab, warum durchschlägst du den gordischen Knoten nicht? So habe ich es gemacht.«

Ich zuckte mit den Schultern, als wollte ich sagen, dass dies nicht so einfach war.

»Okay, ich will mich nicht dümmer stellen, als ich bin«, fuhr Manner in einem beiläufigen Tonfall fort. »Ich weiß sehr wohl, warum du ihnen im Moment nicht aus dem Weg gehen kannst. Ich weiß, dass du Natalie vögelst.«

Tatsächlich nannte Manner nicht nur Natalies Vornamen, sondern auch ihren berühmten Nachnamen. War es mir einst gelungen, Manner aus der Fassung zu bringen, als ich ihm enthüllte, wessen Sohn ich war, so revanchierte er sich jetzt ein wenig: Seine Enthüllung machte mich sprachlos.

»Ich werde das Messer noch ein bisschen tiefer in die Wunde bohren«, ergänzte er. »Nicht um dir eins auszuwischen, sondern damit du begreifst, worauf du dich eingelassen hast. *Alle* wissen, dass Natalie wieder einen Liebhaber hat und diesmal du der Auserwählte bist.«

Manner hatte leise gesprochen, aber ich schielte in dem fast leeren Restaurant trotzdem in alle Richtungen, da ich eine Heidenangst hatte, dass uns jemand belauschte.

»Aber verdammt nochmal …«, brachte ich nach längerem Schweigen heraus, bei dem Manner nur dasaß und wartete, bis ich etwas sagen würde. »Willst du damit etwa sagen, dass auch …?« Ich nannte den Namen von Natalies Mann.

Manner lachte, es war ein zufriedenes Brummen, das tief im Bassregister ansetzte und langsam lauter wurde.

»Natürlich. Aber der verkraftet das schon. Natalie ist …« – Manner suchte sorgsam nach Worten, er schien die Situation zu genießen –, »Sie ist ein Begriff. Oder besser gesagt, ihre vielen Liebhaber sind es. Letztes Jahr war es Kari Kuoppa, du weißt schon, der Sänger. Vor Jahren war es Waenerberg, der Manager. Natalie ist eine fantastische Frau, und Waenerberg ist ein Riesenarschloch und hatte sie nicht verdient. Und jetzt … tja, jetzt bist du an der Reihe. Ihr seid nicht besonders vorsichtig gewesen, habt euch gelegentlich zusammen gezeigt. Oder hast du ernsthaft geglaubt, dass dir irgendjemand dieses Ammenmärchen abkauft, du wärst auf Reisen, um mit Theatern über dein Stück zu verhandeln?«

»Aber wieso hat die Presse dann nichts …?«, fragte ich und spürte, dass mir nicht nur auf der Stirn, sondern am ganzen Oberkörper der kalte Schweiß ausbrach.

»Manchmal überrascht es mich, wie naiv du bist«, antwortete Manner lächelnd. »Natalie hat eine Abmachung mit ihnen. Kati Kaipola von den *Abend-Nachrichten* und Tuula Niva von *Wir Frauen* gehören zu ihren engsten Freundinnen. Was glaubst du denn, wie Natalie ihnen am meisten nützt? Als Hochglanzbild. Weißt du, für wie viele Titelseiten sie im Laufe der Jahre fotografiert worden ist, weißt du, wie viele Illustrierte man mit ihrer Hilfe verkauft hat? Es ist wie mit der Homosexualität gewisser Künstler. Solange sie genügend positive Schlagzeilen liefern, spielt es keine Rolle, wie oft sie mit heruntergelassener Hose erwischt werden. Aber solche Dinge können sich ändern. Abmachungen dieser Art halten nicht ewig.«

»Oh, mein Gott«, sagte ich matt.

»Aber du kannst dich glücklich schätzen«, fuhr Manner erbarmungslos fort. »Du solltest nämlich froh sein, dass …« – an dieser Stelle erwähnte er erneut den Namen von Natalies Mann, und ich schauderte – »nicht eifersüchtig ist, denn sonst wäre längst eine Videokamera in einem eurer Hotelzimmer versteckt gewesen. Er könnte es sich leisten, jeden Hoteldirektor dieser Welt zu schmieren.«

8

Meine Mutter lebte mit ihrem Osmo schon seit ein paar Jahren in Jyväskylä. Eigentlich wohnten sie außerhalb der Stadt, in einer Reihenhaussiedlung an einem Seeufer, knappe fünf Kilometer vom Stadtzentrum entfernt. Ich hatte sie dort vier, fünf Mal besucht, ohne mir zu merken, wie das Viertel hieß, und navigierte ausschließlich nach den visuellen Erinnerungen von meinem ersten Besuch, als Leeni mich mit ihrem grauen Kadett vom Bahnhof abgeholt hatte.

Ich hatte Weihnachten mit ihnen gefeiert und sie einmal Ostern besucht, als auch Großmutter Raili da war, und darüber hinaus während meines Urlaubs im Juli und zu einem Krebsessen im August. Ich hatte auf ihrem Hinterhof gesessen, einer schmalen, aber gepflegten Parzelle zum See hin, und Koteletts gegrillt, Rosé getrunken und mich über Wichtiges und Unwichtiges unterhalten, von der Perestrojka und der Wall Street bis zu den Fluktuationen im Fischbestand des Sees Päijänne. Wir unterhielten uns ungern über Dinge, die zu persönlich wurden oder über die wir unterschiedlicher Meinung sein konnten, und über das allerschwierigste Thema sprachen wir natürlich nie. Ich wusste nicht, was Leeni Osmo über ihr früheres Leben erzählt und was sie ihm verschwiegen hatte, nahm jedoch an, dass sie sich an die einfache Version von Henry, ihr und mir gehalten hatte. Letztlich war sie es ja gewohnt zu schweigen.

Osmo ähnelte Henry ein wenig, er war kräftig gebaut und ein bisschen laut und nicht sonderlich elegant, aber sympathisch. Offenbar fühlte Leeni sich von solchen Männern angezogen und sie von ihr. Osmo war nicht nur Geschäftsmann – er war in der Immobilienbranche tätig –, sondern auch eine zentrale Gestalt im Sportleben Jyväskyläs. Bei unseren ersten Begegnungen unternahm er deshalb tapfere Versuche, sich mit mir über das Wohl und Weh der örtlichen Pesäpallo-Mannschaft zu unterhalten, einer finnischen Variante des Baseballs. Das Team hieß Kiri, und Osmo versuchte auch, mit mir über einen, ihm zufolge, legendären Verein in Helsingfors zu sprechen. Ich hatte keine Ahnung, wovon er schwafelte, und er gab schnell auf.

Als Leeni noch allein lebte, hatte ich ihr natürlich einige Male gesagt, dass ich irgendwann einmal über Ariel, sie und das seltsame Netz sprechen wollte, in dem ich eingesponnen leben musste, nur weil Henry und sie beschlossen hatten, achtzehn Jahre lang zu schweigen. Bei einem Sonntagsessen in ihrer Wohnung hatte ich sogar vorgeschlagen, sofort darüber zu reden, ich sagte, ich wolle ihre Version hören, wolle wissen, was ihre Erinnerungen an Ariel seien. »Aber sicher, lass uns reden«, hatte Leeni damals geantwortet, »selbstverständlich hast du ein Recht darauf, Bescheid zu wissen.« Aber bei diesen Worten hatte sie so gepeinigt und geradezu angeekelt ausgesehen – ich hatte Scham in ihren Augen erkannt, und wir waren minutenlang stumm geblieben –, dass ich die verfahrene Situation schließlich mit den Worten löste: »Schon gut, wir reden ein anderes Mal darüber.« Zu diesem anderen Mal war es jedoch nie gekommen, und das, obwohl es bei meinen Besuchen in Jyväskylä immer einen Moment gab, in dem Osmo angeblich etwas im Büro von Kiri zu erledigen hatte oder etwas Unaufschiebbares im Hobbykeller schreinern musste. Wenn Osmo Leeni und mich allein ließ, damit wir unsere Mutter-und-Sohn-Zeit bekamen, wurden wir meistens verlegen und wussten nicht, womit wir die ohrenbetäubende Stille füllen sollten.

Doch diesmal war es anders. Es war Vorsommer, und wir saßen am See. Der Rasen erstreckte sich bis zur Wasserlinie, und da kein Wind ging, hatten wir den Grill und die Gartenmöbel dorthin getragen. Osmo war in die Stadt gefahren, um irgendetwas für Kiri zu erledigen, und Leeni und ich saßen auf braungebeizten Gartenstühlen und nippten an unseren Rotweingläsern. Wir hatten uns in Decken geschlungen, denn die Abende waren noch kühl, blickten auf die ölig graue Fläche des Sees hinaus und unterhielten uns tastend über Tallinge und Svartviken und meine Jahre auf dem Gymnasium, zum ersten Mal überhaupt sprachen wir über vergangene Zeiten. Nach einer Weile kamen wir auf das Abiturjahr zu sprechen und riefen uns ins Gedächtnis, wie Leeni ihre geliebte Lyrik benutzt hatte, um mich in den Sprachen zu drillen, die Abiturfächer waren. Die meisten Texte hatten wir in ihrer Unterrichtssprache, ihrer großen Liebe, gelesen: Englisch. Die Erinnerung an die Gedichtabende führte zu unserem besten Gespräch in den vergangenen neun Jahren. Leeni wurde eifrig, genau wie ich, denn ich hatte wirklich lebhafte Erinnerungen an diese Abende im Winter vor meinem Abitur. Pete Everi hatte Tallinge zwar verlassen, und seine Rockbands hatten sich aufgelöst, aber ich träumte noch davon, ein großer Songtexter zu werden, ich saugte Eindrücke und Informationen auf wie ein Schwamm.

Die Tatsache, dass meine Mutter ein kühler und gehemmter Mensch und unsere Beziehung distanziert geblieben war, hatte nie verdeckt, wie stolz es sie machte, dass ich es zum Journalisten und Schriftsteller gebracht hatte. Sie arbeitete noch als Lehrerin und hatte mir gestanden, dass sie meine Erzählungen im Unterricht benutzte. Inzwischen führte sie Osmos Nachnamen Rainio, so dass sie deshalb nicht in den Verdacht der Vetternwirtschaft geriet. Aber obwohl Leeni stolz auf mich war, legte sie doch großen Wert auf ihre Würde und meldete sich nie bei mir, um Freiexemplare oder Theaterkarten zu ergattern. Meine Bücher schickte ich ihr unaufgefordert, aber *Aufsicht* hatten Osmo und sie in Helsingfors gesehen, ohne sich vorher bei mir zu melden. »Warum hast du mich nicht von unterwegs angerufen«, hatte ich hinterher zu ihr gesagt, »ich hätte euch Freikarten besorgt.« »Ich wollte dir nicht unnötig zur Last fallen«, hatte Leeni geantwortet, »außerdem kannst du sicher alle Karteneinkünfte gebrauchen, die du kriegen kannst, ich bekomme doch schon deine Bücher gratis.« Das war eine Ausrede, denn ich begriff, dass sie das Stück ohne mich hatte sehen wollen, weil sie befürchtete, dass es ihr nicht gefallen würde. Wahrscheinlich hatte sie die Besprechungen gelesen und sich Sorgen gemacht, dass die Hauptfigur, die Frau, die ihr Leben lang für einen kleinen Fehler bezahlen muss, sie selbst sein würde.

»Welches von unseren Übungsgedichten hat dir am besten gefallen«, fragte sie, als wir am See saßen, »gibt es Texte, an die du heute noch denkst?«

»*Funeral Blues*«, antwortete ich, »und *Do Not Go Gentle Into That Good Night.*«

Leeni lächelte schief.

»Dann bist du der Sohn deines Vaters.« Sie erkannte augenblicklich, was sie gesagt hatte, seufzte verlegen und fügte widerwillig hinzu: »Na ja, ich meine deines leiblichen Vaters.«

Ich witterte meine Chance.

»Wieso sein Sohn?«, hakte ich nach und wusste, dass sie mir nicht mehr ausweichen konnte.

Daraufhin erzählte sie zum ersten und letzten Mal und ohne Ausflüchte, als es um weniger angenehme Fakten ging. Sie verschwieg mir mit Sicherheit immer noch das eine oder andere, aber das machte nichts, viel wichtiger war, dass sie endlich den Mund aufmachte.

Sie saß in ihre Decke gehüllt und erzählte, wie sie, Leeni Flinck, frischgebackene Abiturientin mit Bestnoten und bereits an der Universität von Helsingfors eingeschrieben, den Sommer über in Vanonens Geschäft Schuhe verkauft hatte und dort mit einer der Aushilfsverkäuferinnen ins Gespräch gekommen war: Lydia Wahl, Ariels Mutter. Ariel wurde in die letzte Klasse des Gymnasiums versetzt, hatte aber in vielen Fächern schlechte Noten, und Lydia Wahl – »eine gut aussehende, aber harte Frau«, erklärte Leeni – überredete ihre junge Kollegin, ihrem Sohn Nachhilfeunterricht in Englisch zu geben. Leeni wusste, wer Ariel war:

»Ehrlich gesagt ging das Gerücht, er sei seltsam, so dass ich ein bisschen Angst vor ihm hatte. Aber wenn man ihn kennenlernte, war er vollkommen harmlos. Er hatte immer seine Gitarre dabei. Wenn wir eine Pause machten und Tee tranken, spielte er für mich, er war sehr gut, jedenfalls fand ich das damals.«

Aber zwischen ihnen war nichts gewesen, beeilte Leeni sich hinzuzufügen, es hatte keinerlei Spannung oder Sehnsucht gegeben, jedenfalls nicht von ihrer Seite aus. Ariel war fast zwei Jahre jünger als sie und nun wirklich kein strahlender Prinz gewesen, in Wahrheit hatte er – Leeni sah mich entschuldigend an und zögerte einen Moment, ehe sie weitersprach – ziemlich hässlich ausgesehen.

»Mama, ich habe Bilder von ihm gesehen«, erwiderte ich, »ich weiß, wie er aussah.« Ich suchte nach einem passenden Wort und meinte es zu finden: »Originell.«

Leeni sah mich erneut vorsichtig, fast scheu an und meinte:

»Ich bin immer froh gewesen, dass du so auf mich kommst. Was das Aussehen betrifft, meine ich. Außerdem machte das natürlich alles wesentlich leichter. Es kam wohl schon einmal vor, dass meine Mutter oder Meeri oder einer unserer Freunde meinte, man sehe gar nichts von Henry in dir. Aber das sagten sie ohne Hintergedanken, es sollte ein Scherz sein. Und ansonsten war alles … du sahst ja nicht seltsam aus oder so.«

»Ich war kein Troll«, murmelte ich.

»Wie bitte?«, sagte Leeni.

»Nichts, schon gut«, wich ich aus.

Sie erzählte weiter. Für ihr Alter sei sie damals relativ schüchtern gewesen, sie habe Freundinnen gehabt, die wesentlich forscher gewesen seien, Freundinnen, die schon mehrere Freunde gehabt und Alkohol getrunken hätten, während sie nur Tee und Limonade getrunken habe. In der ersten Klasse des Gymnasiums sei sie mit einem Jungen gegangen, aber das sei eine ziemlich unschuldige Angelegenheit gewesen, und danach habe ihr der fast neun Jahre ältere Henry Loman den Hof gemacht, obwohl ihre Mutter alles getan habe, was in ihrer Macht stand, um dem einen Riegel vorzuschieben.

Ariel war wirklich schlecht in Englisch, seine Grammatikkenntnisse waren mangelhaft und sein Wortschatz äußerst bescheiden, aber er schrieb Liedtexte auf Finnisch, und deshalb war Leeni auf die Idee verfallen, zunächst Lieder und im Anschluss auch Gedichte in ihrem Nachhilfeunterricht zu verwenden. Niemand hatte ihr den Tipp gegeben, darauf war sie selbst gekommen. Diese Art intuitiver Ideen und der Mut, sie auch in die Tat umzusetzen, unterscheide einen guten Pädagogen von einem schlechten, meinte sie. Es funktionierte, Ariels Interesse wurde geweckt, und daraufhin lernte er besser.

Und dann kam jener Novemberabend. Raili hatte in dem Herbst ihren zukünftigen Mann Matti kennengelernt und war in den Norden gereist, um sich mit ihm zu treffen, und Leenis jüngere Schwester Meeri war zu ihrer Freundin im Nachbarhaus gegangen und wollte dort übernachten. Am späten Nachmittag, als es schon dunkel geworden war und die Menschen von der Arbeit heimkamen und das Radio einschalteten, kam Ariel Wahl zu seiner Nachhilfestunde.

»In der vorherigen Stunde hatte ich ihm *Do Not Go Gentle* vorgelesen«, sagte Leeni und zog die Decke enger um sich. »Ich hatte es abgetippt, und Ari hatte es mitnehmen dürfen, er war geradezu besessen davon gewesen. Er wollte wissen, wie der Mensch war, der ein solches Gedicht schreiben konnte, und ich erzählte ihm von Dylan Thomas und sagte ihm die Wahrheit, dass Thomas ein Bohemien und unglücklicher Mensch gewesen war, ich habe ihm, glaube ich, sogar erzählt, dass er sich zu Tode getrunken hat. Ariel wollte, dass ich ihm das Gedicht noch einmal vorlese, er…« – an diesem Punkt wandte Leeni den Blick zum See und verweilte dort, die Erinnerung an den Vorfall war ihr immer noch peinlich – »… sagte, ihm gefalle meine Stimme, wenn ich ihm auf Englisch vorläse. Also las ich und …«

Sie verstummte und streckte sich nach ihrem Weinglas. Um ihren Mund lag ein strenger Zug, der vorher noch nicht da gewesen war.

»Ich habe dir auch immer gerne zugehört, wenn du mir auf Englisch etwas vorgelesen hast«, warf ich ein, um ihr auf die Sprünge zu helfen. »Meine Aussprache ist nicht so gut wie deine, und das, obwohl ich mein Leben lang Popmusik gehört habe und Englisch allgegenwärtig ist.«

Meine Mutter zuckte mit den Schultern und zog kurz eine Grimasse.

»Seither sind fast dreißig Jahre vergangen«, meinte sie leise, »aber was damals passiert ist, erscheint mir immer noch unfassbar. *Dass* es passiert ist. Aber ich wusste natürlich, dass er in mich verliebt war, und irgendwie genoss ich es wahrscheinlich, mich schön zu fühlen. Ich las das Gedicht, und dann las ich es noch einmal, glaube ich, und Ari spielte Gitarre, und wir tranken ein bisschen Wein aus der Flasche, die er mitgebracht hatte, billigen Wein, aber wir tranken ihn aus Gläsern, die ich geholt hatte, schließlich war ich ein ordentliches Mädchen. Und dann waren wir auf einmal in meinem … nun ja.«

Sie unterbrach sich erneut und blickte zu dem grauen Vorsommerhimmel, ein schneller und resignierter Blick, als wollte sie sich dort Unterstützung holen, erinnerte sich jedoch augenblicklich daran, dass von dort keine Hilfe zu erwarten war. Schließlich fuhr sie fort:

»Ich hoffe, du entschuldigst, dass ich mich so plump ausdrücke, aber …«

»Plump?«, konnte ich mir nicht verkneifen einzuwerfen. »Für so etwas hast du wirklich deinen ganz eigenen Maßstab, Mama.«

»… er war wirklich ein so hässlicher Kerl. Henry war ja nun auch keine Schönheit, aber mit einem schicken Haarschnitt und einem weißen Hemd und etwas Rasierwasser sah er richtig passabel aus und tut es immer noch, denke ich. Aber der arme Ari … und wenn man sich vorstellt, dass jemand wie du herauskommen kann bei so etwas Hastigem und …«

Leeni verstummte wieder, und ich sah, dass die Erinnerung an ihr Schäferstündchen mit Ariel nicht nur auf ihrem Gesicht, sondern auch auf ihrem Hals rote Flecken sprießen ließ. Sie befreite sich aus der peinlichen Situation, indem sie handelte, wie sie es immer getan hatte, wenn sie auf dünnes Eis geraten war: Sie hielt sich an das, was sich nachprüfen ließ.

»Ari schrieb ein Lied. Ich glaube, er schrieb es nur ein paar Tage danach, noch bevor wir wussten … tja, was passiert war. Er sang dieses Lied oft. Außer mir wusste keiner, dass es von *Do Not Go Gentle Into That Good Night* inspiriert war. Aber Ari hatte alles falsch verstanden. Sein Song handelte von Jugend und Liebe und nicht davon, den Tod zu verneinen.«

»Ist das nicht das Gleiche?«

»Es war dumm von mir, es ihm zu erzählen«, sagte Leeni, ohne meinem Einwurf Beachtung zu schenken, »aber als ich merkte, dass ich bei meinem ersten Mal schwanger geworden war, geriet ich in Panik … und so etwas war damals eine große Sache, das kannst du mir glauben. Noch dazu mit dem falschen Mann.«

Die roten Flecken wurden immer schlimmer. Ich wollte meine Sympathie zum Ausdruck bringen, aber mir fielen keine passenden Worte ein. Leeni ergriff wieder das Wort:

»Der arme Ari, er geriet natürlich auch in Panik. Als ich es ihm erzählte, sagte ich ihm, dass wir niemals ein Paar werden würden und ich nicht wisse, was ich tun solle. Danach sah ich ihn nicht mehr. Meeri und ihre Freunde meinten, er habe sich zu Hause eingeschlossen und sitze dort nur herum und spiele Gitarre, er ist den ganzen Winter und das Frühjahr über nicht vor die Tür gegangen. Aber sie wusste natürlich nicht, woran das lag. Ich muss wohl froh sein, dass Ari es schaffte, den Mund zu halten, und nicht mehr Ärger machte, als er tat.«

»Du meinst, als er bei uns anrief und sich unten auf die Straße stellte?«

Leeni sah mich an und nickte:

»Henry hat dir davon erzählt?«

»Ja«, sagte ich. »Ach übrigens, wie erfuhr Henry denn eigentlich …?« Erst jetzt fiel mir der Mann ein, der achtzehn Jahre lang mein Vater gewesen war.

»Jaa-a«, sagte Leeni, und ich hörte, dass ihre Stimme ein wärmeres Timbre annahm.

»Woher ich damals den Mut nahm, es Henry zu erzählen, weiß ich nicht. Oder woher er die Kraft nahm, so zu reagieren, wie er es tat. Wir sind getrennte Wege gegangen, aber ich werde ewig dankbar sein, dass dieser Mann existiert.« Sie schaute zu Boden, und ich begriff, woran sie dachte: an das zweite Kind, das niemals kam.

»Es ist schon seltsam«, sagte sie dann. »Man steckt in der Klemme und wird von einer Lösung gerettet, die man sich als Provisorium vorstellt. ›Das wird niemals halten‹, denkt man. Aber dann vergehen erst fünf und dann zehn und schließlich fünfzehn Jahre, und am Ende wird einem klar, dass die vorübergehende Lösung zu einem ziemlich großen Teil des Lebens geworden ist.«

Ich hörte Osmos Volvo in die Garageneinfahrt einbiegen.

»Jetzt hör aber mal, Mama«, sagte ich, weiterhin leichthin. »Ich will keine Klemme sein. Nicht einmal dreißig Jahre später.«

»Ach Quatsch«, erwiderte Leeni. »Leg nicht jedes Wort auf die Goldwaage. Ich liebe dich und bin stolz auf dich, das weißt du.«

»Dieses Lied ist übrigens auf Platte erschienen«, sagte ich.

»Welches Lied?«

»Ariels Lied. Von dem du erzählst hast. Es ist ein paar Jahre später auf einer Platte herausgekommen.«

»Tatsächlich?«, fragte Leeni zerstreut. »Ich weiß, dass ich damals hörte, er habe eine Art Band gegründet, aber ...«

Ihre Stimme erstarb in völligem Desinteresse, und mir wurde klar, dass ihr die Verbindung zu Familie Mansnerus nicht bekannt war. Henry hatte gewusst, dass die ältere Tochter von Göran und Catherine Mansnerus mit Ariel Wahl und Jouni Manner gesungen hatte – ich hatte ihn gefragt, und Henry hatte es bestätigt, dagegen war ihm nicht bewusst gewesen, dass das Trio eine Platte aufgenommen hatte –, und nun erkannte ich zudem, dass die Gezwungenheit, die seinerzeit jede Begegnung zwischen Leeni und Henry und den Eltern Mansnerus geprägt hatte, von Henry ausgegangen war, und nur von ihm.

»Wenn du möchtest, kann ich dir die Platte besorgen«, sagte ich.

Leeni schauderte.

»Nein, lieber nicht«, meinte sie.

Wir hörten bereits Osmos schwere und energische Schritte, sie ließen den Kies knistern, als er den schmalen Weg zum Ufer hinunterging. Als er uns erreichte, saßen Leeni und ich in unsere Decken gehüllt und blickten auf den See hinaus.

»Mutter und Sohn«, sagte Osmo freundlich, »habt ihr es euch gut gehen lassen?«

»Wir haben uns nett unterhalten«, antwortete Leeni, und ich nickte und ergänzte: »Es ist ein schöner Abend.«

»Für meinen Geschmack ein bisschen grau«, wandte Osmo ein. »Ich habe dir eine Kiri-Mütze mitgebracht, Frank. Hier!«

Er warf mir eine blauweiße Schirmmütze zu, und ich fing sie und versuchte, hocherfreut auszusehen.

»Danke.«

»Möchtest du einen Schluck Wein, Liebling?«, fragte Leeni.

»Gern«, sagte Osmo, beugte sich zu ihr hinab und küsste sie auf die Wange.

Auf dem Heimweg hatte ich eine Eingebung und nahm die Straße über Svartviken, es war kein großer Umweg. Ich war seit fast zehn Jahren nicht mehr dort gewesen. Die Landstraße gab es noch, und sie war genauso kurvig und hügelig und unasphaltiert wie früher. Aber sie hatte ausgedient: Etwas weiter nördlich führte eine schnurgerade und pechschwarze neue Asphalttrasse über Turu nach Tammerfors. Ich entschied mich für die staubende Schotterpiste und fuhr an den Feldrändern und blumenbetupften Böschungen vorbei, die mir einst so vertraut gewesen waren. Die Laubkronen der Bäume waren noch vorsommerlich zart ergrünt, kleine Seen glitzerten wie hinter einem dünnen Vorhang. Ich bog Richtung Hiitelä ab und fuhr durch den dichten Nadelwald, der zwischen der alten Landstraße und dem Hof lag. Als ich die Felder Hiiteläs erreichte, sah ich, dass der Hof verlassen lag: Das Hauptgebäude war verriegelt, und in der Scheune gähnten mehrere Fensteröffnungen leer.

Auf den Nachbarparzellen thronten neu erbaute Holzhäuschen, aber auf unserem früheren Grundstück sah es noch fast genauso aus wie früher, nur älter und abgenutzter. Die Bretterverkleidung des Häuschens war eher grau als grün, an manchen Stellen war die Farbe fast vollständig abgeblättert. Auch die Dachpappe hatte einen grauschwarzen Ton bekommen, und die Eisenluke zu dem Räucherofen, den Kuokkanen gebaut hatte, war rostbraun. Der Bootssteg sah klappriger aus als je zuvor, war aber nicht so lang wie in meiner Erinnerung. Alle Entfernungen waren im Vergleich zu früher geschrumpft. Die Insel Lilla ön lag unserem Ufer näher, als sie sollte, und Svartviken erinnerte eher an eine kleine als an eine weite Bucht. Gewachsen war allein das Erlenwäldchen am Ufer. Es war zu einem Gehölz geworden, fast einem Wald, die Erlen schienen bereit zu sein, den ganzen See einzunehmen.

Ich blieb mindestens eine Stunde auf dem Grundstück, vielleicht auch länger. Ich hatte Leeni und Henry in der hintersten Ecke im verborgensten Winkel meiner Erinnerung begraben, aber unser Gespräch hatte mir Lust auf mehr gemacht: Ich spürte, dass ich noch einmal mit Leeni sprechen, noch tiefer eindringen wollte. Also ging ich auf dem Grundstück umher und suchte Spuren von Leeni, Henry und mir. Sie waren leicht zu finden. Als ich durch das Fenster zum Waschraum der Sauna schaute, erblickte ich auf einem niedrigen Hocker eine Flasche Timotej und auf der Fensterbank eine rissige Kiefernlatschenseife auf einem altvertrauten Porzellanteller mit grüner Borte. Als ich durch das Fenster zu meinem alten Schlafzimmer blickte, lag da immer noch mein alter Tischtennisschläger auf dem Nachttisch, ich erkannte das geriffelte blaue Gummi. Nach uns hatte anscheinend niemand mehr das Sommerhaus mieten wollen.

Aber ich sah nicht nur Leeni und Henry. Als ich durch das Fenster in die dunkle Sauna blickte, sah ich Eva Mansnerus vor mir. Wie in einem Blitzlicht tauchte das Bild auf, wie wir uns dort liebten, Eva auf der obersten Bank saß und sich zurücklehnte und genoss und mir diesen Blick zuwarf, der verzückt und schamlos und schüchtern war, alles zugleich. Und als ich mich auf der morschen Holzbank vor dem Saunahäuschen niederließ und sah, wie die Sonne verschwand und über dem See Regenwolken aufzogen, fiel mir wieder ein, dass Eva neben mir gesessen und ich versucht hatte, ihr die Magie in der Dampfpfeife der s/s Jäminki zu erklären, und wie sie mir erzählt hatte, dass die Hölle und Tallinge für sie Synonyme waren. Während ich dort saß, begann es zu regnen, und daraufhin entsann ich mich der Regenfälle in den Siebzigern und des Rauchs, der aus einem Dutzend Schornsteinen rund um die Bucht aufstieg, und dann stieg mir plötzlich der Duft frisch brennenden Holzes in die Nase, ich spürte ihn, weil er in meinem Körper gelagert lag, der auch mein Gedächtnis war, und meine Erinnerung war stärker als die Tatsache, dass an diesem Werktag Anfang Juni alle Sommerhäuser still und leer standen.

Es raschelte im Kies am Giebel der Sauna, und als ich den Kopf drehte, dachte ich, mir würde das Herz stehen bleiben. Der andere, ein graumelierter und dicker Mann mit einem Gewehr in der rechten Hand, bekam genauso große Angst wie ich. Ich sah die Fingerknöchel seiner Rechten weiß werden, als er das Gewehr umklammerte. Es vergingen viele Sekunden, bis jemand etwas sagte, wir rührten uns nicht vom Fleck, er am Giebel stehend und ich auf meiner Bank sitzend ließen wir uns nicht aus den Augen. Dann erkannte ich ihn.

»Herr Kuokkanen, ich bin's, Frank Loman«, sagte ich behutsam auf Finnisch.

Er schien immer noch panische Angst zu haben, aber dann blitzte in seinen Augen etwas auf.

»Sie sind's, Herr Loman?«

Ich nickte erleichtert, und damit war das Eis gebrochen. Toimi Kuokkanen legte das Gewehr fort und entschuldigte sich wortreich dafür, es fast auf mich gerichtet zu haben. »Aber es ist nicht geladen, es sollte nur Angst einjagen«, beteuerte er, und ich stand von meinem Platz auf, lächelte und versicherte ihm, es sei alles in Ordnung. Wir gaben uns die Hand, und Kuokkanen erzählte, ein Nachbar habe ihm mitgeteilt, dass sich jemand auf dem Grundstück herumtreibe, so dass er es für das Beste gehalten habe, mal nach dem Rechten zu sehen. Gerüchten zufolge solle sich ein entlaufener Häftling aus dem Sukeva-Gefängnis in der Gegend aufhalten, und man wisse ja, was für eine Sauerei solche Gestalten in den Häusern hinterließen, in die sie einbrachen.

Kuokkanen und ich standen lange zusammen und unterhielten uns, er fragte mich nach Leeni, Henry, Raili, Meeri und den anderen, die uns regelmäßig besucht hatten. Und ich konnte ihm erzählen, dass meines Wissens noch alle lebten, Henry und Leeni jedoch seit vielen Jahren geschieden und inzwischen wieder anderweitig verheiratet waren.

»So, so, Herr und Frau Loman haben sich scheiden lassen, ja, so ist das heutzutage«, nickte Kuokkanen und bestätigte anschließend meine Vermutung, dass unser Haus von keinem mehr gemietet worden war, nachdem wir es aufgegeben hatten. Die Leute verlangen heute einen etwas höheren Komfort, meinte er.

»Aber vielleicht hat ja der junge Herr Familie und ist interessiert«, sagte er versuchsweise. Ich wollte ihm sagen, dass er mich nicht »Herr« nennen sollte, schüttelte stattdessen jedoch nur den Kopf und sagte, es tue mir leid, eher nicht, ich sei noch Junggeselle und ein eingefleischter Stadtmensch.

* * *

Im selben Jahr, 1989, passierte noch etwas, was sich in mein Gedächtnis eingebrannt hat. Es geschah im Spätherbst, bei Regen und Nebel, als die Europakarte neu gezeichnet wurde und die Menschen sich ausnahmsweise ohne Blutvergießen von ihren Unterdrückern befreiten.

An einem Novemberabend rief Eva Mansnerus mich an. Sie war im Aurora-Krankenhaus, sie weinte am Telefon. Nadia hatte eine Erkältung gehabt, die sich zu etwas entwickelt hatte, was Eva für eine gewöhnliche Augeninfektion hielt, an der Nadia im Herbst schon einmal erkrankt war. Sie waren zu einem

Arzt gegangen, der Augentropfen verschrieben hatte, aber ein paar Tage später war das infizierte Augen angeschwollen und ganz rot geworden, und Nadia hatte hohes Fieber bekommen und über starke Kopfschmerzen geklagt. Eva hatte ärgerlich reagiert – sie hatte sich an dem Gymnasium, in dem sie arbeitete, schon drei Tage vertreten lassen müssen – und Nadia angeschnauzt und eine Heulsuse genannt. Sicherheitshalber waren sie dann aber doch zur Kinderklinik gefahren, und als der Arzt Nadia sah, hatte er auf der Stelle ein Taxi gerufen und sie ins Aurora geschickt, und als sie dort ankamen, waren die Ärzte und Schwestern vorgewarnt gewesen, hatten bereits ein Isolierzimmer hergerichtet und standen bereit, Nadia intravenös hohe Dosen Antibiotika zu verabreichen. Sie litt an einer aggressiven bakteriellen Infektion im Bindegewebe unter dem Auge, und wenn diese auf das Gehirn oder andere lebenswichtige Organe übergreifen sollte, würde Lebensgefahr bestehen.

Ich warf mich auf der Stelle in ein Taxi und fuhr ins Krankenhaus. Als ich dort ankam, war Eva völlig aufgelöst. Ich packte ihre Schultern, zog sie an mich und umarmte sie, und sie presste sich an mich, durchnässte mein Hemd mit ihren Tränen und wiederholte immer wieder: »Und ich hab sie nur geschüttelt und angeschrien, sie soll sich nicht so anstellen, sie stirbt, und ich Idiot schreie sie an, dass sie sich nicht so anstellen soll!«

Ich versuchte, Eva zu beruhigen, und sagte ihr, dass ich bei ihnen bleiben würde und dass die Ärzte und Krankenschwestern sicher wüssten, was sie taten. Aber ich war nicht wirklich die Ruhe selbst, denn die schnellen Schritte und die intensive Geschäftigkeit der Schwestern und des diensthabenden Arztes ließen mich erkennen, dass Nadia wirklich in Gefahr war.

Wir wachten fast zweiundsiebzig Stunden an Nadias Seite, da erst war die Gefahr endgültig gebannt. Ich übernahm die Nächte, damit Eva vormittags unterrichten konnte. Irgendwann zwischen Mitternacht und zwei Uhr kam ich ins Krankenhaus, und Eva fuhr nach Hause, um ein paar Stunden zu schlafen – hinterher gestand sie mir allerdings, dass sie an diesen Tagen kein Auge zugemacht hatte – und zur Schule zu gehen. Ich legte mich auf die dünne Matraze neben Nadias Bett und konnte auch nicht schlafen: Ich hatte Bücher mitgenommen und las die ganze Nacht. Nadias Zimmer hatte eine eigene Tür zur Nordenskiöldsgatan, und von Zeit zu Zeit trat ich in den Nieselregen hinaus und rauchte.

Es waren seltsame Tage, ich habe sie nie vergessen. Der dichte Nebel, die Regentropfen, die so fett und schwer von den Ästen der Laubbäume herabhingen wie in Tallinge vor langer Zeit. Der verblüffte Freudentaumel in West- und Ostdeutschland und die fantastischen Neuigkeiten aus Prag auf dem Bildschirm des alten Salora-Fernsehapparats im Aufenthaltsraum der Station. Ich weiß sogar noch, welche Bücher ich damals las: Ulla-Lena Lundbergs Roman »Leo«, eine Biographie über François Truffaut und eine Auswahl von Borges' Erzählungen.

Aber vor allem erinnere ich mich an Eva. Ich weiß noch, wie sie am Kopfende von Nadias Bett stand, als ich im Krankenhaus eintraf. Es war in der zweiten Nacht, die Infektionswerte wollten einfach nicht sinken, und Nadia war müde und erschöpft, sie hatte nicht einmal mehr genug Kraft, um zu weinen und zu jammern. Stattdessen schlief sie fast die ganze Zeit, und in den kurzen wachen Phasen lag sie da und starrte ins Leere. Die Schwestern waren weiterhin betont leise und geschäftig, sahen mir oder Eva nur ungern in die Augen und verhielten sich auffällig sachlich und kurz angebunden, vor allem mir gegenüber. Sie wussten, dass ich weder der Vater noch Evas neuer Mann und auch kein enger Verwandter war, weshalb es ihnen schwerfiel, meine Rolle zu definieren. Jetzt schlief Nadia, und Eva betrachtete ihr kleines, aber unförmig angeschwollenes Gesicht, und über Evas

Wangen liefen Tränen, als sie immer wieder murmelte: »Ich liebe sie so, ich weiß nicht, was mit mir werden soll, wenn sie stirbt, ich liebe sie so.«

Endlich hatte ich Eva dieses Wort aussprechen hören, das sie zu mir nie gesagt hatte und das ich sie nie zu einem anderen Mann oder ihren Eltern oder irgendwem sonst hatte sagen hören. Ich sah sie an und dachte, dass sie sich entschlossen hatte, allein zu leben, obwohl sie selbst und alle anderen wussten, wenn sie wollte, konnte sie fast jeden Mann haben. Bilder schossen mir durch den Kopf, ich sah Catherine Mansnerus' leicht aufgedunsene Wangen und das Wermutglas in ihrer Hand, wenn sie die Tür zu ihrem Haus in Tallinge öffnete und mich hereinließ, ich sah Adriana in der Küche in einer Dezembernacht vor langer Zeit, ich sah ihren flackernden und abwesenden Blick und hörte sie vage Andeutungen über den nahenden Tag des Weltuntergangs murmeln, und dann sah ich sie und Eva auf Aspholm, ich sah eine lachende Eva am Küchentisch zusammen mit Pete Everi und mir, und ich sah Adriana, die mich halb verborgen hinter den Bäumen am Ufer beobachtete. Und nun sah ich Eva hier stehen und bei der schlafenden Nadia wachen, und zum ersten Mal in meinem Leben sah ich die Generationen und wie sie in den Familien aufeinanderfolgten, als eine Angelegenheit der Frauen. Ich sah eine Geschichte von Müttern, Töchtern und Schwestern statt der Geschichte von Vätern, Söhnen und Brüdern, auf die ich bis dahin so fixiert gewesen war. Ich erkannte, wie hartnäckig ich an meinem Recht festgehalten hatte, Eva als einen starken und unverletzlichen Menschen zu betrachten, und manchmal hatte ich sie sogar als Feind und Gegnerin gesehen. Ich hatte mich ihr so unterlegen gefühlt, dass ich nie verstanden hatte, nicht einmal in die Nähe des Gedankens gekommen war, dass auch Eva Angst haben und sich schwach fühlen konnte, dass auch sie Momente brauchte, in denen sie sich auf die Stärke eines anderen, zum Beispiel meine, verlassen durfte.

Nach wochenlangem Nebel und Regen kam spät im November ein schöner Tag, an dem die Sonne kurz über den Horizont kroch und ein bernsteingelbes, fast überirdisches Licht aussandte, von dem die Wassertropfen in den Bäumen so durchbohrt wurden, dass sie wie kleine Laternen schienen. Nadia ging es bereits besser, sie war außer Gefahr und konnte Besuch empfangen, Großvater Göran und Großmutter Catherine kamen ins Krankenhaus, und Nadias Gesicht war nicht mehr aufgedunsen und unförmig, stattdessen hatte sie einen dunkelblauen, fast schwarzen Ring rund um das linke Auge und sah aus wie eine Mischung aus Mädchen und Panda. Sie sprang im Aufenthaltszimmer in Göran Mansnerus' Arme und rief »Opa!« mit all dem Glück in der Stimme, das nur ein Kind empfinden kann. Und Eva, die mich ihren Eltern mit den Worten vorgestellt hatte, »das ist Frank Loman, mein bester Freund, ihr erinnert euch doch noch an Frank?«, schob sich hinter mich und flüsterte nicht, sondern hauchte ein Wort in mein Ohr: Danke.

An einem Samstagabend Mitte Februar sollte Nadia bei Evas Eltern in Munsknäs übernachten. Eva lud mich zum Essen in ihre Zweizimmerwohnung ein. Sie hatte ein Trüffelrisotto gekocht und Kerzen angezündet, sowohl Duftkerzen als auch normale, und sie im Wohnzimmer, in der Küche und im Flur angezündet: Überall brannten Kerzen, sogar im Badezimmer standen sie und verbreiteten ihren Wohlgeruch.

Wir unterhielten uns lange und ernst. Wir sprachen über meine Naivität in den ersten Jahren als Erwachsener, über Evas Angst vor Nähe und darüber, sich gleichzeitig nach anderen Menschen und nach Einsamkeit zu sehnen. Wir sprachen über meinen Besuch bei Leeni und Osmo in Jyväskylä und über Görans und Catherines triste Ehe und lange über Adriana.

Eva erzählte von ihren schlaflosen Nächten, als Nadia krank war, dass sie es nicht gewagt hatte einzuschlafen, denn sobald sie eindöste, tauchte sie in einen Traum ein, der genau so ablief wie ihr Traum nach Adrianas Tod. Diesmal war es jedoch nicht Adriana, sondern Nadia gewesen, die sie aus dem Zugabteil beobachtet, eine Eva beobachtet hatte, die auf dem Bahnsteig stand, den Zug davonrollen sah und spürte, wie sie zur Salzsäule erstarrte, gelähmt von Schuldgefühlen, weil sie zu spät gekommen war, und der Trauer darüber, zurückgelassen zu werden.

Ich blieb in dieser Februarnacht bei Eva. Ich hatte damals gerade keine andere Frau, denn die expansive Natalie hatte ich augenblicklich verlassen, als ich begriff, dass sie mich mindestens genauso hintergangen hatte wie ihren Ehemann, den reichen Libertin. Dass es für Eva und mich eine so schöne Nacht wurde, könnte also daran gelegen haben, dass auch ich aufgestaute Lust und Sehnsucht in mir trug und wir beide lange gedürstet hatten. Aber ich glaube es nicht.

Ich möchte nicht versuchen, diese Nacht eingehender zu schildern, es gibt Momente, die für Worte unerreichbar bleiben. Nur so viel:

Es war kalt geworden, die Fenster waren mit Raureif überzogen, es hatten sich dünne Muster gebildet. Es gab einen Moment, in dem sich Evas Nägel in meinen Rücken bohrten, und in dieser Sekunde war ihr Blick so wie auf dem Bild, das ich seit zehn Jahren in mir trug: Es war ihr Blick in der Sauna von Svartviken. Und in diesem Augenblick erwartete ich tatsächlich, dass Eva das L-Wort aussprechen würde, das für Nadia über ihre Lippen gekommen war. Vielleicht erwartete ich es auch nicht wirklich, aber ich spürte, dass es möglich gewesen wäre, dass es in der Luft lag. Aber Eva sprach es nicht aus. Stattdessen die Dutzenden Kerzen, die in der Wohnung brannten, obwohl wir zwei Flaschen Wein getrunken hatten und betrunken und feuergefährlich waren, stattdessen ihre Nägel in meinem Rücken, stattdessen ihre anderen Worte:

»Oh, mein Gott. Das gibt es nicht. Dieses Gefühl gibt es nicht.«

Und ich: »Aber wir fühlen es doch.«

Und trotzdem, als ich am Vormittag die Elisabetsgatan hinunterging und den Schal vors Gesicht zog, um mich vor dem eisigen Wind zu schützen, begriff ich es zum ersten Mal und wagte auch, es mir einzugestehen:

Ich würde sie niemals bekommen.

Ich würde sie immer lieben.

9

Meine schwarzen Jahre fielen in die Zeit von Jouni Manners zweiter Karriere, es war eine Ironie des Schicksals, aber so ergab es sich.

Meine schwarzen Jahre fielen darüber hinaus in die Phase, in der Eva Mansnerus und Pete Everi von der Pflicht aufgesogen wurden, für das Wohl ihrer Kinder zu sorgen. Pete hatte vier und Eva nur eins, aber in meinen Augen war der Unterschied nicht sonderlich groß. Wenn ich sie traf, berichteten sie von ihrem strebsamen Leben, und ihre Gesichter und Körper illustrierten ihre Worte.

Pete wurde immer kahlköpfiger und unzufriedener mit der Gesellschaft und der Gegenwart, und seine ungesunde Rundlichkeit nahm zu. Zu der Zeit konnten wir uns nicht einmal mehr dazu aufraffen, Badminton zu spielen, stattdessen gingen wir bei unseren seltenen Begegnungen schnurstracks in eine Kneipe und tranken Bier, und Petes Bauch schien von Monat zu Monat dicker zu werden.

Eva sah so schlank und durchtrainiert aus wie immer und schien ihr Leben so souverän im Griff zu haben wie eh und je, aber in ihrer Haltung gab es einen Zug von Müdigkeit und Missmut. Sie war noch keine fünfunddreißig, hatte jedoch Krähenfüße um die Augen, und ihre Mundwinkel zeigten in einer Weise nach unten, die an Petes erinnerte. Sie sprach oft davon, wie leid sie es war, Kunstkritiken zu schreiben und an Gymnasien zu unterrichten, aber ihr blieb keine andere Wahl. Ihr Forschungsprojekt war zu langsam vorangekommen, so dass sie keine Stipendien mehr erhielt, und gleichzeitig war sie viel zu stolz, um sich an Göran und Catherine zu wenden, vor denen sie ihre prekäre Lage seit vielen Jahren verborgen hielt.

In dieser Zeit steckte das Land in einer Wirtschaftskrise, fünfzig Milliarden finnische Mark aus Steuergeldern waren erforderlich, um jene Banken zu retten, die nur wenige Jahre zuvor Kleinanleger mit offener Verachtung gestraft hatten. Hinterher sollte sich herausstellen, dass die Krise schlimmer gewesen war, als das Volk gewusst hatte, mit etwas Pech hätte es so kommen können wie in Argentinien zehn Jahre später: Ganz Finnland hätte in Konkurs gehen können. Bei all ihrer Verbitterung und Müdigkeit gehörten Menschen wie Pete Everi und Eva Mansnerus trotz allem zu den Helden des Alltags, die weitermachten und so dazu beitrugen, ihrem Vaterland aus der Bredouille zu helfen. Ich, der ich nur trank und mit jedem neuen Jahr ein immer unproduktiverer Journalist und Künstler wurde, erschien im Vergleich zu ihnen wie ein Taugenichts.

Wenn die Kritiker meine Bücher lobten, was sie immer seltener taten, schrieben sie manchmal, ich hätte ein »seismographisches Gespür für die Gegenwart«. Es mag nach diesem Gespür für die Gegenwart aussehen, dass die Zeit meines Niedergangs – »deine erbärmliche Regression zum Rotzlöffelstadium«, sollte Eva Mansnerus sie hinterher nennen – mit dieser schweren Wirtschaftskrise zusammenfiel. Aber was absichtsvoll erscheint, ist oft reiner Zufall. Und so war es auch jetzt. Dass ich immer mehr verkam, hatte höchst private Gründe, die weder mit der Gegenwart noch der Gesellschaft zusammenhingen.

Der mit Abstand wichtigste Grund:

An einem schönen Septemberabend verlor Osmo Rainio auf der Strecke zwischen Jyväskylä und Keuruu die Kontrolle über seinen Volvo und kam von der Straße ab. Der Unfall ereignete sich in einem Waldstück und endete in einem Frontalzusammenstoß mit einer mächtigen Kiefer. Osmo und meine Mutter Leeni, die auf dem Beifahrersitz saß, waren bereits tot, als Polizei und Notarzt die Unglücksstelle erreichten. Die beiden waren auf dem Weg zu einem Freund Osmos gewesen.

Laut Polizeibericht war die Straße in einem perfekten Zustand, aber die Bremsspuren ließen darauf schließen, dass Osmo sehr schnell gefahren und dann zu einer Vollbremsung gezwungen worden war. Kurz hinter der Unfallstelle fand man beidseits der Straße Elchspuren. Am wahrscheinlichsten erschien deshalb, dass Osmo, der im Gegenlicht fuhr, zu einem Bremsmanöver mit nachfolgendem Ausweichmanöver gezwungen worden war und dabei die Kontrolle über das Auto verloren hatte. Ein LKW-Fahrer traf als Erster am Unfallort ein, es war weniger als eine Minute nach dem Unglück vergangen, und zu diesem Zeitpunkt, so der Bericht, »lebte Frau Rainio noch, blutete jedoch stark und war bereits sehr mitgenommen«.

Die Beerdigung fand in Jyväskylä statt. Obwohl ich ein mulmiges Gefühl dabei hatte, nahm ich das Auto und wohnte zwei Tage in einem düsteren Sokos-Hotel. Osmos Verwandte boten mir an, in der Reihenhauswohnung vor den Toren der Stadt zu schlafen, aber das konnte ich nicht. Ich sah Leeni in ihre Decke gehüllt am Seeufer sitzen und wollte mir dieses Bild als letzte Erinnerung an den Ort bewahren.

Die Bestattung fand in Anwesenheit eines Sammelsuriums von Fremden statt, die meisten weinend und schluchzend, andere nur ernst. Als wir in unseren Bankreihen saßen und auf den Beginn der Zeremonie warteten, merkte ich, dass in den Reihen hinter mir da und dort getuschelt wurde. Ich verstand die Worte nicht, konnte sie mir aber lebhaft vorstellen: *Wer ist denn das da vorn? Das ist Leenis Sohn aus Helsingfors. Dieser Schreiberling? Ja, genau. Es heißt, dass er sie nicht besonders oft besucht hat. So, so.*

Zu den Fremden gehörten auch Großmutter Raili, Tante Meeri und meine Cousinen und Cousins Jukkis, Merja und Sami. Ich hatte sie seit Jahren nicht mehr gesehen, und wenn ich es nicht schon früher begriffen hatte, verstand ich in diesem Moment endgültig, dass ich für meine Bemühungen, mich von der großen Lüge zu befreien, die sich durch meine Jugend gezogen hatte, auch einen hohen Preis gezahlt hatte. Als wir den Sarg trugen, ging ich hinten links, die anderen Träger waren Jukkis, Sami, Railis Mann Matti sowie der Rektor und ein zweiter Lehrer von Leenis Schule. Während wir langsam den Mittelgang der Kirche hinabgingen und der Kantor auf der Empore Albinoni spielte, kam mir plötzlich der Gedanke, dass meine Mutter ein ziemlich einsamer Mensch gewesen war und für mich das Gleiche galt. Da hatten wir bereits die hintersten Bankreihen erreicht. In der allerletzten Reihe, ganz hinten in der Ecke, erblickte ich Henry. Ich zuckte zusammen und verlor für den

Bruchteil einer Sekunde den Tragriemen. Ich war kurz davor, meine Ecke des Sargs zu verlieren, mit allem, was dies an Kettenreaktionen und Katastrophen zur Folge hätte haben können. Als er sah, was sich anbahnte, riss Henry erschrocken die Augen auf und sah entsetzt, fast panisch aus, und sein Blick schrie *Aber das wollte ich doch nicht*. Dann bekam ich den Riemen wieder zu fassen und reckte mich, und wenige Sekunden später traten wir auf die Kirchentreppe hinaus, und die Luft war hoch und klar, und die Bäume brannten im Sonnenschein rot und gelb, und hinter uns erschallte das schöne Adagio, als würde es tief unten in einem Brunnen gespielt.

Bei der Trauerfeier in einem Café im Stadtzentrum hatte ich mich von der Überraschung schon wieder erholt. Außerdem hatte ich auf dem Friedhof ein paar Worte mit Henry gewechselt und festgestellt, dass er im selben Hotel wohnte wie ich, woraufhin wir uns geeinigt hatten, zu späterer Stunde zusammen zu essen.

Ich spielte meine Rolle den ganzen Tag über so gut ich konnte, ich spielte sie, bis ich in mein Hotelzimmer kam und den schwarzen Anzug und die Krawatte ausziehen und mich auf die Minibar stürzen durfte. Ich war der einzige Sohn, ich war höflich und zuvorkommend und zeigte ein angemessenes Maß an Trauer, nicht zu viel und nicht zu wenig. Aber damals, zu Anfang, verstand ich meine Trauer noch nicht wirklich, ich war mir nicht einmal sicher, ob ich trauerte, da war nichts als Leere. Die Begegnung mit den Verwandten und das tiefgreifende Gefühl der Fremdheit zwischen ihnen und mir hatte mir etwas in Erinnerung gerufen, was Eva Mansnerus vor langer Zeit geäußert hatte, noch bevor sie von Ariel erfahren hatte. Eva meinte damals, meine verwandtschaftlichen Beziehungen erschienen ihr nicht wirklich normal, sie hatte sogar Worte wie »frostgeschädigt« und »abnorm« benutzt. Andererseits, wo verliefen die Grenzen des Normalen, und wer hatte das Recht, sich in solchen Fragen zum Richter aufzuschwingen? Und falls Eva Recht gehabt haben sollte, falls meine Gefühle abnorm waren, was konnte man da schon machen, wie stellte man es an, Gefühle herbeizuzaubern, die es nicht gab?

Henry und ich saßen an jenem Abend lange im Hotelrestaurant zusammen. Unsere Unterhaltung verlief einigermaßen wortkarg und gar nicht wie im Film, wenn die Angehörigen am Abend in der Küche sitzen und der schmerzliche Verlust die Zungen lockert und jeder eine lebenspralle und lustige Erinnerung an den Verstorbenen mitzuteilen hat, bis irgendwer, oft der Jüngste oder der Älteste, die ergreifende Erinnerung aus dem Gedächtnis kramt, die in die Augen aller Tränen treten lässt.

Wir sprachen im Grunde nur recht wenig über Leeni, ihr Tod war noch zu frisch. Irgendwann fiel uns der wunderbare Lammtopf ein, den sie in den ersten Jahren nach unserem Umzug nach Tallinge zubereitet hatte, und wir fragten uns, warum er vom Speiseplan verschwunden war, wir konnten uns an keine Lammtöpfe aus späterer Zeit erinnern. In einer anderen Phase des Abends erinnerten wir uns an ihre freundlichen, aber unerbittlichen Verbesserungen, wenn man auf Englisch oder Finnisch etwas schlampig formulierte. Ansonsten redeten wir über anderes, wir sprachen zögernd, aber offen, und das Gespräch verlief zwar schleppend, aber angenehm, es erinnerte mich an meine Pubertät, wenn Leeni übers Wochenende zu Lehrerseminaren fuhr und Henry und ich ins Männynlatva gingen und Sonntagsschnitzel so groß wie Elefantenohren aßen, ein richtiges Männeressen. Und es entging mir nicht: Obwohl wir uns seit Jahren nicht mehr gesehen hatten, obwohl wir lediglich Weihnachtsgrüße ausgetauscht hatten, fanden Henry und ich sofort zueinander. Jetzt, nachdem genügend Jahre verstrichen waren, konnten wir plötzlich miteinander reden.

Henry meinte, als er die Nachricht von ihrem Tod erhalten habe, sei in ihm auf der Stelle der Entschluss gereift, zur Beerdigung zu fahren, er habe ein Telegramm von der Witwe eines verstorbenen Kollegen aus seiner Zeit bei Familie Gelbkrantz bekommen. Die Frau war eine gute Freundin Leenis gewesen und hatte versucht, Henry anzurufen, ihn jedoch nicht erreicht und sich deshalb auf anderem Wege gemeldet. Hier hätte Henry mir durchaus vorwerfen können, dass ich ihn nicht benachrichtigt hatte, aber das tat er nicht. Ich beeilte mich dennoch, ihm wahrheitsgemäß zu versichern, dass ich mehrmals erfolglos versucht hatte, ihn telefonisch zu erreichen. Henry nickte und erwiderte, Maj-Britt und er seien momentan dabei, ihr Sommerhaus in den Schären nördlich von Stockholm zu renovieren, und sie verbrächten viel Zeit dort draußen. Außerdem meinte er, dass er in Erwägung gezogen habe, sich bei mir zu erkundigen, ob es Platz für einen weiteren Sargträger gebe, aber dann habe er erkannt, dass er die Familie von Leenis Mann überhaupt nicht kannte und dass sehr viele Familien ein solches Ansinnen dankend ablehnen würden. »Außerdem wusste ich nicht, was du selbst dazu sagen würdest, bei dir weiß man ja nie«, fügte er hinzu. »Was zum Teufel soll das denn jetzt wieder heißen«, entgegnete ich, »behauptest du etwa, dass ich konservativ bin?« »Nein«, antwortete Henry, »aber ziemlich unberechenbar.«

Henrys Haare waren inzwischen graumeliert, und er war wesentlich schlanker als früher. Er erzählte, Maj-Britt sei eine frisch bekehrte Bewegungsenthusiastin, und Joggingrunden und Morgengymnastik täten ihm genauso gut wie ihr. »Und dann ist da ja auch noch die Arbeit am Sommerhaus«, fügte er hinzu, »ich glaube, so gut war ich nicht mehr in Form, seit ich aufgehört habe, Fußball zu spielen.« Als ich ihn so erzählen hörte, entging mir nicht, wie ausgeglichen und wie zufrieden er damit war, einen Wechsel in ein anderes Land gewagt zu haben. Natürlich trauerte er um Leeni, das sah man ihm an. Aber sie gehörte zu einem früheren Lebensabschnitt, und wenn ich jetzt an unsere letzten Jahre in Tallinge zurückdachte, erkannte ich, dass Henrys und Leenis gemeinsames Leben schon viel früher zu Ende gewesen sein musste, als ich begriffen hatte. Die letzten Jahre mit all den Reisen und Tagungen waren ein Versuch gewesen, etwas zu übertünchen, was so groß geworden war, dass es sich einfach nicht mehr unter den Teppich kehren ließ.

Kurz bevor sie zumachten, bestellten Henry und ich unseren fünften Whisky – wir waren gleich nach dem Essen von Wein zu härteren Tropfen übergegangen –, und anschließend murmelte Henry einige verlegene Worte über meine »frühesten Lebensumstände«, die nicht »die bestmöglichen« gewesen seien und deshalb »ihren Schatten über viele spätere Beschlüsse geworfen« hätten, er hoffe aber, dass ich dennoch nicht allzu unzufrieden mit meiner Kindheit gewesen sei. Wir waren schon betrunken, ehrlich gesagt waren wir sternhagelvoll, und an meine Antwort erinnere ich mich nur vage. Ich glaube, ich sagte in etwa, dass wir immer Essen auf dem Tisch und Strom im Haus und Geschenke unter dem Weihnachtsbaum gehabt hatten, wie es sich gehörte, und er und Leeni seien als Eltern völlig in Ordnung gewesen, mehr könne ein Kind nicht verlangen. Aber mitten in meinem Rausch schmerzte eine Frage in mir: Wie oft vermisste Henry eigentlich *mich* in seinem schwedischen Leben, vermisste er mich überhaupt? Es war nur so schwer, diese Art von Fragen zu stellen.

Bevor wir uns eine gute Nacht wünschten und auf unsere Zimmer gingen, lud ich Henry nach Helsingfors ein, ich sagte, er könne ein paar Tage bei mir wohnen, sich in seiner alten Heimatstadt umschauen und anschließend von dort die Fähre nach

Schweden nehmen, statt von Vasa. Henry lehnte höflich ab, er habe Maj-Britt versprochen, sofort zurückzukommen, sie wollten mit der Renovierung des Sommerhauses fertig werden, bevor es richtig nasskalt wurde. Als wir uns beim Frühstück sahen, war die Vertrautheit vom Vorabend wie weggeblasen, wir begegneten einander schüchtern und litten zudem beide an einem schweren Kater. Nachdem Henry in seinen Saab gestiegen und gefahren war – er hätte sich so früh am Tag eigentlich nicht ans Lenkrad setzen sollen, tat es aber trotzdem –, wurde ich von dem Gefühl übermannt, dass wir uns soeben zum letzten Mal voneinander verabschiedet hatten. Henry war schon Ende fünfzig, er hatte sich von Finnland entfernt, und ich kam auch nicht gerade oft in die Gegend von Norrtälje.

In diesen Tagen in Jyväskylä mussten auch einige Angelegenheiten geregelt werden. Ich hatte versprochen, für einen Teil der Beerdigungskosten aufzukommen, und das tat ich auch. Zum Grabstein hatte ich keine nennenswerte Ansicht, und da sowohl Raili als auch Meeri fanden, dass meine Mutter neben Osmo in Jyväskylä beerdigt werden sollte, erklärte ich mich einverstanden. Ich war der einzige aus unserer Familie, der noch in Helsingfors lebte, und es wäre mir kindisch erschienen, auf einem Friedhof dort zu bestehen. Ehrlich gesagt versuchte ich, mich aus all diesen Dingen möglichst herauszuhalten, die rituellen und formellen Aspekte des Todes erschreckten mich, durch sie wurde auf einmal alles so konkret.

Bei den einleitenden Verhandlungen über das Erbe machten Osmos Söhne Jaakko und Taneli einen recht sympathischen Eindruck, und ich glaubte, dass die Aufteilung der Erbmasse einfach und problemlos vonstatten gehen würde. Trotzdem teilte ich umgehend mit, dass mich ein Rechtsbeistand vertreten würde. Ich kannte mich in Fragen des Erbrechts nicht aus, und die Verhältnisse und Beziehungen in Jyväskylä, wo Leeni in ihren letzten Lebensjahren gewohnt hatte, waren mir unbekannt. Deshalb fand ich es besser, wenn ein anderer sich der Sache in meinem Namen annahm.

Die Erbverteilung verlief dann bei weitem nicht so unkompliziert, wie ich geglaubt hatte, aber nach langwierigen Auseinandersetzungen stellte sich heraus, dass Osmo Besitzer eines ansehnlichen Vermögens gewesen war, es keinen Ehevertrag gegeben hatte und Leeni all ihre Ersparnisse in die gemeinsame Wohnung gesteckt hatte. Folglich war ich Alleinerbe des Reihenhauses am Seeufer sowie einiger Möbel und persönlicher Gegenstände, Schmuck, Fotoalben und Ähnlichem. Als ich die Wohnung verkaufte, bekam ich überraschend viel Geld für sie, die Wirtschaftskrise hatte die Preise zwar schon sinken lassen, aber sie war offenbar ein begehrtes Objekt. Ich platzierte das Geld auf ein paar Konten, die hohe Zinsen abwarfen, und mitten in der sich verschärfenden gesellschaftlichen Misere ging es mir finanziell besser als je zuvor, besser als in der Zeit, in der ich für KYVYT schrieb und ein junger, viel beachteter Schriftsteller war.

Aber das Geld tat mir nicht gut. Ich hatte schon seit längerem Probleme gehabt, mich zum Arbeiten zu motivieren. Nun verlor ich endgültig jegliche Motivation. Das mütterliche Erbe gab mir die Chance, eine Weile zu tun, was immer ich wollte, und ich entschied mich zu trinken. Vier Jahre verbrachte ich so.

* * *

Eva Mansnerus begegnete ich in diesen Jahren nicht besonders oft, vor allem, weil ich mir ihre Obermutterkritik meines faulen Lebensstils ersparen wollte: Sie wiederholte gebetsmühlenartig, ich würde mein Talent und meine Seele verschleudern.

Ich wusste, dass Eva Recht hatte. Das Leben als Bohemien und die One-Night-Stands machten keinen Spaß, und es ließ sich nicht leugnen, dass ich immer schlechter schrieb. Viele

Gründe kamen dafür in Frage, dass ich schlecht schrieb, und einer von ihnen lautete, dass ich zu heruntergekommen war, um noch geradlinig denken und reine Gefühle empfinden zu können. Eva hatte bereits angedeutet, dass sich meine trüben Gedanken und mein trübes Gefühlsleben allmählich in meiner Sprache widerspiegelten.

Aber ich zog es vor, meine Bruchlandung auf meine Misserfolge zu schieben. Am Anfang hatte mir alles in die Hände gespielt, Türen hatten sich geöffnet, und man hatte mich mit Lob überschüttet wie eine frischgebackene Schönheitskönigin im Blitzlichtgewitter. *Frank Loman ist die stärkste und unabhängigste Stimme seit langem in unserer jungen Literatur.* So hatte es sich angehört, aber mit der Zeit blieb ich in der Schublade »Fleißig und nicht ohne Talent, aber …« stecken, und mittlerweile interessierten sich weder die Kritiker noch die Leser dafür, was ich machte. Das tat weh, insbesondere, da ich die Gründe für diese Rückschläge nicht begriff.

Aber es ging nicht nur um ausgebliebene Buchverkäufe und Lobeshymnen. Es war schlimmer.

Seit einiger Zeit stellte ich den Sinn meines Tuns generell in Frage. Ich stellte in Frage, ob ich überhaupt etwas zu sagen hatte. Ich stellte in Frage, ob ich eine schlüssige Identität, einen inneren Kern besaß.

In einem englischen Buch hatte ich mein Dilemma wie mit dem schärfsten Skalpell freigelegt entdeckt. In meiner Übersetzung:

Nachdem er die Mühen der frühen Jahre ertragen und nachdem er akzeptiert hat, dass es kein anderes Heilmittel gibt, als zu schreiben, ist der Schriftsteller von der Forderung nach einer fest umrissenen Persönlichkeit und einem festen Charakter befreit, die uns Menschen unseren Platz in der Gesellschaft schenken. An-

schließend verbringt der Schriftsteller den Rest seiner Existenz mit dem Versuch herauszufinden, wer er wirklich ist. Er erschafft eine frei erfundene Person nach der anderen in der eitlen Hoffnung, dass sich eine dieser Personen als er selbst erweisen möge. Zur unausgesprochenen Übereinkunft gehört, dass es niemals zu einer solchen Entdeckung kommen kann, stattdessen wird die Suche fortgesetzt, solange der Schriftsteller weiter schreibt.

Ich unterschrieb jedes einzelne Wort, so gut hätte ich es selbst nie zusammenfassen können. Doch leider glaubte ich nicht mehr an das Prinzip der vergeblichen Suche, ich fand nicht, dass das Ergebnis die Mühe wert war.

* * *

In meinen vier verlorenen Jahren muss ich in Bars und Nachtclubs Hunderten von Menschen begegnet sein, aber ich erinnere mich nicht mehr an sie. Ich muss mit Dutzenden und Aberdutzenden Männern verschiedenen Alters gesoffen haben, aber ich weiß nicht mehr, wie sie aussahen oder hießen. Ich muss mit Dutzenden und Aberdutzenden Frauen geflirtet haben, aber ich sehe sie nicht vor mir.

Wenn es um diese Jahre geht, ist mein Gedächtnis wie ein grobes Sieb, durch das fast alles hindurchrieselt. Die wenigen Begegnungen, die haften geblieben sind, standen in Verbindung zu den alten Zeiten, als jeder neue Mensch mir wie ein Abenteuer erschienen war.

An einem Winterabend aß ich zu später Stunde mit zwei Zechkumpanen im Mamma Rosa, hinterher blieben wir noch sitzen. Es ist symptomatisch, dass ich nicht mehr weiß, wer diese Zechkumpane waren, obwohl ich mich daran erinnere, was dann geschah.

Kurz bevor das Restaurant zumachte, erregte eine Gesellschaft am Nebentisch unsere Aufmerksamkeit. Sie hatten dort schon die ganze Zeit gesessen, smarte Geschäftsleute um die dreißig, große Snobs mit teuren Anzügen und handgenähten italienischen Schuhen und Markenkrawatten. Bei ihnen saßen zwei Frauen, hübsche und gepflegte Blondinen mit harten Augen, ebenfalls Geschäftsleute, in tailliert geschnittenen Damenblazern und raffinierten Blusen und Röcken, mit langen Beinen in silberfunkelnden Strümpfen, die Füße in elegante Abendschuhe mit hohen und messerscharfen Absätzen gezwängt.

Dem Geschehen ging keine Provokation voraus. Die Business-Gesellschaft benahm sich weder arrogant noch angeberisch, man unterhielt sich leise und behandelte das Personal mit ausgesuchter Höflichkeit. Aber diese fünf sahen alle so schön und wohlsituiert aus, dass dies allein schon zu einer Provokation wurde, sie wirkten frivol, weil das Land am Rande des Staatsbankrotts stand und so viele Menschen ihre Zeit vor Essensausgabestellen und auf dem Sozialamt verbringen mussten. Ab und zu drangen Bruchstücke ihrer Unterhaltung zu meinen Saufkumpanen und mir, und wir hörten, dass sie einerseits große Geschäfte diskutierten – offenbar konnte man in diesen schlechten Zeiten richtige Schnäppchen machen, da viele Leute um jeden Preis ihren Besitz veräußern mussten – und andererseits über geplante Sommerfeste sprachen, ein bekanntes Gut in Südfinnland wurde ebenso genannt wie ein Dorf in der Toskana. Die Gruppe sprach abwechselnd Finnisch und Schwedisch, und relativ bald begannen wir, sie nachzuäffen, uns über ihren gepflegten Tonfall und ihre beherrschten Gesten lustig zu machen, bis sich einer von uns schließlich an Jacques Brels Chanson *Les Bourgeois* erinnerte, dessen Text wir alle beherrschten, ich auf Schwedisch und die anderen auf Finnisch, und so sangen wir das Lied von den Bürgern, die an ihren gedeckten Tischen saßen und schlemmten und zu fetten Schweinen anschwollen, und gelegentlich schoben wir noch die eine oder andere boshafte Spitze ein. Die jungen Löwen am Nachbartisch waren nicht amüsiert, versuchten anfangs jedoch, die Sache mit Humor zu nehmen, und erwiderten unsere höhnischen Bemerkungen, so gut sie konnten. Aber ihr Ärger wuchs, und der Hauptschuldige für ihren Zorn war ich, denn ich war der betrunkenste, und meine spitzen Bemerkungen waren geschmacklos: Ich erinnere mich vage, dass ich die Ausschnitte der Frauen und ihre körperliche Erscheinung insgesamt kommentierte.

Das Restaurant war fast leer, und wir hatten seit mindestens zehn Minuten keinen Kellner mehr gesehen. Als wir weitersangen und stichelten, obwohl die jungen Männer uns baten, sie in Ruhe zu lassen, wurden die Kommentare am Nachbartisch immer drohender. Schließlich erhob sich der Größte von ihnen von seinem Stuhl, um zu unserem Tisch zu kommen und uns endgültig zur Vernunft zu bringen. Aber eine der blonden Frauen – sie hatte mich schon eine ganze Weile beobachtet – legte ihre manikürte Hand auf den Jackettärmel des Großgewachsenen und bat ihn, sich wieder zu setzen. Stattdessen stand sie auf und kam zu unserem Tisch. Obwohl ich mich an die Namen meiner Zechbrüder nicht mehr erinnere, habe ich noch deren abgestumpftes, betrunkenes Grinsen vor Augen und wie dieses Grinsen erlosch, als die Frau mich ansprach.

»Erkennst du mich nicht mehr, Frankki?«, fragte sie. So aus der Nähe kamen mir ihre schönen und überraschend sanften Gesichtszüge tatsächlich bekannt vor. Rasch rief ich mir das Café Metropol in Erinnerung und überlegte, ob sie vielleicht eine der jungen Frauen aus jenem Sommer damals war, und war noch weit von dem Augenblick entfernt, in dem der Groschen fallen sollte. Sie kam mir zuvor:

»Ich bin's doch, Susanna … Suski Everi. Das ist also aus dir geworden, Frankki? Das tut mir wirklich sehr leid.«

Damit machte sie kehrt und ging. Ich blieb auf meinem Stuhl sitzen. Ich sang nicht mehr und grölte auch keine Sarkasmen mehr. Suski Everi und ihre Freunde sammelten ihre Handtaschen und Feuerzeuge ein und gingen die Treppe hoch. Ich sah meine Kumpels an und versuchte, möglichst lässig mit den Schultern zu zucken, aber die Geste geriet pathetisch. Wir standen auf und verließen ebenfalls das Restaurant.

Als wir in die beißende Kälte hinaustraten, standen Suski Everi und der Großgewachsene am Tölö torg, wo sie gerade in ein Taxi steigen wollten. Suski trug einen Pelzmantel und schwarze Stiefel mit hohen Schäften, ihre Stilettos baumelten lässig an einem Zeigefinger. Ein eisiger Wind bohrte sich in meine Wangen, und ich war am Boden zerstört. Suski hatte ihren alten Spitznamen benutzt, um meinem Gedächtnis auf die Sprünge zu helfen, aber etwas sagte mir, dass er nicht mehr oft im Gebrauch war. Ein Bild überrumpelte mich. Stationsvägen 12, Suskis Mädchenknie, die aus dem Kunstledersofa hochragten, und Jami Johanssons knochiger und eifriger Hintern zwischen ihnen. Letzten Sommer hatte ich Jamis Todesanzeige in der Zeitung gesehen. Pete Everi hatte die Todesursache gekannt, Jami war bei einem Rockfestival ertrunken. Ich hatte mich nicht weiter dafür interessiert, nur den typischen Schauer gespürt: *Das ist doch jemand, den ich einmal gekannt habe.* Ich fragte mich, ob es Susanna Everi interessiert hatte.

* * *

An einem anderen Kneipenabend – im Sea Horse, wieder mitten im Winter – kam ich mit einem frühpensionierten Rundfunkjournalisten namens Tuomas Koskelo-Kajander ins Gespräch. Er war ein mürrischer, ergrauter Mann, der von den anderen

Stammgästen »Tuoppi« genannt wurde, und es war leicht zu erkennen, warum er seine Stelle beim Rundfunk vorzeitig hatte aufgeben müssen: Er spuckte nicht gerade ins Glas, und seine anilinrote und geäderte Nase war gezeichnet von jahrzehntelangem Alkoholkonsum.

Ich würde mich an diesen Abend nicht erinnern, wenn wir nicht zufällig auf Jouni Manner zu sprechen gekommen wären und der Name Manner den Pensionär auf fast parodistische Art in Rage gebracht hätte. Manner saß damals wieder im Parlament. Er hatte sich für die Niederlage von 1987 revanchiert und war 1991 gewählt worden, es war knapp gewesen, aber es hatte gereicht. Als frisch gewählter Abgeordneter einer bürgerlichen Regierungspartei hatte er natürlich direkt in den gigantischen Kuhfladen namens Depression treten müssen, aber er war kein Minister geworden und dadurch der härtesten Kritik entgangen. Tatsächlich hatte Manner bisher einen guten Job gemacht, er saß im Ausschuss für Europafragen und war nach einem bedauerlichen Todesfall in den Innenausschuss nachgerückt. Er hatte zudem in seinen Reden einige kühne Initiativen vorgetragen, so dass die politischen Kolumnisten ihm eine große Zukunft voraussagten. Schließlich war er erst siebenundvierzig.

Koskelo-Kajander ließ dagegen kein gutes Haar an Jouni Manner. Wir kamen auf ihn zu sprechen, als wir uns darüber unterhielten, wie junge Männer aus den großen Nachkriegsjahrgängen das staatliche Fernsehen und den staatlichen Rundfunk als Sprungbrett für ihre politischen Karrieren genutzt hatten. Koskelo-Kajander gehörte zu einer anderen Generation und sah dieses Verhalten kritisch. Ich weiß nicht mehr, wer von uns als Erster Manners Namen ins Spiel brachte, aber als er fiel, erklärte ich, dass ich für Manners Zeitschrift geschrieben hatte, und Koskelo-Kajander erzählte, er habe ein Vierteljahrhundert zuvor in derselben Rundfunkredaktion wie Manner gearbeitet.

Das Bild, das Koskelo-Kajander vom jungen Jouni Manner zeichnete, war erschreckend. Es war das Bild eines Soziopathen, eines oberflächlich charmanten, aber im Grunde eiskalten Menschen. Manche von Manners Charakterzügen wirkten nahezu psychopathisch.

Koskelo-Kajander gab zu, dass Manner sich ausgesprochen sympathisch geben konnte, »damals wickelte er alle um den kleinen Finger, von den Chefs wie Keijo Kantola bis zu den Mädchen in der Telefonzentrale.« Aber, ergänzte Koskelo-Kajander, Manner sei sich nie zu schade gewesen, gegebene Versprechen nicht einzuhalten und Abmachungen zu brechen, wenn es ihm nützte. Manner habe sich auch seinen Förderern nicht zur Loyalität verpflichtet gefühlt, seinen nächsten Vorgesetzten Kantola habe er, behauptete Koskelo-Kajander, fallen gelassen wie eine heiße Kartoffel, sobald sich für ihn die Chance ergeben habe, von weiter oben Unterstützung für seine Karriere zu bekommen. Aber am schlimmsten überhaupt sei Manners Reaktion gewesen, wenn ein gleichgestellter Kollege es in einer wichtigen Frage gewagt habe, anderer Meinung zu sein als er.

»Er drohte einem Gewalt an«, erklärte Koskelo-Kajander. »Er sprach es nicht offen aus, er sagte nicht ›stimm mir zu, oder du bekommst was in die Fresse‹ oder so. Aber es schwang in seinem Tonfall, seiner Körpersprache und seiner Wortwahl mit. Er drohte uns.«

Koskelo-Kajander leerte sein Glas und fuhr fort:

»Ich weiß noch, wie er immer die Stimme senkte, irgendwie flüsterte, statt normal zu sprechen. Es gingen Gerüchte über ihn um, es hieß, er habe schon vor der Pubertät Ärger mit der Polizei gehabt, Schlägereien und Ähnliches. Er kannte die Gerüchte, versuchte aber nie, sie zu dementieren, schien sie eher zu genießen … Mir wird richtig schlecht, wenn ich daran denke, wie er seinen Willen durchsetzte. Er war ein Machtmensch, einer der ausgeprägtesten, denen ich jemals begegnet bin.«

Irgendwann muss Koskelo-Kajander klar geworden sein, wie kritisch seine Charakterisierung ausfiel. Ich hatte ihm erzählt, dass ich mich auch privat mit Manner traf, und Koskelo-Kajander erkannte, dass er vergessen haben mochte, mich zu fragen, was *ich* denn eigentlich vom Menschen Jouni Manner hielt. Jedenfalls beendete er den Abend mit einer Anekdote, die Manner in ein etwas menschlicheres Licht rückte, und diese Anekdote ist mir tatsächlich deutlicher in Erinnerung geblieben als all sein Tadel.

Es passierte in Manners letzten Monaten beim Fernsehen, glaubte Koskelo-Kajander sich zu erinnern, kurz bevor er zum ersten Mal ins Parlament gewählt wurde. Sie hatten einen gemeinsamen Auftrag, ein neues Handelsabkommen sollte geschlossen werden, eine finnische Delegation hockte in Moskau, die Verhandlungen zogen sich in die Länge. Im Hotel saßen die akkreditierten Journalisten Däumchen drehend herum, und eines Abends tranken Manner und Koskelo-Kajander gemeinsam, obwohl sie sich verabscheuten.

Der Abend endete mit dem Versuch der beiden, sich gegenseitig ihre frühesten Kindheitserinnerungen zu erzählen. Der Wodka machte Koskelo-Kajander sentimental, und er vertraute Manner seine kostbarste Erinnerung an, die früheste, die er an seinen Vater hatte, der im Fortsetzungskrieg als Kommunist hingerichtet worden war: Er erzählte von einem Sommertag auf einem Sandstrand, an dem er ein verdorbenes Eis gegessen hatte, so dass ihm schlecht geworden war und er sich am Ufersaum übergeben hatte, und dass sein Vater ihn hinterher auf seinen Schultern zu einer kleinen Schrebergartenlaube getragen hatte, wo er sich ausruhen durfte, während die Eltern schwimmen gingen. Koskelo-Kajander erwartete, im Gegenzug eine ähnliche

Erinnerung Manners zu hören. Aber es kam keine Geschichte. Stattdessen versank Manner, der normalerweise viel vertrug, in einen deliriumartigen Zustand. Er lehnte sich auf seinem Stuhl zurück, sein Blick ging ins Leere, auf seine Stirn trat Schweiß, und er murmelte, *er hatte ein Messer, er hatte immer ein Messer.* Danach sagte Manner nichts mehr, saß nur auf seinem Stuhl und schwieg, bis er ins Badezimmer wankte, die Tür schloss und Koskelo-Kajander hörte, wie er sich übergab.

* * *

Ich sank in diesen Jahren immer tiefer. Im letzten Winter war das Geld aus dem Verkauf von Leenis Wohnung fast aufgebraucht, und ich bekam kaum noch Aufträge: Ich hatte zu viele Versprechen gebrochen.

Im Privatleben erreichte mein moralisches Empfinden neue Tiefpunkte. Eines Nachts befand ich mich im Botta, wo ich mehrmals mit einem schwarzhaarigen Mädchen tanzte. Als wir keine Lust mehr hatten zu tanzen, gingen wir ins Manala, tranken, unterhielten uns und küssten uns schließlich. Ich sah, dass sie sehr jung war, mindestens zehn Jahre jünger als ich, vielleicht sogar noch jünger. Ich sah auch, dass es ihr nicht gut ging, denn sie war fast krankhaft mager, sprach sehr herablassend über sich selbst und hatte sich geweigert, mir ihren Namen zu nennen, ich musste sie regelrecht beknien, um wenigstens ihren Vornamen zu erfahren. Sie war ein junger Mensch, der sich in sich selbst und der Welt verirrt hatte, aber ich setzte mich trotzdem in dasselbe Taxi wie sie, und wir fuhren zu ihr, sie meinte, sie habe Wein und Whisky im Schrank, und ich weiß, dass ich alles getan hätte, was sie mir erlaubt hätte. Wir stiegen vor einem Hochhaus im Stadtteil Alphyddan aus dem Wagen und nahmen den Aufzug in den siebten Stock. Als wir ihre Wohnung betraten, warf ich zufällig einen Blick auf den Briefeinwurf.

Manner.

Ich begriff sofort. Fast zehn Jahre waren vergangen, seit ich sie das letzte Mal gesehen hatte, aber ich hatte Jouni Manners älteste Tochter nicht mehr wiedererkannt, obwohl sie mir ihren richtigen Vornamen genannt hatte, Suvi. Und Suvi hatte mich auch nicht erkannt, sie hatte nicht reagiert, obwohl ich ihr Vor- und Nachnamen anvertraut hatte.

»Mir fällt gerade ein, dass ich morgen früh eine Besprechung habe«, murmelte ich verlegen. »Ich kann noch kurz auf ein Glas hereinkommen, aber dann muss ich fahren.«

Darauf fiel sie nicht herein, denn sie hatte meinen Blick auf dem Briefeinwurf verharren sehen.

»Du kennst meinen Vater, was?«

Ich nickte, sagte Gute Nacht und ging.

Zwei Tage vergingen, dann rief Manner mich an. Er war genau wie Eva Mansnerus tief enttäuscht über meinen Lebenswandel, und wir hatten uns seit fast einem Jahr nicht mehr gesprochen. Außerdem war Manner inzwischen wieder ein wichtiger Mann im Staat, er umgab sich mit Sekretären und Ratgebern unterschiedlicher Art, und es war viel schwieriger geworden, an ihn heranzukommen.

»Ich weiß, wo du vorletzte Nacht warst«, sagte Manner. »Versuch ja nicht, so zu tun, als wüsstest du nicht, wovon ich rede.«

»Ich schwöre dir, ich habe sie nicht wiedererkannt«, erwiderte ich.

»Ich glaube dir«, sagte Manner. Er seufzte schwer: »Es geht ihr nicht gut, aber das hast du ja gesehen.«

»Was ist mit ihr?«

»Die Psyche. Unter anderem Anorexie. Fallst du weißt …?«

»Ja, ich weiß, was das ist«, sagte ich.

»Wenn du Kinder bekommst, Frank«, sagte Manner ernst, »lass sie nie ein Kinderstar werden.«

»Ich glaube nicht, dass ich jemals Kinder haben werde«, entgegnete ich und hatte rasende Kopfschmerzen. Drei Tage lang hatte ich durchgezecht und brauchte dringend etwas, um den Pegel zu halten.

»Wir sollten uns treffen, Frank«, sagte Manner. »Wir haben uns viel zu lange nicht gesehen. Und dass ich meiner Tochter anscheinend nicht helfen kann, heißt noch lange nicht, dass ich nicht versuchen möchte, anderen zu helfen.«

»Ich brauche keine Hilfe.«

»Du brauchst jede Hilfe, die du kriegen kannst.«

* * *

Als Manner und ich uns nach langer Unterbrechung erstmals wieder sahen, kreiste das Gespräch vor allem um meine prekäre Lage und die Frage, was man gegen sie tun könne. Mehrere Wochen waren vergangen, seit er mich wegen Suvi angerufen hatte, er setzte sich aus einer sich endlos hinziehenden Parlamentsdebatte ab, und wir aßen im Restaurant Lyon relativ früh zu Abend, einige Häuserblocks von seinem Arbeitsplatz entfernt und zwei Katzensprünge von meiner früheren Wohnung: Ich wohnte nicht mehr in der Döbelnsgatan, ich hatte nach Brunakärr hinausziehen müssen, wo die Mieten niedriger waren.

Manner erwähnte Suvi mit keinem Wort, und ich ahnte, dass ihre Probleme in der Familie bleiben, vor allem jedoch nicht den Medien zu Ohren kommen sollten, die sich an der Kombination aus prominenter Vater, prominente Tochter plus Anorexie mit Sicherheit ergötzt hätten.

Stattdessen hielt Manner mir den Spiegel vor und tat es im letzten Moment. Ich war schon beinahe arbeitsunfähig, schaffte nur noch kürzere Kommentare und Interviews der einfachsten

Art. Alles, was Planung und Recherche verlangte, überforderte mich, und ich wusste, dass man sich in der Stadt das Maul über mich zerriss. Außerdem hatten die verlorenen Jahre tiefe Löcher in meine Psyche gebohrt. Ständig hatte ich Träume, in denen Leeni, Henry, Eva, Adriana Mansnerus, Jouni Manner, Ariel Wahl und ich selbst in seltsamen Zusammenhängen auftauchten, in denen wir alle wir selbst und doch anders waren. Diese Träume waren unheimlich und blieben haften, sie schienen sich eine Ewigkeit hinzuziehen, und wenn ich aus ihnen erwachte, war ich schweißgebadet, und mir war schlecht.

Drei Menschen habe ich zu verdanken, dass ich wieder auf die Beine kam.

Jouni Manner, der mir nach unserem ersten Treffen im Lyon Aufträge besorgte und darauf achtete, dass diese Aufträge Schritt für Schritt anspruchsvoller wurden. Außerdem buchte und bezahlte Manner meinen dreiwöchigen Aufenthalt in einer teuren Entzugsklinik an der Westküste: Er kannte die Klinik durch seinen Job, mehrere Parlamentarier waren dort behandelt worden.

Pete Everi, der mich zwei Mal zur Entgiftungszentrale fuhr und mir mitteilte, dass er nicht mehr mit mir Bier trinken gehen wolle. Auf seine mürrische Art schlug er mir vor, dass wir stattdessen wieder Badminton spielen sollten. Als Grund nannte er sein Übergewicht und den Wunsch abzunehmen, aber ich wusste, dass er an mich dachte. Ich sagte Ja. Als Pete und ich zum ersten Mal wieder zur Halle hinausfuhren, begann ich beim Umziehen, am ganzen Körper unkontrolliert zu zittern, und nachdem wir eine halbe Stunde gespielt hatten, musste ich mich in der Toilette übergeben.

Und schließlich war da noch Eva Mansnerus, die mich weiter zum Essen einlud und bat, mit ihr und Nadia spazieren zu gehen, obwohl ich, oder irgendetwas in mir, alles tat, damit sie mich verachtete und sich von mir abwandte.

Eines Abends – ich war noch ziemlich heruntergekommen, kämpfte aber schon dagegen an – war ich zum Essen bei Eva und trank so viel Wein und Cognac, dass sie sich Sorgen um mich machte und mich fragte, ob ich über Nacht bei ihr bleiben wolle. Es geschah ein paar Monate nach dem Zwischenfall mit Suvi Manner, und Eva wohnte damals in Kasberget, da sie genau wie ich aus finanziellen Gründen die Innenstadt hatte verlassen müssen. Eva und Nadia wohnten im sechsten Stock, es war ein kühler, aber klarer Maiabend, und unter uns lagen die Vororthöfe so leicht phosphoreszierend hellgrün und schön, wie ich es aus den Frühlingen in Tallinge kannte.

Nadia war in den Schären, bei einem Mädchen aus ihrer Kita. Im Winter war sie sieben geworden und würde bald in die Schule kommen. Sie sei schon ein großes Mädchen, sagte sie mir oft mit ernster Miene, aber wenn sie zu Hause gewesen wäre, hätte Eva es sicher nicht riskiert, ihr erklären zu müssen, was Onkel Frank am Morgen in Mamas Bett machte. So aber stand Nadias Zimmer leer, und als wir die Teller und Gläser abräumten, sah Eva mich ruhig an und fragte:

»Meinst du, wir können im selben Bett liegen, ohne dass es peinlich wird? Nadias Bett ist für dich zu klein, und du darfst gerne bei mir schlafen, wenn du …«

Sie verstummte, aber ich begriff natürlich, was sie meinte.

»Klar«, sagte ich, »kein Problem.«

Ich meinte, was ich sagte. So war unsere Beziehung inzwischen, sachlich und geschwisterlich. Und diese große Veränderung war in Eva vorgegangen. Je mehr Jahre alleine mit Nadia verstrichen waren, desto größer war ihr Widerwille gegen die Jahre vor Nadia geworden. Wir hatten vor langer Zeit aufgehört, über die zügellosen Zeiten unseres Lebens als junge Erwachsene zu sprechen. Die Jugendzeit in Tallinge mochte sich noch als Gesprächsstoff eignen, die ersten Jahre in Helsingfors dagegen nicht. Es war Eva, die nicht über sie sprechen wollte, und ich dachte oft, dass Nadia sie gezähmt hatte.

Ich konnte es nicht lassen. Trotz meines Versprechens begann ich, sie zu berühren. Kurz nachdem wir uns hingelegt und uns eine gute Nacht gewünscht hatten, steckte ich die Hand unter Decke und T-Shirt, streichelte ihre Brüste und wusste nicht, ob sie schlief oder nicht. Eva reagierte nicht sofort, aber nach einer Weile durchschnitt ihre Stimme das Zwielicht:

»Bitte …!«

Als alles vorbei war, erkannte ich augenblicklich, wie hassenswert ich mich verhalten hatte, vor allem, wenn man bedachte, dass Eva mich einmal ihren besten Freund genannt hatte. Dass sie einen festen Freund hatte, erfuhr ich erst in jener Nacht, dagegen wusste ich sehr wohl, dass ihr Vater erst zwei Monate zuvor gestorben war. Ich hatte Catherine Mansnerus vor der Beerdigung eine Beileidskarte geschickt, und Eva und ich hatten beim Essen über Görans Tod gesprochen. Eva hatte mir erzählt, dass sie sein Tod weitaus stärker schmerzte, als sie für möglich gehalten hätte. Sie werde bald einiges Geld erben, erklärte sie, und in die Innenstadt zurückziehen können, wenn sie wolle. Aber sie sei deshalb weder erleichtert noch dankbar und spüre nur, dass sie ihn unendlich vermisse. Sie habe sich nie als Familienmensch betrachtet, aber offenbar sei sie wohl doch einer.

Ich wusste also, dass Eva eine schwere Phase durchmachte und es auch bei der Zeitung nicht leicht hatte, da der neue Leiter des Feuilletons nicht viel von ihr hielt. Trotzdem hörte ich mich betteln:

»Können wir nicht …?«

»Bitte, Kapi«, wiederholte Eva, »du hast es versprochen.«

»Aber ich habe es schon so lange nicht mehr gemacht«, erwiderte ich, »und wir sind doch …«

»Wundert dich das etwa?«, fiel Eva mir ins Wort, »so, wie du säufst. In letzter Zeit riechst du sogar schlecht, dabei hast gerade du immer so gut gerochen.«

Ich weiß nicht, warum ich nicht aufhören konnte. Manchmal habe ich gedacht, dass die Erniedrigungen und Demütigungen der verlorenen Jahre wie eine dicke Schicht Bodensediment in mir gelegen haben müssen, und nun kämpfte ich darum aufzusteigen und wählte den schlechtesten Weg: Ich demütigte mich noch einmal und erniedrigte gleichzeitig Eva.

»Mir will nicht in den Kopf, was daran so verdammt schwer sein soll«, murmelte ich. »Wir haben es schon so oft als Freunde gemacht, und es ist immer schön gewesen.«

Eva hatte sich mit dem Rücken zu mir auf die Seite gelegt und die Decke fast bis über die Ohren hochgezogen, damit ich meine Hand wegzog, aber nun legte sie sich wieder auf den Rücken und sah mir in die Augen.

»Ich bin nicht mehr an dem Punkt, Kapi. Ich habe es dir nicht erzählt, aber ich habe einen Mann. Ich bin verliebt.«

»So, so«, sagte ich skeptisch, »und wenn du einen Mann hast, was machst du dann hier? Und warum ist *er* nicht hier?«

»Wir wohnen nicht zusammen«, antwortete Eva. »Er wohnt nicht einmal in Finnland, er ist Ausländer. Ein Künstler.«

Ich sagte nichts, und ich tat auch nichts. Aber ich weiß, dass ich verletzten Stolz, Selbstmitleid, Wut und mit Sicherheit eine Menge anderer Gefühle ausstrahlte. Jede Pore meines Körpers sandte Gefühle aus, und keines von ihnen war edel und gut, und es hätte doch auch solche geben müssen, sogar in diesem Moment, *vor allem* in diesem Moment, aber stattdessen machte ich die Luft so schwer, wie ich nur konnte, und ließ sie nach Unzufriedenheit und Verbitterung stinken.

»Ich glaube, du hast nie verstanden, wie sehr ich dich mag, Kapi«, sagte Eva nach langem Schweigen, und ihre Stimme war leise, aber fest. »Ich möchte, dass es dir endlich wieder besser geht, und ich habe dich so gern, dass ich es sogar tun kann. Wenn du glaubst, dass du dich dann besser fühlst, darfst du es tun. Aber ich bitte dich, darüber nachzudenken, ob es dir das wirklich wert ist.«

Ich wünschte, ich könnte erzählen, dass ich verzichtete, aber das tat ich nicht. Ich schwieg weiter, das einzige Geräusch im Raum waren meine schweren Atemzüge, und dann streichelte ich wieder Evas Brüste. Ihre Burstwarzen wurden fester, aber ansonsten passierte nichts, sie atmete genauso ruhig wie zuvor. Als ich am Saum ihres Slips nestelte, zog sie die Beine an und streifte ihn selbst ab. Ihr Nachttisch hatte im unteren Teil einen kleinen Schrank, und sie zog die Tür auf, holte ein Kondom heraus und reichte es mir, ließ es mich aber selbst überstreifen. Als ich mich auf sie legte, blieb sie vollkommen passiv, sie legte nur die Hände leicht um meinen Rücken und ließ sie dort liegen. Hinterher drehte sie sich schnell auf die Seite und schlief wortlos ein. Ich lag neben ihr auf dem Rücken und wurde von Angst übermannt. Ich dachte daran, was ich soeben getan hatte. Ich dachte daran, dass ich Nadias Patenonkel war, und schluchzte. Eva reagierte nicht. Kurz darauf stand ich auf, zog mich an und ging auf wackeligen Beinen in den Flur. Ich überlegte, ob ich ein Taxi rufen sollte, entschied mich jedoch dagegen. Ich kehrte in die Wohnung zurück, stellte mich in den Türrahmen zum Schlafzimmer und hauchte leise: »Eva! Eva!« Keine Antwort. Ich verließ die Wohnung und ging durch die Vorsommernacht. Erst in Hertonäs nahm ich ein Taxi.

Am nächsten Morgen versuchte ich sofort, Eva anzurufen, ich versuchte es den ganzen Tag und Abend. Als sie sich nicht meldete, bekam ich einen Rückfall und trank zwei Wochen am Stück. Ich ließ den Abgabetermin für einen größeren Auftrag verstreichen, den Jouni Manner mir besorgt hatte, und er hielt mir eine Standpauke und schickte mich anschließend in die teure Reha-Klinik.

Aber Eva verzieh mir auch diesmal. Als ich von der Westküste zurückkehrte, dauerte es nicht lange, bis sie anrief und mich bat, die Metro zu nehmen und mit ihr und Nadia auf der Halbinsel Stenudden spazieren zu gehen. Als wir uns trafen, umarmten wir uns nicht innig und lange wie sonst, stattdessen berührte Eva nur leicht meinen Arm. Anschließend gingen wir Seite an Seite, während Nadia herumrannte und Menschen grüßte, die mit ihren Schrebergartenlauben und Beeten beschäftigt waren. Ich war am Boden zerstört. Evas Anblick und ihre leichte Berührung meines nackten Unterarms hatten erneut jene Nacht und mein furchtbares Verhalten heraufbeschworen, und ich entschuldigte mich mindestens drei Mal. Aber ich versuchte nicht, es zu erklären, denn ich wusste, dass Eva nicht an Erklärungen glaubte, sie fand, die Handlungen eines Menschen sprächen immer für sich.

»Wir vergessen das«, sagte Eva, als wir an dem großen Steinblock mit der Gedenktafel für das Tanzorchester Dallapé vorbeigingen, »wir haben es auch früher schon geschafft, gewisse Dinge zu vergessen. Bei der Sache mit Lindy habe ich dich damals nicht anständig behandelt.«

»Was du über einen anderen Mann gesagt hast, stimmt das?«, fragte ich beschämt.

»Ich weiß ja, dass ich dir Dinge verschwiegen habe«, antwortete Eva. »Aber wann habe ich dich jemals belogen?«

»Weiß er … er braucht doch nicht …?« Ich brachte die Frage nicht heraus.

»Ich habe doch gesagt, dass wir es vergessen«, entgegnete Eva gereizt.

Wir blieben enge Freunde. Nur unsere Begrüßungsumarmung kehrte nie mehr zurück. Von da an begrüßten wir uns immer mit Wangenküssen der flüchtigen kontinentalen Art, wie sie auch in Finnland immer üblicher wurden. Ich dachte oft, dass Evas Intellekt mir verziehen hatte, ihr Körper sich jedoch weigerte zu vergessen.

* * *

Im folgenden Frühjahr hatte ich dem Alkohol fast völlig abgeschworen und rauchte auch nicht mehr. Ich hatte viel zu tun und konnte Pete Everi schon wieder ein ebenbürtiger Gegner sein, wenn wir Badminton spielten.

Gleichzeitig war ich jedoch unsicher wie ein Fohlen, das zum ersten Mal in die Freiheit entlassen wird. Die neuen Beine, die mich tragen sollten, schafften es mit knapper Not, die Bürde der verlorenen Jahre zu tragen, und manchmal wankte ich.

Ich erinnere mich an einen Sonntag mit Eva und Nadia. Es war Mai, die Eishockeynationalmannschaft war Weltmeister geworden, und in Helsingfors herrschte Karnevalsstimmung, man hatte den Titelgewinn schon die ganze Woche über gefeiert. Mir selbst ging es schlecht. Meine Selbstverachtung hatte sich zurückgemeldet, und am Dienstagabend hatte ich eine Flasche Wein getrunken und am Mittwoch noch zwei Flaschen und am Donnerstag genauso viele. Eva hatte mich zufällig angerufen und sofort begriffen, was passiert war, und seither hatte ich drei Nächte auf ihrer Wohnzimmercouch verbracht. Evas Freund, der Künstler Paul aus Südschweden, wusste, dass ich bei ihr schlief. Eva hatte ihm die Situation am Telefon erklärt und ihm gesagt, ich sei ein lieber alter Freund.

Eva, Nadia und ich verbrachten den Sonntag damit, auf diversen Flohmärkten zu stöbern. Das Land arbeitete sich langsam aus der Krise, aber es gab immer noch überall Flohmärkte, sie waren wimmelnde Erinnerungen daran, wie schwer die vergangenen Jahre gewesen waren.

Ich hatte vier Arbeitstage versoffen und wusste, dass ich am Montag als Erstes bei zwei ungeduldigen Auftraggebern um eine Verschiebung des Abgabetermins betteln musste. Das machte mir Angst, und ich spürte, wie ich zu Bruch ging und nur noch trinken wollte. Aber dann fand ich auf dem Flohmarkt im Parkhaus des Einkaufszentrums Forum eine Lederjacke. Es war ein hässliches, dunkelbraunes Ding, abgewetzt und mit Patina, aber ich spürte, dass ich sie haben wollte, und obwohl Eva und Nadia protestierten, kaufte ich die Jacke für dreißig Mark und zog sie sofort an. Daraufhin passierte etwas Merkwürdiges: Als wir aus der Parkhöhle herauskamen, blinzelte ich mit tränenden Augen in das blendende Sonnenlicht, fühlte mich gleichzeitig jedoch wie ein neuer Mensch, wie ein selbständiger Mann, der das Recht hatte, zu existieren und zu arbeiten.

Ich sollte diese hässliche Lederjacke viele Jahre tragen. Für Eva und Nadia blieb sie mehr oder weniger ernst gemeint ein Hassobjekt, und als Nadia ein Teenager war, taufte sie das Kleidungsstück »Onkel Franks Chauffeursjacke«. Aber ich liebte diese Jacke, denn sie hatte im richtigen Moment meinen Weg gekreuzt und dafür gesorgt, dass ich mich wie ein etwas besserer Mann fühlte, als ich es am dringendsten brauchte.

Es gab einen anderen Augenblick im selben Monat Mai.

Jouni Manner war kürzlich in seine Traumwohnung umgezogen, und ich ging dort mit ihm in die Sauna. Manner trank dunkles tschechisches Bier, und ich trank Grapefruitlimonade. Wir waren allein, Manners Frau Sirpa verbrachte eine Woche in

Paris, sie waren zwar noch verheiratet, aber zu der Zeit ahnte ich bereits, dass es ihnen nicht besonders gut ging.

Die Wohnung lag auf dem südlichen Teil der Insel Drumsö, nur einen Katzensprung vom Meer entfernt. Es war eine kostspielig eingerichtete Siebenzimmerwohnung mit einem großen, verglasten Balkon. Das Haus war in den Sechzigern gebaut worden, zwei Etagen, vier riesige Wohnungen, jede mit eigener Garage.

»In meiner Jugend war hier im Sommer mal ein Fest«, erzählte Manner, als wir nach der Sauna auf dem Balkon saßen. »Das war auf der Nordseite, und der Gastgeber war ein verdammtes Arschloch, aber es war ein Haus wie das hier, und seither habe ich so wohnen wollen.«

Manner war kürzlich wieder mit hoher Stimmenzahl ins Parlament gewählt worden, er hatte sein bisher bestes Ergebnis erzielt. Aber als wir auf seinem Balkon saßen und die kühle Abendbrise genossen, sagte er mir, dass er nicht mehr lange im Parlament sitzen wolle.

»Ich glaube, ich werde lieber Europaparlamentarier«, erklärte er feierlich und ergänzte: »Aber das muss unbedingt unter uns bleiben. Ich habe es nur meiner Mutter und Sirpa gesagt, und jetzt sage ich es dir.«

Seine Worte ließen mich wachsen, so wie ich gewachsen war, als ich diese hässliche Lederjacke angezogen hatte. Es war lange her, dass Jouni Manner mir etwas so Wichtiges anvertraut hatte, und ich spürte, dass sein Vertrauen mich zu einem etwas größeren und etwas stolzeren Mann machte.

* * *

Ein paar Wochen vor Jouni Manners fünfzigstem Geburtstag trafen Eva und ich uns vor der Universitätsbibliothek, in der ich für einen Artikel recherchierte. Wir gingen in dasselbe kleine

Café in der Kyrkogatan, in dem ich an jenem Herbsttag begriffen hatte, dass sie schwanger war.

Auch diesmal lebten wir in einer Phase der Veränderung. Wir tranken unseren Café und aßen unsere Croissants als Bürger eines EU-Lands, und nur ein paar Tage später wollten Eva und Nadia nach Südschweden umziehen: Eva und ihr Verlobter Paul würden endlich zusammenleben.

Es war ein kalter Winter, fast so kalt wie der Winter, in dem Nadia geboren wurde. Ich sah, dass Eva vor dem Sprung zögerte, ihren Umzug bezeichnete sie mehrmals als einen »Versuch«. Ich wunderte mich nicht, denn außer mit Nadia hatte sie mit niemandem zusammengelebt, seit sie Joaquín hinausgeworfen hatte, und das lag inzwischen zwölf Jahre zurück.

Unsere Unterhaltung verlief schleppend, und es gab einen Moment, in dem Eva uns beiden noch einen Kaffee holte und ich in einer der Boulevardzeitungen versank und gedankenverloren weiterlas, als sie zurückkehrte. Ich sah eine Notiz zu einem Todesfall und kommentierte sie zerstreut:

»Stenka Waenerberg ist gestorben, der Popmanager. Lungenkrebs, steht hier.«

Eva horchte auf.

»Seltsam, dass du ihn erwähnst.«

»Wieso?«

»Weil ich dir die hier geben wollte«, antwortete sie und suchte aus ihrer geräumigen Umhängetasche einen riesigen, wattierten Umschlag heraus. Sie legte ihn auf den Tisch, schob ihn mir zu, zeigte darauf und sprach weiter:

»Ich glaube, er kommt darin vor. Das sind Addis Tagebücher. Seit ihrer Pubertät und aus der Zeit mit deinem Vater und Manner. Waenerberg war ihr Manager, wusstest du das nicht?«

»Doch. Manner hat es einmal erwähnt. Er mochte Waenerberg nicht.«

»Es geschieht ihm recht, dass er gestorben ist«, erklärte Eva in einem seltsamen Tonfall, sachlich, aber auch angespannt. »Ich hoffe, er hatte Schmerzen.«

»Du legst dich ja mächtig ins Zeug«, bemerkte ich.

Eva zuckte mit den Schultern und schwieg.

»Du meinst, dass ich Adrianas Tagebücher bekommen soll?«, fragte ich rhetorisch. »Warum?«

»Es stehen auch Dinge über deinen Vater darin«, antwortete Eva. »Es ist nicht viel, aber immerhin etwas. Die Aufzeichnungen gehen bis kurz vor ihrem Tod.«

Sie sah mich ruhig an:

»Manches darin ist ziemlich schrecklich. Vielleicht kannst du etwas daraus lernen, wenn du es liest.«

Als sie diese letzten Worte aussprach, durchwehte sie etwas, ein dunkler Schatten huschte über ihr Gesicht. Das Café, in dem wir saßen, hatte eine warme, gemütliche Atmosphäre, aber ich ahnte, dass sie sich daran erinnerte, was ich ihr in einer Vorsommernacht in ihrem Schlafzimmer angetan hatte. Ich versuchte, meine Schuldgefühle zu verdrängen, und sagte:

»Hast du keine Angst, dass ich sie … in einem literarischen Projekt benutzen könnte?«

»Ich möchte nicht, dass du die furchtbarsten Stellen irgendwem gegenüber zitierst, Kapi«, sagte Eva. »Aber ansonsten machst du damit, was du willst.«

Sie lächelte mich an, und der dunkle Schatten war so schnell verschwunden, wie er aufgezogen war.

»Ich vertraue dir.«

Noch am selben Abend öffnete ich den Umschlag und las an verschiedenen Stellen in den Tagebüchern.

Die beiden Bücher aus ihrer frühen Jugend waren säuberlich geschrieben und besaßen eine deutliche innere Chronologie. Ab

Mitte der sechziger Jahre löste sich die Chronologie jedoch allmählich auf, Buch für Buch wurden ihre Notizen immer sporadischer und schwerer zu deuten. In den letzten Tagebüchern fehlte jegliche Chronologie. Datierungen gab es nur in Ausnahmefällen, und es kam einem vor, als hätte Adriana das gerade aktuelle Tagebuch willkürlich aufgeschlagen und auf irgendeiner leeren Seite angefangen zu schreiben. Gleichzeitig wurden ihre Aufzeichnungen Jahr für Jahr verwirrter. Aber auch begabter. Die treffendsten Einfälle gab es am Ende, Gedichtfragmente und Sentenzen, die wie dunkle Juwelen mitten in einem Chaos aus kryptischen Äußerungen und Weltuntergangsprophezeiungen aufblitzten.

Adrianas Tagebücher erschreckten mich, und es sollten viele Jahre vergehen, bis ich es wagte, mich ernsthaft in sie zu vertiefen.

* * *

Jouni Manner feierte seinen fünfzigsten Geburtstag an einem Mittwintertag alter Schule. Die Schneewälle lagen höher als seit langem, aus den Schornsteinen der Kraftwerke stieg federbuschdick der Rauch, und es war so kalt, dass man husten musste, wenn man zu tief einatmete. Und schräg über allem glomm die Sonne wie die orange Probe einer fernen, gefrorenen Materie.

Nach dem morgendlichen Kaffee arbeitete ich ein paar Stunden und nahm anschließend die Linie zehn ins Zentrum. Ich schaute bei einem Immobilienmakler vorbei, den ich kannte, und bat ihn, in der Innenstadt nach einer passenden Wohnung für mich Ausschau zu halten. Die Wohnungspreise stiegen wieder, und ich verfluchte mich dafür, dass ich Leenis Erbe versoffen hatte, statt das Geld in eine Wohnung zu investieren. So niedrig wie in den letzten Jahren würde der Quadratmeterpreis nie wieder sein, meinte der Makler. Ich schluckte meinen Ärger hinunter, ging ins Kaufhaus Stockmann und kaufte eine CD der schwedischen Countryband Rednex sowie Bonbons. Anschließend ging ich zur Hauptpost, kaufte eine Karte, schrieb einen Gruß und schickte das Ganze an Nadia, die gerade nach Ängelholm im südschwedischen Schonen gezogen war.

An Manners Geburtstag wurde Nadia neun, aber bis dahin waren es noch ein paar Tage. Manner feierte im Voraus, denn der Innenausschuss sollte nach Brüssel reisen, so dass er an seinem Geburtstag nicht im Lande sein würde. Sein Empfang begann bereits am Nachmittag und zog sich bis tief in die Nacht hinein. Es war ein gigantisches Ereignis, ein Menschengewimmel, selbst der Balkon war trotz der Kälte ununterbrochen voller Menschen. Alle politischen Parteien hatten wichtige Vertreter entsandt, entweder den Vorsitzenden oder einen Minister oder wichtigen Abgeordneten. Die Wirtschaft war zahlreich vertreten, nur zwei der legendärsten Konzernchefs fehlten. Der sozialdemokratische Premierminister Lipponen schaute vorbei, aber es blieb bei einem kurzen und formellen Besuch, Manner war ein Abtrünniger, und er und Lipponen hatten sich niemals nahegestanden. Ich wusste, dass Manner gehofft hatte, Präsident Ahtisaari würde den Empfang mit seiner Anwesenheit beehren, aber der Präsident zeigte sich nicht.

Suvi und die anderen Töchter waren natürlich auch da. Ab und zu sah ich Suvi flüchtig im Gewimmel, sie war immer noch hager, sah aber gesünder aus als in jener Nacht und unterhielt sich lebhaft. Als sich unsere Blicke das erste Mal begegneten, nickten wir uns kurz zu und vermieden es anschließend, in die Richtung des anderen zu schauen.

Von Manners Exfrauen war nur Carita gekommen, Tuulikki Vennola dagegen nicht. Sirpa Manner hielt sich den ganzen Abend auffällig zurück, verschmolz fast mit der Tapete. Vielleicht wollte sie das Freundschafts-Netzwerk ihres Mannes reibungslos arbeiten lassen, aber ich hegte eher den Verdacht, dass es noch um etwas anderes ging.

Manners Bruder Oskari, der Polizeikommissar, ließ sich ebenfalls blicken, aber sein Besuch fiel fast so kurz aus wie der des Premiers. Als ich sah, wie sich die beiden Brüder linkisch voneinander verabschiedeten, dachte ich, dass es für sie wahrscheinlich zu spät war, um noch Freunde zu werden. Kurz vor Weihnachten hatten sie ihre Mutter beerdigt, doch nicht einmal das schien sie einander nähergebracht zu haben.

Zu meiner großen Überraschung erschien auch Pete Everi bei der Feier. Er bildete die eine Hälfte der zweiköpfigen Delegation des Journalistenverbands, und ich nahm an, dass man ihm diese Verpflichtung aufgezwungen hatte: Er schwitzte stark, trank zu schnell zu viele Drinks und schien sich in dem luxuriösen Ambiente unwohl zu fühlen. Zu Anfang des Abends meinte ich zu ihm, er solle es etwas ruhiger angehen lassen, aber er hörte nicht auf mich und war ziemlich betrunken, als sein Kollege und er sich in ein Taxi setzten. Zum Ende hin sah ich mit all der Schärfe, die mir mein nüchterner Zustand verlieh, wie sehr Pete Jouni Manner verabscheute. Er hatte so viel getrunken, dass seine soziale Fassade eingestürzt war, und wenn er Manner ansah, war sein Blick voller Misstrauen.

Ich hatte mich bereits an diesen klaren Blick gewöhnt. Seit ich nicht mehr betrunken war, erinnerte ich mich wieder an alles, was die Menschen mir sagten, und hatte das Gefühl, einen Röntgenblick zu haben, der alles und jeden durchschaute.

An jenem Abend folgten meine Augen natürlich Jouni Manner.

Ich wusste, dass er den ganzen Winter über betrübt gewesen war, der Tod seiner Mutter am ersten Adventssonntag hatte ihn tief erschüttert. Die Tatsache, dass Elina lange krank gewesen und ihr Tod nicht unerwartet gekommen war, hatte den Schlag kaum abgefedert, Manner hatte zu sehr an ihr gehangen, um unberührt zu bleiben. Nun aber merkte man ihm nichts an. Ich sah, wie er sich von Raum zu Raum bewegte und mit Industriemagnaten und linken Politikern unterhielt. Ich hörte ihn mal über Steuersenkungen sprechen, mal darüber, wie wichtig es war, das soziale Netz an den Stellen zu flicken, an denen es unter dem Druck der Rezession nachgegeben hatte. Ich hörte ihn mit den älteren über Rentenfragen und mit jungen Leuten über internationale Studienprogramme reden, ich sah ihn in Gesellschaft der jüngeren Frauen galant und zusammen mit den älteren Honoratioren sachlich höflich auftreten.

Er hatte sich vorgenommen, Abgeordneter im Europaparlament zu werden, und ich wusste, dass ihm dies gelingen würde, denn wenn Jouni Manner sich etwas vornahm, konnte er Berge versetzen. Außerdem sah ich noch etwas, was mich begreifen ließ, warum Manners Resultate bei den letzten Urnengängen seine besten gewesen waren: Er hatte endlich gelernt, seine harte und kühle Seite zu verbergen, wenn er sich in der Öffentlichkeit bewegte.

Manner und ich kamen den ganzen Abend nicht dazu, uns zu unterhalten, er wurde umschwärmt wie nie zuvor. Zwei Mal begegnete sein Blick jedoch meinem, und dann erhoben wir unsere Gläser und lächelten uns an. Die Botschaft in seinem Blick war eindeutig, ich kannte sie noch aus den Jahren, in denen wir eng zusammengearbeitet hatten: Bleibe bitte, wenn die anderen gehen, *consigliere!*

»Es freut mich, dass du geblieben bist, Frank«, sagte Manner, »wir haben uns schon lange nicht mehr unterhalten.«

Die letzten torkelnden Gäste waren endlich gegangen. Sirpa hatte sich in das Innerste der Wohnung zurückgezogen, genau wie die jüngste Tochter Heli, die beschlossen hatte, bei ihrem

Vater zu übernachten. Manner und ich waren in dem gigantischen Wohnzimmer allein, er und ich und draußen natürlich die Winternacht. Ich musterte ihn verstohlen: Nach all den Reden, die er sich hatte anhören müssen, und nach allen Toasts hätte er erschöpft sein müssen, aber er wirkte lebhaft und hellwach.

»Aber ich wollte nicht nur mit dir sprechen«, fuhr Manner fort, »ich wollte dir auch etwas zeigen. Komm mit!«

Er hatte ein Arbeitszimmer am anderen Ende der Wohnung, dessen Tür während der Geburtstagsfeier abgeschlossen gewesen war. Nun zog Manner ein Schlüsselbund heraus und öffnete sie.

Auf Manners ansonsten leerem Schreibtisch lag eine Reihe vergilbter Blätter in unterschiedlichen Größen ausgebreitet. Die meisten waren relativ klein, viele waren ausgefranst, manche bräunlich. Insgesamt waren es vielleicht zwanzig, und alle sahen so spröde aus wie Butterbrotpapier, das im Ofen gewesen war. Ich war mir nicht einmal sicher, dass es wirklich Papier war, so seltsam sahen einige dieser Blätter aus.

Als wir an den Tisch traten, sah ich, dass es Zeichnungen waren, die meisten mit Bleistift, ein paar mit bunten Kreiden angefertigt. Sie waren ausnahmslos gelungen, aber die Motive variierten gelinde gesagt. Auf vielen Zeichnungen war eine junge blonde Frau dargestellt. Sie war schön, hatte lockiges Haar und runde Wangen und fast unnatürlich sanfte Gesichtszüge. Die übrigen waren ganz anders. Es waren Höllenvisionen, Menschen mit verstümmelten, weggeschossenen Gliedmaßen oder durchstochenen Augen und Gesichtern, die bis zur Unkenntlichkeit entstellt waren. Auf einigen Bildern schoss Blut aus kopflosen Hälsen, das Blut strömte kräftig und dick wie eine Fontäne.

»Ich habe sie in einem Koffer auf dem Dachboden meiner Mutter gefunden«, erläuterte Manner. Er betrachtete die Zeichnungen nachdenklich und ergänzte: »Mein Vater muss sie gemacht haben.«

Er musste kurz wegschauen, nur ein flüchtiger Blick aus dem Fenster, hinter dem ein Wäldchen lag, nur ein flüchtiger Blick ins Schwarze, aber er entging mir nicht. Dann hatte er sich wieder im Griff.

»Als Porträtist war mein Alter wohl eher Romantiker. Ich habe Jugendfotos meiner Mutter gesehen und weiß, dass sie ganz hübsch aussah, aber so schön war sie nicht.«

»Diese anderen …«, sagte ich.

»Ja, diese anderen«, sagte Manner, nahm vorsichtig eine der kunstvoll gemachten, aber grauenvollen Kriegszeichnungen in die Hand, schüttelte den Kopf und sagte: »Ich habe nie jemandem von meinem Vater erzählt. Und ich habe es auch jetzt nicht vor. Aber er war ziemlich« – Manner zögerte einen Moment und schien nach dem richtigen Wort zu suchen – »kaputt.«

»Da war er nicht der Einzige«, meinte ich und dachte an meinen Großvater, der schon zwanzig Jahre tot war, als ich geboren wurde, und an Henrys Vater Axel, an den ich mich auch nicht erinnerte. Und an Ariel Wahls Vater, meinen richtigen Großvater, über den keiner, nicht einmal Jouni Manner etwas zu wissen schien.

»Man begreift ja irgendwie ein bisschen besser …«, sagte Manner und machte eine schlampige Geste zu den Kriegszeichnungen hin. Jetzt sah ich, dass er ziemlich betrunken war: Das passierte ihm nur noch selten.

»Das Los des finnischen Mannes«, fuhr er mit derselben belegten Stimme fort. »Lieder über zärtliche Liebe singen und Engel zeichnen, aber rohe Dinge tun.«

»Werd jetzt nicht sentimental, Jone«, sagte ich. »Wir können unsere Grausamkeit nicht Generation für Generation auf die verdammten Kriege schieben.«

»Der Krieg ist ein verdammter Fluch«, murmelte Manner leise.

»Was hast du mit ihnen vor?«, fragte ich behutsam.

»Tja, zum Teufel … was meinst du?«

»Bewahr sie auf«, antwortete ich. »Du brauchst sie ja nicht täglich anzuglotzen, wenn du nicht willst. Und du musst sie auch nicht weitervererben, du kannst sie einem Museum schenken.«

Wir verließen Manners Arbeitszimmer. Die Zeichnungen blieben auf dem Schreibtisch liegen, und er schloss die Tür hinter uns ab. Im Wohnzimmer schenkte Manner sich einen Whisky ein und sagte:

»Du weißt ja, dass ich dich gerne zu einem richtig guten Tropfen einladen würde. Aber du weißt auch, warum ich es nicht tue.«

»Und damit hast du vollkommen Recht«, sagte ich.

»Das ist so ein Moment im Leben, Frank, in dem man ins Grübeln kommt. Vor allem wenn man gerade den vielleicht wichtigsten Menschen in seinem Leben verloren hat … du weißt schon.«

Ich dachte, dass ich es eher nicht wusste. Nicht ganz. Es gab immer noch Momente, in denen ich Leeni vermisste und mir wünschte, wir hätten uns öfter unterhalten. Aber ich bildete mir nicht ein, dass Leeni mir so viel bedeutet hatte wie Elina Manner dem Mann mir gegenüber.

Aber ich widersprach ihm nicht, sondern nickte und lauschte anschließend geduldig einer Geschichte, die Manner mir erzählen wollte.

Er hatte im Plenarsaal des Parlaments gesessen und sich unwohl gefühlt. Es sei letztes Jahr gewesen, sagte er, an einem warmen und schönen Tag Ende Mai oder Anfang Juni. Er brach auf, tischte dem Fraktionsvorsitzenden auf, er hätte einen wichtigen

Termin in der Stadt, was überhaupt nicht stimmte. Er beschloss, seine Mutter zu besuchen, ließ das Auto jedoch stehen und ging stattdessen über den Mannerheimvägen. Er kreuzte den Hof des Stadtmuseums und gelangte zur Tölöviken, an deren Ufer er entlangging und sich an einen Sommer erinnerte, in dem er dort als blutjunger Mann gesessen und über seine Zukunft verhandelt und von einem genauso schönen Hemd geträumt hatte, wie Redaktionsleiter Kantola es getragen hatte. Er nahm den Weg über Fågelsången und die Eisenbahnbrücke und durchwanderte anschließend die Häuserblocks, die er früher wie seine Westentasche gekannt hatte. Er schlenderte am Tokoiufer entlang und durch das frühere Hamppardalen, wo in dem schönen Wetter Alt und Jung zusammensaßen und tranken, genau wie in seiner Jugend, genau wie zu allen Zeiten. Er ging die Broholmsgatan hinauf, stellte sich an die Ecke der Fjärde linjen und ließ den Blick über die Gebiete schweifen, in denen er einst ein König gewesen war. Es hatte sich kaum etwas verändert, nur das Hochhaus des Finanzamts ragte im Osten in die Höhe. Manner stand mit der Kirche im Rücken, rechts von ihm führte die Straße an Selma Palmus' Schaufenster mit den vielen BHs und Slips vorbei bis zur Castrénsgatan, in der er einmal gewohnt hatte. Aus der Västra Prästgatan schlug ihm der Duft einer Traubenkirsche entgegen, so sollte es sein. Als er zum Hagnäs torg hinabblickte, sah er eine Ecke des Arena-Gebäudes und in weiter Ferne das Dach der Universitätsbibliothek und den spitzen Turm der Deutschen Kirche, so sollte es sein. Dann aber sah er sie, die Anomalie, den Frevel: den fetten gelben Buchstaben *M*, der auf einem der Häuserdächer am Platz thronte, er stand da und schwang in der warmen Brise vor und zurück.

»Ich meine, auf *diesem* Platz!«, sagte Manner und lallte dabei ein wenig. »Ich weiß doch noch, wie es dort beim Generalstreik aussah, mein Alter saß zwar gerade im Bau, aber sonst war das ganze verdammte Arbeiterviertel auf den Beinen und demonstrierte. Der Platz war voller Menschen, bestimmt fünfzigtausend, wenn nicht sogar hunderttausend. Und die meisten von ihnen waren verdammt nochmal Kommunisten!«

»Du besuchst dein altes Viertel anscheinend nicht besonders oft«, meinte ich. »Den McDonald's gibt es da schon seit ein paar Jahren.«

Manner nahm einen großen Schluck aus seinem Glas und sagte:

»Es ist eine verdammte Reise, die wir alle gemeinsam zurückgelegt haben. Ich glaube nicht, dass du dir vorstellen kannst, welche Sorgen sich meine Mutter darum machte, was aus Oskari und mir werden sollte. Und was bekam sie? Einen Parlamentsabgeordneten und einen Bullen! Aber weißt du was, eins muss ich zugeben. Es ist dreißig Jahre her, dass ich aufhörte, mich mit anderen anzulegen, aber wenn ich Oskari begegne, fühle ich mich jedes Mal wieder wie ein Halbstarker. Mein Bruder ist so verdammt ernst, der schlägt nie mal über die Stränge und lässt sich gehen!«

»Ihr scheint ziemlich verschieden zu sein«, pflichtete ich ihm bei.

»Ich wünschte, meine Mutter hätte diesen Tag erleben dürfen«, murmelte Manner undeutlich, denn mittlerweile war er sturzbetrunken. »Weißt du, Frank, als sie einmal ein paar Gläser Sherry intus hatte, das ist jetzt viele Jahre her, behauptete sie doch tatsächlich, ich sei in einem Park gezeugt worden. Nur weil alle so beengt wohnten, sie und mein Vater konnten sonst nirgendwo zusammen sein!«

»Ich weiß, es waren andere Zeiten«, sagte ich höflich.

»Denk ja nicht, ich wüsste nicht, was deine Generation über meine denkt«, fuhr Manner trotzig fort. »Speichellecker, denkt ihr. Sowjethörige, DDR-Albernheiten, Kekkoslowakien. Aber ich habe weiß Gott ein reines Gewissen. Ich gehörte nicht einmal dem inneren Zirkel an, ich hatte keine inforhick… informellen Kontakte zur sowjetischen Botschaft!«

Er hatte einen Schluckauf, und ich fragte mich allmählich, ob ich ihn nicht davon abhalten sollte, noch mehr zu trinken: Seit unserem Metropol-Sommer in den Achtzigern hatte ich ihn nicht mehr so betrunken gesehen. Aber ich kam nicht zum Eingreifen, Manner sprach schon weiter:

»Weißt du, Frank, man kann in der Gegenwart nicht leben, ohne Kompromisse zu schließen. Die Gegenwart ist ein Pragmatiker, die Geschichte ist ein Moralhick… Moralist. Kapiert?«

»Kapiert«, bestätigte ich.

»Die Wirklichkeit besudelt uns alle. Reinheit gibt es nur im Kloster, wenn überhaupt. Das wirst du auch noch merken. Vielleicht bist du sogar schon besuhick… besudelt, ohne es zu wissen. Von diesem gelben Buchstaben oder etwas anderem.«

»Ich hol dir ein Glas Wasser«, sagte ich, stand auf und setzte Kurs auf die Küche. »Vielleicht wirst du dann deinen Schluckauf los.«

Ich war nicht ganz ehrlich, natürlich wollte ich Manner bei seinem Schluckauf helfen, aber ich wollte mir auch seinen Monolog ersparen, der nirgendwohin führte. Ich wollte den Abend beenden und heimfahren.

»Eva Mansnerus und ihre Tochter sind nach Schweden gezogen«, sagte ich dennoch, als ich mit dem Wasserglas zurückkehrte. »Vor ihrer Abreise hat sie mir Adrianas Tagebücher gegeben. Weißt du etwas über sie?«

Manner nahm mir das Wasserglas aus der Hand und warf mir einen erstaunten Blick zu.

»Tagebücher? Ich wusste nicht einmal, dass Addi welche geschrieben hat. Aber es überrascht mich eigentlich nicht, sie war eine Grüblerin, und Grübler führen oft Tagebuch.«

»Bisher bin ich nur dazu gekommen, ein bisschen darin zu blättern. Ehrlich gesagt scheinen sie ziemlich seltsam zu sein. Hattest du keine Angst vor ihr?«

Jouni schüttelte den Kopf.

»Nein, nie. Ich kannte sie so gut. Seltsame Menschen sind oft vor allem gefährlich für sich selbst. Ich hatte immer Angst, dass sie sich etwas antun würde.«

Er trommelte ungeduldig auf seinem Whiskyglas und ergänzte:

»Ich finde, du solltest diese Tagebücher lesen, wenn du Zeit hast. Sie war auch klug.«

Sobald ich über Eva und Adriana sprach, riss Manner sich zusammen. Es wäre sicher falsch zu sagen, dass er nüchterner wurde – er war viel zu betrunken, um auf einen Schlag nüchtern zu werden –, aber er lallte nur noch halb so schlimm. Stattdessen überkam ihn Rastlosigkeit. Es war ein Zug, der mir erst in den letzten Jahren an ihm aufgefallen war, nachdem wir unseren Kontakt erneuert hatten und uns wieder häufiger trafen: Als hätte Manner etwas sagen wollen, als hätte er einem etwas Wichtiges mitzuteilen, wofür ihm jedoch leider die Worte fehlten. Manchmal hatte ich das Gefühl, dass diese Unruhe oder dieses Unstete mit mir zusammenhing, aber seine Rastlosigkeit verschwand immer ebenso plötzlich, wie sie aufgetaucht war, und danach war wieder alles wie zuvor.

Manner sagte auch jetzt nichts, er stierte in sein Glas, und sein Rausch schien ihn nun eher zu deprimieren. Ich sah auf meine Uhr, es war fast halb vier, so dass ich mich räusperte und fragte, ob ich mir ein Taxi rufen könne.

Kurz darauf stand ich im Eingangsflur und zog Schal, Handschuhe und Mantel an. Manner lehnte mit seinem Glas in der Hand an der Wand. Wir flüsterten, denn das Gästezimmer, in dem Heli schlief, schloss an den Flur an.

»Jedes Kind sollte einen Vater haben«, murmelte Manner leise und blickte auf die geschlossene Tür zum Gästezimmer. »Einen Vater, den man richtig kennt, der einen aufwachsen sieht, mit dem man reden kann.«

Ich dachte an die Zeichnungen auf dem Schreibtisch in dem abgeschlossenen Arbeitszimmer und ahnte, dass ich Manner nie wieder so offenherzig sehen würde wie in dieser Nacht. Falls er seinen Vorsatz in die Tat umsetzen und ins Europaparlament einziehen sollte, würde er die Tür zur Vergangenheit wahrscheinlich noch sorgsamer schließen als bisher. Und wer wusste schon, was aus Jouni Manner werden würde, immerhin kannte ich seine Befähigung, vielleicht würde er seine Karriere ja eines schönen Tages als Premierminister oder Präsident beenden.

»So ist es«, sagte ich, verabschiedete mich und ging in die schwarze Winternacht hinaus.

Aus Adriana Mansnerus' Tagebüchern

(mit Erlaubnis ihrer Schwester und Erbin Eva Mansnerus)

Verstreute Notizen aus dem Tagebuch 1965–1968:

(Dreikönigstag) Skeppsredaregatan, erste Probe dieses Jahr. Die neuen klingen schon besser. Aber A. möchte gerne in A-Dur schreiben, und das liegt dann manchmal zu hoch für ihn, aber zu tief für J. Aber ich will nichts sagen, sie werden immer sauer, weil sie ein kleineres Stimmvolumen haben als ich.

12/2 1966. Heute Nacht zurück aus Orimatt, furchtbar! A. fing an, Tangos zu singen und hat uns gerettet. (Aber wir mussten seinen besten Song opfern.) S fuhr, wie üblich, seine Blicke – – – Schlief an Js Schulter, er wird schüchtern. Ja, ich werde aufhören, ihn zu ärgern, aber oft fängt J an.

(19 März) Nach dem Bulevardia bei S. Die anderen haben wir hereingelegt, wir sind in verschiedene Richtungen gegangen, und dann hat er im Hauseingang gewartet
Es passierte
(20) Wieder

18/5 Vorgestern Einzug in die Rådmansgatan, große Party, an einem Montag!

S liebt mich, weiß das jetzt. (J. hat uns gesehen.) Glücklich, aber unruhig, kann schlecht einschlafen. Ich habe nicht gut gesungen, das schmerzt noch

6 März
Der Traum jedes Mal gleich. Schwarzer Rauch und alles glüht und es wird so dunkel all die Menschen, die ich gern habe, sie weinen Diesmal wachte ich sofort auf und mir war ganz schlecht und dann stand ich am Fenster und es war dunkel und eisig unten am Meer vollkommen still aber ich versuchte zu denken dass es immer immer Tag wird.

(22 Juni) Verspätet & Ängstlich Ich glaube es gibt einen Moment, in dem man zu dem wird wozu man bestimmt ist und danach weiß man was man will und geht ruhig und sicher. Aber ich bin noch nicht dort.

(26 Jun) Heute kam er, fiel ein Stein! S das ganze Wochenende gereizt und redet dauernd von der Pille. Man kann die Ärzte überlisten meinte er und wollte dann die ganze Zeit aber mit dem anderen Ende, als würde er auf mich spucken, wie Eiweiß, aber grauer.

(3/7) A war bei mir
~~Hasse S!~~

(16 Sept.) Fototermin. Nervös, K bot mir Wein an.
Ich habe alles kaputt gemacht

(22 Sep) S lacht mich aus und nennt mich prüde Ich sollte vorgestern mit J. und A. singen, wollte aber nicht, sie haben mich angelogen ~~und J kritisiert mich wenn wir uns sehen~~

(25 Jan 67, Smedsgatan) Bin letzte Woche eingezogen. Eva ist schon am zweiten Tag vorbeigekommen, wir haben Saft getrunken und ich habe Hausaufgaben abgefragt, sie ist so süß Am Abend kam S hatte nicht erzählt, dass er K mitbringen würde ~~Halte den Gedanken nicht aus~~

(15/10) wurde wach und stand am Fenster Hatte versucht zu lernen und schlief ein und träumte es war so grau draußen und Vögel hatte es nie gegeben Doch dann begriff ich, dass ich nicht wach war Es war nur ein neuer Traum, anders als der letzte und ihm würde noch einer und dann noch einer folgen Bis in alle Ewigkeit gibt es nur Traum auf Traum und sonst nichts und als ich das begriff, hatte ich den Geschmack des Todes im Mund.

(März, G C) Wir schrieben uns als Herr und Frau ein aber ~~K kommt auch und~~

(18/3) Wir sind noch hier Habe J und A eine Karte geschickt

(Aspholm, 7 Juni) Das Graue im Grünen Selber schuld

Aus dem Notizbuch 1973–197?:

(März) Hätte mich nicht mit S treffen und auf die Demo mitgehen sollen Sie schrien Parolen. Muss toll sein zu WISSEN
S hat sich nicht verändert ~~Erzählte dass K. jetzt in London ist~~ Ich bekam Angst und alles kehrte zurück.

(Apr 73) Zwei Monate jetzt. Dan Ward vier Nachmittage in der Woche Das hat Papa organisiert und es geht aber alles ist wie Glas Was verstehe ich schon von Blumen? J. ruft manchmal an, kein anderer tut das Vorgestern gingen wir durch den Park alles war scharf fast funkelnd. Ich erzählte nicht, dass ich S getroffen habe und J stellte keine Fragen. Wir sprachen lange über A. und dass ein Abdruck in der Haut bleibt bei dem der zurückbleibt wenn andere reisen übers Wasser ziehen auf einer Insel stranden

Wie sich in kleinen Dörfern Autos bedrohlich langsamer bewegen wenn ihr Fahrer einen Fremden gesehen hat
Die Opfer lagen immer auf dem Rücken und sahen alle Treppenstufen und den Nachthimmel und den Pfarrer und das Messer
Wenn ich mit ihnen schlief, betrachtete ich manchmal meine Beine und Füße und Arme und die Arme waren sommersprossig und hässlich

(Juli 73) Heute Nacht sah ich die Toten über dem Wasser auf dem Heimweg zur Insel Die Erinnerung des Menschen ist Schweres Metall

--- Die Bohnenranke des Todes Die Lange Rechnung sind 5000 Jahre ein Schrei in den Weltraum ein Schrei der Schreie aber da draußen ist es vollkommen still Tausend Jahre wird es still sein Alles ist Rauch aber dann erwache ich es ist klar und hell Stehe am Fenster höre Leises Reden auf der Straße Aber das ist Traum auf Traum denn dann wird der Horizont über dem Meer Schwarz erst nur ein kleiner Rand aber dann kommt die Wolke und ich sage Bescheid aber nur bitte Addi was ist mir dir

Menschen kennen unzählige Wege Dinge nicht zu wissen die sie schon wissen

Tischgebet im Esszimmer
Ich war eine seltsame Uschi
Kein Kind kam aus meiner Muschi
Wohin soll ich mich denn noch wenden
Geht eh alles zu Bruch in meinen Händen
Seit gestern bin ich wieder hier Wie viele Jahre

Was die Toten betrifft fragen wir immer Wo an welchem Ufer auf welchem Eiland ~~Dabei sollten wir fragen wann und dann würden wir~~

Ich zerfalle in den Nächten
als wäre ich schon Verwest

(Cahuitl) Draußen auf dem Land sind Die Autos älter Die Blicke schief der Schulhof still und im Asphalt der Schatten eines Schülers der ein Rektor wurde der zu Staub wurde Die Fabriken am Samstagabend Das Echo von Geklapper das es nicht mehr gibt Die Sonne über allem und wir die wir immer hoffen und dann plötzlich sind wir verbrannt und weit fort

~~(Aspholm nach dem Gewitter, wenn man den Pfad geht und es~~

Danach

Oh, we're sinking like stones,
All that we fought for,
All those places we've gone,
All of us are done for.
(Coldplay)

1

Ein knappes Jahr vor Jouni Manners Fall erschien ein hastig zusammengeschustertes Buch über sein Leben. Manner war zu diesem Zeitpunkt 1996 und 1999 ins Europaparlament gewählt worden und hatte kürzlich verlautbaren lassen, dass er ein drittes Mal kandidieren wolle. Bei der zweiten Wahl hatte er fast 7 000 Stimmen mehr bekommen als bei der ersten und war prominenter denn je. Außerdem hatte er sich in Brüssel und Straßburg nicht blamiert, sondern alle mit seinen Sprachkenntnissen und seiner Fähigkeit, Kontakte zu knüpfen, beeindruckt. Seine Wiederwahl galt als sicher.

Die Biographie trug den Titel *Der Bote aus den Arbeitervierteln,* und verfasst hatte sie Kai Linnusmäki, Manners rechte Hand aus seiner Zeit bei KYVYT. Ich hatte niemals einen sinnvollen und zusammenhängenden Text von Linnusmäki gelesen. Außerdem hatte er kein moralisches Rückgrat, und seine Beziehung zu Manner war so geartet, dass er mittlerweile jeden Polypen im Rektum seines bewunderten Mentors kennen musste.

Das Buch war eine Lebensbeschreibung übelster Machart. Linnusmäki versuchte, sein Augenmerk vor allem auf Manners arme Kindheit und harte Jugend auf den Straßen von Berghäll zu richten, aber das meiste war verfälscht. Elina Manner wurde natürlich dafür gerühmt, dass sie ihre Söhne ganz allein zu bedeutsamen Staatsdienern erzogen hatte, Manner durfte viele schöne Worte über ihre Willensstärke und menschliche Wärme äußern, und so weit war natürlich alles richtig und korrekt. Sein Vater Sulo wurde am Anfang des Buchs abgehakt, es hieß, er sei »eine unruhige Künstlerseele« und »möglicherweise vom Krieg gezeichnet« gewesen und habe »unter ungeklärten Umständen einen gewaltsamen Tod gefunden«. Linnusmäki porträtierte Manner anschließend als einen »echten Sohn der Arbeiterviertel«, spielte seine Schreckensherrschaft jedoch herunter: Manners Gewalttätigkeit in der Jugend wurde – ein weitverbreitetes Phänomen in finnischen Memoiren – als eine Reihe unschuldiger Streiche dargestellt. An keiner Stelle wurde erwähnt, dass Manner ein enger Bekannter von Leuten wie Hullu-Hurme und Pätkä Suhonen und der berüchtigten Familie Lahtinen gewesen war. Manners Freundschaft mit einem gewissen Ariel Wahl wurde zwar erwähnt, aber die kurze Charakterisierung Ariels beschrieb ihn eher als einen finnlandschwedischen Jungen aus gutem Haus als den Sohn einer Frau mit zweifelhaftem Lebenswandel und eines toten Musikers und Morphinisten. Ariels Kontakte zu Hurme und anderen Kriminellen wurden ebenso verschwiegen wie Manners, dagegen erfuhr der geneigte Leser, dass Manner und Ariel während einiger Jugendjahre zusammen mit einer Frau namens Adriana Mansnerus ein Gesangstrio gebildet hatten. Erwähnt wurde zudem, dass die Gruppe eine Single für die nicht mehr existierende Firma Sonovox aufnahm, die inzwischen als Sammlerstück galt. Von Manners Jahren mit Ariel und Adriana handelten allerdings nur wenige, oberflächliche Seiten, und man gewann nie den Eindruck, dass sie wichtige Menschen in seinem Leben waren.

Die Biographie hatte unzählige Mängel. Die distanzierte Beziehung zwischen Manner und seinem Bruder, dem Polizisten, wurde nicht problematisiert, sondern idyllisierend dargestellt.

Die alte Talkshow *Poparena!* wurde als Publikumserfolg und nicht als das Fiasko beschrieben, das sie damals war. In den einzigen ansatzweise ehrlichen Kapiteln ging es um Manner und die Frauen. Manner hatte sich ein paar Jahre zuvor von Sirpa scheiden lassen – sie hatte sich geweigert, nach Brüssel zu ziehen, was der angeschlagenen Ehe der beiden den Todesstoß versetzt hatte –, und Linnusmäki machte keinen Hehl daraus, dass der Bote aus den Arbeitervierteln dazu neigte, sich als das Geschenk Berghälls an die Frauen zu betrachten. Manner war, schrieb der Biograph in putziger Formulierung, in dem Sinne treu, dass man immer fest mit seiner Untreue rechnen könne.

Der größte Makel der Biographie bestand jedoch darin, dass man nie den wirklichen, komplexen Jouni Manner kennenlernte. Der kühle und knallharte Zug seiner Persönlichkeit, der seine Großzügigkeit und sein Gefühl für Kameradschaft noch deutlicher hervortreten ließ, war ausradiert worden. Dabei waren es gerade die inneren Widersprüche in Manners Charakter, die ihn zu der charismatischen Persönlichkeit machten, die er war. Es gab eine ungeheure Energie und Intensität in ihm, er war fast schon besessen, und diese Besessenheit hatte mich vom ersten Augenblick an fasziniert. Vielleicht war sie sogar etwas, was uns einmal gemeinsam gewesen war. Ich war selbst anfangs von dem Gedanken besessen gewesen, aufzusteigen und Ruhm und Aufmerksamkeit zu bekommen, und vielleicht hatte Manner in mir sein eigenes, verjüngtes Spiegelbild gesehen und mir deshalb so viel gegeben. Es muss ihn enttäuscht haben, als meine Ambitionen noch vor meinem dreißigsten Geburtstag erloschen oder vielmehr in Alkohol ertränkt wurden.

Während Manners Jahren in Brüssel hielten wir eher sporadisch Kontakt. Ich hatte ihn ein paar Mal besucht, als ich zu Reportagereisen in Mitteleuropa unterwegs war. Einmal war ich im

Frühjahr dort, und Manner führte mich durch das labyrinthische Parlamentsgebäude, ich wurde seinem Assistenten vorgestellt, und wir aßen gemeinsam in einem Gartenlokal in den EU-Vierteln. Mir fiel auf, wie viele Leute Manner kannte, wie locker er sie grüßte und wie gut sein Französisch war. Als ich seine Sprachkenntnisse lobte, lächelte er und meinte, er sei den Steuerzahlern zu Dank verpflichtet, denn der Staat habe zu Beginn seiner Zeit in Brüssel mehrere Sprachkurse finanziert. »Aber das war gut investiertes Geld«, ergänzte er, »denn ich war ein wirklich motivierter Schüler. Als ich jung war, habe ich mich mit meinem Französisch einmal blamiert, es ist ein gutes Gefühl, die Sprache heute richtig zu beherrschen.«

Meinen zweiten Besuch stattete ich ihm im Dezember ab, nur eine gute Woche vor Weihnachten. Wir aßen in einem Luxusrestaurant nahe des Grand Place, Manner zahlte. Dagegen lud er mich auch diesmal nicht in seine Wohnung ein, und ich weiß noch, dass mich das ein wenig wunderte, denn seine Bereitwilligkeit, Freunde zu Hause zu empfangen und bei sich übernachten zu lassen, war legendär.

Ich weiß noch, dass ich *Der Bote aus den Arbeitervierteln* an einem grauverhangenen Sonntag im März auslas, als das Buch gerade erschienen war. Ich konnte nicht an mich halten und wählte sofort Manners Handynummer. Ich musste es mehrmals versuchen, bis er sich meldete, es war schon Abend, und ich hörte Stimmen im Hintergrund, eine Frau sagte etwas auf Französisch.

»Diese Biographie ist doch ein Witz«, erklärte ich ohne Umschweife. »Ich hätte das tausend Mal besser hinbekommen, und das weißt du auch.«

»Natürlich weiß ich das«, erwiderte Manner, und ich sah sein Lächeln vor mir. »Und genau deshalb hast du den Job nicht bekommen.«

»Du glaubst, du kannst dir deinen Nachruf selbst aussuchen?«, fragte ich. »Das haben schon viele versucht, aber gelungen ist es noch keinem.«

»Mag sein«, bemerkte Manner lakonisch, »aber es kann ja nicht schaden, es zu versuchen.«

Seine Stimme entfernte sich kurz, und ich hörte ihn auf Französisch »Warte, das dauert nur einen Moment!« sagen. Dann war er wieder da:

»Wo wir schon dabei sind, dein alter Freund Everi hat es mal wieder auf mich abgesehen. Er rief an und versuchte, mich wegen irgendeines Formfehlers in die Pfanne zu hauen, den ich nicht begangen hatte und der selbst dann völlig belanglos gewesen wäre, wenn ich ihn begangen hätte. Ich habe mich so über ihn geärgert, dass ich ihn mitten in einer Frage weggedrückt habe.«

* * *

Es gab einen Zwischenfall einige Monate vor dem endgültigen Fall, der sich als Zeichen dafür deuten ließ, dass die Dinge Manner allmählich entglitten und seine minutiöse Selbstbeherrschung nach Jahrzehnten der Perfektion schwächelte. Der Vorfall nahm nicht die gleichen riesigen Proportionen an wie der spätere Spießrutenlauf, erregte jedoch eine gewisse Aufmerksamkeit.

In Paris wurde eine Retrospektive mit Bildern des berühmten Fotografen Sam Karnow veranstaltet, eine Ausstellung, die später noch im belgischen Gent gezeigt werden sollte. Die Angestellten im Finnischen Kulturzentrum in Paris wussten, dass Manner gut Französisch sprach, und fragten deshalb bei ihm an, ob er die Ausstellung eröffnen wolle. Manner war reserviert, bat darum, den Ausstellungskatalog sehen zu dürfen, sobald er vorlag, und sagte schließlich ab. Zur Eröffnung erschien er jedoch selbstverständlich, da er im Vorstand des Kulturzentrums saß. Bei der Vernissage trank er zu viel und äußerte sich verächtlich über Karnows Fähigkeiten als Fotograf. Karnow hörte ihn zufällig und mischte sich in das Gespräch ein, worauf es zu einer hitzigen und manchen Quellen zufolge regelrecht bedrohlichen Diskussion kam. Als die Medien der Sache auf den Grund gingen, stellte sich heraus, dass Manner versucht hatte, Einfluss auf den Inhalt der Ausstellung zu nehmen. Er hatte verlangt, dass Karnow ein experimentelles Modebild aus den Sechzigern entfernte, auf dem ein verstorbenes finnisches Modell abgebildet war, und Karnows Weigerung hatte Manner veranlasst, die Ausstellung abzulehnen.

* * *

Pete Everi sah ich in dieser Zeit etwas häufiger als Manner. Pete und ich trafen uns mehrmals im Jahr zum Mittagessen und buchten manchmal einen Badmintonplatz und versuchten zu spielen, obwohl Petes Knie das eigentlich nicht mehr zuließen. Hinterher gingen wir nie aus, denn Pete wollte viel Bier trinken, während ich Abstinenzler war, in dieser Hinsicht hatten wir wenig voneinander.

Petes schlechte Knie und sein großer Bierkonsum verdeckten nicht die Tatsache, dass es bei ihm ziemlich gut lief. Er war immer noch mit seiner Anni verheiratet, sie wohnten in einem Reihenhaus in Gröndal. Zwei der vier Kinder waren ausgezogen, seine Tochter Kaisa studierte Marketing in London, und der älteste Sohn Aleksi arbeitete als Webdesigner. Pete beklagte sich nicht mehr so oft wie früher, wahrscheinlich konnte er seiner moralischen Verbitterung auf der Arbeit freien Lauf lassen. Er hatte seine Nische gefunden, er war schreibender Journalist eines Typs, wie man ihn häufiger im Fernsehen findet: streng, wissbegierig und zu hundert Prozent von der eigenen moralischen Überlegenheit überzeugt. Er hatte nie eine feste Stelle gehabt, sich jedoch eine etablierte Position als regelmäßiger und zuverlässiger Mitarbeiter von Zeitungen wie *Helsingin Sanomat* und *Suomen Kuvalehti* erarbeitet. Er schrieb auch für andere Zeitungen, und seine Artikel waren, wie sie immer gewesen waren: gediegen, ein bisschen langweilig und mittlerweile offen moralisierend.

Es wunderte mich nicht, dass es Pete war, der Jouni Manner zu Fall brachte. Dagegen habe ich nie ermittelt, wie lange und wie aktiv Pete schon versucht hatte, Manner fertigzumachen. Als es passierte, stellte ich lieber keine Fragen, da ich mit beiden befreundet war und für keine Seite Partei ergreifen wollte.

Immerhin weiß ich, dass die ganze Sache durch einen Zufall ins Rollen kam. Pete gehörte zu den Journalisten, die sich oft in Brüssel aufhielten, ohne sich dort niederlassen zu wollen. Er galt als Experte für EU-Fragen und versuchte oft, Manner und den anderen finnischen Europaparlamentariern Unwissenheit und Inkompetenz nachzuweisen. Dass er den durchtriebenen und erfahrenen Manner eines Tages wegen eines privaten Fehltritts anprangern würde, hätte er sich wohl selbst im Traum nicht vorstellen können.

An jenem Winterabend, an dem alles begann, war Pete unterwegs nach Amsterdam, um dort Interviews zu führen. Die Züge in die Niederlande verlassen Brüssel über den Gare du Nord. Eine von Brüssels Besonderheiten besteht darin, dass der berühmteste Strich der Stadt, die Rue d'Aerschot, vom Gare du Nord aus gut einzusehen ist: In den meisten Städten liegen die Rotlichtbezirke mehr oder weniger versteckt, aber hier kann man vom Zugabteil aus die Prostituierten in ihren Schaufenstern sitzen und die Kunden durch die Straße streifen sehen.

Und genau dieser Anblick bot sich Pete Everi. Es dämmerte

bereits, als sein Zug den Gare du Nord passierte und er aus alter Gewohnheit einen zerstreuten Blick auf die Straße warf. Trotz des schwachen Lichts konnte ihm dabei die hochgewachsene und kräftige Gestalt nicht entgehen, die nur im Anzug, ohne Mantel, mit zielstrebigen Schritten die Straße hinabging, um dann, als Petes Zug gerade beschleunigte, vor einem der Fenster stehen zu bleiben und der Frau, die dort auf ihrem Stuhl saß, ein Zeichen zu geben.

In diesem Augenblick begannen Petes Nachforschungen, und hinterher meinte er zu mir, die Sache sei fast schon lächerlich einfach gewesen. Die Spur sei breit und tief und taufrisch gewesen, er habe sich bloß von einem Beweis zum nächsten hangeln müssen.

Ich rekapituliere Jouni Manners politischen Untergang hier nur in groben Zügen. Da ich diese Zeilen schreibe, sind bereits wieder fünf Jahre vergangen, aber wer sich auf dem Laufenden hält, erinnert sich mit Sicherheit an die zahlreichen pikanten und ein wenig schmuddeligen Details, die für die Medien ein gefundenes Fressen waren. Da es sich um einen Europaparlamentarier handelte, erregte der Fall auch in den anderen EU-Ländern Aufmerksamkeit. In katholischen Ländern wie Frankreich und Italien sorgte es für eine gewisse Erheiterung, dass ausgerechnet ein Mann aus dem protestantischen Norden ertappt worden war. Das katholische Lachen verstärkte den Hass auf Manner in Finnland noch zusätzlich. Er hatte das heilige Finnlandbild in den Schmutz gezogen, zu dem die Arbeitsgruppen des Außenministeriums allwöchentlich Sitzungen abhielten.

Die wichtigsten Züge der so genannten Manner-Affäre waren folgende:

Es bereitete Pete keine große Mühe, die Frau ausfindig zu machen, zu der Manner an jenem Winterabend gegangen war, es handelte sich um eine große, etwa dreißigjährige Ungarin, die sich Karen nannte. Karen war allerdings nicht weiter wichtig, Manner ging nur zu ihr, wenn seine reguläre Begleiterin nicht verfügbar war. Das mit der »regulären Begleiterin« ließ Pete Everi aufhorchen, und zu seinem Glück kannte Karen die fragliche Frau. Diese Begleiterin stehe mehrere Stufen über den Schaufensterhuren, erläuterte Karen Pete, aber auch sie selbst sei einmal eine solche Begleiterin gewesen. Pete benötigte einige Tage, um die Begleiterin aufzuspüren. Sie nannte sich Marie, sprach fließend vier europäische Sprachen und erklärte, sie studiere »irgendwo«. Sie war mitteilsam und blitzgescheit, darüber hinaus war sie klein, zierlich, hatte dichte, kastanienbraune Haare und ein strahlendes Lächeln, das seltsam unangetastet von dem Leben zu sein schien, das sie führte. Pete und ich sprachen nur ein einziges Mal über seine Recherchen, bei einem Mittagessen im Sommer, als alles vorbei war, und Pete gestand mir, dass er sich in diese Marie bereits verliebt hatte, als er sie nur in einem Café interviewte.

Manner wohnte in einer Eigenheimsiedlung knapp zehn Kilometer vom Stadtzentrum entfernt. Wie sich herausstellte, hatte Marie oft bei ihm übernachtet, phasenweise hatte sie praktisch bei ihm gewohnt, er buchte sie so oft und so lange, wie es nur ging. Marie hatte nur Gutes über »Monsieur Manière« zu sagen, sie meinte, er sei ein Gentleman und habe sie gut behandelt und ihr viele Geschenke gemacht. Aber das nützte alles nichts. Als Pete seine Enthüllungen veröffentlichte – er beschloss, seinen Scoop der größten Boulevardzeitung zu verkaufen, um ihm das nötige Gewicht und den größten Effekt zu sichern – und die ganze Medienwelt auf den Zug aufsprang, brachen alle Dämme.

Der einige Monate zurückliegende Zwischenfall mit Fotograf Karnow wurde ausgegraben und als ein Zeichen für Manners unmoralischen Lebenswandel gedeutet: Was hatte er eigentlich mit diesem toten Fotomodell getrieben, um dessen Bild es bei dem Streit ging? Von Manners Exfrauen widerstand Carita dem Druck der Medien, während Tuulikki Vennola und Sirpa sich negativ über Manners Charakter äußerten. Manners Töchter wechselten die Handynummern und hielten ihre neuen Nummern und Adressen so geheim, wie es nur ging, außer Suvi, die für eine Filmproduktionsfirma PR machte und sich den Journalisten kaum entziehen konnte. Und es kam noch schlimmer. Als der Sturm der Entrüstung am heftigsten raste, meldete sich ein abgedankter Geschäftsmann namens Mikko Ervander zu Wort und erzählte von einer fast vierzig Jahre zurückliegenden Körperverletzung, für die Manner und einige seit langem tote Schurken verantwortlich gewesen waren. Und nachdem die Medien noch das Letzte aus der Ervander-Affäre herausgequetscht hatten, meldete sich ein pensionierter Tontechniker namens Tapio Paldanius im Fernsehen zu Wort und erzählte, Jouni Manner habe seinem verstorbenen jüngeren Bruder Pete einst ohne jeden Grund den Arm gebrochen.

Der Sturm um Manner raste das ganze Frühjahr 2004, kurz vor der Europawahl, und es versteht sich von selbst, dass Manner nach einem so freien Fall vom Sockel nur noch auf seine Kandidatur verzichten und seine politische Karriere beenden konnte. Der bloße Verdacht, dass er nicht nur sein üppiges Gehalt als Europaparlamentarier, sondern auch seine Aufwandsentschädigungen dafür benutzt hatte, ein geheimes Leben mit einer Begleiterin zu finanzieren, reichte völlig: Immerhin ging es, letzten Endes, um öffentliche Gelder.

Als sich der Sturm gelegt hatte, zog Manner sich zurück und gründete nach einer selbstauferlegten Quarantäne von anderthalb Jahren eine Firma und arbeitete als Unternehmensberater. In der Politik tauchte er nur noch als inoffizieller Ratgeber und graue Eminenz auf.

Es gab Details in Petes Artikel, die durchaus das Ende meiner Freundschaft mit Manner hätten bedeuten können. Pete beschrieb unter anderem, wie Manner als Vierzigjähriger während eines Sommers Mitte der achtziger Jahre im Café Metropol knapp zwanzigjährige Mädchen verführt hatte. Das war eine Information, die von keinem anderen stammen konnte als mir, was Manner bewusst gewesen sein muss. Dennoch machte er mir keine Vorwürfe. In den folgenden Jahren hatten wir aus anderen Gründen nur sporadisch Kontakt – der Skandal hatte Manner menschenscheu gemacht – und verständigten uns hauptsächlich über E-Mail. Manner war nur selten bereit, mir etwas über die Affäre zu sagen oder zu schreiben, die zu seinem Sturz geführt hatte. Einmal, bei einem unserer immer selteneren Essen in seiner Wohnung, meinte er zu mir, Marie habe ihn dazu gebracht, sich wieder glücklich zu fühlen, »als säße ich am Ufer der Djurgårdsviken und das ganze Leben läge vor mir«. Ein anderes Mal schrieb er mir, er habe einen klassischen Fehler gemacht, aber nicht im 21. Jahrhundert, sondern vor langer, sehr langer Zeit. Er habe zugelassen, dass der Erfolg ihn einsam gemacht habe, er habe vergessen, dass der Karrierist als Gegengewicht zu den Feinden, die man sich unausweichlich mache, wenn man gewinne, loyale Freunde brauche.

»Sich stärker zu machen als alle anderen führt zu Einsamkeit«, schrieb er: »Es ist die Schwäche, in der es Gemeinschaft gibt, sie ist es, die wir Menschen miteinander teilen können. Die Stärke isoliert einen, und eines Tages bricht man dann plötzlich mitten entzwei.«

Manners Mails waren oft in einem dringlichen Ton verfasst. Es war ein Tonfall, den ich seit Mitte der neunziger Jahre von ihm kannte, und es kam mir vor, als hätte er mir mehr sagen wollen, offener mit mir sprechen wollen, ohne es jedoch zu wagen oder zu können. Im eben erwähnten Fall begriff ich nicht wirklich, worauf er hinauswollte, und versuchte, ihn zu bewegen, sich genauer zu erklären. Aber das wollte er nicht, und danach kommentierte er seine Niederlage nie mehr.

Der Mann auf der Straße fand Manners Schicksal faszinierend, die Leserbriefseiten und Chatforen waren voller Kritik und höhnischer Scherze über sein Leben in Brüssel. Keiner schien zu begreifen, was in ihn gefahren war. Ich bildete mir dagegen ein, ihn zu verstehen. Ich war mir ziemlich sicher, dass Manner, oder zumindest ein Teil von ihm, einfach nur erwischt werden und dem Ganzen ein Ende machen wollte.

2

Ein Jahr nach der Manner-Affäre rief mich Pete im Vorsommer an. Wir hatten kurz vor Weihnachten das letzte Mal telefoniert, Winter und Frühjahr waren für uns beide eine hektische Zeit gewesen.

»Make ist gestorben«, sagte Pete. »Letzte Woche.«

Ich rechnete schnell nach. Pete war zwei Jahre älter als ich. Make Everi war, wenn ich mich recht erinnerte, drei Jahre älter als Pete. Also nicht einmal fünfzig. Aber ich wusste ja, wie er gelebt hatte.

»Woran …?«

»Das Herz«, antwortete Pete. »Einer seiner Kumpel machte sich Sorgen, als er zwei Tage hintereinander nicht in der Kneipe auftauchte. Ein Typ von der Hausverwaltung ging in die Wohnung, und da lag er.«

»Das tut mir leid«, sagte ich.

»Ich habe mit meinem Vater gesprochen«, fuhr Pete fort. »Er lässt fragen, ob du dir vorstellen könntest, einer der Sargträger zu sein, du kommst ja aus Tallinge. Ihm selbst fehlt die Kraft.«

Veka Everi wohnte seit ein paar Jahren in einem Altersheim und war gebrechlich, es war klar, dass er nicht die nötige Kraft haben würde, den Sarg seines mittleren Sohnes zu tragen. Ich erinnerte mich an damals in Jyväskylä, als ich Henry sah und so überrascht war, dass ich um ein Haar den Sarg meiner Mutter hätte fallen lassen. Das war jetzt fünfzehn Jahre her, und seitdem hatte ich keinen Sarg mehr getragen.

»Natürlich«, sagte ich. »Wer sind die anderen?«

»Du und ich und Juha und mein Aleksi«, antwortete Pete. »Klasu Barsk hat versprochen zu kommen. Und Immu oder Minnas Mann Henkka wird wohl der letzte sein.«

Ich stand da und nickte dämlich in mein Handy, ohne zu bedenken, dass Pete das natürlich nicht sehen konnte. Aber ich gab keinen Laut von mir, und Pete schien das als eine unausgesprochene Frage zu deuten.

»Makes Freunde sind Wracks«, sagte er. »Ich traue mich nicht, einen seiner Saufkumpane den Sarg tragen zu lassen.«

Ich sagte, das könne ich verstehen, räusperte mich und nahm Anlauf, um das Gespräch zu beenden, aber Pete kam mir zuvor: »Du … da ist noch etwas.«

»Ja?«

»Ich müsste bei Make aufräumen und könnte ein bisschen Hilfe gebrauchen. Du hast am Sonntag nicht zufällig Zeit?«

* * *

Pete und ich verbrachten den ganzen Sonntag in Tallinge. Es war ein seltsames Gefühl: Fünfundzwanzig Jahre hatte ich den Ort gemieden, meine Besuche dort ließen sich an den Fingern einer Hand abzählen. Bei Pete war das anders. Sein Vater hatte bis vor wenigen Jahren im Stationsvägen und Make bis zum bitteren Ende in der Nybogatan 17 gewohnt.

Die enge Wohnung im Erdgeschoss roch schlimm und war in

einem unbeschreiblichen Zustand. Pete hatte mich gewarnt, ehe er den Schlüssel ins Schloss steckte, aber ich schreckte dennoch vor dem Geruch und dem Anblick zurück. Ich muss ein angeekeltes Gesicht gemacht haben (und ja, ich dachte wirklich, dass es Verwesungsgeruch war), denn Pete schnitt eine halb amüsierte, halb traurige Grimasse und sagte:

»Es ist nicht, wie du denkst, hier hat es immer schon so gestunken. Er hat hier nur ungefähr einen Tag lang gelegen.«

Wir putzten zielstrebig und sehr energisch, als wären wir das routinierte Zweimannteam eines Putzdienstes. Wir sprachen kaum miteinander, und manchmal verging eine halbe Stunde, ohne dass einer von uns etwas sagte. Stattdessen legten wir Platten auf, Makes alte Vinylscheiben, erdige und wilde Lieder, *The Sunshine Of Your Love* und *Paranoid* und *Child In Time* und solche Sachen. Ich fand es beeindruckend, aber auch beängstigend, dass es Menschen gab, die ihr Leben lang die Lieblingslieder ihrer Teenagerjahre hörten, und hätte beinahe etwas über das Manische und Traurige eines solchen Lebens zu Pete gesagt, aber dann wurde mir bewusst, dass wir vielleicht noch beängstigender waren, die wir Jahr für Jahr jeder neuen Mode hinterherrannten: sich niemals zu gestatten, etwas zu lieben und ihm treu zu bleiben, war vielleicht das manischste Verhalten von allen, überlegte ich, schluckte meine Bemerkung hinunter und ließ Ian Gillan weiterschreien.

»Ich wollte dich etwas fragen, Frankki«, sagte Pete, als wir in der verrauchten Küche saßen, Kaffee tranken und die leckeren belegten Brote aßen, die Anni für uns gemacht hatte.

»Schieß los«, sagte ich.

»Bist du wegen der Sache mit Manner wütend auf mich?«

»Du meinst, weil du Dinge benutzt hast, die ich dir erzählt habe?« Ich dachte kurz nach, zuckte dann mit den Schultern und sagte:

»Ach was. So macht man das eben.«

Es wurde schon Abend, und wir waren fast fertig, als Pete unter einem Stapel uralter Boulevardzeitungen und abgegriffener Nummern von Soundi und Men Only ein Foto fand. Die Aufnahme war gerahmt, unter dem verstaubten und gesprungenen Glas lächelten uns zwei junge Männer an, die lange und verfilzte Haare hatten und beide eine Jeansjacke trugen. Im Hintergrund sah man die Kekkonen-Schanze, die Farben waren verblichen, aber man sah trotzdem, dass es Sommer war. Pete hielt mir das Bild wortlos hin. Den jungen Make erkannte ich sofort, dagegen dauerte es eine Sekunde, bis ich seinen Kameraden identifiziert hatte.

»Pot-Pesonen«, sagte ich.

Pete nickte, nahm das Foto und ging in die Küche. Ich ließ ihn in Ruhe, denn ich hörte ihn schluchzen. Nach einer Weile legte ich *Castles Made Of Sand* auf, folgte ihm und setzte mich ihm gegenüber. Dann saßen wir dort und hörten den Song, bis er vorbei war, und sagten kein Wort.

Als wir auf den Hof hinaustraten, stand die Sonne tief, und es war bereits abendlich kühl. Tallinge lag menschenleer und still, die Rasenflächen hatten diesen hellen, phosphoreszierenden Farbton, der mich schon immer so besänftigt hatte. Mir fiel auf, wie hoch die Bäume geworden waren und wie üppig es überall grünte: Das Bahnhofsgelände war inzwischen erwachsen, es war kein hungriges, achtlos hingeworfenes Betonkind zwischen den Anhöhen mehr.

»Wir drehen eine Runde und essen anschließend einen Happen im Männynlatva«, schlug Pete vor. »Ich lade dich ein.«

»Okay«, sagte ich und warf einen Blick zum Rosari auf der anderen Seite der Gleise hinauf. »Wollen wir da hochgehen?«

»Nein«, antwortete Pete, »das sparen wir uns.«

Wir liefen eine Weile schweigend herum, und es tat gut zu

schweigen. Wir gingen am Tannervägen vorbei. Mein Elternhaus stand noch, lag aber fast verborgen hinter Fliedersträuchern und Ahornbäumen und anderem, was neue Besitzer angepflanzt hatten. Pete ging einen halben Schritt vor mir und lenkte unsere Schritte zielstrebig an der Abzweigung zum Waltervägen vorbei, ich merkte es, sagte aber nichts.

»Unglaublich, dass das Männynlatva in all den Jahren seinen Namen behalten hat, seit das Einkaufszentrum gebaut wurde!«, sagte ich. »Vierzig verdammte Jahre!«

»In den Achtzigern und den ersten Jahren der Neunziger hieß es Pinehill Pub«, sagte Pete. »Du bist wohl nicht oft hier gewesen, was?«

»Nein«, bestätigte ich wahrheitsgemäß. Aus einem der Höfe, an denen wir vorbeigingen, schlug uns der Duft von gegrilltem Fleisch entgegen, aber die Backsteinmauer war mannshoch, und wir sahen niemanden. Ich dachte daran, wie passend es doch war, dass wir nach einer Pause von fünfundzwanzig Jahren durch Tallinge gingen und das Kräfteverhältnis zwischen Pete und mir fast wieder so aussah wie damals. Hier draußen war Pete der König und ich nicht einmal ein Prinz, sondern nur ein Page gewesen. Danach hatte es eine Zeit gegeben, in der ich ein *junger vielversprechender Mann* gewesen war, während Pete vorzeitig gealtert wirkte. Inzwischen war meine Schriftstellerkarriere mehr oder weniger vorbei – ich hatte seit fast zehn Jahren kein Buch mehr veröffentlicht –, und im journalistischen Bereich war Pete mir überlegen. Meine eigenen Aufträge wurden Jahr für Jahr unbedeutender, von Reisen ins Ausland konnte keine Rede mehr sein. Zeitweise verdiente ich so wenig, dass ich Werbebroschüren ins Schwedische übersetzen musste, um über die Runden zu kommen. Pete hatte dagegen für seine Rolle in der Manner-Affäre und seine anderen Leistungen 2004 zwei große Journalistikpreise verliehen bekommen und war gefragter als die meisten. Großartig war jedoch, dass dies alles im Grunde keine Rolle spielte. Wir waren wieder Freunde, Pete und ich, nicht auf die gleiche intensive und vertraute Art wie als Jugendliche, sondern eine andere, bei der man gemeinsam putzte, wenn es sein musste, und man wusste, wann man lieber den Mund halten sollte.

Auf dem Weg zum Bahnhofsgelände kamen wir an der Ecke Suviovägen und Stationsvägen vorbei, und plötzlich sah ich einen verregneten Herbst vor mir, und wir standen alle in Gummistiefeletten, und der Suviovägen war nicht asphaltiert und voller Schlaglöcher, und ein paar Meter entfernt stand Eva Mansnerus, die ich seit kurzem verfolgte, und in meinem Kopf tauchten Textzeilen auf. *This longing that's gone out to you. A nod from you and I would be so fine.* Es waren Zeilen, die einst zu Musik entstanden und von Pete gesungen worden waren, und ich wollte gerade etwas darüber und über Eva Mansnerus sagen, als er mir zuvorkam:

»Ich werde übrigens Großvater.«

»Was?«, brachte ich heraus. »No kidding?«

»Kaisa und ihr neuer indischer Freund. Anni und ich haben es gestern erfahren, Kaisa rief uns aus London an.«

»Ist das nicht ein bisschen früh, wie alt ist sie denn jetzt, zweiundzwanzig?«

»Dreiundzwanzig«, berichtigte Pete mich. »Und ich kann ihr schlecht abraten. Sie braucht nur ihr eigenes Alter mit meinem zu vergleichen, schon hat sie ein Gegenargument.«

»Es wird sicher alles gut gehen«, meinte ich.

Schweigend gingen wir weiter und hatten mittlerweile die Hochhäuser erreicht. An der Einfahrt zu Rummukainens KFZ-Werkstatt roch es intensiv nach Öl und Benzin.

»Rummukainen gibt es also noch«, sagte ich. »Schmeißt sein Sohn jetzt den Laden?«

»Nur der Firmenname ist geblieben«, antwortete Pete. »Der Betrieb gehört mittlerweile einem Esten.« Er sog hörbar und wollüstig die beißenden Werkstattaromen ein.

»Ich liebe diesen Duft.«

»Erinnerst du dich noch an die Pin-up-Kalender in Rummukainens Büro?«, fragte ich. »Zwischen den Reifenwechseln hockte der Alte da bestimmt und holte sich einen runter.«

Pete lächelte.

»Hast du schon mal darüber nachgedacht, was für verdammte Dinosaurier wir langsam, aber sicher werden«, meinte er dann. »Männer mittleren Alters, die gegrilltes Fleisch und den Geruch von Benzin und Fotos von langbeinigen Frauen in Netzstrümpfen lieben. Gibt es etwas Pathetischeres?«

»The scum of the earth«, sagte ich.

Als wir zum Männynlatva kamen, sah ich, wie erleichtert Pete darüber war, dass die Gaststätte so gut wie menschenleer war. Entweder waren die Stammgäste so schockiert über Make Everis Tod, dass sie alle beschlossen hatten, eine Weile zu Hause zu bleiben, oder man war auf den Rosari gestiegen oder in ein nahegelegenes Wäldchen gegangen, um auf den Toten anzustoßen. Pete brauchte weder tränenerstickte Beileidsbekundigungen entgegenzunehmen, noch unzusammenhängenden Erzählungen von Makes alkoholgeschwängerten Abenteuern in Tallinge zu lauschen. Wir wussten beide, dass es zahlreiche Eskapaden gegeben hatte.

Wir suchten uns einen Tisch möglichst weit von dem großen Fernsehapparat entfernt, in dem ein Fußballspiel lief, das die wenigen Gäste mit ihren Bierseideln gespannt verfolgten. Pete und ich aßen unsere Steaks und plauderten über dies und das, vermieden jedoch die Vergangenheit. Als Pete den letzten Bissen verspeist hatte, legte er das Besteck in einer ordentlichen Fünf-

Uhr-Lage ab und murrte, die Welt ändere sich ständig, und man steige nie zwei Mal in denselben Fluss, aber manches sei dennoch ewig gleich, zum Beispiel, dass die Köche hier nie gut kochen lernten. Anschließend warf er mir einen eigentümlichen Blick zu und sagte: »Frankki, ich weiß noch, wie ungeduldig du warst, ich erinnere mich, als wir auf Aspholm und bei uns zu Hause saßen und uns unterhielten, Eva, du und ich, und du immer meintest, du wolltest mehr Ironie und mehr Freiheit haben.«

»Ja«, erwiderte ich, »daran erinnere ich mich auch.«

»Ich möchte dich etwas fragen«, sagte Pete. »Hast du genug bekommen?«

Mitten in der zeitlosen Ermattung des Sonntagabends erkannte ich, dass die Frage wahrscheinlich wichtig war. Ich fühlte mich schläfrig und satt und wollte das Ganze eigentlich mit einem Scherz abtun, widerstand jedoch meiner Mattigkeit, schärfte meine Sinne, dachte kurz nach und sagte:

»Ich habe mehr bekommen.«

* * *

Bei der Beerdigung trug ich den Sarg in der Mitte links und geriet niemals in Gefahr, meinen Riemen zu verlieren. Der alte Veikko Everi nickte mir würdevoll, aber warm zu, als wir an ihm vorbeikamen, und bei der Trauerfeier war er überaus freundlich. Suski Everi hatte ich seit jener peinlichen Begegnung im Mamma Rosa vor mehr als zehn Jahren nicht mehr gesehen. Sie war zu einer Person des öffentlichen Lebens geworden, war Teilhaberin einer erfolgreichen Werbeagentur und saß bei mehreren wichtigen Firmen im Aufsichtsrat. In den Zeitungen wurde sie als »Aufsichtsratsprofi« tituliert, und nach ihrer Scheidung vor ein paar Jahren gab es Gerüchte über sie und einen mimosenhaft sensiblen Industriemagnaten, dessen Namen ich unerwähnt lasse, um mir keine Klage einzubrocken. Bei der Bestattung würdigte Suski mich keines Blicks, und zu Beginn der Trauerfeier begrüßte sie mich mit einem kurzen Handschlag, sah dabei jedoch fort und sagte ein paar freundliche Worte zu einem älteren Verwandten. Ihre Art des Umgangs mit ihrem Vater und ihren Geschwistern wirkte gezwungen, und ich sah, dass sie sich ganz besonders unwohl fühlte, wenn sie mit ihrer älteren Schwester Minna sprach, die man leicht für Suskis Mutter hätte halten können. Und ich sah noch etwas. Obwohl es sich um eine Beerdigung handelte, konnten die anwesenden Männer ihre Augen nicht von Susanna Everi lassen, was nicht nur daran lag, dass sie jünger aussah als ihre fast dreiundvierzig Jahre, sondern auch an dem, was sie ausstrahlte: Macht.

3

Now you're telling me
You're not nostalgic
Then give me another word for it
You who are so good with words
And at keeping things vague
Because I need some of that vagueness now
It's all come back too clearly
Yes I loved you dearly
And if you're offering me diamonds and rust
I've already paid
(J. Baez)

Ich erinnere mich an eine Dezemberwoche, die für mich wichtig wurde. Es war vor ein paar Jahren, anderthalb oder vielleicht auch nur ein halbes Jahr nach Make Everis Tod und meinem

Sonntag in Tallinge. Es fällt mir häufig leichter, Dinge zu datieren, die vor zwanzig oder dreißig Jahren passiert sind, als mich jenseits des Jahres 2000 zu orientieren, mein Gedächtnis lässt mich in wirklich heimtückischer und schleichender Weise im Stich.

Zwei Dinge passierten. Als Erstes erhielt Eva – mit vielen Jahren Verspätung – ihren Doktortitel für ihre Arbeit zu Caravaggios Kunst. Sie war die Erste in Finnland, die über ihn geforscht hatte, und Thema ihrer Abhandlung waren einige Besonderheiten in Caravaggios Bearbeitung biblischer Themen und in welcher Beziehung diese Besonderheiten zur Spätrenaissance beziehungsweise zum Barock standen. Ich verstand längst nicht alles, aber genug, um ihre Disputation spannend zu finden. Evas Opponent war ein holländischer Professor, der ausgezeichnet Englisch sprach, und da Eva sich als genauso redegewandt erwies, war ihr Wortgefecht auch für Laien intellektuell stimulierend.

Aber es ging nicht nur um das Thema und die Auseinandersetzung zwischen dem Opponenten und Eva. Es ging um den ganzen Kontext. Es war ein Samstag im Advent, und obwohl die Disputation bereits um zwölf Uhr begann, lag die spätherbstliche Dunkelheit wie eine bleigraue Decke über dem Senatstorget und der vorweihnachtlich dekorierten Alexandersgatan und allen Menschen, die von Geschäft zu Geschäft hetzten. Doch der kühle Hörsaal im alten Hauptgebäude der Universität bildete einen hellen und asketischen Kontrast zur blinden Jagd dort draußen. Da ich ein *drop-out* war, hatte ich als Erwachsener der Universität und den Akademikern gegenüber stets Angst und Animosität empfunden, merkte nun aber plötzlich, dass ich mich wohlfühlte und der Kontrast zum Kommerz der übrigen Gesellschaft angenehm und erholsam war.

Während ich dort saß, ließ ich meine Gedanken abschweifen.

Ab und zu beobachtete ich Nadia, die in der ersten Reihe saß und mit stolzem Blick ihre Mutter betrachtete. Sie waren jetzt nur noch zu zweit. Catherine war ein paar Jahre nach der Jahrtausendwende gestorben. Die Familie der beiden war von Anfang an klein gewesen und schrumpfte immer weiter.

Die meiste Zeit sah ich natürlich Eva an und muss gestehen, dass ich Caravaggio und das Clair-obscur vergaß und stattdessen an sie und mich und alles, was zwischen uns passiert war, dachte.

Eva stand vorne und verteidigte sich mit Bravour, sie stand dort groß, blond und schlank in ihrem Kostüm, und als ich sie ansah, fiel es mir schwer zu glauben, dass sie tatsächlich fast fünfzig war und so furchtbar viele Jahre vergangen waren, seit wir an der matschigen Haltestelle auf die Linie 49 warteten, während ich versuchte, sie heimlich anzustarren. Ich dachte an die Jahre, die Eva und Nadia in Schweden gelebt hatten, Jahre, in denen sich unser Kontakt auf hastige Mittagessen beschränkte, wenn Eva beruflich in Helsingfors zu tun hatte, auf Cafébesuche im Strindberg und im Kafka, wenn sie Nadia dabeihatte, auf Platten, die ich Nadia zu Weihnachten und Anfang Februar schickte: Erst die Spice Girls und Britney, später Coldplay und HIM, und Maija Vilkkumaa, damit Nadia ihr Finnisch nicht vergaß. Ich besuchte sie in Ängelholm nicht. Evas Ehe hielt sechs Jahre, aber ihrem Mann Paul begegnete ich nie, ich wollte den beiden wirklich eine Chance geben. Aber wem versuche ich hier eigentlich etwas vorzumachen? Ich wollte *mir* eine Chance geben, in ihrer Abwesenheit hatte ich zwei Beziehungen und lebte sogar mit einer Frau zusammen. Aber es hielt nicht, weder bei Eva noch bei mir. Als sie zurückkehrten, war Nadia schon sechzehn, und Eva begann, für Didrichens Museum zu arbeiten, und eröffnete mit einer Freundin eine Galerie, und schließlich fingen wir wieder an, uns zu treffen. Und dabei blieb es, wir trafen uns als Freunde, reife, abgeklärte Freunde, aßen in teuren Restaurants (wenn Eva einlud) und in etwas billigeren (wenn ich einlud), und manchmal aßen wir bei ihr und vereinzelt auch bei mir. Anfangs war Nadia manchmal dabei, verschwand aber schon bald in ihrem eigenen Leben, und daraufhin waren Eva und ich wieder zu zweit, wie vor langer Zeit, was jedoch nie dramatische Folgen hatte. Wenn Eva ihre zwei oder drei Gläser Wein getrunken hatte und unsere Espressotassen geleert waren, seufzte einer von uns – zu Beginn war es immer Eva, doch mit der Zeit zwang mich mein Stolz zu versuchen, ihr zuvorzukommen – zufrieden, streckte sich und sagte etwas über den kommenden Arbeitstag und dass es vielleicht besser sei, ein Taxi zu bestellen. Und das war gut so.

Ich ging auch zum anschließenden Essen, obwohl ich im Grunde nicht wollte. Ich ging hin, weiß ich wusste, dass Eva nur wenige Verwandte und recht wenige enge Freunde hatte. Es kam, wie ich befürchtet hatte, ich landete an einem Seitentisch in der dunkelsten Ecke und musste mit einer von Evas angereisten Kolleginnen Konversation machen, einer in Boston lebenden Tschechin, die komplizierte Dinge über Madonnenbilder und Giottos Farbbehandlung von sich gab, Dinge, die meinen Horizont bei weitem überstiegen. Beim Kaffee, als die Gäste die Plätze wechselten, unterhielt ich mich eine Weile mit Jinx Muhrman, die aus Reykjavík angereist war, wo sie seit vielen Jahren lebte. Ich hatte Jinx – mittlerweile nur noch Janina oder Janna – seit mindestens fünfzehn Jahren nicht mehr gesehen. Sie arbeitete als Kinderbibliothekarin auf Island, aber ihre Gedankengänge waren immer noch unberechenbar und ihr Mundwerk lose, und als ich ihren Indiskretionen lauschte, ging mir ständig durch den Kopf: *Ich habe mit dieser Frau geschlafen, ich habe mit dieser Frau geschlafen, warum nur?* Ihr Wortschwall ermüdete mich, und ich entschuldigte mich früh, beglückwünschte Eva noch einmal und ging heim.

* * *

Am folgenden Freitag organisierten Nadia und ihre Freunde ein Weihnachtskonzert. Nadia hatte im Frühjahr die Schule beendet, sie spielte Geige und war auf ein Kunstgymnasium in Tölö gegangen. Eine Handvoll alter Schulkameraden hatten sich zusammengeschlossen und Karten an Freunde und Verwandte verkauft. Sie hatten ein Künstlercafé gemietet, und die musikalischen Darbietungen waren alles andere als traditionell: Sie spielten *Staffan war ein Stallknecht* auf nach Hendrix klingenden E-Gitarren und *Sylvias Weihnachtslied* auf Samisch, und es gab sogar einen Jungen, der auf Gamelan-Instrumenten spielte.

Die meisten der aufgeführten Lieder hatten trotz allem eine Verbindung zu Weihnachten, aber am Ende des Konzerts trat Nadia noch einmal auf – sie beherrschte ihr Instrument wirklich gut und hatte bei mehreren Nummern mitgewirkt – und erklärte, sie wolle ein Stück spielen, das zwar kein Weihnachtslied, aber ein Lieblingssong ihrer Mutter sei. Daraufhin spielte sie zusammen mit einem Gitarristen, einem Cellisten und einem Kontrabassisten Iggy Pops *The Passenger*, und Eva, die neben mir saß, versuchte erst gar nicht, sich zu beherrschen, und ließ ihren Tränen freien Lauf.

Während das Quartett das traurige und trotzige Lied spielte, ließ ich den Blick diskret über die Menschen in dem Café schweifen. Das Lokal war völlig überfüllt, und die meisten Zuhörer waren im selben Alter wie Nadia, wir Eltern und Freunde von Eltern waren eindeutig in der Minderheit.

Nadia und ihr Freundeskreis hatten sich im Verlauf des vergangenen Jahres radikalisiert, was man auch an ihrem Äußeren sah. Es gab viele Rastazöpfe und helle und zauselige Bärte, und mehrere Mädchen hatten möhrenrote Haare und eine junge Frau sogar einen neongrünen Irokesenschnitt. Im ersten Jahr nach ihrer Heimkehr hatte Nadia ihren schwedischen Gothic-Stil aufgegeben, sie und ihre neuen Freunde in Helsingfors hatten modische Jeans mit absurd niedrigen Taillen und Tops getragen, die so weit ausgeschnitten waren, dass ich wegsehen musste. Aber dann waren Eva und Nadia in eine Wohnung in der Topeliusgatan gezogen, und Nadia hatte auf das nahegelegene Kunstgymnasium gewechselt und erneut den Stil gewechselt. Sie aß kein Fleisch mehr, ging auf Demonstrationen und hatte ihre erste ernsthafte Liebesaffäre mit einem älteren Jungen, der zur Hausbesetzerszene gehörte. Dass Nadia und ihre Freunde weit links standen, erkannte man auch an ihrer Kleidung: Im ganzen Café gab es nicht eine modische Jeans und kein einziges sexy Top, hier sah man ausnahmslos abgewetzte Turnschuhe und abgetragene Jacken aus Second-Hand-Läden und von Trödelmärkten.

Nach etwa einer Minute des Lieds fiel mir eine Begebenheit aus dem Spätsommer ein.

An einem glühend heißen Nachmittag war ich auf dem Weg in die Stadt, um mich mit Eva zu treffen. Ich war spät dran gewesen und hatte mich für das Auto entschieden, eine schlechte Idee. Ich blieb an einer Kreuzung in Tölö stecken, an der sich Hunderte Jugendliche unter der Devise *Reclaim The Streets* mit Transparenten und Gitarren niedergelassen hatten. Die Jugendlichen weigerten sich wegzugehen, und die Polizei benötigte über eine Stunde, um den Verkehr umzuleiten. Ich war nicht der einzige Autofahrer, der mit erhobener Faust drohte und den Demonstranten sarkastische Schimpfwörter an den Kopf warf, und als ich endlich das Carousel erreichte, war ich fast neunzig Minuten zu spät. Eva war in ein Buch vertieft. Ich entschuldigte mich für meine Verspätung und ließ ein paar boshafte Worte über Aktivisten und ihre Methoden fallen. Eva sah mich ruhig an und meinte: »Ist schon okay. Ich hab hier gesessen und gelesen, mir geht es gut. Übrigens glaube ich, dass Nadia bei der Aktion mitmacht.«

Ich habe nie erfahren, ob Nadia gesehen hat, wie ich in meinem stickigen Auto saß, ihr den Stinkefinger zeigte und sie anschnauzte. Sie sagte nie etwas, sodass ich hoffte, unentdeckt geblieben zu sein. Ich hatte in dem Stau ziemlich weit hinten gestanden.

Jetzt betrachtete ich die offenen und ernsten Gesichter, die Nadia und den anderen Musikern zugewandt waren, und war seltsam ergriffen. Einige Abende zuvor hatte ich in den Tagebüchern von Nadias verstorbener Tante geblättert, willkürlich in ihnen gelesen, ohne zu wissen, wonach ich suchte, und dabei war mir aufgefallen, wie unverstellt Adriana Mansnerus' Aufzeichnungen waren, bevor sie verwirrt und krank wurde. Generation auf Generation durchlief den gleichen Prozess, überlegte ich: Man trat mit einem offenen und hungrigen Gesicht ins Leben, ohne Hinterlist, und dann wurden manche verhärmt, während andere wie Adriana, Ariel, Make Everi und Pot-Pesonen untergingen. Als ich diese jungen sitzenden oder stehenden Menschen sah, viele mit geschlossenen Augen, die *The Passenger* in der Version eines ungewöhnlichen Quartetts lauschten, begriff ich mit entsetzlicher Deutlichkeit, dass sie jedes Recht hatten, wütend zu sein. Nicht allgemein wütend, sondern wütend auf mich, der ich so damit beschäftigt gewesen war, allem und jedem skeptisch gegenüberzustehen, dass ich die Zukunft im Stich gelassen hatte. Nadia und ihre Freunde waren noch extrem verletzlich, es gelang ihnen nicht zu verdrängen, wie bedrohlich und ungerecht, wie schlichtweg lebensgefährlich sie war, diese lärmende und glatte und einen Turbo verlangende Rennbahn von Gesellschaft, an deren Aufbau ich mich beteiligt hatte. Nadia sah und reagierte, genau wie Adriana Mansnerus einst gesehen und reagiert hatte, und ich konnte nur hoffen, dass sie die Unzulänglichkeit und Bösartigkeit der Welt besser ertragen würde als Adriana. Schlagartig wurde mir bewusst, dass Nadia und ihre Freunde wohl Neonröhren werden würden, dass die Zeit vielleicht reif war für eine neue Generation von Neonröhren, und ich dachte, wenn das erforderlich ist, um die Welt zu retten: nur zu. Verstohlen blickte ich zu Eva neben mir und rief mir in Erinnerung, dass Jinx Muhrman einmal behauptet hatte, Eva habe unseren Spitznamen für die Linken der Siebziger geprägt. Falls das stimmte, hatte Eva es wahrscheinlich längst vergessen, denn sie war kein ideologisch denkender Mensch, davor war sie gefeit, wenn man sie mit Politik bewarf, prallte diese einfach an ihr ab. Ich dachte erneut an Eva und mich, wie offen und hungrig unsere Gesichter damals gewesen sein mussten, als wir *The Passenger* und unsere anderen wichtigen Songs entdeckten, und mir fiel ein, dass wir gerade dieses Lied draußen auf Aspholm und in unseren Wohnungen während unserer Studienjahre gehört hatten. Und plötzlich, ich weiß nicht warum, erinnerte ich mich an eine Eva, an die ich lange nicht mehr gedacht hatte und die an einem schmeichelnd warmen Frühlingstag kurz nach Tschernobyl in einem roten Bikini in einer Felsspalte gelegen hatte, ich entsann mich, dass wir geplant hatten, gemeinsam zu verreisen, und im Grunde hatten wir nicht nur eine Zugreise geplant, im Grunde hatten wir die viel längere geplant, die unser Leben war, unser mögliches gemeinsames Leben. Aber weiter kam ich nicht, denn in diesem Moment holte Nadia eine elegante Dissonanz aus ihrer Geige heraus, während die anderen Instrumente in einem leisen Mollakkord zur Ruhe kamen und der Beifall losbrandete.

Nachher gingen wir im Farouge essen. Nadia kam mit, hatte es aber eilig, sie nahm sich ein paar Happen von den Vorspeisen, Hummus und gefüllte Weinblätter und anderes Vegetarisches, und tippte und verschickte regelmäßig kurze SMS. Sie lehnte ein Glas Wein ab, meinte, sie müsse gehen, stand auf und umarmte Eva lange. Anschließend kam sie zu mir, umarmte auch mich und gab mir einen Kuss auf die Wange.

»Tschüss, Frank, und ein frohes Fest, falls wir uns nicht mehr sehen sollten!«

»Frank kommt Heiligabend vielleicht zu uns«, meinte Eva. Wenn Nadia dabei war, nannte sie mich immer Frank, dabei war es geblieben, seit Nadia sprechen gelernt hatte: »Kapi« war ein Kosename, den Eva nur unter vier Augen und immer seltener benutzte.

»Super!«, sagte Nadia, nahm ihre Jacke und ihren Schal und verschwand zur Tür hinaus.

»Neuer Freund?«, erkundigte ich mich, als wir Nadia die Straße hinablaufen sahen.

»Du hast es erfasst«, antwortete Eva. »Die Sache ist noch ganz frisch.«

»Ich hoffe, er ist gut zu ihr«, sagte ich. »Das mit dem einen Typen hat sie ganz schön fertiggemacht.«

»Olli«, sagte Eva. »Du hast Recht, sie ist sensibel.«

Eva sah mich an und erhob ihr Weinglas, als wollte sie mir zuprosten. Ich griff nach meinem Wasserglas, ohne zu wissen, worauf wir tranken.

»Ich wollte mich nur bedanken«, meinte Eva.

»Und wofür?«

»Dafür, dass du da gewesen bist.«

»Wo denn?«

»Für Nadia.«

»Das bin ich doch gar nicht.«

»Und ob. Ich weiß nicht, ob dir das eigentlich klar ist, aber wenn sie eine etwas stabilere Vaterfigur hatte, dann bist du das gewesen.«

»Aber das stimmt doch überhaupt nicht«, entgegnete ich, immer noch mit erhobenem Glas, wir hatten noch nicht getrunken. »Ich meine, Paul …«

»Es lief nicht besonders gut mit Paul, das weißt du genau«, sagte Eva. »Prost! Auf das Leben in all seiner Unzulänglichkeit!«

Wir sahen uns in die Augen, und ich dachte, dass Eva vielleicht doch Recht haben mochte. Ich sah vor mir, wie ich Nadias Wagen den langen Anstieg in Fågelsången hinaufschob, und erinnerte mich, dass sie auf diesem Anstieg an einem Spätsommertag stehenblieb und ihren ersten Drei-Wort-Satz sprach: *Guck da Blume*. Ich dachte, dass ich während ihrer Jahre in Schweden keinen einzigen Festtag vergessen hatte. Die Musik, die ich ihr geschickt hatte, mochte zwar nicht die beste und auch nicht die gewesen sein, die Nadia sich gewünscht hatte, aber ich hatte sie nicht vergessen. Und ich dachte daran zurück, wie ich auf Nadias Bettkante gesessen hatte, als der Hausbesetzer Olli sie verlassen hatte und sie nur noch heulend in ihrem Zimmer lag, wie ich versucht hatte, tröstende Worte über das Leben und die Liebe zu finden, zwei Phänomene, auf die ich selbst mich niemals verstanden hatte.

»Na, dann Prost!«, sagte ich, und dann stießen wir mit unseren Gläsern an, und Eva begann plötzlich zu kichern.

»Worüber lachst du?«, fragte ich.

»Ich musste nur daran denken … siehst du dir manchmal Lindy in *Finnland sucht den Superstar* an?«

»Ich habe ihn nie gesehen. Die Sendung habe ich einmal zufällig gesehen, aber da saß er noch nicht in der Jury.«

»Er wird immer schlimmer«, sagte Eva. »Als hätte er sich vorgenommen, Finnlands Simon Cowell zu werden, er ist so gemein und geschmacklos, es ist nicht zu fassen.«

»Was sagt denn Nadia dazu?«

»Ach, du weißt schon, bei ihrem Freundeskreis ... stolz ist sie nicht gerade.«

Die vertrauliche Atmosphäre ließ mich kühn werden. Eva und ich sprachen nie über die Spannung, die es einmal zwischen uns gegeben hatte, und generell nur selten über die Vergangenheit. Dieser Widerwille, der nach Nadias Geburt in Eva aufgetaucht war, der Unwille, sich an Handlungen zu erinnern, die sicher notwendig gewesen waren, im Nachhinein jedoch schrill und übertrieben wirkten, war nie verschwunden. Nun aber trotzte ich ihrem Widerwillen gegen die Vergangenheit. Ich erzählte ihr, dass ich einige Tage zuvor in Adrianas Tagebüchern geblättert und woran ich gedacht hatte, als ich bei *The Passenger* die jungen Gesichter studierte, und auch, dass mir sie, Pete und ich auf Aspholm in den Sinn gekommen waren.

Eva schauderte, es geschah fast unmerklich, aber ich sah es. Für einen flüchtigen Moment wirkte sie fast gereizt.

»In Addis letzten Büchern gibt es so schreckliche Stellen«, meinte sie. »Du musst dein Versprechen halten, niemals ...«

»Das Versprechen halte ich«, erwiderte ich. »Das weißt du.«

Sie sah mich lange voller Wärme an. Diesen Blick kannte ich. Er war nicht nur warm, sondern auch kokett, es war ein Blick, den sie mir oft zugeworfen hatte, als wir jung und zusammen waren, und ich hatte immer weiche Knie davon bekommen. Jetzt machte er mir Mut, auf dem offenherzigen Weg weiterzugehen.

»Da in dem Café ...«, begann ich tastend. »Ich habe mich an einen Sommer erinnert. Oder besser gesagt an ein Frühjahr. Als wir in der Sonne lagen und unsere Reise planten. Du hattest einen roten Bikini an.«

»So, so, einen roten Bikini … an so etwas erinnerst du dich also«, erwiderte Eva gespielt drohend. »Also ich erinnere mich an etwas ganz anderes. Ich erinnere mich an jemanden, der mich im Stich ließ.«

»Kann sein, dass ich das tat. Aber ich glaube nicht, dass ich dir jemals gesagt habe, warum.«

»Du musstest arbeiten. Für Jouni Manner und noch jemanden. So lautete jedenfalls deine Erklärung. Du willst mir doch nicht etwa sagen, dass das eine Ausrede war?«

Es lag Wärme unter ihrem Sarkasmus, und ich beschloss, weiterzumachen.

»Ich blieb zu Hause, weil ich es nicht ertrug, nur dein Freund zu sein. So einfach war das. Ich wollte nicht die Nächte mit dir verbringen, wenn ich nicht mit dir schlafen durfte.«

Eva reagierte wie immer, wenn ich sentimental wurde, sie wurde betont direkt: »Jetzt übertreibst du in die andere Richtung. Ich hätte dich mit Sicherheit sexuell ausgenutzt, aber anschließend hätte ich dich weggeworfen wie einen benutzten Putzlappen.«

Mir fiel keine schlagfertige Erwiderung ein, und wahrscheinlich schaute ich verwirrt, denn Eva fuhr fort: »Von Frauen hast du nie etwas verstanden, Kapi. Da bist du nicht der Einzige, aber selbst für einen Mann bist du ungewöhnlich schwer von Begriff.«

»Wir würden nicht so schwer von Begriff wirken, wenn ihr Frauen ein wenig ehrlicher in euren Absichten und Wünschen wärt …«, versuchte ich zu entgegnen, aber Eva unterbrach mich: »Glaubst du, dass Liebe und Begierde dasselbe sind?«

»Nein, das glaube ich schon seit der Pubertät nicht mehr. Warum fragst du?«

»Ich glaube es auch nicht«, erklärte Eva, ohne meine Gegenfrage zu beachten. »Findest du, dass sie leicht auseinanderzuhalten sind?«

»Nein, nicht immer«, antwortete ich und fühlte mich, als säße ich in einer altmodisch strengen Prüfung.

»Und glaubst du, dass sie nebeneinander existieren können?«

Ich sah mich gezwungen, ernsthaft nachzudenken.

»Doch«, sagte ich schließlich. »Unter günstigen Umständen. Aber selten besonders lange.«

»Manchmal«, sagte Eva, »dauert es lange, bis man versteht, was man fühlt, Liebe oder Begierde oder beides. Es dauert so lange, dass eins von beiden erloschen ist, wenn man endlich begreift, dass es beides war.« Sie schaute schnell fort, begegnete dann jedoch wieder meinem Blick und sah mir in die Augen: »Aber ich werde dich immer lieben.«

Wir kannten uns seit über dreißig Jahren, und der Kloß in meinem Hals war ein Dreißigjahrekloß. Mindestens. Und ich wusste natürlich, was ich sagen musste, und ausnahmsweise war es auch das, was ich sagen *wollte.* Trotzdem fiel es mir furchtbar schwer, die Worte herauszubringen, es dauerte eine Weile, aber schließlich schaute ich nach unten und murmelte:

»Ich liebe dich auch.«

Eva nahm meine Hand, die schlaff und hilflos auf dem Tisch lag, und drückte sie, es war eine spontane Geste.

»Du brauchst mir nie etwas zu sagen, weil du meinst, dass du das tun musst, Kapi. Vergiss das nicht. Du musst mich nicht lieben, nur weil ich dich liebe.«

Dann nahm sie ihr Weinglas, hielt es sich unter die Nase und sog den Duft ein. Sie schaute sich in dem bereits halbleeren Restaurant um, und mir schoss durch den Kopf, dass unser Gespräch so intensiv gewesen war, dass ich – der ich immer Leute mit großen Ohren befürchtete – nicht einmal zur Seite geschielt hatte. Eva schüttelte entschlossen den Kopf, sie *schüttelte* den Ernst gleichsam ab. Ich begegnete dem Blick unseres Kellners und bat um die Rechnung.

»Ihr Männer seid solche Nostalgiker«, ergriff Eva erneut das Wort. »Nicht alle, aber viele von euch. Wenn man euch manchmal zuhört … kommt es einem vor, als gäbe es zwischen eurer Jugend und eurem Tod nichts als diese verdammte Nostalgie.«

»Willst du damit etwa behaupten, dass Frauen nie nostalgisch werden?«, gab ich zurück und versuchte, zu dem lockeren Ton am Anfang des Abends zurückzufinden.

»Nicht wie ihr«, antwortete Eva. »Ich persönlich finde, dass man damit nur Zeit und Leben verschwendet. Du hast doch sicher mal daran gedacht, dass wir zwei dem Tod vermutlich bereits näher sind als unserer Geburt?«

»Danke für die Information!«, sagte ich. »In der Vorweihnachtszeit ist es nie verkehrt, daran zu denken.«

Eva schenkte meiner bissigen Bemerkung keine Beachtung und fuhr fort: »Ich denke oft an einen Song, den Addi sehr mochte. Die Platte gehörte mir, und wenn Addi in den letzten Jahren nach Hause kam, wollte sie immer dieses eine Lied darüber hören, dass es in unseren Erinnerungen sowohl Diamanten als auch Rost gibt. Und dann stellt sich doch die Frage, wovon man mehr findet. Für mich ist es Rost.«

Die Rechnung wurde gebracht, und ich machte einen Ansatz, sie an mich zu nehmen, aber Eva lehnte sich vor und legte wieder ihre Hand auf meine.

»Lass mich.«

»Warum denn?«

»Ich weiß doch, dass … ach was, als Dankeschön. Für das mit Nadia.«

Ich zuckte mit den Schultern und schob ihr das Tellerchen mit der Rechnung zu.

4

Nun habe ich den Punkt erreicht, an dem die eine Erzählung endet und eine andere beginnt, aber der Auftakt der neuen Erzählung ist identisch mit dem Abschluss der alten – so verhält es sich oft, es gibt fast immer eine Überschneidung –, und deshalb möchte ich euch bitten, mich auf einer weiteren Reise zu begleiten. Oder eigentlich auf zwei.

Ich werde nie den Augenblick vergessen, in dem mir ein Licht aufging, nennt es eine Ahnung oder Erkenntnis oder Offenbarung, was immer ihr wollt. Obwohl seither fast ein Jahr vergangen ist, hält sich dieser Moment immer noch auf meiner Netzhaut, ich trage ihn in meinem Körper, ich sehe und höre und rieche nach wie vor alles, was mich umgab, als es passierte, es kommt mir vor, als wäre es erst gestern passiert, obwohl seither so viel geschehen ist.

Es war ein früher Abend, und ich hatte ein oder zwei Stunden in Adriana Mansnerus' Tagebüchern gelesen. Ich glaube allerdings nicht, dass dies entscheidend war, ich hätte es auch so erkannt, es hätte nur ein bisschen länger gedauert. Ein anderer Zufall wollte es, dass ich gerade das erste Lebenszeichen von Jouni Manner seit sehr langer Zeit bekommen hatte: am vorherigen Morgen, eine lange und verbitterte, aber auch scharfsichtige E-Mail, in der er sich über die Verflachung der Politik und des gesamten gesellschaftlichen Lebens ausließ. Aber ich glaube ebenso wenig, dass dies entscheidend war, das Tor hätte sich in meinem Kopf bestimmt auch so geöffnet. Darüber hinaus spielte es wohl auch keine Rolle, dass ich mich tagsüber mit Eva Mansnerus auf eine Tasse Kaffee und ein Stück Apfelkuchen getroffen hatte, bevor Dauerregen auf Fågelsången und die ganze Innenstadt fiel und ich in meine ärmliche Bleibe zurückfuhr.

Ich glaube schlichtweg, dass es passierte, weil es August war und regnete.

Die Regenfälle im August habe ich immer geliebt, ich warte jedes Jahr auf sie. Sie sind so reinigend und klar, sie versetzen mich an Abende in meiner Jugend zurück, an denen ich gerade erst von Svartviken nach Tallinge zurückgekehrt war und mich danach sehnte, Pete und Eva und die ganze Rosari-Gang wiederzusehen, die Vegetation war immer so dicht und dunkel und tief, und auf den Mittelstreifen der Autobahnen blühten die Rosen, und der Blütenduft vermischte sich mit dem beißenden Geruch von Benzin, und in Tallinge und Mattisbacka und anderen Vororten rund um die Stadt streckten sich die flachen Schulen und öffneten ihre starren Mäuler und lockerten sie in Erwartung der Schüler, die sie bald verschlucken durften. Aber im Grunde versetzen diese Regenfälle mich noch viel weiter zurück, zu einer Art Urzustand vor den Worten, zu einem Gefühl der Geborgenheit und Souveränität, aber auch zu einer beginnenden Unruhe, einem Augenblick, in dem ich ahne, bis jetzt gibt es nur mich und die Stille und den Regen, aber schon bald werde ich zu einem Menschen unter anderen Menschen wachsen müssen.

Aber es ist nicht nur so, dass ich es liebe, wenn es regnet. Ich *denke* auch besser, wenn ich allein bin und den Regen auf die Bäume prasseln und auf die Hausdächer trommeln höre. Und genau das passierte. Es begann zu regnen, und dann sah ich es endlich.

Diesmal gab es einen konkreten – wenn auch recht seltsamen – Grund dafür, dass ich in Adrianas Tagebüchern las. Sie enthielten eine ganze Reihe von Höllenvisionen, besonders die letzten, und ich hatte vor Kurzem eine Dokumentation über 9/11 gesehen, einen Film, in dem mich gewisse Szenen an Adrianas Bildsprache erinnert hatten. Es handelte sich um Amateurfilme der

Tragödie, gedreht von der anderen Seite des Flusses, von New Jersey aus. In einem dieser Filme sah man eine ungeheuer hohe, aber zugleich eigentümlich schmale Spirale aus pechschwarzem Rauch – die Reste eines Turms –, die sich irgendwie um sich selbst drehte und kleinere Spiralen aussandte, kleine Stängel, dabei gleichzeitig aufsteigend und sich in eine Richtung bewegend, die meiner Einschätzung nach Norden sein musste. »Die Bohnenranke des Todes« war ein apokalyptisches Bild, das an mehreren Stellen in Adrianas Tagebüchern auftauchte, und mit etwas Fantasie sah die grauenvolle Rauchwolke tatsächlich aus wie eine gigantische schwarze Bohnenranke.

Über diese Elemente der Tagebücher hatte ich mit Eva nie gesprochen, Eva wollte nicht, aber ich nahm an, dass diese Schreckensvisionen ihren Ursprung in Filmausschnitten hatten, die Adriana gesehen hatte. Wahrscheinlich handelte es sich um »informative« Filme über Atom- und Wasserstoffbombenexplosionen, die Trinity der Amerikaner, die Monster der Russen, die Franzosen auf dem Mururoa-Atoll, vieles war denkbar. Diese Explosionen ließen ja eine Feuer- und Staubwolke in verschiedenen Formen und Farben entstehen, schreckliche, abstrakte Abbildungen der menschlichen Fähigkeit zu besinnungsloser Gewalt, und diese Bilder konnten von einer verängstigten Fantasie in alles Mögliche verwandelt werden. Über diese Bilder des Grauens, diese Sprache des Entsetzens grübelte ich an jenem Sonntagabend nach, konnte aber auch nicht der Frage ausweichen, die Adrianas Notizen jedes Mal in mir auslösten: Wie viel war seelische Krankheit, wie viel war unverstandene und nie genutzte Begabung?

Diese Grübeleien waren jedoch nicht alles. Mich beschäftigte noch etwas anderes, seit ich ihre Tagebücher zwölf Jahre zuvor bekommen hatte: ein Gefühl, dass es in ihnen Rätsel gab, die ich hätte lösen können müssen, die Ahnung von etwas, was in diesen Heften auf mich wartete, mich aber narrte und so dafür sorgte, dass ich einer der Menschen blieb, mit »einer Menge Wege, nicht zu wissen, was sie schon wissen«, um in Adrianas Worten zu sprechen.

Und dann war es plötzlich, als würde jemand einen Schlüssel in ein Schloss stecken. Oder vielmehr: als tippte jemand einen Zahlencode ein. Und dieses Tor – denn es ist ein riesiges Tor, keine gewöhnliche Tür –, das sich öffnet, geht nicht nur einen Spaltbreit oder ganz normal, ruhig und gesittet auf, sondern *fällt* so plötzlich und sperrangelweit auf, dass man in den schwarzen Raum stolpert und es einen schwindelt und man für einige Augenblicke überzeugt ist, dass man bereits ohnmächtig geworden ist. Ich weiß nicht, ob ihr dieses Gefühl einmal erlebt habt, wenn etwas, was man für so unmöglich hielt, dass man es sich nie auch nur vorgestellt hat, plötzlich nicht nur möglich, sondern aller Voraussicht nach wahr ist. Ich erlebte es damals, an meinem Küchenfenster stehend, Adrianas Tagebücher neben mir auf dem Tisch. Das Lüftungsfenster stand offen, der Regen prasselte auf die Laubbäume im Hof und trommelte auf das Blechdach des Abfallraums, die Welt war dunstgrau, tiefgrün und backsteinrot, kein Mensch war zu sehen, bald würde es dämmern, ein schwacher Duft von Rosen, Gras und Humus strömte zum Fenster herein, irgendwo in der Ferne gab ein Motorradfahrer trotz der Nässe Gas, der kräftige Motor heulte auf.

Und alles passte zusammen, und ich wusste es.

Mir ist bis heute nicht klar, was der auslösende Faktor war. Vielleicht die zahlreichen Verweise auf Wasser in Adrianas späten Notizbüchern oder ein liebevoller Satz über die Toten. Vielleicht auch irgendeine Geschichte, die Jouni Manner vor langer Zeit erzählt hatte, eine Geschichte, die in meinem Unterbewusstsein lag und nun an die Oberfläche stieg und eine neue Bedeutung bekam. Der Name der Insel war es jedenfalls nicht, er tauchte als Möglichkeit erst mitten in der Nacht auf, als ich schlaflos durch die Wohnung tigerte und immer neue Tassen Tee kochte und alle Fragen und Theorien notierte, die mein fiebriges Gehirn plötzlich in Massen produzierte.

Ich widerstand der Versuchung, Manner zu schreiben, bis zum nächsten Morgen. Da hatte ich den frühen Morgen der Inseltheorie gewidmet, die mir schlagartig in den Sinn gekommen war: Mir war etwas eingefallen, was Manner einmal über die Schmuggelrouten in den Sechzigern gesagt hatte. Ich hatte über Google eine Karte von Gotland gefunden. Andeutungen zu einer Insel tauchten an mehreren Stellen in Adrianas letzten Büchern auf, ich hatte mich nur von der Fixierung auf den Tag des Jüngsten Gerichts in ihren Aufzeichnungen irreleiten lassen.

In gewisser Weise war es gut, dass ich den Abend und die Nacht wartete, bis ich Manner zu erreichen versuchte. Denn ich war nicht nur aufgeregt und erwartungsvoll wie ein Alchemist, der glaubt, die Formel gefunden zu haben, oder ein Hacker, der die Codes des Pentagon geknackt hat, sondern auch unglaublich wütend auf ihn. Wenn es so war, wie ich glaubte, und mittlerweile war ich mir sicher, hatte Manner der Welt mehr als vierzig und mir selbst mehr als zwanzig Jahre lang etwas vorgegaukelt. Außerdem hatte er mich so gründlich hinters Licht geführt, wie mir das schon einmal passiert war.

Im Morgengrauen – der anbrechende Tag war locker bewölkt und das Radio versprach für den Nachmittag Sonne und Wärme – erkannte ich dennoch zwei wichtige Wahrheiten. Erstens, dass die Sache selbst wichtiger war als meine Beziehung zu Manner. Zweitens, dass ich weder schlafen noch essen können würde, bis ich Gewissheit hatte.

Meine erste Mail an Manner schickte ich um kurz nach sieben. Sie bestand aus einem einzigen Wort: Gotland? Und darunter: Frank

Ich musste lange, zu lange warten. Und hielt es natürlich nicht aus. Nach zwei Stunden unruhigen Halbschlafs rief ich ihn schon gegen zehn das erste Mal auf dem Handy an. Ich hielt mich bereit, auf seine Mailbox zu sprechen, wurde aber nie mit ihr verbunden. Ich wählte seine Festnetznummer, vergeblich. Ich schickte ihm eine SMS mit derselben kurzen Frage wie in der Mail. Ich ging mindestens alle fünfzehn Minuten in meine Mails, aber es kam am ganzen Tag nur eine einzige Nachricht: »She will scream and cry of joy!«, eine Penisverlängerungs-Spam aus den USA. Ich rief noch einmal an, ich rief immer wieder beide Nummern an. Ich schickte eine neue Mail mit einem der unzähligen Gedanken, für die ich eine Bestätigung suchte: »Adriana wusste Bescheid!«

Gegen fünf Uhr nachmittags war ich so ungeduldig und vom Mangel an Nahrung und Schlaf so überdreht, dass ich mich in meinen alten Golf setzte und durch die ganze Stadt zu Manners Wohnung fuhr. In den Fenstern zur Straßenseite hin waren die Vorhänge zugezogen. Ich klingelte mehrmals und lange. Keine Reaktion. Ich blieb so lange stehen und drückte so oft auf die Klingel, dass in Manners Nachbarwohnung auf einmal ein Vorhang flatterte. Ich erkannte, dass man in dieser Wohngegend schnell zum Hörer griff, um die Polizei zu rufen, und ging um den Häuserblock herum, um die Fenster auf der Rückseite zu überprüfen. Aufgezogene Vorhänge, aber kein Lebenszeichen. Ich blieb lange stehen, wählte beide Telefonnummern Manners und starrte die schwarzen Fensterscheiben in der Hoffnung an, dass etwas passieren würde.

Als ich nach Hause kam, war es fast acht. Ich rief meine Mails ab: nichts. Ich holte ein Fertiggericht aus dem Kühlschrank und wärmte es auf. Ich aß mechanisch und ohne Appetit, musste mich zum Essen zwingen. Ich versuchte, an einer Übersetzung zu arbeiten, ein Programmheft für ein Theater, aber es ging nicht: Mein Gehirn produzierte unablässig neue Theorien und Möglichkeiten, die einfach schriftlich festgehalten werden mussten.

Um halb elf, als ich die Hoffnung bereits aufgegeben hatte und mich das Gefühl umtrieb, dass ich vor Frustration noch wahnsinnig werden würde, klingelte mein Handy. Hinterher sollte mir klar werden, dass Manner immer noch nicht wusste, was er tun sollte, und Angst davor hatte, wie das alles enden würde. Seine SMS war eine Schutzmaßnahme, in seinen Augen war sie weniger gravierend und verpflichtend als eine Mail.

Sie bestand aus nur fünf Worten: Gib mir etwas Zeit. Jouni.

* * *

Die erste Reise machte ich in einer Novemberwoche, in der laut Wetterbericht dichter Nebel über der ganzen Ostsee hing. Da hatten Manner und ich kaum mehr als das Allernötigste besprochen. Aber ich hatte grünes Licht bekommen, das war entscheidend.

Im Flugzeug nach Stockholm las ich in den Boulevardzeitungen Artikel über den dreiundzwanzigjährigen Pokerprofi Ilmo Everi, der bei einem Turnier in den USA einen hohen Gewinn eingestrichen hatte. Mir fiel ein, wie Pete sich einmal darüber beklagt hatte, dass sein mittlerer Sohn Ilmo gegen den ausdrücklichen Willen seines Vaters vom Glücksspiel lebte. Als ich in Stockholm das Terminal wechselte, rief ich Pete an. Er reagierte wie erwartet: »Das ist doch verdammt nochmal kein Beruf!« »Achthunderttausend Dollar sind viel Geld«, erwiderte ich. »Dann ist es das eben«, sagte Pete säuerlich. »Was machst du in Schweden?« »Arbeiten«, antwortete ich, »bis bald!«

Ich war selten in Schweden, aber wenn ich dort war, besuchte ich Henry und Maj-Britt in Norrtälje, worauf ich diesmal jedoch verzichtete. Ich war zu eifrig und zu nervös, ich hatte Angst, mich zu verplappern.

Ich war noch nie auf Gotland gewesen und entschied mich für einen Flug und gegen die Fähre von Nynäshamn. Die Lösung war viel teurer, aber ich hatte Angst vor den Herbststürmen auf offener See. Beim Landeanflug auf Visby bereute ich meine Entscheidung drei Mal. Der Nebel hing so dicht, dass die Landung erst beim dritten Versuch gelang.

Die Tage waren kurz, und ich wollte nicht im Dunkeln fahren, deshalb hatte ich ein Zimmer in einem Hotel gebucht. Ich holte den Mietwagen ab, parkte ihn in der Nähe des Hotels und machte einen Spaziergang. Als ich losging, war ich so angespannt, dass mir fast schlecht war, aber der Nebel und Visbys Altertümlichkeit wirkten beruhigend. Es war Nachmittag, und es ruhte etwas Zeitloses über der kleinen Stadt, eine unwirkliche Stimmung, die von der Stille und Feuchtigkeit und dem undurchdringlichen Dunst noch verstärkt wurde. Ich ging über nasse Kopfsteinpflasterstraßen und an uralten Kirchen- und Klosterruinen vorbei, und jeder Mensch, der aus dem Nebel auftauchte, erschien mir wie ein Geist. Ich kam an einer Privatgalerie vorbei, einem kleinen Steinhaus, in dem in einem Fenster kleine Ölgemälde hingen, die alte Jazzmusiker porträtierten – ich erkannte Stan Getz und Chet Baker. Ich klopfte an das Fenster, aber es zeigte sich niemand. Ich ging eine steile und lange Steintreppe hinauf, die neben einer mächtigen Kirche begann, stand anschließend auf der Anhöhe, starrte in den Nebel hinaus, versuchte herauszufinden, wo das Meer lag, und musste mir eingestehen, dass ich es nicht wusste. Aber der Spaziergang hatte mir mein Gefühl für Proportionen wiedergegeben: Wir Menschen kamen und gingen, diese steinernen Städte dagegen blieben, und nach diesem Maßstab waren ein paar Jahrzehnte weniger als nichts.

Am Vormittag setzte ich mich in den gemieteten Corolla und fuhr quer über die Insel Richtung Roma und weiter nach Osten. Als ich mich der Ostküste näherte, verfuhr ich mich und landete in einer Sackgasse, einem kleinen Örtchen am Meer, in dem die Straße endete. Ich korrigierte meinen Fehler, aber als ich mich dem Ziel näherte, bekam ich neue Probleme: Ein kompliziertes Netz aus kleinen Landstraßen verband die zahlreichen Dörfer im Südosten, und ich verfuhr mich erneut.

Am Ende kam ich dann doch aus der Richtung in das Dorf När, die Manner mir vorgegeben hatte, und folgte seiner Wegbeschreibung. Es war fast zwei, der Nebel war etwas dünner geworden, und als ich ein paar Kilometer gefahren war, sah ich das Haus. Es entsprach exakt seiner Beschreibung: klein, grauweiße Wände, von denen der Putz abblätterte, ein Satteldach, auf dem der eine oder andere Dachziegel fehlte, eine rotbraune Haustür und rotbraune Fensterrahmen. Vor dem Haus stand rechterhand ein nackter und struppiger Laubbaum, wie Manner ihn beschrieben hatte. Der kleine Garten war im Frühjahr und Sommer sicher idyllisch, momentan jedoch wie der Rest der Insel graugrün, schmutzig gelb und braun. Aus dem Schornstein stieg Rauch auf, und schon von weitem stieg mir der Geruch von Brennholz in die Nase. Er versetzte mich in die Vergangenheit zurück, denn es roch genau wie in Svartviken, wenn es regnete und alle Sommerurlauber gleichzeitig ihre Saunen anheizten.

Ich ließ das Auto an der Landstraße stehen und ging die lehmige Schotterpiste hinab zum Haus. Als ich näherkam, sah ich, dass der intensive Rauchgeruch mehr als eine Erklärung hatte. Auch aus der hinteren Ecke des Gartens stieg Rauch auf, und als ich mich dem Gartentor näherte, sah ich, dass dort jemand Reisige und Äste verbrannte: ein kleiner und hagerer älterer Mann in einer Jeans und einer abgewetzten, duffelcoatähnlichen Jacke. Ich begriff sofort, dass er es war, blieb aber dennoch am Tor stehen und war unfähig zu handeln. Ich wünschte, ich könnte erzählen, dass mir in diesen endlos langen Sekunden tiefsinnige Dinge durch den Kopf gingen, die eines so bemerkenswerten Lebensschicksals und eines so schwer zu lösenden Rätsels würdig gewesen wären, aber so war es leider nicht. Ich erinnere mich nur an die Feuchtigkeit, das Grau, das leise Knistern der brennenden Zweige, den Brandgeruch und die hagere, leicht gebeugte Gestalt, und dass ich dachte: »Das wird nicht leicht.« Und dann muss er, nach einer gefühlten Ewigkeit, gespürt haben, dass ihn jemand beobachtete, denn er drehte sich um, sah mich und erstarrte. Sekundenlang blieben wir regungslos und stumm stehen und starrten uns an, dann ging er ein paar Schritte auf mich zu, blinzelte ein wenig und sagte:

»Bist du … Frank?«

»Ja, das bin ich.«

Er kam mit zögerlichen Schritten zum Gartentor. Dabei sah er mir unablässig in die Augen, und schon in diesen Sekunden fiel mir das Scharfgeschnittene, die fast vertrocknete Strenge seiner Gesichtszüge auf. In ihnen gab es nichts von dem kindlich Wildwüchsigen und leicht Lächerlichen, was ihn auf den meisten alten Fotos kennzeichnete. Alles war abgeschliffen worden, und es gab auch keine Mähne: Seine grauen Haare waren zwar lang, aber glatt und schütter und zu einem Pferdeschwanz gebunden. Er sah aus wie ein Mensch, den die Jahre herausgeschnitzt hatten, der alles Unnötige abgelegt hatte und nun nur noch aus dem Nötigsten bestand, was man zum Überleben brauchte. Aus meinem Vater, dem Troll, war mein Vater, der Indianer, geworden.

Er streckte seine Hand nicht zum Gruß aus, er berührte mich

nicht, tat nichts dergleichen. Stattdessen nickte er mir nur kurz zu, öffnete das Gartentor und sagte: »Dann bist du jetzt also hier.«

Ich müsste lügen, wenn ich behaupten würde, dass unsere erste Begegnung geglückt verlief. Sie gestaltete sich überwiegend schwierig, vor allem am Anfang. Lange strömte unser Gespräch so zäh wie Teer, und es herrschte eine verlegene, misstrauische, gelegentlich fast feindselige Stimmung.

Es kam ein Augenblick, am Abend, bis zu dem es uns noch nicht gelungen war, uns etwas von Bedeutung zu sagen, unser Gespräch verlief extrem wortkarg. Wir aßen zu Abend – Tee und Bier und deutsches Roggenbrot und Käse und ein Stück Lachs, das Ariel bei der örtlichen Räucherei besorgt hatte –, und nach langem Schweigen sprach er mich darauf an, dass ich nur Tee und kein Bier trank, und erkundigte sich, ob ich vielleicht lieber etwas Hochprozentiges haben wolle. Ich sagte ihm die Wahrheit, dass ich ein trockener Alkoholiker war. Ariel seufzte und fragte, ob ich etwas dagegen hätte, wenn er sich einen Kurzen genehmige. Er ging zur Speisekammer, holte eine halbvolle Flasche – selbstgebrannt, vermutete ich – aus einem Regal und schenkte sich ein. Er setzte sich, trank einen kleinen Schluck von der klaren Flüssigkeit und meinte:

»Das ist ein feiner Tropfen. Du bist sicher …?«

Ich nickte und sagte:

»Glaub mir, ich kann es mir einfach nicht erlauben.«

Er betrachtete mich forschend, schüttelte eine Zigarette aus seiner Schachtel und fragte:

»Was willst du eigentlich von mir? W-warum wolltest du herkommen?«

Es war das erste Mal, dass ich ihn ansatzweise stottern hörte, er schien seinen Sprachfehler fast völlig überwunden zu haben.

Ich schüttelte ungläubig den Kopf und breitete die Hände aus, um ihm zu verdeutlichen, wie absurd ich seine Frage fand.

»Ich muss das doch verdammt nochmal erfahren«, sagte ich. »Ich meine … das alles hier, vierzig Jahre Versteckspiel, worum zum Teufel geht es dabei?«

»Ich habe damals gesehen, wie sie Hurme erschossen haben«, antwortete Ariel und zündete seine Zigarette an. »Sie wären hinter mir hergewesen. Aber dann kam Jo …«

»Warum haben sie Hurme umgebracht?«, musste ich ihn einfach unterbrechen.

»Er hatte die Kontrolle über sich verloren, war völlig verrückt geworden. Im Sommer hatte er einen Typen namens Virta umgebracht. Ohne jeden Grund. Sie ließen Virtas Leiche zwar rechtzeitig verschwinden, aber danach hingen uns die Bullen ständig auf der Pelle.«

»Und das hier?«

Ich ließ den Blick durch den Raum schweifen und meinte mit ihm nicht nur die kleine Küche, das Haus und den Garten dahinter, sondern auch den größten Teil seines Lebens, neununddreißig Jahre.

»Das war Jone Manners Idee. Ich versteckte mich bei ein paar Schweden, die ich damals kannte … in Jakobsberg … bis ich Jone erwischte. Er kam rüber und regelte alles. Quatschte mit den Bullen und den Behörden und so. Du kennst ihn ja, Jone kann so etwas. Das hat er immer schon gekonnt.«

»Aber musstest du nicht aussagen … die anderen verpfeifen?«

Ariel nahm einen tiefen Zug von seiner Zigarette.

»Jone schaffte es, den Bullen einzureden, dass ich nichts wüsste. Ich kannte keine Namen, ich war bei keinen Geschäften dabei gewesen, nichts, ich war nur ein armer Fixer, der rein zufällig Zeuge eines tödlichen Streits zwischen Kriminellen geworden war. Ich war ja nie erwischt worden, hatte keine Strafakte. Deshalb klappte das. Außerdem half ich mit. Ich tat so, als könnte ich nur Finnisch.« Er trank wieder einen Schluck Schnaps, zog eine selbstzufriedene Grimasse und ergänzte: »Außerdem stotterte ich, das half natürlich auch.«

»Du hast den Dummen gespielt.«

»Ja, ich habe mich dümmer gestellt, als ich war. Das konnte ich ganz gut. Man durfte nur nicht high sein, wenn man mit den Bullen quatschte. Wenn man high ist, hat man sich nicht im Griff.«

Ich lehnte mich gegen die harte Rückenlehne des Stuhls und spürte das Verlangen nachzugeben, einfach zu sagen »ach, was soll's, hol noch ein Glas heraus, ich trink auch einen«. Aber ich widerstand. Stattdessen fragte ich: »Und warum bist du hier? Ihr habt hier doch geschmuggelt. Hattest du keine Angst, dass sie herkommen und nach dir suchen würden?«

»Nee. Für die waren das hier nur ein paar Häfen. Es gab viele Routen. Außerdem sind ein paar von ihnen hier geschnappt worden. Danach mochten sie die Insel nicht mehr, sie schimpften ständig über sie.« Ariel sah mich ernst an und ergänzte: »Aber wenn ich mit von der Partie war, fand ich es hier immer unglaublich schön.«

»Du lebst hier unter deinem eigenen Namen«, sagte ich. Ich hatte gesehen, dass auf dem Briefkasten am Gartentor Wahl stand.

»Für mehr als dreißig Jahre hieß ich Billy Johansson«, erwiderte Ariel und lächelte zum ersten Mal an diesem Tag, es war ein schnelles und freudloses Aufblitzen, das so schnell verschwand, wie es gekommen war. »Hier draußen nannten sie mich BJ. Auch darum hat sich Jone gekümmert, um den Namen, meine ich.« Er verstummte, trank einen Schluck Schnaps und blickte in die Novemberdunkelheit hinaus:

»Mittlerweile sind sie alle tot, der Direktor, Koikkala, alle … hier in Schweden verjährt Mord, das weißt du, nicht?«

»Aber hast du nicht …?« Weiter kam ich nicht, da ich nicht wusste, wie ich meine Frage beenden sollte, es gab so viel, was ich wissen wollte, dass die Fragen sich überschlugen und gegenseitig im Weg standen. Ariel schien meinen abgebrochenen Versuch einer Frage nicht gehört zu haben, sein Blick war auf die undurchdringliche Dunkelheit draußen gerichtet:

»Manchmal habe ich gedacht, dass ich doch zu schissig war, dass das Ganze hier überflüssig war und ich bloß Panik hatte und sie niemals hinter mir her waren.« Er zuckte mit den Schultern und meinte:

»Aber verdammt, ein paar von denen waren echt genauso irre wie Hurme.«

Plötzlich übermannte mich das Gefühl, wie absurd und auch beängstigend das Ganze war. Wir saßen in einem baufälligen Haus in einer ländlichen Gegend Gotlands, waren Fremde füreinander, der eine siebenundvierzig Jahre alt und unfähig, jemals wieder einen Tropfen Alkohol zu trinken, der andere im Rentenalter – wenn meine Informationen stimmten, war Ariel fünfundsechzig – und offensichtlich versessen auf selbstgebrannten Schnaps. Wir waren Vater und Sohn, wussten aber praktisch nichts voneinander, und saßen jetzt hier im Nebel und der Dunkelheit und sprachen über vierzig Jahre zurückliegende Verbrechen und Fluchten. Das war unwirklich. Andererseits: War es nicht genauso wirklich oder unwirklich wie alles andere auch? Das ganze Leben war doch von einer Membran aus Unwirklichkeit überzogen, einer rätselhaften Märchenhaftigkeit, die zugleich lockte und ängstigte. Nur mit Willensstärke und einem beharrlichen Streben nach festgelegten Zielen konnte der Mensch das Unwirkliche in Schach halten und sich einbilden zu wissen, wer er war und dass sein Leben einen Sinn hatte. Ich sagte es Ariel, dass alles unwirklich sei, auch dass wir zwei uns gegenübersäßen, *vor allem* die Tatsache, dass wir zwei uns gegenübersäßen. Woher wollte ich letztlich eigentlich wissen, dass er überhaupt der war, für den er sich ausgab?

Ariel lächelte wieder. Es war das gleiche, schnell erlöschende Lächeln wie zuvor, jedoch nicht mehr so hart. Er hatte schon einige Schlucke getrunken, der Alkohol dämpfte allmählich die schlimmste Angst oder das Misstrauen oder was immer er empfand. Ich betrachtete ihn, während er meine Worte verdaute. Wie unterschiedlich wir waren! Dieser mürrische, beinahe schmollende Ernst in ihm, die fast völlige Abwesenheit von Ironie und Doppeldeutigkeit in allem, was er sagte. Und seine Scheu, die betonte Distanz, nicht nur in Worten und Gesten, sondern auch als eine Steifheit im ganzen Körper. Wir hatten zwar die gleichen Gene, entstammten jedoch unterschiedlichen Epochen, und Ariel schien von meiner nicht im Geringsten beeinflusst zu sein. Ich hätte mir diese Souveränität gerne als etwas vorgestellt, was auf Gegenseitigkeit beruhte, aber das konnte ich nicht. Ariels Zeit hatte mich geformt, sie spukte mir im Kopf herum, steckte in mir.

»Solche Zweifel müsste ja wohl eher ich haben, nicht du«, sagte Ariel. »Welche Beweise habe ich denn dafür, dass du es wirklich bist? Ich habe Jones Brief, dass du Frank Loman bist und so und so aussiehst. Aber was ist, wenn du ein Betrüger bist, der erst Jone hereingelegt hat und jetzt mich. Vielleicht bist du ja ein … ich weiß nicht, irgendsoein schmieriger Journalist vielleicht?«

Er lehnte sich zurück, und auf seinem trockenen und scharf geschnittenen Gesicht lag eine neue, fast zufriedene Miene. Ich rief mir Manners Worte ins Gedächtnis, dass die Leute Ariel oft unterschätzten, weil er so liebenswürdig war.

»Ich wollte dich nicht verletzen«, sagte ich. »Das ist nur alles so …«

»Das hast du auch nicht«, erwiderte Ariel. »Aber warte mal kurz, ich zeig dir was.«

Er stand überraschend wendig von seinem Stuhl auf, verschwand durch das kleine Wohnzimmer in einen anderen Raum, vermutlich das Schlafzimmer, und kehrte mit einer akustischen Gitarre aus hellem Holz zurück. Das Instrument schien alt zu sein, es hatte einen großen Korpus und einen breiten Hals, und das Holz war an mehreren Stellen fleckig und verfärbt. Ariel ließ sich mit dem Instrument im Arm auf seinem Stuhl nieder.

»Das kommt von der Feuchtigkeit«, erklärte er, »man muss sie dauernd stimmen.«

Blitzschnell war er damit fertig und spielte einige schnelle Melodiephrasen, als wollte er seine Finger aufwärmen.

»Jone hat mir geschrieben, dass ihr über Musik geredet habt«, sagte er und begann zu spielen. Ich erkannte das Lied sofort: Er spielte *Geh nicht einsam in die Nacht* in einem Arrangement, das Melodie und Begleitung enthielt. Er ließ die Crescendos aufbrausen, wo sie hingehörten, und die Melodie an Stellen, an denen es so sein sollte, ruhig und zart murmeln wie ein Frühlingsbach. Er spielte gut und baute auch das schöne Solo ein, und es gelang ihm, es sowohl mit Akkorden als auch einer Art Gegenmelodie zu unterlegen. Während er spielte, saß ich auf dem harten Küchenstuhl und starrte meinerseits in die Dunkelheit hinaus, und in meinem Kopf sang es: *Das ist ein verdammt gutes Lied, das ist ein so unglaublich gutes Lied.*

Als Ariel fertig war, sagte er zunächst nichts, ließ lediglich den A-Dur-Akkord verklingen und blieb mit der Gitarre im Arm sitzen.

»Point taken«, sagte ich, ohne richtig zu wissen, was ich eigentlich damit meinte.

»Ich habe leider keine Stimme mehr«, sagte er. »Wie ist es mit dir, spielst du?«

»Ein bisschen. Aber ich bin schlecht. Außerdem habe ich seit vielen Jahren nicht mehr gespielt.«

Er hob die Gitarre an und reichte sie mir über den Tisch hinweg, ich kam nicht mehr dazu, das Manöver abzuwehren. Er ließ sich wieder auf seinen Stuhl fallen, streckte sich nach seinem Glas und trank ein Schlückchen. Ich hielt das große und klobige Instrument im Arm und versuchte, ein paar Akkorde zu spielen: Das war nicht leicht, der Abstand zwischen Saiten und Griffbrett war groß, es war eine Gitarre, die kräftige Finger erforderte. Ich machte einen halbherzigen Versuch, einen Blues in E-Dur zu spielen, gab aber auf und schlug stattdessen ein paar andere Durakkorde an, D, G, D und A.

»Ich bin Hendrix begegnet«, erklärte Ariel unvermittelt. »Ich habe mit ihm geredet. Jedenfalls fast.«

»So, so«, sagte ich, und es gelang mir nicht, meine Ungläubigkeit und einen leicht belustigten Ton in der Stimme zu verbergen. »Wo denn?«

»Auf einem Schiff.« Ariel gab keine nähere Erklärung, nahm nur die Gitarre an, die ich ihm verlegen reichte. Dann fragte er:

»Wie sieht es zu Hause aus, ist einer von den Alten noch aktiv?«

Ich begriff, dass er an Popstars dachte, und sagte:

»Kari Kuoppa. Seine Sachen sind kitschig, aber er ist anscheinend nicht totzukriegen. Alex Karjagin ist vor ein paar Jahren gest…«

»Ich weiß«, unterbrach Ariel mich, »das mit Karjagin hat Jouni mir geschrieben. Wie ist es mit Jugi Eskelinen, spielt er noch?«

»Konzerte gibt er, soweit ich weiß, keine mehr«, antwortete ich. »Aber letztes Jahr ist eine Platte zu Ehren Karjagins erschienen, und ich glaube, dass er darauf mitspielt.«

Nachdem er durch den Schnaps ein bisschen gesprächiger geworden war, wollte ich mit Ariel nicht über alte Musikheroen sprechen, sondern Fragen stellen: persönliche, wichtige Fragen.

Doch seine reservierte Haltung hatte sich auf mich übertragen, eine Stunde nach der anderen war vergangen, ohne dass ich es gewagt hatte, die Fragen zu stellen, die mir am meisten auf der Zunge brannten.

»Wovon lebst du eigentlich?«, umkreiste ich das Ziel. Er hatte bereits erzählt, dass er in jüngeren Jahren überall auf der Insel auf Baustellen gearbeitet und in den Gaststätten Visbys als Musikant aufgetreten war, und ich nahm an, dass er sich BJ Johansson oder so ähnlich genannt hatte. Aber mir war auch klar geworden, dass diese Zeiten vorbei waren.

»Gartenarbeit«, sagte er. »Außerdem kümmere ich mich um die Sommerhäuser der Leute. Es gibt jede Menge Stockholmer und andere, die hier ein Haus haben, aber nur gelegentlich mal eine Woche vorbeischauen. Jemand muss auf sie aufpassen. Betreut man genug Häuser, kommt einiges zusammen.« Er schwieg einige Sekunden, dann ergänzte er: »Aber ich will nicht lügen. Wenn es schwierig war, hat Jone mir Geld geschickt. Von Anfang an. In den letzten Jahren bin ich allerdings besser über die Runden gekommen.«

»Ich verstehe das nicht ganz«, sagte ich. »Du hast weder einen Computer noch ein Telefon. Wie erreichen die Leute dich?«

»Olssons auf dem Hof in der Nähe nehmen Nachrichten für mich an. Sie sind meine Vermieter, nette Leute. Die meisten Häuser betreue ich seit vielen Jahren, das hat sich alles eingespielt.«

»Ich verstehe es trotzdem nicht«, entgegnete ich hilflos.

Ariel betrachtete mich gereizt. Er war bereits betrunken, das sah ich, aber nur ein bisschen. Sein hageres Gesicht wirkte nach wie vor wachsam, er hatte sich nicht geöffnet und würde es vermutlich auch nicht mehr tun.

»Was verstehst du nicht?«

»Wie man so leben kann. Du hast hier doch nichts … kein Auto, keinen Fernseher, nichts.«

Ariels Miene wurde freundlicher, das schnelle Lächeln tauchte wieder auf und hielt sich diesmal etwas länger:

»Wenn einige Zeit vergangen ist, merkt man, dass man auch ohne das alles zurechtkommt. Das gilt für die meisten Dinge. Außerdem habe ich schon ein paar Sachen. Ich habe eine Gitarre. Und einen CD-Spieler. Und ein Radio. Und ein Moped, aber mit dem stimmt etwas nicht.«

Ich verdrehte die Augen, das war natürlich scherzhaft gemeint: Zum ersten Mal an diesem langen Tag und Abend fand ich, dass wir uns ein bisschen gefunden hatten, uns nicht mehr so vor dem anderen fürchteten. Ariel bestätigte in gewisser Weise mein Gefühl, denn er begegnete meinem Blick und sagte zurückhaltend: »Was es hier gibt, reicht mir, Frank. Alles, was es da draußen gibt … alles Furchtbare und alles Wundervolle, das ist nichts für mich, das ist es seit ewigen Zeiten nicht mehr gewesen.«

In dem Schweigen, das auf seine Worte folgte, zündete er sich eine neue Zigarette an, betrachtete mich nachdenklich und sagte: »Du solltest nicht auf Jone Manner wütend sein, sondern auf mich. Jone bekniet mich seit zwanzig Jahren, dich wissen zu lassen, dass ich noch lebe. Er hat mir immer gesagt, dass du nicht auf den Kopf gefallen bist und dieser Tag irgendwann kommen wird.«

Ich sah keine Möglichkeit, die Frage noch länger hinauszuschieben:

»Bist du denn niemals neugierig auf mich gewesen? Darauf, wie ich bin? Was aus mir geworden ist?«

Eigentlich hätte er wissen müssen, dass die Frage in der Luft lag, und das schon den ganzen Tag. Trotzdem überrumpelte sie ihn. Er verlor die Fassung und sagte lange nichts, rauchte nur nervös – wie ein viel jüngerer Mann – und schenkte sich noch einen Schnaps ein, ließ das Glas jedoch unangerührt auf dem Tisch stehen und sagte schließlich:

»Schau dir mal das Bücherregal da drüben an. In der Mitte.«

Ich ging hin und ahnte natürlich, was mich dort erwartete. All meine Bücher in einer Reihe, auf Schwedisch und Finnisch, vom ersten bis zum allerletzten, eine Sammlung meiner Artikel, die in einem kleinen zweisprachigen Verlag erschienen war und sich in jeder Sprache ungefähr hundert Mal verkauft hatte.

»Hast du sie auch gelesen?«, fragte ich.

Ariel zögerte, und es blieb ein bisschen zu lange still.

»Nicht alle, aber die meisten«, erklärte er schließlich. Ich hörte sein Schnapsglas in der Küche auf den Tisch schlagen, danach ergänzte er unbeholfen:

»Ich mochte das erste, wie hieß es noch, Schatten?«

»Silhouetten«, antwortete ich.

Ich kehrte in die Küche zurück und setzte mich wieder an den Tisch.

»Jone hat mir auch immer Zeitungsausschnitte geschickt«, meinte Ariel. »Artikel, die du geschrieben hast, und Rezensionen von deinen Büchern. Möchtest du sie sehen?«

Ich schüttelte den Kopf und musste starr nach unten sehen, um nicht loszuheulen. Bleischwere Hoffnungslosigkeit hatte mich überrollt wie eine vom Meer kommende Regenfront, in meinem Inneren war es stockfinster geworden, und ich ahnte warum: Ich hatte erkannt, dass ich nicht nur einsam und verloren war, mein Leben war zudem eine seltsam in Ansätzen stecken gebliebene Angelegenheit, ich war ganz der Sohn meines Vaters.

Ich starrte weiter zu Boden, und als Ariel das drückende Schweigen brach, machte er es mir nicht leichter: »Ich verstehe, dass es nicht dasselbe ist wie … aber ich hatte das Gefühl, keine andere Wahl zu haben, als dich in Ruhe zu lassen.«

Er verstummte, als erwartete er, dass ich etwas sagen würde, als ich jedoch schwieg, sprach er weiter:

»Natürlich hat es Momente gegeben, in denen … in den ersten Jahren, die ich hier draußen wohnte, traute ich mich einmal mit der Fähre nach Stockholm und schlich in der Innenstadt an den Häuserwänden entlang, ich hatte panische Angst und war mir plötzlich fast sicher, dass ich Leeni auf einer Rolltreppe gesehen hatte … Oder als Jouni mir von deinen Erfolgen schrieb und diese ganzen Zeitungsausschnitte schickte. Aber dazwischen …«

Ich hatte mich wieder im Griff, schaute auf und begegnete Ariels Blick, als er seinen Gedankengang abschloss: »… kam es mir vor, als sei ich tot und wiederauferstanden und als sei all das ein abgeschlossenes Leben, das ein anderer gelebt hatte.«

Wir unterhielten uns noch eine Stunde oder zwei. In der letzten halben Stunde fragten wir uns gründlich aus, und ich merkte, dass Ariel eigentlich ziemlich gut informiert war. Manner war offenbar ein fleißiger Briefeschreiber gewesen, und Ariel wusste das Wichtigste und einiges mehr. Er wusste, wie Adriana Mansnerus ihre letzten Jahre verbracht und dass sie gewusst hatte, er lebte noch, und er wusste, wie einsam und grausam ihr Tod gewesen war. Ariel wusste zudem, dass Henry und Leeni sich hatten scheiden lassen und Leeni wieder geheiratet hatte und wie sie umgekommen war. Er kannte die großen Wendepunkte in Jouni Manners Leben und wusste, wie alles geendet hatte und dass Stenka Waenerberg an Lungenkrebs gestorben war. Von mir wusste er, dass ich keine Familie hatte und meine Karriere zum Erliegen gekommen war, aber nicht viel mehr. Jouni hatte ihm meinen Alkoholismus verschwiegen, und mein Liebesleben, vor allem das unausgelebte mit Eva Mansnerus, hatte ich vor Jouni und allen anderen stets verborgen gehalten. Ich verplapperte mich auch diesmal nicht, aber als ich in dem zugigen kleinen Haus am Küchentisch saß und mich mit Ariel unterhielt, dessen Einsamkeit meine eigene aussehen ließ, als wäre ich ein Liebling der Götter, wünschte ich mir, ihm erzählen zu können, dass er irgendwo auf der Welt ein Enkelkind hatte.

Ariel war ziemlich wackelig auf den Beinen, als er schließlich eine feuchte und fleckige Matratze aus einem Schrank im Hauseingang holte und in das enge Wohnzimmer bugsierte.

»Kriegst du das hin, so zu pennen?«, fragte er und zerrte eine dicke Decke von dem durchgesessenen Sessel neben dem Bücherregal. Er grinste verschmitzt, als er die Frage stellte, seine Bissigkeit war inzwischen verschwunden, sein Tonfall war fast neckisch.

»Wieso sagst du, kriegst du das hin?«, wollte ich wissen.

»Na ja, du scheinst mir ein bisschen verwöhnt zu sein«, antwortete er, verschwand im Eingangsflur und kehrte mit einem Kopfkissenbezug zurück, der genauso voller gelber Flecken war wie die Matratze.

Am nächsten Vormittag war seine gute Laune wie weggeblasen und die Stimmung genauso verlegen und fast abweisend wie bei meiner Ankunft. Wir tranken unseren Frühstückskaffee und aßen unsere trockenen Haferkekse und gekochten Eier unter griesgrämigem Schweigen. Ariel wies alle Symtome eines schweren Katers und großer Reue auf, und als wir unsere Adressen austauschten und einander versicherten, dass wir uns schreiben und möglichst wieder treffen wollten, kam es mir wie etwas vor, was man verspricht, ohne wirklich vorzuhaben, sein Versprechen zu halten. Als ich zunächst in nördliche und anschließend westliche Richtung nach Visby fuhr, hing der Nebel dichter denn je. In dem Moment wusste ich nicht, was ich tun sollte, ich wusste nicht, ob ich mir überhaupt eine Fortsetzung wünschte.

* * *

Verwirrung und Verunsicherung wollten auch lange nach meiner Heimkehr nicht von mir weichen. Ich machte lange Uferspaziergänge und blickte auf das dunkle und graue Dezembermeer hinaus, als erhoffte ich mir von dort Ratschläge und Anweisungen. Heiligabend verbrachte ich wie immer in den letzten Jahren bei Eva, erzählte ihr aber nichts. Ich hatte Ariel eine Weihnachtskarte geschickt, hörte jedoch nichts von ihm, was mich so weit brachte, alles einfach vergessen zu wollen.

Unmittelbar nach meiner Rückkehr von Gotland schrieb ich Jouni Manner einige verletzte E-Mails und machte ihm im Laufe des Winters alle möglichen Vorwürfe. Obwohl Ariel mich angefleht hatte, auf ihn und nicht auf Manner wütend zu sein, ging das einfach nicht. Die Wut, die ich auf Manner empfand, glich meiner Wut auf Leeni und Henry vor langer Zeit, und ich schrieb Manner, dass mir einfach nicht in den Kopf wolle, warum ausgerechnet *mein* Leben darin bestehen müsse, immer wieder gründlich hintergangen zu werden.

Die härteren Worte fielen in unserem Mailwechsel: Wenn Manner und ich uns trafen, stritten wir – wenn wir uns überhaupt stritten – zivilisiert, wie es sich für Männer mittleren und fortgeschrittenen Alters gehörte. Relativ schnell begriff ich, was mich an dem ganzen Szenario so aufregte, weshalb ich mich so gedemütigt und verletzt fühlte: Es war die Geschicklichkeit, mit der Manner seine Rolle gespielt hatte.

Ich wies ihn darauf hin, erinnerte ihn an die Lügen, die er mir und anderen aufgetischt hatte. Zum Beispiel, dass man ihm mit dem Tod gedroht habe, als er zu Ariels und Hurmes Verschwinden »Nachforschungen anstellte«: alles frei erfunden. Er hatte sogar eine gefälschte Fernsehreportage über den Fall gedreht und das ganze finnische Volk belogen!

Ich wisse gar nicht, sagte ich zu Manner, ob ich mich auf

seine Informationen verlassen könne. Wann habe er beispielsweise von mir erfahren, wann habe Ariel ihm erzählt, dass er einen Sohn gezeugt habe, war dies kurz vor dem »Verschwinden« gewesen, wie Manner behauptet hatte, oder schon früher? Manner gab daraufhin zu, dass er erst später, Anfang der Siebzigerjahre, von meiner Existenz erfahren hatte, als er sich aktiv, aber in aller Heimlichkeit, um Ariels Angelegenheiten kümmerte. Er fragte mich, welche Rolle das denn spiele, alles andere, was er über Ariel erzählt habe, sei doch wahr. Ich erinnerte ihn an seine rührseligen Worte während unserer aufrichtigen nächtlichen Gespräche in den Achtzigern, sein wehmütiges Gelaber von den Abdrücken, die Menschen hinterließen, und der Lücke, die so schwer wog: alles bloß Schauspielerei! Daraufhin sah ich, wie Manner von einem Schmerz durchzuckt wurde, und mir fiel ein, dass wir ja nicht nur über Ariel, sondern auch über Adriana gesprochen hatten. Aber Manner hatte sich schnell wieder im Griff, der verletzte Funken verschwand aus seinen Augen, und er sagte: »Ich musste es tun, Frank. Ari zuliebe. Ich hatte es ihm versprochen.«

Mit der Zeit legte sich meine Wut, und zwischen Manner und mir war wieder fast alles wie früher. Ich schreibe fast, denn in einem wichtigen Punkt hatten sich unsere Leben unwiderruflich verändert. Jetzt gab es zwei, die wussten, dass Ariel Wahl lebte, unser Kontakt war enger denn je, und ich sah, dass Manner gespannt abwartete, was ich tun würde.

Während sich der Winter seinem Ende zuneigte und Manner und ich es uns zur Gewohnheit machten, jeden zweiten Donnerstag bei ihm zu Mittag zu essen, wurde mir bewusst, dass er und Ariel auf gegensätzliche Art gealtert waren. Die Erinnerung an Ariels verwitterte Gestalt ließ mich Jouni Manner in einem neuen Licht sehen. Auch er war ein Mann von über sechzig Jahren, dreiundsechzig, aber während Ariel eingetrocknet war, war Manner aufgequollen. Er war nicht nur rundlich geworden, was ihn noch größer aussehen ließ als seine ein Meter und neunzig. Auch mit seinem Gesicht war etwas geschehen. Es gab etwas Gedrungenes, aber zugleich zutiefst Unbefriedigtes darin, seine Wangen waren die runden Backen eines wohlgenährten, aber schwierigen Buben, als wohnte in seinem tiefsten Inneren noch immer ein hungriger Junge, der alles haben wollte und sich nun fragte, warum er es nicht bekommen hatte.

* * *

Anfang März kam ein Brief von Ariel, und wegen dieses Briefs beschloss ich, einen neuen Versuch zu wagen. Es war kein langer oder bemerkenswerter Brief, er schrieb lediglich, dass der Frühling auf Gotland häufig früh komme und man bereits die ersten Knospen sehe. Anschließend schrieb er über unsere Familie, nur ein paar kurze Absätze – »vielleicht möchtest du ja ein bisschen über deine Großeltern väterlicherseits erfahren« –, aber es war das erste Mal, dass ich etwas über jenen Lennart Wahl erfuhr, über den auch Ariel offenbar nur wenig wusste. Er war auch nicht besonders mitteilsam, als es um Lydia ging, und ich glaubte den Grund zu kennen: Ich erinnerte mich an die vielen Lücken, an all das Unausgesprochene in Manners Erzählungen aus der Teenagerzeit der beiden Jungen.

Als ich mich endlich auf den Weg machte, war es schon Anfang Juni, alles Mögliche war mir dazwischengekommen. Die Tage vor meiner Reise verbrachte ich mit Vorbereitungen. Diesmal würde ich mit mehr Gepäck anreisen, was mir klarmachte, dass ich mich emotional bereits engagiert hatte, ob nun willentlich oder nicht. Und ich denke in der Tat, dass ich bereits damals beschlossen hatte, mich diesem Projekt zu widmen, das nun kurz vor seinem Abschluss steht.

Ich ging in einen Plattenladen und kaufte die Doppel-CD für Alex Karjagin mit all seinen Hits. Ich hatte Ariel nicht zu viel versprochen, Jugi Eskelinen spielte auf einer Handvoll Songs Gitarre. Während ich nach der Platte suchte, fiel mir auf, dass der Ladenbesitzer und die anderen Kunden genauso graumeliert waren wie ich: Was für Generationen von Jugendlichen ein Eldorado gewesen war, hatte sich in einen Himmel für alte Knacker verwandelt, eine letzte Freistatt für runzlige Männer mit peinlichem Haarwuchs in der Nase.

Darüber hinaus kaufte ich einen Gitarrenverstärker, einen kleinen, nur ein paar Watt, aber mit einer eingebauten Drum-Maschine und einer Menge anderer Finessen. Danach rief ich Eva Mansnerus an und erklärte, ich hätte mir überlegt, wieder ein bisschen Musik zu machen, verwahrte sie immer noch Ariels alte E-Gitarre bei ihrer reichen Freundin?

»Ehrlich gesagt ist sie bei mir«, antwortete Eva gut gelaunt, »mittlerweile habe ich ja viel Platz. Was ist los, meldet sich die Midlife-Crisis?«

»Ha, ha«, erwiderte ich. Ich hatte Eva noch nichts erzählt und tat es auch an dem Tag nicht. Mir erschien das alles noch so neu und verletzlich. Und so ist es bis heute geblieben. Aber wenn ich es jemandem erzähle, sobald ich hiermit fertig bin, dann ihr.

Als ich auf dem Weg zu Eva war, klingelte mein Handy, und ich sah, dass es Manner war. Ich meldete mich.

»Fährst du hin?«, fragte er.

»Ja, morgen«, antwortete ich.

»Ich habe einen Brief von ihm bekommen«, sagte Manner. »Er hat mal wieder Probleme mit der schwedischen Bürokratie. Es geht um irgendwelche Steuerzahlungen, könntest du ihm bitte ausrichten, dass er mir die Papiere schicken soll, damit ich sie mir ansehen kann?«

»Okay«, sagte ich und fühlte mich wie in einer Zeitmaschine: Jouni Manner übertrug mir wieder einen ehrenvollen Auftrag.

»Sie sieht lustig aus«, sagte Eva, als wir in ihrem Flur standen, »die ist ja ganz schief.«

Wir hatten die schwarze Hagström-Gitarre aus ihrem Koffer geholt, und Eva drehte sie hin und her. »Impala« stand mit unverkennbaren Sechzigerjahrebuchstaben an den Wirbeln.

»Es ist ein seltsames Modell«, stimmte ich ihr zu, »aber bei E-Gitarren kenne ich mich nicht aus, ich habe immer eine akustische gespielt.«

»Willst du Unterricht nehmen?«, fragte Eva.

Ich lächelte sie an.

»Das glaube ich eher nicht.«

* * *

Ich besuchte Henry und Maj-Britt auch diesmal nicht, sie waren auf einer Seniorenkreuzfahrt im Mittelmeer.

Im Flugzeug las ich von den turbulenten Entwicklungen im staatlichen Energiekonzern Fortum. Die Wirtschaftskrise und ein Skandal um Bonuszahlungen hatten das Unternehmen in den Grundfesten erschüttert, so dass die Firmenspitze umgebaut werden musste. Vorstand und Aufsichtsrat sollten ausgetauscht werden, und es wurde intensiv über denkbare Kandidaten spekuliert. Besonders hoch gehandelt wurde Aufsichtsratsprofi Susanna Everi, 46. Ich musterte das Bild der selbstsicher lächelnden Suski und dachte, dass es mir offenbar nicht möglich war, nach Schweden zu reisen, ohne dass jemand aus dem Familienclan der Everis mir Gesellschaft leistete.

Ich war am frühen Morgen abgereist, bei meiner Ankunft war es immer noch Vormittag. Im Vergleich zum November war fast alles verändert. Das Haus war nicht feucht und der Garten nicht schmutzig gelb und braun, sondern einladend, der Flieder blühte, ein alter Apfelbaum hatte gerade seine Blütenblätter verloren, unter seiner Krone war das Gras weiß. Im grellen Vorsommerlicht wirkten Ariels Gesichtszüge noch trockener und scharf geschnittener als in der Novemberdunkelheit, und in meinem Gehirn reihte sich ein Sprachbild an das andere: kaputtgeschnitzter Klotz, Staubdattel, sonnengedörrter Sioux, Steingeschmeide, Silberseele.

Er freute sich über die Geschenke und war generell viel freundlicher als noch im Herbst. Ich war erleichtert, aber nicht erstaunt. Wir hatten im Frühjahr Briefe gewechselt, und ich wusste, dass wir Freunde werden würden: Es mochte eine Weile dauern, aber es würde geschehen.

Er wollte natürlich spielen und fragte, ob ich die Akkorde zu *Geh nicht einsam in die Nacht* konnte. Ich antwortete, theoretisch ja, aber dass ich Akkorde wie A+ und E11 niemals schaffen würde. Er ließ das nicht gelten, schloss die Impala an und stimmte sie. Wir spielten den Song in einem langsamen Tempo, und ich stolperte, wie befürchtet, jedes Mal über A+ und E11.

»Wir fahren ans Meer«, sagte Ariel anschließend, »ich möchte dir etwas zeigen.«

Ich folgte seinen Anweisungen, und wir fuhren einige Kilometer die Küste hinunter. Wir kamen an einem Fischerhafen vorbei und folgten einer staubigen Sandpiste, die parallel zum Ufer verlief. Danach fuhren wir durch ein Wäldchen und ein offenes Tor und gelangten in eine flache und offene Landschaft, die geradewegs ins Meer zu führen schien. Sie sah aus wie eine Savanne, eine karge Grassteppe, die von knorrigen, mannshohen

Wacholderbüschen geziert wurde, die sich jedes Mal wieder stur aufrichteten, wenn die Stürme sie zur Erde hinabgebeugt hatten. Es war eine Halbinsel, erkannte ich, die sich ungefähr einen Kilometer in südliche Richtung ausdehnte und an deren äußerstem Punkt ein Leuchtturm stand.

Wir stiegen aus dem Wagen und folgten der Sandpiste gen Süden. Wir waren die einzigen Menschen weit und breit, es gab nur uns und die vom Wind gepeitschten Wacholderbüsche, die aussahen wie altersgekrümmte Greise, und sahen eine Unmenge von rufenden und singenden Vögeln. Ariel zeigte auf eine Ansammlung unansehnlicher roter und gelber Blumen und sagte: »Holunderknabenkraut. Eine Orchideenart.«

Er zeigte auf einen etwas weiter entfernt wachsenden Blumenbestand und erklärte: »Alpen-Spitzkiele. In einer Woche blühen die Gewöhnlichen Natternköpfe.« Blinzelnd blickte er aufs Meer hinaus:

»Als ich zum ersten Mal hier war, kannte ich nicht eine verdammte Blume.«

»Wann war das?«

»Siebenundsechzig.«

»Was ist das hier für ein Ort?«, fragte ich.

»Das hier«, antwortete Ariel, »ist die Ebene.«

Ich nickte, schwieg und sah mich um. Das Meer lag still, es glitzerte und glänzte. Das Wasser in Ufernähe war kristallklar, die Algenblüte hatte noch nicht eingesetzt. Eine Seeschwalbe schoss im Sturzflug zur Wasseroberfläche herab und flog anschließend mit einem kleinen schimmernden Fisch im Schnabel wieder auf. Der Himmel war blau und sehr hell, in der Ferne sah man am Horizont einen Frachter. Alles war einfach und offen, und ich spürte eine innere Ruhe, wie ich sie lange nicht mehr empfunden hatte.

»Wir leben in einer schönen Welt«, sagte Ariel.

Wieder dieser Ernst, vollkommen nackt. Und daraufhin sagte ich es ihm.

»Ich möchte eure Geschichte wiederaufleben lassen.«

»Wessen?«

»Deine, Jounis und Adrianas. Ich möchte sie schreiben.«

Er sah mich erstaunt an.

»So, so. Und dabei soll ich dir helfen?«

»Ja.«

»Dann möchte ich, dass du eins nicht vergisst.«

Ich zögerte kurz, bevor ich die Frage stellte:

»Und was?«

»Jeder Mensch ist ein M-Mirakel.«

Nachwort und Dank

Vor ein paar Jahren kam mein Sohn mit einem dünnen Buch vom Fußballtraining nach Hause, das den kargen Titel »Rönnbacka. Tagebuch 1962–1984« trug. Er hatte es von seinem Trainer bekommen, der meinte, es könne für mich von Interesse sein. Das war es: Die kleine Broschüre, verfasst und herausgegeben von dem Pseudonym Lauri Mätäs, öffnete zahlreiche Erinnerungsschleusen in meinem Inneren. Da ich mir einige Anekdoten des Buchs ausgeliehen und weiterentwickelt habe, möchte ich es hier nicht unerwähnt lassen. Gleichzeitig muss ich jedoch unterstreichen, dass der Vorort Tallinge in meinem Roman nichts mit Rönnbacka zu tun hat: Ich bin in meiner gesamten Kindheit und Jugend nur wenige Male in Rönnbacka gewesen.

Marjatta und Heikki Paunonen haben mich am Anfang meiner Arbeit großzügig mit Material über Helsingfors versorgt. Das Bildarchiv der Stadt Helsingfors und Frau Arja Björkman haben mir wieder einmal geholfen, Fotos zu finden. Darüber hinaus möchte ich Aulis Nykvist und Kari Hakli für ihre Aufnahmen aus der Epoche danken.

Ein besonderes Dankeschön geht an Kjell Lindblad und andere, die mir von Jimi Hendrix' Konzert in Helsingfors im Mai 1967 erzählt haben.

Des weiteren möchte ich Lena und Patrik vom Baltic Centre for Writers and Translators in Visby auf Gotland danken. Teile dieses Romans sind dort entstanden.

Katriina Huttunen hat vier meiner fünf Romane und eine Reihe meiner Erzählungen ins Finnische übersetzt. In jedem Buch hat sie kleine Sachfehler gefunden und mich rechtzeitig auf sie aufmerksam gemacht. Die Bücher sind dadurch besser geworden. Ein herzlicher Dank geht zudem an Sara Ehnholm Hielm und Ulla Hörhammer.

Das kursiv gesetzte Zitat auf den Seiten 592/593 stammt aus einem Essay Alan Sillitoes über Joseph Conrad. Ich habe Sillitoes Worte nicht nur übersetzt, sondern auch leicht abgewandelt.

Geh nicht einsam in die Nacht bildet das Ende einer Reise, die in der ersten Hälfte der neunziger Jahre mit der Arbeit an dem Roman *Die Drachen über Helsingfors* begann und mit *Vom Risiko, ein Skrake zu sein* und *Wo wir einst gingen* fortgesetzt wurde. Es ist mir leider unmöglich, allen namentlich zu danken, die mir im Laufe der Jahre geholfen haben: Die Erfahrung hat mich gelehrt, dass selbst das längste Nachwort nicht verhindern kann, dass sich jemand ausgenutzt und vergessen fühlt. Einigen Menschen möchte ich trotzdem danken. Jenny, die mit einem Workaholic zusammenlebt und sich meine Ideen schon in einer Phase anhören muss, in der sie selbst für mich schwer verständlich sind. Meinen Söhnen Benni und Calle, die einen Vater hatten, der schnell die Beherrschung verlor, wenn die fiktive Welt mal wieder mehr Raum forderte als die reale. Meinem Bruder Mårten für unseren fortlaufend geführten Dialog über das Schreiben,

Übersetzen, die Zeitgeschichte und anderes. Meinen Verlegern Tapani, Jaana und Stephen: Danke, dass ihr an mich geglaubt habt. Schließlich gilt mein herzlicher Dank meinen Lesern. Euer Interesse und eure Resonanz haben mir den Mut und die Kraft gegeben, mich in neue Romanprojekte zu stürzen.

Helsingfors im Juli 2009
Kjell Westö

Anmerkung des Übersetzers

Finnland ist ein zweisprachiges Land, in dem neben Finnisch auch Schwedisch gesprochen wird. Da der vorliegende Roman in schwedischer Sprache verfasst wurde, sind in der Übersetzung die schwedischen Ortsbezeichnungen beibehalten worden, zum Beispiel Helsingfors statt Helsinki, Tammerfors statt Tampere oder Skatudden statt Katajonakka.

Der Übersetzer dankt Frau Tuulikki Virta für ihre Hilfe bei der Übersetzung finnischer Passagen und Namen.